40

改革开放
四十年文学丛书

陈晓明 主编

新写实小说

作家出版社

出版说明

今年是改革开放40周年。40年来，当代中国发生了翻天覆地的变化，社会经济繁荣发展，人民生活幸福美好，当代文学硕果累累。为了庆祝这一盛大的节日，展示改革开放40年来的文学创作成就，进一步树立文化自信和文学自信，推动中国文学创作的大发展大繁荣，根据中宣部和中国作家协会的部署，我们特别策划了这套规模宏大的"改革开放40年文学丛书"。

文学是时代的一面镜子。40年来，中国当代文学在反映时代变化和人民精神面貌上做出了突出贡献，一大批反映改革开放伟大历程和人民精神风貌变化的作品涌现出来，真实地记录了改革开放40年来我们伟大祖国和人民所走过的不平凡的道路。因此，这套丛书的编辑出版一方面在展示当代文学40年的光辉历史，同时也展现改革开放40年的伟大成就。

在体例上，丛书以文学思潮和重大题材为纲，选取了改革开放40年中出现的比较有典型性和影响力的文学思潮和重大题材，以此为中心，遴选最能代表该文学思潮的作家作品。需要说明的是，这些文学思潮是历时性地交叉出现的，有一个更迭演变的过程，彼此之间在文学理念上各不相同又有诸多联系。受此文学环境的影响，作家们的创作也多是穿插于这些文学思潮之间的，许多作家在不同的文学思潮中有多个优秀的作品出现。但出于丛书体量和编排体例的整体考虑，我们每位作家只选取了一部作品并放置于某一个文学思潮的类目之下，这绝不是说该作家只有这一种类型的文学创作，而是为了显示其对某一个文学思潮的突出贡献，展现其创作的独特性。

入选丛书的作品经过了论证委员会的认真评审，专家评审从文学性、时代性、影响力等多方面进行综合考察，选取了最具代表性的作品。在一定意义上，这些作品构成了一部特殊形态的当代文学史，代表了当代文学40年的伟大成就。

　　40年来，中国文学始终与人民同心，与时代同行，文学既植根于时代生活的沃土，又以自身的发展融入时代的洪流，推动历史的前进。我们期待，丛书的出版能够实现对于当代文学40年光辉历程的展示，能够实现对于改革开放40年伟大成就的留影。更期待当代文学能够继续为人民美好生活的需要提供更多更优秀的精神食粮，为中华民族伟大复兴中国梦的实现贡献力量。

　　由于丛书体量有限，遗珠之憾在所难免，恳请读者朋友理解并谅解，同时更盼批评指正。

作家出版社

2018年10月

目 录

伏羲伏羲

刘 恒

一

　　话说民国三十三年寒露和霜降之间的某个逢双的阴历白昼，在阴阳先生摇头晃脑的策划之下成了洪水峪小地主杨金山的娶亲吉日。早晨天气很好，不到五十岁的杨金山骑着自家的青骡子，他的亲侄儿杨天青骑着一头借来的小草驴，两人一前一后双双踏上了去史家营接亲的崎岖山道。

　　太阳已经高过岭脊，雾蒙蒙的像个让南瓜汤泡碎了的鸡蛋黄。杨金山在骡子腰上晃来晃去，脑袋上的礼帽像个掀翻了而倒扣着的灯碗。十六岁的杨天青秃头刮得白而又白。在秋日肃冷的早风中闪着天真而健康、喜悦而生动的光芒。他们和他们胯下的牲口在山顶消失之后，疲软的太阳也随即消失，阴云四溢，风里流窜出阴沉的潮味儿。挨到晌午终于下起了雨。起初像老人的尿，不久便如线如注，山谷内外沙沙沙响得连声了。

　　等着喝喜酒的人纷纷跳着脚回家，剩几个耐性大的聚在屋檐下抽烟袋，酸溜溜地预言着新娘子的长相。都说史家营王麻子的二闺女长得奇俊，又是谁都不曾见过，便七嘴八舌连荤带素地把她描成一棵水汪汪的嫩芽，叹息这生灵要由杨金山来糟蹋了。倒不是觉着他不配，而是认为他的福气未免太大了些。没有三十亩山地的家当，别说二十岁的雏儿，就是脱了毛的母羊也未必看得上那条瘦弱虚空的汉子。

杨金山不是本事很大的男人，阳气颇衰微的。他和前妻在一条土炕上滚了差不多足有三十来年，却没有任何造就，此乃最好的证据。日本人替他清了这笔账。他们头一次来洪水峪扫荡那天，金山的前妻恰好在落马岭的芝麻地里锄草，隔着老宽老宽的一条山谷，哪个瞎了眼的鬼子一枪就把这个汗淋淋的不会养孩子的女人毙掉了。人家把她当成了老八团神出鬼没的游击兵。

抗日战争最吃紧那几年，小地主杨金山朝思暮想的是造一个孩子，为造一个孩子而找一个合适的同谋。他对年轻女人产生了异乎寻常的兴趣。尽管他的最终目的是顺利地制造一个健康的后代，然而眼下假如没有瘟头瘟脑的侄子在跟前碍眼，他深感自己会从被雨淋湿的骡子背上腾空而起，像只老鹰似的向那个骑着毛驴的女人扫过去，扑过去，压过去，了结一种浓厚的趣味。

女人唤做王菊豆，双十的年纪，生着杨树般颀长的身材和一团小蘑菇似的粉脸。她用两条直溜溜的长腿卡着那头活泼的小草驴，稳重地沿着下行的山道移动。红袄闪耀，像一堆阴雨烧不灭的火，淋了雨的发髻黑油油地放光，又像一大块烧乏了的乌炭。

"天青，看摔了你婶儿!"

天青两脚泥巴，闪闪跌跌地走在毛驴和骡子之间，用枯树枝懒洋洋地却又不停顿地去拂扫那头驴子的后部。他不是嫌牲口走得慢，而是在忍受一种深刻且神秘的无聊。他每扫一下，草驴就默契地甩动尾巴，无意识地将排泄器官露给他欣赏。他神情木讷得很，似乎沉浸于某种困难的研究，被众多细节诱惑了。

"天青，到头里牵住缰绳。"

山道呈现了一个坡度，杨金山看到前边的驴蹄子在打滑，有些不放心。侄子漫不经心的样子也让他恼火。做叔叔的竟然不知道，十六岁的后生大抵也是饱含了某种趣味的。

天青依照吩咐绕近驴脑袋，一手扯住牛皮短缰，一手拽住粗麻笼头，手指肚触到了热乎乎软乎乎湿乎乎的牲口下巴。不由得回脸看了看，雨丝后面的脸蛋子让他吃了一惊。在史家营看到的那片如云如霞的胭脂全坏了，花搭搭的雨迹纵流横淌，像一颗纹络美观的落了秧的熟南瓜。天青忽而想到，应该用一块干干的清洁的白布把这个南瓜包起来，最好是把它揣到怀里。天青忽而又感到空虚，他牵着毛驴在泥道盘桓，觉得自己正一丝一丝地化成漫天雨雾中的一股凉气。秋雨破坏了他叔叔的喜事，也把他无忧无虑的心境破坏了。

"到石堂子避避雨不？雨大了。"

"湿也湿了，走吧。"

"天青，把我的衫子给你婶儿披上。"

"不啦！湿也湿了……"

婶子的声音很细微，但叔叔却不再有新的言语和动作了，天青没有回头，耳朵里只有吧唧吧唧的声音，是牲口的八只硬蹄和自己的两只脚在泥水里活动。驴唇把一些暖气喷到他手背上，痒痒的却是光光的脑壳和后脖颈，似乎是女人嘴里的气在吹他。

后来，雨就大得不行了。离石板茌三里地的谷口有一间石堂子，像扩张的蛤蟆嘴一样对着泥泞的小路。叔叔骂骂咧咧地从骡鞍鞯上跳下来，又捧油罐子似的把女人抱到地上。婶子钻进了蛤蟆嘴，叔叔也挤进去了，天青凑到跟前，发觉里面已没有多大余地。叔叔和婶子的眼睛表达着完全相反的意思，天青就闹不明白自己到底该不该进去。叔叔的目光更确凿，天青便知道自己是进不去的了。

"你到林子里找地界儿避避，拴牢牲口，小心让秋雷惊了狗日的。"

天青走了几步，叔叔又追上来扔给他一条羊肚子汗巾，把沉甸甸的礼帽也移到他头上。石堂子里黑洞洞的，然而天青分明感到婶子的眼睛射出了许多温暖，使他感动，也使他更加委屈。他在几十丈开外的椴木林子里拴上牲口，靠着树干蹲了一会儿，然后犹犹豫豫地钻到断崖下面的草凹子里去了。

雨在植物和土地上打出冷凄凄的声音，又夹杂了一些火辣辣热爆爆的响动。草丛后面的天青完全着了迷，恍惚发现了神奇的景象，死呆呆地惊住了。婶子似乎尖叫了一声。他以为婶子似乎是愉快地要么就是愤怒地尖锐咆哮了一声。天青把秃脑袋探到雨里，拼命地摆布两只湿漉漉的耳朵，结果他什么都听不到了，只体味了大雨凉冰冰的急骤的运动。

蛤蟆嘴那边没有声息，但是老天爷显然正在协助叔叔静悄悄地完成某种事项。秋天的淫雨拖延了喜事，却又使它在实质问题上提前了。当三人两畜重新踏上山道，十六岁的杨天青已经不需要任何证据。婶子的腰肢不胜娇懒，红袄的肩背上染了石堂子里的干土末子，胭脂的一部分也涂到叔叔的额上及腮上去了，连耳廓都挂了一块淡淡的猩红。叔叔叭叭地吐着痰水，咳嗽着，在鞍鞯上东张西望，样子十分的满足。婶子埋着眼，脸蛋子粉得依旧，像是快活，也像是不快活，周身笼罩着清凌凌的仙气。真正难过的是天青，不晓得饥冷的壮身坯此时完全疲乏，明明在牵着驴走，却感到腿上背上脑壳上有牲口蹄子不住践踏，执意要把他踩到烂泥里去。由女人压着的那头驴，倒似乎有着比他更好一些的处境，他便毫无来由地尽情地骂它。

"狗日的，你瞎了不成！"

"畜生！懒得你！"

他梗着脖子，像个发了脾气的泥猴儿，惹得叔叔在后边哧哧地笑起来。

"天青，时辰咋着也耽误啦，不急。"

"侄子，累了就歇歇……"

听到婶子的声音他几乎要哭，立即安静了，很羞怯地垂着头，走得比牲口还稳重。做叔叔的的确不知道，侄子心里的那些趣味是很脆弱的。天青自己也不知道，背后那张粉嘟嘟的嫩脸使他到底想了些什么。前晌他跟着叔叔欢天喜地地进了史家营王麻子的宅院，出来的时候却揣了一脑袋古怪的念头。他惊讶未来的婶子竟有那么小小的一张薄嘴，又惊讶她的身材，细细长长的像一棵好树。随后他的感觉就平淡了，隐伏起来了。路上，那头小草驴意外地给了他大量的新鲜感，绵绵而至的秋雨又使他感到莫名其妙的忧伤。叔叔的言行举止变得越来越愚蠢。天青嘟嘟囔囔骂那头驴骂得有些累的时候，突然醒悟到他是在骂他的叔叔。他不理会叔叔哧哧的笑声，但他疑心婶子听出了什么，她的暗示通过那头驴传达到他扯着缰绳的手上，他的回答是赶紧闭嘴。他之所以想哭是他自以为和那年轻女人之间有着一种默契，她每看他一眼，都让他觉得是在青玉米地里锄草，棒子叶在割他的胸脯子，又痒又痛。他不看她，但知道她脸上的胭脂像血一样。他想拿舌头去舔它们，他想舔它们的时候觉得衣服里爬着一条蛇，围着他的身子绕来绕去，使他刺痒得浑身乱颤。他表面上是牵驴引路，却在心窝里向一张俊俏柔嫩的脸蛋子伸出了肉滚滚的年轻舌头。他终于明白了自己想干什么，明白之后反而一举陷入了更大的糊涂。他再次咒骂那头毛驴，便是很明确地骂着自己，骂着使他烦恼的一切了。

因为路不好走，因为避雨，也因为避雨时发生了重要的事件，杨金山一行返回洪水峪时，村落已经埋入黄昏。雨后的村巷里竖着些稀稀落落的身影，黑蓝的山岗上一些鸟在活泼地啼叫，谷底的山溪暴涨，轰轰隆隆地向低处倾泻，声音响得老远。

亲族里帮忙的妇人将备好的食物端出来，贺喜的人聚在炕上、地上、院子中，坐着蹲着站着往嘴里塞些冰凉的物件儿，不久便散去了。二道婚没有多大仪式，也没有洞房可闹。新娘子很喜人，不能趁乱摸一摸委实可惜，但老规矩是不能破的。洪水峪的秋日一向晴朗，而今落下这么大的雨水，可见这门亲事不遂老天爷的心意。人们只在肚子里掂量这一层，没有哪个嘴来点透它。事后，一些多事的人编派新娘子，说她人生得俊，但是没有吃相。依据是她吞粉条时的样子像吃面，嘴片片弄出了太大的响动，很蠢。他们不知道她饿了，也不知道这对得意扬扬的杨金山来说几乎算不了什么。女人做事很泼脱，只有他才明白，因为她肥硕的身子也是泼脱的，比麻袋似的前妻强得远。他只担心这对手会掏空了自己。

想入非非的杨天青却是乏顿了，钻进小厢房便鼾声如雷，竟忘了半夜起来给叔叔那头青骡子填喂草料。饥饿的牲口在槽头上愤愤地磨牙，声音盖过了大北屋持续到后半夜的零乱喘息和男主人的湿润的咳嗽声。

民国三十三年寒露和霜降之间那个落雨的秋日，一头小草驴为洪水峪驮来了一位美貌的年轻妇人。不论从哪方面来说这都是个值得纪念的日子。日本人正在周围的山地全面退却；老八团派出的工作队渗透过来开展减租减息；小地主杨金山因为用三十亩山地里的二十亩换来一个小娘儿们，从而摆脱了负担，开始全心全意奋不顾身地制造他的后代。至于杨天青么，这日子意味了他的觉醒。他仓促地持久地维护了自己的情欲。他爱上了他的婶子。依照文静的说法，他是一见钟情的了。尽管他的念头换了不少下作，然而他的表现并没有跌到一般情人的标准以下去。

那些瓜葛都是十六岁以后的事了。

杨天青没有父母兄弟。曾经有过，后来没有了。十一岁那年夏天，父亲杨金河在玉石沟南坡上掏了个地窝子。领着全家在荒草梁子上烧地造田。一日傍晚，父亲指使天青到村里找金山叔叔借口粮，因为突降暴雨他便在叔叔家宿了一夜。第二天背了五升玉米早早地赶回玉石沟，发觉整个南坡已经变了模样。几十亩大小的一坡树木连同刚刚开出的几垄新地全都滑跌了，几乎填平了山谷，地窝子和睡在里面的亲人自然也都埋了进去。死的活的再不能晤面，万恶的鼓龙包只一夜便使他成了孤儿，连一颗牙一块碗片都不给他找到。他试着找过的，然而泥石流凝固得像岩石一样坚硬，只徒然地磨烂了一双小手。

叔叔杨金山收养了他。有心把侄子当儿子对待，无奈小崽子就是不认爹，只认叔，始终不大亲近。叔叔把田产割一角，父亲也不至于到玉石沟烧荒，父母兄长也就不至于丧掉性命。他是怨着叔叔的。杨金山脑筋活络，索性将侄子做了长工，吃穿都好，交派的也多是细活儿，骨子里却隔得分明而透彻。

金山不指望天青，他就不信自己遗不下一块血亲骨肉。只要能有个儿子，倾家荡产也干，把王麻子的二闺女生吞了也干！小娘儿们算个什么东西？她是他的地，任他犁任他种；她是他的牲口，就像他的青骡子，可以随着心意骑她抽她使唤她！她还是供他吃的肉饼，什么时候饥馋了就什么时候抓过来，香甜地或者凶狠地咬上一口。花二十亩地的大价换个嫩人，他得足够地充分地使用她。他一次又一次把她掀翻在炕席上，就确信自己是在讨债。讨债的人来不得多少情面，挂一脸杀气便是了。和别的男人女人差不多，他给了她许多凶暴的夜晚，又比别人少些冷静和温存，连侄子都看出那女人正在迅速枯萎。大半年干下来，看不到未来的儿子有什么动静，女人的肚皮平得像鼓，有弹性却没有货色。杨金山弄得真是累了，紧要关头老是咳得上不来气，气不足便里里外外落个软软软，很有些悲哀。身子明明显露不行，动得反而更勤奋，似乎要把被窝里的自己和别人一块儿毁掉。他在女人眼里就成了野兽，自己倒并不觉得，以为狠得出邪也是分内的事，于己于她都是必需的。必需的事项不止一件，炕上不饶人，田地里更是不饶人，娘儿们是家里另一个只吃饭不领钱的长工，地位并不在天青以上。伏天扎在棒子地里锄草，汗气呼啦的小婶子让杨天青不断地生出复杂情绪，既有纯洁的无形的关怀，也有同命相怜的悲悯。除了这些，便是那健康的肢体所引发的无穷尽的潜在的放肆了。只要叔叔的眼睛不在，天青的眼睛就能得到有限的自由，使他有胆量有机会把视线抛到婶子的腰上腿上和别的生动处，深深浅浅上上下下地反复纠缠。这田野是天宽地阔而没有先生的私塾，天青自习着人生的学问，将最有底蕴最有趣味的书来天天捧阅。那女人迟钝些，不曾料想侄子竟有所企图，自己的每一页正被个小后生哗哗地掀开来。天青最初爱读的，恐怕是从后面看过去的她的撅着屁股锄地的样子。如果她知道这秘密，怕要收缩起来，不会那么欣然翘然了。

"婶子，你歇歇，我多拉几锄就有啦！"

婶子笑悠悠歇下来，能让天青感到极大满足，锄片子顿时拉得生风。他喜欢给婶子表演，让她看看他有多么强壮、多么仁义。免不了给一番夸奖，也免不了递汗巾和水罐给他，天青就被快乐托得飘起来，觉得苦乏的日月真好，婶子真好，自己真好，连叔叔也是好的了。杨金山活该倒霉，眼看侄子一天比一天勤快，白天做活勇猛，夜里不用招呼就爬起来喂骡子，他竟不加考究地逢人便夸："这孩子晓得事理了，出息了！"确实晓得事理了，但是天青把玩的事理要丰厚活泼些，不像他叔叔考虑得那么简约。天青得到快乐，得到更多的却是忧愁。读书读得生厌，他便迫切地需要行动了，身坯里涌出杂乱的号召，却不给一丝明确的指示，他简直不知道该怎样处置自己的手脚。炎热的夏夜里把自己赤条条地往破苇席子上一摔，翻来覆去地烙饼，手指头不免舞些鬼使神差的勾当。一夜复一夜，不论醒着还是睡着，天青脑袋里乱纷纷的全是破碎的梦，美梦。梦里难言的景象每覆灭一次，他的悲哀就加一层，仿佛在与向往的人和事做永久的诀别。他不相信自己能够确切地完成那件事。在白日梦里做得如醉如痴若癫若狂，在真日子真地界里却根本做不到，他甚至不敢用调皮的目光看她一眼。她终日笼罩着仙气，一举手一投足都引来他几乎没有理由的敬仰。她耳后发丝里那块蜘蛛似的黑痣，让他崇拜了足有半年，以后他又看上了她扭头看东西或说话的样子。不是具体器官，而是一种笼统的神态让他喜欢得不行。每当她由于各种因素扭过头来，那条扭曲的脖子和一高一低的肩膀就让他心灵抖动，想甜蜜地哼哼一下，就像接受温存的抚摸似的。外人没有发现杨天青吃饭睡觉走路干活儿的模样与以往有什么区别，每天从村巷村口过路，总是那几个晒阳儿的老人评价他。今天说胖了，明天又说瘦了且高了，他们似乎把握着小后生的许多体态变迁，然而即使饱经沧桑的人也没发现这个忠厚仁义的年轻人已经走火入魔。只有杨天青明白，自己眼看就要完蛋了。

正在降临的是又一个初秋，天青依照叔叔的吩咐给厢房的火炕整理烟道，不畅通的地方太多，索性把整个炕面和烟囱底部全给刨开了。山墙原本就和烟囱垒在一起，烟膛子一塌，很结实的墙竟也牵连着露出拳头大的一个白洞，透亮了。天青起初没有发现它的意义，他专心致志地清扫堵塞了烟道的柴草灰，直至那个露洞的另一边传来惊心动魄的声音。不知聆听了几秒，他的脸腾一下飞出了红霞，腿肚子抽筋似的抖起来。不知又过了几秒，一个重要的决断迅速完成。他像猫一样从坑洼不平的炕道爬到山墙跟前去，又像贼一样把苍白的面孔贴近可供窥望的神秘洞穴。反应过于敏捷，动作也太露骨，这些都令人羞愧，然而杨天青完全陷入了恬不知耻的状态，只想切切实实地张望一下而已。这个望一眼的欲望已经把他折磨得太久，也把他折磨得太残酷了。他弓在炕角，没有呼吸，没有动作，好像在积聚力量随时准备子弹出膛似的射过墙洞，一下子击中目标。

二

那种声音又持续了片刻，但杨天青什么也没看到。角度有问题。山墙外面是猪圈，也是一家人排泄的场所，人或站或蹲的部位在圈门附近。那个新生的小洞恰好嵌在死角上，只能看到猪圈的一部分，只有猪而没有人的那一部分。天青却不肯离开，头皮和额头因为调整姿势而交替摩擦废烟道的石头内壁，满面星星块块地涂了柴草灰，像一头野性即将发作的恶魔。喷溅的声音还是终止了。接着是肢体伸展和摆弄衣服的声音，再接着是跨越圈门和在院子的石板地上踏踏走路的声音。它没有任何犹豫地响到灶间里去，静了一会儿，又没有任何负担地愉快地朝小厢房响过来了。女人迈进门槛，在屋顶底下炕道上边看到的是个类似山神庙里的泥胎似的东西。天青用直挺挺的脊背抵着那面墙，一条腿压在屁股下面，另一条腿像半截枯树干搭在炕土上边，是个非常仓促也非常可疑的姿态。女人的欣赏不深入，只浅浅地笑了笑。

"咋弄个包公相哩！不会干轻些？"

"婶子……麻地的活儿净了吧？"

"麻棵子生得粗，不好割，还立着小半坡哩！你叔晌午不回来，让我把饭送过去……缸里没水，你歇口气挑一担咋着？"

"我挑……"

"歇歇就去吧。"

"我去。"

"到水泉把脸擦洗擦洗，看脏的！"

"……我洗。"

天青嘴巴子应得利索，就是不能动弹。僵硬的身子已经松弛下来，可墙壁上似乎仍有一只手死揪着他不放。女人疑惑地看看他，以为累煞了，又递出一个微笑便走出去。天青软绵绵地下了炕，没忘记摸一块垒石把那个不要脸的洞洞塞住。担起水桶往水泉慢慢走，老觉得婶子蜜一样的笑里有那个鬼洞洞的原因，羞惭得心都要从嘴里蹦出来了。不久便释然，深感那是个天知地知的秘密，用不着责怪的。等着听到水泉潺潺的流动声，他早把惊恐忘到脑后，并且极迅捷地想着另一种水的音响了。

山泉从岩石缝儿里渗出来，积成磨盘大的水池，又从四周溢出去，亮闪闪地注入谷底的溪流。天青舀满了水桶，然后把整个脑袋扎进透明的泉眼。水很凉，激得头皮和五官一块儿疼痛起来。他像儿马一样嗖地昂起下巴，嗷嗷地吼了几声，听凭脸上的水珠沿着脖子往下淌，打湿他的衣襟和衣领。他撩起袖子擦脸，看见了婶子给他打的补丁，平时不在意，而今却以为那旧布就是花朵，密匝匝的针脚便是奇异的花边儿了。

那天后晌，天青使炕道通畅之后没有来得及干别的。山墙和烟囱的修复推迟到第二天。麻地里有不少活儿需要扫尾，沤麻的池子也没有掏好，金山夫妇一大早便离了院子，剩天青一个人愁眉苦脸地搅泥巴砌墙。不是没干过泥瓦活儿，可这道墙似乎特别难砌。石头跟石头不接缝，泥也稀溜溜地粘不住，瓦刀哆哆嗦嗦地竟险些砍了手背。杨天青止不住心猿意马，可是好歹把该垒的都垒起来了，在工程的细节上还体现了自己的创造。他在猪圈那一边的外墙上钉了五个枣木楔子，把屋檐下乱摆的锈犁、破筐、烂篓统统用绳子系了挂在那儿，透出一种说不上来的合适和整洁。叔叔见了这个发明，不仅不挑剔，反而很愉快地看着吊在半空的破烂，对天青言道："你咋日弄的哩！不赖！多砸几个桩桩，把狗日碍眼的玩意儿全吊上去晒着。"

天青显得过于腼腆，经不住夸奖似的。杨金山和王菊豆都没弄懂，侄子那是做贼心虚，地地道道的做贼心虚。他们让他骗了。他在第一回合就让他的对手吃了败仗。

三天后的一天凌晨，杨天青借助黎明前的昏暗和积蓄已久的胆量，把炕里角靠山墙竖着的粮食口袋往左挪了半尺，把另一条一模一样的粮食口袋往右挪了半尺。他手持瓦刀把一块马马虎虎的墙皮磕了下来。他摸到了像瓶塞子一样的可以活动的石头，形状很熟悉，但他没有立即拔它。这个沉甸甸的阴谋使他不能不谨慎从事，况且那种渴望也让他害怕。公鸡正准备第三遍啼叫，婶子尚未起身，圈棚里有那头猪的鼾声。时间尚早，做不做揪心事，还不是来不及细想。天青的思索仍旧没有得到明确的结论，他一边诅咒自己，一边把那块瓶塞子或小抽屉似的石头拔了下来，小股秋风挟着猪圈味道直扑上他的面孔。他什么也不看，倦懒地钻回被窝，捧着脑袋继续思考。他不担心角度问题，那是细心测量过的。他也不担心败露，内孔有粮食口袋掩着，外孔隐藏在装烂棉花的破筐后面，视线的通道是筐壁上的残洞，在外人眼里绝不会察出破绽的。他不担心这些外在的琐事。他疑虑的是自身。如此下作是否对不住美丽的婶子？看一看果真会舒服吗，更不舒服了怎么办？喜欢一个人是否应该只看她的脸而不要冒犯她别的地方？婶子让他看不够想不够到底是怎么回事，莫非前世生了缘分？天青不停地问自己，也为自己找着理由。他的自问远不到清晰的程度，他伏在小厢房光滑的炕席上思绪纷纭，像在脑子里煮着一锅烂粥。他想象老天爷，想象山神，但它们并不打算救他，只有婶子在脑海里亲切地向他招手。

杨天青一直合不上眼，听天由命地瞧着正在退去的夜。黑色蓝起来，蓝得不稳固，顷刻之间就淡了白了，一切都清清楚楚地重新回到眼里。

北屋的门轴响了几声，没有咳嗽，因而肯定不是叔叔，杨天青箭上弦刀出鞘似的紧张起来。她走到院子里了，打开鸡窝了，走进灶间了，把柴火扔地上了，她朝猪圈这边走过来了，她的腿碰响圈门的木栅栏终于跨到站到蹲到那个奇妙的老地方来了！

杨天青呼吸不畅，觉得自己正在死，灵魂已从脚心逃了出去。他披着一角被子，紧紧偎着粮食口袋，把一只瞪得发麻的眼睛哆哆嗦嗦地向透亮的洞穴逼近。目光穿透山墙和墙外挂着的破筐头，劈开早晨淡淡的薄雾，闪电般地照亮了一个陌生新奇而又无比鲜艳的世界。拥有这世界的无意中敞开了自己，让初涉而稚嫩的他惊诧于它的高低和它的黑白，且让他为一些形状和颜色而深深迷醉。它不该是这个样子。它理应是这个样子。因为它不可能有比这更适宜的样子。天青终于读到了最隐秘最细致的一页，震惊得眼花缭乱。紧张中得到一些满足，却留下更多的不懂，不懂蔓延开来，使他对自己膨胀的身体也不大理解了。

天青的感觉是饮了一缸烈酒，薄脸皮紫了足有十天。他见人耷拉脑袋，不爱说话，出门进门像飘着一条影子。做活比往日更狠，也更有耐性。金山两口子拾掇一天秋菜的工夫，他一个人去落马岭刨净了小一亩的山药，还把干秧子全数背到猪圈沤了冬肥。金山往清水镇运秋粮换钱，徒手赶一匹骡子。天青背一架粮食跟着他。骡子前晌到，天青晌午刚过也到了，肩上的分量一上秤，比骡子驮的少不上一寸秤杆。叔叔在摊子上买大饼喂他，这不言不语的侄子吞起来就没了斤两，胃口壮得让人不放心。长辈似乎刚刚发觉，眼前的后生至少高出他半头，眨眼间生成一条大汉了。可喜的是性子越来越温厚平和，只是常常愣呆呆地看山看云，心事仿佛很沉重。金山也不去探讨，以为这孩子有些愚木，于做活无碍便无须理会了。他不知道这侄子讨了他多大的牺牲，他当然更不知道在小厢房徐徐展开的那个阴谋，和他最珍贵的一份财产所处的微妙而危险的处境。他实实在在地大意了。

因为劳累，天青睡眠的声音很大，咬牙、打鼾、甩胳膊、吧嗒嘴唇。然而这并没有妨碍他不时地选择一个恰当的机会来重温赏心悦目的旧课。体态轻盈的王菊豆无意地配合了他，而且似乎准备无限期地配合下去。就像村中老人们屡屡到山神庙烧香磕头一样，天青找到了最令他神往的膜拜仪式。他侵入了一个崭新的天地，灵魂也随之升华。他的悟性来自视觉，由饥渴而至放肆，由放肆而至虔诚，最终知道了喜欢一个人不仅是喜欢她裹了布衣的表象，而且要喜欢到丝丝缕缕，包括每一块皮和每一根毛发。天青对婶子的喜欢不知不觉间已经达到格外纯粹的地步，无可挽回，也不可救药了。他正在逐步地忽略叔叔的存在。

杨金山照旧在女人身上磨他的功夫，一如既往地做着关于儿孙的老梦。王菊豆则疲乏了，为自己也为男人悲哀，好在日出日落无比仓促，使她没有多少机会闲散和叹息，她把身心全部交给了维持家业和生命的各项活动，极本分的。

那是些平静的日子。日本人已经败了，山外或许添了许多热闹，洪水峪却没有大的事件。老八团由北山梁翻过来猛虎一样往南岭开拔，路经村子连个短歇都不留，气昂昂地走了过去。民兵队招呼各家备水备干粮伺候大军，杨金山只让天青拎去一桶烧开的泉水，女人想烙几张饼却让喝住了。

"显你家富足？咋就没个心肺！"

他立在道边看那强壮的队伍，看得无趣了，就拦住一个喝水的兵，想问问。

"日本人踏实了？"

"踏实了！"

"真走了不成？"

"滚他娘的蛋啦！"

"……哪个来？"

"啥？"

"问哪个来哩！"

"眼下不是来了。"

八路的下巴上淌着水，晃着大枪窜出去了。这兵也就是天青的年纪，眉眼生得怪扎实。前妻如果有本领，生一东西给他，总该有这么大了。可惜她竟是个废物。真有这么威猛的儿子，他绝不会送他去吃军粮。终归是没有，什么也没有，想到这一层金山那颗心就酸麻了。扭过脑袋看到菊豆在摸索一个女兵的袖子，肠子里的邪火嗖的一下燎上了头顶。看她一脸贱气，不确确凿凿也是个废物么？

"给我回家！饭熥到锅上老子宰你！"

菊豆唰一下白了脸，哆嗦着离开了。女兵或许认为她是儿媳妇，是女儿，然而都不像。一边的蛮横和另一边的驯顺完全昭示了一种关系，那是乡野亘古难变的牢固组合，任何力量都无法摇撼它的。

天青扎在人堆里，用充血的眼睛盯着他的叔叔。婶子屈辱的背影伤了他的心，连老八团新奇的枪炮也无意端详了。

"咱们看谁宰了谁吧！"

他在心里把这个怒吼扔给他的叔叔。她是他的神。看哪个敢碰她！十七岁的杨天青顶着一颗亮晃晃的秃头，准备一跃而起了。

"天青，有啥看头儿？家去喂喂骡子，先到老乔家把借的簸箩讨回来。娘的，别人的家什咋就使不够，不开眼的东西们……"

天青听到叔叔的吩咐，不知怎么就软了下来，刚刚挺起的劲道一下子就泄了。他乖乖地绕进了村巷，去完成家长的指示，模糊地想着那张受惊受辱的俏脸，胸口有些疼痛，眼底也悠悠地涌起了大股的潮气。

他仍旧是个孩子，里里外外都是。

平静的局面一直维持到土地改革。世上不乏因祸得福的人，小地主杨金山却是因妻得福。卖掉二十亩好地换来一场二婚，最初多少也心疼，做梦也没想到此举使他失去了做地主的资格。婚后在女人身上贪心了些，为了迟迟不来的儿子付了太多的力气，家业不仅没成长反而生了败相，这又使他连富农的成分都攀不上去了，小地主摇身一变成了上中农，这福气能说不是女人换来的么？远在史家营的老丈人却倒了血霉。杨金山付的一大包银洋让王麻子悉数购置了田产，没舍得吃没舍得喝，拘谨的家道眼看着一天天殷实起来了，万不料眨眼间就成了罪孽累累的恶人。史家营传来些吓人的消息，说是分地那天老地主王麻子昏了头，抢着一根镐把奋起保卫他新生的产业，结局是让人吊小鸡子似的拴到一棵核桃树上，大扁担拍得暴响，把一条老腿砸得摸不着成段的骨头，有出气没进气地翻开了白眼儿。事情说大了，但王麻子让一伙贫农揍断了腿却是真的。王菊豆过不几天悄悄赶回去探望了一次，白发苍苍的老爹已经有缓，而且似乎终于醒过味儿来了，把上中农杨金山骂了个狗血喷头不亦乐乎！

"狗日的！我霸了谁？他才是恶霸哩！他霸了我的亲闺女……你他娘害苦了我啦！"

王菊豆肿着眼窝回到洪水峪，让细心的村里人一连几夜听到哀切切的哭声，听得最愁闷的自然是小厢房里那个多情的家伙。金山劝了头一夜，第二夜已经不耐烦，再一夜便狼嚎似的叫骂起来了。

"嚎不够！你爹死了我给他发丧，有你哭够的时辰！不中用的东西……你有脸哭？"

天青伏在炕沿上，把暴虐的咒骂接过来，一句一句地塞到嘴里咬碎了吞咽。他不明白叔叔何以生那么大的怒火，然而话里藏的一些意思总算嚼出了味道。他帮不了她的忙。他诧异那么美丽的身子竟然不能孕育，更诧异叔叔压迫了那美好的全部却仍旧欺侮她、呵斥她。到底是怎么回事呢？

传来一些撕扯的声音。啪的一响，像是嘴巴。听婶子低低的呻吟，是嘴巴无疑了。天青猫似的一骨碌从炕上爬了起来。又静些了。叔叔不言不语的似乎在固执地做什么莽事。

"他叔，可怜我！你就让我歇过这几天吧，我哭得腔子里没东西啦……"

"闭嘴……我剁掉你！"

"他叔……"

"随你！随你！杨家我金山这一脉迟早断在你手里，你个害人的精怪呀！早知道我那二十亩地就喂了狗，换驴换羊也强过你！"

"……他叔！"

"狗日的，你存心让我家断子绝孙不成？我土埋脖子了，还怕毁不了你！……亲亲哎，你给我上心些吧……"

一阵乱七八糟的响动过后，婶子悄无声息，叔叔却一边咳嗽，一边压着粗重的嗓门，竟抽抽搭搭万分伤感地哭起来了。天青蹲在厢房门口，以为自己的耳朵出了毛病。

静了。睡了。大北屋像一座坟，夜色是无边的坟场，星星是茂密的鬼火。天青钻进被子，觉得是躺入了棺材，四周散发着腐烂的气息。是猪圈的脏味儿正灌进来。他想到墙上那个别别扭扭的破洞，也有哭的念头了。继而想到隔壁那头猪睡得是那么平稳大度，就把涌到喉头的哀声咽回了肚子。他咬着牙，要给自己争口气似的。睡梦中的景象黯淡了，早晨醒来，他的话比往日更少些，看人看东西的目光露出凶狠的颜色。长辈和同辈们在村巷里遇到他，得不到多少问候和亲近，都说这后生让他亲叔使唤呆了，像金山一样成了不合群不入套的怪人。有眼光细致的出来提醒，说他从小心事就多，灵巧劲儿跟全家一块儿葬在玉石沟里了。这是个不敢随便招惹的坏子。然而老人们觉得孩子委实可怜，金山待他应当公道些，不该丢下活儿让他死做。像牲口一样累他，多壮的人也要木讷了。他们不知道，做活的时候天青最愉快，常人承受不住的劳顿能够使他忘掉一些事，恨和梦想也随之淡些。有人填喂草料，做一头像青骡子一样的牲灵也是不错的。天青是金山家的牲口，他自己明白。王麻子的女儿是金山家的另一匹牲口，他同样明白。他愉快而冷静地做活的时候，把这些明白按在心里，等待那个暂时还看不见的爆发的日子。骡子能踢死人，桑峪不是有个给大户放马的光棍儿被踢死了么？老八团一个号兵不是让缴获的东洋马踢伤，最后死在去南岭的路上了么？这并不是多么困难的事情。

三

漫长的冬日里，天青赶着叔叔的宝贝骡子去清水镇拉脚。不是第一年做这个生意，熟门熟道，叔叔已经不担心骡子会有什么闪失。叔叔端着一碗薯干酒，一边喝一边数给他几个小钱，看着他怎样费劲儿地把它们塞进腰里。金山苍老了，眼神儿却依旧精明。放走了天青，宅院会冷落，但是这对他长久而无效的努力可能要好些。他到黄塔李大仙那里给自己也给女人抓了药，还没吃已感到身子里骚扰着旺盛的阳气，可以放心地收拾那盘热腾腾的火炕和那个冷冰冰的娘儿们了，白昼也将失去忌讳。他催促天青快快上路。

婶子担着水桶送他到村巷里，不知怎么就伸手在侄子的棉袄上捏了一把。天青靠着那匹青骡，目光晕晕乎乎地停在女人小巧的嘴巴上，似乎怕它张开而露出细碎的嫩牙。他是想摸她一摸的，这个从未实现过的愿望每一次分别都来强烈地袭击他，他不知该怎么做。如果她知道几年里他怎样熟透了她的身体，还会给他老母似的关怀么？她又捏了他袄袖子一把，村巷里没人，天青的两条腿哆嗦起来，狠狠地扭着缰绳。

"太薄啦！来年让你叔叔多花几个钱，我给你厚扎扎絮一件……这衣裳怕要冻着你哩！"

"我结实，冻一下就冻一下。"

"揽不到活儿早些回来，外头生人生脸，咋也不如家里。"

"……记下了。"

"挣了钱多花几个在吃上，你叔叔他人贪，你带回一驮子钱来也喜不了他。吃饱了身子要紧……记清了？"

"清了。水泉有冰，婶子你担水离待着，看跌了筋骨……我走啦。"

"走吧。遇上恶人长个心眼儿，别让他瞒哄了。别惦着你叔，家里有我哩……"

"记下了，我记下了。"

天青眼里的火苗让婶子低了头。这小火苗见过多次，哪一次也没有燃起来，像一根太潮的木炭。烧不出旺火，彼此间就永远看不出各自胸怀里藏的是什么东西。他给她的是侄子的憨厚，从她那儿得来婶子的贤惠，而这些都凑不成他想要的那份炽热。匆匆上路的天青，心里装着的除了凄凉，还是凄凉。青骡子愉快地在前头走起来，他把鞭子搭在肩上，像是被骡子拖拽着离开了冬天的洪水峪，冻硬的山道也缠绵得似乎没有尽头了。

天青给铁匠铺驮煤，给粮栈运谷子，也给迎亲的外乡人送喜箱喜被喜衣服。最好的生意是配合新政府的干部调动，那些山外人骑牲口到偏僻的地方任职，从骡子上爬下来的时候往往塞了太多的钱，使他惊惶而不好意思，好在一五一十还数得清楚。白天拖着两只冻脚陪骡子走山道，晚上在大车店的炕上喂虱子，容不得多少奇想，然而那张脸和那条身子却是每天都要看到，并且反复揣摩的。冷冽的寒风里，她的肉身为他开一朵大丽花出来，让他恍然嗅到春天的甜味儿。

天青在腊月的雪地里忙碌，他的叔叔却命中注定地陷入了一种疯狂。是从哪一晚开始的呢？人们最初以为是狼的声音，越听越像，再一听又不是了。太阳出来，有人看见菊豆青了一只眼，肿得像个生南瓜蛋蛋，去水泉担水时一走一跛，不是脚坏了便是腿坏了。静了没几夜，狼羔子一样的惨叫又从金山家的大北屋张扬到村子的上空，人们就不忍心再听下去了。

妇委会一个娘儿们委员在村巷里拦住金山，往他铁青的脸上喷开了唾沫。

"菊豆咋了你啦？你杀她不成！"

"我的娘儿们，要杀要剐随我！"

"啥社会了？糟辱娘儿们斗争你！"

"好歹日不着你……"

"狠的你！揪出来尿泡膫的看看，你还是个人，你鬼金山还算个人？"

老娘儿们嘴快，可赶不上金山舌头毒。他眯着小眼儿，一嘴黄牙不怀好意地龇开来，丝丝地吐出辣气。

"美他娘的胎！你男人咋收拾你来？头发毛让汉子扯着满街拖死狗，是哪个？先把你男人撂躺下再来拾掇我，你听清了？"

"……你个鬼呀！"

妇委会的娘儿们落荒而逃。村里的头面人物也来呵斥他，他佯装一副哭相，要紧的关节就不软不硬地甩几句，多有理的嘴也让他冷不防给噎住了。他的理由反倒占了上风。

"你孙子抱上了，扯啥清闲？你家娘儿们裤裆利索，不是我的。妥妥捣鼓你的去！我断子绝孙不碍你们的事，不中用的娘儿们给了你，看你能咋着?!"

"你揍她能揍一个出来不成？"

"看看吧，揍出个活的，我给她做猫做狗，揍不出活的，图个乐子！我亏不亏？老子一辈子白活亏不亏！"

"打坏了，村里有法子治你！"

"崩了我才好！我活够啦……"

话说到这个地步，金山竟能弹几滴眼泪下来，别人也就无话，觉得不可妄猜他的心地，无子无后到底是大悲哀，可恶中便有了可怜与可恕了。

腊月将尽时节，杨金山张罗杀猪的家什。好篓子好筐都盛了别的物件，他就想到山墙上吊的那个烂筐，以为装个猪头和一团下水是足够的。他举着锄把子将它挑了下来，无意中见了那个洞。他不认为那是个有卑鄙意味和侵略意味的洞穴，一块墙石歪歪扭扭塞着它，看上去不过是一块剥落的墙皮罢了。它剥落的部位是那么奇巧，竟没有引起他的疑虑，可见人的警觉多么有限，而人的提心吊胆和战战兢兢是多么没有必要的。大约是那块墙石塞得有点儿慌乱有点儿歪斜的缘故，金山不想让它掉下来，于是多此一举地跳上厢房的土炕，要把它摆弄得顺眼一些。每年都和天青抬着秋粮爬到这个地方，他不曾注意墙角落有什么缺陷。天青怎样费尽心机地掩护了它，又如何数百次成功地利用了它，是与他完全无关的谜。他在前台，天青在幕后演了些什么，向来不知道，似乎也没有知道那些古怪事情的眼力。他心平气和地拔掉了抽屉似的石头，把眼睛凑过去，不由得大吃一惊。不是有所醒悟，而是在蚀空了墙灰的石头缝儿里发现了一堆嫩红的小老鼠，崽子们扎堆的蛆一样，让他看了肉麻。他伸手把它们拨拉到猪圈里去了。气急败坏的样子让人疑心他在嫉妒老鼠子孙的兴旺。如果此时王菊豆恰好在猪圈里蹲着，可能会启发他的智力，给他一个明白。但是墙外没有人也没有声音，他就认定了那洞无非是一个洞，不是人为而是老鼠制造的。离烟囱近，离粮食也近，的确是个不愁饥寒的好去处，老鼠的行为和金山的判断就这么天衣无缝地契合在一起了。他毁了它们的好梦，到底胜了它们一筹，输掉的是什么，他和老鼠有着一样的无知和茫然。

腊月二十八，在外拉脚的杨天青返回了洪水峪。溪流上肿着宽厚的白冰，骡子踏上去砰砰地打滑脚，他小心地把它牵过去，没走几步就发觉水泉那边有双眼睛在看着他。他松开缰绳，绕着结冰的石头台阶慢慢向她走去，她把花布罩衫扔到水泉的冰洞里，两只紫胖的僵手在胯上腰上搓来搓去。她抖出了一线微笑，下牙露出黑晃晃的豁口，少了一颗，不只一颗，她的笑已失去往日整齐的模样。他站住了，又在她白白的额上见到一块青伤，在她粉粉的腮上盯出一块鼓出来的紫肿。他眼神儿零乱起来，知道他不在的日子家里出了大事，那个哀笑把底细透给了他。

"天青……咋不捎个信儿就回来了？"

"都是西水那边的生意，见不着熟脸。婶子，你这是咋啦？"

"初五回史家营，洗洗衣裳，脏了半冬，看娘家人笑话我……你先家去吧。"

"你的脸咋啦？"

"没啥怜惜，自家不长眼，担水叫冰滑跌了，我洗净了就回去……你叔他杀猪哩！"

"说妥了来年杀么，咋又急了？"

"杀了好。日子咋过也是个过……"

"你的牙磕崩了？"

"我把它吃到肚儿里啦。"

姅子想笑笑，却突然红了眼圈，两汪泪冻得颤颤的不肯掉下来。天青找不到话，跨过去要帮助把冷水里泡的衣服拎上来，让姅子拦住了。两只手碰了姅子冻红的胳膊儿，鼻腔里不知怎么就泛起了酸楚，心也疼得缩紧，目光死死地留在那些伤上。

"看你瘦的，这一下有肉吃啦！听听，那猪哭它的命哩。"

姅子说着便低了头，大颗的眼泪终于冰粒子似的砸进了泉水。那头猪高一声低一声地嚎丧，天青迈进宅院，发觉它已经在小炕桌上躺好，除了开开合合的长嘴，绳索完全地固定了它。它用最后的力气给自己唱着暴烈的挽歌，叔叔站在它脑袋旁边，在袄袖子上得意扬扬地慢悠悠地蹭着那把刀，让它唱得尽意些，长久些。叔叔整个人在天青眼里显出了十二分的毒辣和野蛮。他敲掉了姅子的牙，伤了那张俏脸，还不够，还泄不掉杀气。他急等着见血的样子，让天青看了呕心得慌。

天青拴好骡子，别的不干，先把钱递过去。叔叔将一叠花花绿绿的纸币抓在掌上，没做什么表情。

"多少？"

"你数吧，就这些。"

"歇歇脚，尽早帮我拾掇了它。"

"这猪没起膘哩。"

"人也要膘不是，让它养养咱吧！"

"杀了可惜。"

"你不吃咋的？达摩庄来人说西水那边有劫道的，没撞上吧……那骡子咋看着瘦了？"

天青不声不响地走进了小厢房。都瘦了。人瘦猪瘦骡子瘦，叔叔的老脸长刀似的，瘦得近乎走形。鬼知道他都累了些什么，暖暖的冬炕竟蹲不起膘来。

"你干啥去啦？赶集了不成？一件烂衣裳就刷不够！瓦盆藏裆里了？快找！等着盛血哩。整日哭咧咧的，我拿镐把子抢你！还不快些，你抬脸看看日头。"

叔叔这是跟姅子说话么？天青蹲在厢房地上，脖子上的大筋一勃一勃地弹起来。他在外奔走的时辰，家里确乎出了事了，婶子身腰如旧，可见还为那件老事，但叔叔的口气里有往日不曾流露过的厌恶，似乎那女人是个必须切齿痛恨的仇敌，要随时准备给予殴打。

叔叔在吆喝，用刀面啪啪地拍打那头阉猪的肚子，逗得它更高亢地啸叫。尖刀不理会这个虚张声势，在空中划了美丽的圆弧，笔直地沿着脖腔刺了进去。猪哽咽了一下，留出片刻停顿。天青按牢晃动的猪头，无意中抬眼，看到婶子散了架似的弯下腰身，竟瘫坐在北屋的门槛上了。快刀嗖一下抽出了血浆，在瓦盆上呼啦啦溅出了黑红的扇面似的瀑布，门槛上那张脸映照了生动的血色，显出死一样的苍白。猪发出奇大的惨叫，不久便衰微，旋即转入一种乐天知命的安详。叔叔傲然地觉得那红水淌得有失汹涌，复又挺刀直进，扎进了湿淋淋的血口子，在心的位置上横翻竖搅，把拳头和小臂浇满了滴滴答答的红粒子和红条子。叔叔还笑，扬着亮晶晶的额头招呼女人来给他抹汗，抹净了又吩咐将薯干酒斟一盅端给他喝。女人软得持不稳八钱酒，哆哆嗦嗦地把酒喂到他胡须上，相就的工夫，又喂到下巴上去了。叔叔居然不恼，摊着两只吓人的血爪子哧哧地笑起来。暴虐的杀害使他尝到十足的快乐，目光里胀满了陶醉，看猪看人几乎不存什么区别。天青的后脖颈触到了嗖嗖的冷气，眼中的婶子也抖得更加分明，好像头发上缠了一只手在不快不慢地摇她，筛她。

猪头齐轧轧地割下来了，天青端着它，看看它的眼，脱离了肉身，眼却开着，嘴也开着，舌头上淌出了一些粉红的气泡，给他的手指涂了更多的粘腻。他让火燎了似的把它扔进了破筐，这个盛器让他盯了很久。他恍惚领略了腾腾杀气中的一个原因，不敢肯定，就牢牢地监视那把刀的走向，在猪的尸体上摆出更凶的样子给叔叔看，险些将一条猪腿活活地扯下来。他殷勤地配合了叔叔的杀伐，又示威似的将前裆的两只蹄脚咔吧一下劈裂，惊得掌刀人连连唏嘘赞叹。

"小子，有劲道！"

"天青，让让！看刀闪了你……"

天青不肯罢手，甩了小棉袄，揽绳索一样抽出了一团大肠，水灵灵青鼓鼓地绕了粗臭的一臂。举止虽然残忍，悬着的那颗心却悄悄降下，晓得叔叔的逞威不是对着自己来的。然而婶子身上依旧缠着一只手，固执地摇她，筛她，使她不能翻翩地行路。似乎她的筋骨和魂灵已经跟随那头畜生一并给人杀掉了。

红红白白的肉朵子在屋檐的铁钩子上冻了起来，溅了血的宅院再度清冷。除夕晚上，肉吃到嘴里来了，天青用舌头把软嘟嘟的白膘子卷到肚子里去，仔细地端详守着炕桌的另外两个人。婶子吃得很小心，缓缓地以牙齿切割，半天不曾咽一下，叔叔的嘴发出连贯的吐噜吐噜的声音，像吮面条一样将大块的肥肉吞下去，他饮酒时嘴唇的动静活似转着一根干燥的门轴，吱吱呀呀响得十分古怪。眼看吃得差不多了，叔叔竟然摇头晃脑地哼哼起来，没完没了地重复着一个意思。

"我那亲娘哎!"

婶子挪他的酒杯，他很清醒地一把夺了过去，潮湿的小眼睛一眨不眨地盯着屋檩。

"我那念儿疼儿的娘哎……"

晕乎乎的似乎要唱，只是找不到一个确定的调子，便用两只干枯的大手啪啪地拍击大腿和膝盖。

"我那打了儿骂了儿蹬了腿儿的老娘哎……睁眼看看你的绝户儿子吧……娘哎!"

除夕的灯影里面，飘荡着烧不透的煤油味儿和啪啪的拍打大腿的声音。天青吃不下去了；肚子里的东西急着要翻上来。

半夜时分，睡在厢房里的天青猛然听到一声尖嚎。不像人，可也不像狼，他扣在枕头上紧张地分辨。等新的一声嚎叫传来，他终于判定那声嘶力竭的是他婶子，惨号后面扩展着是他叔叔无声无息的绝望，和一种非人的残酷的暴力。

天青摸出厢房，光着两只大脚潜到大北屋的窗户底下。他像惯于夜伏的猛兽似的蹲在黑暗里，两眼霍霍地放光。他记得斧子就在台阶附近，剁猪蹄时用过的，悄悄摸了一遍却没有。还要摸索，光脚适时地踩到了镰刀柄，冒汗的大手哆哆嗦嗦地抓紧了它。

"他叔……你要拧死我啦……"

"祖奶奶! 你舒坦了吧? 我日你祖宗十八代，这一回你可舒坦了吧!"

"……我不活哩!"

"便宜! 你个掐不死咬不烂的货! 叫……你叫……还叫不? 我整不

软你我就不是个人！我日你……"

不知施了什么手段，女人的半声尖叫让个软软的东西塞住，化成唔唔吭吭的浑沌。炕沿上又发出咚咚的撞击，似乎在揪着一颗脑袋游戏似的磕着了。叔叔得趣地大喘，在炕席上不停地翻来覆去，就像不停地掀着一条装满了粮食的破麻袋。

四

见识浅薄的杨天青脚掌冰凉，不知如何是好。当他确信听到了笤帚疙瘩或烧火棍在肉上的抽打声，满腔怒火再也无法按捺，发疯地抡圆了粗壮的胳膊，把整个身子都带得蹦跳张狂起来。镰刀削掉了悬在屋檐上的一块冻肉，又闪电似的舞出耀眼的白光，狠狠地锈进了北屋的榆木立柱。屋里霎时安静，打的声音和挨打的声音都不响了。

"……谁？"

天青不答，脚下石板地的冰凉已经穿透了他的身子，心和脑袋一律变得僵硬。

"谁？"

"……我。"

"天青么？"

"……是我。"

"骡子喂了？"

"喂了。"

天青挪着光脚，眼珠机警地转动起来。

"婶子病了么？"

"没啥……心口疼，想是吃差了。"

"别是急症吧？我到黄塔请人来看看好不哩？小心耽误了。"

"不着忙……这阵儿踏实了。"

"我去睡啦？"

"……睡吧。才是啥东西响来？吓煞。"

"黑灯瞎火的，谁知啥哩！"

天青回到厢房，怎么也睡不稳，在炕席上盘着两条腿想心事。没有拔下那柄镰刀，是想让施虐的人仔细看看它，让他明白到底是榆木桩子硬还是自己的脑壳硬，再向女人下狠手时也好掂量着些。往深处思谋思谋，又觉得这个警告不太牢靠。他担心超出侄子的身份，给叔叔找到把柄，更担心女人有所提防，将他视为心术不轨的歹货。后半夜，忧心忡忡的杨天青再次溜出去，从房柱上撤下了镰刀，把削到地上的那块猪肉也抛向屋后邻家的旧房基里去了。他先前的愤怒已经无影无踪，甚至希望宁静的大北屋再生出惊人的响动来。什么也没有。只有两个人一促一缓一壮一细的睡声吹在灰白的窗纸和窗棂上，在窗外人的心里勾出无可名状的欲火和空虚。

　　那年洪水峪成立了互助组。那年发生了许许多多的事件。大年初一的凌晨，杨金山的侄子杨天青在小厢房烧得不热的火炕上辗转反侧，在思想里拥抱一个近在咫尺的女人，直至曙色微明。

　　雄壮的太阳缓慢地热腾腾地升了起来。

　　上中农杨金山五十五岁的时候跨进了一生最悲哀的岁月。终于不行了。疯了似的折腾自己炕上的人，全是因为对这个不行有了一天比一天强烈的预感。往地里背百把斤的一篓肥喘得赛过风箱，镐头举不过十几下就腰麻腿酥，都是成人后不曾遇到过的难堪事。无法忍受的大难堪是在被子底下，完满的配合已经做不到，忽一日就连勉强的交接也撑不住了。他乞灵于花样翻新的袭击，试图以淋漓的殴打找回失掉的希望和愉快，它们却更迅速地离他而去，只给他留下一些欲哭欲死的怪念头。随便拧紧哪块白肉，或者抬脚将她自北墙踢至南墙，他觉着那是打着自己。女人挨杀似的抽搐着叫唤，便是替他向不公平的日月鸣冤了。寻死觅活的女人转嫁了他的绝望，他喜欢揍她，专拣她料不到的地方和料不到的时机揍她。她眼神飘忽战战兢兢地在他眼前走过，使他体味到自己的强壮，短时间忘掉那种种的不堪和不行。女人已经不是女人，没有器官也没有韵味，只是干巴巴的一团骨肉，是他下拳脚的地方。他待那匹骡子反倒好些。他待天青也不赖，厚道的侄子日出而作日落而息，比骡子更让他省心。许多把柄滑过去，一向不理会年轻的后生是个什么威胁，更不知道那双眼如何在女人身上狂奔疾走。如果他后脑勺上生了眼睛，或许会看清侄子那张木呆呆的脸面，上边写满了要杀掉他的意思。

谁在谁的掌心里攥着，两个男人里至少有一个还在糊涂。事情外边的女人，则是长久地糊涂着了。

春天一个日子，一家三人在地里间苗，山梁上悠悠地荡着暖风，扫得人身心困倦。菊豆中途回家做饭去了，叔侄俩一前一后蹲在棒子地里，很细致地做活，使零乱的青苗群渐渐地疏朗整洁起来。叔叔不耐做，不到晌午就歪到地边的草地上，昂着下巴晒开了老阳儿。天青蹲在田里不肯歇，叔叔就隔远地跟他说活，一边说一边用痰水去淹草坡上乱爬的蚂蚁。

"天青，桑峪那个大脚娘儿们见过没?"

"见过，姓张吧?"

"张家的老寡妇……她是媒婆子。"

"知道。"

"我前天里在老乔家见她呢。"

"唔。"

"她扯天扒地要给你说一个。"

"……谁?"

"没吐口就把她回绝啦。"

"嗯。"

"我养你这些年，叔的难处你心里怕亮堂着哩! 做谁的儿随你，做哪家的姑爷随你。好歹是我兄弟的种。家里日子紧巴，日后宽畅了，你想咋办就咋办……你说哩?"

"说不来……没想过。"

"踏实干一年，看明年村里肯不肯给咱家分户。你自己单过遂心些……我给你钱办事，多了少了别怪你叔。你叔白活一世，留什么也没用场，早晚都是你的哩。"

"我另立户自己挣，你的留给婶子吧。"

"给她不顶给了畜生! 我前脚走她后脚就得招一个来。我金山的血脉断就断自己手里，断她手上我咽不下这口气! 狗日的咋还不送饭来……把他娘的狗腿当柴火烧了不成?"

金山爬起来窥望蛇一样绕在山岗上的小路，白白的道上没有人，只印着稀落落的树影。晌午过了，日头有些歪，影子也悄悄地倾斜。菊豆的青袄终于从岭后闪上了空荡荡的石路，张皇地向田野滑过来了。金山呼一下弹起身子，见了猎物一样向来人扑过去，把她截在远远的一个山凹里。天青没有跟上，紧张地站到高处，想看得清楚些。听不到叔叔在吼什么，婶子一味地后退，已经退到草地上去了。天青看到装吃食的小篮子在坡上滚，接着看到婶子在坡上滚，叔叔跳大神儿似的追着踢着。叔叔咆哮了片刻，在婶子背上踹了最后一脚，便匆匆地窜回道路，一股黑风似的往村里卷去。婶子低头坐在草里，长久地抚着脊背，又踉跄地去寻找滚跌了的小篮子。天青把狂乱的心跳压稳，要把看到的这些都忘掉。等女人将吃食送到地边，在背后哀哀地隐泣抹泪的时候，他正装模作样地伏在半尺来长的苗丛里，仔细地清除争肥争地的废苗子和长势迅猛的杂草。他只给她一个沉默而无言的脊梁，半天不肯转身。女人泪眼蒙眬地看着他。

"天青……吃了再干……"

"你先吃。"

"……我不吃啦！"

女人猛烈地抽搭起来。天青停了手，看着脚下的地，还是迟迟不肯回脸。

"你咋了，婶子？"

"天青……我把话先撂给你，你叔他迟早杀了我！日子没得过了，你见啥听啥给史家营捎个信儿。别拦他！让老东西杀了我吧……我不指望活哩……"

"我叔他脾气赖。"

"他可是个人？你叔他可是个人？我屈呀！天青，我受他的你也受他的不成？亲侄儿哎，你跟婶子交代交代，我在你们杨家可怎么活？我迟早给他打死，我受不下啦……"

婶子噎了气，哭得十分艰难。天青抱着脑袋，找不到妥帖的话说，想做的事只有一件，就是跑过去把不幸的女人揽到胸口，让她滔滔地哭个顺畅。头一次听到她悲切的倾诉，竟有这么多话给他，使他明白女人离他不远，伸手便能抓到，也使他更恐惧地游移于侄子的本分，不知道后面等他的是些什么。

眼前的黄土点点滴滴地湿润起来，已经更没有法子去看她。背上热辣辣地燃着一堆火，想必是她红肿的眼在看着他了。

"天青……趁热吃吧。"

"就吃。我去一下……回来就吃。"

他佯装解手，匆忙地翻过棒子地前面的山包，找棵桦树靠着蹲下来，眼里憋的水唰唰地泄到脸上和衣服上。他撞那棵树，咬一块桦树皮含在嘴里，把奔涌的悲声完全地堵回肚子里去，一点儿也不给她听到。他深深地触到了一种奇大的悲惨，是她的，也是他的。

金山不见踪影。他打女人的借口原本是因为送饭迟误，女人告诉他骡子卧在槽里不起身，也不吃东西，他的借口就换了一个，只是打得更充分也更凌厉些。女人伤了腰，间苗时用着半跪半趴的姿势，天青没有表达什么，殷勤的只有那张笨嘴，歇歇吧歇歇吧地劝阻，声音倒比往日更添些冰冷。这冰冷首先给自己来感觉，不这样就挡不住自己，因为整整一个后晌都在酝酿要不要把不听劝的女人拦腰抱起来，抱到棒子地外面去。决心下了一百次，毁灭了一百次，只徒然地磨着冰冷的嘴唇。女人在他的声音里得到安慰，不在乎那些刻意的冷淡，因为他潮湿的眼睛及里面不褪的红色已经在热着她的心，并且暗暗地品味着了。

骡子果然得了急症，金山在它腹皮上按到很大一个软包，疑是绞肠痧。等不及娘儿们和侄子下地回来，就闭了院门，将摇摇摆摆不肯走路的牲口牵离了村子。晚饭时辰，老乔家来人传金山留的话，说是到达摩庄请人医治，治不好就去桑峪，一时回不来的，叮嘱趁着天好早些把苗子间出来，园子里的菜早晚留意些，小心让哪家的猪崽子拱吃了，等等。来人又哧哧地笑了，告诉菊豆和天青，金山走时满脑袋流汗，摸牲口肚子当口像是有泪掉下来了。宝贝要死了，金山怕也活不成。菊豆听到这个玩笑只咧了咧嘴角，天青什么反应也没有，闷闷地喝着玉米粥。叔叔今晚不回来了。院子里只有他和婶子了。他的全部思想都停留在这个从来没有遇到的事情上。局面来得太突然，不能肯定往日是否渴念过，有些怕。撂下碗筷，见女人出来进去走得很轻捷，怕得便更狠，暗知在无数的夜晚里，自己早就无数次地把这种机会设计操演过了。

"踏实睡，用不着三更伺弄歪骡子啦！"

"婶子，喊我起炕……赶早把菜浇浇，我睡得贪。"

"踏实睡你的，你啥时候睡过整觉？他不在了你还怕啥？"

"起早浇了吧，看他回来找话说……我是累惯了的，干一事少一事。"

"你就是个木头？"

婶子拾掇了鸡窝，站在院子的月光里，脸上融着灰灰的一团，天青辨不出那上面松了捆绑的浅笑和柔情，是不是有他要找的意思。她嗔怪他是个木头，是怨他呢，还是唤他呢？她要唤他完成一件事情么？婶子嘱他早早歇息，便轻巧地移回北屋去了，闭紧的门给天青丢下一个庄重。他趄到厢房，把木头甩上炕席，指肚儿摸来摸去，要剜掉这木头上的羞惭和胆怯，让它如他所愿的那样活泼起来。北屋油灯灭了，他屋里那盏灯一直就没点。不知躺了多久，想着如何站到北屋台阶上，又想如何对付那两扇黑门。步骤很完全，然而每想到走进门去，思绪就纷乱颤抖不止，阴谋和勇气也随之一塌糊涂了。他拉住夹被把自己紧紧捂了起来，连脑袋也一并捂住，终于退缩了，没下炕，没进院子，没上台阶，什么动作也没有。木头和苇席棉被长成了一体，沉沉地入了梦，不再忧愁梦外的一切。有心去梦里演习他的计划，然而悠悠地就是不见花朵似的那片身子，倒恍惚看到一个不相干的人，搂着一匹骡子哀哀地哭泣，踢他踹他也不走，拎了斧头砍他，胳膊却举不起来，满世界轰轰地响着流泪的声音和吧嗒着嘴唇舔泪吃泪的声音。

天青醒了，手在被子里寻找丢失的斧头，找不着，哭泣的声音却依旧持续着。窗外有人，他霎时惊住，看清了与梦里不同的情况。刚刚撩开被角，抽泣便迅速消失，北屋的门轴远远地低低地叫了一声。月光很白，铺了青石板的院子像一池水。天青在窗户上趴了半天，仰身倒回枕头，疑心自己是迷了梦了。却又不信。耳朵是真切的，心也是真切的。却还是不信。事情无论如何不会这个样子。是他想这么做，做不成，因而恍惚了。梦见看见听见了那么多，全是因为脑袋有些发颠。人颠了什么都能看到，叔叔有一回不是看到爷爷了么？爷爷在圈里拉了一摊东西，去灶间掀掀锅盖，又给骡子抓了一把黑豆，就走了。叔叔亲眼见来着，只是没敢跟爷爷说话。自己刚才找了半天斧头，在窗户上见了婶子，全是招了颠的缘故，跟叔叔没两样的。天青安慰了自己，却一夜不曾睡稳，早早地爬起来，看着晨光里直挺挺的顶门棍发呆，顶它是防兽防风，一向如此，现在却使他生了气恼，怪自己昨晚为什么不留个疏漏。再想想，又看出这气恼没有道理，便拖着困乏的身子到园子里浇菜去了。北屋闭着门，婶子还睡着。他怕看到她，却未想她是不是也怕。如果两个人相互怕起来，这宽敞的院子就没法子待了，直到把水引进菜地，稍稍清醒的杨天青才动了这个念头。不等他叹气，婶子清凌凌的声音已经从村巷里鸟叫似的悠出来，在招呼他归家吃饭了。往日也这么叫，却从来没有如此悠扬。天青愉快地抬起头，在溪流对面的山岗上见到了起伏的绿色，又在绿色上面看到了一幕干干净净的蓝色的天空。他也想叫一叫了，觉得悠扬的叫会使他生出两扇翅膀，舒展地飞到山谷的早风里去。

这是春天里无比晴朗的一个日子。太阳很好，风也很好，小溪流在很好的风和阳光里汩汩地奔波欢腾，给弯曲的山沟绕上了一条清亮的白光，给洪水峪奏出了不停顿的美妙声音。在同一片温暖的阳光下，杨金山的侄子杨天青和杨金山的妻子王菊豆迈进了落马岭附近青苗茁壮的棒子地，而杨金山本人则牵着病入膏肓的爱骡在由达摩庄至桑峪的山间小道上艰难跋涉。人人都怀了希望，希望人人不同。杨金山的思想已经被牲口占据，对亲人布置的陷阱视而不见。即将失掉贞洁的女人则无所畏惧，暂时忘记了沉重的不幸和悲哀，把近乎淫荡的快笑抛在山花初绽的山岗上。年轻后生伴随着暗自思恋了多年的妇人，在阳光一样明媚的笑声中解除了最后的禁锢，奔向他朝思暮想的神奇境界。

事情从这一天的晌午开始，断断续续地持续到黄昏骤降，随后便依照通常的节奏进入了一个长达几十年的不可思议的漫长过程。那个暖洋洋的晌午是个竖纪念碑的时刻，也是个挖掘坟墓的时候。他们把该做的一切都做了一遍，从而晕眩了。

事情没有明确的起因。只是空前愉快地干了一前晌农活儿，彼此说了许多话，当然都是不太相干的话。然后面对面坐在草坡上咀嚼从家里带的干粮，从同一个葫芦模样的器具里斟水喝，用的是同一个瓷碗。腌萝卜粗粗的也只一根，两个人各咬了一边，留着不同的牙印儿。不久便咬乱了，你嘴里有了我的，我嘴里也含了你的，传递了几次女人竟叼住别人的那一边长久地吮起盐味儿来了。饭吃得越来越没有滋味，滋味已经渗到了别的地方。天青鼓着两只眼睛，近乎呆傻地盯住几株刚刚被踏倒的小草，看它们如何顽固地重新弓起了身子，看它们碧绿的伤口如何缓慢地溢出了黏稠的浆液。当它们挺立如初的时候，他立即伸出大脚再一次踏盖过去，脚心里几乎生了疼痛的感觉，似乎有一把绣花针在轻轻地刺上来。

五

女人的腮里滚着食物，风吹细了她的眼，阳光在她丰润的皮上跳动，她的红唇上装饰了几颗食物的残渣，墨发周围有一只不知疲倦的昆虫在飞舞盘旋。

天青的喉咙里无端地涌出大量唾液，像陈年的薯干酒一样燎着他的舌根。

"婶子……"

"啥？"

"昨黑间害梦害煞哩。"

"梦爹来梦娘来？"

"梦……梦着婶子哭。"

"我哭？咋着哭？"

女人把红红的笑脸转给他，隐了许多意味，他却不看，只端详那张脸下的几个部分，目光起伏错落。女人的见识毕竟老成，况且昂亢的水准并不在他以下，又自恃握了操纵的力量，便清清楚楚地包抄起来。

"天青，你怕了吧？"

"……怕啥？"

"你也是五尺高的汉子！"

"我……我怕啥？"

"不怕咋把个窝儿捂得严严的哩？"

"风大，不挡风挡狼不是。"

"你看婶子像只狼不？"

"婶子……"

"妥妥看看你苦命的婶子，我像狼不？"

天青的懦弱似乎激怒了女人，活像刀子一样甩过来割他，脸上却不失笑。然而这笑容的甜意分明是淡了，流布的是渐渐浓起来的自怨自艾和天青一时不能通晓的哀悯。天青低头无话，证实了昨夜非梦，脑袋反而更加沉重，径直地扎到胸口上了。憋闷惊惶之中感到头发茬上降下一片东西，风吹而不落，轻摇而不走，终于明白这柔软的南瓜叶似的一块温暖是女人的手掌。他闭着眼，用牙把浑身的哆嗦咬住，咬不住的就任凭它们被那个掌心吸了去，哆嗦却还有，不停地沿着手脚向外施放。

"婶子……叔叔他……"

"别提他！让老东西死去！"

"婶子，放羊的在坡上……"

"羊群翻到阴坡去了。"

"……你干啥?"

"你说，婶子像狼不?"

"婶子别耍笑我……"

"天青，你嘴瞒了人眼可瞒不了哩！"

"停窗根哭的是你?"

"是我！你叔让我死，我不死！老天有眼，让它看我咋活着！天青，我是喜哩……想让你伴我喜兴哩……活活咒那个老不死的！你叔他毁我半世啦！"

那手求援似的抓住他的头发，太短拢不住，就滑下来揪住了他的衣领，脖子上的大筋勒得转眼粗壮圆滚，勃勃地涌着青血。

"天青，你疼我！"

"轻些，看打了水罐……"

"你心里装得下我不? 任你拿哩!"

"婶子……我裂啦！我心尖尖裂啦……婶子哎，你要笑我不成?"

"要吃你！怕你就走。"

却不让走，也不欲走。然后就无话。一颗蓬松的头抵到怀里，把他生了硬须的下巴顶得高高翘起来。蛇似的两条软臂在脖根上胳膊上胡乱缠绕。最终选定了一个姿态，紧箍着他的腰脊不放了。天青的眼睛已经没有用处，只觉到有个香软的东西在啄他，脸上洒了点点湿润。呼气的嘴便不再摆脱，紧促地火辣辣地搜寻过去，与正在找他的嘴撞个正着，不顾气闷和牙痛，狠狠地长久地做了一个吕字。太阳在他眼里猛烈地摇晃起来。手和身子闪电般地接受了一种指引，跳成了忙碌的舞蹈。仰下来见的是金子铸的天空，万条光束穿透了硬和软的一切。俯过去见的是漫山青草，水一样载着所有冷的和热的起伏飘游。不相干的因了快速的触击达成牢固的衔接，就像山脉和天空因为相压相就而融汇出无边的一体。显得惊慌失措同时更显得有条不紊的杨天青头一次感到了自己呼吸的困难，天塌下来埋住了他，他刚刚领略到一丝绝望便掉进了前所未见的佳境，袭击了他的是类似快活而超越了快活的雷霆与风暴。他大吃了一惊，身心随之痉挛。

眼里悬着的是颗正在爆炸的太阳，颜色发黑，像个埋在火烬里的烧焦了的山药蛋，像一张晾在屋檐上的刚刚剥下来不久的母猪的毛皮。一切都是黑的了。

此时，五十里山路以外的桑峪情况良好。妖医梁大头只一眼便诊准了病骡子的症结，正操起半尺长的一把白刀子，在骡子的腹皮上晃来晃去，要选定一个剜捅的位置。劳顿的杨金山不忍目睹，悄悄溜到主人家的门外，靠着院墙歇息瞭望。杂七杂八地想到许多事，大都与骡子的过去和未来有关。人世沧桑，最忠厚牢靠的伴儿竟是个畜生，让他委实不解。活着的人里没有哪个让他如此牵挂，时时念想的只有远在地府的爹娘和未曾降世的儿孙。纠缠阴间的事情不是担心爹娘是否在那边受苦，而是神秘于自己的将来。在幻象中安排儿孙的生活，图的是这个不可知的将来。让他忧心忡忡百思难解的，是爹娘交下来的自己这条生命将怎样不断代地旺盛地传递下去。他疑心前世有孽，所以天神要指派不生养的女人来惩治他，一个不够，竟有两个，先先后后地来促他灰心，使他活得不能畅意。他对骡子的种种关切，或许就是感知了相似的命运，所以要在苦命的牲灵身上将一种深刻的体恤来加倍地扩展和烙印了。

悲痛的杨金山沐浴着春天的阳光，淡然地想到家，更淡然地想到妻子和侄子。他想到她和他的时候似乎是在想着庭院中的两件摆设，因此他绝不能料想重重的山岭背后正在深化的一个进程，也绝不能料想在属于他的田野里如何爆发了一项冲突。那是和间苗或铲草完全无关的事件，却更为劳累。侄子强健过人的肌体在他反复耕耘的田垄里伸进了犁铧，并且比他有效百倍地狂放地播着种子了。

杨金山听到了骡子疼痛的啸叫。刀子划破皮肤的声音像撕碎了窗户纸一样，吱啦吱啦地勾出了他的眼泪。

遥远的杨天青也在叫着的，于灿烂的升腾中。似乎有更大的痛苦，嗓音也因之更为高亢。像一个暴虐地杀人或者绝望地被杀的角色，他动用了不曾动用的男人的伟力，以巨大的叫声做了搏战的号角。

"姊子！姊子……"

这是起始的不伦不类的语句。

"菊豆！我那亲亲的菊豆……"

中途就渐渐地入了港。

"我那亲亲的小母鸽子哎！！"

收束的巅峰上终于有了确切的认识和表白。

太阳在山坡上流水，金色的棒子地里两只大蟒绕成了交错的一团，又徐徐地滑进了草丛，鸣叫着，扑棱着，颠倒着，更似两只白色丰满的大鸟，以不懈的挣扎做起飞的预备，要展翅刺上云端。

"我那亲亲的小母鸽子哎！"

那一年女人二十六岁，杨天青是幸福的二十二岁。以后的年月里，在一系列精密选择的时间和地点，在充满幸福与罪恶的阴谋中，杨天青根据他牢固不变的想象力无数次地重申了这句宣言，女人便也无数次地毫无厌倦地承接了这个吼叫和呻吟，并衷心地为之陶醉。

俩人遵循的朝拜仪式中，它是不变的禅语，凝结了具体的本质性的信仰，又沾染了原始的诗意，因此便被他和她永恒地诉说和聆听着了。

洪水峪的生活有了新模样。互助组形成燎原之势，顽固的单干者们已经土崩瓦解。小满时令，乡里来人组织了识字班，召集青壮年和妇女参加扫盲突击。一旦黄昏降临，村口老核桃树下面便齐聚了几十条粗细不同的嗓子，肃声地念着人、口、手，以及马、牛、羊、天、地、水。

杨金山不入互助组，以劳力的数量和质量而论，他认为自己非常强大，因而不能容忍外人来分享。他也不让年轻的妻子和侄子介入识字班，在核桃树底下饱受蚊虫叮咬而又念经似的嗡嗡不休，在他看来是万分可笑的蠢举。他认为自家的生活中有许多迫切的事情急等着做，断不能悠闲懒散。

究竟做些什么，却又常常无数而无绪。家里另外两个人不时受到相互矛盾的指派，水缸明明满着，却严令去担水，刚刚遛过骡子回来，又催促把它牵到山上去再放。两个人负着沉重的隐私，不由得挂出低声下气的外表，内里却分明地感知老东西在日复一日恍惚，并且不可逆转地糊涂着了，骡子大病一次，主人也跟着失掉灵性，这或许就是造化的精心布置，要使年轻的他和她更大胆地放荡，更没有顾忌地来彼此偷窃。纵情的举动便额外地添加了信心，在天地不知的暗处增强了速决的频率，所言所做真个是无不销魂而呜呼了！

糊涂着的杨金山也奇怪于女人的变化。每逢自己莫名其妙地狠毒起来，仍旧可以招致畏惧的颤抖，却再也听不到那种令人快意的母狼一样的尖叫声。女人的白牙咬破红唇，任凭他在光滑的皮肤上制造出一块又一块青紫的淤斑，任凭他砍伐树木似的将那柔软的躯体弯来折去，表现了一种誓死忍耐的决绝。他最为诧异的是女人不仅忍辱含垢，而且前所未见地显示了主动的顺从和殷勤，她渴望完成的欲望是那么迫切，几乎使他疑心这是对他的无能的一种巨大羞辱。白日里下地，见她屡次丢开锄头惊惶地隐入灌木丛，窃以为那是跑肚或尿慌，万不曾料想她是怎样伏在僻静处频繁地呕着又喜又悲的涩水。歇息时只见虎背熊腰的侄子在密林深处游来荡去，以为是寻找蘑菇或山雀蛋，却不见那双大手如何秘密地攥着几颗酸溜溜的野杏，更不见它们以怎样的传递方式塞进女人焦渴的嘴巴。妻子和侄子在规矩地做活，茂密的庄稼预兆着满意的收成。被阴谋暗暗侵蚀的杨金山竟然没有一丝挑剔，只对身旁两具不知疲倦而精力旺盛的身子抱了许多不明不白的嫉妒。自家的手脚似乎越来越迟钝，也想抖擞，然而五尺长的大锄杆子再也拉不出风来了。他的悲哀就不能不局限在这个无知的地步，听凭一颗茁壮的种子在他的田野里孕育生长，于后知后觉中预备着为他人做个受骗的父亲。这甜蜜爽人的角色便只能沉在一个永远不醒的老梦里了。

杨金山得知女人怀胎是在三个月以后。当他再度野性发作而狂扇她的嘴巴时，突然发觉她没有伸手拦挡，却蹊跷地紧紧地护着肚子。他扯开那双手，目光游移起来，女人禁不住端详和抚摸，摊开两臂涔涔地落了泪。追问之后，他险些一脑袋栽下炕去，喷出了一声奇大的响亮的怪笑。随后便捧住那丘白白的肚子无声而猛烈地哭泣，皱巴巴的脸鬼一样胡乱扭动，整个身子都抽搐摇摆起来了。

"狗日的，你咋不早说！"

厢房里的杨天青给那声怪笑惊得睁大了两只眼，紧张地准备与一场迟早会降临的危机抗争。听到了一连串啪啪的清脆的声音，好半天才判断出那是狂喜的人在忘乎所以地打着自己的嘴巴，他稍稍地松了一口气。

"老天爷开了眼啦！"

"菊豆，我待你亏了心哩！"

"亲爹哎，你儿得了天助有救啦……"

颠乱的声音响了小半夜，不久便也宁静而安顿了。三颗心在不同的腔子里搏动，各自想着异样的心事。天青的思想是确凿的，那是他的而不是别人的儿子，他从女人那里得知了那个人的窘状，况且长年无子的历史也确切地做了证明。但是那种喜极而泣的声音震撼了他，使他头一次辨清了自己的罪孽，知道欺诳的不只是叔叔，在一个绝顶紧要的地方他辱没了自己的爹娘。他做了万人唾骂当剐当诛的见不得人的恶事了！日后该怎么活，成了解不开的难题，像不可攀的山岗一样在他眼前陡然高耸起来，他孤独地做了一只走投无路的野兽。长夜难眠，他咬着炕席的苇子片排泄苦闷，一时竟感到那咔咔磨着的是两排尖利的狼牙，刹那间便无所畏惧了。

杨金山欣喜若狂，第二天就摆出了两样的态度。他早早地招呼天青起身，在必做的活儿里添入一项揭火煮饭。玉米粥煮好，天青又被命令去张罗鸡食、猪食，然后是空着肚子劈柴、担水、饮牲口。做着这一切的时候，杨金山站在北屋台阶上袖手四顾，瘦脸恬淡，像个财产上一夜之间便暴发的人，沉醉在对周围事物的有效支配中。王菊豆一动不动地盘腿坐着，遵循丈夫固执而古怪的意愿，她必须每时每刻对肚子里的另一个人负起保护的责任，因而也就必须暂时放弃行动的自由。透过窗户上破裂的挡风纸，她看到侄子驯服地做着往日由她来做的种种劳务，笨手笨脚而又卖劲儿的样子使她大为伤感。杨金山亲手端来早饭和腌香椿，见女人眼里有泪。以为是让自己感动的，于是他也感动起来，鼻子竟有些酸楚。在香椿叶上点了几滴芝麻油，觉得不够又点了几滴，舌头吧唧吧唧地舔着油瓶子，似乎在品尝自己心胸的博大。

"多吃！"

菊豆窘迫地埋头在碗里。

"别乱动！伤了胎……看老子不宰你！力气活儿叫天青干，你得养养骨血。"

温情飘荡，凶残的男人居然在女人的肩膀上搁了一只手，一只不是用来施放暴力而是用来真心抚慰的大手。女人的几颗泪哆嗦着溅进粥碗。他很满足，暗暗发誓要把更大的关怀补偿给她。然而他对近在眼前的微妙现象没有一点儿意识，女人突然降热泪，是因为她白如骨片的耳朵在院子里一群母鸡的啄食声和两只猪崽子囫囵吞咽的哼哼声里捕捉着另一种音响，无可奈何的忙碌喘息透露了日后的情景，也把丈夫的用意揭开了。她因为日益胀大的肚子而获得的赦免，会在那个年轻茁壮的男人身上转为更沉重的压迫，掉到受不下的更不堪的处境里去。她和他的命紧紧地系在别人手里，肚子里多一个生灵，反倒系得越发紧束了。她已经没了办法，那个人或许也没了办法，院子里踏踏踏的脚步声响得只是一团昏乱和不知所措，全不见春天草地上的愉快和勇猛，像是要伸着脖子来等人处置了。

菊豆不再下地。金山的心思也不在庄稼上，手忙脚乱地像丢了魂，不时地撒着老腿在村巷里转悠。绝处逢生的喜悦使他更加糊涂，只想迫切地向遇到的每一个人公布他的壮举。以奔六十去的不老之身使一个女人坐了胎，几十年的奋斗终于有了结果，在他看来无论如何也是一件值得炫耀的事情。听到消息的人像是为他高兴，当然那高兴并不在他们得知自家的女人有喜以上，甚至不比得知自家的母畜有孕之后所表示的欢快更多。人有男女，畜有公母，生养是天经地义的事，没什么大惊小怪的。他们只是觉得金山可怜，因为他费事似乎太多了一些。金山得到许多不浓不淡的家常话，渐渐明白别人并不曾看中他的无上的光荣，未免太不把这个大事当作大喜事，于是心头略感不快。但是他仍旧挂了笑脸走路，脚底板一掀一掀地想多流露些类似年轻人的弹力，也想把那份得意和满足留给自我来欣赏。

六

在八月的田野里侍弄庄稼，杨金山每每不能坚持到日落。与魂不守舍的叔叔相比，侄子反倒更为镇静和从容。引水浇玉米，叔叔到渠头张罗半天，居然昏头昏脑地把水改到别人家的地里，天青只是一笑，再悄悄地把水引回来。这呆事轮到他做下，叔叔怕要跳脚，近来叔叔是越来越频繁地对着他跳脚了。等孩子出世，叔叔会把更大的威风逞给他，他不在乎这些，他从叔叔的行为里得到许多勇气，负疚的心情日益漠然。他不怕这个人，无情支配他的这个人常常让他觉得可笑。他很踏实，因为他总在想着女人肚子里的那个孩子，以及制造这个孩子时那些无意的激动人心的最初步骤。他为自己的能力惊讶，也为不可想象的女人的能力惊讶，亲叔叔以主人的身份呵斥他的时候几乎引不起他的愤怒，他的后盾是巨大的快活和巨大的信心。只在肯做，他什么都做得来，包括在实质上做一个人的丈夫，做另一个不可知的人的父亲。他觉得自己是在讨还民国三十三年那个落雨的秋天被人欠下的债务。她是他的。他的！他对那个名义上的父亲只有轻蔑，他也在替她轻蔑着那个人。

杨天青独自承担了三个人的劳动，落马岭夏秋之交的田野里洒满了他的汗水。杨金山的土地上见不到杨金山，洪水峪的善良人便哀叹那个呆侄子的忠厚和寂寞。

"天青，我家去看看。你把靠崖根的几梯棒子拾掇拾掇，晚饭不急，干妥了再回来。"

干妥了往往是在前夜，山岭上悬着密麻麻的星花，白灿灿地罩着归家的小道和他疲倦不堪的身子。走进宅院他就不是自己了，好像睡够了刚刚爬起来，叮叮当当地捅灶热饭，吃粥时把嘴皮吮得一阵脆响。他是想告诉让油灯映在大北屋窗纸上的那个人影，他一切都好，她不必把头垂得那么低，也不必那么僵硬。他还是她想要的那个他，结实着哩！那人影每一晃动都使他更快地丢掉疲倦，同时又让他更深地陷到另一种疲倦里去。在厢房里疲倦着，懊丧自己竟忘了那么多，只剩下许多甜蜜的碎片，因肿胀和破裂而悄悄融化，浸出模糊的陌生的一堆。他想实在地触一触她了。猛然想到孩子，热辣的念头便暗自消失，化成满腔的温柔和肃穆，使他复又记起了自己的责任。那是需要耐性的长久事业。

王菊豆的肚子吹气似的大了起来。家里没有人的时候，偶尔无聊，也敢踱到村巷里晒晒老阳儿。腰身过于饱满，有乡亲遇见便常常凑上来问到生养的年月，她笑而寡言，吞吞吐吐地说不清楚。

"怕是腊月吧？"

问得紧了，她反而去求教问的人，无知的样子让一些善生的娘儿们觉得可笑。她回答金山的时候也是这句话，金山也无知，因而把这个犹犹豫豫的说法看得很严肃。他扳着手指头回想造孽的日子，恍然记起一次半次的成功，如何成功却模糊了。女人就红着脸提醒他，那一次怎样，另一次又怎样，不是那一次便是另一次了。金山于是频频点头，仿佛确有那么一次，然而究竟是哪一次又是怎样的一次，仍旧是无从印证的模糊。次数太多，行与不行的界限也不大确定，他就不再计较。总算喂鼓了女人的肚子，别的可以一概抹煞，况且他不是一贯强悍的么！鬼迷心窍的杨金山想到女人的顺从，真以为自己确有点石成金的本领了。他已经计算着新的成功，有一便该有二，种一次是完全不够的，不够的！他忽略了女人眼色里的慌张，不晓得女人在求助于他的糊涂，只以为那是怀想他对她的种种侮弄而浮出来的娇羞。他感到慰藉。他喜欢她战战兢兢的样子。女人的胆怯让他加倍地尝到了为夫为父的喜悦。他要让咒他无后的人看看，堂堂正正的杨金山就要做那个小崽子的父亲了。

第二年正月十六日，坐落在洪水峪村南的杨金山的宅院一片繁忙，产妇凄厉的叫声自半夜响到黎明。大北屋的油灯陡然熄灭，接生婆累得昏头昏脑地踉跄到台阶上，向脸色苍白的杨金山郑重宣告：一把大酒壶，一个带把儿的大酒壶！边说边把一个带血的手指直挺挺地伸出来，以它来象征降世者与另一类有别的最显著最紧要的标志。不用比划金山也明白了，嘹亮的哭声把底细全部告诉了他。他的儿子很强壮，他的儿子对一切很满意，他的儿子在呼叫父亲，那哭声孝得不能再孝了。

"狗日的！我那儿哎！"

杨金山一头撞进了大北屋，猛兽似的向母子俩扑了过去，在炕沿上跌翻了身子。

守在院子里的乡亲不胜唏嘘。

杨天青不在家，初五就赶着骡子到西水一带驮脚去了。似乎要避开那件事，在外周游了近一月。归来是在十几天之后，在村外遇到老乔家的二小子，说菊豆生了一个男孩儿，名字已经定了，唤做杨天白。按族里的旧名谱起的，天白恰好对着天青，是他的弟弟。二小子又要笑，说再揍一个出来，怕要叫作天黑，天黑的名儿还真没见过。

"快去看看吧，你弟弟胖着哩！"

"我婶子……咋样了？"

"淌了半缸血，你叔把她当佛供着，忘了当初咋着治弄她来，你快去看看吧。"

天青呼了一口气，却拉不开腿，呆呆地站了片刻。他把骡子牵到山上，在一面草坡上躺下来。一蓬枯萎的野蒿子拂着他的脸，头顶上的白云在冷风里匆忙地赶路，树林里此起彼伏地响着嗖嗖的冰凉的声音。

那人是他弟弟。这层意思竟没有想过。他既然唤做天白，那么他天青必得做他的堂兄弟，这是杨姓的名谱里早已排定了的。他想不到这一层，是因为他一直企图做他的父亲，他确乎是个父亲。然而事情已经明确，对儿子他只能以兄弟相称，直至永远。他也将无尽无休地作那个女人的侄子，永远无法改变。遥想落马岭野地里的一幕，两条命透彻骨髓的联合，却原来都是无益的徒劳，只是一时的凑趣了。他无法容忍。这不公平。太不公平。他不能理解那个小畜生凭什么要被叫作杨天白。陈年的名谱是祖宗里的混蛋灌多了薯干酒之后说的昏话，他不能答应事情落到这个地步，自己这条命说什么也不能让他们这般戏弄，他得吼天叫地把自己的东西要回来、偷回来、夺回来！他不怕杀了谁。他不怕。杀谁却不知道。或许就该杀了自己？该杀么？

杨天青跨进院子的时候，又成了以往的那个人，恭顺而委琐。先在槽头上围着牲口安顿了一阵儿，然后把揣热的钱塞到叔叔贪婪的巴掌里。钱是厚厚的一叠，叔叔喜笑颜开，把他上上下下地打量，他就憨蠢地低了头，仿佛对自己的能干很不好意思。

"骡子劲道差些了吧？"

"不差。"

"天天喂的啥？"

"黑豆。叔让喂黑豆，不敢买麸子，怕瘪害了它不是……"

"喂得不赖，有膘！"

天青眼看着别处，耳朵却搜寻北屋里的动静，听到窸窸窣窣的声音。女人竟然怯得不敢招呼他一声么？

"……婶子生了？"

"生了。"

"生的啥?"

"儿子。"

"胖不?"

"猪崽子!"

"……挺结实?"

"像个骨碴。"

"……"

天青舔着嘴唇,等着,叔叔打个呵欠,似乎不理会他的意思,也不准备把他请到坐着月子的北屋里去。侄子犹如外人。

"你歇吧。院子里抬胳膊抬脚轻些个,看惊了小崽子,他睡不实。"

"婶子好不?"

"奶水足着哩,吃不清!"

"有奶就踏实了。"

"可不……你担水去?不歇歇?"

"这缸……空了。"

"要担就担去吧。"

天青在水泉结了冰的石条子上蹲了半天。溪流对岸有人赶着羊群走过,见他渴坏了似的咔咔地嚼着冰凌,像吃干粮一样。他东倒西歪地担起两桶水,似乎喝多了酒,又像扮演着一出山梆子戏,幽幽地唱着什么。他不停地以袄袖子刮脸,不知是对付冷汗还是对付风催的寒泪。

惊蛰那天后晌,杨金山去村西办事。杨天青攀上柴垛,隔墙看着叔叔的背影逶迤远去,随后跳下来斗胆奔向北屋,撩开了厚重肮脏的棉布门帘子。菊豆捧着一只乳,正给没出满月的天白喂奶。两个人没有话,先是彼此痴迷地看着,然后就把目光合成一股,共同投到襁褓里小小的面孔上。天白吃力地含着奶头,两颗黑亮的眸子却忽东忽西的极是灵活,天青的大手不由得捏向了他。

"轻些,冤家!"

"把我想死!"

"像你不?"

"我啥样儿?"

"看他便知了……"

天青嘻嘻地笑起来，女人把脸弯到天青的胸襟嗅来嗅去，在腋窝旁稳稳地靠住，天青的爪子就移上女人的奶包找不见路似的仓皇地乱走，女人便也嘻嘻地呜咽起来。突然静了嘴，一块儿听着窗外。窗外也静着，只有懒散的母鸡在咕咕地觅食。

"走吧，他回来可了不得！"

"回不来，怕才到哩！"

"撞上就毁啦！"

"撞上罢了，我怕？"

"他可不拿斧子砍翻了你……"

"砍去！三个够他砍一气的。"

"人后充啥牛胆子，你个鬼呀！"

"算啦……这次拉倒！"

天青把手紧催了几下，由女人的腹窝里恋恋地拔出来。天白已经松了小口，粉红的舌尖顶在唇间缝隙里，鼻管一扩一扩地香甜地睡去了。女人敞着白胸，从炕沿上端起一只碗，很苦闷地自揉自握，把盛开的奶花射进去，溅到天青手上的几朵让他埋头舔吃了。

"留奶袋子里怕啥？"

"胀煞哩！"

"真就吃不清？"

"吃不清。"

天青着了魔，下巴耷拉下来，死盯着葫芦把儿似的嗞嗞喷水的奶尖儿。让女人清清楚楚地看见了一股孩子气。

"傻啦！想吃？"

"我……"

"想吃……你吃去。"

"不疼？"

"我那冤家哎！"

天青哈着碗似的大嘴扣了过去，将热绵绵的肉坨团团包住，甜腥的浓汁渗进喉咙之后，他就觉着自己真是这女人的宠物，而女人则是他的仙了。他在白日梦里琢磨着将她吞掉。

杨金山回到院子，见天青正坐在篓子上哼小曲儿，手里绕着骡子的麻绳笼头，往上面编纳一朵破布剪出的花饰。他默默地从侄子身旁走过去，始终没闹明白那是哪里弄来的高兴。都说侄子呆，看来确是呆了，然而那呆的后面似乎有什么东西让人不放心。刚才拒了媒婆提的婚事，礼钱索得太狠，就是倒贴钱，他一时也舍不得丢开这条过人的劳力。侄子若知道了这些，还会唱小曲儿给自己听么？如果明知道了还要唱，高兴里便有恶意了。睡他的屋吃他的粮，厚道的侄子不像是抵触什么，怕是真高兴着哩！碗沉炕暖不高兴才有怪。杨金山释然了。

谷雨前夕杨天白过了百日。第二天杨金山独自去史家营为老丈人送喜酒，日头偏西了仍不见回来，那头骡子却在晚饭时辰踏踏地闯进了门道。鞍鞒光溜溜的，槽里添了料豆，畜生竟不吃。以为叔叔给人拦在巷子里说话，等久了却还是不露，村头村尾均不见影子。

"路上跌了？"

"骑了一辈子牲口，他会跌？"

"不跌咋不回来？"

"回来不回来由他……"

"我去南岭崖道上看看？"

"等吧。"

菊豆向天青交换了一个眼色，天青却不懂，扒净饭碗就出去，在老乔家借了一只马灯架子，逆着山道奔回南岭之夜。

走着走着才略微有些懂，唰地冒了冷汗。回头看看村子，那座屋宇淹在黑风之中，似乎有两只秀眼在突突地放光，把一块黑割成阴沉的碎末儿。不敢想了。

在南岭一个阴风阵阵的道弯儿里，杨天青踩到了一颗头。虽说拎着马灯，静静摊着的仍旧像是黑长的顽石。踩了也没有声息，就把灯光移上那张脸，腿上的肉绷紧，似乎有心再踏上一脚。路旁的草丛后边有崖，把这块软石头掀下去，不碎也能成饼，心事或许竟能就此了结。然而爹娘在冷冷地看着他。这天白的父亲最终是把天白的另一个父亲狠狠地撅到了背上，鬼挪尸似的挟着一星鬼火，踟蹰地走在漫山的阴森里。

起初以为杨金山是醉了酒，因为全身上下无伤无血，扔到北屋炕上，开着的嘴巴微微地吐着辣气。一夜无话，菊豆悚然时掐天白的腚壮胆，哭声不能再大了，金山的表情却无比安详，睡得如僵若死。厢房里的杨天青睡得也不错，吭吭唧唧地扯着响鼾，因懊丧而赌气似的。天明以后杨金山不睁眼也不醒，两个醒过来的这才觉得情况不妙。请来族里的老人，擂胸打背扭胳膊，把死人颠翻了三遭，喷了无数冷水，好歹折腾出一丝活气。先睁开一只眼，随后动了一只手，却不说话，歪嘴馋狗似的拖出一条长涎，伴着零乱的呜呜声。菊豆皱着青眉远远地看他，不知是悲是喜。天青却有些忍不住，外人刚刚走净，他就倚在门框上哧哧地呆笑起来。那人想动难动，欲说难说，怪模样委实滑稽。天青咧着嘴快活，心里没有不幸，女人更是没有，然而可恶的天白竟哀声哀气地大放悲声，让女人一奶头儿噎住了他。

七

"他咋了？"

"说的呢，咋了？"

两个人踱到灶间里，都问却都不答，天青把女人挤到角落的秫秸堆上，嘴和手仓促地逗出几个手段，直至听到软软的笑声。

"晌午烙面饼！"

再吐话时，男人就用了主子的口气。北屋里那一个分明已经废掉，是人是畜难说了。

以后人们知道了原委，精明过人的杨金山是中了风，与骡子和酒都没有关系，由黄塔请来的乡医也说，这是瘫症，无药可治的。料理好了可以不死，若有硬朗的前缘助着，或许还能下炕走走，说出一句半句整话，然而人确是不中用了，不论做什么用。抓了十几剂汤药，吃了果然不行，便只好单一吃饭吃水，上下两个穴总算通畅，进出无碍，苦恼的是和天白做了一类，香的臭的稀的干的都需要女人来伺候，彻底地告别了往日的威风。上中农杨金山苦度一世，图的是做个人上人，最不济也求做个不弯腰的汉子，到头来却不知栽到哪一路恶鬼手里，扔了全数资格。像日本人打响了三八枪，前妻一嘴泥啃倒在芝麻地里，他也或坐或卧在炕角那块苇席上，被打透了似的一点儿一点儿硬下去，眼看着完蛋了。

六天之后的一个午夜，一条黑影顺理成章地游进了厢房，炕席嚓嚓地低吟了两个时辰。月光里闹着几多嘈杂和纷繁，犹如大群的野蝗在夜色中飞跃滑动，山岗也在摇撼中劳累了，疲乏地连连乱抖。

"我那亲亲的小母鸽子哎！"

一支响箭嗖地划出山风，射入茫茫大气，在暗蓝微黑的背景上布出了星星白火。远天里凝着一声不绝的长叹，零乱呼吸便小到无，化作无边的静了。

大祸悬头的杨金山迟钝了足有三旬，一天早晨突然说清了半句话。菊豆正托着胯骨为他刮屎，听他呜呜地乱卷舌头便不耐烦，手下得很重，听懂了才吓一跳。

"……皮疼！"

菊豆疑是听差了，索性再重些，玉米秫擦着瘦黑的腚窝子，像搓着一块墙皮。

"……刮烂我！"

音调似是似非的不准，却让她不由得轻了手，脸上闪了道根深蒂固的畏缩。事后告诉天青，就比肩凑到跟前，东问西问地问了些，那块老舌头却又一嘴肥膘似的囫囵起来，发问的人便放了心。老东西确实不值得一惧了，乐事已然无可阻挡。

杨金山顿悟他的悲剧，是在数夜春风狂度之后，在一个简短清醒的后夜。睁眼时见到一席月光，儿子安卧于炕的另一端，像飘着半段橡木。席面余下的部分空空荡荡，不知丰肥的女人哪儿去了。目光缓缓地搜尽炕里炕外的阴黑处所，确认了她的不在，脑筋搅拌着，搅拌得渐渐加速，终于断了弦似的在头皮里炸了嗡的一声巨响。

四更时厢房的门轴浅浅起动，像是一句猫歌。苦熬苦候的杨金山再也无法容忍这一打击，好坏手脚一齐乱扒，决意要爬起来，竖着站到地上。灼热的人影闪进房，在炕沿高低处见到一个头朝下的人，正蠕动着挣脱倒挂在枕头下的那只瘫脚。吧嗒一声，居然脱离了，四肢全部地伏了地。热着的人影儿顿时冷却，颤巍巍地侥幸地移过去扶他。算计准确的杨金山趁她俯腰之机一掌攀住了她的散发，用这只尚存余力的好手传递他的愤怒，他快马收缰似的狂勒起来。女人扑倒在地，头颅被引着撞向炕沿，一时惊傻了，竟软软地无从反抗。不知谁的脚抵开炕膛火口上的挡石，红光四射，映出了一粗一嫩两只变形的花脸。

"……宰你！"

"他叔……"

"……宰！"

"你疯啦！"

"……杀鬼……杀！"

"你杀吧！杀吧。"

"……骚……狗……"

以下的一长串审问听不清了，菊豆咬着牙不叫，恍然听到头发根嘣嘣的断裂声。金山得不到答复，就扭着手里的脑袋往通红的火口上捅，终于挑醒了女人的意志。搏斗以男人的失败告停，降服他原来用不着多大的力气，他的野蛮不过是一层虚妄。

"你瘫了！还想欺我？做梦吧！"

菊豆爬上炕席，抚着针扎似的头皮盘腿坐下来，想到无数受虐的夜晚，看着让她推翻在衣柜旁气急败坏的男人，她想哭。

"摸摸裤裆里剩下啥？屎！"

"我把事情做下了，明说给你。"

"拍拍你那良心，你杀了我多少回？短命的怕早几年就给你整死哩！天爷照料咱了，给了一个天青。你妥妥听准，那人是天青！老不死的你恼吧……"

杨金山趴在那儿不动，像倾听发自地腹里的声音，唰唰地冷着一串寒战。地上炕上的就这么对峙了一夜，菊豆无心料理他，管自入睡。杨金山度过了人生最为旷达最具悟性的光辉时刻，不幸的是未能坚守，做出了不知深浅的举动。菊豆清晨醒来，嗅到一股燎猪毛的呛味儿，抬头便看到那张锅巴似的烤焦了的黑脸，和那脸上失去眉毛却仍旧不停眨动的一双朽目。焦的只是表层，命还在。看破红尘的杨金山确实企图把脑袋当木炭塞进火口，然而不知为什么在最后关头突然改变了主意。杨天青抬他上炕时他一声不吭，枕头挤破了燎泡也不曾吟一下，直到四周无人时，他才脸贴墙嘴啃席哗哗地淌出了混浊的老泪。世界对他来说是万分险恶的。

杨金山把宝箱钥匙交给女人，又付了一大笔药钱。烧伤治愈后，洪水峪便多了一条活鬼，探视他的乡亲都说，那人是不能看了。又说他的命为何如此硬朗，两碗粥一顿竟不够喝哩！天青把烧伤解释成自跌自误，人们都言，然而人们都以为金山家的宅院罩着谜，解不开的。不论何时去人，总能见到杨金山望着火炕另一端的儿子，表情神秘。老看老看，眼都舍不得眨，这不够不休的馋相不是很怪么？

杨金山病中爱子，是村中老人的一段糊涂话。丧父的愚侄为叔叔克尽孝道，是挂在他们嘴边的另一种糊涂。他们不放心的只有那个俏娘儿们，但一时也找不到理由。他们无意间结了同盟悄悄监视，却始终找不到把柄。才华黯淡的人们无法领会欲海出征的景象，自然也无法想见茁壮的桅樯如何撑阔了一领白帆，飞一样在日月里奔驰。

时令过了大暑，蚊虫因为炎热而更加活跃。那天神态安稳的杨金山没有吃晚饭，像往日一样专注地看着天白。菊豆见他不动筷子，以为是热蒸的，就倒了一碗凉水，跟那碗小米饭一起摆在他枕头边儿上。她是越来越傲慢了，天才黑就抚得天白睡牢，也不看金山是否醒着，腰条款摆目空一切地离了北屋。杨金山感到了由厢房辐射而来的意气风发的热烈气氛，他看着天白，不动声色。

两个水手操作在航线上，驾驭着星光灿烂的夏夜，未曾提防暗暗拱出来的礁石和由远天滚滚而来的狂风骤雨。土炕和屋顶尚未倾斜，他们在颠覆的努力中突然听到了一个被掐断的哭声和一声紧紧压抑着的咆哮。杨天青腾腰下炕，挺着光溜溜的身子冲了出去。女人徒然地罩着衷衣，因恐惧而更加酥软，跨了没几步就蹲在门槛上了。

杨金山以一只有力的大手攥着天白，小崽子猪腿粗细的软脖儿充实了他的掌心，他快意地咧着鬼一样的大嘴，调动着全身的力量。他要消灭他。他是用拐棍把子钩住褓褓开始第一步的，他的最终目的是掐死这个饱含欺骗的谬种，否则死不瞑目。

他险些做成了这件事。

杨天青粉碎了他的报复。这个侄子以同样的方式和同样的果决掐住了他。金山在窒息中松了手，然而窒息并没有离开他。他无动于衷地静候末日降临，在突然闪出的油灯的微火中发现了另一个男人的裸体，吊在他脑袋边不远处的雄大器官居然保持了惊人的挺拔，直令他万念俱灰只想速死。

"天杀的！毁了他吧！"

杨金山听到了女人的声音。想到她偷获和领略的那番新局面，当是自己从不曾给过的，这声音竟让他听出了合理。或许娶了她真就是一个错误，违了天意，如村中老者反复指点的那样。老天爷却选中了他的侄子，人世确乎难料，死在侄子的手里可见也是前生注定的了。杨金山呼吸困难，不由自主地很舒畅地撒了一泡尿，觉得自己正从潮湿的炕席上浮起来。

"愣啥？毁了老不死的！"

"闭灯！"

那铁环一样的杀手竟松开了。杨金山听到了天白的哭叫，一会儿便缓下来，似乎吮到了奶水。以为自己很下力了，却还是不行，金山颇感羞愧。换了那双手准妥，然而真换来了，自己就不会在个骚娘儿们跟前临了如此的惨状。他想到从自己身上失去的遥远的雄壮岁月，仍求速速一死。

天青又伸出一只手，搁在他脑袋旁边。

"活够了吧？"

金山不答，等着。

"我不绝你的日子。你还能吃饭，妥妥喘你的气，我伺候你，听清了？"

金山不信，仍等着。

"再毁我儿子一指头，咱们就看！"

那只手抽了回去，女人低低地叹了一声。炕沿儿前两个人影儿贴着，又分开来。

"活够了告诉我，好办！菊豆，领孩子睡，怕他不成……？算啦，容我日后想想……愁死我！"

叽叽喳喳地商讨了一番，天青驮着光身子独自出去了。女人抱着孩子唉声叹气地坐了一夜，金山却睡得很好。第二天，杨天青背着杨金山从村巷里穿过，人们问他干什么去，天青憨笑不答，金山则眯着眼像睡着了一样。来到小溪流一块大石头后面，天青放下瘫子，先脱自己的衣服，跳到水塘里试着泡泡，又爬上来脱金山的衣服，金山呜呜地挣扎起来。

"怕淹死？由不得你！"

天青把瘦鸡似的叔叔抱进了水塘，浸了浸，就让他坐在里面了。水淹到金山的脖子，他惊惶地眨着粘垢重重的小眼儿，抱住了侄子的一条腿。天青怪声怪气地笑着，把从货点儿为菊豆买的肥皂反复看看，也给金山看看，然后就磨花砖似的在叔叔肮脏的头发上快活地搓了起来。头一次用这玩意儿，两个人都为那白白的蓬松的泡沫惊讶，搓至金山肋骨的时候，放了心的老东西居然痒得频频躲闪，而且暗自嬉笑了。天青把荡涤干净的叔叔摊到大石头的平面，让夏日前晌的温暖光线去照射他，自己则泡到水里，攥着肥皂仔细研究。洪水峪众乡亲看到了一幅无比和谐充满人性的动人景象，天青的憨厚和仁义几乎可以竖碑了。

金山看出侄子要伺候他是真的，而公然地侵害他也是真的。他挡不住侄子跟娘儿们造孽，却无法拒绝使生命得以维持的种种伺候。他能做的只有不看天白，随时随地让目光避开那个谬种。这是一个仅次于死亡的痛苦问题，既然老命尚需苟且，那么对此视而不见也就不是无法忍受的了。他发现原来自己也和别人一样，怕死，尤怕横死。让他死掉对别人来说是件轻而易举的事。他为自己不得不这么活着而万分羞愧，但是他不想死，的确不想。他在幻觉中屡次看到自己像往日那样威风地站了起来，等盼到那一天，好瞧的事可就多啦！他现在不能死，绝不能。他远在地府的祖宗和爹娘给了他最充足的声援，他们饶不了天青那个败类，阴间已没有兔崽子容身的位置。油锅怕是正在点燃，阎罗们已唱起来了。

得胜的杨金山就这么时时地陷进一种陶醉，半夜偷淫而去的菊豆几乎引不起他的哀伤和愤懑，他从旁计算着他们积累的罪恶，为那最后的惩罚而开心。

杨金山的武器只剩下地狱的油锅了。他在梦想中把妻子和侄子炸成了焦脆可口的麻花儿，每天每夜不停地咀嚼这胜利的果实。感觉良好，他已经咬碎了他们。他们完了。他们惨叫起来了。

"我那亲亲的小母鸽子哎！"

他们果然就跌进了与死无异的深渊。却又一次次地活过来，不知是谁拯救了他们。于是重整旌旗，准备奔赴来日里更为浩荡的飘摇。他们已经彻底地视死如归了。

丰姿绰约的王菊豆首先领悟了巨大的危机。错了三日不来红，先是一悦，尔后大惧，粉脸唰地失了血色。厢房里愁云密布，忧郁的杨天青也没了办法。那红姗姗来迟，毕竟来了，然而授者和受者平添了许多胆怯，一举一动都带着懊恼和猜疑，事情竟然做不下去。这可如何是好哩！

十月无战事。

秋天，王菊豆蒙着花手巾风摆杨柳似的出了村庄，逢人便说去乡里赶集，却悄悄地赴了十几里之外的双清庵。焚了八炷香，给一个泥胎磕了无数的头。暗暗地跟了一个老尼姑走到大殿的后山墙，噗通一声就跪了下来。尼姑问明道理，幽幽一乐，说她刚才拜错了偶像。尼姑说明了招胎与拒胎的不同，领她到一个偏殿，让她跪在一个巫婆般笑着的泥塑脚下，自己也合掌闭目，苍蝇似的嗡嗡起来。最后给取了一包药，吩咐必得用的时候才能看，如何用，却是到一个僻静的地方才肯细说，菊豆未听先红脸，听后就紫了。那药不是吃的。

"咋着续哩？"

"男人给你续。"

"续散了咋办？"

"有一口水行了……"

细细道来，菊豆仍是似懂非懂。离了双清庵，走在秋风流爽的山道上才逐渐理出头绪，顿悟那不过是个类似葱秆子挑了豆酱来吃的办法，让尼姑说得玄虚了。

一试大痛。

二试巨痛。

王菊豆便又去赶集了。恭敬地找到老尼姑，加倍地付了香钱，轻声轻气地说那仙药像是不行。尼姑辩解了几句，然后上上下下十分轻蔑地打量着她。

"才用一次就受不下了？"

"辣煞了！剜肉比这好些个，受不下了。男人疼得咬我哩……"

"你可疼？"

"疼煞！"

"不疼你俩可有够？"

尼姑盯着她的俏脸，像是要跳过来咬她几嘴。菊豆自知冒犯，就不再言语，尼姑又塞给一包药，不好不接，便揣下了。

八

"你说养了六个孩儿，是真的?"

"真个的。"

"图乐子没个够，还得添嘴!"

"男人图哩……"

"你不图?"

"我……"

"用药十番，保你厌了!"

"我用。"

晚间，两人凑在厢房的油灯底下仔细剖析检验那些药面儿，欲用不忍用，却又不能不用。天青再次疼得大抖，叼住了女人的肩膀，女人也疼，咬牙忍住了。

愤怒的杨天青把药包扬到地上，恍惚嗅到了辣椒面子的呛味儿。狗尼姑想必是在香灰里换了那物件儿，他和菊豆让个老窟窿给作践了。两个人用清水泡了身子，彼此抚慰了痛苦处，有冤难申，终夜无眠。

杨天青却再也摆不脱老尼姑给的生动启发。他想到了肥皂，想到了蒿子叶，最后他还想到了司空见惯的物质：醋。

他犹豫不决地策划着全新的举动。

洪水峪仿照邻村的榜样，成立初级社了。动员的干部找到杨金山，老东西歪在炕上装聋作哑，死也不肯交出那十亩地。干部们找到天青，让他拿主意。他只是笑，嘿嘿地摊着两只大手，像是很呆钝的样子。

"有粮吃咋都行!"

干部们刚觉着有门儿，他却呆呆地补几句，笑得更纯朴了。

"我叔死性，搞急火了怕他弯了命不是!他好赖有口气，地我替他种着，他蹬了腿儿我就让婶子把地交出来。我光棍儿一个迟早是社里的人，你们丢了我我还没地儿讨饭哩!"

"你婶子娘家是地主，你叔不交地是听她叨咕啥了吧？"

"婶子爹是地主，婶子不是。她念政府的好哩，乡里拨的棉花不是也有她二两么？听叔唠叨那娘儿们喜得泪麻麻的，她念咱政府的仁义哩。"

"你叔死了，你动员她交地？"

"我动员！"

"还有骡子。"

"也交，让咱咋着咱咋着。"

"你叔啥时候有个死哩，瘫了瘫了看着倒比往日硬朗，这老东西命不赖……你捺个手印儿吧，日后别反悔！"

"不悔，说的吧！"

杨金山成了名正言顺的单干户。这是洪水峪早年诸多不可思议的事件中很平常的一件。有些不可思议的怪事则埋伏在暗地里，以隐晦的方式悄悄运行。

杨天白闪闪跌跌地走起路来了。杨天白吱吱呀呀地说起话来了。他学舌先学了一个娘，后学了一个爹。他盲目地把爹声呼给见到的每一个男人，甚至呼给那匹骡子。最终还是叶落归根地呼给了杨金山。白发苍苍一脸伤痕的老者是他父亲，他早早地确立了这个认识，从此爹声不绝于耳。他费劲地学会了称呼天青的方法，嗓膛太软，唤哥时尤如叫饿，他一定忘不掉被唤做哥哥的那个人永远无法改变的忧郁表情。

杨天白的大头大脸酷肖天青，然而洪水峪没有人破译这个重要的遗传密码。人们不记得杨天青儿时的脸相，况且杨天白又从他母亲那里继承了过多的俊秀。

这是一个优秀的后代。不仅优于杨金山，也优于杨天青。他的眼珠儿比他们灵活。他的下巴咬得很紧，还不惯于在思索时耷拉下来，因而他尚未具备鲜明的种族特征。他无忧无虑地大哭小笑的时候，他的前辈们正在经受平凡的苦难，而他的生身父母则为人世中一个小小的具体难题苦思冥想，束手无策。

杨天青在一块肥皂上下了手。它可以去油污，可以辣得眼疼，自然也可以杀死精水。终归无效，不是也比老尼姑的辣椒面儿好得多得多！

杨天青用镰刀切割，得到一小碗蚕豆大的颗粒，黄蜡蜡恰似熟透的野榛子。鼻子闻闻不放心，又用舌头舔舔，还是不放心。厢房之夜不再浪漫，两个人光着身子迟迟不肯行动，装了肥皂粒儿的小碗摆在四条腿之间，在油灯忽明忽暗的照耀下像是一件非凡的圣器，正在酝酿难以预料的魔法。

菊豆在碗里加了两口水。天青伸出哆哆嗦嗦的手指撩了一块，在碗沿上小心研磨。活像筷子撩不住山雀蛋，光滑的小东西频频溜掉，天青极有耐心地捕捞，又以极大的耐心磨出了白而透明的层层泡沫儿。他仰天长叹了一声，深感自己的精力已经耗完，对以后的任何步骤都没有兴趣了。女人徐徐打开自己，表情悲怆，一副听天由命的样子。

那一次足足塞了三颗。

事后杨天青一连数日愁眉不展，回味那些奇怪的滑，他便立即想到老八团的大兵，想到他们晃晃地往枪膛里顶子弹的样子。他填的是肥皂块儿。他觉得生龙活虎的自己成了器物，饱满光洁如花似玉的菊豆也成了器物。他很烦恼，不明白好端端的一件事怎么闹成了这副鬼模样。

青春岁月受到遏制，难以蓬勃，变得格外陌生和无趣了。肥皂用得很省，因为几乎不用。不用并不意味着色胆包天，而是因为他们以无比顽强的意志抗拒着同样无比顽强的诱惑。依旧秘密同房，无拘束的却只有用以吃饭的口舌与用来操锄种田的手指。相拥落泪的时候，天青为了寻找乐观，便讲述山墙上那个早年的秘密洞穴，深得要领地描绘一种排泄的姿态，甚至诉及了排泄物的一以贯之的颜色。以为她会笑的，她却畏寒似的缩起来，咬住他的一块肉强忍嚎啕。

"冤家！"

"亲亲！"

"咱俩死吧！"

"你活我死！"

"你死我就不活！"

"亲亲！"

以被子蒙严了头，雌雄大恸。

厢房里也有冷静的策划和残酷的讨论。女人说到忘情处舌尖儿乱点，像一条白硕的毒虫。

"我百日里剁豆腐，咒死他！"

"死了也无用。"

"你说咋办哩?"

"咋办也无用。"

"敞开儿生养,让人嚼去!"

"只嚼嚼也罢了……"

"就做了坏分子,咋着?"

"……死倒强些!"

"冤家哎!带我们母子逃生了吧。"

"何地落腿哩!"

"去口外给蒙人放羊。"

"说的吧!地给哪个?丢了地不如丢口命,那年闹饥荒口外饿过来多少人?看了麻哩!"

"日子眼看不是人过的啦!我今生要不妥妥跟了你,我哪日就扎了泉眼子!"

"昏话!你容个空儿,让我……"

"不指望啦!"

"你就愁死我,愁死我你可省心!"

"恼我?你个鬼呀!"

非夫妻的争嘴,火候倒熟过夫妻。杨天青至少有一瞬感到了女人的可恶与拖累,好在从不曾认为女人多余。假若感到女人多余,他自己便也是多余的了。

孤独的杨金山越活越有韧性。小孽种杨天白在村巷里能够四下乱窜的时候,老东西也学会走几步了。不是严格地走,而是坐在一个倒扣的篓子上,凭着好手好脚的支撑歪斜着往前挪动。要想置身于村巷北墙那片喜人的阳光之下,他得费掉两个时辰。他喜欢这个工作。天白当着巷子里的过路人唤他爹爹,围着他的篓子绕膝玩耍,都让他满意。这不是他的儿子,可也不会是别人的儿子,至少一时不会。消沉的侄子和妻子越来越无精打采,他们想入天堂却入了阎罗的重围,它们是帮助金山的,他和她已经惶惶不可终日。杨金山在老阳儿里眯着眼,确实看到小鬼儿们做了他的前锋,不由得一阵快活,快活得昏昏欲睡。天白稚气的嗲声传来,加入了他的报复,两个深辱家门的人已经不能不败给他了。他是洪水峪爹中之一,天青不是。过去以为天青夺了他,而今才悟透是他夺了天青。他死也不会给了！他深知了自己的强大，和另外两个人的衰微。收工时辰，由地里累回来的侄子木然地背他回家，老东西俨然是位彻底的胜利者。打击他胜利者情绪的事情不多，但是他的确无法忍受菊豆后半夜从厢房带回来的肥皂味儿。做事便做事，居然要洗净了自己！害得他妒火如焚。

几年间用了多少肥皂，天青已记不住了。图节省颗粒削得越来越碎，使钱的地方又越来越多，忽一日便舍不得再买。为了自己也莫名其妙的名誉，他怀着玉碎的决心给女人灌了几勺五分钱一瓶的杏树汁儿似的水醋。不辣，也不滑，比尼姑和自己的前一个发明均好些。夜的回合已经压得格外稀少，厢房里大抵只有一人独睡。醋却是不时地谨慎地用着的。下地时天青觉得痒，看看却已泛白，而女人终于糜烂了。千真万确，阎罗正在无情地围剿他们。他们已经招架不住。菊豆佯装心口疼，疼得昏在村巷里，招来众人围着。天青佯装匆匆赶来，以骡子负了她惶惶而去。拐过玉石沟的山弯儿，菊豆直起软腰，见天青在悄悄地咬牙。俩人一畜奔了邻乡的卫生院，如赴屠场。

医生问得紧，菊豆险些说出一个醋字。誓死不招供，就招来许多审判。杨天青在诊室外听到有人说他的菊豆白净似雪的躯体太愚昧、太肮脏，就想蹦进去掐死那个胡言乱语的狗大夫。菊豆给人全面深入地洗了洗，端着一瓶药水梦游似的走了出来。天青背地里捉住她的手，想着他对她的磨难，想着生死与共却非人非鬼的未来岁月，就想抱了她的身子，永永远远地去保卫她，不惜以命相殉。

政府的巡回医疗队开到村子里来了。黄昏时男女老少聚在核桃树周围，看女护士捏着根小彩棒在腮里乱捅，捅得两唇之间白沫儿飞扬。做过刷牙示范，又掏出一柄小剪刀，嚓嚓地切着白指甲，那指甲小得竟如一片鱼鳞，让乡野汉子看得如醉如痴。之后另一位女大夫开讲，村干部们神秘莫测地驱走全体男人和孩子，留下一群老少不等的妇女。天青恍然看到，被汽灯照亮的那张中堂大小的画儿，绘的是半个屁股，红红的不知给谁切开了。

夜半王菊豆在被筒里掰着手指头为他转述。他也着了迷，伸出两只手加加去去地扳弄起来。别的女人或许上不了心，她可是在意的，未听漏一个字。他们接受和探讨的是洪水峪古来未见的邪说。那是一种逃避卵子的方法。

　　同炕共枕的事业并未因此而美好。所谓安全期对他们来说始终是充满恐惧的危险日子。侥幸没有怀孕，只能说是天助。

　　"我那亲亲的小母鸽子哎！"

　　登峰造极的呻吟已经远不如往日纯粹，让机械性的计算和逃避败坏了。日后如火如荼的避孕大战波及当代的洪水峪，忠诚的党的工作者们愤怒于众人的反抗，然而他们绝对想不到岁月埋没了一位无师自通的勇士。他的顽强和智慧无与伦比。

　　疲乏的杨天青不足三十岁便苍老了。

　　杨天白上学前一年的阴历六月初八，史家营鬼迷心窍的老地主王麻子服了砒霜，到地狱张罗变天的事去了。洪水峪这边有人找王菊豆训示，说她爹那是要复辟，你若想接着复辟将是同样的下场，若不想复辟呢，自有贫下中农监督着你，不会不让你活的。天青也被唤来，吩咐他不要沾婶子娘家的事，沾多了说不清，仔细伺候叔叔便罢了。王菊豆事隔多日之后才去史家营奔丧，天青送她到南岭。娘家那边老爹的坟头早已没了热气，有泪不敢多流的老娘悄悄塞给她一个鼻烟壶，叮咛万不可给人看到，过南岭时甩到涧里就踏实了。那壶及壶里的毒药是王麻子早年去城里办货时置办的，起初说是喂那些到村里扫荡的日本人，又说八路催粮催紧了也喂，最后又扬言要毒杀抢了他产业的贫协首领。他用威胁笼罩了他嫉恨的几乎所有的人。结果倒是他自己先忍不住，馋嘴猫似的匆匆忙忙地服下了。他可能终于明白，配吃这玩意儿的只有自己。王菊豆返回洪水峪的时候面孔苍凉六神无主，像一片霜打的菜叶儿，直让人担心她是否也吞吃了什么东西。杨金山躺在炕上呜呜地向她招手，想打听点儿事，她默默地拧给他一个背。她对老东西已无话可讲，一眼也不想看他了。

　　子时光景，王菊豆小心翼翼地摸进厢房露风的破门，像吹入了一股鬼气。杨天青划火时差点碰翻了灯盏，腾出半个枕头给女人，她却不解衣也不躺下，呆呆地望着灯芯儿。天青有些怕了，伸手扯她时，见她掌心里攥着一个烫花的瓷壶。

　　"拿的啥？"

"还能有啥哩。"

"你这是咋了呢?"

"不咋着,闭了灯吧?"

"亮着去,心里不踏实。"

"你可有啥不踏实。"

"……你面相不对付。"

女人不理会,挪近灯光,在窗台的青砖上磕那个小壶的瓷口儿,一撮麦子粉似的盐末儿似的亮东西洒了出来。天青就怕得不行了。

"菊豆!你想开些……"

"狠狠心,在南岭我就服了它!"

"昏话!好端端找死哩!"

"死了清爽。"

"你舍了我,可舍得下天白?"

"就狠心舍了你们,我可少遭八代的罪哩,我受不了啦!老东西不死不活,我终又跟不了你,天白一日大过一日,我就活活地不敢看人!我怕是活得够啦……"

九

天青夺掉鼻烟壶,封了口塞入枕底,为女人松带宽衣拂泪,调集浑身解数把她梳拢得款款软将下来,自己也悠然长叹了一声。

"啥鬼日子也过来了,日后也能挨下去。劫数不到,就是吃了也无用。有咱们三个吃他的那一天,等着吧!"

"不是我吃,必是他吃。"

"哪个?"

"还有哪个!"

"吃死了他,都别活!"

"天青,我们领着天白逃了吧!去口外我当骡子当马伺候你,今生今世我亏不了你们父子两个,我给你当骡子当马呀……天青,你就听我一句,领我们逃了吧!"

"碗大一个天，窜到哪儿是个咋？"

"你就不开眼！冤家哎……"

杨天青拢不住她，小母鸽子展开黑压压的翅膀，已飞成了一只苍鹰。

王菊豆踅回北屋，在黎明前暗蓝色的纯净的天光中看到天白赤着膀子坐在炕沿上，两条不到七足岁的瘦腿耷拉着，阴沉沉的目光却像个阅尽沧桑的老人。她哆嗦了一下，站不稳了。炕角瘫子躺的地方发出一声准备充分的冷笑，含混不清而又刻毒无比。她涌着血的腔子里堵了冰块，一点儿一点儿地僵住了。儿子无言地钻进被筒，将小枕头拉离一尺。她以母亲的柔手在余下的夜色里不停地抚摸他，一直摸到太阳阴森森地升上来，手里的冰悄悄融化。早雾里有杨金山的屎尿气息嘲弄地弥散着，雄鸡正在引吭高歌。

山外的风横扫穷乡僻壤，洪水峪也要兴高采烈地公社化了。邻乡传到谣言，称一头犍牛只折二十块的价，若是一头小驴儿呢，简直就得白送。杨天青就担心那匹衰老的骡子。他踱到叔叔的炕头，简短地交代了人世的变迁和时局的发展，想看看老东西有什么反应，平时见他能吃能睡，以为瘫子活得如旧，细端详才发觉这棵老树已朽得不行了。这么大的事变，财产眼看要归公，老东西却不恼不急，只是淡淡地晃着两颗黄色的眼珠，在丑疤累累的脸上凝了一个轻松而持久的微笑。这笑容麻木不仁却意味深长，让天青从骨头缝里发冷。他诧异这不中用的废人竟如此耐活，就这么不肯死，便疑心天意是否含了阴险的报复，要拖累着他，累至无穷。菊豆的心思或许真有几分道理，活得确实太乏了，迟早壮人也得成了瘫子，不知羞耻地在裤裆里屙出屎尿，在众人眼下栽下万世的难堪。人怎么能这么活，他不明白。他想杀了这个拖累么？他真想杀了这个拖累让自己好好地喘几口气么？上苍沉默不语。杨天青呼吸急促地颤抖起来，又在亲叔面前做了大孝的贤侄。

"落马岭的地怕是保不住哩！"

凝固的微笑分明在四处游动。

"骡子也得充公，驮脚挣钱是不行了。"

微笑痉挛着聚拢，在脸上扭成个疙瘩。

"我把它牵出去卖了，得几个算几个。你看行不哩。叔……"

微笑挂了声音，白刃似的向他胸口掏了过来。天青木然地立着，心口窝哗哗地喷出了血浆，手脚随之软软地松弛，撑不硬了。他听清了粘在老舌头上的那个咒骂，世上不会有第二个人能懂，他不听只看那毒蛇芯子般的舌条便也确切地懂得了。

"……败……家的……杂……种，天……杀了……你，你你……"

那只挥鞭似的枯手在浓烈的屎尿气味中舞着圆圈，像一面讨伐的旗帜。空气中弥漫着微笑的碎片，爆炸般的腥臊气浪令人窒息。杨天青跌跌撞撞地逃了出去。远至西水为了老骡子讨价还价的时候，惨不忍睹的微笑始终在周围的山岭和溪谷徜徉徘徊，近乎愉悦地抛出了不祥的恶兆，随风漫天飞舞。

洪水峪的上中农杨金山领略了出类拔萃的独特人生之后，在山区秋日一个平凡的黄昏之前，悄然地干净利索地死掉了。那天晌午他喝了两碗粥，自我感觉甚佳，便拖着篓子往村巷的太阳地儿里挪腾。他终于背抵北墙坐稳时，太阳已斜了一大块。杨金山靠在那便不动了，像是浴了太多的小风和阳光，沉醉于一种梦境的美好。天白一边喊爹一边舞着柳树枝在他身边跑过，老乔家的娘儿们打个招呼也过去了，谁家的鸡咕咕地恋着他的老山鞋，啄食落在上面的粥痂和痰迹。菊豆自园子里拾掇了秋菜回来，摊着两只脏手扫了他一眼。但见他面含浅笑陶醉地注视着落日的姹色霞光，亮晶晶的瞳仁像两粒珠子。她先去灶间捅了火口，在瓦盆的陈水里洗了手脸，然后才擦着前襟双眉轻皱地走过来背他。只随意地碰了一下，他便大幅度地倾斜，不等拦扶，已经塌了山墙似的轰然倒地。仍在含笑注视着，因了角度和位置的变换他现在注视的是一摊碧绿新鲜的鸡屎，另一摊鸡屎被他的脑袋和耳朵砸在脸皮和青石板之间了。

村巷里抖出了一声干枯的嚎叫。这声音多年不闻，已使老少男女感到陌生。他们惊奇地循声而来，看到了躺在窄巷的两个人，一动一静，有声或无声，里面的一个分明是丢了命了！另一个披头散发地乱滚，打了自己打死的，又啪啪地拍地拍墙，啃死人身上的衣服，撕扯搭在脸上的乱发，喉咙里的鸣叫滔滔不绝，搅烂了洪水峪夕阳淡淡的黄昏。犹如往日沉没在丈夫的残暴里，她又在经受超凡的殴打，叫得声声凄凉，惨绝人寰。然而那丈夫明明是笑着，况且已睡死在神秘的笑里面，永远地归西了。她竟舍不下这个累人而无用的瘫子么？她竟不嫉恨这个狠辣的男人么？她保不准真就是个难得的软娘儿们哩！不是小心伺候着，老东西死不了这么体面，早成了席上的一块烂肉。这娘儿们到底不赖，贤仁至此。真难为她这场好哭。死鬼扣在地上还笑，想必是乐着自己的福气了。洪水峪数他睡的娘儿们最俏嫩，就是死了也不枉为人一世。身后剩这么一朵花，不知给谁采了去，老棍子下了坟地也静不下心哩！看看这哭有多俊，诱煞了。看客们终于将她拽了起来，几只有力的爪子托了她的屁股和后背。径直抬入宅院，抬另一位时便如抬了一口待剥的死羊，听任那脑袋在石阶和门槛上磕碰，一路叮咣地响到北屋潮湿的炕席上去了。

"狗日的！轻些!"

人丛后面跳出一个愤怒的声音，笨手笨脚的狗日的们果然就轻了些，乡亲们闪开身子，哆嗦着两片小嘴唇的杨天白就亮相。看样子还想吼什么，稚气十足的嗓门却哑了。他娘哭得死去活来的时候，他扎在人堆里不肯往前走，受了惊吓似的使劲往后顿屁股，谁拉他也不动弹。此时为了可怜的爹爹终于骂起来了，却依然没有眼泪。他走上前来拨开炕边的成年人，在父亲的脖子底下塞了一个枕头。那脸是歪着的，他认真地把它扳正，让它冲着房栲，手一松那脸却又朝着墙了。来回校正了三四次，金山的脑袋似乎装了弹簧，怎么摆弄也无效。杨天白捧着老父白发苍苍万分固执的头颅，哇一声哭了起来，唐突得很，把屋里屋外的人吓了一跳。十来个鼻子都酸了。哭晕的菊豆本想缓缓胸闷，此时索性并入了与小儿的重唱。人们取下门板，以条凳和篓子垫着，在北屋门口为金山支起了灵台，又在灯盏里添了煤油，三五根火柴划过，长明灯便悠悠地亮起来了。

怀揣二百块骡子钱的杨天青跨进宅门，看见灵台和灵台上摆着的那颗头。叔叔脑袋朝外躺在门板上，肩膀旁边搁着黄泉引路的灯火。全明白了，不用看也明白，因为远在村口的老核桃树底下他就听到了送灵的歌声，儿子尖嫩的嗓音挣脱了菊豆有气无力的嘶叫，在山谷的暮气中来回流窜，像一枚悠扬的哨子。

他面孔痴呆地穿过人群，一边东张西望一边解肩上的包袱。哭声奇怪地戛然而止，炕上的菊豆和炕下的天白似乎受了莫大的干扰，困惑地看看来人的举动。杨天青从包袱里掏出了铅笔盒、橡皮、尺子、练习本，数了数交给天白。又掏出了一顶毡帽和一包糖果，还要掏，忽然想起了什么，把包袱皮卷紧推给了女人。里面是钱和一条花格子头巾。菊豆擤了一把鼻涕，把包裹塞到了屁股底下。最后杨天青没头苍蝇似的在屋中走动起来。这个像是无家可归的吓傻了的年轻汉子，让围观者里的老少娘儿们好一阵难过。

杨天青好半天才明白了应该先干什么事，他下定决心挨近死人，摸了摸瘫掉的那条腿，又摸了摸同一边的脚腕儿，死人的热量大得惊人，燎得他手心滚烫。他的目光怕挨揍似的哆嗦到上边儿，盯住了叔叔生命犹存的笑脸。微开的眼缝里射出了一束弹丸，扑一下贴住了他。他哈着大嘴蹲下了。

有人拉他胳膊，他就顺势站起来。拿了毡帽在死人头上比试了一番，扣上了。取了糖果摊在屋外台阶上，招呼人丛里的孩子过来。没有人动，他便再次抱着脑袋蹲下了。不哭，然而不休地嘟囔。让人听了害怕。

"尝尝吧，都尝尝吧。"

"苹果香的琉璃球，甜煞哩！"

"大家伙儿拈一颗尝尝吧。"

"尝尝吧，你们……"

他的鼻子有响动，渐渐地生了节奏，无助而无望地抽泣着了。人们劝慰，劝得夜色渐浓，咽声断绝，便恋恋难舍地散去，把院子留给了惨淡的明月，射出一地青白。

婶侄两个守灵，那儿子睡到厢房去了。院门紧闭，男人和女人的四只眼无碍地互视，发动了激烈的交流。另一位正在黄泉暗道上赶路，已经顾不上监督人世的纠葛。这边的一切都与他毫不相干了。

"你做下了？"

"说的啥鬼话！"

"做啥瞒着我？"

"你鬼迷了心啦！我可做了啥？"

"你瞒我是轻我，我做强过你，你个妇道人家不怕日后雷击了？"

"魔怔！你叔他整寿去的哩，他福大，我倒省了心了！你看他个好脸，可是吃了的……你就冤了我吧，我苦命人好赖是善不得了。"

"戏够了，做了便做了，怕我顶不下来毁了你不是？俩人的事么，逞啥硬哩！"

"咋就不信！千把刀万把刀剐你个迷了窍儿的呆子！"

"我乱了心，踏实不下哩。"

"灯灭了……不点上？"

杨天青到死人身旁把灯点燃，用取灯棒拨了拨油绳，栗子大的火头毕毕剥剥地溅出黄色的煤油花儿，在夜风里一闪就败了。

他倒吸了一口冷气。

厢房台阶上坐着一个人，浴着月影显得强壮而阴险，却是沉默的天白，小小的身板一堵墙似的大在了秋风低诉的夜里。这院子有什么东西胀得装不下，要崩裂了。

父子俩彼此远远地望着。兄弟俩远远地望着彼此。目光渐渐凝结，又渐渐消散。在深层把握底细的那一个已经有些撑不住，夸张地咳嗽起来。

"风冷！弟，睡去吧……"

"有哥照看你爹哩，睡去吧！"

"明儿个入殓，你瞌睡了咋着？"

"不睡不让你打幡哩……"

小人儿缩着膀子隐回去了，天青打着激灵看看杨金山的死笑，伸手在他合不拢的眼皮上抚了一下，还不闭就着劲狠撸，不再注意结果，逃似的躲到炕沿坐下来，吧嗒吧嗒地嘬开了旱烟叶儿。

真乏了。乏得像是没有力气活了。有福气的是谁？是活的是死的？已想不大清楚，也不懂该怎么想了。

"小瓷壶哩？扔了么？"

"扔啦？见不了人的罪物扔啦！"

他不明白女人哪儿弄来这么旺的火气。见女人取出那个壶，脚板的血便呼呼地涌到了脖子，牙齿咯咯地咬起来。

"还留着？掂量日后喂了我吧！事情都是我坏下的，我活得尽够了……"

"天青，你存心让我吃了不成？"

"吃吧！吃吧！我也吃，都吃！"

小瓷壶挟带着女人的冤屈击中灵台，在门板上迅猛地撞了一个滚儿，吭啷啷弹落屋角。杨天青无心争执，冷静之后拾起它进了猪圈，掘地三尺，以猪的粪尿深深地埋葬了它。天色将明，女人又哀声哀气地演唱起来，为死人尽职尽责地奏响了送行的挽歌，洪水峪在出殡的热闹日子里早早地醒过来了。

大彻大悟充满人生智慧的死者以藐视和怜悯的微笑看着这一切，黄泉坦途浩荡，十万阎罗齐聚欢腾，天地轮回，阴阳人世，洞察一切的杨金山精神抖擞，急欲重返人间，要向辜负了他的无情日月发动报复性的神圣大战。然而他的躯壳灵巧地钻进了一口棺材，叫十几枚生锈的大钉子吭吭地楔住了。

杨金山给人埋掉不久，他的儿子上了小学。他在地底下刚刚寂寞够一年，他的儿子已是升入二年级的优等生。天白与堂兄不睦，常见天青涎着脸与他说话，他小嘴儿吧吧地抢白一气，掉头便走，剩天青竖着愣神儿卖呆。天白对娘孝敬，但菊豆似乎常年不大快活。那院子里所有人都不怎么快活。天青端给人看的是一张沉思劳顿的脸，丝丝缕缕的除了愁纹还是愁纹。三十大几的汉子，年华正旺，不该这么老相的。然而光棍儿就难说了。光棍儿不愁谁愁？愁的就是无从发落的光溜儿棍子哩！

杨金山死后，天青主动与菊豆母子分了户，各挣各的工分，各领各的粮，但是饭还在一个锅里做，盛到碗里天青就端到厢房或巷子里去吃。他知道眼下菊豆是个寡妇，那寡妇有五个谨慎，他这光棍儿便须有十个小心垫着。错半个念头，日子就毁了，人也就毁了，再不能垒起来。天打五雷轰的事情已经做下，两条孤命需格外小心。为了天白也得小心！

然而这确乎是人能够过的日子么？

杨天青深感自己正在成为名副其实的光棍儿。宽宽的火炕越来越宽得多余，他的儿子每时每刻都监视着他，也监视着她，使他们难温旧梦。每当他下决心利用某个时机或某个场所的时候，他的儿子总是适时地面无表情地出现在他的面前，儿子本人不来，也要派冷酷的眼睛来，如高悬的明镜闪耀在空气里。天青在四面八方看到儿子的眼，儿子以另一个父亲的名义严峻地认真地围剿着他，让他五内俱焚心灰意冷。他有一次想掐死这个小崽子，却十次百次地想掐死自己淹死自己吊死自己！女人的腰已经胖起来，失去了往日的苗条，但她仍是他眼里的引火棒，随时都会燃尽了他。他想到自己烧成一堆火，让女人来取暖，也让他来舔她的每一寸皮。她是他唯一的仙,他不向任何别的丑娘儿们俏娘儿们取笑,他器重她的全身并且热爱她每一根毫毛,甚至她腿根里冬日积存的污垢。没有谁可以阻挡他,拦住他去路的只有他的儿子。这是他的种,他的种正在长成大树,把游着飞云的五彩蓝天遮盖起来了。

十

饥荒年过后,菊豆有了新嗜好。每一季都要回一次娘家。一去半个月,回来的时候便容光焕发。她走后三天,天青去云南岭打柴或剜草药,隔三天又去,隔三天再去,直到他婶子由史家营翩然回来。王菊豆在娘家遵循同样的时间表,她也去南岭,干相同的闲活儿。老不死的地主婆常常叹息女儿的薄命和勤快。

在史家营和洪水峪中腰的南岭獾子崖下,远离山道和人烟的草丛后面隐着一穴浅洞,两炕大小,人站不直,需弯着进去。

粮食吃不饱,路也远,两个人赶来聚首往往办不成什么事,没有力气。办不成事也来,因这里是他们夫妻的家。

天青燃上一堆火,脱下袄来让女人给他拿虱子,自己则翻在草堆上,看女人镶在洞口的剪影。他大口地叹气,难得如此自在,却更大声地叹气。女人过来拂拂他的额头,在腮上嘬一下,又忙忙碌碌地去光亮处杀虱子,指甲盖挤得啪啪脆响。巨大的幸福就压了下来,胀满了一个洞,使他几乎不能喘气。

"昨儿个天白又得个奖状。"

"可有上次那个大?"

天青认真地想了想。

"一样的纸,黄底儿,花边儿。"

"奖的啥?"

"算术得个第一,写文儿得个第二。"

"又粗心写差了字不是?"

"谁知道哩。问他,兔羔子不理我!"

"就不能去大队问问教员?"

"说的吧！是我的儿？问疑了……问疑了……不理我也随他！这小崽子……"

天青的鼻子幽幽地酸上来，再说不下去。菊豆为他披了袄，与他在草堆里紧拥着，叹气，远远近近地聊些无关的话。天青说你多好一个人，我这一世亏了你了。菊豆说你多仁义一条汉子，是我这不争气的娘儿们亏了你了。说着说着就泣不成声，像两个丢了娘的婴儿。

温暖的季节，难免分而又合地翻山越岭，赶到獾子崖的家穴里做成一星半点旧事。知道有限，知道不可免，也明白所失与所得是什么，就从容了，不大看重那稍纵即逝的快活。这是方法的一种，为了彼此抚慰各自的灵魂。有时就局促起来，因赤裸相视而难堪，仿佛对活到这个地步感到很不好意思。恰如做了山中兽林中鸟，处境相类，却没有那份自由。伴着他们始终有个窘字，还有一个便是那绵绵不绝的愁了。

"我那亲亲的小母鸽子哎！"

这声音给闷在洞穴里，犹如从潮湿的岩壁上渗出了山的叹息，带了别一个世界的味道。两个相叠的倦人就拆了下来，游着迷茫的眼。

"种不下吧？"

"日子对，种不下。"

"总不做囊子也干了。"

"迟早要干了的。"

枯萎的语调像是在谈论地里的庄稼。确是干涸了。天青的脖子与腿上的筋藤条一样伏着，触上去就觉得那是长出肉外的束束软骨，很韧也很滑。菊豆两包新坟似的胸浅了，像永远也填不满的装谷子用的小口袋。钻出洞去，突临的天光便照亮女人的轮廓，晶莹着的只有黑发里的白发，不知何时竟多了起来。天青把自己的柴拨给她一半，看她吃力地背走，那肘上的方补丁和屁股上的圆补丁勾得他要下泪。他急促地跟几步，停下来，再跟两步，就站着不能动了。

"菊豆，别走闪了呀！"

"菊豆，你看着走……"

柴压得女人转不了身，一只手无力地向他摇。他无言了，它还在摇，一直摇到不见。天青愣在荒凉的山岗上，不知自己该往哪里走。山道弯曲，在他眼里已不是路。他脚下的路越走越窄，窄得眼看就要消失了。

山地闹四清四不清的年月，史家营王麻子的遗孀以适当的高龄幸福地辞别了人世，也拆掉了她女儿暗地架设的爱情桥梁。失去回娘家的借口，两个穴居人就把舒适的山洞重新还给了黄狐和野獾子。它们对这里的喜爱和需要绝不在他们俩之上。它们更适合四处漂泊，漫山流窜。荒野毕竟是它们的。它们讨厌在这儿或在那儿嗅出的人的味道。它们希望山风把这种可怜巴巴的味道吹向九霄云外，吹到它再也回不来的地方去。

那年王菊豆得了腰疼症，不能下地挣分了。偶尔上工，爬到炕上两天起不来。小学毕业的杨天白放弃了上初中的准备，休学之后便拎着锄杆子做了社员。田野里多了一个勤快人，都说杨金山下的好种，能文能武的真是不赖，寡妇人头老来有望了。

光棍儿杨天青踩住了一块云。路已没了。他等着哪天云开雾散便一头栽下去，或许竟能没着没落地飞起来，了结了一生的残梦。

山村洪水峪陷入了生动的岁月。乡亲们认字与不认字的共同识别了一件新事物。认字的捷足先登挥起如椽大笔，不认字的也到大队部往家里张罗不要钱的粉的绿的或白的纸张。乡风淳厚的人们突然地屈服于偷袭同类的诱惑，准备各自八面出击，打一场让日本人头疼过的更加神出鬼没的山地游击战。

第一张大字报说的是大队长某年某月因某事打了某人六个嘴巴。道歉是道过了，但是应该赔得更实在。这张纸的尾巴上豁然写道：把钱交出来，我要治牙疼！

另一张大字报表的是某人故意放养家里的瘟猪，把半个村子的猪都连累得死掉了。纸上签名的是十八家的户主。看样子有心要使某人倾家荡产。

新一张大字报击中了脾气随和的大队书记。称他捏过某媳妇的某个器官。啥器官却不讲。只道某媳妇没上吊也没说出来是怕着他。现在不怕了，她要斗争他，看他再捏不捏！

斗争！斗争！这是最后的斗争哩！

就乱了。就一塌糊涂而有趣了。

终于在一张纸上读到了菊豆。书法是半熟的柳体，署名的却是二傻子田锅。傻子记不清年月，代笔的有良心而没有杜撰。情景却渲染了。下边的人没有看清，压在上面的确是菊豆无疑，地点在南岭山道旁的灌木丛，田锅起初以为是狍子或黄狐哩！厚道仁义的老乡亲们感到诧异，但是不敢看这张纸。只有一群起哄的赖子挡住田锅，让他讲。傻子惊惶地吧嗒着嘴唇，不知如何讲起。有人递给他一支烟卷儿。

"她咋压着来？"

"像在水泉捣衣裳不？"

田锅抽着烟平静了，弯腰做伏地状，见众人大笑便皱着眉头直起来，怕人抢去似的在烟棒上使劲儿嘬嘴。

他一起一伏地像认真做着一件事。有烟抽他肯一天到晚这么做下去。杨姓族里的见到这一幕，都灰溜溜地绕开了。准备回家为别人炮制更硬的炸弹。傻子也跳出来了。这个世界已不成个世界了。毁了狗日的吧！

杨天白读到这张纸以前先读到了一些人古怪的表情和更为古怪的窃笑。读懂之后又看见了人堆里表演的田锅。他扭头钻进了大队部旁边的木工房，出来的时候手里掂着一把寒光闪闪的斧子。他一点儿也不张牙舞爪，英俊的脸甚至显得过于平静，像进山伐木一样溜溜逛逛地朝那堆愉快的笑声凑过去。无声的信号使人群唰一下散开，傻子惊讶地闪过冲脑门刮来的凉风，顿时聪明了。他紧紧捏着半个烟蒂，毫无目的地狂奔起来。怒火熊熊的杨天白终于爆发了，像子弹一样紧紧追着他，雪耻的斧头像奔腾的马脑袋，令人恐怖地一纵一纵地朝前猛窜。傻子向遥远的南岭失声大叫。

"饶命呀！杀了呀！"

"我压着我来！"

"我屁股压着我肚子来！杀了呀……"

二傻子田锅由梯地的坡头滚了下去，像野羊一样哗哗地蹚过了溪水，一头扎进了幽深的老林子，枯树枝嘎巴嘎巴地响了很久。

杨天白把斧子扔回木工房就回家了。

"好样的，天白！"

"你爹是上中农，咱怕谁？！"

同道的族里人与他搭腔，他理也不理。脸是少见的阴沉，似乎已崩溃于强烈的打击。回到宅院，见母亲在灶间做饭，猪圈里是起粪的堂兄，他就不知道该做什么好了。想静下来装下镐把，怎么也装不对付，索性抡起来砸烂了窗沿下的咸菜缸，还撒不了气，就把镐头和镐把扔到院墙外面的地里去了。

三个人之间两天无语，哑着。

田锅的老实爹拎了半斤桃酥给菊豆赔不是，吭吭地讲不出什么，就骂儿子，骂顺了舌头，便夸天白的孝敬，夸菊豆的贞洁，夸天青那侄子的厚道，最后连死人也夸了。说杨金山真是顶精明有福气的庄户把式呀！

"这鸡子吃得肥哩！"

来不及夸圈里的猪，他就给菊豆请出去了，走出半里地还在点头哈腰，似乎儿子得罪了山山岭岭，他就必须给草草木木赔上一万个不是加两万个小心。

人人都活得有些不行了。

二傻子田锅傻得更加不堪，终于做出了开天辟地的事，让洪水峪全村为之羞愧。他把菜缸里搛咸萝卜用的六道木筷子伸到了不该伸的难以想象的地方，在直肠上过于陶醉地穿了一个洞。腹膜感染差点儿弄死他，由县医院回来半年才恢复了活气，并且似乎比过去机灵了不少。他不懂羞惭，因而老是甜蜜地笑着。下贱人逗他辱他，他还是笑着，很幸福。

"哥这儿有根筷子，田锅你用不哩？"

"我用你娘那窟窿……"

笑得就更甜蜜而聪明了，仿佛万物为他所用，想用什么就能用到什么。世界对他是仁慈的。以后人们听说，他爱上队里那头三岁的漂亮的小草驴儿了。

杨天青在洪水峪平淡的骚乱中度过了四十岁生日。他修大寨田时卖呆力让垒石砸伤了脚，躺在厢房的土炕上养伤，回想了一生中诸多难忘的往事。他心平气和，原谅了一切从而也原谅了自己。人世是公平的，老天爷照料了他，让他得到了能够得到的一切。他没有什么抱怨的了。

菊豆过来给他敷药，见他目光呆呆地盯着熏黑的屋顶，就心有灵犀地红了眼圈。

"天白指鸡骂狗的，不听就罢了。"

"我儿是好儿子，听他骂也舒心哩！"

"哪天我把事情说给他。"

"那是要他的命，随他吧。"

"苦了你……"

天青抓住她的手，愣愣地往怀里拉，俩人就拥合了。儿子的眼悠悠地悬在了一处，天青狠心地不看不想，以嘴抚平她眼窝的深沟。冷得久惯了，菊豆有些惊惶。天青颤巍巍地往低处扳她，终于促她跳了起来。

"几年冷也冷了，看毁了咱俩！"

"天白轧地哩，回不来。"

"他半腰闯回来的时候少？"

"闯回来就说给他。菊豆哎，咱俩都老啦，老得不行啦……我那菊豆！"

"做就拣个时辰……"

风韵犹存的王菊豆从厢房里撤出来，做饭洗衣时通红着脸，感到了多日不见的快活，像是复归了往昔的岁月。自己的男人忘不掉自己，她骄傲地踏实了。

冬季一个日子，在大寨田里给梯地垒墙的杨天白打短歇时没有喝队里烧的热豆汤，借口回家寻块干粮就匆匆地走开了。路上他一直想着母亲近来的脸色，及堂兄可疑的宁静，刚踏入村巷便吹起了哨子，大口吐痰，让鞋底在青石板上磕得重些。

院子无人。屋里无人。圈里灶间里没有，柴垛秫秸垛后边也没有。天白的头发嗖嗖地竖了起来，像老鼠一样乱停乱窜。他从案板上操起一把菜刀，撩开北屋的炕席，又撩开厢房的炕席，寻找必须砍杀的东西。他心里万分冷静，如果堂兄果真做下了，又让他抓住了，他就剁了他！像切瓜一样剁了他。

他想杀了母亲！

他想起北屋后山墙的菜窖，脑袋吭吭地裂起来。窖口捂着盖子，不像有人。捂得这么严紧，不可能有人。去年芦花鸡就让他误封在里面，被烂菜的霉气熏死了。想到死鸡，他提刀的手有些打软。挪开木盖子他看到了扶梯，看到了几束萝卜和一团浓浓的黑。他回去以刀换了把手电，下决心钻了进去。

只迈了三节梯格他就靠在那儿不动了。昏黄的光柱照射着土豆堆，和土豆堆旁的几条麻袋。娘和堂兄并着头，丑恶地缩着身子像是承着天大的冤屈和愤怒，要给人世一个黑暗的放纵的反抗。两人已不省人事，但醒着的听到了合二为一的光滑的呼吸声。

杨天白以悲愤的心情做了一件从未做过的事情，他为他四十四岁的母亲穿上了裤子。把她背到北屋的炕上以后，他已经不准备去背另一个了。

他闭紧了院门，考虑要不要把窖口堵上。想了想终于没有做，懒得做，因为浑身上下没有一点儿力气。他苦笑着傻子似的看着菜刀的亮刃儿，想用脖子好好地在上面试一下。

纯净的空气使王菊豆睁了眼，又闭上了。意识尚未清醒，嘴唇喃喃地要说什么，几个让天白不忍听的字眼儿便随着口涎一块儿流了出来。

"天青，我憋闷呀……要死啦……"

母亲求助的手在席子上抓来抓去，勾起了残破的苇片，咔咔的像是喉骨断裂的声音。天白看得愣了神儿。母亲发丝上粘了菜窖的蛛网，像一朵凋谢的白花儿。

他打湿了毛巾，为母亲拂去脸上的尘土，擦得很仔细。那只手还在枕头旁边抓来抓去，像挠着一颗心，要挠得它滴出鲜淋淋的血来。

"天青，我那苦命的冤家哎……"

"闭嘴吧！娘！……你闭嘴吧！"

杨天白再也支撑不住，跳起来朝菜窖跑去。杨天青给撂到厢房的破苇席上，嘴巴仍旧死鱼似的张着半圆，里面似乎含着不及吐出的千言万语或一句半句的呻吟，又像叼着不解的惊讶。他惊讶为什么在他寻找生命欢乐的关键时刻，总是受到不公正的突然袭击和捉弄。他想用菜窖的木头盖子把自己和女人隔离于上面阳光明媚的世界，却没有想到压迫他的力量无孔不入，一氧化碳的浊气把持续的羞辱和报复推到了极点。他无法理解。他因为无法理解而发出丑陋的无声的惊呼。直到杨天白往他头上泼了两瓢泉水，又用最刻毒的语言诅咒他的时候，他的大嘴才缓缓合拢，咬紧了。

"王八蛋！"

他听到了儿子的声音。滚到膝盖和胳膊肘下面的山药蛋已经消失，而裤腰带分明系得很紧，在不熟悉的地方结了不熟悉的疙瘩，他的神志便再度模糊，永远不打算睁眼了。他失去了观察任何物体和情景的欲望，温暖的菊豆在心窝里伴着他，他已经别无所求。

十一

　　杨天白没有上工。他自己凑合着做了晚饭，只给自己和母亲盛上。母亲吃不下，也羞于吃，却指了指厢房。天白不搭理，她又胆怯地哀求地朝那边指了指。天白死勾勾地盯着她，盯得她浑身打冷战。

　　"顾了你自己吧！这家有我没他！"

　　黑洞洞的小厢房里鸦雀无声。

　　第二天收工回来，杨天白看到堂兄那畜生离开灶间，手里颤巍巍地端着一碗粥。他冷笑着从旁边走过。恶毒地啐了一口唾沫，摔摔打打地丢着农具。那畜生就不敢动了。

　　"天白，活儿累不？"

　　"累死牲口累不死人！"

　　"我脚伤好了，明儿个上工……"

　　"哪个拦着你！"

　　"弟，你哥……"

　　"狗日的有脸填嘴！心肠哩！"

　　杨天青把粥碗搁回灶间，古怪地笑着，迷迷瞪瞪地走到猪圈，打个愣儿又走向鸡窝，终于大吃一惊似的仓皇地逃进厢房，咕通一声，像是绊倒了顶门杠。安静了。片刻之后是女人几乎听不见的啜泣，像几只饿鼠在暗处里磨牙。冤家脸上的苦笑和儿子脸上的快意深深地杀着她了。却大羞而无言。

　　杨天白不肯退让，局面终于闹到不分食就不过的地步。杨天青分到了一口水缸和一口小号铁锅，外加两只破碗和一些别的器具，过起了独立门户的日子。他盘了一口泥灶，火旺却倒烟，在村巷老远的地方就能听到他连续不断的咳嗽声，那种死去活来的味道让人听了怪难受。人们不知道这条光棍儿安安稳稳的日子里发生了什么事。他处事那么仁义，不像是与亲戚闹纠纷的人。分食也好，光棍子图的不就是无牵无挂的自在日月么？但是人们又看到这体魄健壮的汉子与往日不大相同，神情木然，地里的活儿做得很不利索，打歇时不论旁人如何谈笑，总躲个静地界儿远远地看山，找一件总也找不着的景致。便说，这可怜的光棍儿显然是熬坏了，不行了。

那干净的寡妇也有些蹊跷。村巷里总也见不到她，碾子和园子里也少见。逢了妇女的会或大队里演电影，别想找到她，一概是不去，借口腰疼和心疼。心口疼是娘儿们常落的疾患，但人们却叨咕，说这俏寡妇像是也守得乏了，不行了。族里沾亲的妇人去拜望她，发现她脸皮子变薄，蒙了一层又一层褪不掉的害羞，听话接话时溜溜儿地躲旁人的眼。许多乡亲忆起了二傻子编的那张纸，其中几个精明的想得更为深入，再看女人和女人的侄子时便用了异样的眼光，值得研究的东西不由得丰富起来。人们背地里多了一件事，饮食和睡眠也就有些滋味，不再乏乏得打不起精神来了。

四个月之后，王菊豆神不知鬼不觉地去了史家营附近的四马台，在亲妹子家一住不回，过起了寄人篱下的日子。护送了她的杨天白返村时像尊凶神，逼退了一切猜疑、询问、安抚的目光。不足十八岁的后生走路鼻子眼儿朝天，把谁也不放在眼里。人们就叹息小崽子的草莽，说是比老金山的怪性子更不招人待见，整日杀声杀气的迟早有哪条软命得断在他的手心，临了毁了老金山的血脉。

光棍儿杨天青一天比一天恍惚了。

天白在园子里摘花椒，让树上的刺碰了手，血流得不多却不止。在一边割韭菜的天青睡着了似的走过去，捉住天白的手要看。天白措手不及，堂兄的力气又奇大，就恼了。

"你干啥！"

"我给你治，看这血粒子……"

他慈祥地笑着，捂小兔一样攥着天白的伤指，竟探嘴嘬了起来。天白恼羞成怒，使猛力甩他，把他甩得跪到了菜畦上。杨天青仍旧不肯松开，苍白的面孔猛烈哆嗦，看着吓人。

"我是你爹！天白……"

天白愣住了，一阵恶心。

"老子是你亲爹！儿子哎！"

"狗日的你疯啦！你疯啦！"

天白不能摆脱，终于恼怒地踹了一脚，把杨天青当胸踏翻在绿油油的韭菜地里。他走到园子边缘突然站住了，像听清了什么，像念起了什么，回头看看躺在那里的人。轻轻抽搐的那个人从来没有像现在这样令他恐惧，他害怕了。

"你真是疯了……"

他向水泉走了几步，然后飞跑起来，在溪边的柳树棵子里像狂风一样奔驰，一直刮到远离村庄的密林深处。躺在园子里的那个却无比安详，他抚着疼痛的胸口窝子，感到茂密的韭菜毛从两边摸着他僵硬的脸皮，一边是女人的手，另一边是儿子的手。他看见了儿子哭婴一般的白白胖胖的脸蛋儿，看见女人落雪山丘似的美丽绝伦的乳房，蓝天上的白云盛开了，天边的花束勃然怒放，淹没了他的眼睛。

又过了四个多月，另一个值得纪念的日子终于降临了。清晨，大队的有线喇叭招呼各家派一个成人到队部开会，传达领袖指示。天白早早地离了院子，没有注意厢房的动静。邻家的汉子进院讨烟叶子抽，见北屋空着，就推开了厢房的门。炕上没有天青，烟笸箩搁在枕头旁边，他乐呵呵地装满了一口袋，又卷了一泡才向外走。这时他无意中看看北墙，好像有什么东西不对付，走到门外又回头扫了一眼。烟口袋哗地散到地上，他哆嗦了半天，终于大叫起来，磕磕绊绊地冲进了村巷。天白明明在老乔家门口跟人聊天儿，他却视若无睹，疯了似的朝干部家跑去。

"不好啦！不好啦！"

"出了人命啦……"

"光棍儿扎了缸眼子啦！"

洪水峪上空轻雾缭绕，林子里有鸟的叫声，太阳正爬起来，让雾遮掩得黯淡无光。凄厉的呼喊被这个寂寞的早晨吸了去，也被沉睡的山峰吸了去，显得有些夸张而不太真实。喊他娘的啥哩？庄户人揉着蒙眬的睡眼，三三两两地走出农家小院，打着呵欠。喊他娘的啥哩！这狗日的天光很不赖，露水多大，庄稼足足的是饱了。

干部们赶到了天白的前头。小队长看明白情景就乍开了两条胳膊，堵在厢房门口像发表演说或煽动起义一样大喊大叫，显得非常激动，非常的胸有成竹。

"报告大队！报告大队！"

“报告公社！我们要报告公社！”

“不能坏了现场，干部们站出来……”

“退出去！妇女都退出去！”

终于醒悟的人们已经野蜂似的围了过来，院里院外的人头黑蛆一样扎成了团儿。

杨天青对此无动于衷。他赤着身子，在腰眼子打了一个大折扣，很优美地扎在北墙根摆的那口水缸里。水从缸沿溢到地皮，湿了黑乎乎的一片，这一片便是他投到缸里的上半个身子的重量了。昨晚上人们不明白他为什么见星星了还急着担水，一个人有那么多水要吃么？现在他们已经明白。

杨天青对着人们的是尖尖的赤裸的屁股和两条青筋暴突的粗腿，像是留给人世或乡亲们的问候。那块破抹布似的东西和那条腌萝卜似的东西悬垂于应在的部位，显示了浪漫而又郑重的色彩。壮年人惊讶于那个屁股的白，几乎疑心平时不大注意的自己的这个东西或许也能如此干净。青年和少年则夹紧了裤裆，慌乱地想到自己和迟早要与自己有关的一些美好的麻烦。妇女们不曾看到，让未谙世事的小儿报信儿，儿子跑回来腆着小鸡子拿手长长短短地一比，就羞红了脸，还儿子一个清脆的嘴巴。

杨天白傻了。他破例地被邀进厢房，却找不到能待的地方。他以热烈而又冷淡的目光注视姿态神奇的死人，最后大胆地盯住了那微微敞开的胯部。他目不斜视，似乎已对那团美丽而又丑陋的物质着了迷。他研究它的属性，怕冷一样大抖了几下，仿佛已经有所得，已经辨出了自己十八年前走过的狭窄道路，以及曾经给他以养育的原始而神秘的住宅。他拨开人群走出去，搬了根杏木桩，起先坐在上面，后来就没头没脑地抢着一把斧子劈起了它，劈出了整齐划一的干燥的杏木段子，就这么劈到人群走散。公社的干部大摇大摆地走进院子时，杨天白已是汗泪如雨，痛不欲生。

几个儿童在山坡上叽叽喳喳地前进。

“天青伯好大一个本儿本儿！”

“咱长成了都有好大的活儿哩！”

“本儿本儿哎！天青伯的本儿本儿哎！”

他们抽几根谷穗子，持在手里像旗帜一样挥舞，欢呼着冲上了鲜花点点的山岗。

一九六八年阳历九月七日，洪水峪的大光棍儿和爱情英雄杨天青与世长辞，无畏而莫名其妙地慷慨就义了。他以身殉私的行为给山村带来一些不必要的骚动，但是乡亲们毕竟处于见多识广的幸福岁月，注意力很快就分散，不再纠缠糊涂的自杀者。他死因非常明确，熬光棍儿熬灰了心，寻那么个怪法子可以理解。但是同姓的老辈子人怜惜他，称他是口渴，喝水时犯了炸心病，死得很舒坦。又称他要么就是在水里见了什么，想进去会一会，不料进去就出不来了，或者是会上了想见的东西，不想出来了。他会的是什么，人们不太明白，不易猜就不猜它了。他死前几个月总在傍黑时蹲到南岭的小高坡上抽烟，远远地向南边看，想必思谋的是同一个东西了。最后给他在水缸里捞到，是他的福。死得还算不软。

王菊豆没有回来参与侄子的丧事，因为几乎就在得到凶信儿的同时，她早产了一个精瘦的男性婴儿。这很能说明问题的消息是将近半年之后由四马台传过来的，洪水峪乡亲听到它恍然大悟，继而大怒，继而大快，继而大悲，继而……就什么也没有了。王菊豆在妹子家终于住不下去，领着名叫小二儿的东西回了自己的家乡，众人冷淡地同时又关切地迎接了她。仍旧参照了族里的老名谱，摆来摆去甩不脱一个天字，老辈子作主，把二小子唤了天黄。以天字论，说明杨天青受尽磨难而得到的仍旧是个弟弟，跟天白一样。但人们只知道这小个儿的是天青的种，却不知道那光棍儿多么有福，还留着一个种。眼看着大的小的长成了一个模子，却一致认定那大的是老金山的后，和小的是完全不同的传人。

话说民国三十三年秋天——那个落雨的秋天的日子已经死掉四十多年了。事到如今，远近闻名的俏寡妇已经苍老得不成个样子。她的闻名一是因为美貌过人，一是因为她给叔侄俩各孕了一个儿子，为两条血脉付了牺牲且忍受了极大的耻辱。每逢清明时节，她就去杨家坟地在两个辨不清谁是谁的土堆中间坐下，掏出干干净净的手帕，抑扬顿挫地放开苍凉的喉管，为她伺候过的两个男人高歌一曲，那悲哀的调子是洪水峪所能听到的最动人的音乐。

"我那苦命的汉子哎……"

坟堆静静的，不知睡在里面的人感觉如何。谁是那苦命的汉子呢？两个人为女人和儿子的所有权打得怎样了呢？是杨金山踏翻了杨天青，还是杨天青掐住了杨金山呢？看老寡妇哭的伤心样儿，莫非已打得不可开交了么？这是文化不够的洪水峪人时时担心的严重问题。在他们看来，有仇的人早晚会大打出手，而寂寞黄泉自古便是头破血流的世界了。

杨天白和杨天黄活得比父亲们强。天白娶妻后性子柔了不少，只是不肯听人提他的爸爸。他自己也做了爸爸，他很疼儿子。天黄认真读书，竟读进了县城师范。眼界比较开，又时时激愤于自己来历不明或来历太明的身世，活得努力但总散着些玩世不恭的味道。脸俊似娘，体壮如爹，很合适做一种俘虏。分配到桑峪小学教语文，弄大了一个肚子；调到西水教数学，又喂大了一个肚子；最后调至齐家庄，还是多情，眼见一位女教员的肚子鬼使神差地大起来。人们就认定他是一个淫棍。不过这一次虽然仍旧刮了胎，但他已经安静，看样子有心守着这唯一的肚子永永远远地周旋下去了。洪水峪有人在县街上见过他俩，小娘儿们果然俊白，她拖着天黄的胳膊像拖着一件吸引力十足的战利品。令纯朴乡亲不乐意的是小娘儿们的牛仔裤，让人用过的臀熟坏了似的胀得滚圆，像一匹每时每刻都在发情每时每刻都准备踢谁一蹄子的小母马儿！天黄那不争气的小崽子逢了天煞星，算是完蛋了。他就不肯像他爹那么认真。他爹？那是一条多么仁义多么厚道多么懂规矩的汉子呀！

那汉子活到眼下怕要伤心得不行。他的小母鸽子已不是鸽子，也不是鹰，而是一只脱了毛的老母鸡了。老母鸡没有什么不好。老母鸡在照料她的雏和雏的雏儿。母鸡终归是母鸡。母鸡永远有着公鸡不可替代也不可比拟的优点。天青那光棍可以安息了。

夏日来临，在他为叔叔净过身的透明的水塘里，经常聚满了时时在纪念他的扑澡的半大孩子。他们从水里爬出来，让阳光尽情照耀赤裸的身子，照耀他们茁壮成长的下体。晒得热了，就下意识地攀比起来。有早熟的便傲岸地在大石头上踱步，一颠一颠的像敲着一把结实的小榔头儿。一旦受到膀胱的催促，便情绪激昂地站到石边。白花花的尿绳就拉出了阳光的七彩，击中小溪对岸的野花，惊散了嬉戏翻飞的蝴蝶。这种莫大的荣耀使成功者愉快。

比较软弱的失败者不屈地鼓起了嘴。他们望着天空，寻找他们的救星和伟大的男性之神。他们恢复了无畏的必胜的意志。

"你赛过天青伯的本儿本儿，就服你!"

"他是大人。"

"你爹要赛过天青伯的本儿本儿，就服你!"

"他死了! 早死了!"

"你赛过死人的本儿本儿，就服了你!"

"算啦，咱不跟鬼比。"

孩子们就不响了，就惭愧地把自己遮掩起来。他们没有见过活着的天青，也没有见过死时的天青，但是他们知道一个不朽的传奇。那传奇的内容有时会打乱他们年幼的梦境，使他们自己跟着冲动或悲哀起来。大苦大难的光棍儿杨天青，一个寂寞的人，分明是洪水峪史册上永生的角色了。

一地鸡毛

刘震云

第一章

　　小林家一斤豆腐变馊了。一斤豆腐有五块，二两一块，这是公家副食店卖的。个体户的豆腐一斤一块，水分大，发稀，锅里炒不成团。小林每天清早六点起床，到公家副食店门口排队买豆腐。排队也不一定每天都能买到豆腐，要么排队的人多，排到，豆腐已经卖完了；要么还没排到，已经七点了，小林得离开豆腐队去赶单位的班车。最近单位办公室新到一个处长老关，新官上任三把火，对迟到早退抓得挺紧。最使人感到丧气的是，队眼看排到了，上班的时间也到了。离开豆腐队，小林就要对长长的豆腐队咒骂一声：

　　"妈拉个×，天底下穷人多了真不是好事！"

　　但今天小林把豆腐买到了。不过他今天排队排到七点十五，把单位的班车给误了。不过今天误了也就误了，办公室处长老关今天到部里开会，副处长老何到外地出差去了，办公室管考勤的临时变成了一个新来的大学生，这就不怕了，于是放心排队买豆腐。豆腐拿回家，因急着赶公共汽车上班，忘记把豆腐放到了冰箱里，晚上回来，豆腐仍在门厅塑料兜里藏着，大热的天，哪有不馊的道理？

豆腐变馊了,老婆又先于他下班回家,这就使问题复杂化了。老婆一开始是责备看孩子的保姆,怪她不打开塑料袋,把豆腐放到冰箱里。谁知保姆一点不买账。保姆因嫌小林家工资低,家里饭菜差,早就闹着罢工,要换人家,还是小林和小林老婆好哄歹哄,才把人家留下;现在保姆看着馊豆腐,一点不心疼,还一股脑儿把责任都推给了小林,说小林早上上班走时,根本没有交代要放豆腐。小林下班回来,老婆就把怒气对准了小林,说你不买豆腐也就罢了,买回来怎么还让它在塑料袋里变馊?你这存的是什么心?小林今天在单位很不愉快,他以为今天买豆腐晚点上班没什么,谁知新来的大学生很认真,看他八点没到,就自作主张给他划了一个"迟到"。虽然小林气鼓鼓上去自己又改成"准时",但一天心里很不愉快,还不知明天大学生会不会汇报他。现在下班回家,见豆腐馊了,他也很丧气,一方面怪保姆太斤斤计较,走时没给你交代,就不能往冰箱里放一放了?放一块豆腐能把你累死?一方面怪老婆小题大做,一斤豆腐,馊了也就馊了,谁也不是故意的,何必说个没完,大家一天上班都很累,接着还要做饭弄孩子,这不是有意制造疲劳空气?于是说:

"算了算了,怪我不对,一斤豆腐,大不了今天晚上不吃,以后买东西注意放就是了!"

如果话到此为止,事情也就过去了,可惜小林憋不住气,又补了一句:

"一斤豆腐就上纲上线个没完了,一斤豆腐才值几个钱?上次你丢手打碎了一个暖水壶,七八块钱,谁又责备你了?"

老婆一听暖水壶,马上又来了火,说:

"动不动你提暖水壶,上次暖水壶怪我吗?本来那暖水壶就没放好,谁碰到都会碎!咱们别说暖水壶,说花瓶吧!上个月花瓶是怎么回事?花瓶可是好端端地在大立柜边上放着,你抹灰尘给抹碎了,你倒有资格说我了!"

接着就戗到了小林跟前,眼里噙着泪,胸部一挺一挺的,脸变得没有血色。根据小林的经验,老婆的脸一无血色,就证明她今天在单位也很不顺。老婆所在的单位,和小林的单位差不多,让人愉快的时候不多。可你在单位不愉快,把这不愉快带回来发泄就道德了?小林就又气鼓鼓地想跟她理论花瓶。照此理论下去，一定又会盘盘碟碟牵扯个没完，陷入恶性循环，最后老婆会把那包馊豆腐摔到小林头上。保姆看到小林和小林老婆吵架，已经习惯了，就像没看见一样，在旁边若无其事地剪指甲。这更激起了两个人的愤怒。小林已做好破碗破摔的准备，幸好这时有人敲门。大家便都不吱声了。老婆赶紧去抹脸上的眼泪，小林也压抑住自己的怒气。保姆把门打开，原来是查水表的老头来了。

查水表的老头是个瘸子，每月来查一次水表。老头子腿瘸，爬楼很不方便，到每一个人家都累得满头大汗，先喘一阵气，再查水表。但老头积极性很高，有时不该查水表也来，说来看看水表是否运转正常。但今天是该查水表的日子，小林和小林老婆都暂时收住气，让保姆领他去查水表。老头查完水表，并没有走的意思，而是自作主张在小林家床上坐下了。老头一坐下，小林心里就发凉，因为老头一在谁家坐下，就要高谈阔论一番，说说他年轻时候的事。他说他年轻时曾给某位死去的大领导喂过马。小林初次听他讲，还有些兴趣，问了他一些细节，看他一副瘸样，年轻时竟还和大领导接触过？但后来听得多了，心里就不耐烦，你年轻时喂过马，现在不照样是个查水表的？大领导已经死了，还说他干什么？但因为他是查水表的，你还不能得罪他。他一不高兴，就敢给你整个门洞停水。老头子手里就提着管水闸的扳手。看着他手里的扳手，你就得听他讲喂马。不过今天小林实在不欢迎他讲马，人家家里正闹着气，你也不看一看家庭气氛，就擅自坐下，于是就板着脸没过去，没像过去一样跟他打招呼。

但查水表的老头不管这个，自己从口袋已经掏出了烟。划火点着烟，屋里就飘起了老头鼻腔的味道。小林知道老头接着就要讲马，但小林猜错了，这次老头没有讲马，而是一脸严肃地说，他要谈些正事。他说，据群众反映，这个门洞有人偷水，晚上不把水管龙头关死，故意让水往下滴，下边放个水桶接着；滴水水表不转，桶里的水不成偷的了？这样下去是不行的，大家都偷水，自来水厂如何受得了？

听了老头的话，小林与小林老婆脸上都一赤一白的。说来惭愧，因为上个礼拜小林家就偷过几次水，是小林老婆在单位闲聊中听到的办法，回来指使保姆试验。后来小林看不上，觉得这事太委琐，一吨水才几分钱，何必干这个？一夜水管滴滴答答个没完，大家也难心安理得睡觉。于是在第三天就停止了。但这事老头子怎么会知道？是谁汇报的？小林和小林老婆都不约而同想到了对门。对门住着一对胖子，女主人自称长得像印度人，眉心常点着一个红豆。他们家也有一个孩子，大小与小林家孩子差不多，两家孩子常在一起玩，也常打架；为了孩子，小林老婆与印度女人有些面和心不和。两家主人不和，两家保姆却很要好，虽然不是一个省来的，却常在一起共同商讨对付主人的办法。准是两家保姆乱串，印度女人得知小林家滴过两回水，就汇报了老头子，现在有了老头子一番话。但这种事如何上得了台面，如何说得出口？说出口以后在人前怎么站？小林赶紧到老头子跟前，正色声明，这门洞有没有人偷水他不知道，但他家是决不干这种事。他家虽然穷，但穷有穷的骨气！小林老婆也上去说，谁反映的这事，就证明谁偷水，不然他怎么会知道偷水的方法，这不是贼喊捉贼是什么？老头子听了他们的话，弹了一下烟灰：

"行了，这事就到这里为止了。以前大家偷没有偷，就既往不咎了，以后注意不偷就行了！"

说完，站起来，做出宽宏大量的样子，一瘸一瘸走了，留下小林和小林老婆在那里发尴。

由于有偷水这件事的介入，使豆腐发馊事件变得不那么重要了。小林心里还责备老婆，一个大学生，什么时候学得这么市民气，偷了两桶水，值不了几分钱，丢人现眼让人数落了一顿。小林老婆也自感惭愧，就不好意思再追究馊豆腐一事，只是瞪了小林一眼，自己就下厨房做饭去了。因为这件事的介入，使本来要爆发战争的家庭平静下来，小林又有些感激老头子。

晚饭一个炒豆角，一个炒豆芽，一碟子小泥肠，一碗昨天剩下的杂烩菜。小泥肠主要是让孩子吃的，其他三个菜是让小林、小林老婆和保姆吃的。但保姆不吃剩菜，说她一吃剩菜就闹肚子。为此小林老婆还和保姆吵过一架，说你倒成贵族了，我还吃剩菜，你倒闹肚子，过去你在农村吃什么来着？保姆便又哭又闹，闹罢工，要换人家。最后还是小林从中斡旋，才又把她留下。把人留下人家就有了资本，从此更不吃剩菜。小林老婆也没办法，吃饭时只好和小林先吃剩菜，剩菜吃完再吃新的。吃饭时孩子很闹，抓东抓西的，看样子有些想流鼻涕，小林老婆怀疑她是否想感冒。好歹把饭吃完，已经快八点半了。按照惯例，这时保姆洗碗，小林给孩子洗澡，老婆应该上床睡觉。因老婆上班比小林远，清早上班要早起，早点上床睡觉理所当然。但今天老婆没有早睡，脚也没洗，坐在床前想心思。老婆一想心事，小林心里就有些发毛，不知老婆心思想过以后，会不会又提出什么新的话题。不过今天老婆不错，心思想过以后，没有说什么，草草洗完脚就上床睡觉了。老婆睡觉有这点好处，平时嘴唠叨，一上床就不唠叨了，三分钟就能入睡，响起轻微的鼾声，比孩子入睡还快。前几年刚结婚，小林对这点很不满意，哪能上床就入睡？问：

"你怎么躺倒就着，长此以往，可让人受不了！"

老婆不好意思地解释：

"累了一天，跟猪似的，哪有不躺倒就着的道理！"

后来有了孩子，生活越来越复杂，几次折腾搬家，上班下班，弄吃喝拉撒，弄大人小孩，大家都很疲劳，老婆也变得爱唠叨了，这时小林倒觉得老婆上床就入睡是个优点，大家闹矛盾有个盼头，只要头一挨枕头，战争就停止了。所以小林觉得世界上没有绝对的优点缺点，优点缺点是可以转化的。

老婆入睡，孩子入睡，保姆入睡，三个人都响起鼾声，小林检查了一下屋里的灯火水电，也上床睡觉。过去临睡觉之前，小林有看书看报的习惯，动不动还爬起来记笔记。现在一天家务处理完，两个眼皮早在打架，于是这一切过程都省略了。能早睡就早睡，第二天清早还要起床排队买豆腐。想起买豆腐，小林突然又想起今天那一斤变馊的豆腐，现在仍在门厅里扔着，没有处理。这是导火索。明天清早老婆起来再看到它，说不定又会节外生枝，于是又从床上爬起来，到门厅打开灯，去处理那包馊豆腐。

第二章

小林的老婆叫小李，没结婚之前，是一个静静的、眉清目秀的姑娘。别看个头小，小显得小巧玲珑，眼小显得聚光，让人见了从心里怜爱。那时她言语不多。打扮不时髦，却很干净。头发长长的。通过同学介绍，小林与她恋爱。她见人有些腼腆。与她在一起，让人感到轻松、安静，甚至还有一点淡淡的诗意。那时连小林都开始注意言语、注意身体卫生了。哪里想到几年之后，这位安静的富有诗意的姑娘，会变成一个爱唠叨、不梳头，还学会夜里滴水偷水的家庭妇女呢？两人都是大学生，谁也不是没有事业心，大家都奋斗过，发愤过，挑灯夜读过，有过一番宏伟的理想，单位的处长局长，社会上的大大小小机关，都不在眼里，哪里会想到几年之后，他们也跟大家一样，很快淹没到黑压压的千篇一律千人一面的人群之中呢？你也无非是买豆腐、上班下班、吃饭睡觉洗衣服，对付保姆弄孩子，到了晚上你一页书也不想翻，什么宏图大志，什么事业理想，狗屁，那是年轻时候的事，大家都这么混，不也活了一辈子？有宏图大志怎么了？有事业理想怎么了？"古今将相在何方，荒冢一堆草没了！"一辈子下来谁不知道谁！有时小林想想又感到心满意足，虽然在单位经过几番折腾，但折腾之后就是成熟，现在不就对各种事情应付自如了？只要有耐心，能等，不急躁，不反常，别人能得到的东西，你最终也能得到。譬如房子，几年下来，通过与人合居，搬到牛街贫民窟；贫民窟要拆迁，搬到周转房；几经折腾，现在不也终于混上了一个一居室的单元？别人家一开始有冰箱彩电，小林家没有，让小林感到惭愧，后来省着攒着，现在不也买了？当然现在还没组合家具和音响，但物质追求哪里有个完。一切不要着急，耐心就能等到共产主义。倒是使人不耐心的，是些馊豆腐之类的日常生活琐事。过去总说，老婆孩子热炕头，是农民意识，但你不弄老婆孩子弄什么？你把老婆孩子热炕头弄好是容易的？老婆变了样，孩子不懂事，工作量经常持久，谁能保证炕头天天是热的？过去老说单位如何复杂不好弄，老婆孩子炕头就是好弄的？过去你有过宏伟理想，可以原谅，但那是幼稚不成熟，不懂得事物的发展规律。千里之行，始于足下，小林，一切还是从馊豆腐开始吧。第二天早上六点，小林照例爬起来，到公家副食店前排队买豆腐。这时老婆已经睡醒，大睁着两眼在看天花板。老婆入睡快，醒来脑子清醒得也快，不像小林，睡觉起来头半天是木的，得半个小时才能缓过劲儿来，老婆只要五分钟就可以清醒，续上入睡前的思路。这是优点，也是缺点，如果两个人正闹矛盾，老婆早晨醒来，又会迅速续上昨天的事情，继续补课。看今天老婆发呆的样子，又回到了昨天入睡前坐在床沿上想心思的模样，小林心里就有些打鼓，不知老婆又要搞什么名堂。但老婆见他起床，并没有搭理他。小林就有些放心，赶忙刷牙洗脸，拿上塑料袋悄悄出门。但等小林刚要去拉门，老婆在床上发了言：

"我说你，今天的豆腐就别买了！"

原来老婆并没有放过他，仍要续昨天的豆腐事件。小林心里就"嘟嘟"地冒火，一斤馊豆腐，已经扔了，又过了一夜，还真纠缠个没完了？于是说：

"馊了一斤豆腐，还至于今后不买了？今天买回放到冰箱里不就结了！你还要纠缠多少年！"

老婆向他摆摆手：

"我不是跟你说豆腐，今天我想了一夜，我再也不能在这个单位待了，我一定得调，你得跟我来商量商量这事！你不能对我的事漠不关心！"

原来并不是豆腐事件，小林有些放心。但老婆说的是调工作，调工作也是个让人窝心烦躁的事，比馊豆腐事件还复杂。本来老婆的工作单位不错，大学毕业坐办公室，每天也就是搞搞文件，写写工作总结，余下的时间是喝茶看报纸。但老婆性格很直，像小林初到单位一样，各方面关系一开始没处理好，留下后遗症。后来觉悟了，改正了，但以前总留下伤疤，免不了有磕磕碰碰的时候。单位不愉快，回来就向小林唠叨，说要换个单位。小林就拿自己现身说教，说只要将幼稚不懂事的毛病改掉，时间长了自然会适应，换什么单位，天下单位都一样。再说换个单位是容易的？我们都无权无势，两眼一抹黑，哪个单位会要你？老婆就说小林没本领，看着老婆在水深火热之中，一点帮不上忙。小林说，外边帮不上忙，内里不也帮了？不也向你解释了？解释不也是帮忙？就把老婆劝下了。老婆唠叨一顿，怨气出了，第二天就不说了，仍照常上班。如果这样下去，老婆慢慢也会适应，没有单位非换不可的烦恼。但小林家搬了几次家，搬来搬去，住得离小林老婆单位越来越远。当初搬家时，因房子越搬越好，老婆很高兴，说咱们终于在北京也有个房子了，把主要精力花在布置房子上，怎么装窗帘，怎么布局，怎么摆冰箱和电视，还差什么东西，苦恼主要在这个方面。等家伙收拾得差不多了，老婆就又不满意了，怪这个地方离她单位太远。因她的单位在这条线上没有班车，她得挤公共汽车上班，往返一趟，得三四个小时。清早六点起床，晚上八点回来，顶着星星出去，戴着月亮回来，天天如此，车又挤，老婆就受不了，觉得是非换单位不可了。小林看着老婆每天下班疲惫不堪的样子，也觉得这和在单位不愉快不同，在单位不愉快可以忍耐、改正，离单位太远无法人为缩短距离，是得换个离家近一点的单位。真要决定换单位，两人才感到面前的困难像山一样，因为换不换单位，并不是小林和小林老婆能决定的。瞎猫撞老鼠，小林和小林老婆找了几个单位，人家都是一口回绝，连个商量的余地都不留，弄得小林和小林老婆挺丧气。小林说：

"算了算了，别跑了，再跑也是瞎跑，你凑合着吧，北京还有比你上班更远的呢！别光想路程，想想纺织女工，人家上一天班，站着干一天活，你上班是喝茶看报纸，还不知足吗？"

小林老婆发了火：

"你没有本事，就让我凑合。你当然能凑合了，天天有班车坐，我挤四个小时车的滋味你哪里有体验？我非换单位不可，要不换单位，我明天就不上班，你挣钱养活我们娘俩！"

第二天就真不去上班。把小林急坏了。急了一次真管用，小林开动脑筋，真想出一个办法，前三门有一个单位，听有人说，那单位管人事的头头，和小林单位的副局长老张是老同学。小林帮老张搬过家，十分卖力，老张对小林看法不错。老张自与女老乔犯过作风问题以后，夹着尾巴做人，对下边同志特别关心，肯帮助人，只要有事去求他，他都认真帮忙。小林觉得这事如去找老张，老张不至于一口回绝。通过老张介绍，说不定前三门那个单位倒有些希望。前三门那个单位虽离小林家也很远，如坐公共汽车，也得两个小时，但前三门那里和小林家连地铁，地铁跑得快。四十分钟就够了，况且地铁不像公共汽车那么挤，有时上车还有座位。小林将这想法向小林老婆说了，老婆也很高兴，同意去那个单位，让小林去找老张。小林找到老张，将老婆的困难摆出来，又提出前三门那个单位，说听说老领导在那里有熟人，想请老领导帮帮忙。老张果然痛快，说：

"可以，可以，单位那么远，是应该换一换！"

又说：

"前三门那个单位，我也不熟，但管人事的同志，是我的同学，我给他写一封信，你找他，看他能不能给办！"

小林又大着胆子说：

"最好老领导再给他打一个电话！"

老张摸着胖脑袋"哈哈"笑了，照小林头上打了一巴掌：

"现在的年轻人，比我们那时精明多了！好，好，我给你打一个电话！"

老张又打了一个电话，又给小林写了一封信。小林捧到这封信，如同捧到圣旨一样高兴。小林老婆看到信，也很高兴。小林拿着这信到前三门的单位去，果然管用。管人事的头头接见了他，看了那封信说：

"老张是我的老同学，当年在大学，我们两个都爱搞田径！"

小林斜欠着身子坐在头头办公桌前，忙接上去说：

"现在老张也爱锻炼！"

头头看他一眼，突然又问起老张前一段出事的事，让小林讲一讲细节。小林感到有些为难，讲不好，不讲也不好，于是只拣些重要的讲了讲，说老张也只是和女老乔在办公室里坐了一坐，并没有真正在一起，其他一切都是谣传。那头头听后"哈哈"笑了，说：

"这个老张，还是那么可爱！"

最后才谈起小林老婆调动的事。那头头情绪正好，说：

"行，行，老张托的事，就是我的事，我看看下边哪个单位缺人！"

这不等于答应了？小林回来向老婆一汇报，老婆马上抱着他在脸上乱亲。两人度过了一个愉快的夜晚。如果就这样等着，小林老婆一定能调成，能每天坐着地铁到前三门那个单位上班。但这时小林和小林老婆聪明反被聪明误，自己把事情办坏了。本来人家管人事的头头正在努力，小林和小林老婆仍不放心，小林老婆打听出一个熟人的丈夫，也在前三门那个单位工作，而且是一个处长，就同小林商量，单是一个管人事的头头是否太单薄，是否也找找这个处长？当时小林也没犯考虑，觉得多一个人就多一份力量，找一找总没什么坏处。于是就又找了这个处长。谁知道这一找不要紧，让人家管人事的头头知道了，管人事的头头马上停止了努力。小林再去找他，他比以前冷淡了，说：

"你不是也找某某了，让他给办办看吧！"

小林这才着了急，知道自己犯了路线性错误。找人办事，如同在单位混事，只能投靠一个主子，人家才死力给你办；找的人多了，大家都不会出力；何况你找多了，证明你认识的人多，显得你很高明，既然你高明能再找人，何必再找我？这时除了不帮忙不说，还容易产生抵触心理，说不定背后再给你帮点倒忙，看你不依靠我依靠别人这事能办成！小林和小林老婆认识到这个道理，明白过来，事情已经晚了。两个人一开始是互相埋怨，埋怨以后，又共同想补救的办法。但这时能想出什么补救办法？小林只好再找老张，让他给同学再打电话。但老张又不是你的亲兄弟，人家是单位的副局长，老找人家也不好。于是小林老婆调工作的事，就这样不上不下地放着。时间一长，小林事情一忙就暂时把这件事给忘记了。但小林老婆忘不了，时常一个人坐在那里想心思。昨天发生了馊豆腐事件，馊豆腐事件过去以后，她没洗脚坐在床边想的，就是这件事，今天早早起来，她将这话题又重新向小林提出。小林一开始以为老婆又让他找老张，但再找老张小林已很憷头，于是说：

"事情已经让咱们办坏了，光让我找老张有什么用？"

小林老婆说：

"这次不让你找老张，还让你找前三门单位那个管人事的头头。"

再找管人事的头头，比让他找老张还憷头，小林说：

"因为找你那个熟人的丈夫，人家态度都冷淡了，如何有脸面再找人家？再找作用也不大！"

小林老婆说：

"为什么作用不大，这事我想了，你也别光怪我那个熟人的丈夫，这不是问题的关键，关键还是功夫下得不够。现在社会上办事，光动嘴皮子如何行？我考虑，咱得给他上个供。现在苍蝇没有不见血的，你不出血，他能给你来真的，还是得出血！"

小林说：

"只和人家见过几次面，熟都不熟，连人家家在哪里住都不知道，这供如何上？"

小林老婆发了火：

"看你说话的口气，就是对我的事情漠不关心！上次你要入党，给女老乔送了什么？那时咱们那么困难，孩子吃奶都没有钱，我不照样让你送了？轮到我的事，你怎么就这么推三挡四的，你这存的是什么心！"

说着说着脸就白了。小林见她越说越多真生气了，忙说：

"好，好，咱送，咱送，看送了能起什么作用？"

话说到这里就算完了。白天两人照常上班。等晚上回来，两人匆匆吃完饭，交代保姆看好孩子，就一起到前三门单位管人事的头头家里去上供。但真到上供，供上些什么，两人都犯了难。两人来到商店，逛了半个小时，拿不定主意。礼太小了送不出去，礼太大了又心疼钱。最后小林老婆相中了一个工艺品，一个玻璃匣子里镶嵌了几个花鸟和小鱼，美观大方，四十多元，可以买。但两人商量半天，觉得这个礼品也不合适，管人事的头头能会喜欢花鸟？别以为是随便十几块钱买的贱价货搪塞他，那样作用更不好。最后又转，转到食品冷饮柜，小林突然眼睛一亮，说：

"有了！"

小林老婆问：

"什么有了？"

小林便向老婆指了指一箱一箱的"可口可乐"，上边挂着一块牌子："大减价，一块九一听"，而可口可乐的正常价格，却是三块五。"可口可乐"拿得出手，一听一块九，一箱二十四听，也就四十多块，看着体积大，又是名牌饮料，拿出来实用大方，管人事的头头肯定喜欢。只是不知它为何减价。小林老婆说：

"别是过期了吧，那样就不好了！"

问了售货员，也不过期，实在是奇怪，好像是单为今天他们送礼准备的。小林说：

"看这样子，今天顺利，这事肯定能成！"

老婆兴致也高了，马上掏钱买了一箱，由小林扛着，两人挤上公共汽车去送礼。兴高采烈到了管人事头头家的楼下，已是晚上八点半，时间也合适。但等两人进楼道刚要上楼，从楼上走下来一个人，正是前三门单位管人事的头头。小林忙向他打招呼，倒让正下楼的头头吃了一惊，等看清是小林，因在家门口，倒比在办公室客气，忙止住脚步笑着说：

"你们来了？"

小林说：

"王叔叔，这是我爱人，为她工作的事，老张让我们再来找您一次！"

头头说：

"我知道了，那个工作的事，我这里没有问题，关键是下边接收单位不好办，你们如能找到哪个处室可以接收，让他们再来找我不就行了？今天晚上我出去还有点事，车子在下边等着，恕不能接待你们了！"

小林和小林老婆心里都凉了半截。这不等于回绝了？等头头走到了楼外，小林才意识到自己肩上还扛着一箱"可口可乐"，忙向楼外喊：

"王叔叔，我还给您带了一箱饮料！"

头头在楼外笑着答：

"我这里还缺几筒饮料？扛回去自己喝吧！"

接着，车子发动开走了。把小林和小林老婆尴到了楼道里。尴了半天，两人才缓过劲来。小林将箱子摔到楼梯上：

"×他妈的，送礼人家都不要！"

又埋怨老婆：

"我说不要送吧，你非要送，看这礼送的，丢人不丢人！"

小林老婆也说：

"这个人怎么这么恶劣，这个人怎么这么小心眼！"

两人便重新扛着饮料回家。因为礼没有送出去，回家以后两人为买礼心疼了半天，四十多块钱买一箱"可口可乐"放到家里，这不是吃饱了撑的？一箱"可口可乐"怎么处理？退回商店，入口的东西人家一律不退，自己喝了吧，哪能关起门没事喝"可口可乐"？过了两天，还是老婆聪明，把"可口可乐"打开，时常拿出一筒让孩子到院子里去喝。过去从来没买过饮料，也没买过带鱼，孩子穿得破烂，在院子里穷出了名。一次倒是买了带鱼，是贱价处理的，有些发臭，臭味跑到了楼道里，让对门印度女人到处宣扬，现在让小女儿拿着"可口可乐"到处喝，也起一个正面宣传的作用，也算这箱"可口可乐"买的没有白费。只是工作的事仍没有着落，仍是小林和小林老婆继续窝心的问题。

一地鸡毛／刘震云　　**87**

第三章

　　家里来了客人。小林晚上下班回来。一进楼道，就知道家里来了客人。因为他家的门大开着，里边传出外地老家人的咳嗽声。等小林回到家，果然，里间床上正坐着两个皮肤晒得焦黑、头上暴着青筋的老家人，脚边放着几个七十年代的帆布提包，提包上还印着毛主席语录。两个人正在不住地抽烟，咳嗽，毫不犹豫地将烟灰和痰弹吐了一地。小林的小女儿也被烟呛得不住地咳嗽，在烟雾里乱跑。小林本来今天心情不错，办公室新到处长老关，别看平时一脸严肃，原来对人却没坏心眼，季度评奖，给小林评了个头奖，多发给他五十块钱。虽然五十块钱不算什么，但多五十总比少五十强，拿回来总能买老婆个高兴。谁知兴冲冲回家，老婆还没下班，家里却来了两个老家人。小林像被兜头浇了一桶凉水，一天的好兴致，立即跑得无影无踪。本来老家来人应该高兴，多年不见的乡亲，见了叙叙旧也没什么不可，但老家经常来人，就高兴叙旧不起来，反过来倒成了一种负担。家里来人不得招待？招待一次就得几十块钱。经常来人，家庭就受不了。老家来人和别的同学朋友来还不一样，别看老家来的人焦黑、头上暴着青筋，是农村人，但农村比城里人礼还多，同学朋友招待不好人家可以原谅，这些农村人招待不好他反倒不高兴，回到老家说你。他们认为你在北京，来到北京理应该你招待，全不知小林在北京也是社会的最底层，也整天清早排队买豆腐，只是客人来了，才多加两个菜。有时小林看老家人那故作傲慢的样子，不禁又好气又好笑，你们在家才吃什么！老家人来，如果单是吃一顿饭，还好应付，往往吃过饭，他们还要交代许多事让小林办。搞物资、搞化肥、买汽车、打官司，走时还让小林给买火车票。小林哪里有那么强的办事能力！自己老婆的工作都办不了，送礼人家都不收，还能给别人打官司办汽车？买火车票小林照样得去北京站排队。一开始小林爱面子，总觉得如说自己什么都不能办，也让家乡人看不起，就答应试一试，但往往试一试也是白试，虽然有些同学分到了不同的单位，但都是刚到单位不久，还没到掌权的地步，哪里办得成？免不了回头还是尴尬。后来渐渐学聪明了，学会了说"不，这事我办不了！"当然说这话人家会看不起，但看不起是早晚的事。早看不起倒可以省下麻烦。但老家仍是源源不断来人，来了起码吃你一顿饭。问题的复杂性还在于，小林老婆是城市人，城市到底比农村关系简单，来的人很少。人家家老不来人，自己家老来人，来了就要吃饭，农村人又不讲究，到处弹烟灰吐痰，也让小林不好意思。按说小林老婆在这方面还算开通，一开始来人不说什么，后来多了，成了常事，成了日常工作，人家就受不了，来了客人就脸色不好，也不去买菜，也不去下厨房。小林虽然怪老婆不给自己面子，但人家生气得也有道理，两人如倒个个儿，小林也会不高兴。于是除了责备妻子，也怪自己老家不争气，捎带自己让人看不起。老家如同一个大尾巴，时不时要掀开让人看看羞处，让人不忘记你仍是一个农村人。对门印度女人就说过，看他们家那土样，一家子农村人。弄得小林老婆很不高兴。所以小林时常提心吊胆，一到下班，就担心今天老家是否来人了？有时在家里坐，一听院子里有人说外地口音，他就心惊胆战，忙跑到阳台上看，看这外地口音是否进了自己的门洞，如不是进这门洞，才松一口气。虽然小林不盼望自己老家来人，却盼望老婆那边来人。那边如也来人，小林故意热情些，也可抵消一些自己这边来人，让老婆心理平衡一些。但人家来人少，让小林时刻亏着心。老家的父母也不懂小林心情，觉得自己儿子在北京，是个可炫耀的事情，时常说："我儿子在北京，你们找他去！"人家来了，小林就不能不热情。不热情怠慢人家，人家就不高兴，回去说你忘本。但忘本也就忘本，这个本有什么可留恋的！小林也给自己父母写信，说我这里也很忙，经济很难，以后不要图你们面子好看，故意往这里介绍人。信写好以后，小林还故意让老婆看了看，老婆没领他这个情，照地下吐了一口唾沫：

"早知你家是这样，当初我就不会嫁给你！"

小林马上火了，指着老婆说：

"当初我也把家庭情况向你说了，你说不在乎，照你这么说，好像我欺骗你！"

但斗气归斗气，家里还是照常来人。因人照常来，久而久之小林老婆也习惯了。习惯了就自然了。无非是脸色不高兴。这就使小林很满意。小林也自觉，客人来了，吃饭只加两个大路菜，无非是一条鱼，或是一只鸡，没有酒水。老家人不满意，只好让他们不满意，总比让老婆不满意要好。

但今天来的两个客人，使小林觉得只加两个菜绝对说不过去。这两个人一个老头子，一个年轻人，一开始小林没有认出来，上去问他们是哪个村的，听那老头子一说话，小林认出来了，是自己小学时的老师。这老师姓杜，小林上小学时，跟他学了五年，杜老师既教数学，又教语文。一年冬天小林捣蛋，上自习跑出去玩冰，冰炸了，小林掉到了冰窟窿里。被救上来，老师也没吵他，还忙将湿衣裳给他脱下来，将自己的大棉袄给他披上。这样的老师，十几年没见，现在到了自己门上，如何使小林不激动？小林上去握住他的手：

"老师！"

老师见他激动，也激动起来，拉住小林说：

"小林！街上遇到你，肯定我认不出来！"

又忙把年轻人向他介绍，说是自己的儿子。

大家激动过，小林问老师来北京的意思。老师把意思一说，小林又有些胆战心惊，原来老师得了肺气肿，到底发展没发展成肺癌，老家医院水平低，诊断不出来，这时老师想起他培养的学生，还就数小林混得高，混到了北京，于是带儿子来投奔他，想让他找个医院给确诊确诊。如果是癌症，最好能住院治疗；如果不是癌症是肺气肿，也望能做一下手术。小林一边说：

"咱慢慢商量，咱慢慢商量！"

一边转动脑筋。可北京哪里有他熟悉的医院？这时门开了，小林老婆下班回来。小林一看表，已是晚上七点半。小林见了老婆又是一番胆战心惊，一边看老婆的脸色，一边向老婆介绍，这是自己的老师和儿子，这是自己的爱人。老婆见又来了一屋人，屋里烟气冲天，痰迹遍地，当然不会有好脸色，只是点点头，就进了厨房。一会儿，厨房就传来吵声，老婆在责备保姆，都七点半了，怎么还没给孩子弄饭？小林知道那责备声是冲着自己，也怪自己大意只顾跟老师聊天，忘了交代保姆先给孩子弄饭。何况来了两个客人，加上小林、小林老婆、保姆、孩子，一下成了六口人，这饭还没准备呢。于是就让老师先坐着，自己去厨房给老婆解释。解释之前，他先掏出今天单位发的五十块钱，作为进见礼；然后又解释说，实在没办法，这是自己小学时的老师，不同别人，好歹给弄顿饭，招待过去就完。谁知老婆一把将五张人民币打飞了，说：

"去你妈的，谁没有老师！我孩子还没吃饭，哪里管得上老师了！"

小林拉她：

"你小声点，让人听见！"

小林老婆更大声说：

"听见怎么了，三天两头来人，我这里不是旅馆！再这样下去，我实在受不了了！"

就坐在厨房的水池上落泪。

小林怒火一股股往头上冲。但现在生气也不是办法，客人还在里间坐着，只好先退出来，又去陪老师。但看老师的样子，已经听见了他们的争吵。老师到底有文化，不比别的老家人，招待不好故意傲慢，马上大声说：

"小林你不必忙，俺已经在外面吃过饭了。俺住在劲松地下旅馆，也就是来看看你，给你带了点老家土产，喝了这杯水，俺就该走了，晚了怕坐不上车！"

接着拉开了帆布提包，让儿子把两桶香油送到了厨房。

小林感到心中更加不忍。他知道老师肯定没有吃饭，只是怕他为难，故意说这话给他老婆听。也许是两桶香油起了作用，也许是老婆觉悟过来，饭到底还是做了，做得还不错，四个菜，把孩子吃的虾仁都炒了一盘。好歹吃完饭，小林将老师和他儿子送出门。路上老师一个劲儿地说：

"我一来，给你添了麻烦。本来我不想来，可你师母老劝我来看看你，就来了！"

小林看着老师的满头白发，蹒跚的步子，脸上皱褶里都是土，自己也没有让他在家洗洗脸，心里不禁一阵辛酸，说：

"老师身体有病，该来北京看看。我先给你们找个便宜旅馆住下，明天我就去给老师找医院！"

老头子忙用手止住小林：

"你忙你的，我还有办法！"

接着摘下帽子，从里边拿出一张纸条：

"来时怕找不到你，我找了县教育局李科长。李科长有一同学，在某大机关当司长，看，都给我写了信！我投奔他，他那么大的干部，肯定有办法！"

老师话说到这里，小林就不再坚持。因让他找医院，他也肯定找不出什么好医院，是瞎耽误老师的时间，还不如让人家去找司长。于是就只好将老师和他儿子送到公共汽车上，和他们再见。看着公共汽车开远，老师还在车上微笑着向他招手，车猛地一停一开，老头子身子前后乱晃，仍不忘向他挥手，小林的泪唰唰地涌了出来。自己小时上学，老师不就是这么笑？等公共汽车开得看不见了，小林一个人往回走，这时感到身上沉重极了，像有座山在身上背着，走不了几步，随时都有被压垮的危险。

第二天上班，小林在办公室看报纸，看到一篇悼念文章，悼念一位已经死去好多年的大领导，说大领导生前如何尊师爱教，曾把他过去少年时代仅存的两个老师接到北京，住在最好的地方，逛了整个北京。小林本来对这位死去的大领导印象不错，现在也禁不住骂道：

"谁不想尊师重教？我也想让老师住最好的地方，逛整个北京，可得有这条件！"

就把这张报纸扔到了废纸篓里。

第四章

孩子病了。流鼻涕，咳嗽。老婆说：

"你老师有肺气肿，上次他来咱们家一次，是不是把孩子给传染上了？"

孩子有病，小林也很着急。孩子一病，和不病时大不一样，小林和小林老婆，起码得一个人请假在家照顾。这时单靠保姆是不行的。但老婆胡乱联系，又责备他的老师，使小林心里很愤怒。上次老师走后，小林两天没理老婆，怪她破坏他的情感，当着老师的面让他下不来台。人家吃了你一顿饭，却给你提来两桶香油，两桶香油有十斤，现在北京自由市场一斤香油卖八块，十斤就是八十多块，你一顿饭值八十吗？两天来吃着老师的香油，老婆也面有愧色，也觉自己做得太过分。但现在孩子病了，她有气无处撒，又想反攻倒算，拿小林的老师做筏子，小林就有些不客气，说：

"孩子有病，还是先检查。如检查出不是肺气肿传染，你提前这么责备人家，不就不道德了吗？"

于是两人都请假，带孩子去医院检查。但检查是好检查的？说来说去还是一个字：钱。现在给孩子看一次病，出手就要二三十；不该化验的化验，不该开的药乱开。小林觉得，别人不诚实可以，连医生都这么不诚实了，这还叫人怎么活？一次孩子拉稀，看下来硬是要了七十五。小林老婆又好气又好笑，抖着双手向小林说：

"一泡屎值七十五？"

每次给孩子看完病，小林和小林老婆都觉得是来上当。但孩子一病，这个当你还非上不可。你别无选择。譬如现在，路上孩子又有些发烧，温度还挺高，这时两人都忘记了相互指责，忘记了是去上当，精力都集中到孩子身上，于是加快步伐挤车去医院。到医院一检查，原来也无非是感冒。但拿着药单子到药房窗口一划价，四十五块五毛八。小林老婆抖着单子说：

"看，又宰人了吧！你说，这药还拿不拿？"

小林没"说"，也没理她。刚才小林有些着急，小孩发烧那么高，不知出了什么问题，不知是不是老师给传染了。现在诊断出是感冒，小林就放了心。放心之后，小林又开始愤怒，刚才你断定是我的老师传染，现在经过医院诊断，不成感冒了？小林本想跟她先理论论这事，再说宰人不宰人的事，但看到药房前边排队的人很多，来往的人也很多，这个场合理论不对，就没有理她，只是没好气地向老婆说：

"怕宰你就别来呀，人家谁请你非拿药不可了？"

老婆马上抱起孩子：

"照这么说，我就真不拿药了！"

抱起孩子就走。看着老婆赌气不拿药，小林倒着了急。他知道老婆的脾气，赌上气九头牛拉不回来。赌气不拿药，回家孩子怎么办？忙又撵出去，拦住老婆：

"哎，哎，这事你还能真赌气呀，把药单子给我！"

谁知老婆这次不是赌气，她看着小林说：

"这药不拿了，不就是感冒吗？上次我感冒从单位拿的药还没吃完，让她吃点不就行了？大不了就是'先锋''冲剂'、退烧片之类，再花钱不也是这个！"

小林说：

"那是大人药，大人小孩不一样！"

小林老婆说：

"怎么不一样，少吃一点就是了。这事你别管，不花四十五块，我也能让孩子三天好了。药吃完我再到单位要！"

小林觉得老婆说的也有道理。他用手摸了摸孩子的头，不知是孩子刚刚睡醒的缘故，还是嗅到了医院的味道，烧突然又退了下去。眼睛也有神了，指着医院对面的"哈密瓜"要吃。看情况有些缓解，小林觉得老婆的办法也可试一试。于是就跟老婆一块出医院，给孩子买了一块"哈密瓜"。吃了一块"哈密瓜"，孩子更加活泼，连咳嗽一时也不咳了，跳到地上拉着小林的手玩。小林高兴，老婆也高兴。大家一高兴，心胸也就开阔了，小林也不再追究老婆说过老师传染不传染的话了，那都是着急时没有办法乱发的火，不足为凭。既然不追究了，孩子的病也确诊了，老婆想出办法，看病又省下四十五块钱，这不等于白白收入？大家心情更开朗。小林对老婆也关心了。路过小吃街，小林对老婆说：

"你不是爱吃炒肝，吃一碗吧！"

小林老婆咂巴咂巴嘴说：

"一块五一碗，也就吃着玩，多不划算！"

小林马上掏出一块五，递给摊主：

"来一碗炒肝！"

炒肝端上来，小林老婆不好意思地看了小林一眼，就坐下吃起来。看她吃的爱惜样子，这炒肝她是真爱吃。她捡了两节肠给孩子吃，孩子嚼不动又吐出来，她忙又扔到自己嘴里吃了。她一定让小林尝尝汤儿。小林害怕肠，以为肠汤一定不好喝，但禁不住老婆一次一次劝，老婆的声音并且变得很温柔，眼神很多情，像回到了当初没结婚正谈恋爱的时候，小林只好尝了一口。汤里有香菜，热腾腾的，汤的味道果然不错。

老婆问他味道怎么样，他说味道不错，老婆又多情地看了他一眼。想不到一碗炒肝，使两人重温了过去的温暖。这种情绪一直持续到晚上。因孩子病得不重，回家后老婆让她吃了药，她就自己玩去了。晚上也不咳了，睡得很死。等外间保姆传来鼾声，小林和小林老婆都很有激情。事情像新婚时一样好。事情过去以后，两人又相互抚摸着谈起了天，重新总结今天孩子病的原因。小林老婆主动承认错误，说今天一时性急，错怪了小林的老师。小林说既然不怪老师，就怪我们夜里没看好，让孩子蹴了被子。老婆说也不怪夜里没看好，就怪一个人。小林心里一"咯噔"，问是谁，老婆用手指了指外间门厅。这是指保姆。接着老婆说了保姆一大堆不是，说保姆斤斤计较，干活不主动，交代的任务故意磨蹭，爱在保姆间乱串，爱泄露家中的机密；对孩子也不是真心实意，两人上班不在家，她让孩子一个人玩水，自己睡觉或看电视，孩子还有个不感冒的？等今年九月份，一定送孩子入托，把她辞出去。她一个人工资四十元，吃喝费用得六十元，还用小林老婆的卫生巾、化妆品，再加上水果杂用，一月一百多，占一个人的工资，家里哪会不穷？等孩子入托，辞了保姆，一个月省下这么多钱，家里生活肯定能改善，前途还是光明的。小林也受了鼓舞，加上他平时对保姆印象也不好，也跟着老婆说了一阵子话。说完感到气都出了，心里很畅快。两人又亲了一下，才分开身子睡觉。老婆一转身三分钟睡着了，小林没睡着，想了想刚才的一番议论，又感到有些羞愧。两人温暖一天，最后把罪过归到保姆身上，未免有些小气。人家一个十几岁的小姑娘，出门几千里在外，整天看你脸色说话，就是容易的？小林感到自己也变得跟个娘们差不多了，不由感叹一声。但接着疲倦也上来了，两个眼皮一合，也就睡着了，不再想那么多。

　　但等第二天早晨，小林又感到昨天对保姆的指责没有错。清早老婆上班，小林照常出去排豆腐。排完豆腐，小林本来应该去上班，但今天下着小雨，来排豆腐的人少，豆腐买得顺利，看看表，还有富余时间，因惦着孩子感冒，就又回家看了一趟。回家后，发现保姆床也没叠，孩子的饭也没做，药也没喂，给了孩子一盆洗脸水让她玩，她呢，正在给自己鼓捣吃的。清早起来小林和小林老婆都吃的剩饭，把昨天的剩饭泡了泡，就着咸菜吃下了肚。保姆不吃剩饭，你再熬点新粥也就罢了，谁知她正在用给女儿做饭的小锅下挂面，进房一股香气，她加了香菜，加了豆腐干，还卧了一个鸡蛋。保姆见他突然回来，也有些吃惊，忙用筷子将鸡蛋往面条底下捺。但不管怎么捺，还是让小林发现了。小林怒火一股股往脑门冲，这不是故意败坏人吗？起床孩子不弄，自己倒先偷着做好的吃。大家都不容易，我们背后议论你，把一切罪过归到你身上固然不对，但你也忒不自觉，忒不值得尊重和体谅。但小林没有再指责保姆。按说现在抓住了罪证，当面指责一顿十分痛快，但保姆是这种样子，你指责她一顿，岂敢保证你走了以后，她会不把气撒到孩子身上？于是只是把孩子正在玩的保姆的洗脸水，气鼓鼓地夺过来倾到了马桶里。孩子一玩水，又开始流鼻涕；水被夺走，便坐在地上拧着屁股哭。小林没理，摔上门就上班去了。边匆忙下楼边心里骂：

"妈的，九月份一定让你滚蛋！"

晚上下班回家，孩子的感冒似乎又加重了，鼻子囊囊的，一个劲咳嗽；摸摸头，烧也有点升上来。小林知道，这和保姆一天捣蛋肯定有关系。但他又不敢把清早保姆捣蛋的事告诉老婆，那样肯定会引起另一场轩然大波。不过不知老婆今天怎么了，一脸喜色，对孩子病情加重也不在意，喜滋滋地自己坐在床前想心事。老婆一有这种脸色，肯定有好事。来厨房看看，果然，老婆买回来一节香肠。买了香肠不说，还买回来一瓶"燕京"啤酒。这肯定是给小林买的。过去单身汉时，小林最爱喝啤酒。自结婚以后，这种爱好渐渐就根除了。一瓶一块多，喝它干吗。就是不说钱，平时谁有喝啤酒的心思！小林摸不透老婆今天的心思，忙进里间问：

"喂，你今天怎么了？"

老婆"咮咮"地笑。

小林感到有些奇怪：

"你笑什么？说出来我听听！"

老婆说：

"小林，我告诉你，我的工作问题解决了！"

小林吃了一惊：

"什么？解决了？你去前三门单位了？管人事的头头答应了？"

老婆摇摇头。

小林问：

"找到新的单位了？"

老婆摇摇头。

小林禁不住泄气：

"那解决什么？"

老婆说：

"这工作我不调了！"

小林说：

"怎么不调了，你对单位又有感情了？你不怕挤公共汽车了？"

小林老婆说：

"感情谈不上，但以后不挤公共汽车了。我们单位的头头说，从九月份开始，往咱们这条线发一趟班车！你想，有了班车，我就不用挤公共汽车，四十分钟也到了。自己单位的班车，上车还有座位，这不比挤地铁去前三门单位还好？小林，我想通了，只要九月份通班车，我工作就不调了。这单位固然不好，人事关系复杂，但前三门那个单位就不复杂了？看那管人事头头的嘴脸！我信了你的话，天下老鸦一般黑。只要有班车，我就不调了，睁只眼闭只眼混算了。这不是工作问题解决了！"

小林听了老婆一番话，也很高兴。家中的一件大事，过去天天苦恼，时常为此闹矛盾，现在终于有了着落。虽然工作问题的解决实际上是以不解决为解决，但不管怎样，解决了老婆就安心了，就没有烦恼了，就不会情绪激动了，家里就不会再为此闹矛盾了。说来问题解决也简单，靠小林和小林老婆自己去求人，去送东西到处碰壁，最终解决无非是单位发了一趟班车。但不管怎么解决，小林也马上和老婆一样高兴起来，说：

"好，好，这不以后不存在这问题了？你就不再跟我闹了？"

老婆说：

"是不存在呀！"

又娇嗔道：

"谁跟你闹了？你没有本事解决，还怪我跟你闹！最后不还是靠我自己解决！就等九月份了！"

小林说：

"是呀，是呀，是靠你自己解决，就等九月份！"

大家情绪很好。孩子的病也压过去了。吃饭时大家喝了啤酒。晚上孩子保姆入睡，两人又欢乐了一次。欢乐时两人又很有激情。欢乐之后，两人都很不好意思。昨天欢乐，今天又欢乐，很长时间没这么勤了。接着两人又抚摸谈心，说九月份。九月份真是个好日子，老婆工作问题解决，孩子入托辞退保姆，家里可节省一大笔开支。两人又展望起未来，憧憬九月份的幸福日子，讨论节省下的开支如何应用。后来老婆又说，现在孩子还小，要不再让孩子在家待一年，再用一年保姆，等明年再送孩子入托。小林想起早晨保姆的事，马上恶狠狠地说：

"不，就今年，不为孩子，也为保姆，马上让她滚蛋！"

老婆与保姆矛盾很深，听小林这么说，也很高兴，又亲了他一下，翻过身就睡着了。

第五章

九月份了。九月份有两件事，一，老婆通班车了；二，孩子入托辞退保姆。老婆通班车这一条比较顺，到了九月一号，老婆单位果然在这条线通了班车。老婆马上显得轻松许多。早上不用再顶星星。过去都是早六点起床，晚一点儿就要迟到；现在七点起就可以了，可以多睡一个小时。七点起床梳洗完毕，吃点饭，七点二十轻轻松松出门，到门口上班车；上了班车还有座位，一直开到单位院内，一点不累。晚上回来也很早，过去要戴月亮，七点多才能到家，现在不用戴了；单位五点下班，她五点四十就到了家，还可以休息一会儿再做饭。老婆很高兴。不过她这高兴与刚听到通班车时的高兴不同，她现在的高兴有些打折扣。本来听说这条线通班车，老婆以为是单位头头对大家的关心，后来打听清楚，原来单位头头并不是考虑大家，而是单位头头的一个小姨子最近搬家搬到了这一块地方，单位头头的老婆跟单位头头闹，单位头头才让往这里加一线班车。老婆听到这个消息，马上有些沮丧，感到这班车通得有些贬值。自己高兴得有些盲目。回来与小林唠叨，小林听到心里也挺别扭，感到似乎是受了污辱。但这污辱比起前三门单位管人事的头头拒不收礼的污辱算什么，于是向老婆解释，管他娘嫁给谁，管是因为什么通的班车，咱只要跟着能坐就行了。老婆说：

"原来以为坐班车是公平合理，单位头头的关心，谁知是沾了人家小姨子的光，以后每天坐车，不都得想起小姨子！"

小林说：

"那有什么办法。现在看，没有人家小姨子，你还坐不上班车！"

小林老婆说：

"我坐车心里总感到有些别扭，感到自己是二等公民！"

小林说：

"你还像大学刚毕业那么天真，什么二等三等，有个班车给你坐就不错了。我只问你，就算沾了人家小姨子的光，总比挤公共汽车强吧！"

小林老婆说：

"那倒是！"

小林又说：

"再说，沾她光的又不是你自己，我只问你，是不是每天一班车人？"

老婆说：

"可不是一班车人，大家都不争气！"

小林说：

"人家不争气，这时你倒长了志气。你长志气，你以后再去坐公共汽车，没人拉你非坐班车！你调工作不也照样求人巴结人？给人送东西，还让人晾到了楼道里！"

老婆这时"扑哧"笑了：

"我也就是说说，你倒说个没完了。不过你说得对，到了这时候，还说什么志气不志气，谁有志气，有志气顶他妈屁用，管他妈嫁给谁，咱只管每天有班车坐就是了！"

小林拍巴掌：

"这不结了！"

所以老婆每天显得很愉快。但小孩入托一事，碰到了困难。小林单位没有幼儿园，老婆单位有幼儿园，但离家太远，每天跟着老婆来回坐车也不合适，这就只能在家门口附近找幼儿园。门口倒是有几个幼儿园，有外单位办的，有区里办的，有街道办的，有居委会办的，有个体老太太办的。这里边最好的是外单位办的，里边有幼师毕业的阿姨，可以教孩子些东西；区以下就比较差些，只会让孩子排队拉圈在街头走；最差的是居委会或个体办的，无非是几个老太太合伙领着孩子玩，赚个零用钱花花。因孩子教育牵扯到下一代，老婆对这事看得比她调工作还重。就撺掇小林去争取外单位办的幼儿园，次之只能是区里办的，街道以下不予考虑。小林一开始有些轻敌，以为不就是给孩子找个幼儿园吗？临时待两年，很快就出去了，估计困难不会太大，但他接受以前一开始说话腔太满，后来被老婆找后账的教训，说：

"我找人家说说看吧，我也不是什么领导人，谁知人家会不会买我的账，你也不能限制得太死！"

对门印度女人家也有一个孩子，大小跟小林家孩子差不多，也该入托，小林老婆听说，他家的孩子就找到了幼儿园，就是外单位办的那个。小林老婆说话有了根据，对小林说：

"怎么不限制死，就得限制死，就是外单位那个，她家的孩子上那个，咱孩子就得上那个，区里办的你也不用考虑了！"

任务就这样给小林布置下了。等小林去落实时，小林才感到给孩子找个幼儿园，原来比给老婆调工作困难还大。小林首先摸了一下情况，外单位这个幼儿园办得果真不错，年年在市里得先进。一些区一级的领导，自己区里办的有幼儿园，却把孙子送到这个幼儿园。但人家名额限制得也很死，没有过硬的关系，想进去比登天还难。进幼儿园的表格，都在园长手里，连副园长都没权力收孩子。而要这个园长发表格，必须有这个单位局长以上的批条。小林绞尽脑汁想人，把京城里的同学想遍，没想出与这个单位有关系的人。也是急病乱投医，小林想不出同学，却突然想起门口一个修自行车的老头。小林常在老头那里修车，"大爷""大爷"地叫，两人混得很熟。平时带钱没带钱，都可以修了车子推上先走。一次在闲谈中，听老头说他女儿在附近的幼儿园当阿姨，不知是不是外单位这个？想到这个茬儿，小林兴奋起来，立即骑上车去找修车老头。如果他女儿是在外单位这个，虽然只是一个阿姨，说话不一定顶用，但起码打开一个突破口，可以让她牵内线提供关系。找到修车老头，老头很热情，也很豪爽，听完小林的诉说，马上代他女儿答应下来，说只要小林的孩子想入他女儿的托，他只要说一句话，没有个进不去的。只是他女儿的幼儿园，不是外单位那个，而是本地居委会办的。小林听后十分丧气。回来将情况向老婆作了汇报，老婆先是责备他无能，想不出关系，后又说：

"咱们给园长备份厚礼送去，花个七十八十的，看能不能打动她！对门那个印度孩子怎么能进去？也没见她丈夫有什么特别的本事，肯定也是送了礼！"

小林摆摆手说：

"连认识都不认识，两眼一抹黑，这礼怎么送得出去？上次给前三门单位管人事的头头送礼，没放着样子！"

老婆火了：

"关系你没关系，礼又送不出去，你说怎么办？"

小林说：

"干脆入修车老头女儿那个幼儿园算了！一个三岁的孩子，什么教育不教育，韶山冲一个穷沟沟，不也出了毛主席！还是看孩子自己！"

老婆马上愤怒，说小林不能这样对孩子不负责任；跟修车的女儿在一起，长大不修车才怪；到目前为止，你连外单位幼儿园的园长见都没见一面，怎么就料定人家不收你的孩子？有了老婆这番话，小林就决定斗胆直接去见一下幼儿园园长。不通过任何人介绍，去时也不带礼，直接把困难向人家说一下，看能否引起人家的同情。路上小林安慰自己，中国的事情复杂，别看素不相识，别看不送礼，说不定事情倒能办成；有时认识、有关系，倒容易关系复杂，相互嫉妒，事情倒不大好办。不认识怎么了？不认识说不定倒能引起同情。世上就没好人了？说不定这里就能碰上一个。但等小林在幼儿园见到园长，才知道自己的想法幼稚天真。幼儿园园长是个五十多岁的老太太，人倒挺和蔼，看了小林的工作证，听了小林的诉说，答复很干脆，说她这个幼儿园不招收外单位的孩子；本单位孩子都收不了，招外单位的大家会没有意见？不过情况也有例外，现在幼儿园想搞一项基建，一直没有指标，看小林在国家机关工作，如能帮他们搞到一个基建指标，就可以收下小林的孩子。小林一听就泄了气，自己连自己都顾不住，哪能帮人家搞什么基建指标，如有本事搞到基建指标，孩子哪个幼儿园不能进，何必非进你这个幼儿园？

一地鸡毛／刘震云　101

他垂头丧气回到家，准备向老婆汇报，谁知家里又起了轩然大波，正在闹另一种矛盾。原来保姆已经闻知他们在给孩子找幼儿园；给孩子找到幼儿园，不马上要辞退她？她不能束手待毙，也怪小林、小林老婆不事先跟她打招呼，于是就先发制人，主动提出要马上辞退工作。小林老婆觉得保姆很没道理，我自己的孩子，找不找幼儿园还用跟你商量？现在幼儿园还没找到，你就辞工作，不是故意给人出难题？两人就吵起来。到了这时候，小林老婆不想再给保姆说好话，说，要辞马上辞，立即就走。保姆也不服软，马上就去收拾东西。小林回到家，保姆已将东西收拾好，正要出门。小林幼儿园联系得不顺利，觉得保姆现在走措手不及，忙上前去劝，但被老婆拦住：

"不用劝她，让她走，看她走了，天能塌下来不成！"

小林也无奈。可到保姆真要走，孩子不干了。孩子跟她混熟了，见她要走，便哭着在地上打滚；保姆对孩子也有了感情，忙上前又去抱起孩子。最后，保姆终于放下嗷嗷哭的孩子，跑着下楼走了。保姆一走，小林老婆又哭了，觉得保姆在这干了两年多，把孩子看大，现在就这么走了也很不好，赶忙让小林到阳台上去，给保姆再扔下一个月的工资。

保姆走后，家里乱了套。幼儿园没找着，两人就得轮流请假在家看孩子。这时老婆又开始恶狠狠地责骂保姆，怪她给出了这么个难题，又责怪小林无能，连个幼儿园都找不到。小林说：

"人家要基建指标，别说我，换我们的处长也不一定能搞到！"

又说：

"依我说，咱也别故意把事情搞复杂，承认咱没本事，进不了那个幼儿园，干脆，进修车老头女儿的幼儿园算了！这个幼儿园不也孩子满当当的！"

事到如今，小林老婆的思想也有些活动。整天这么请假也不是个事。第二天又与小林到修车老头女儿的幼儿园看了看，印象还不错。当然比外单位那个幼儿园差远了，但里面还干净，几个房间里圈着几十个孩子，一个屋子角上还放着一架钢琴。幼儿园离马路也近。小林见老婆不说话，知道她基本答应了，心里一块石头才算落了地。

回来，开始给孩子做入托的准备。收拾衣服、枕头、吃饭的碗和勺子、喝水的杯子、揩鼻涕的手绢。像送儿出征一样。小林老婆又落了泪：

"爹娘没本事，送你到居委会幼儿园，你以后就好自为之吧！"

但等孩子体检完身体，第二天要去居委会幼儿园时，事情又发生了转机，外单位那个幼儿园，又接受小林的孩子。当然，这并不是小林的功劳，而是对门那个印度女人的丈夫意外给帮了忙。这天晚上有人敲门，小林打开门，是印度女人的丈夫。印度女人的丈夫具体是干什么的，小林和小林老婆都不清楚，反正整天穿得笔挺，打着领带，骑摩托上班。由于人家家里富，家里摆设好，自家比较穷，家里摆设差，小林和小林老婆都有些自卑，与他们家来往不多。只是小林老婆与印度女人有些接触，还面和心不和。现在印度女人的丈夫突然出现，小林和小林老婆都提高了警惕：他来干什么？谁知人家挺大方，坐在床沿上说：

"听说你们家孩子入托遇到了困难？"

小林马上感到有些脸红。人家问题解决了，自己没有解决，这不显得自己无能？就有些支吾。印度女人丈夫说：

"我来跟你们商量个事，如果你们想上外单位那个幼儿园，我这里还有一个名额。原来搞了两个名额，我孩子一个，我姐姐孩子一个，后来我姐姐孩子不去了，如果你们不嫌这个托儿所差，这个名额可以让给你们，大家对门住着！"

小林和小林老婆都感到一阵惊喜。看印度女人丈夫的神情，也没有恶意。小林老婆马上高兴地答：

"那太好了，那太谢谢你了！那幼儿园我们努力半天，都没有进去，正准备去居委会的呢！"

这时小林脸上却有些挂不住。自己无能，回过头还得靠人家帮助解决，不太让人看不起了？所以倒没像老婆那样喜形于色。印度女人的丈夫又体谅地说：

"本来我也没什么办法，只是我单位一个同事的爸爸，正好是那个单位的局长，通过求他，才搞到了名额。现在这个社会，还不是这么回事！"

这倒叫小林心里有些安慰。别看印度女人爱搅是非，印度女人的丈夫却是个男子汉。小林忙拿出烟，让他一支。烟不是什么好烟，也就是"长乐"，放了好多天，有些干燥了，但人家也没嫌弃，很大方地点着，与小林一人一支，抽了起来。

孩子顺利地入了托。小林和小林老婆都松了一口气。从此小林家和印度女人家的家庭关系也融洽许多。两家孩子一同上幼儿园。但等上了几天，小林老婆的脸又沉了下来。小林问她怎么回事，她说：

"咱们上当了！咱们不该让孩子上外单位幼儿园！"

小林问：

"怎么上当？怎么不该去？"

小林老婆说：

"表面看，印度女人家帮了咱的忙，通过观察，我发现这里头不对，他们并不是要帮咱们，他们是为了他们自己。原来他们孩子哭闹，去幼儿园不顺利，这才拉上咱们孩子给他陪读！两个孩子以前在一块玩，现在一块上幼儿园，当然好上了。我也打听了，那个印度丈夫根本没有姐姐！咱们自己没本事，孩子也跟着受欺负！我坐班车是沾了人家小姨子的光，没想到孩子进幼儿园，也是为了给人家陪读。"

接着开始小声哭起来。听了老婆的话，小林也感到后背冷飕飕的。妈的，原来印度家庭没安好心。可这事又摆不上桌面，不好找人理论。但小林心里像吃了马粪一样感到龌龊。事情龌龊在于：老婆哭后，小林安慰一番，第二天孩子照样得去给人家当"陪读"；在好的幼儿园当陪读，也比在差的幼儿园胡混强啊！就像蹭人家小姨子的班车，也比挤公共汽车强一样。当天夜里，老婆孩子入睡，小林第一次流下了泪，还在漆黑的夜里扇了自己一耳光：

"你怎么这么没本事，你怎么这么不会混！"

但他扇的声音不大，怕把老婆弄醒。

第六章

今年大白菜丰收。

小林站在市民排起的长队里，嘴里哈着寒气，开始购买冬贮大白菜。大家一人手里捏着一个纸片。天冷了，有人头上已经扣上了棉帽子。大家排队时间一长，相互混熟了，前边一个中年人让给小林一支烟，两人燃着，说些闲话。一到购买冬贮大白菜，小林的心情是既焦急又矛盾。看着别人用自行车、三轮车、大筐往家里弄大白菜，留下一地菜帮子，他很焦急，生怕大白菜一下卖完，他拉了空，冬天里没有菜吃。等到挤到人群里去买，他心里又觉得是上当。年年买大白菜，年年上当。买上几十棵便宜菜，不够伺候它的，天天得摆、晾、翻，天天夜里得收到一起码着。这样晾好，白菜已经脱了好几层皮。一开始是舍不得吃，宁肯再到外面买；等到舍得吃，白菜已经开始发干、萎缩，一个个变成了小棍棍，一层层揭下去，就剩下一个小白菜心，弄不好还冻了，煮出一股子酸味。每到第二年春天，面对着剩下的几根小棍棍，小林和小林老婆都发誓，等秋天再不买大白菜。可一到秋天，看着一堆堆白菜那么便宜，政府在里边有补贴，别人家一车一车推，自己不买又感到吃亏。这种矛盾焦急心理，小林感到是一种折磨，其心理损耗远远超过了白菜的价值。所以今年一到秋天小林便下定决心：坚决不买大白菜。与老婆商量，老婆也同意，说把冬贮菜的亏烂刨下去，也不见得便宜到哪里去。于是他们今年真没有买大白菜。但这样仅坚持了三天，小林又扣上棉帽子排到了买冬贮菜的行列。这并不是小林的意志不坚强，而是今年北京大白菜过剩，单位号召大家买"爱国菜"，谁买了"爱国菜"可以到单位报销。这样，不买白不买，小林和小林老婆马上又改变了最初的决定，决定马上去买"爱国菜"，而且单位能报销多少，就买多少。小林单位可报销三百斤，小林老婆单位可以报销二百斤，于是两人决定买五百斤，这比往年自己决定买大白菜的量还多。小林专门借了办公室副处长老何家的三轮车。小林说：

"原来说不买大白菜了，谁知单位又要报销，逼着你非再麻烦一次！"

由于这麻烦是报销引起的而不是自己决定的，所以小林一边排队买菜，一边又感到委屈，叹了一口气，用脚踢了踢"爱国菜"，漫不经心地看前边称菜。但小林很快又克服了漫不经心。因大家买菜都不花钱，竞争还挺激烈，生怕排到自己"爱国菜"脱销，眼珠子瞪得都挺大。小林也不由紧张起来，将棉帽子的帽翅卷了起来，露出耳朵。

五百斤大白菜买回家，家里便充满了大白菜的气味。小林心情不好。但由于这大白菜不花钱，老婆的积极性倒挺高，在那里晾晒。不过结果小林仍然知道，无非变成七八十个小棍棍。看着它堆积那么高，一个冬天要吃掉它，也叫人倒胃口。不过老婆心情开朗，小林也跟着心情好起来，家里气氛倒是比以前轻松。大白菜拉回家来的第二天，小林老家又来了人，一队来了六个，小林心里一阵紧张，小林老婆的脸也变了颜色。不过这六个客人并没有吃饭，坐了一会儿就走了，说是去东北出差。小林才放下心来。小林老婆脸上的颜色也转了过来，送客人时显得很热情，弄得大家都很满意。

这天，小林下班早，到菜市场去转。先买了一堆柿子椒，又用粮票换了二斤鸡蛋（保姆走后，粮食宽裕了许多，可以腾出些粮票换鸡蛋），正准备回家，突然看到市场上新添了一个卖安徽板鸭的个体食品车，许多人站队在那里买。小林过去看了看，鸭子太贵，四块多一斤；但鸭杂便宜，才三块钱一斤。小林女儿爱吃动物杂碎，小林就也排到队伍中，准备买半斤鸭杂。摊主有两个人，一个操安徽口音的在剁鸭子，另一个老板模样的人在收钱。可等排到小林，小林要把钱交给老板时，老板看他一眼，两人眼睛一对，禁不住都叫道：

"小林！"

"小李白！"

两人都丢下鸭杂和钱，笑着搂抱到一起。这个"小李白"是小林的大学同学，当年在学校时，两人关系很好，都喜欢写诗，一块加入了学校的文学社。那时大家都讲奋斗，一股子开天辟地的劲头。"小李白"很有才，又勤奋，平均一天写三首诗，诗在一些报刊还发表过，豪放洒脱，上下几千年，秦皇汉武，唐宗宋祖，都不在话下，人称"小李白"。惹得许多女同学追他。毕业以后，大家烟消云散。"小李白"也分到一个国家机关。后来听说他坐不了办公室，自己辞职跑到一个公司去了，现在怎么又卖起了板鸭？"小李白"见到了小林，生意也不做了，一切交给剁鸭子的安徽人，拉小林到旁边树下聊天。两人抽着烟，小林问：

"你不是在公司吗？怎么又卖起了板鸭？"

"妈拉个×，公司倒闭了，就当上了个体户，卖起了板鸭！不过卖板鸭也不错，跟自己开公司差不多，一天也弄个百儿八十的！"

小林吓了一跳，又问：

"你还写诗吗？"

"小李白"朝地上啐了一口浓痰：

"狗屁！那是年轻时不懂事！诗是什么，诗是搔首弄姿混扯淡！如果现在还写诗，不得饿死！混呗，你结婚了吗？"

小林说：

"孩子都三岁了！"

"小李白"拍了一下巴掌：

"看，还说写诗，写姥姥！我可算看透了，不要异想天开，不要总想着出人头地，就在人堆里混，什么都不想，最舒服，你说呢？"

小林深有同感，于是点点头。又问：

"你有孩子了吗？"

"小李白"伸出三个手指头。小林吃了一惊：

"你敢不计划生育？"

"小李白"一笑：

"结了三个，离了三个，现在又结了一个。结一个下一个果，离婚人家不要孩子，我可不就落了三个！不卖鸭子成吗？家里五六张嘴等着吃食哩！"

小林也一笑，觉得"小李白"到底是"小李白"，诗虽然不写了，但那股洒脱劲还没褪下。两人又谈了半天，天快黑了，"小李白"突然想起什么，照小林肩上拍了一掌：

"有了！"

小林吓了一跳：

"什么有了？"

"小李白"说：

"我得出去十来天，去外地弄鸭子，这里没人收账，我正愁找不到人，你以后每天下班，来替我收收账算了！"

小林忙摆手：

"别，别，我还得上班。再说，我也不会卖鸭子！"

"小李白"说：

"我知道你是爱那个面子！你还天真幼稚，现在普天下谁还要面子？要面子一股子穷酸，不要面子享荣华富贵。就你小林清高？看你的穿戴神情，也是改不掉的穷酸受罪模样。你下班来替我收账，帮我十天，我每天给你二十块钱！"

然后，不由分说，将一个大鸭子塞到小林手里，把小林推走了。

小林边摇头笑边提着鸭子回到家，老婆正不高兴他这么晚才回来，孩子也没准时接；又看他手里提鸭子，以为是花钱买的，叫道：

"你成贵族了，吃这么大的鸭子！"

小林将鸭子扔到饭桌上，瞪了老婆一眼：

"人家送的！"

小林老婆吃了一惊：

"你当官了？也有人给你送东西！"

小林便将菜市场的巧遇原原本本给老婆说了。最后把"小李白"让他看鸭子收账的事也说了。没想到老婆一听这事倒高兴，同意他去卖鸭子，说：

"一天两小时，也不耽误上班，两个小时给你二十块钱，比给资本家端盘子挣得还多，怎么不可以！从明天起孩子我来接，你去卖鸭子吧，这事你能干得下来！"

小林倒在床上，手扣住后脑勺说：

"干是干得下来，只是面子上挂不住，卖鸭子！"

小林老婆说：

"管他呢！讲面子不是穷了这么多年？你又不是找老婆，我不怕你丢面子，你还怕什么！"

于是，从第二天起，小林每天下午下班，就坐在板鸭车后边卖鸭子收款。一开始还真有些不好意思，穿上白围裙，就不敢抬眼睛。不敢看买鸭子的是谁，生怕碰到熟人。回家一身鸭子味，赶紧洗澡。可干了两天，每天能捏两张人民币，眼睛、脸就敢抬了，碰到熟人也不怕了。回来澡也不洗了。习惯了就自然了。小林感到就好像当娼妓，头一次接客总是害怕，害臊，时间一长，态度就大方了，接谁都一样。这时小林觉得长期这样卖鸭子也不错，每月可多得六百元的收入，一年下来不就富了？可惜"小李白"只出去十天，十天回来，小林就干不成了。如果自己早一点见到"小李白"就好了。

鸭子卖到第九天，这天小林正坐在车后卖鸭子，又碰到一个熟人。本来现在小林已经不怕熟人了，但这个熟人不同别的熟人，小林还是有些害怕，他是小林办公室的处长老关。老关家住别处，本来不逛这个菜市场，怎么他今天逛到这里来了？当老关看到板鸭车后坐的是自己的部下，吃惊得眼睛瞪得溜圆。小林也感到不好意思。小林第二天上班，就准备老关找他谈话。果然，老关找他单独"通气"。不过这时小林一点不怕老关，大家都在社会上混，又不是在单位卖鸭子，下班挣个零花钱有什么不可以？有钱到底过得愉快，九天挣了一百八，给老婆添了一件风衣，给女儿买了一个五斤重的大哈密瓜，大家都喜笑颜开。这与面子、与挨领导两句批评相比，面子和批评实在算不了什么。当然小林在单位混了这么多年，已不像刚来单位时那么天真，尽说大实话；在单位就要真真假假，真亦假来假亦真，说假话者升官发财，说真话倒霉受罚。于是在老关要求他解释昨天的事时，小林故作天真地一笑，说卖板鸭的是他的同学，他觉得好玩，就穿上同学的围裙坐那里试了一试，喊了两嗓子，纯粹是闹着玩，正好被领导遇上，他并没有真的卖鸭子，给单位丢名誉。老关听到情况是这样，就松了一口气，说：

"我说呢，堂堂一个国家干部，你也不至于卖鸭子！既然是闹着玩，这事就算了，以后别这么闹就是了！"

小林忙答应一声，两人便分了手。等老关走远，小林朝地上啐了一口唾沫，怎么不至于卖鸭子，老子就是卖了九天鸭子！可惜今天是最后一天了。如果能长期这样，我这个鸭子还真要长期卖下去。

可惜，这天下午，"小李白"准时从外地回来了，小林就告别了板鸭车。临别时"小李白"把最后二十块钱交给小林，交代他以后想吃鸭子就来拿；以后他到外地弄鸭子，还请他来看摊。小林这时一点也没不好意思，声音很大地答应：

"以后你需要我帮忙，你尽管言声！"

第七章

孩子上幼儿园已经三个月了。小林或小林老婆每天接送。平心而论，孩子上幼儿园以后，家务比以前多了，家里没有保姆，涮碗、擦地、洗衣洗单子，都要自己动手；孩子每天清早送、晚上接，都要准时；不像过去家里有保姆担着，回去得早晚没关系。家务虽然重了，但因为家里没有保姆，孩子一天不在家，让人心理上轻松许多；孩子接回来，关起门也是自己一家人，没有外人。保姆一走，每月省下一百多元钱，扣除孩子的入托费，还剩五六十，经济上也显得宽裕了，老婆也舍得吃了，时不时买根香肠，有时还买只烧鸡。两人在一起讨论起来，都说没有保姆的好处多，接着说了用保姆的一连串毛病。但现在人家已经走了，两人还边啃烧鸡边声讨人家，未免显得有些小气。不说她也罢。以后两人说保姆少了。

孩子入托好是好，但小林和小林老婆一直有一个心理问题，还没有解决。因为孩子入托是沾了印度家庭的光，是为了给人家孩子当陪读。清早一送孩子，晚上一接孩子，就想起这档子事，让人心理上不愉快。接送过程中，常碰到印度女人或她的丈夫，招呼还是要打，但打过招呼就有一种羞愧和不自然。不过孩子不懂事，有时从幼儿园出来，还和印度女人的孩子拉着手，玩得很愉快。但什么事情都有一个过程，时间一长，小林和小林老婆就把这事看得轻了。有时又一想，什么陪读不陪读，只要能进幼儿园，只要孩子愉快就行了。就好像帮人家卖鸭子，面子是不好看，领导也批评，但二百块钱总是到手了。只是有时见了印度家的人依然愤怒，愤怒起来心里要骂一句：

"帮我联系幼儿园，我也不承你的情！"

孩子在幼儿园也有一个习惯过程。开始几天，孩子哭着不去，送时哭，接时也哭。这是年幼不懂事，大人只要坚持下来，孩子也没办法。坚持一段孩子就习惯了。等孩子熟悉了新环境，老师、别的孩子，她都认识了，于是也就不哭。小林有时觉得那么小的孩子，在无奈中也会渐渐适应环境，想起来有些心酸。可老放在身边怎么成，她就不长大了吗？长大混世界，不更得适应？于是也就不把这辛酸放到心上。这时有了世界杯足球赛，小林前几年爱足球，看得脸红心跳，觉得过瘾，世界性的明星，都能说出口。那时觉得人生的一大目的就是看足球，世界杯四年一次，人生才有几个四年？但后来参加工作，结婚以后，足球就渐渐不看了。看它有什么用？人家踢得再好，也不解决小林身边任何问题。小林的问题是房子、孩子、蜂窝煤和保姆、老家来人。所以对热闹的世界充耳不闻。现在孩子入了幼儿园，小林心理轻松一些，看到今天晚上要决赛，也禁不住心里痒痒起来；由于转播是半夜，他想跟老婆通融通融，半夜起来看一次转播。于是下班接孩子回来，猛干家务。老婆看他有些反常，问他有什么事，他就觍着脸把这事说了，并说今天晚上上场的有马拉多纳。谁知老婆仍是那么不通情达理，她的思路仍没有转过弯来，竟将围裙摔到桌子上：

"家里蜂窝煤都没有了，你还要半夜起来看足球，还是累得轻！你要能让马拉多纳给咱家拉蜂窝煤，我就让你半夜起来看他！"

小林一阵扫兴，连忙摆手：

"算了，算了，你别说了，我不看了，明天我去拉蜂窝煤不就行了！"

于是也不再干家务，坐在床前犯傻，像老婆有时在单位不顺心回到家坐床边犯傻的样子。这天夜里，小林一夜没睡着。老婆半夜醒来，见小林仍睁着眼在那里犯傻，倒有些害怕，说：

"你要真想看，你看吧！明天不误拉蜂窝煤就行了！"

这时小林一点兴致都没有了，一点不承老婆的情，厌恶地说：

"我说看了？不看足球，还不让我想事情了！"

第二天早起，小林就请了一上午假，去拉蜂窝煤。拉完蜂窝煤下午到单位，新来的大学生便来征求他对昨晚足球的意见。小林恶狠狠地说：

"个鸡巴足球，有什么看的！我从来不看足球！"

接着就自己去翻报纸。倒把大学生吓了一跳。晚上下班回来，老婆见他仍在闹情绪，蜂窝煤也拉来了，倒觉得有点对不住他，自己忙里忙外弄孩子，还看着他的脸色说话。这倒叫小林有些过意不去，心里的恶气才稍稍出了一些。

这天晚上，小林和小林老婆正准备吃饭，查水表的瘸腿老头来了。本来今天不该查水表，但查水表的老头来了，就不敢不让他查。小林和小林老婆停止弄饭，让他查。这次老头除了拿着关水门的扳手，身上还背着一个大背包，背包似乎还很重，累得老头一脸的汗。小林看着大背包，心里吓了一跳，不知老头又要搞什么名堂。果然，老头查完水表，又理所当然地坐到了小林家的床上。小林站在他跟前，不知他想说年轻时喂马，还是继续说上次偷水的事。但老头这两件事都没有说，而是突然笑嘻嘻的，对小林说：

"小林，我得求你一件事！"

小林吃了一惊，说：

"大爷，您说哪儿去了，都是我有事求您，您哪里会有事求我？"

老头说：

"这次真有事求你。你不是在某部某局某处工作吗？"

小林点点头。老头说：

"某省某地区某县的一件批文，是不是压在你们处里？"

小林想了想，想起似乎是有这么一个批文，压在处里，似乎是压在女小彭手上；女小彭这些天忙着去日坛公园学气功，就把这事给压下了。于是说：

"好像是有这件事！"

老头拍着巴掌说：

"这就对了！某省某县是我的老家呀！老家为这件事着急得不得了，县长书记都来了，找到我，让我想办法！"

小林吃一惊，县长书记进京，竟要求到一个查水表的老头身上？但又想起他年轻时曾给大领导喂过马，于是就想通了。

老头继续说：

"我能想什么办法？我让他们打听一下批文压在哪个部哪个局哪个处，他们打听出来，我一听真是凑巧，这个处正好是你在的处，我忽然想咱们俩认识，于是今天就求到你头上了！这事情好办吗？"

小林在机关待了五六年，机关那一套还不熟悉？这事情说好办就好办，明天他给女小彭说一句话，女小彭抹口红的工夫，这批件就从她手里出去了；说不好办也不好办，如果陌生人公事公办去找女小彭，如果女小彭正在做气功你打扰了她，或者因为别的事她正心情不好，这批件就难说了；她会给你找出批件的好多毛病，找出国家的种种规定，不能审批的原因，最后还弄得你心服口服，以为是批件本身有毛病而不是别的什么原因。瘸老头说的这批件，就看小林帮忙不帮忙，如果帮忙，明天就可以批；如果不帮忙，这批件就仍然得压一些日子。但瘸老头不是一般的老头，管着给他们查水表，这个忙看样子得帮。但小林已不是过去的小林，小林成熟了。如果放在过去，只要能帮忙，他会立即满口答应，但那是幼稚；能帮忙先说不能帮忙，好办先说不好办，这才是成熟。不帮忙不好办最后帮忙办成了，人家才感激你。一开始就满口答应，如果中间出了岔子没办成，本来答应人家，最后，不办成，后倒落人家埋怨。所以小林将手搭在后脑勺上，将身子仰到被子垛上说：

"这事情不好办哪！批文是有这么一个批文，但我听说里边有好多毛病呢，不是说批就能批的！"

瘸老头虽然以前给大领导喂过马，但毕竟是多年以前的事了，现在沦落成一个查水表的，不懂其中奥妙，已经多年矣，所以赶忙迎着小林笑：

"是呀是呀，我也给老家县长书记说，北京中央不比地方，各项规定严着哩。不过小林你还是得帮帮忙！"

小林老婆这时也听出了什么意思，凑过来说：

"大爷，他就会偷水，哪里会帮您这大忙！"

瘸老头一脸尴尬，说：

"那是误会，那是误会，怪我乱听反映，一吨水才几分钱，谁会偷水！"

接着又忙把他的背包拉开，掏出一个大纸匣子，说：

"这是老家人的一点心意，你们收下吧！"

然后不再多留，对小林眨眨眼，瘸着腿走了。老头一走，小林老婆说：

"看来以后生活会有转变！"

小林问：

"怎么有转变？"

小林老婆指着纸盒子说：

"看，都有人开始送礼了！"

接着将纸盒子打开，掏出礼物一看，两人大吃一惊，原来是一个小型的微波炉，在市场上要七八百元一台。小林说：

"这多不合适，如果是一个布娃娃，可以收下，七八百元的东西，如何敢收！明天给他送回去！"

老婆也觉得是。晚上吃饭，两人都心事重重的。到了晚上，老婆突然问他：

"我只问你，那个批文好办吗？"

小林说：

"批文倒好办，我明天给女小彭说一下马上就可以批！"

小林老婆拍了一下巴掌：

"那这微波炉我收下了！"

小林担心地说：

"这不合适吧？帮批个文，收个微波炉，这不太假公济私了？再说，也给瘸老头留下话柄呀！"

小林老婆说：

"给他把事情办了，还有什么话柄？什么假公济私，人家几千几万地倒腾，不照样做着大官！一个微波炉算什么！"

小林想想也是，就不再说什么。小林老婆马上将微波炉电源插上，拣了几块白薯放到里边试烤。几分钟之后，满屋的白薯香。打开炉子，白薯焦黄滚烫，小林老婆、小林、孩子三人，一人捧一块"稀溜稀溜"吃。小林老婆高兴地说，微波炉用处多，除了烤白薯，还可以烤蛋糕，烤馍片，烤鸡烤鸭。小林吃着白薯也很高兴，这时也得到一个启示，看来改变生活也不是没有可能，只要加入其中就行了。这天晚上，他与老婆又亲热了一回。由于有微波炉的刺激，老婆又很有激情。昨天发生的足球事件，这时也显得无足轻重了。第二天上班，小林找到女小彭。果然，谈笑之间，两人就把那个批件给处理了。

微波炉用了两个星期，孩子突然出了毛病。本来去幼儿园她已经习惯了，接送都不哭了，有时还一蹦一跳地进幼儿园。但这两天突然反常，每天早上都哭，哭着不去幼儿园，或说肚子疼，或说要拉屎；真给她便盆，什么也拉不出来。呵斥她一顿，强着送去，路上倒不哭了，但怔怔的，犯愣，像傻了一样。小林和小林老婆都有些害怕；断定她在幼儿园出了毛病，要么是小朋友欺负了她，使她见了这个小朋友就害怕；要么问题出在阿姨身上，阿姨不喜欢她，罚她站了墙根或是让她当众出丑，伤了她的自尊心，使她害怕再见阿姨。小林和小林老婆便问孩子因为什么，孩子倒哭着说：

"我没有什么呀，我没有什么呀！"

于是小林老婆只好接孩子时在其他家长中进行调查。调查的结果，原来毛病出在小林和小林老婆身上。他们大意了，大意之中过了元旦；元旦之前，别的家长都向阿姨们送东西，或多或少，意思意思，唯独小林家没有意思，于是迹象就出现在孩子身上。老婆埋怨小林：

"你也真是，孩子进了幼儿园，你连个元旦都记不住！幼儿园阿姨背地里不知嘲笑咱多少回了，肯定说咱们抠门、寒酸！"

小林也说：

"大意了大意了，过去送礼被人家推出去，就害怕送礼，谁知该送礼的时候，又把这事给忘了！"

于是就跟老婆商量补救措施，看补送一些什么合适。真要说送什么，两人又犯了愁。送个贺年卡、挂历显得太小气，何况新年已过去了；送毯子、衣服又太大，害怕人家不收。小林说：

"要不问问孩子？"

小林老婆说：

"问她干什么，她懂个屁！"

小林还是将孩子叫过来，问孩子知不知道其他孩子给老师送了什么，没想到孩子竟然知道，答：

"炭火！"

小林倒吃一惊：

"炭火？为什么送炭火？给老师送炭火干什么？"

于是让老婆第二天再调查。果然，孩子说对了，有许多家长在元旦给老师送了"炭火"。因为现在冬天了，冬天北京时兴吃涮羊肉，大家便给老师送"炭火"。小林说：

"这还不好办？别人送炭火，咱也送炭火！"

但等真要去买炭火，炭火在北京已经脱销了。小林感到发愁，与老婆商量送点别的算了，何况别人家已经送了炭火，咱再送也是多余，不如送点别的。但孩子记住了"炭火"，每天清早爬起来第一句话便是：

"爸爸，你给老师买炭火了吗？"

看着一个三岁孩子这么顽固地要送"炭火"，小林又好气又好笑，拍了一下床说：

"不就是一个炭火吗，我全城跑遍，也一定要买到它！"

果然，最后在郊区一个旮旯小店里买到了炭火。不过是高价的。高价能买到也不错。小林让老婆把炭火送到幼儿园。第二天，女儿就恢复了常态，高兴去幼儿园。女儿一高兴，全家情绪又都好起来。这天晚上吃饭，老婆用微波炉烤了半只鸡，又让小林喝了一瓶啤酒。啤酒喝下去，小林头有些发晕，满身变大。这时小林对老婆说，其实世界上事情也很简单，只要弄明白一个道理，按道理办事，生活就像流水，一天天过下去，也蛮舒服。舒服世界，环球同此凉热。老婆见他喝多了，瞪了他一眼，一把将啤酒瓶夺了过来。啤酒虽然夺了过去，但小林脑袋已经发蒙，这天夜里睡得很死。半夜做了一个梦，梦见自己睡觉，上边盖着一堆鸡毛，下边铺着许多人掉下的皮屑，柔软舒服，度年如日。又梦见黑压压无边无际的人群向前涌动，又变成一队队祈雨的蚂蚁。一觉醒来，已是天亮，小林摇头回忆梦境，梦境已是一片模糊。这时老婆醒来，见他在那里发傻，便催他去买豆腐。这时小林头脑清醒过来，不再管梦，赶忙爬起来去排队买豆腐。买完豆腐上班，在办公室收到一封信，是上次来北京看病的小学老师他儿子写的，说自上次父亲在北京看了病，回来停了三个月，现已去世了；临去世前，曾嘱咐他给小林写封信，说上次到北京受到小林的招待，让代他表示感谢。小林读了这封信，难受一天。现在老师已埋入黄土，上次老师来看病，也没能给他找个医院。到家里也没让他洗个脸。小时候自己掉到冰窟窿里，老师把棉袄都给他穿。但伤心一天，等一坐上班车，想着家里的大白菜堆到一起有些发热，等他回去拆堆散热，就把老师的事给放到一边了。死的已经死了，再想也没有用，活着的还是先考虑大白菜为好。小林又想，如果收拾完大白菜，老婆能用微波炉再给他烤点鸡，让他喝瓶啤酒，他就没有什么不满足的了。

烦恼人生

池莉

早晨是从半夜开始的。

昏蒙蒙的半夜里"咕咚"一声惊天动地，紧接着是一声恐怖的嚎叫。印家厚一个惊悸，醒了，全身绷得硬直，一时间竟以为是在噩梦里。待他反应过来，知道是儿子掉到了地上时，他老婆已经赤着脚蹿下了床，颤颤地唤着儿子。母子俩在窄狭拥塞的空间撞翻了几件家什，跌跌撞撞抱成一团。

他该做的第一件事是开灯，他知道。一个家庭里半夜发生意外，丈夫应该保持镇定。可是灯绳却怎么也摸不着了！印家厚哧哧喘着粗气，一双胳膊在墙壁上大幅度摸来摸去。老婆恨恨地咬了一个字："灯！"便哭出声来。急火攻心，印家厚跳起身，踩在床头柜上，一把捉住灯绳的根部用劲一扯：灯亮了，灯绳却也断了。印家厚将掌中的断绳一把甩了出去，负疚地对着儿子，叫道："雷雷！"

儿子打着干噎，小绿豆眼瞪得溜圆，十分陌生地望着他。他伸开臂膀，心虚地说："怎么啦？雷雷，我是爸爸哟！"老婆挡开了他，说："呸！"

儿子忽然说："我出血了。"

儿子的左腿有一处擦伤，血从伤口不断沁出。夫妻俩见了血都发怔了。总算印家厚首先摆脱了怔忡状态，从抽屉里找来了碘酒、棉签和消炎粉。老婆却还在发怔，眼里蓄了一包泪。印家厚利索地给儿子包扎伤口，在包扎伤口的过程中，印家厚完全清醒了，内疚感也渐渐消失了。是他给儿子止的血，不是别人。印家厚用脚把地上摔倒的家什归拢到一处，床前便开辟出了一小块空地。他把儿子放在空地上，摸了摸儿子的头，说："好了。快睡觉。"

"不行，雷雷得洗一洗。"老婆口气犟直。

"洗醒了还能睡吗？"印家厚软声地说。

"孩子早给摔醒了！"老婆终于能流畅地说话了，"请你走出去访一访，看哪个工作了十七年还没有分到房子。这是人住的地方？猪狗窝！这猪狗窝还是我给你搞来的！是男子汉，要老婆儿子，就该有个地方养老婆儿子！窝囊巴叽的，八棍子打不出一个屁来，算什么男人！"

印家厚头一垂，怀着一腔辛酸，呆呆地坐在床沿上。

其实房子和儿子摔下床有什么联系呢？老婆不过是借机发泄罢了。谈恋爱时的印家厚就是厂里够资格分房的工人之一，当初他的确对老婆说过只要结了婚，就会分到房子的。他夸下的海口，现在只好让她任意鄙薄。其实当初是厂长答应了他，他才敢夸那海口的。如今她可以任意鄙薄他，他却不能同样去对付厂长。

印家厚等待着时机，要制止老婆的话闸必须是儿子。趁老婆换气的当口，印家厚立即插了话："雷雷，乖儿子，告诉爸爸，你怎么摔下来了？"

儿子说："我要屙尿。"

老婆说："雷雷，说拉尿，不要说屙尿。你拉尿不是要叫我的吗？"

"今天我想自己起来……"

"看看！"老婆目光炯炯，说，"他才四岁！四岁！谁家四岁的孩子会这么灵敏！"

"就是！"印家厚抬起头来，掩饰着自己的高兴。并不是每个丈夫都会巧妙地在老婆发脾气时，去平息风波的。他说："我家雷雷是真了不起！"

"嘿，我的儿子！"老婆说。

儿子得意地仰起红扑扑的小脸，说："爸爸，我今天轮到跟你跑月票了吧？"

"今天？"印家厚这才注意到已是凌晨四点缺十分了。"对。"他对儿子说，"还有一个多小时咱们就得起床。快睡个回笼觉吧。"

"什么是——回笼觉？爸爸。"

"就是醒了之后又睡它一觉。"

"早晨醒了中午又睡也是回笼觉吗？"

印家厚笑了。只有和儿子谈话他才不自觉地笑。儿子是他的避风港。他回答儿子说："大概也可以这么说。"

"那幼儿园阿姨说是午觉，她错了。"

"她也没错。雷雷，我看你洗了脸，清醒得过分了。"

老婆斩钉截铁地说："摔清醒的！"话里依然含着寻衅的意味。

印家厚不想一大早就和她发生什么利害冲突。一天还长着呢，有求于她的事还多着呢。他妥协地说："好吧，摔的。不管这个了，都抓紧时间睡吧。"

老婆半天坐着不动，等印家厚刚躺下，她又突然委屈地叫道："睡！电灯亮刺刺的怎么睡？"

印家厚忍无可忍了，正要恶声恶气地回敬她一下，却想起灯绳让自己扯断了。他大大咽了一口唾沫，爬起来……

在电灯黑灭的一刹那，印家厚看见手中的起子寒光一闪，一个念头稍纵即逝。再也不敢去看老婆。他被自己的念头吓坏了。

当眼睛适应了黑暗之后，发现黑暗原来并不怎么黑。曙色已朦胧地透过窗帘，大街上已有轰隆隆开过的公共汽车。印家厚异常清楚地看到，所谓家，就是一架平衡木，他和老婆摇摇晃晃在平衡木上保持平衡。你首先下地抱住了儿子，可我为儿子包扎了伤口。我扯断了开关我修理，你借的房子你骄傲。印家厚异常地酸楚，又壮起胆子去瞅起子。后来天大亮了，印家厚觉得自己做过一个关于家庭的梦，但内容却实在记不得了。

还是起得晚了一点。

八点上班，印家厚必须赶上六点五十分的那班轮渡才不会迟到。而坐轮渡之前还要乘四站公共汽车，上车之前下车之后还要各走十分钟的路程。万一车不顺利呢？万一车顺利人却挤不上呢？不带儿子当然就不存在挤不上车的问题，可今天轮到他带儿子。印家厚打了一个短短的呵欠后，一边飞快地穿衣服一边用脚摇动儿子："雷雷！雷雷！

快起床！”

老婆将毛巾被扯过头顶，闷在里头说："小点声不行吗？"

"实在来不及了。"印家厚说，"雷雷叫不醒。"

印家厚见老婆没有丝毫动静，只得一把拎起了儿子，"嗨，你醒醒！快！"

"爸爸，你别揉我。"

"雷雷，不能睡了。爸爸要迟到了，爸爸还要给你煮牛奶。"印家厚急了。

公共的卫生间有两个水池，十户人家共用。早晨是最紧张的时刻，大家排着队按顺序洗漱。印家厚一眼就量出自己前面有五六个人，估计去一趟厕所回来正好轮到。他对前面的妇女说："小金，我的脸盆在你后边，我去一下就来。"小金表情淡漠地点了点头，然后用脚钩住地上的脸盆，准备随时往前移。

厕所又是满员。四个蹲位蹲了四个退休的老头。他们都点着烟，合着眼皮悠着。印家厚鼻孔里呼出的气一声比一声粗。一个老头嘎嘎笑了："小印，等不及了？"

印家厚勉强吭了一声，望着窗格子上的半面蛛网。老头又嘎嘎笑："人老了什么都慢，再慢也得蹲出来，要形成按时解大便的习惯。你也真老实到家了，有厂子的人不留到厂里去解呀。"

屁！印家厚极想说这个字，可他又不想得罪邻居，邻居是好得罪的么？印家厚憋得慌，提着双拳正要出去，后边响起了草纸的揉搓声，他的腿都软了。

返回卫生间，印家厚的脸盆刚好轮到，但后边一位已经跨过他的脸盆在刷牙了。印家厚不顾一切地挤到水池前洗漱起来。他没工夫讲谦让了。被挤在一边的妇女含着满口牙膏泡瞅了印家厚一眼，然后在他离开卫生间时扬声说："这种人，好没教养！"

印家厚听见了，可他希望他老婆没听见。他老婆听见了可不饶人，她准会认为这是一句恶毒的骂人话。

糟糕的是儿子又睡着了。

印家厚一迭声叫"雷雷"。一面点着煤油炉煮牛奶，一面抽空给了儿子的屁股一巴掌。

"爸爸，别打我，我只睡一会儿。"

"不能了。爸爸要迟到了。"

"迟到怕什么。爸爸，我求求你。我刚刚出了好多的血。"

"好吧，你睡，爸爸抱着你走。"印家厚的嗓子沙哑了。

老婆掀开毛巾被坐起来，眼睛红红的。"来，雷雷，妈妈给你穿新衣服。海军衫。背上冲锋枪，在船上和海军一模一样。"

儿子来兴趣了："大盖帽上有飘带才好。"

"那当然。"

印家厚向老婆投去感激的一瞥，老婆却没理会他。趁老婆哄儿子的机会，他将牛奶灌进了保温瓶，拿了月票，钱包，香烟，钥匙和梁羽生的《风雷震九州》。

老婆拿过一筒柠檬夹心饼干塞进他的挎包里，嘱咐和往常同样的话："雷雷得先吃几块饼干再喝牛奶，空肚子喝牛奶不行。"说罢又扯住挎包塞进一个苹果，"午饭后吃。"接着又来了一条手帕。

印家厚生怕还有什么名堂，赶紧抱起儿子："当兵的，咱们快走吧，战舰要启航了。"

儿子说："妈妈再见。"

老婆说："雷雷再见！"

儿子挥动小手，老婆也扬起了手。印家厚头也不回，大步流星汇入了滚滚的人流之中。他背后没有眼睛，但却知道，那排破旧老朽的平房窗户前，有个烫了鸡窝般发式的女人，她披了件衣服，没穿袜子，趿着鞋，憔悴的脸上雾一样灰暗。她在目送他们父子。这就是他的老婆。你遗憾老婆为什么不鲜亮一点吗？然而这世界上就只她一个人在送你和等你回来。

机会还算不错。印家厚父子刚赶到车站，公共汽车就来了。

这辆车笨拙得像头老牛，老远就开始哼哼唧唧。车停了，但人多得开不了门。顿时车里车外一起发作，要下车的捶门，要上车的踢门。印家厚把挎包挂在胸前，连儿子带包一齐抱紧。他像擂台上的拳击家不停地跳跃挪动，观察着哪个门好上车，哪一堆人群是容易冲破的薄弱环节。

售票员将头伸出车窗说："车门坏了。坏了坏了。"

车启动了，马路上的臭骂暴雨般打在售票员身上。骂声未绝，车在前面突然煞住了。"哗啦"一下车门全开，车上的人带着参加了某个密谋的诡笑冲下车来；等车的人们呐喊着愤怒地冲上前去。印家厚是跑月票的老手了，他早看破了公共汽车的把戏，他一直跟着车小跑。车上有张男人的胖脸在嘲弄印家厚。胖脸上撅起嘴，做着唤牲口的表情。印家厚牢牢地盯着这张脸，所有的气恼和委屈一起膨胀在他胸里头，他看准了胖脸要在中门下，他候在中门。好极了！胖脸怕挤，最后一个下车，慢吞吞好像是他自己的车，印家厚从侧面抓住车门把手，一步蹿上车，用厚重的背把那胖脸抵在车门上一挤然后又一揉，胖脸啊呀呀叫唤起来，上车的人不耐烦地将他扒开，扒得他在马路上团团转。印家厚缓缓地长长地舒了一口气。

车下的一切甩开了，抬头便要迎接车上的一切。印家厚抱着孩子，虽没人让座但有人让出了站的位置，这就够令人满意了。印家厚一手抓扶手，一手抱儿子，面对车窗，目光散淡。车窗外一刻比一刻灿烂，朝霞的颜色抹亮了一片片商店。朝朝夕夕，老是这些商店。印家厚说不出为什么，一种厌烦，一种焦灼却总是不近不远地伴随着他。此刻他只希望车别出毛病，快快到达江边。

儿子的愿望比父亲多得多。

"爸爸，让我下来。"

"下来闷人。"

"不闷。我拿着月票，等阿姨来查票，我就给她看。"

旁边有人称赞说这孩子好聪明，儿子更是得意非凡，印家厚只得放他下来。车拐弯时，几个姑娘一下子全倒过来。印家厚护着儿子，不得不弯腰拱肩，用力往后撑。一个姑娘尖叫起来：呀——流氓！印家厚大惑不解，扭头问："我怎么你了？"不知哪里插话说："摸了。"

一车人都开了心。都笑。姑娘破口大骂，针对印家厚，唾沫喷到了他的后颈脖上。一看姑娘俏丽的粉脸，印家厚握紧的拳头又松开了。父亲想干没干的事，儿子倒干了。儿子从印家厚两腿之间伸过手去朝姑娘一阵拳击，嘴里还念念有词："你骂！你骂！"

"雷雷！"印家厚赶快抱起儿子，但儿子还是挨了一脚。这一脚正踢在儿子的伤口上。只听雷雷半哀半怒叫了一声，头发竖起，耳朵一动一动，扑在印家厚的肩上，啪地给了那姑娘一记清脆的耳光。众目睽睽之下，姑娘怔了一会儿，突然嘤嘤地哭了。

父子俩获得全胜下车。儿子非常高兴，挺胸收腹，小屁股鼓鼓的，一蹦三跳。印家厚耷头耷脑，他不知为什么不能和儿子同样高兴。

上了轮渡就像进了自家的厂，几乎全是厂里的同事。

"嘿，又轮到你带崽子了。"

"嗯。"

自然是有人让出了座位。儿子坐不住，四处都有人叫他逗他。厂里一个漂亮的女工，刚刚结婚，对孩子有着特别的兴趣，雷雷对她也特别有好感，见了她就偎过去了。女工说："印师傅，把印雷交给我，我来喂他喝牛奶。"

印家厚把挎包递过去，拍拍巴掌，做了几下扩胸运动，轻松了。整个早晨的第一下轻松。

有人说："这崽子好眼力。"

"嗯。"印家厚说。

"来，凑一圈？"

"不来。我是看牌的。"印家厚说。

一支烟飞过来，印家厚伸手捞住，用唇一叼，点上了火。汽笛短促地"呜呜"两声，轮船离开趸船漾开去。

打牌的圈子很快便组合好了。大家各自拿出报纸杂志或者脱下一只鞋垫在屁股底下。甲板顿时布满一个接一个的圈子。印家厚蹲在三个圈子交界处看三面的牌，半支烟的工夫，还没有看出兴趣来，他走开了。有段时间印家厚对扑克瘾头十足，那是在二十五岁之前。他玩牌玩得可精，精到只赢不输，他自以为自己总也有一个方面战无不胜。不料，一天早晨，也就是在轮渡的甲板上，几个不起眼的人让他输了。他突然觉得扑克素然寡味。赢了怎样？输了又怎样？从此便不再玩牌。偶尔看看，只看出当事者完全是迷糊的，费尽心机，还是不免被运气捉弄。看那些人被捉弄得鬼迷心窍，嚷得脸红脖子粗，印家厚不由得直发虚。他想他自己从前一定也是这么一副蠢相。他妈的，世界上这事！——他暗暗叹息一阵。

雷雷的饼干牛奶顺利地进了肚子，乖乖地坐在一只巴掌大的小小折叠椅上听那位漂亮女工讲故事。他看见他父亲走过来就跟没看见一样。

印家厚冷冷地望了儿子好一会儿，莫名的感伤情绪和喷出的轻烟一样弥漫开去。

印家厚朝周围撒了一圈烟作为对自己刚上船就接到了烟的回报。只要他抽了人家的烟他就要往外撒烟，不然像欠了债一样，不然就不是男子汉的作为。撒烟的时候他知道自己神情满不在乎，动作大方潇洒，他心里一阵受用——这常常只是在轮渡上的感觉。下了船，在厂里，在家里，在公共汽车上，情况就比香烟的来往复杂得多，也古怪得多，他经常闹不清自己是否接受了或者是否付出了。这些时候，他就让自己干脆别想着什么接受付出，认为老那么想太小家子气，吞吐量太窄，是小鸡肚肠。

长江正在涨水，江面宽阔，波涛澎湃。轮渡走的是下水，确实有乘风破浪的味道。太阳从前方冉冉升起，一群洁白的江鸥追逐着船尾犁出的浪花，姿态灵巧可人。这是多少人向往的长江之晨，船上的人们却熟视无睹。印家厚伏在船舷上吸烟，心中和江水一样茫茫苍苍。自从他决绝了扑克，自从他做了丈夫和父亲，他就爱伏在船舷上，朝长江抽烟；他就逐渐逐渐感到了心中的苍茫。

小白挤过来，问印家厚要了一支烟。小白是厂办公室的秘书，是个愤世嫉俗的青年，面颊苍黄，有志于文学创作。

"他妈的！"小白说，"你他妈裤子开了一条缝。这，好地方，大腿里，还偏要迎着太阳站。"

印家厚低头一看，果然里头的短裤都露出了白边。早晨穿的时候是没缝的，有缝他老婆不会放过。是上车时挤开的。

"挤的。没办法。"印家厚说，"不要紧，这地方男人看了无所谓，女人又不敢看。"

"过瘾。你他妈这语言特生动。"小白说。

靠在一边看报的贾工程师颇有意味地笑了。他将报纸折得整整齐齐装进提包里，凑到这边来。

"小印，你的话有意思，含有一定的科学性。"

"贾工，抽一支。"

"我戒了。"

小白讥讽："又戒了？"

"这次真戒。"贾工掏出报纸，展得平平的，让大家看中缝的一则最新消息：香烟不仅含尼古丁、烟焦油等致癌物质，还含放射线。如果一个人一天吸一包烟，就相当于在一年之内接受二百五十次胸透。

贾工一边认真地折叠报纸一边严峻地说："人要有一股劲，一种精神，你看人家女排，四连冠！"

印家厚突然升起一股说不清的自卑感，他猛吸一口烟，让脸笼罩在蓝雾里边。

小白说："四连冠算什么？体力活，出憨劲就成。曹雪芹，住破草棚，稀饭就腌菜，十年写成《红楼梦》，流传百世。"

有人插进来说话了："去蛋！什么体力脑力，人哪，靠天生的聪明，玩都玩得出名堂来。柳大华，玩象棋，特级大师称号。有什么比特级大师更中听？"

争论范围迅速扩大。

"中听有屁用！人家周继红，小丫头片子，就凭一个斤斗往水里一栽：一块金牌，三室一厅房子，几千块钱奖金。"

印家厚叭叭吸烟，心中越发苍茫了。他愤愤不平的心里真像有一江波涛在里面鼓动。同样都是人。都是人！

小白不服气，面红耳赤地争辩道："铜臭！文学才过瘾呢。诗人。诗。物质享受哪能比上精神享受。有些诗叫你想哭想笑，这才有意思。有个年轻诗人写了一首诗，只一个字，绝了！听着，题目是《生活》，诗是：网。绝不绝？你们谁不是在网中生活？"

顿时静了。大家互相淡淡地没有笑容地看了看。

印家厚手心一热，无故兴奋起来。他说："我倒可以和一首。题目嘛自然是一样，内容也是一个字——"

大家全盯着他。他稳稳地说："——梦。"

好！好！都为印家厚的"梦"叫好。以小白为首的几个文学爱好者团团围住他，要求与他切磋切磋现代诗。

轮渡兀然一声粗哑的"呜——"淹没了其他一切声音。船在江面上划出一个优美的弧线向趸船靠拢。印家厚哈哈笑了，甩出一个脆极的响指。这世界上没有什么人比别人高一等，他印家厚也不比任何人低一级。谁能料知往后的日子有怎样的机遇呢？

儿子向他冲过来，端来冲锋枪，发出呼呼声，腿上缠着绷带，模样非常勇猛。谁又敢断言这小子将来不是个将军？

生活中原本充满了希望和信心。

一个多么晴朗的五月的早晨！

随着人潮涌上岸去。该是吃点东西的时候了。只要赶上了这班船就成，就可以停下来吃顿早饭。

餐馆方便极了，就是马路边搭的一个棚子。棚子两边立了两只半人高的油桶改装的炉子，蓝色的火苗蹿出老高。一口油锅里炸着油条，油条放木排一般滚滚而来，香烟弥漫着，油焦味直冲喉咙；另一口大锅里装了大半锅沸沸的黄水，水面浮动一层更黄的泡沫，一柄长把竹篾笊篱塞了一窝油面，伸进沸水里摆了摆，提起来稍稍沥了水，然后扣进一只碗里，淋上酱油、麻油、芝麻酱、味精、胡椒粉，撒了一撮葱花——热干面。武汉特产：热干面。这是印家厚从小吃到大的早点。两角钱能吃饱。现在有哪个大城市花两角钱能吃饱早餐？他连想都没想过换个花样。

卖票的桌子在棚子旁边的大柳树下，售票员是个淡淡化了妆但油迹斑斑的姑娘。树干上挂了一块小黑板，白粉笔浪漫地写着：哗！凉面上市！哗！

热干面省去伸进锅里烫烫那道程序就叫凉面。

印家厚买了凉面和油条。凉面比热干面吃起来快得多。

父子俩动作迅速而果断，显出训练有素的姿态。这里父亲挤进去买票，那里儿子便跑去排热干面的队了。雷雷见拿油条的人不少，就把冲锋枪放在自己站的位置上，转身去排油条队。

拿油条连半秒钟都没等。印家厚嘉奖似的摸了把儿子的头。儿子异常得意。可印家厚买了凉面而不是热干面，儿子立刻霜打了一般，他快快地过去拾起了自己的枪——取热干面的队伍根本没理会这支枪，早跨越它前进了；他发现了这一点，横端起冲锋枪，冲人们"哒哒哒"就是一梭子。

"雷雷！"印家厚吃惊地喝住儿子。

不到三分钟，早点吃完了。人们都是在路边吃，吃完了就地放下碗筷。印家厚也一样，放下碗筷，拍了拍儿子，走路。儿子捏了根油条，边走边吃，香喷喷的。印家厚想：这小子好残酷，提枪就扫射，怎么得了！像谁？他可没这么狠的心。老婆似乎也只是嘴巴狠。怎么得了！他提醒自己儿子要抓紧教育了！不能再马虎了！立时他的背就弯了一些，仿佛肩上加压了。

上了厂里接船的公共汽车。印家厚试图和儿子聊聊。

"雷雷，晚上回家不要惹妈妈烦，不要说我们吃了凉面。"

"不是'我们'，是你自己。"

"好。我自己。好孩子要学会对别人体贴。"

"爸，妈妈为什么烦？"

"因为妈妈不让我们用餐馆的碗筷，那上面有细菌。"

"吃了肚子疼的细菌吗？"

"对。"

"那你为什么不听妈妈的话？"

他低估了四岁的孩子。哄孩子的说法该过时了。

"唔，是这样。本来是不应该吃的。但是在家里吃早点，爸爸得天不亮就起床开炉子，为吃一碗面条弄得睡眠不足又浪费煤。到厂里去吃吧，等爸爸到厂时，食堂已经卖完了。带上碗筷吧，更不好挤车。没办法，就只能在餐馆吃了。好在爸爸从小就吃凉面，习惯了，对上面的细菌有抵抗力了。你身体不好，就一定不能吃餐馆。"

"哦，知道了。"

儿子对他认真的回答十分满意。对，就这么循循善诱。印家厚刚想进一步涉及对人开枪的事，儿子又说话了："我今天晚上一回家就对妈妈说：爸爸今天没有吃凉面。对吧？"

印家厚啼笑皆非，摇摇头。也许他连自己都没教育好呢。如果告诉儿子凡事都不能撒谎，那将来儿子怎么对付许许多多不该讲真话的事？

送儿子去了厂幼儿园得跑步到车间。

在幼儿园磨蹭的时间太多了。阿姨们对雷雷这种"临时户口"牢骚满腹。她们说今天的床铺，午餐，水果糕点，喝水用具，洗脸毛巾全都安排好了，又得重新分配，重新安排，可是食品已经买好了，就那么多，一下子又来了这么些"临时户口"，僧多粥少，怎么弄？真烦人！

印家厚一个劲赔笑脸，做解释，生怕阿姨们怠慢了他的儿子。

上班铃声响起的时候，印家厚正好跨进车间大门。

记考勤的老头坐在车间门口，手指头按在花名册上印家厚的名字下，由远及近盯着印家厚，嘴里嘀咕着什么。

这老头因工伤失去了正常人健全的思维能力，但比正常人更铁面无私，并且厂里认为他对时间的准确把握有特异功能。

印家厚与老头对视着。他皮笑肉不笑地对老头做了个讨好的表情。老头声色不动，印家厚只得匆匆过去。老头从印家厚背影上收回目光，低下头，精心标了一个1.5。车间太大了，印家厚从车间大门口走到班组的确需要一分半钟，因此他今天迟到了。

印家厚在卷取车间当操作工。

他不是一般厂子的一般操作工，而是经过了一年理论学习又一年日本专家严格培训的现代化钢板厂的现代化操作工。他操作的是日本进口的机械手。

一块盖楼房用的预制板大小的钢锭到他们厂来，十分钟便被轧成纸片薄的钢片，并且卷得紧紧的，拦腰捆好，摞成一码一码。印家厚就干卷钢片包括打捆这活。

他的操作台在玻璃房间里面，漆成奶黄色，斜面的工作台上，布满各式开关，指示灯和按钮，这些机关下面的注明文字清一色是日文。一架彩色电视正向他反映着轧钢全过程中每道程序的工作状况。车间和大教堂一般高深幽远，一般洁净肃穆，整条轧制线上看不见一个忙碌的工人，钢板乃至钢片的质量由放射线监测并自动调节。全自动，不要你去流血流汗，这工作还有什么可挑剔的？

七十年代建厂时它便具有了七十年代世界先进水平，八十年代在中国，目前仍是绝无仅有的一家。参观的人从外宾到少数民族兄弟，从小学生到中央首长，潮水般一层层涌来。如果不是工作中掺杂了其他种种烦恼，印家厚对自己的工作会保持绝对的自豪感，热爱并十分满足。

印家厚有个中学同学，在离这儿不远的炼钢厂工作，他就从来不敢穿白衬衣：穿什么也逃不掉一天下来之后那领口袖口的黄红色污迹，并且用任何去污剂都洗不掉。这位老弟写了一份遗嘱，说：在我的葬礼上，请给我穿上雪白的衬衣。他把遗嘱寄给了冶金部部长。因此他受到了行政处分。而印家厚所有的衬衣几乎都是白色的，配哪件外衣都帅。轮到情绪极度颓丧的时候，印家厚就强迫自己想想同学的事，忆苦思甜以解救自己。

眼下正是这样。

印家厚瞅着自己白衬衣的袖口，暗暗摆着自己这份工作的优越性，尽量对大家的发言充耳不闻。

本来工作得好好的。站立在操作台前，看着火龙般飞舞而来的钢片在自己这儿变成乖乖的布匹，一任卷取……可是，厂办公室决定各车间开会。开会评奖金。

四月份的奖金到五月底还没有评出来，厂领导认为严重影响了全厂职工的生产积极性。

车间主任一开始就表情不自然，讲话讲到离奖金十万八千里的计划生育上去了。

有人暗里捅捅前一个人的腰，前面的人便噤声敛气注目车间主任。捅腰的暗号传递给了印家厚，印家厚立刻意识到气氛的异样。

会不会……出什么……意外？印家厚惴惴地想。

终于，车间主任一个回马枪，提起奖金问题，并亮出了实质性的东西：厂办明确规定，严禁在评奖中搞"轮流坐庄"，否则，除了扣奖之外还要处罚。这次决不含糊！

印家厚在一瞬间有些茫然失措，心中哽了团酸溜溜的什么。可是很快他便恢复了常态。

"轮流坐庄"这词是得避讳的。平日车间班组从来没人提及。自从奖金的分发按规定打破平均主义以来，在几年的时间里，大家自然而然地默契地采用了"轮流坐庄"的办法。一、二、三等奖逐月轮流，循环往复。同事之间和谐相处，绝无红脸之事；车间领导睁只眼闭只眼，顺其自然。车间便又被评为精神文明模范单位。

好端端今天突然怎么啦？

众人的眼光在印家厚身上游来游去。车间主任老注意印家厚。这个月该是印家厚轮到得一等奖了。

一等奖三十元。印家厚早就和老婆算计好这笔钱的用途：给儿子买一件电动玩具，剩下的去"邦可"吃一顿西餐。也挥霍一次享受一次吧，他对老婆说。老婆展开了笑颜：早就想尝尝西餐是什么滋味，每月总是没有结余，不敢想。

老婆前几天还在问："奖金发了吗？"

他答道："快了。"

"是一等奖？"

"那还用说！名正言顺的。"

印家厚不愿意想起老婆那难得和颜悦色的脸。她说得有道理：哪儿有让人舒心的事？他看了好一会儿洁白的袖口，又吧嗒吧嗒挨个活动指关节。

二班的班长挪到印家厚身边，他俩的处境一样。二班长说："喂喂，小印，人善被人欺，马善被人骑。"

"得了！"印家厚低低吼了一句。

二班长说："肯定有人给厂长写信反映情况。现在有许多婊子养的可喜欢写信了。咱俩是他妈什么狗屁班长，干得再多也不中。太欺负人了！就是吃亏也得吃在明处。"

印家厚说："像个婆娘！"

二班长说："看他们评个什么结果，若是太过分，我他妈干脆给公司纪委寄份材料，把这一肚子烂渣全捅出去。"

印家厚干脆不吱声了。

如果说评奖结果未出来之前印家厚还存有一丝侥幸心理的话，有了结果之后他不得不彻底死心了。他总以为即便不按轮流坐庄，四月份的一等奖也该他。四月份大检修，他日夜在厂里，干得好苦！没有人比他干得更苦的了，这是大家有目共睹的。可是为了避嫌，来了个极端，把他推到了最底层：三等奖。五元钱。

居然还公布了考勤表。车间主任装成无可奈何的样子念迟到旷工病事假的符号，却一概省略了迟到的时间。有人指出这一点，车间主任手一摆，说："这无关紧要。那个人不太正常的嘛。"印家厚又吃了暗亏。如果念出某人迟到一分半钟，大家会哄堂一笑，一笑了之：可光念迟到，那就两样了。印家厚今天就迟到了，许多评他三等奖的人心里宽松了不少。

当车间主任指名道姓问印家厚要不要发表什么意见时，他张口结舌，拿不定该不该说点什么。

说点什么？

早晨在轮渡上，他冲口作出《生活》的一字诗，思维敏捷，灵气逼人。他对小白一伙侃侃而谈，谈古代作家的质朴和浪漫，当代作家的做作和卖弄，谈得小白痛苦不堪可又无法反驳。现在仅仅只过去了四个钟头，印家厚的自信就完全被自卑代替了。

他站起来说了一句什么话，含糊不清，他自己都没听清就又含糊着坐下了。

似乎有人在窃窃地笑。

印家厚的脖子根升起了红晕，猪血一般的颜色。其实他并不计较多少钱，但人们以为他——一个大男人被五块钱打垮了。五块钱。笑掉人的牙齿。印家厚让悲愤堵塞了胸口。他思谋着腾地站起来哈哈大笑或说出一句幽默的话，想是这么想，却怎么也做不出这个动作来，猪血的颜色迅速地上升。

他的徒弟解了他的围。

雅丽蓦地站起身，故意撞掉了桌子上的水杯，一字一板地说："讨厌！"

雅丽见同事们的目光都集中在她身上，她噗地吹了吹额前的头发，孩子气十足地说："几个钱的奖金有什么纠缠不清的，别说三十块，三百块又怎么样？你们只要睁大眼睛看看谁干的多，谁干的少，心里有个数就算是有良心的人了。"

车间主任说："雅丽！"

雅丽说："我说错了？别把人老浸在铜臭里。"

不知好笑在哪儿，大家哄哄一笑。雅丽也稚气地笑了，说："主任大人，吃饭时间都过了。"

"散会吧。"车间主任也笑了笑。

雅丽和印家厚并肩走着，她伸手掸掉了他背上的脏东西。

印家厚说："吃饭了。"

雅丽说："咱们吃饭去。"

五月的蓝天里飘着许多白云。路边的夹竹桃开得娇艳。师徒俩一人拿了一个饭盒，迎着春风轻快地往前走。印家厚清晰地感觉到自己的侧面晃动着一张喷香而且年轻的脸，他不自觉地希望到食堂的这段路更远些更长些。

雅丽说："印师傅，有一次，我们班里——哦，那是在技校的时候。班里评三好生，我几乎是全票通过，可班委会研究时刷下了我。三好生每人奖一个铝饭锅，他们都用那锅吃饭，上食堂把锅敲得叮咚响，我气得不行，你猜我怎么啦？"

"哭了。"

"哭？哈，才不呢！我也买了只一模一样的，比哪个都敲得响。"

她试图宽慰他，印家厚咧唇一笑。虽然这例子举得不着边际，于事无补，但毕竟有一个人在用心良苦地宽慰他。

"对。三好生算什么。你挺有志气的。"

雅丽咯咯地笑，笑得很美，脸蛋和太阳一样。她说："人生得一知己足矣。"

印家厚心里咯噔了一下，面上纹丝不动。雅丽小跑了两步，跳起来扯了一朵粉红的夹竹桃，对花吹了一口气，尽力往空中甩去，姑娘天真活泼犹如一只小鹿，可那扭动的臀部，高耸的胸脯却又流露出无限风情。

"我不想出师，印师傅，我想永远跟随你。"

"哦，哪有徒弟不出师的道理？"

"有的。只要我愿意。"雅丽的声音忽然老了许多，脚步也沉重了。印家厚心里不再咯噔，一块石头踏踏实实地落下——他多日的预感，猜测，变成了现实。

雅丽用女人常用的痛苦而沙哑的声音低低地说："我没其他办法，我想好了，我什么也不要求，永远不，你愿意吗？"

印家厚说："不。雅丽，你这么年轻……"

"别说我！"

"你还不懂——"

"别说我！说你，你不喜欢我？"

"不！我，不是不喜欢你。"

"那为什么？"

"雅丽，你不懂吗？你去过我家的呀。"

"那有什么关系。我生活在另一个世界。我什么也不要求。你不能那样过日子，那太没意思太苦太埋没人了。"

印家厚的头嗡嗡直响，声音越变越大，平庸枯燥的家庭生活场面旋转着，把那平日忘却的烦恼琐事一一飘浮在眼前。有个情妇不是挺好的——这是男人们私下的话。他定眼注视雅丽，雅丽迎上了清澈的眼光。印家厚突然意识到自己的浑浊和肮脏。他说："雅丽，你说了些什么哟，我怎么一句也没听清楚，我一心想着他妈的评奖的事。"

雅丽停住了。仰起脑袋平视着印家厚。亮亮的泪水从深深的眼窝中奔流出来。

后面来人了。一群工人，敲着碗，大步流星。

印家厚说："快走。来人了。"

雅丽不动。泪水流个不止。

印家厚说："那我先走了。"

等人群过去，印家厚回头看时，雅丽仍然那么站着，远远地，一个人，在路边太阳下。印家厚知道自己若是返回她身边，这一缕情丝必然又剪不断，理还乱；若独自走掉，雅丽的自尊心则会大大受伤害。他遥遥望着雅丽，进退不得。他承认自己的老婆不可与雅丽同日而语，雅丽是高出一个层次的女性；他也承认自己乐于在厂里加班加点与雅丽的存在不无关系。然而，他不能同意雅丽的说法。不能的理由太多太充足了。

印家厚转身跑向食堂。

他明明知道，事情并没有结束。

食堂有十个窗口，十个窗口全是同样长的队伍。印家厚随便站了一个队。

二班长买了饭，双手高举饭碗挤出人群，在印家厚面前停了停。印家厚以为他又要谈评奖的事。他也得了三等奖，不但没有吵闹争论，反而在车间主任的指名下发言说他是班长，应该多干，三等奖比起所干的活来说都是过奖的了。他若真是个乖巧人，就不该提评奖，印家厚已经准备了一句"屁里屁气"赠送给他。

"哦！行不得也哥哥。"二班长把雅丽的嗓音模仿得惟妙惟肖。

"屁里屁气！"印家厚说。对这件事这句话一样管用。

今天上午没一桩事幸运。榨菜瘦肉丝没有了，剩下的全是大肥肉烧什么、盖什么，一个菜六角钱，又贵又难吃，印家厚决不会买这么贵的菜。他买了一份炒小白菜加辣萝卜条，一共一角五分钱。

食堂里人头济济，热气腾腾，没买上可意菜的人边吃边骂骂咧咧，此外便是一片咀嚼声。印家厚蹲在地上，捧着饭盒，和人们一样狼吞虎咽。他不想让一个三等奖弄得饭都不香。吃了一半，白菜里出现了半条肥胖的、软而碧绿的青虫。他噎住了，看着青虫，恶心的清涎一阵阵往上涌。没有半桩好事——他妈的今天上午！他再也不能忍耐了。

印家厚把青虫摊在饭碗里，端着，一直寻到食堂里面的小餐室里。

食堂管理员正在小餐室里招待客人，一半中国人一半日本人。印家厚把管理员请了出来，让他尝尝他手下的厨师们炒的小白菜。管理员不动声色地望望菜里的虫又不动声色地望了望印家厚，招呼过来一个炊事员，说："给他换碗饭菜得了。"他那神态好像打发一个要饭花子，吩咐后便又一溜烟进了小餐室。年轻的炊事员根本没听懂管理员那句浙江方言是什么意思，朝印家厚翻了翻白眼，耸了耸肩，说："哈罗？"

印家厚本来是看在有日本人在场的分上才客客气气，"请出"管理员的。家丑不可外扬嘛。这下他要给个厉害他们瞧瞧了。印家厚重返小餐室，捏住管理员的胳膊，把他拽到墙角落，将饭菜底朝天扣进了他白围裙胸前的大口袋里。

雷雷被关"禁闭"了。

幼儿园大大小小的孩子都在床上睡午觉，雷雷一个人被锁在"空中飞车"玩具的铁笼里。他无济于事地摇撼着铁丝网，一看见印家厚，叫了声"爸！"就哭了。

一个姑娘闻声从里面房间奔了出来，奶声奶气地讥讽："噢，原来你还会哭？"

印家厚说："他当然会哭。"

姑娘这才发现印家厚，脸上一阵尴尬。这是个十分年轻的姑娘，穿着一件时髦的薄呢连衣裙。她的神态和秀丽的眉眼使印家厚暗暗大吃一惊。这姑娘酷像一个人。印家厚顷刻之间便发现或者说认可了他多少年来内心深藏的忧郁，那是一种类似遗憾的痛苦，不可言传的下意识的忧郁。正是这股潜在的忧郁使他变得沉默，变得一切都不在乎，包括对自己的老婆。

姑娘说："对不起。你儿子不好好睡午觉，用冲锋枪在被子里扫射小朋友，我管不过来，所以……"

就连声音语气都像。印家厚只觉得心在喉咙口上往外跳，血液流得很快。他对姑娘异常温厚地笑笑，尽量不去看她，转过身面对儿子，决定恩威并举，做一次像电影银幕上的很出色很漂亮的父亲。他阴沉沉地问："雷雷，你扫射小朋友吗？"

"是……"

"你知道我要怎么教训你吗？"

儿子从未见过父亲这般的威严，怯怯地摇头。

"承认错误吗？"

"承认。"

"好。对阿姨承认错误，道歉。"

"阿姨，我扫射小朋友，错了。对不起。"

姑娘连忙说："行了行了，小孩子嘛。"她从笼子里抱出雷雷。

泪珠子停在儿子脸蛋中央，膝盖上的绷带拖在脚后跟上。印家厚换上充满父爱的表情，抚摸儿子的头发，给儿子擦泪包扎。

"雷雷，跑月票很累人，对吗？"

"对。"

"爸爸还得带上你跑就更累了。"

"嗯。"

"你如果听阿姨的话，好好睡午觉，爸爸就可以去休息一下。不然，爸爸就会累病的。"

"爸爸。"

"好了。乖乖去睡，自己脱衣服。"

"爸，早点来接我。"

"好的。"

雷雷径直走进里间，脱衣服，爬上床钻进了被窝。

姑娘说："你真是个好父亲！"

印家厚不禁产生几分惭愧，他其实是在表演，若是平时，一巴掌早烙在儿子屁股上了。他就是为她表演的吗？他不愿意承认这点。

玩具间里，印家厚和姑娘呆呆站着。他突然意识到自己没理由再站下去了，说："孩子调皮，添麻烦了。"

"哪里。这是我的工作。我——"

印家厚敏感地说："你什么？说吧。"

姑娘难为情地笑了一笑，说："算了算了。"

凭空产生的一道幻想，闪电般击中了印家厚，他按捺不住激动的心情。"你叫什么名字？"

"肖晓芬。"

印家厚一下子冷静了许多。这个名字和他刻骨铭心的那个名字完全不相干。但毕竟太相像了，他愿意与她多在一起待一会儿。"你刚才有什么话要说，就说吧。"

姑娘诧异地注视了他一刻，偏过头，伸出粉红的舌尖舔了舔嘴唇，说："我是待业青年，喜欢幼儿园的工作。我来这里才两个月，那些老阿姨就开始在行政科说我的坏话，想要厂里解雇我。我想求你别把刚才的事说出去，她们正挑我的毛病呢。"

"我当然不会说。是我儿子太调皮了。"

"谢谢！"

姑娘低下头，使劲眨着眼皮，睫毛上挂满了细碎的泪珠。印家厚的心生生地疼，为什么每一个动作都像绝了呢。

"晓芬，新上任的行政科长是我的老同学，我去对他说一声就行了。要解雇就解雇那些脏老婆子吧。"

姑娘一下子仰起头，惊喜万分，走近了一步，说："是吗？"

鲜润饱满的唇，花瓣一样开在印家厚的目光下，他似乎看那唇迎着他缓缓上举。印家厚不由自主地靠近了一步，头脑里嗡嗡乱响，一种渴念，像气球一般吹得胀胀的。姑娘眼一闭，泪珠洒落了一脸。他好像猛地被人拍了一下，突然醒了。没等姑娘睁开眼睛，印家厚掉头出了幼儿园。

马路上空空荡荡，厂房静悄悄，印家厚一口气奔出了好远好远。在一个无人的破仓库里，他大口大口喘气，一连几声唤着一个名字。他渐渐安静下来，用指头抹去了眼角的泪，自嘲地舒出一口气，恢复了平常的状态。

现在他该去副食品商店办事了。

天下居然有这么巧的事，印家厚和他老婆同年同月同日出生，他们俩的父亲也是同年同月同日出生。

下个月十号是老头子们——他老婆这么称呼——的生日。五十九周岁，预做六十大寿。这是按的老规矩。

印家厚不记得有谁给自己做过生日，从没有为自己的生日举过杯。做生日是近些年才蔓延到寻常人家的，老头子们赶上了好年月。五年前他满二十九岁，该做三十岁的生日。老婆三天两头念叨："三十岁也是大寿哩，得做做的。"正儿八经到了生日那天，老婆把这事给忘了。她妹妹那天要相对象，她应邀陪她妹妹去了。晚上回来，她兴奋地告诉印家厚："人家一直以为是我，什么都冲着我来，可笑不？"他倒觉得这是件可喜的事，居然有人把他老婆误认为未嫁姑娘。关于生日，没必要责怪老婆，她连自己的也忘了。

老婆和他商量给老头子们买什么生日礼物，轻了可不行，六十岁是大生日；重了又买不起。重礼不买，这就已经排除了穿的和玩的，那么买喝的吧，酒。

他们开始物色酒。真正的中国十大名酒市面上是极少见到的，他们托人找了些门路也没结果，只好降格求其次了。光是价钱昂贵包装不中看的，老婆说不买，买了是吃哑巴亏的，老头子们会误以为是什么破烂酒呢；装潢华丽价钱一般的，他们也不愿意买，这又有点哄老头子们了，良心上过不去；价钱和装潢都还相当，但出产地是个未见经传的乡下酒厂，又怕是假酒。夫妻俩物色了半个多月，酒还没有买到手。

厂里这家副食商店曾一度名气不小。武汉三镇的人都跑到这里来买烟酒。因为当时是建厂时期，有大批的日本专家在这里干活，商店是为他们设的，自然不缺好烟酒。日本专家回国后，这里也日趋冷清。虽是冷清了，但偶尔还可以从库里翻出些好东西来。

印家厚近来天天中午逛逛这个店子。

"嗨。"印家厚冲着他熟识的售货员打了个招呼。递烟。

"嗨。"

"有没有？"

"我把库里翻了个底朝天，没希望了。"

"能搞到黑市不？"

"你想要什么？"

"自然是好的。"

"'茅台'怎么样？"

"好哇！"

"要多少？先交钱后给货，四块八角钱一两。"

印家厚不出声了。干瞅着售货员默默盘算：一斤就是四十八块钱。得买两斤。九十六块整。一个月的工资包括奖金全没有了，牛奶和水果又涨价了，儿子却是没有一日能缺这两样的；还有鸡蛋和瘦肉，万一又来了其他的应酬，比如朋友同事的婚丧嫁娶，那又是脸面上的事，赖不过去的。

印家厚把眼皮一眨说："伙计，你这酒吓人。"

"吓谁啦？一直这个价，还在看涨。这买卖是'周瑜打黄盖'，两厢情愿的事。你这儿子女婿，没孝心的。"

"孝心倒有，只是心有余力不足。"印家厚打了几个干哈哈退出了商店。

要是两位老人知道他这般盘算，保证喝了"茅台"也不香。印家厚想，将来自己做六十岁生日必定视儿子的经济水平让他意思意思就行了。

雅丽在斜穿公路的轨道上等着他。

印家厚装出突然想起了什么似的摸了摸上上下下的口袋，扭头往副食商店走。

雅丽说："你的信。"

印家厚只好停止装模作样。平时他的信很少，只有发生了什么事，亲戚们才会写信来。

信是本市火车站寄来的，印家厚想不起有哪位亲戚在火车站工作。他拆开信，落款是：你的知青伙伴，江南下。印家厚松了一口气。

"没事吧？"雅丽说。

"没。"印家厚想起了肖晓芬。想起了那份心底的忧伤。他明白了自己的心是永远属于那失去了的姑娘，只有她才能真正激动他。除她之外，所有女人他都能镇静地理智地对待。他说："雅丽，我说了我的真实想法后你会理解的。你聪明，有教养，年轻活泼又漂亮，我是十分愿意和你一道工作的。甚至加班——"

"我不要你告诉我这些！"雅丽打断了他，倔强地说，"这是你的想法，也许是，可不是我的！"

雅丽走了。昂着头，神情悲凉。

印家厚不敢随后进车间，他怕遭人猜测。

江南下，这是一个矮小的，目光闪闪的，腼腆寡言的男孩。他招工到哪儿了？不记得了。江南下的信写道：

"我路过武汉，逗留了一天，偶尔听人说起你，很激动。想去看看，又来不及了。

"家厚，你还记得那块土地吗？我们第一夜睡在禾场上的队屋里，屋里堆满了地里摘回的棉花，花上爬着许多肉乎乎的粉红的棉铃虫，贫下中农给我们一只夜壶，要我们夜里用这个，千万别往棉花上尿。我们都争着试用，你说夜壶口割破了你的皮，大家都发疯似的笑，吵着闹着摔破了那玩意儿。

"你还记得下雨天吗？那个狂风暴雨的中午，我们在屋里吹拉弹唱。六队的女知青来了，我们把菜全拿出来款待她们，结果后来许多天我们没菜吃，吃盐水泡饭。

"聂玲多漂亮，那眉眼美绝了，你和她好，我们都气得要命。可后来你们为什么分手了？这个我至今也不明白。

"那只小黄猫总跟着我们在自留地里，每天收工时就在巷子口接我们，它怀孕了，我们想看它生小猫，它就跑了。唉，真是！

"我老婆没当过知青，她说她运气好，可我认为她运气不好。女知青有种特别的味儿，那味儿可以使一个女人更美好一些。你老婆是知青吗？我想我们都会喜欢那味儿，那是我们时代的秘密。

"家厚，如今我们都是三十好几的人了。我已经开始歇顶，有一个七岁的女孩，经济条件还可以。但是，生活中烦恼重重，老婆也就那么回事，我觉得我给毁了。

"现在我已是正科级干部，入了党，有了大学文凭，按说我该知足，该高兴，可我怎么也不能像在农村时那样开怀地笑。我老婆挑出了我几百个毛病，正在和我办离婚。

"你一切都好吧？你当年英俊年少，能歌善舞，性情宽厚，你一定比我过得好。

"另外，去年我在北京遇上聂玲了。她仍然不肯说出你们分手的原因。她的孩子也有几岁了，却还显得十分年轻……"

印家厚把信读了两遍，一遍匆匆浏览，一遍仔细阅读，读后将信纸捏入了掌心。他靠着一棵杨树坐下，面朝太阳，合上眼睛；透过眼皮，他看见了五彩斑斓的光和树叶。后面是庞然大物的灰色厂房，前面是柏油马路，远处是田野，这里是一片树林。印家厚歪在草丛中，让万千思绪飘来飘去。聂玲聂玲，这个他从不敢随便提及的名字，江南下毫不在乎地叫来叫去。于是，一切都从最底层浮起来了……五月的风里饱含着酸甜苦辣，从印家厚耳边呼呼吹过，他脸上的肌肉细微地抽动，有时像哭有时像笑。

空中一絮白云停住了，日影正好投在印家厚额前。他感觉了阴暗，又以为是人站在了面前，便忙睁开眼睛。在明丽的蓝天白云绿叶之间，他把他最深的遗憾和痛苦又埋入了心底。接着，记忆就变得明朗有节奏起来。

他进了钢铁公司。去北京学习，和日本人一块干活，为了不被筛选掉拼命啃日语。找对象，谈恋爱，结婚。父母生病住院，天天去医院护理。兄妹吵架扯皮，开家庭会议搞平衡。物价上涨，工资调级，黑白电视换彩色的，洗衣机淘汰单缸时兴双缸——所有这一切，他一一碰上了，他必须去解决。解决了，也没有什么乐趣；没解决就更烦人。例如至今他没法解决电视的更新换代问题，儿子就有些瞧不起他了，一开口就说谁谁谁的爸爸给谁谁谁买了一台彩电，带电脑的。为了让儿子第一个想到自己的爸爸，印家厚正在加紧筹款。

少年的梦总是有着浓厚的理想色彩，一进入成年便无形中被瓦解了。印家厚随着整个社会流动，追求，关心。关心中国足球队是否能进军墨西哥；关心中越边境战况；关心生物导弹治疗癌症的效果；关心火柴几分钱一盒了？他几乎从来没有想是否该为少年的梦感叹。他只是十分明智地知道自己是个普通的男人，靠劳动拿工资而生活。哪有工夫去想入非非呢？日子总是那么快，一星期一星期地闪过去。老婆怀孕后，他连尿布都没有准备充分，婴儿就出世了。

老婆就是老婆。人不可能十全十美。记忆归记忆。痛苦该咬着牙吞下去。印家厚真想回一封信，谈谈自己的观点，宽宽那个正承受着离婚危机的知青伙伴的心，可他不知道写了信该往哪儿寄？

江南下，向你致敬！冲着你不忘故人；冲着你把朋友从三等奖的恶劣情绪中解脱出来。

印家厚一弹腿跳了起来，做了一个深呼吸动作，朝车间走去。

相比之下，他感到自己生活正常，家庭稳定，精力充沛，情绪良好，能够面对现实。他的自信心又陡然增加了好多倍。

下午不错。

主要是下午的开端不错。

来了一拨参观的人。谁也不知道这些人是哪个地方哪个部门来的，谁也不想知道，谁都若无其事地干活。这些见得太多了。

倒是参观的人不时从冷处瞟操作的工人们，恐怕是纳闷这些人怎么不好奇。

车间主任骑一辆铮蓝的轻便小跑车从车间深处溜过来，默默扫视了一圈，将本来就撂在踏板上的脚用力一踩，掉头去了。他事先通知印家厚要亲自操作，让雅丽给参观团当讲解员。印家厚正是这么做的。车间主任准认为三等奖委屈了印家厚，否则他不会来检查。以为印家厚会因为五元钱赌气不上操作台，错了！

印家厚的目光抓住了车间主任的目光，无声却又明确地告诉他：你错了。

有一个人明白了他的心，尤其是车间的最关键人物，印家厚就满足了。受了委屈不要紧，要紧的是在于有没有人知道你受了委屈。

参观团转悠了一个多小时，印家厚硬是直着腿挺挺地站了过来。一个多小时没人打扰他，挺美的。班组的同事今天全欠他的情，全看他的眼色行事以期补偿。

雅丽上来接替印家厚。两人都没说话，配合得非常默契。只有印家厚识别得出雅丽心上的暗淡，但他决定不闻不问。

"好！堵住你了，小印。"工会组长哈大妈往门口一靠，封死了整扇门。她手里挥动着几张揉皱的材料纸，说："臭小子，就缺你一个人了。来，出一份钱：两块。签个名。"

印家厚交了两块钱，在材料纸上划拉上自己的名字。

哈大妈急煎煎走了。转身的工夫，又急煎煎回来了。依旧靠在门框上。"人老了。"她说，"可不是该改革了。小印，忘了告诉你这钱的用途，我们车间的老大难苏新结婚了！大伙儿向他表示一份心意。"

"知道了。"印家厚说。其实他根本没听过这个名字。他问旁的人：

"苏新是谁?"

"听说刚刚调来。"

"刚来就老大难?"

"哈哈。"旁的人干笑。

哈大妈的大嗓门又来了。"小印,好像我还有事要告诉你。"

"您说吧。"印家厚渴得要命同时又要上厕所了。

"我忘记了。"哈大妈迷迷怔怔地望着印家厚。

"那就算了。"

"不行。好像还是件挺重要的事。"哈大妈用劲绞了半天手指,泄了气,摊开两手说,"想不起来了。这怪不得我,人老了。臭小子们,这就怪不得我了,到时候大伙给我作个证。"

哈大妈带着一丝狡黠的微笑走了。接着二班长进门拉住了印家厚。二班长告诉印家厚他们报考电视大学的事是厂里作梗。公司根本没下文件不准他们报考。完完全全是厂里不愿意让他们这批人(日本专家培训出的人)流走。

"我们去找找厂里吧,你和小白好,先问问他。"二班长使劲怂恿印家厚。

印家厚说:"我不去。"

"那我们给公司纪委写信告厂里一状。"

"我不会写。"

"我写,你签名。"

"不签。"

"难道你想当一辈子工人?"

"对!"

现在有许多婊子养的太爱写信了——这是二班长上午说的,应不应该提醒他一句?算了。

二班长极不甘心地离开了。印家厚的脚还没迈出门槛,电话铃响了。有人说:"等等,你的电话。"

印家厚抓起话筒就说:"喂,快讲!"他实在该上厕所了。

是厂长。从厂办公室打来的。印家厚倒抽一口凉气,刚才也太不恭敬了。这是改革声中新上任的知识分子厂长,知识分子是特别敏感的,应该给他一个好印象。

印家厚立即借了一辆自行车，朝办公室飞驰而去。

印家厚在进厂办公室时，正碰上小白从里面出来，小白神色严峻，给他一句耳语："坚强些！"

他被这地下工作式的神秘弄得晕乎乎的，心里七上八下。

厂长要印家厚谈谈对日本人的看法。

对……日本人……看法？他一时间脑子里一片空白。日本专家撤回去七年了，七年里他的脑袋里没留下日本人的印象。"坚强些！"又是指什么？他竭力搜索七年前对小一郎的看法。小一郎是他的师傅。

"日本人……有苦干精神，能吃苦耐劳……一不怕苦，二不怕——"他差点失口说出毛主席语录。他小心谨慎，字斟句酌："他们能严格按科学规律工作，干活一丝不苟，有不到黄河不死心的——"他意识到日本与黄河没关系，但他还是坚持说完了自己的话："……的钻研精神。"

厂长说："这么说你对日本人印象不错？"

"不是全体日本人，也不是全面……是干活方面。"

"日本侵华战争该知道吧？"

"当然。日本鬼子——"印家厚打住了。厂长到底要干什么？即便是厂长，他也不愿意被人耍弄。他干吗要急匆匆离开车间跑到这儿踩薄冰？七年前厂里有个工人对日本专家搞恐怖活动受到了制裁；前些时候某个部级干部去了日本靖国神社给撤了职，这是国际问题，民族问题，他岂能涉嫌！

他一把推开椅子，说："厂长，有事就请开门见山，没事我得回去干活了。"

厂长说："小印，别着急嘛。事情十分明确。你认为现在我们引进日本先进设备，和他们友好交往是接受第二次侵略吗？"

"当然不是。"

"既然不是，那为什么迟迟不组织参加联欢的人员？下星期三日本青年友好访华团准时到我们厂。接待任务由工会布置下去已经两周了，你不仅不动，反而还在年轻人中说什么'不做联欢模特儿'，'进行第二次抗日战争'，'旗袍比西服美一千倍'，这是为什么？"

印家厚终于从鼓里钻出来了。有人栽了他的赃，栽得这么成功，竟使精明的厂长深信不疑。

"胡扯！他妈的一派谎言！"他今天的忍让到此为止！顾不上留什么好印象了，他要他的清白和正直。这些狗娘养的！——他骂开了。他根本就没得到工会的任何通知。两周前他姥姥去世了，他去办了两天丧事。回厂没上几天班，他妈因伤心过度，高血压发了，他又用了两个休息日送她老人家去住院。看小白那鬼鬼祟祟的模样，不定就是他捣的鬼，他和几所大学的学生勾勾搭搭，早就在宣扬"抵制日货"的观点。要么是哈大妈，对了！她方才还假做忘了什么事是因为她老了。她丈夫是在抗日战争中牺牲的，她从来对日本人是横眉冷对的。要么他们串通一气坑了他。但他并不是一味敌视日本人，他至今还和小一郎通信来往，逢年过节寄张明信片什么的。

厂长倒笑了。他相信了印家厚并宽宏大量地向他道了歉。

"既然是这么回事，那就赶快动手把工作抓起来！"厂长不容印家厚分辩，当即叫来了厂工会主席，面对面把印家厚交给了工会。

"不要搞什么各车间分头行动了。让小印暂调到厂工会来，全面下手抓。到时候出了差错我就找你们俩。"

工会主席是个转业军人，领命之后把印家厚拽到工会办公室，如此如此，这般这般布置开了。印家厚连连咕噜了几声："不行不行"，工会主席绝不理睬，布置中还夹叙了一通意义深远之类的话，大有军令如山倒的气势。

这就是说，印家厚从今天起，在一个星期内要组织起一个四十位男女青年的联欢团体，男青年身高要一米七十至一米八十公分；女青年身高要一米六十五公分左右；一律不胖不瘦，五官端正，漂亮一点的更好；要为他们每人定做一套毛料西装；教会他们日常应用的日语，能问候和简单会话；还要让他们熟悉一般的日本礼节；跳舞则必须人人都会。

印家厚头发都麻了，说："主席，你听清楚，我干不了！"

"干得了。你是日本专家。"工会主席三把两把给他腾出了一张办公桌，将一叠贴有相片的职工表格放在他面前，说："小印，要理解组织的信任。现在，我们只有背水一战了。对任何人一律用行政命令。来，我们开始吧！"

下班时印家厚遇上了小白。小白说:"我听说了。真他妈替你抱屈。好像考他妈驻日本的外交官。奴颜婢膝。"

　　印家厚狠狠白了他一眼,嘿嘿一个冷笑。小白马上跳起来,"老兄,你怎么以为是我……我!观点不同是另一回事。我若是那种背后插刀的小人,还搞他什么文学创作!"

　　这真是委屈。到目前为止,在小白的认识上,作品和人品是完全一致的。印家厚虽不搞创作却已超越了这种认识上的局限。他谅解地给了小白一巴掌,说:"对不起了!"

　　几个身材苗条挺拔的姑娘挎着各式背包走过来,朝小白亲切地招呼,可是对印家厚却脸一变冲着他叫道:"汉奸!"

　　"我们绝不做联欢模特儿!"

　　"我们要抗日!"

　　印家厚绷紧脸,一声不哼。姑娘们过去之后,印家厚回头数了数,差不多十五六个,几乎全是合乎标准的。他这才真正感到这事太难了。

　　这一下午真累。在岗位上站了一个多小时;和厂长动了肝火;让工会拉了差。召集各车间工会组长紧急会议;找集训办公室;去商店选购衣料;和服装厂联系;向财务要活动资金;楼上楼下找厂长——当你需要他签字的时候,他不知上哪儿去了。

　　报考电大的要求根本没机会提出来;忍气吞声领了三等奖的五元钱。

　　刚调来的老大难结婚"表示"了两块钱;拯救非洲饥民捐款一元;"救救熊猫"募捐小组募到他的面前,他略一思忖,便往贴着熊猫流泪图案的小纸箱里塞了两元。募捐的共青团员们欢声雀跃,赞扬印家厚是全厂第一!第一个心疼国宝!就是厂长也只捐了五毛钱。

　　五块钱像一股回旋的流水,经过印家厚的手又流走了。全派了大用场,抵消了三等奖的耻辱。雅丽的确知他的心,说:"印师傅,你做得真俏皮!"印家厚不能不遗憾地想,如此理解他的人如果是他老婆就好了。不能否认,哪怕是最细微的一点相通也是有意义的。然而,他不敢想象他老婆的看法,他不由朝雅丽看了一眼,然而随即便又后悔了,因为雅丽读懂了他的眼神。

　　印家厚接儿子的时候,生怕儿子怪他来晚了;生怕又单独碰上肖晓芬。结果,儿子没有质问,肖晓芬也正混在一群阿姨里。什么事也没有。

他为自己中午在肖晓芬面前的失控深感不安，便低着眼睛带走了儿子。

马路上车如流水，人如潮，雷雷窜上去猛跑。印家厚在后边厉声叫着，提心吊胆，笨拙地追上儿子。他的儿子，和他长得如同一个模子里铸出来的，这就是他生命的延续。他不能让他乱跑，小心撞上车了；他又不能让他走太久的路，可别把小腿累坏了。印家厚丝毫没有下了班的感觉，他依然紧张着，只不过是换了个专业罢了。

父子俩又汇入了下班的人流中。父亲背着包，儿子挎着冲锋枪。早晨满满一包出征，晚归时一副空囊。父亲灰尘满面，胡楂又深了许多。儿子的海军衫上滴了醒目的菜汁，绷带丝丝缕缕披挂，从头到脚肮脏至极。

公共汽车永远是拥挤的。当印家厚抱着儿子挤上车之后，肚子里一通咕咕乱叫，他感到了深深的饿。

车上有个小女孩和她妈妈坐着，她把雷雷指给她妈妈看："妈，他是我们班新来的小朋友，叫印雷。"小女孩可着嗓子喊："印雷！印雷！"

雷雷喜出望外，骄傲地对父亲说："那是欣欣！"

两个孩子在挤满大人们的公共汽车里相遇，分外高兴，呱呱地叫唤着，充分表达他们的喜悦。印家厚和小女孩的妈妈点了点头，笑了。

小女孩的妈站了起来，让雷雷和自己的女儿坐在一个座位上，自己挤在印家厚旁边。

"我们欣欣可顽皮，简直和男孩子一样。"

"我儿子更不得了。"

"养个孩子可真不容易啊！"

"就是。太难了！"

有了孩子们这个话题，大人们一见如故地攀谈起来了，可在前一刻他们还素不相识呢。谈孩子的可爱和为孩子的操劳，叹世世代代如水流；谈幼儿园的不健全，跑月票的辛酸苦辣，气时时事事都艰难。当小女孩的妈听印家厚说他住在汉口，还必须过江，过了江还得坐车时，她"咝"了一下，说："简直到另一个国家去，可怕！"

印家厚说："好在跑惯了。"

"我家就在这趟车的终点站旁边。往后有什么不方便的时候，就把印雷接到我家吧。"

"那太谢谢了!"

"千万别客气!只要不让孩子受罪就行!"

"好的。"

印家厚发现自己变得婆婆妈妈了,变得容易感恩戴德,变得喜欢别人的同情了。本来是又累又饿,被挤得满腹牢骚的,有人一同情,聊一聊,心里就熨帖多了,不知不觉到了终点。从前的他哪是这个样子?从前的他是个从里到外,血气方刚,衣着整齐,自我感觉良好的小伙子,从不轻易与女人搭话,不轻易同情别人或接受别人同情。印家厚清清楚楚地看出了自己的变化,他却弄不清这变化好还是不好。

在爬江堤时,他望见紫褐色的暮云仿佛就压在头顶上。心里闷闷的,不由长长叹了一口气。

轮渡逆水而上。

逆水比顺水慢一倍多,这是漫长而难熬的时间。

夕阳西下,一分钟比一分钟暗淡。长江的风一阵比一阵凉。不知是什么缘故,上班时熟识的人不约而同在一条船上相遇,下班的船上却绝大多数是陌生面孔。而且面容都是恹恹的,呆呆的,疲惫不堪的。上船照例也抢,椅子上闪电般地坐满了人,然后甲板上也成片成片地坐上了人。

印家厚照例不抢船,因为船比车更可怕,那铁栅栏门"哗啦"一开,人们排山倒海压上船来,万一有人被裹挟在里面摔倒了,那他就再也不可能站起来。

印家厚和儿子坐在船头一侧的甲板上,还不错,是避风的一侧。印家厚屁股底下垫着挎包。儿子坐在他叉开的两腿之间,小屁股下垫了牛皮纸,手绢和帆布工作服,垫得厚厚的。冲锋枪挂在头顶上方的一个小铁钩上,随着轮船的震动有节奏地晃荡。印家厚摸出了梁羽生的《风雷震九州》,他想总该可以看看书了。他刚翻开书,儿子说:"爸,我呢?"

他给了儿子一本《狐狸的故事》,说:"自己看,这本书都给你讲过几百遍了。"

他看了不到一页,儿子忽然跟着船上叫卖的姑娘叫起来:"瓜子——瓜子,五香瓜子——"声音响亮引起周围打瞌睡人的不满。

"你干什么呢?"

儿子说："我口渴。"

"口渴到家再说。"

"吃冰激凌也可以的。"

印家厚明白了，给儿子买了支巧克力三色冰激凌，然后又低头看书。结果儿子只吃了奶油的一截，巧克力的那截被他抠下来涂在了一个小男孩的鼻子上，这小男孩正站在他跟前出神地盯着冰激凌。于是小男孩哭着找妈妈去了。唉，孩子好烦人，一刻也不让他安宁。孩子并不总是可爱，并不啊！印家厚愣愣地，瞅着儿子。

一个嗓门粗哑的妇女扯着小男孩从人堆里挤过来，劈头冲印家厚吼着："小孩撒野，他老子不管，他老子死了！"

印家厚本来是要道歉的，顿时歉意全消。他一把搂过儿子，闭上眼睛前后摇晃。

"呸！胚子货！"

静了一刻，妇女又说："胚子货！"又静了一刻，妇女骂骂咧咧走了。雷雷从父亲怀里伸出头来，问："胚子货是骂人话吗？爸。"

"是的。往后不许对人说这种话。"

"胚子货是什么意思？"

"骂人的意思。"

"骂人的什么？"

这是个爱探本求源的孩子，应该尽量满足他。可印家厚想来想去都觉得这个词不好解释。他说："等你长大就懂了。"

"我长大了你讲给我听吗？"

"不，你自然就懂了。"他想，孩子，你将面对生活中的一切，包括丑恶。

"哦——"

儿子这声长长的哦令人感动，印家厚心里油然升起了数不清的温柔。

儿子老成而礼貌地对挡在他前面的人说："叔叔，请让一让。"

印家厚说："雷雷，你干什么去？"

"我拉尿。"儿子叮嘱他，"你好好坐着，别跟着过来。"

儿子站在船舷边往长江里拉尿。拉完尿，整好裤子才转身，颇有风度地回到父亲身边。他的儿子是多么富有教养！可他母亲说他四岁的时候是个小脏猴，一天到晚在巷子口的垃圾堆里打滚，整日一丝不挂。儿子这一辈远远胜过了父亲那一辈，长江总是后浪推前浪，前景应是一片诱人的色彩。

他收起了小说。累些，再累些吧。为了孩子。

天色愈益暗淡了。船上的叫卖声也低了。底舱的轰隆声显得格外强烈。儿子伏在他腿上睡着了。他四处找不着为儿子遮盖的东西，只好用两扇巴掌捂住儿子的肚皮。

长江上，一艘幽暗的轮船载满了昏昏欲睡的乘客，慢慢悠悠逆水而行。看不完那黑乎乎连绵的岸，看不完一张张疲倦的脸。印家厚竭力撑着眼皮，竭力撑着，眼睛里头渐渐红了。他开始挣扎，连连打哈欠，挤泪水，死鱼般瞪起眼珠。他想白天的事，想雅丽，想肖晓芬，想江南下的信，用各种方法来和睡意斗争。最后不知怎么一来，头一耷拉，双手落了下来，鼾声随即响了，父子俩一轻一重，此起彼伏地打着呼噜。

彩灯在远处凌空勾勒出长江大桥的雄姿，两岸的灯火闪闪烁烁，晴川饭店矗立在江边，上半部是半截黑影，下半部才有稀疏的灯光。船上早睡的人们此刻醒了，伸了伸懒腰，说："晴川饭店的利用率太低了！"

舱面上一片密集的人头中间突然冒出了一个乱蓬蓬的大脑袋，这是一个披头散发的女疯子，她每天在这个时候便出现在轮渡上。女疯子大喝一声，说："都醒了！都醒了！世界末日就要到来了。"

印家厚醒了，他赶快用手护住儿子的肚皮，恼恨自己怎么搞的！一个短短的觉他居然做了许多梦，可一醒来那些具体情节却全飞了，只剩下满口的苦涩味。在猛醒的一瞬间，他好不心酸。好在他很快就完全清醒了，他听见女疯子在嚷嚷，便知道船该靠码头了。

"雷雷，到了。嘿，到了。"

"爸爸。"

"嘿，到了！"

"疯子在唱歌。"

"来，站起来，背上枪。"

"疯子坐船买票吗？"

"醒醒吧，还迷糊什么！"

汽笛突然响了，父子俩都哆嗦了一下，接着都笑起来，天天坐船的人倒让船给吓了一跳。

人们纷纷起立，哦啊啊打哈欠，骂街骂娘。有人在背后扯了扯印家厚，他回头一看，是讨钱的老头。老头扑通一下跪在他们父子跟前，不停地作揖。印家厚迟疑了一下，掏出一枚硬币给儿子。雷雷惊喜而又自豪地把硬币扔进了老头的破碗，他大概觉得把钱给人家比玩游戏有趣得多。

印家厚却不知该对老头持什么样的看法才对。昨天的晚报上还登了一则新闻，说北方某地，一个年轻姑娘靠行乞成了万元户。他一直担心有朝一日儿子问他这个问题。

"爸，这个爷爷找别人要钱对吗？"

问题已经来了。说对吧，孩子会效法的；不对吧，爸爸你为什么把钱给他？就连四岁的孩子他都无法应付，几乎没有一刻他不在为难之中。他思索了一会儿，一本正经地告诉儿子："这是个复杂的社会问题，你太小怎么理解得了呢？"

幸好儿子没追问下去，却说："爸，我饿极了！"

浮桥又加长了，乘客差不多是从江心一直步行到岸上。傍晚下班的人真怕踏上这浮桥，一步一拖，摇摇晃晃，总像走不到尽头，况且江上的风在春天也是冷的。

为什么不把江疏浚一下？为什么不想办法让轮渡快一些？为什么江这边的人非得赶到江那边去上班？为什么没有一个全托幼儿园？为什么厂里的麻烦事都摊到了他的头上？为什么他不能果断处理好与雅丽的关系？为什么婚姻和爱情是两码事？印家厚真希望自己也是一个孩子，能有一个负责的父亲回答他的所有问题。

到家了！

炉火正红，油在锅里嗤拉拉响，乱七八糟的小房间里葱香肉香扑面，暖暖的蒸汽从高压锅中悦耳地喷出。妈妈！儿子高喊一声，扑进母亲怀里。印家厚摔掉挎包，踢掉鞋子，倒在床上。老婆递过一杯温开水，往他脸上扔了一条湿毛巾。他深深吸吮着毛巾上太阳的气息和香皂的气息，久久不动。这难道不是最幸福的时刻？他的家！他的老婆！尽管是憔悴、爱和他扯横皮的老婆！此刻，花前月下的爱情，精神上微妙的沟通等等远远离开了这个饥饿困顿的人。

儿子在老婆手里打了个转，换上了一身红底白条运动衫，伤口重新扎了绷带，又恢复成一个明眸皓齿，双颊喷红的小男孩。印家厚感到家里的空气都是甜的。

饭桌上是红烧豆腐和氽元汤；还有一盘绿油油的白菜和一碟橙红透明的五香萝卜条。儿子单独吃一碗鸡蛋蒸瘦肉。这一切就足够足够了啊！

老婆说："吃啊，吃菜哪！"

她在婚后一直这么说，印家厚则百听不厌。这句贤惠的话补偿了其他方面的许多不足。

她说："菜真贵，白菜三角一斤。"

"三角？"他应道。

"全精肉两块八哩，不兴还价的，为了雷雷，我咬牙买了半斤。"

"好家伙！"

"我们这一顿除去煤和佐料钱，净花三块三角多。"

"真不便宜。"

"喝人的血汗呢！"

"就是。"

议论菜市价格是每天晚饭时候的一个必然内容，也是他们夫妻一天不见之后交流的开端。

看印家厚和儿子吃得差不多了，老婆就将剩汤剩菜扣进了自己的碗里，移开凳子，拿过一本封面花哨的妇女杂志，摊在膝盖上边吃边看。

美好的时光已经过去，轮到印家厚收拾锅碗了。起先他认为吃饭看书是一个恶习，对一个为妻为母的人尤其不合适。老婆抗争说："我做姑娘时就养成了这习惯，请你不要剥夺我这一点点可怜的嗜好！"这样印家厚不得不承担起洗碗的义务。好在公共卫生间洗碗的全是男的，他也就顺应自然了。

男人们利用洗碗这短暂的时间交流体育动向，时事新闻，种种重要消息，这几分钟成了这排房子的男人们的友谊桥梁。今天印家厚在洗碗时听的消息太不幸了。一个男人说：伙计们，这房要拆了。另有人立刻问：我们住哪儿？答：管你住哪儿！是这个单位的安排，不是的一律滚蛋。问：真的吗？答：我们单位职工大会宣布的，马上就来人通知。好几个人说：这太不公平了！说这话的都是借房子住的人。印家厚也不由自主说了句:"是不公平得很。"

印家厚顿时沉重起来,脸上没有了笑意,心里像吊着一块石头坠坠的发慌。他想,这如何是好呢?

他洗碗回来又抄起了拖把,准备拖了地再洗儿子换下的衣服。他不停地干活,进进出出,以免和老婆说话泄露了拆房的事。她半夜还要去上夜班,得早点睡它一觉。暂且让自己独自难受吧。

"喂,你该睡觉了。"

"嗯。"

老婆还埋头于膝上的杂志。儿子自己打开了电视,入迷地看《花仙子》。

"喂喂,你该睡觉了。"

老婆徐徐站起。"好,看完了。有篇文章讲夫妻之间的感情的,你也看看吧。"

"好。你睡吧。"

老婆过去亲了儿子一下,说:"主要是说夫妻间要以诚相见,不要互相隐瞒,哪怕一点小事。一件小事常常会造成大的裂痕。"

"对。"印家厚说。

老婆总算准备上床睡觉了,她脱去外衣,又亲了亲儿子,说:"雷雷,今天就没有什么新鲜事告诉妈妈吗?"

印家厚立刻意识到应该冲掉这母子间的危险谈话,但他迟了。

儿子说:"噢,妈妈,爸爸今天没在餐馆吃凉面。"

老婆马上脸形怒色。"你这人怎么回事!告诉你现在乙肝多得不得了,不能用外边的碗筷!"

"好好,以后注意吧。"

"别糊弄人!别以后,以后的……我问你:你今天找了人没有?"

印家厚蒙了,"找……谁?"

"瞧!找谁——?"老婆气急败坏,一屁股顿在床沿上,翘起腿,道:"你们厂分房小组组长啊!我好不容易打听到了这人的一些嗜好,不是说了花钱送点什么的吗?不是让你先去和他联络感情的吗?"

真的,这件事是家中的头等大事。只要有可能分到房子,彩电宁可不买。他怎么把这事忘得一干二净了呢?

"妈的！我明天一定去！"他愧疚地捶了捶脑袋。尤其从今天起，房子的事是燃眉之急的了，再不愿干的事也得干。

印家厚的态度这么好，老婆也就说不出话来了，坐在那儿干瞪着丈夫。

"酒呢？"

"黑市茅台四块八一两。"

"那算了，我再托托人去。奖金还没发？"

"没有。"他撒了谎。如果夫妻间果然是任何事都以诚相见，那么裂痕会更迅速地扩大。他说："看动静厂里对轮流坐庄要变，可能要抓一抓的。"先铺垫一笔，让打击来得缓和些。西餐是肯定吃不成的了，老婆，你有所准备吧，不要对你的同事们炫耀，说你丈夫要带你和儿子去吃西餐。

老婆抹下眼皮，说："唉，倒霉事一来就是一串。有件事本来我打算明天告诉你，今天让你睡个安稳觉的。可是……唉，姑妈给我来了长途电话。"

"河北的？"

"她说老三要来武汉玩玩，已经动身了，明天下午到。"

"是腿上长了瘤的那个？"

"大概是那瘤不太好吧。姑妈总尽情满足他……"

"住我们家。"

"当然。我们在闹市区。交通也方便。"

印家厚觉得无言以对。难怪他一进门就感到房间里有些异样，他还没来得及仔细辨别呢。现在他明白了：床头的墙壁上垂挂着长长的玻璃纱花布，明天晚上它将如帷幕一般徐徐展开，挡在双人床与折叠床之间；折叠床上将睡一个二十岁的小伙子。印家厚讪讪地说："好哇。"他弹了弹花布，想笑一笑冲淡一下沉闷的空气，结果鼻子发痒，打了个喷嚏。老婆一抬腿上了床，他扭小了电视的音量，去卫生间洗衣服。

洗衣服。晾衣服。关掉电视。把在椅子上睡着了的儿子弄到折叠床上，替他脱衣服而又不把他搬醒，鉴于今天凌晨的教训给折叠床边靠上一排椅子。轻轻地，悄悄地，慢慢地，不要惊醒了老婆。憋得他吭哧吭哧，一头细汗。

印家厚上床时，时针指向十一点三十六分。

他往床架上一靠，深吸了一口香烟，全身的筋骨都咯吧咯吧松开了。一股说不出的麻麻的滋味从骨头缝里弥漫出来，他坠入了昏昏沉沉的空冥之中。

只亮着一盏朦胧的台灯。

他在灯晕里吐着烟，杂乱地回想着所有难办的事，想得坐卧不宁，头昏眼花，而他的躯体又这么沉，他拖不动它，翻不动它，它累散了骨架。真苦，他开始怜悯自己。真苦！

老婆摊平身子，发出细碎的鼾声。印家厚拿眼睛斜睩着老婆的脸。这脸竟然有了变化，变得洁白，光滑，娇美，变成了雅丽的，又变成了晓芬的。他的脸膛呼地一热，他想，一个男人就不能有点儿野心么？这么一点破心中顿时涌出一团邪火，血液像野马一样奔腾起来。他暗暗想着雅丽和晓芬，粗鲁地拍了拍老婆的脸。老婆勉强睁开眼皮觑了他一下，讪讪地说："困死了。"

他火气旺盛地低声吼道："明天你他妈的表弟就睡在这房里了！"他"嚓"地又点了一支烟，把火柴盒啪地扔到地上。

老婆抹走了他唇上的香烟，异常顺从地说："好吧，我不睡了，反正也睡不了多久了。"她连连打呵欠，扭动四肢，神情漠然地去解衣扣。

印家厚突然按住了老婆的手，凝视着她皮肤粗糙的脸说："算了。睡吧。"

"不，只有半小时了，我怕睡过头。"

"不要紧，到时候我叫醒你。"

"家厚！家厚，你真好……"

他含讥带讽地笑了笑。平静得像退了潮的沙滩。

老婆忽然眼睛湿润，接着抽泣起来，说："我实在不忍心告诉你，这房子马上就要拆了……通知书已经送来了……"

"哦。我也早知道了。"他说，"明天我拼命也得想办法！"

"你也别太着急，退路也不是完全没有。我打听了，有私房出租，十五平方每月五十块钱，水电费另加。……西餐是吃不成的了，可笑的是……我们还像小孩子一样，嘴馋……"

印家厚关了台灯，趁黑暗的瞬间抹去了涌出的泪水。他捏了捏老婆的手，说："睡吧。车到山前必有路，船到桥头自会直。"

老婆，我一定要让你吃一次西餐，就在这个星期天，无论如何！——他没有把这话说出口，他还是怕万一做不到，他不可能主宰生活中的一切，但他将竭尽全力去做！

雅丽怎么能够懂得他和他老婆是分不开的呢？普通人的老婆就得粗粗糙糙，泼泼辣辣，没有半点身份架子，尽管做丈夫的不无遗憾，可那又怎么样呢？

印家厚拧灭了烟头，溜进被子里。在睡着的一刻前他脑子里闪出早晨在渡船上说出的一个字："梦"，接着他看见自己在空中对躺着的自己说："你现在所经历的这一切都是梦，你在做一个很长的梦，醒来之后其实一切都不是这样的。"他非常相信自己的话，于是就安心入睡了。

风景

方方

……在浩漫的生存布景后面，在深渊最黑暗的所在，我清楚地看见那些奇异世界……

——波特莱尔

第一章

七哥说，当你把这个世界的一切连同这个世界本身都看得一钱不值时，你才会觉得自己活到这会儿才活出点滋味来，你才能天马行空般在人生路上洒脱地走个来回。

七哥说，生命如同树叶，来去匆匆。春日里的萌芽就是为了秋天里的飘落。殊路却同归，又何必在乎是不是抢了别人的营养而让自己肥绿肥绿的呢？

七哥说，号称清廉的人们大多为了自己的名声活着，虽未害人却也未为社会及人类作出什么贡献。而遭人贬斥的靠不义之财发富的人却有可能拿出一大笔钱修座医院抑或学校，让众多的人尽享其好处。这两种人你能说谁更好一些谁更坏一些么？

七哥只要一进家门，就像一条发了疯的狗毫无节制地乱叫乱嚷，仿佛是对他小时候从来没有说话的权利而进行的残酷报复。

父亲和母亲听不得七哥这一套，总是叫着"牙酸"然后跑到门外。京广铁路几乎是从屋檐边擦过。火车平均七分钟一趟，轰隆隆驶来时，夹带着呼啸而过的风和震耳欲聋的噪音。在这里，父亲和母亲能听到七哥的每一个音节都被庞大的车轮碾得粉碎。

依照父亲往日的脾气，七哥第一次这么干时，父亲就会拿出刀割下他的舌头。而现在父亲不敢了。七哥现在是个人物。父亲得忍住自己全部的骄傲去适应这个人物。

七哥已经很高很胖了。他脸上时常地泛出红油油的光。肚子恰如其分地挺出来一点点。很难想象支撑他这一身肉的仍然是他早先的那一副骨架，我怀疑他二十岁那次动手术没有割去盲肠而是换了骨头。否则就不好解释打那以后他越长越胖这个事实了。七哥穿上西装打上领带便仪表堂堂地像个港商。后来又戴了副无框眼镜便酷似教授抑或什么专家。七哥走在大街上常有些姑娘忍不住含情脉脉地凝视他。七哥在外面说话毫无疯狗气。文质彬彬地卖弄他那些据说是哲人也得几十年修炼才能悟出的思想。

七哥住过晴川饭店。起先父亲不信。父亲每天到江边溜达都能看到那高白高白的房子，父亲在汉口活了偌些年从来还没见过这么高的房子，便咬定只有毛主席或者是周总理这个级别的人才能住。母亲说毛主席和周总理来不及住进去就升天了。父亲说那还有胡总书记和赵总理能住哩。父亲说这话时是一九八四年。

七哥解释不清，便说那大楼里的"晴川饭店"写得像"暗"川饭店，不信你们去查证。

父亲和母亲自然是不敢设想自己有机会去那里瞧瞧。直到有一天报上登着个体户住进晴川饭店的消息后，五哥和六哥各带一千块钱去了一趟，第二日回来对父亲说小七子的确在那里住过，那字真的写得像"暗"川饭店。

七哥说去那里总是坐"的士"，每回都有穿红衣服的小侍者为我打开车门，然后还鞠个躬，说："欢迎您的光临。"

五哥和六哥是坐公共汽车去的，下了大桥，还走了好远的路，无法证实七哥的话。但父亲母亲不必做何证实也完全相信了。

父亲再往江边转悠时，遇见熟人便忍不住说："那个晴川饭店也就那样，我小七子住过好些回数。"

"哦？就是睡床底下的那个小七子？"熟人常惊叹着问。

父亲说："是呀，是呀，硬是睡出个人物来了。"父亲说这话时，脸上充满慈爱和骄傲之气。

　　其实，过去父亲总怀疑七哥不是他的儿子。在母亲肚皮隆起时，父亲才知道有这么回事。父亲蹲在门口推算日期。算着算着便抓过母亲扇了两嘴巴。父亲说那时候他跟一只货船到安庆去了。一个老朋友要死了想再见他一面。他前后去了十五天，而母亲却在这段日子里怀上了七哥。母亲风骚了一辈子，这一点父亲是知道的。他一走半月，母亲如何能耐得住寂寞？父亲觉得隔壁的白礼泉最为可疑。白礼泉精瘦精瘦，眼珠滴溜溜地不怀好意，薄嘴皮能言会道勾引女人还有富余。而最关键的是父亲亲眼见过他和母亲打情骂俏。父亲越想越觉得真理在握。为此在母亲生七哥坐月子的时间里，父亲看都不看七哥一眼，若无其事地坐在屋门口大口喝酒，把下酒的炒黄豆嚼得"巴喀巴喀"地响。

　　服侍母亲的事全是大哥干的。大哥那时已经十七岁了。他十分庄严地照料这个小肉虫一样软软的七弟。半年后父亲头一次看了七哥。他看得很仔细，然后像扔个包袱一样把七哥朝床上一甩。七哥瘦瘦巴巴的，全然不似高高壮壮的父亲的骨肉。父亲揪住母亲的头发，追问她七哥到底是谁的儿子。母亲声嘶力竭地同他吵闹，骂他是野猪是恶狗瞎了眼的魔鬼，说他到安庆去为他过去的情人送终还有脸回家吵架。父亲和母亲的喉咙都大得惊人。平均七分钟一趟的火车都没能压住他们的喧闹。于是左邻右舍来看热闹，那时正是晚饭时候，一个个的观众端着碗将门前围得密密匝匝。他们一边嚼着饭一边笑嘻嘻地对父亲和母亲评头论足。母亲朝父亲吐唾沫时，就有议论说母亲这个姿势没有以前好看了。父亲怒不可遏地砸碗时，好些声音又说砸碗没有砸开水瓶的声音好听。不过了解内情的人会立即补充说他们家主要是没有开水瓶，要不然父亲是不会砸碗的。所有人都能证明父亲是这个叫河南棚子的地方的一条响当当的好汉。

　　这个问题毋容置疑，父亲的确是条好汉。全家人都崇拜父亲，母亲自然更甚。母亲一辈子唯一值得她骄傲的就是她拥有父亲这么个人。尽管她同他结婚四十年而挨打次数已逾万次，可她还是活得十分得意。父亲打母亲几乎是他们两人生活中的一个重要内容。母亲需要挨完打后父亲低三下四谦卑无比且极其温存的举动。为了这个，母亲在一段时间没挨打后还故意地挑起事端引得父亲暴跳如雷。母亲是个美丽的女人，自然风骚无比。但她的确从未背叛过父亲。她喜欢在男人们面前挑逗和卖弄那是她的天性，仅此而已。母亲说难道世界上还会有比父亲更像男人的吗？母亲说如果有那才是真的见鬼了。母亲说除非父亲先她而死她才会滚到另一个男人怀里。母亲说这话时才二十五岁，而现在她已六十岁了，父亲仍然健在。母亲毫无疑问地履行着她的诺言。所以父亲怀疑七哥是隔壁白礼泉的崽子显然是不讲道理。白礼泉比母亲小十八岁，母亲常忍不住去逗弄他，偶尔也动手动脚，但七哥绝对无误是父母的儿子。因为只有父亲这样的人才可能生出七哥这样的儿子。这个道理直到二十五年后七哥突然一天说他被调到团省委当一个什么官了之后父亲才想明白。父亲从七哥那里听说团省委的人下一步就是去党省省委，有运气到中央也是不难的。父亲几乎有点接受不了这个事实。父亲这辈子连县一级的官都没见过。父亲跟他认识的同样对方也认识他的最大的官员——搬运站的站长一共只说过两句半话。有半句是站长没听完就接电话去了。而现在，他的小七子居然比站长大好些级别且还只有二十来岁。鉴于这点，对七哥一进家门就狂妄得像个无时无刻不高翘起他的尾巴的公鸡之状态，父亲一反常规地宽容大度。

第二章

父亲带着他的妻子和七男二女住在汉口河南棚子一个十三平米的板壁屋子里。父亲从结婚那天就是住在这屋。他和母亲在这里用十七年时间生下了他们的九个儿女。第八个儿子生下来半个月就死掉了。父亲对这条小生命的早夭痛心疾首。父亲那年四十八岁。新生儿不仅同他一样属虎而且竟与他的生日同月同日同一时辰。十五天里，父亲欣喜若狂地每天必抱他的小儿子。他对所有的儿女都没给予过这样深厚的父爱。然而第十六天小婴儿突然全身抽筋随后在晚上咽了气。父亲悲哀的神情几乎把母亲吓晕过去。父亲买了木料做了一口小小的棺材把小婴儿埋在了窗下。那就是我。我极其感激父亲给我的这块血肉并让我永远和家人待在一起。我宁静地看着我的哥哥姐姐们生活和成长，在困厄中挣扎和在彼此间殴斗。我听见他们每个人都对着窗下说过还是小八子舒服的话。我为我比他们每个人都拥有更多的幸福和安宁而忐忑不安。命运如此厚待了我而薄了他们这完全不是我的过错。我常常是怀着内疚之情凝视我的父母和兄长。在他们最痛苦的时刻我甚至想挺身而出，让出我的一切幸福去与他们分享痛苦。但我始终没有勇气做到这一步。我对他们那个世界由衷感到不寒而栗。我是一个懦弱的人为此我常在心里请求我所有的亲人原谅我的这种懦弱，原谅我独自享受着本该属于全家人的安宁和温馨，原谅我以十分冷静的目光一滴不漏地看着他们劳碌奔波，看着他们的艰辛和凄惶。

那时是一九六一年。九个儿女都饿得伸着小细脖呆呆地望着父母。父亲和母亲才断然决定终止他们年轻时声称的生他一个排的计划。

小屋里有一张大床和一张矮矮的小饭桌。装衣物的木盆和纸盒堆在屋角。父亲为两个女儿搭了个极小的阁楼。其余七个儿子排一溜睡在夜晚临时搭的地铺上。父亲每天睡觉前点点数，知道儿女们都活着就行了。然后他一头倒下枕在母亲的胳膊上呼呼地打起鼾来。

父亲说这地方之所以叫河南棚子就是因为祖父他们那群逃荒者在此安营扎寨的缘故。河南棚子在今天差不多是在市中心的地盘上了。向南去翻过京广铁路便是车站路。汉口火车站阴郁地像个教堂立在路的尽头。走出车站路向右拐，便上了中山大道。这一段中山大道，几乎有门即是店。铁鸟照相馆老通城饭店首家服装厂扬子街江汉路六渡桥诸如此类汉口繁华处几乎占全。父亲每天越过中山大道一直走到滨江公园去练太极拳。父亲总是骄傲地对他的拳友们说他是河南棚子的老住客。而实际上老汉口人提起河南棚子这四个字如果不用一种轻蔑的口气那简直是等于降低了他们的人格。

父亲说祖父是在光绪十二年从河南周口逃荒到汉口的。祖父在汉口扛码头。自他干上这一行后到四哥已经是第三代干了。三哥总说爷爷若一来便当兵，没准参加辛亥革命，没准还当上一个头领，那家里就发富多了。说不定弟兄姐妹都是北京的高干子弟。父亲便吼放屁。父亲说人若不像祖父那样活着那活得完全没有意思。祖父是个腰圆膀粗力大如牛有求必应的人。祖父老早就加入了洪帮。那时"打码头"风气极盛，祖父是打码头的好手。洪帮所有的龙头拐子都对他倍加赏识。祖父认朋友而不认是非，每有所唤都狂热地冲在最前面。父亲说他十四岁就跟着祖父打码头。他亲眼见过祖父是何等的英勇和凶悍。后来祖父在一次恶战中负了重伤。肋骨被打断了好几根，全身血流如注宛若红布裹着一般。祖父被抬到家时已经奄奄一息。尽管如此祖父却一直带着微笑。父亲说大头佬殷其周专门派人为祖父送来了云南白药。殷其周是当时汉口最有名的"码头皇帝"。父亲至今提起他的名字还激动得战栗不已。不过那药仍然没能救活祖父。祖父把手在父亲的肩上拍了两下便咽了气。那时父亲正跪在祖父面前垂泪。他见祖父头一歪便嚎叫一声扑在他身上。立即所有人都知道祖父已经走了。啜泣声便如远天滚过的雷。为祖父洒泪哀伤的人几乎是一望无边。父亲至今也没想明白究竟是怎么回事。父亲猜测大约是祖父善打码头的缘故。父亲时年二十岁，除了身子比祖父稍稍单薄一点以外差不多同祖父一模一样。父亲安葬了祖父的第三天便被头佬叫去打码头。他虎视眈眈地往那儿一站，对方的人立即目瞪口呆。竟有人颤着声问他是人还是鬼。

父亲每回说到这里都要仰面哈哈大笑。笑罢又大饮一口酒，把十来颗黄豆扔进嘴里嚼得"巴喀巴喀"响。

父亲每回喝酒都要没完没了地讲述他的战史。这时刻他所有的儿子都必须老老实实坐在他的身边听他进行"传统教育"。有一次二哥想上他的朋友家去温习功课以便考上一中，不料刚走到门口，父亲便将一盘黄豆连盘子扔了过去。姐姐大香和小香立即尖声叫起。黄豆撒了一地，盘子划破了二哥的脸，血从额头一直淌到嘴角。父亲说："给老子坐下，听听你老子当初是怎么做人的。"从此，逢到父亲这种时候谁也不敢把屁股挪动一下。七哥有几回都把尿憋了出来，湿了一裤。

最喜欢听父亲说往事的只有母亲。母亲记忆力比父亲强多了。父亲忘却的日期地点人名字全靠母亲提醒，如果母亲也忘记了，父亲就得使劲地擂着脑袋想，想得一脸痛苦表情。父亲不想出来是绝不往下讲的。遇到这种意外，父亲的儿女们才如同大赦。有一回父亲为了想民国三十六年轰动武汉的徐家棚码头之争的日期整整地想了一星期。一星期后仍没想起便只好用季节代替日期重新召拢他的听众。父亲说那是民国三十六年的冬天，日本人刚跑掉，粤汉铁路通了车，徐家棚码头业务大增油水肥厚，一些头佬都眼馋得发疯，相互寻衅械斗好几次都没有结果，洪帮头子王理松托人约了父亲。父亲那几日正手痒，便一口应允了。父亲为了打徐家棚码头凌晨三点就起了床，过江的时候天还漆黑，凛冽的风横吹过来刺得脸皮一阵阵发麻。父亲穿一件黑袄，搭肩往腰间一扎，显得威风凛凛。他上船前喝了至少八两酒，酒精把他的血烧得一窜一窜的周身痒痒，故而他对挤进骨缝的寒风感到莫名的欢喜。他望着浩渺长江，脸上像拿破仑一样毫无惧色。父亲手上拿的是扁担，父亲每次用的都是这根，深棕色油光油光的。他挥动起来得心应手，他觉得这玩意儿不比关公的青龙偃月刀逊色。父亲的同伴熊金苟坐在船舱里瑟瑟发抖。父亲指着他的腿笑得全身抽搐，然后说："老子恨不得把你这个熊包扔到江里喂鱼。"江水浑浊不堪，小船咿呀地摇着一支很媚人的歌，在浅黑色的凌晨显得清丽幽婉。熊金苟总是哆嗦。不管父亲怎么辱骂他都不停止这个活动。这使得他旁边的几个人都一块儿干起这活儿来。熊金苟有个瞎眼的老母和三个细弱如草的小姑娘，第四个又把他老婆的肚子撑得老高老高了。父亲他们抵岸时天还没亮。他们捷足先登立即抢占了徐家棚的上中下码头。父亲他们全都剽悍体壮，吓得对方手足发软。当有人发现华清街的哑巴打手队之后，更是屁滚尿流地边跑边哀嚎爹妈何故只给了两条腿。华清街的哑巴是鲁老十豢养的一群打手。那时说起"华清街之虎"鲁老十，人们会情不自禁地发抖。他的打手心毒手辣且从来不问为什么出手便打。不过他们也的确不会问为什么。父亲与鲁老十从无交情，哑巴中倒有一二曾崇拜过祖父。父亲他们那次自然打赢了。天亮以后他们把对方丢下的尸体绑上石头沉入江底。父亲是给一个姓张的人系的石头。父亲说他认识这个人。他们在一个码头干过活。父亲记得他曾经在父亲趔趄一下时扶了父亲一把。父亲晓得张是很老实的，但不晓得这回死在乱棒之下的怎么恰恰是他。想来想去父亲还是说这是命。父亲的腿在那一天被铁棍撕了个三角口，血流如喷。父亲对流血已经很习惯了，他只用土擦了一下，第二天就去码头干活。那道伤痕至今还染着泥土的色彩留在父亲的腿上。打赢了的头佬总是在当夜便灯红酒绿地频频举杯祝捷。而那时，父亲们却在自己的茅棚中擦洗伤口抑或为受伤的同伴寻医为死去的朋友落泪。打哆嗦的熊金苟连轻伤都没负。他把父亲搀到屋里然后笑盈盈地走了。父亲说没打死他实在是件遗憾的事，因为半个月后的又一次械斗，他被头佬定为"打死"对象。头佬们为了扛着尸体打赢官司悄悄派手下人在混乱中将熊金苟打死了。父亲亲眼看见一根铁棍砸向熊金苟的。父亲喊了他一声，结果在他迟钝地一扭头时，铁棍正砸在他天灵盖上。他连哼也没哼便"噗"地倒地，血浆流淌着把他的头变得像个新品种西瓜。

父亲那一晚喝得酩酊大醉。他揍了母亲一顿然后起誓说他再不去打码头了。不过，父亲自然是要食言的。他打架斗殴像抽了鸦片一样难得戒掉。

父亲的精力过剩。他不这么消耗便会被堵塞在体内而散发不出的精力折磨而死。

那一幕幕悲壮的往事总是能让父亲激动得手舞足蹈。他有时还大口地喝着酒然后叫喊道："儿子们你们什么时候能像老子这样来点惊险的事呢?"

第三章

父亲现在落寞得有些痛苦了。而像父亲这样的人能为什么事情产生痛苦感那的确不是件很容易的事。毋容置疑的是父亲确实痛苦了。父亲还是住在老房子里，而他的儿女们却一个个飞了出去。地铺上起伏的鼾声和讨厌的骚动以及阁楼上无端的娇笑，统统被寂静所替代。房子倒显得空荡起来。过年时，每个儿女各出十块钱为他买了一个沙发。沙发靠着墙壁，父亲从来不坐它。父亲说坐了屁股疼。晴天的时候，父亲便去马路边打牌，而雨天里便靠在床上长吁短叹。父亲说："只有小八子陪我了。"父亲说这话时让我感动了好几天。后来父亲在我的覆身之土上种了些一串红。父亲对母亲说像小八子的头发。

苍凉的冬天到来的时候，父亲便闷着头默默地喝他的酒。北风吹得门板和窗哐哐地响。火车蓦然鸣一下整个房子在颤动中几乎意欲醉倒。

母亲用她满是眼屎的目光凝望父亲。父亲退休之后就再也没揍过母亲，这使得母亲一下子衰老了起来。父亲和母亲之间已经没什么话好谈了，他们只是默契地生活。语言成了多余的东西。

回家次数最多的是七哥。七哥还没有成家。他总是在星期六回来。这天晚上偶尔也有其他弟兄拖儿带女地过来小坐片刻。父亲对他花团锦簇且粉团团的孙辈们毫无兴趣，父亲说人要像这么养着就会有一天会变成猪。这话使父亲所有的媳妇对他恨之入骨。父亲说她们懂个屁。看我们小七子，不就是老子的拳脚教出来的么？要当个人物就得过些不像人的日子。

父亲每次这么说都令七哥心如刀绞。七哥不想对父亲辩白什么。他想他对父亲的感情仅仅是一个小畜生对老畜生的感情。是父亲给了他这条命。而命较之其他的一切显然重要得多。七哥总是在星期天一早就走，他厌恶这个家。他不想看父亲喝酒骂人然后"叭"地在屋中央吐一口浓绿浓绿的痰。他看不惯骨瘦如柴的母亲一见男人便作少女状，然后张嘴便说谁家的公公与媳妇如何，谁家的岳母勾引女婿。小屋里散发永远的潮湿气，这气息总是能让七哥不由自主地打寒噤。

七哥在星期天一早出门时多半手里拿根鱼竿。有熟人路遇便说"你可真有闲情逸致啊"，七哥只是笑笑。七哥从河南棚子穿巷走街，总摆一副富态高雅的架势，以显示他并非此地土著。七哥的外貌变化之大如沧海桑田以至于人们绝不可能想象他就是十几年前常在这一带转悠着拾破烂捡菜叶的小七子。

七哥表面上很是平静。他抿着嘴一副神态自若的样子。但他的眼睛里却充填着仇恨。倘若仔细地盯着他三分钟，你就会发现他的眼珠宛若两颗炸弹随时可能起爆。而他的生命则正是为了这起爆而存在。

七哥捡破烂的时候是五岁。那是孪生的五哥六哥在一天偷吃了水果铺腐烂的苹果同时患急性痢疾送进医院时，七哥主动提出的。当时父亲正暴跳如雷。住院那一笔开销将他三个月所有的工资贴进去还远不够数。七哥蹲在门槛上看父亲吐着唾沫骂人。七哥感到喉咙痒了便轻咳了一声。父亲听见一步上前，一脚把他踢翻在门外。父亲说你再咳我掐死你。七哥说我不是咳我是想说我去捡破烂。父亲说你早就该去了。老子养了你五年，把你养得不如一条狗。

七哥对于他五岁就敢在河南棚子穿梭于小巷小道中拾破烂的胆略极

其诡异。大香姐姐的孩子五岁还每天要叼着大香姐姐的奶头而小香姐姐的孩子五岁却还不会自己蹲下撒尿。七哥记得他捡的第一件东西是一块破了角的手绢。手绢上有些黏黏糊糊的东西。七哥用舌头舔了一下，是甜的，便又舔了好多下，直到那手绢湿漉漉的。七哥相信他至死都不会忘记他蹲在墙根下虔诚地舔手绢的模样。七哥很少说话，有大人指着他的小篮子说些什么他也从来不理。七哥每天要把小篮子装到他提不动为止。他拾的破烂都堆在窗口下。那里因为埋了他的弟弟而有一块空地。七哥见过他的这个小弟弟，见过父亲亲他的小脸。那一刻七哥还摸了摸自己的脸，他不记得父亲在他这儿亲过没有。七哥对小弟弟能永远安宁地躺在那下面羡慕至极。他看见父亲把小弟弟放进一个盒子里然后又盖上了土。他很想让父亲也给他一个盒子让他老是睡在里面动也不动。然而他不敢开口。

七哥常常很饿很饿，看见别人吃东西便忍不住涎水往下巴那儿流。久而久之，下巴处流了两道白印子。那天七哥走过天桥到了火车站。又往前一点还走进了儿童商店。那里面有很多打扮得像画上一样的小娃娃。他们在买衣服和皮鞋。七哥对衣服皮鞋毫无欲望，他看见一个穿粉红衣的小姑娘在吃桃酥。她嚼得沙沙直响。七哥走到她身边，他闻到了那饼的香味，那香使七哥的胃和肠子一起扭动起来。七哥便一伸手抓住了那桃酥。小姑娘"妈呀"一叫松了手，桃酥便在七哥手上了。小姑娘的妈妈瞪着眼说了句"小要饭的"便拉走了她的女儿。七哥简直不敢相信这块小饼归他所有了。他战战兢兢咬了一口，没有任何人干涉，的确是他的。便发了疯一样吞咽下去。七哥从来没有过这样的幸福时刻，那一瞬间获得的快感几乎使他想奔跑回去告诉家里的每一个人。七哥后来就常去儿童商店。他从任何一个小孩手上抓来的东西都归他所有。他吃了许多他根本想不出来应该叫什么名字的东西。儿童商店给了七哥童年中最璀璨的岁月。

七哥七岁上了小学。这是父亲极不情愿的事。父亲自己不识字，但他觉得自己活得也很自在也很惬意。父亲说世界上总得有人不识字才行。要不那些苦力活谁去干呢？父亲说这话是针对二哥的。二哥初中毕业坚持要考高中而不肯去帮父亲拉板车。二哥说读完了中学又去扛包完全是浪费人才。二哥同父亲吵了三夜，三哥也为二哥帮忙，父亲才气哼哼地向儿子妥协。这是在父亲做人的历史上极少出现的事情。父亲说政府怎么糊里糊涂的？让人都学了文化码头还办不办？凭良心说父亲的认识还是深刻的。码头要办下去就得有人扛码头。而读过书的人都不肯干这活儿，可不就是得让一些人不读书专门充实码头么？父亲是不会知道科学能发展到用金属做一个机器人出来的。

七哥终于在政府的要求下去上小学了。七哥对上学不感兴趣。他头一天衣衫褴褛地走进教室就听到有声音说怎么来了这么个脏狗。后来，全班人都叫他脏狗。七哥对学校和同学的厌恶便从第一天就开始了。

七哥不再捡破烂。母亲说破烂卖不了什么钱不如去黑泥湖捡点菜回来。七哥便去捡菜了。七哥每天下午都逃学。一吃过中饭就挎上篮子往郊外走。他要走过黄浦路从黄家墩穿刘家庙然后到黑泥湖一带。这里地多人少，到处是农民的菜园。有时只走到刘家庙就能拾到很好的菜叶。夏天的时候七哥还得带上叉子。父亲说每天都得叉一串青蛙回来给他下酒。七哥喜欢叉青蛙。他在河沟边跳来跳去敏捷而迅疾地叉中一个青蛙时总是高兴得想笑出声来。七哥在家里却从来没笑过。所有认识他的人都说这孩子天生缺少笑神经。

那一天，七哥走到刘家庙附近，见农民们都坐着小凳在田里给白菜间秧，七哥便静静地蹲在了一个大嫂身后。大嫂间一把秧往自己篮子里扔去时，手边总是要漏掉几棵。这便是属于七哥的了。七哥捡了半篮之后，大嫂身后又跟了一个小姑娘。七哥厌恶地瞥瞥她。她的手比七哥利索，总是先将大嫂漏下的拾进自己的小篮子。七哥几乎为此想砍掉她的手。这时刻大嫂回了头。大嫂问你们这是何苦呢？就这几棵菜？小姑娘说不捡菜就没有吃的。七哥说我也是。大嫂说你们就不累？小姑娘说累比挨打好受多了。七哥说我也是。那大嫂便叹口气扯下许多很好的菜秧给了七哥和小姑娘，把他们的篮子装得满满的。小姑娘高兴得笑个不停。七哥没笑，但心里也高兴极了。

后来七哥认识了小姑娘。她叫够够。够够说她住三眼桥。她是老五。生下她时她父亲一看是个女孩气得大吼她母亲一声："你够没够？"她母亲慌忙回答："够，够。"两人吵了一架后，就给她起个名字叫够够。尽管有了够够，她父亲却还是没让她母亲停止生产。够够又添了两个妹妹。够够说她妈妈又要生了，这回大家都说生男孩。她家已有七仙女了。就是八仙过海也得有一个异性。

七哥常常能碰上够够，碰上够够就约她一起走，于是他们总是在铁路边碰头。够够小嘴灵得像鸟儿，七哥总怀疑她是鸟变的。够够叽叽喳喳起来没个完，七哥便安静地听着，刚开始时有些不耐烦，后来就习惯了，再后来就喜欢听她讲。七哥想要是小香姐姐也能像够够这样该多好。够够和七哥的小香姐姐一样大，都比七哥大两岁。小香姐姐却从来不理睬七哥。她要是想起七哥时就是七哥倒霉的时候到了。那天晚上父亲喝酒喝得高兴，小香姐姐连忙凑上去对父亲说七哥见到白礼泉就一面哭一面喊爸爸，还从白礼泉手上接过一块糖。父亲一听勃然大怒，他使劲地放下酒杯，吼着七哥："给老子过来！"七哥已经吓得站不起来了。他如狗一般爬到父亲脚下。父亲用大脚趾抬起他的下巴，骂道："你这个杂种。"然后一脚蹬翻了他。父亲令五哥提起七哥，将七哥推到墙壁前面壁而立。之后又指示六哥扒下七哥的裤子，用竹条抽打五十下，五哥和六哥乐呵呵地干这些。父亲赏识他们时才会让他们干这些活儿。小香姐姐坐在床沿边让大香姐姐用红药水给她染指甲。她俩尖声地笑着。七哥忍着全部的痛苦去听她们笑得如歌一般流畅。父亲又坐下喝酒了，嘴唇咂得"叭叭"地响。而母亲自始至终地低头剪着脚指甲，还从脚掌上剪下一条条的破皮。母亲喜欢看人整狗，而七哥不是狗，所以母亲连头都没抬一下。火车轰隆隆从门外驰过。雪亮的光一闪一闪。和它们叠在一起的是竹条以及它挥舞出来的音响。这一切成为七哥脑海中永恒的场景。

铁道线不知从何而来。伸延前去，又不知指向何处。够够在哪儿呢？或许她的灵魂一直在这儿飘荡，引得七哥无法克制自己而一次次走向那里。

这日子，是七哥最美丽和善良的日子。它在无数黑浓黑浓的日子里微弱地闪烁几星绚烂的光点。

第四章

只要大哥在家的日子，七哥就用他迷迷蒙蒙的眼睛一眨不眨地盯着大哥。大哥不理他，大哥不编造谎言让父亲的拳脚砸得他透不来气。大哥不用最刻薄的语言诅咒他，大哥不把他当白痴般玩物当一头要死没死的癫狗。小时候七哥以为大哥是他的父亲，后来才弄清他只是大哥。大哥和父亲是两类完全不同的东西。

大哥对七哥现在这副不可一世的模样从心底生厌。时间简直是个魔术师。当年睡在父亲床底下的七弟居然蜕掉了他那副可怜巴巴的外表而人模狗样地在小屋中央指手画脚。每逢大哥在家，七哥若酸溜溜地炫耀他的哲言，大哥必定会暴吼一声："小七子，你再动一下嘴皮看我割了你的舌！"

可惜大哥在家时间少极了，少极了。七哥从记事起就知道大哥从来不在家睡觉。弟兄们一天天长大，地铺上已经挤不下七条汉子了。父亲便一脚把七哥踢到了床底下，而大哥则开始成日成月成年地上夜班。

大哥总是在星光灿烂的时刻推门而出。他手里提着一个饭盒，里面有半斤米和一小碟咸菜。清早大哥回到家时，父亲和母亲都上班了，大哥便一头栽到床上呼呼地睡到太阳落山，然后起来同一家人一起吃晚饭。到星光灿烂父亲打长长的呵欠时，大哥便又推门而出，手里拎着那个饭盒。日复一日。年复一年。

大哥小学四年级没读完就进工厂了。大哥曾经留过两级。他跟二哥同了一年学之后又跟三哥同学。大哥比三哥大四岁，几乎高出三哥一个整头。班上同学都如三哥般弱小。他们管大哥叫"刘大爷"。起先大哥还乐呵呵地答应，后来三哥说那是骂他留级生大爷哩，大哥这才一听人如此叫唤便翻下虎脸。大哥打架出奇勇敢，出手迅猛有力，打在兴头上敢抢刀杀人。这是父亲最赏识他的地方。所有的同学对大哥都畏之如虎。其实大哥很少揍他的同学。他们太弱了。大哥不屑于对这种"小萝卜"——大哥的话——动手。大哥说他绝不学父亲。他不打比自己弱小的人。而父亲，打起自己的妻子和儿女像喝酒一样频繁且兴奋。

大哥是被学校开除的。那天上体育课。体育老师油头粉面的，他让大哥抬了跳箱又抬垫子。垫子是给女生翻跟斗的。大哥说他不抬。体育老师便说刘大爷不抬谁又会去抬呢？大哥便走上前，挥起小臂给老师一肘，只一会儿，那白粉捏的一样的鼻子便淌出了两道红血。所有的学生都吓傻了，女生还嘤嘤地有人哭泣。大哥扫了他们一眼扬长而去。学校原本不想开除大哥，因为在场同学都证明老师骂了大哥大哥才动的手。晚上，那老师灰着脸跟在教导主任身后来到了河南棚子。父亲在门口堵住了他们。教导主任说是来向大哥道歉并也希望大哥向老师道歉的。父亲一瞪眼骂了几句直指祖宗的脏话然后说："幸亏你撞在我儿子手下，他实在比老子小时候窝囊。换了我，莫说你的鼻子，叫你的牙都一颗剩不下。"父亲说完笑得洪钟一样嘹亮。教导主任和体育老师都不约而同地发起抖来。然后他们连退几步。大惶大惑的一副神态望着父亲，跟跄着远去。

大哥从此不再上学了。这是他第一天背起书包就盼望的事。大哥刚满十五岁。父亲把他送进了铁厂当学徒。大哥当了锻工。父亲说干这行拿钱多而且练身体。果然没多久大哥的胳膊就粗了起来，浑身黑油油的闪着乌光。大哥二十岁的时候已经像父亲那样粗壮了。他的下巴上浮出毛茸茸的胡子。大哥有时就用他这一点可怜的胡子扎七哥的脸。七哥一直等待着大哥的胡子长长。他常想如果长长了不是也可以像小香姐姐那样扎起小辫子吗？

大哥过了二十岁以后，脾气就变大了。晚饭时动不动就发火。进家门总是用大脚轰然一下踢开。大哥对父亲母亲都吵过架，吵得天翻地覆的。七哥总是爬进床底一动不敢动，他不明白大哥为了什么。后来有一天，大哥同父亲打了一场恶架，那以后家里就平安了好多。

大哥和父亲打架，说起来完全是隔壁白礼泉的责任。白天里大哥是回家睡觉的。中午的饭总是母亲从她工作的打包社回来做。那时五哥六哥都刚上小学不久，而七哥还在从事拾破烂的事业。

母亲打包的手脚极利索。母亲的舌头嘴唇都仿佛是蜜做的。打包社的领导都吃她那一套，额外让母亲每天提前半个钟头回家弄饭。母亲洗菜时得去公用水管。母亲在那里经常碰得到白礼泉。白礼泉在武钢上班。三班倒的工作让人觉得他总在家里。母亲跟男人说话老使出一股子风骚劲。她扭腰肢的时候屁股也一摆一摆的像只想下蛋的母鸡。母亲的眼光很独特。从那里面射出来的光能让全世界的男人神魂颠倒。母亲在白礼泉面前从无顾忌。白礼泉的老婆漂亮苗条是他手掌上的明珠。但明珠生不出一个孩子而母亲却一气生了九个。这使得母亲常常嘲笑白礼泉而且一直要笑到他无地自容为止。无地自容的结果便是抬起头来同母亲调情。那天母亲洗完菜同白礼泉一起嘻嘻哈哈地走回屋里。白礼泉调侃着跟在母亲身后也嘻嘻地笑。白礼泉的手指细长细长跟父亲短粗短粗的手指感觉完全不一样。母亲弯下腰切菜时，她的乳房便像两只布袋一样垂了下来。白礼泉站在母亲背后将双手绕着母亲，然后细长的手指便捏揉起那两只布袋。母亲不理会他的动作，只是嘴里假骂道馋猫馋狗馋猪之类。白礼泉挨着骂手指却依然熟练而快速地运动。他的手越来越灵活，活动的地域也越来越广，母亲不由得兴奋地咯咯大笑。就在这个时候躺在床上的大哥醒了。大哥没吭气只是长长地打了一个呵欠。

母亲说："贱货！这时间了还不起？"大哥说："贱货也是你生的。全都一块儿贱也不错。"白礼泉说："哎呀，老大白天就这么睡？下午小五小六小七几个不闹翻天？"大哥说："摊上这样的爹娘，只给了这一点地方，有什么法子。"白礼泉忙说："你要不嫌弃，白天可以睡我屋里。我两口子都上班，你去睡觉还可以看个门。我那个收音机是五灯的，不放心得很哪。"大哥说："这主意倒不坏。"母亲说："那太谢谢你白叔叔了。"

白礼泉倒是言行一致。果然，大哥在白天住到他家里去了。先一段时间日子也过得相安无事。后来那天三八妇女节放假半天，白礼泉的老婆枝姐在家休息，于是日子便有异峰突兀而起了。枝姐在半天的休息时间里要把房间重新摆布一下，大哥便上前帮了忙。一阵折腾，大哥汗流浃背顺手脱下外衣。他露出鳌黑的臂膀，凸起的肌肉在黑皮肤下鼓胀。阳光从窗口斜射进来，落在大哥熠熠发光的肩膀上。大哥有几次都不小心碰着了枝姐，让枝姐心里颤抖了好几回。在架床的时候，枝姐的手指叫床板夹了一下，疼得她尖声叫起，眼睛里一下子涌出泪花。大哥便一步上前捉住她的手将她的手指放进嘴里。大哥用他厚软的舌在枝姐手指上舔来舔去。大哥说这是止痛的祖传秘方。枝姐全信了。这之后她就老是夹着手，每次都要大哥动用祖传秘方。

枝姐比大哥大九岁，早过三十了。可是枝姐因为没有生小孩便依旧一副粉脸含春的少女模样。枝姐珠黑睛亮，眉若新月，随意瞟人一眼，便见得柔情如水似的娇羞。这对于青春勃发的大哥自然如铁遇磁。

从那天起，枝姐老是上半天班。不是病假就是调休什么的。最先察觉的是母亲。母亲一字不识但直感却像所有杰出的女人那样灵敏。母亲对大哥说："你小心那骚狐狸。她要勾引你哩。"大哥说："就不会说我在勾引她?"母亲说:"你这王八蛋小子简直和你父亲一个样。"大哥说:"那女人简直跟你一样。"母亲说:"怎么跟我一样?"大哥说:"见男人就化了。巴不得上钩。"母亲说:"你小心点,她男人别看骨瘦如柴,倒也不是个好惹的货。"大哥说:"未必比我父亲还厉害一些?"母亲说:"你那天看见了什么?"大哥说:"什么都看见了。女人不值钱。"母亲便身体后倾着朗声大笑起来:"好小子,有出息。你老娘可没让他占多少便宜。你得比白礼泉高明点才行。"大哥也笑了,说:"那当然。我儿子大概已经在她肚子里了。"母亲惊喜地问:"真的?"

大哥和白礼泉的女人不干不净弄得邻近的人家都晓得了。那都是母亲在外面说的。母亲逢人就夸口,说是别看白礼泉的女人一扭三摆的妖精样,可在我大小子怀里比猫还乖哩。父亲好晚才知道,只是说想不到儿子也到了偷鱼吃的年岁了。

白礼泉最后一个听说。他不敢在枝姐面前逞凶便找上门来同大哥对骂。大哥说:"你再骂一句,我叫枝儿跟你离婚。她现在听我的。"白礼泉说:"我离了你想要她?"大哥:"那当然。""好吧。那房子是我的,我要收回。你娶她吧,让她住在你们那个猪窝里。跟你的父亲住一起,跟你的弟兄住一起。让你全家人把她从头发根到脚丫都看个一清二楚。还顺便看你俩是怎么过夜的。"白礼泉的话便是砸在大哥胸口上的石头。大哥突然脸色苍白,眼泪差点没落下来。这副熊样子不光被白礼泉看到了也被刚干完活下班回家的父亲以及看热闹的观众们看到了。白礼泉阴险地笑出了声。他嘴上继续说一些刻毒且下流的话。而大哥却默然不语。父亲上前"叭"地扇了大哥一个耳光,大骂大哥窝囊得不如一条虫。然后说:"白礼泉的女人看上你这种东西那成色也就跟拉客的窑姐儿没什么两样。"大哥听完父亲的话便猛虎一样扑向父亲和父亲扭打成一团。大哥咒骂父亲,说世界上像父亲这样愚蠢低贱的人数不出几个。混了一辈子,却让儿女吃没吃穿没穿的像猪狗一样挤在这个十三平米的小破屋里。这样的父亲居然还有脸面在儿女面前有滋有味地活着。

这场架打得灰尘四起,旁观者皆避之不及。父亲的脸被大哥拳头打得青肿满是,而大哥的门牙叫父亲打脱了,手臂也被父亲用刀砍了一道深口,缝了十四针。

第二日白礼泉没去上班,中午乐滋滋地到家里来对大哥说上午他陪枝姐一起去了医院，只一会儿，就把她肚子里的胎儿打掉了。白礼泉说他虽然想要个小孩，但也不能养着个野种。大哥怒目圆睁暴吼了一声："给老子滚！"

从此大哥再也没理睬枝姐，每当两人路遇，枝姐忧戚戚地频频顾盼大哥，大哥则抱拳当胸，傲然而去。

到大哥同大嫂结婚已是十年以后的事了。十年间，他除了自己家里的女人外，对全世界的女人都摆出一副不屑一顾的架势。母亲曾打算给他说门亲。大哥说："你只要带她进这个家门我就杀了她。"

这十年中的第九年里，枝姐上班时被卡车压断大腿，流血而尽死去。在场的人都听见她一直叫着"大根"的名字。人们以为那是她丈夫。而实际上，"大根"是大哥的名字。

第五章

七哥最痛恨他的姐姐大香和小香。七哥从记事起就没同她们说过话。七哥记得他很小很小的时候尿湿了裤子，姐姐大香便用指甲拼命地掐他的屁股。大香为了学有钱人家的女孩，总是把指甲留得尖尖的。而小香更毒。只要她在家里，她就不许七哥站起来走路。小香说七哥是狗投生的，必须爬行。七哥忍气吞声，从不敢违抗。晚上吃饭时，小香则多半会指着七哥的黑膝盖告诉父亲说七哥故意学狗爬不学人走。小香长得像父亲又像母亲。小香伶牙俐齿活泼爱笑却心狠手辣，父亲宠爱她，每次为了让她高兴不惜惩治七哥。小香比七哥大两岁，出生在双胞胎五哥和六哥之后，在家排行也算老八了，故而娇得鼻眼不正。七哥在父亲的拳脚下奄奄一息，而小香则捂着嘴"哧哧"笑个不停，还把七哥麻木地忍受的姿态学给大香看。小香干这样的事一直干到七哥下乡那天。

在大哥同父亲打架之后，家里能给七哥一点温暖的就是二哥了。很久很久，七哥对二哥都没什么印象。二哥总是和三哥一起进出。七哥在他眼里似乎有又似乎无。七哥不记得二哥同他说过话没有，直到那件事发生之前。

那是一个夏天，七哥被父亲揍过之后便爬回到大床底下。他只有到这个黑洞洞的充满他熟悉的潮湿气的地方才感到几分安全。七哥那天浑身火辣辣地疼。他趴在那里一动也不想动。伤疼和闷热闷热的天气几乎让他觉得自己快要死了。他这样趴了一天一夜。屋外每过一列火车都仿佛从他身上碾过。轰隆隆的声音使劲地撞击着他的脑袋，撞得似乎就要爆炸，他想爬出来，可一动弹大腿内侧便如刀�割一样。七哥想干脆让我死吧，便"呵"了一声死了过去。

等他醒来之时，七哥感到自己被人抱着。他的腿依然如刀剜割。他睁开眼睛见到一个陌生的脸庞，恍惚之中听到滴水之声。水滴了很长时间，七哥才渐渐看清那陌生的脸庞原来是二哥。二哥用毛巾擦着他的身体。七哥温顺地倚在二哥怀中一动不动。他第一次感到生命的安全，第一次认识到人体的温暖。晚上直到父亲回来的时候二哥仍小心地抱着七哥。"怎么搞得像个小少爷？"父亲说。

二哥将七哥放在床上，撩开盖在他腿上的布，对父亲说："他还是条命。你也不要太狠了。他的腿伤口烂了，长了蛆。你要想让他活，就不能让他再睡床底下。里面又湿又闷，什么虫都有。"父亲看了七哥，冷冷地说："他是老子养出来的，用不着你来教训。"二哥说："正因为他是你的儿子也是我的弟弟，我才要求你好好爱护他。"父亲顺手重重地给了二哥一耳光。父亲说："让你读点书你就邪了，在老子面前咬文嚼字。你给我滚。"

二哥愤怒地盯了父亲一眼，一跺脚出去了。七哥自然又回到了床底下，把他的小棉絮弄成弯的，他想象那是二哥的手臂，他躺在那手臂里宛如在二哥的怀中。

以后，二哥便格外地关照七哥了。每天吃饭时，二哥都有意坐在七哥旁边。二哥一筷子一筷子为七哥夹菜。而在此之前，七哥几乎全靠吃白饭填肚子，尽管家里的菜几乎全都是他捡来的。

那年冬天，七哥差不多满十二岁了。母亲说原先小五小六到这时候总能挖一些藕回来，小七子倒好，只会捡些烂菜叶。二哥说何必哩，捡什么吃什么好了。小香立刻叫道妈妈我要吃藕。七哥便用极干瘪的声音说我明天就去挖藕。

第二天刮风，寒飕飕的。七哥一出家门就被风吹斜了身子。他斜斜地行走，小竹篮里还搁了一条麻袋。他一路走一路在算计哪一块藕塘比较好。风把七哥的脸吹得红通通的。左脸颊上的冻疮又鼓胀了起来。七哥并不觉得这日子有什么特殊的苦，他已经习惯这样的生活了。万一哪一天让他安安逸逸地享受一天，他倒是会惊恐不安地以为出了什么大事。七哥在铁路边碰上了够够。够够当时正迎着风尖起嗓门唱歌。那歌子的词是七哥一辈子忘不了的。"美丽的哈瓦那，那里有我的家，明媚的阳光照进屋，门前开红花。"够够总是唱这支歌，一遍又一遍地对七哥说如果有一个新家在哈瓦那，门口种满了鲜艳的花朵那该多好哇。讲得他俩都极羡慕哈瓦那了。

藕塘里的水已经抽干了。大人们已经仔细地挖过一遍。七哥绕着藕塘四周看了看，然后迅疾地扒下棉衣棉裤，等不及够够冲上来劝阻，他便下到了塘里。泥浆一下子淹到了他的胸部。七哥太矮小了。他的脸上现出恐惧状，吓得够够惊呼大叫快来人救命呀。几个路过的中学生把七哥扯了出来，然后把他送进一个牛棚里。牛棚里有一个独眼的老头。他给七哥倒了一杯滚烫的开水。七哥浑身筛糠一般颤抖。够够像大人一样用生气的口吻令七哥脱下泥浆浸透的衣裤。七哥穿着空心棉衣棉裤，和独眼老头一起蜷在屋角的稻草堆中。七哥看着够够拿着脏衣服往湖边走去。在风中她像一只奇怪的大虾，弓着背越走越远。够够为他洗净泥浆，然后在牛棚中的火盆前为他烘烤。她的脸焕发出一层奇特的红光，眼珠嵌在红光之中宛若两块宝石。七哥呆呆地看着她。外面的风刮得干枝干叶噼噼啪啪地响。时而几声呼啸在长天中一划而过。七哥突然感到眼睛潮湿了。他觉得这时刻如若能痛哭一场该是多么愉快。够够无意思地瞟了七哥一眼，七哥便立即装作一副平常的神态。七哥从来不曾把他的心向任何人袒露过。七哥从不愿意让别人能猜测出他心里正想些什么。

天全黑了，够够才将七哥的衣裤烘干。七哥穿上后说了句很舒服。但他心里知道，今天又难逃过一顿毒打了。出门时，独眼老人叹着气从屋里拿出两节藕，分给七哥和够够。

七哥一路无言。分手时，够够将那一节藕也给了七哥说我家里不爱吃藕。七哥默默地接过放入麻袋。够够说你这个人怎么总是有心事的样子。七哥憋了半天终于说明天再告诉你。

七哥刚跨入家门，小香便叫："爸、妈，野种回来了。"母亲冲上来揪住七哥的耳朵吼道："你还晓得回家？你玩得好快活，害得你二哥一晚上去黑泥湖了。"七哥未缓过劲来，迎面又挨了一嘴巴，这是父亲扇过来的。父亲说："你怎么不死？回家干什么？铁路又没有栏杆。为你这个小臭虫全家人都睡不成觉。你以为我们都像你这样舒服？"父亲骂了又打。七哥不语。他挨打从来都不语。他以往常想着长大了他将首先揍父亲还是首先揍母亲这个问题。而这回，他一直在回忆牛棚中红红的火光中够够的脸庞和眼睛。他的表情竟出奇地平静，这使得父亲极为恼怒。小香说："爸，你看他还在笑。"父亲立即一脚踢向七哥的小腿，七哥轰然摔倒在地。红光在他的眼前烧成一片红云，腾腾地升起。所有的一切：人、物及声音，都在这红云中弥漫和溶化。七哥真的不禁咧嘴笑了一笑。

七哥的腿红肿得无法迈步。他一步也不能行走。几乎在床底下躺了三天。他的视线里的红云依然飘浮和升腾，七哥这三天过得安静极了。二哥几次唤他出来要带他去医院，七哥都没答应。七哥说我是在休息哩。

第四天父亲说我家里的儿子命贱，没有人生病躺好几天这事。母亲弯下腰对着床下叫："你还弄得像个阔少爷哩，你再不去捡菜就休想吃一颗米。"

父亲和母亲上班之后，七哥爬了出来，他摇晃着走出门。他走到那次同够够碰面的那一段铁路上。他坐在铁轨上一边等，一边想把什么都对够够说。等了好久好久，够够没来，七哥只好自己独自捡菜去了。

回来的路上，七哥又遇到牛棚。他想见见那独眼老人，想再去那稻草堆中蜷缩着看奇特的红光。七哥进去时，老人愣了一愣，然后问："跟你一起的小姑娘呢？"七哥说："她没来。我等了她好半天。"老人说："前两天你们都一起回去的？"七哥说："前天我病了没出来。"老人说："前天下午，一个女孩被火车碾了，不晓得是不是她。"七哥立即呆了。世界上所有的女孩都死掉也不能死够够。七哥拼了全身力气疯狂地向铁路边奔跑。他一声声呼唤"够够"的声音像野地里饿狼凄厉地嚎叫。

那出事的地方已经看不出有什么血迹了。只有在路坡底下，七哥看到一节竹篮上的提把，提把上拴着一根白纱布做的小绳子。这是够够编的，是很久前的一天七哥亲眼看见她编的。

够够永远消失了。七哥为此大病一场，几乎一星期昏迷不醒。这场病耗去了家里很多钱。父亲答应给大香和小香一人买一条围巾的钱；答应给五哥六哥一人买一双凉鞋的钱；答应为母亲买一双尼龙袜子的钱以及大哥存了多年打算买手表的钱全部被七哥这场病消耗一空。所有人都沉下脸不理睬七哥。连大哥都阴郁着面孔一句话不说。

此后七哥每天还是沿着他和够够的路线去捡菜。他每天都在够够死去的地方默默地坐十几分钟。他坐在这里用心向够够诉说他的一切。

八年的捡菜史给至今二十八岁的七哥留下了深深的印记。他曾尽情地怀念过够够和享受过完全归他所有的孤独。七哥大学毕业回来的第二天便不知不觉去了一趟黑泥湖。那里变化惊人。昔日的菜地上几乎全部覆盖着高低不等的房子。他已经无法辨认哪条路通向哪里了。只有一个地方无论发生什么变化，七哥也能一眼认出。七哥喜欢独自地坐在那里。七哥想够够该有三十了。说不定够够能成为他的妻子。尽管够够比他大两岁，可这又算得了什么呢？只要是够够，就是大十岁大一百岁七哥也不在乎。然而够够永远只能是十四岁。

铁轨纠缠一起又分离开来，蜿蜒着扭曲着延伸向远方。七哥不知道它从何处而来又将指向何处。七哥常想他自己便是这铁轨般的命运。

第六章

当七哥觉得家里唯一能同他对话的人只有二哥时，二哥却已经死了。七哥想起二哥的死因，心底里总是升出一股冰凉的怜惜之感。

父亲却对二哥的死愤愤然至极。每逢二哥忌日父亲便大骂二哥是世界上最没出息的男人，混蛋一个，却装得像个情种。然后接下去必然骂这都是读书读木了脑袋。父亲骂二哥时若遇三哥在场二人便有一场恶战。

三哥和二哥关系好得让人难以思议。三哥是个粗鲁得像父亲一般不打人就难受的人，而二哥却文质彬彬的不像是父亲的儿子。二哥只比三哥大一岁。他俩共睡一个枕头几乎直到二哥死去的前夜。二哥是个极细瘦的人，个子高得不那么顺眼。父亲对二哥这副骨架非常之不满，常愤愤然说这哪里像我哪里像我？然后捶着三哥的胸脯说真货是这样的是这样的。母亲为此跟父亲怄过好多回气。母亲疼爱二哥超过她另外六男二女，这原因是二哥救过母亲一条性命。那时二哥才三岁，摇摇晃晃地刚学会小跑步。一天母亲牵着二哥去买盐。行至路口遇见父亲搬运站的几个朋友。母亲便挑逗着同他们打情骂俏。搬运工男女相遇常有骇人之举，这便是扒下对方裤子或伸手到对方裤裆。虽是下流无比却也公开无遗。母亲撇下二哥同他们疯打到一辆货车旁，笑得长一声短一声接不上气。突然二哥颠颠地小跑到母亲身边，极怪异地大叫："妈妈，我要撒尿!"那正是初冬时分，二哥若湿了裤子便没有了穿的。于是母亲立即抱着二哥往背风处跑。母亲刚一跑开，货车上的绳子便断了。货箱垮下来砸死了那群男人中的三个，其中之一刚喊完母亲的绰号还没来得及说完下面的话便脑浆四溅。母亲听得身后巨响如爆几乎魂飞魄散。她抱起二哥放肆地号啕大哭起来。二哥这时说："妈妈，要回家。不尿尿了。"事后母亲想起二哥是临出门时才撒的尿，按正常情况那时他不应该叫撒尿的。而且那声音怪异使母亲在回忆时还感到几丝丝毛骨悚然。父亲说看来是有些莫名其妙。

二哥是一个言语极少的人。他的眼睛凹入脸庞显得阴郁而深沉。倘若不是他的鼻梁挺拔且嘴角的线条很好看的话，他那双眼睛就令人不堪入目了。恰恰上帝给了他相应那对眼睛的鼻子和嘴，这使得他显示出一种很独特的漂亮。邻人常夸双胞胎五哥和六哥算得上河南棚子最英俊的小伙子，而七哥，还有我都认为：五哥六哥同二哥相比还差一个等级。五哥六哥一肚子浅俗的人生哲学和空洞洞的眼睛使他们脸庞上那漂亮的组合毫无生气。

二哥用眼神就能制服父亲用拳头都难以制服的三哥，对这一点父亲始终感到是一种耻辱。尽管耻辱，他却不能不接受这一事实。二哥和三哥结成的是钢铁同盟。这使得父亲想揍他们中的一个时不能不踌躇再三。为此二哥和三哥挨打次数极少。五哥六哥先是嫉妒后来则是献媚，意欲加入二哥三哥的联盟。二哥不置可否而三哥却严词拒绝了。三哥说不能让小七子一个人挨打，你俩得分担一些。三哥是家中的"二霸王"。这绰号是大香姐姐起的。"大霸王"自然是指父亲。三哥比大香姐姐大两岁。在一次争吵中大香姐姐脱口叫出"二霸王"三个字。三哥听了很得意，竟不再与大香姐姐吵闹且俨然是她的一个什么保护人。三哥在相当长一段时间充当河南棚子小年轻的"拐子哥"，名气一直蔓延到球场街及西马路一带。所有知道他的人都尽可能不去惹他。三哥手下有一帮小喽啰。他们在百姓面前虎狼般凶煞恶极蛮不讲理，但在三哥面前却低三下四如同猪狗。他们都知道三哥的厉害。三哥曾跟一个走江湖卖狗皮膏药的师傅学过几年武艺。那师傅是父亲早年拜把子的兄弟，对三哥的教导极为尽心。三哥一巴掌砍下能使三块砖同时断裂是河南棚子的小哥们儿亲眼所见。三哥赤手空拳能使十个像他一样粗壮的小伙子在进攻他时全都仰翻在地。三哥威武有力鲁莽无比却能屈服于二哥的眼神。三哥跟二哥好得像一个人。而二哥却是同三哥全然不同的人。

其实若不是一件偶然的事改变了二哥的命运，二哥是不会同家里人有什么质的变化的。那件事的出现使二哥步入一条与家里所有人全然不同的轨道。二哥愉快地在这轨道上一滴一滴地流尽鲜血而后死去。

那一瞬间发生的事还是在七哥刚出生的年月。二哥和三哥每天都去铁路外抑或货场偷煤。家里的煤从来都是这样弄来的。偷窃者对于这么干是否合法不予考虑。家里要煤烧而家里又无钱买煤，无条件地向外界索取便成了自然而然的事。二哥和三哥从多大开始干这活儿已经记不清了，只知道初始只是拾煤渣而已，而后是三哥进行了改革才发展成为后一阶段的用麻袋偷。冬天里，煤块烧得毕毕剥剥响时，父亲便放口称赞三哥聪明能干，是块好料。

那天火车经黄浦路道口时放慢了速度。三哥一挥手便扒了上去。二哥略一迟疑，也上了去。火车轰隆隆地向前开着。他俩在车上将煤装了满满一麻袋。快进煤厂时，三哥将麻袋往下一扔，然后自己飘然而下。二哥又迟疑了一下。待他小心翼翼跳下来时，却没能见到三哥的影子。二哥沿铁路往回走。当他走到一个池塘附近忽听见一个女孩惊恐万状的声音："救命呀！""哥哥，你可别死呀！"二哥便朝那声音奔了去。我知道，就是这个惊恐的颤抖的声音改变了二哥整个的人生，使他本该活八十岁的生命在三十岁时戛然中断，把剩余的五十年变成蒙蒙的烟云，从情人的眼前飘拂而去，无声无息。

池塘里一双手挣扎的姿势像一个优秀的舞蹈演员在用空间线条感召他的观众们。二哥连鞋也没脱便跳了下去。二哥的游泳技术是没话说的，从河南棚子翻过天桥到长江边至多只要半个钟头。夏天里的中午和黄昏，二哥三哥以及许多他们这样的人常去那里玩水。他们游到对岸然后再游回来简直像吃完饭用手抹抹嘴一样容易。尽管每年都有一两个伙伴沉入江底而成为长江的儿子，但这种悲剧一点也没影响他们畅游长江的情绪和兴致。二哥在同伴之中不是游得最好但也不差。这个小池塘对他来说便有澡盆之嫌了。二哥只几下就扑到了溺水者身边。那家伙性急而死死地勒住了二哥的脖子。二哥便只好凶狠地给了他一拳然后托着他的头从容地游到岸边。那家伙的肚子隆得圆圆像个孕妇。二哥拍了拍便一屁股坐在上面一松一压。女孩子尖叫道你不要弄死他你不要弄死，然后去撕扯二哥衣服，二哥只好又给了她一巴掌。那一下委实重了一点，女孩苍白的脸上顿时起了五条红杠。女孩"哇"地大哭掉头跑了，这动作使二哥呆愣了好一会儿。

女孩再来时身后跟了两个张皇失措的大人。女孩说这是她的父母。他们的儿子此刻已经苏醒了，只是疲惫不堪地躺在地上不想动弹。他见到父母的第一句话是："没有他我就完了。"然后将目光移向二哥。那眼光中的感激、钦佩、真诚、温情一下子竟使二哥的心好一阵战栗。二哥从来没见过这样的眼光。

二哥以恩人的姿态出现在这个家庭里自然成了最受欢迎的人。溺水的男孩跟二哥一样大，叫杨朦。他的妹妹小三岁，叫杨朗。他们的父亲是市里一所大医院的著名的医生而他们的母亲则是中学里的语文教员。为此他们的家庭显得极洁净且极雅致。他们住在天津路英租界的一幢红楼房里。他们有七间房子，整整占据了一层楼。仅保姆许姨住的房间都比二哥家的屋子大两个平米。他们一家四口人住四间屋子还剩下一间客厅和一间贮藏室。杨朦说这房子是他的外祖父留下来的。他的祖父的一幢房子更漂亮，前面还有花园，但他父亲老早就把它贡献给国家了。

说实话，这个家庭对二哥来说仿佛是外星来客。二哥是河南棚子长大的。他几乎都认定夫妻打架，父子斗殴，兄妹吵闹是每个家庭中最正常的现象。只有这些纠纷，才使家像个家，使自家人像自家人。否则跟公共场所有什么区别？而杨家却全然另一种活法。一家人这般地相亲相爱，这般地民主平等，这般地文质彬彬，这般地温情脉脉。二哥初次进杨家门时差不多不知道手如何动作脚如何迈步，两三个月后才稍稍适应过来。二哥完全被杨家的气氛所陶醉了。他觉得只有到了这儿他的心才感觉到它是为一个真正的人在跳动。他不知不觉地三天两头闯进杨家。

杨朦准备考到男一中去读高中。他是学校的尖子，胜利在握。而就学于民办中学的二哥学习成绩却平平淡淡。杨朦对自己的恩人极诚恳热情，谈话亦十分投机。于是二人结为莫逆之交。二哥渐渐地学会了喝咖啡。开始他以为那深褐色的水是中药，是杨大夫给他消毒的。后来才明白那玩意儿叫咖啡，上等人都爱喝它。二哥在杨家品尝到许多他从未吃过或见过的东西。有一天喝银耳汤，杨朗牙疼不喝多出一碗。杨朦硬叫二哥喝了。结果二哥一夜浑身燥得无法入睡。半夜里还怀疑汤里是不是放了什么怪药。问杨朦时，叫杨朦哈哈大笑了一阵。

二哥也打算考到男一中去。杨朦帮他补习了几天功课说凭二哥的智力今后考清华问题不大。这使得二哥的生活中陡然地树起了一个目标。

晚上，做完功课，语文老师常常拿出一本书来，轻言慢语地朗读给大家听。她的声音极柔美。缓缓的，像是从天上飘下来的。与二哥幻觉中神仙的声音完全一样。二哥常想母亲若也能这样那该是多么好呵。母亲说话仿佛有只手在她喉管里拼命地撑大她的声音。母亲唾沫横飞常使她旁边的人不得不时时用衣袖抹抹脸。母亲从来不读书，但母亲绝顶聪明。母亲会从许多语言中挑出最俏皮最刻毒且下流得让人发笑的话来骂人，令对方哭笑不得左右不是。而语文老师和她的儿女连最一般的粗话都不曾讲过。有一回二哥讲家里的玻璃窗被人砸了的事时不留意带出一句"他妈的"，立即让一屋人都皱上了眉头。杨朗还捂着耳朵说："难听死了，像小流氓一样。"二哥当即脸红得像抹了彩，好半天抬不起头来。没人再说他什么，自此他在杨家不敢吐一个脏字。二哥听语文老师读过高尔基的《海燕》，朱自清的《荷塘月色》以及但丁的《神曲》。一个星期六，月亮很好。月光穿透窗外的树影把屋里映得斑驳一片。杨朗让大家都坐在这碎月零光之下，然后把留声机上足发条。音乐轻缓地升起时，杨朗着一身白裙，赤着脚飘然上前，对着月光低吟：

> 我看见，那欢乐的岁月、哀伤的岁月——我自己的年华，把一片片黑影连接着掠过我的身。紧接着，我就觉察（我哭了）我背后正有个神秘的黑影在移动，而且一把揪住了我的发，往后拉，还有一声吆喝（我只是在挣扎）："这回是谁逮住你？猜!""死。"我答话。听那，那银铃似的回音："不是死，是爱!"

她最后一句爆发出热烈的欢笑，然后房间里的灯大亮。所有人都被她美丽的表演所感染，杨朦跳了起来，大叫："朗朗太了不起了！"

二哥被月光下飘动的那条白色之影震惊了。那一句一句的诗将他的心一层一层缠绕得紧紧。最外一层显赫地裸露着"不是死，是爱"五个字。在热烈的掌声鼓完后的那一刹那，二哥从心底涌出无限的忧伤。这忧伤之泉直到他死都不曾停止过喷涌。二哥咽气的最后一瞬还说的是"不是死，是爱"。然后才垂下他的头。他的眼睛是杨朦去关上的。那两口深奥的洞穴中装着没有人能够理解的忧伤。

二哥开始发奋。借着复习功课的名义，他三天两头到杨家去。他只要一进这家的大门，骚动的心立即变得安宁而平和。

二哥这么做使得三哥颇为不满。三哥不想读书，也觉二哥犯不着读。三哥说父亲没文化不也活得挺快活？二哥说可他的儿女们活得并不快活。三哥说我觉得还蛮好嘛。二哥说我觉得像狗一样，特别是小七子，连狗都不如。二哥说这话时，七哥正一脸污垢地坐在门口，把鼻涕往嘴里抹，嘴还啧啧地咂响。

三哥对杨家有一种天生的厌恶。尤其对杨朗。他说这女孩子完全是妖精投胎。他说头一回时二哥只是瞪了他一眼。说第二回时，是二哥在路上碰到杨朗之后。那天是二哥和三哥在去偷煤的路上遇到杨朗和杨朦的。杨朦见二哥和三哥手里拿着麻袋便问你们去哪里。二哥支吾说去弄些煤。二哥回避了偷字也回避了捡字。杨朦说需要我帮忙吗？杨朦话音刚落，杨朗就拽着他的衣服说："那怎么行？脏死了，脏死了。"三哥这时板着脸对二哥说："我一个人先走。"二哥忙对杨氏兄妹说了声："我走了。"便同三哥匆匆而去。三哥脱口骂了句"臭妖精"。二哥立即站定，眼睛里喷着火，他咬牙切齿说："你这是第二次骂了，如果我再听到第三次，我跟你的兄弟关系从此了结。"三哥莫名其妙，委屈得很。只得嘴上连连喊叫几句："我怎么啦？我怎么啦？"

过了好多天，杨朗说"脏死了"的话被她母亲——语文老师知道了。语文老师要杨朗向二哥赔礼道歉。杨朗说"请原谅"时倒是大大方方而二哥却"唰"的一下红了脸。二哥嗫嚅着向语文老师说他和弟弟实际是去偷煤的。语文老师没说什么只是长叹了一口气。那叹声显得那般沉重以致二哥的心被压迫得一阵阵发疼。那一晚复习功课老是走神。临走前，语文老师第一次把二哥送上了马路。月光铺在沥青路上泛起一片白色。语文老师说："我知道你家里很困难，但人穷要穷得有骨气。这一点你应该理解。"二哥使劲地点了点头。

二哥错就错在他不该把语文教师的话原版说给父亲听。父亲气得当即把手里的酒瓶朝地上一砸，怒吼道："什么叫没有骨气？叫她来过过我们这种日子，她就明白骨气这东西值多少钱了。"二哥吓得不敢吭气。父亲说："你小子再敢去什么羊家猪家的，老子定砍了你的腿。"母亲也说："哼，他们那种人不就是靠我们工人养活的吗？他们是吸我们的血才肥起来的。"二哥说："他们家是医生，又不是资本家。"母亲说："你若替他们讲话，就跟他们姓杨好了。"父亲说："小子，什么叫骨气让我来告诉你。骨气就是不要跟有钱人打交道，让他们觉得你是流着口水羡慕他们过日子。"

二哥叫父亲说得一脸羞愧。他觉得自己的确有点像流着口水的角色。二哥果然一连几天没去杨家。他很难受，心口像坠着许多石头沉甸甸地在胸腔内摆来摆去。第七天，二哥和三哥背着煤回来时，遇到了杨朗。杨朗迎上前，说："你怎么不来了呢？"二哥张了张嘴，答不出。杨朗说："你恨我了是不是？我不是已经承认错误了吗？"二哥凝神望了她几秒才偏过头低沉地回了一句："我不配去。"杨朗随二哥进了屋，她第一次看清了这是一个什么样的家。杨朗说："你晚上还去吧，要不哥哥又要责怪我了。"二哥说："你告诉杨朦，我家里有事，这几天不能来。"杨朗说："好吧。"她退出去的时候，手不小心碰着了正往屋里走的七哥。她尖叫一声，迅速跳到门外，然后掏出小手绢一边走一边使劲地擦。直到她人影消失前的最后一个动作还是在擦手。

二哥最终还是没去杨家。他也没能考上一中。但这实在不能怪他没努力。好长一段时间他总是在路灯下复习功课，而临考前的一个星期，天一直下着雨。这使他根本找不到一块读书的地方。只得在家里窝在众弟兄中，一遍又一遍地听父亲讲他当年的故事。八点钟和全家人一起睡觉。

二哥被录取到八中。这在我们家已经是第一个了。如果不是七哥在极偶然的情况下去上了大学，那么，二哥这个高中生就算是家里学历最高的人了。杨朦自然上了一中。这也是二哥早料到的。假期中，杨朦曾经到家里玩过几次。他和二哥坐在门口看着一辆辆火车从眼边掠过，两人谈了很多很多。开学之后，渐渐二哥与杨家日益淡泊以致完全没有了往来。

二哥是一个出色的学生。他的派头和说话的口气同家里人越来越不一样了。他对父亲说他要上大学，他想当一个建筑师。他要让父亲和母亲住进他亲手设计的世界上最美丽的房子里。他说这些话时，深奥的眼睛里放射的光芒能照进所有人的心。父亲和母亲像被电击了一般呆望了他好一会儿。屋外一阵汽笛长鸣，小屋在火车的轰隆中摇摆时，父亲才一下子醒悟。父亲一反常态像一个小孩子一样狂喜狂叫道："我儿子有出息。像我的种。"然后把二哥横看竖看拍拍打打了好半天。那一天全家人都兴奋至极，只有七哥一如往日小狗般爬进床底睡得死沉。

二哥上大学当建筑师的梦自然和许多许多人的梦一样，叫一场"文化大革命"冲得粉碎。二哥尽可以当红卫兵司令，但他仍然感到心灰无比。他没参加任何一派，他被父亲指示回来干活。他有一排半截子大的弟妹，他得为生活劳碌。父亲给二哥弄了一辆板车，二哥每天到黄浦路货场往江边拖货，他能挣不少钱。冬天的时候，他让他的弟妹们都穿上了线袜子。

一天晚上，家里人全都睡下了。家里人总是睡得很早，因为明天要干活也因为不睡下小屋里便拥挤不堪嘈杂不堪。在屋里的鼾声此起彼伏时，突然门被敲得轰响。所有人都在同一刻被惊醒。这似乎是记忆中未曾有过的事情。父亲首先喊骂起来："魂掉了？哪有这样个敲法？"不料答话的竟是杨朦。二哥从地铺上一跃而起，他显然有些紧张，仿佛预料到了什么。二哥开了门，他看见杨朦的右手紧紧揽着杨朗而杨朗全身哆嗦着两眼红肿。二哥急问："出了什么事？"杨朦脸色很冷峻，说话时却很悲哀。他说他们的父母下午双双出去，到现在尚未回来。他们兄妹等到晚上觉得奇怪，便到父亲卧室里看看有没有什么纸条。结果发现父母联名给杨朦的信。信上要杨朦对家里所有发生的事都不要太吃惊。他唯一的责任就是照顾好妹妹。然后在最后一行写下"别了，亲爱的孩子们"几个字。杨朦的话还没说完，屋里的父亲立即吼了起来："蠢猪，还慢慢说什么？他们去找阎王爷了。还不快去找。"杨朦说："朗朗已经受不了了，许姨上个月就被赶回了老家。我想请你照顾她一下。"二哥说:"我去替你找,你照顾朗朗。"杨朦说:"那怎么行?"此刻父亲已经下了床。他用脚踢着正趴在地铺上听杨朦说话的三哥四哥五哥六哥,嘴上说:"起来起来,今晚都去找人。"父亲转身对杨朦说:"让二小子陪姑娘,这几个小子都派给你,你尽管指使他们。"杨朦说:"伯伯我该怎么感谢您呢?"父亲说:"少说几句废话就行了。"

二哥几乎是将杨朗背回去的。她软弱得无法走路,嘴上喃喃地说些二哥完全听不清楚的话。二哥三天三夜没有合眼。杨朗到家之后便发起了高烧。她的眼泪已经哭干了。脸烧得通红通红,嘴唇上的燎泡使她的模样完全变了。二哥为她请医生为她煮稀饭喂药然后小心地趴在床边哀声求她一定要坚强些。

第四天杨朦精疲力竭回来说父母找到了。他俩双双跳了长江。他母亲结婚时的一条白纱绸将他们的腰紧紧扎在一起。尸体在阳逻打捞出时已经肿胀得变了形。杨朦说完这些,双腿一软跪在地上痛苦地呕吐起来。他几天没吃什么,呕出一些黄水。脖子上的青筋扭动和鼓胀得令二哥无法直视。如果不是二哥急中生智,突然伏在他耳边说:"千万别这样,朗朗见了,就完了。"杨朦恐怕也挺不住了。朗朗正在屋里昏睡,一切情况都尽可能瞒着她。

一个星期后,丧事在二哥三哥及诸兄弟共同帮助努力下,算是比较顺利地办完了。医生和语文老师的骨灰合放入一口小小的白坛之中。父亲帮忙在扁担山寻了一块墓地,于是他们便长眠在那座寂寥的山头。二哥站在坟边,望着满山青枝绿叶黑坟白碑,心里陡生凄惶苍凉之感。生似蝼蚁,死如尘埃。这是包括他在内的多少生灵的写照呢?一个活人和一个死者这之间又有多大的差距呢?死者有没有可能在他们的世界里说他们本是活着的而世间芸芸众生则是死的呢?死,是不是进入了生命的更高一个层次呢?二哥产生一种他原先从未产生过的痛苦。这便是对生命的困惑和迷茫而导致的无法解脱的痛苦。这痛苦后来之所以没能长时间困扰他并致使他消沉于这种困扰之中,只是因为他几乎在产生这痛苦的同时也产生了爱情。爱情的强烈和炽热溶化了他的生命。在爱情的天空之下,他活得那么坚强自如和坦然。直到一个阴天里爱情突然之间幻化为一阵烟云随风散去,他的生命又重新凝固起来。他的为生命而涌出的痛苦才又顽固地拍击着他的心。他想起扁担山上那幅青枝绿叶黑坟白碑的图景，也蓦然记忆起自己关于生命进入高一层次的思考。那个夜晚他便用刮胡子刀片割断了手腕上的血管。他将手臂垂下床沿，让血潺潺地流入泥土之中。同他挤在一床的三哥到清晨起床时才发现他已命若游丝了。闻讯而来的杨朦杨朗惊骇地看着一地的血水。杨朗失声叫道："为什么非得去死呢？"二哥那一刻睁开了眼睛，清晰地说了一句"不是死，是爱！"然后头向一边歪去。

这是一九七五年在江汉平原东荆河北岸发生的事。迄今业已十个年头了。

第七章

七哥现在想起来当年他听到二哥的死讯之时完全像听到一个陌生人之死一样，表情很淡泊，尽管二哥曾有一段时间待他相当不错。七哥那时下乡也有一年了。他在大洪山中一座被树围得密密实实的小山村里。他一直没有回去。大哥歪歪倒倒的几个字告诉他二哥已死这个消息。这是他收到家中的唯一的一封信。他没有回信。

七哥下乡那天家里很平静。他一个人悄悄走的。走到巷口时，遇到小香姐姐同一个黑胡子男人。小香姐姐正同那男人搂搂抱抱地迎面而来。这是小香姐姐的第几个男人七哥已经搞不清了。只是不久前听母亲对父亲说小香姐姐要嫁给这个男人。一来她可以不下乡了，二来她已经有了他的孩子。小香姐姐已经不能再打胎了，要不她以后就根本不能生育。这是医生对陪小香姐姐去检查的母亲说的。小香的风骚劲同当年母亲的一模一样。唯一不同的是小香的男人换了许多而母亲的男人却只有父亲一个。七哥见到小香姐姐时忙谦卑地站到路边，让她嬉笑着过去然后自己再踽踽而行。小香姐姐仿佛根本没见到七哥一样，连瞟都没瞟他一眼。七哥最仇恨家里的三个女性，尤其以小香姐姐为最。七哥曾发过一个毒誓：若有报复机会，他将当着父亲的面将他的母亲和他的两个姐姐全部强奸一次。七哥起这个誓时是十五岁。原因是那一天他在床底下睡觉时五哥六哥带了一个女孩到屋里来。一会儿七哥听见那女孩子挣扎着哭泣，床板在七哥上面咯吱咯吱地响得厉害。七哥不知出了什么事便伸出了头。七哥看见五哥和六哥都赤裸着下身。五哥伏在女孩身上而六哥则按着她分开的腿。六哥看见七哥便使劲照他的头击了一下，吼道："你什么也没看见，说！"七哥嗫嚅着说："我什么也没看见！"然后缩回床底。他听见那女孩一阵阵的呻吟声，那呻吟中的痛苦使七哥感到浑身刺痛。他觉得只有眼见着世界灭亡的人才能发出那样的痛苦之声。当即他便想他得让他仇视的人：他的母亲和他的姐姐们也这么痛苦一次。

七哥的誓言当然成了他嘲笑自己的材料。当他后来有无数机会之时，他却毫无这种报复的欲望。

七哥是孤独一人进的小山村。这是七哥自己挑的地方。这里下了汽车还得走整整一天的山路。七哥就是想到这么一个地方，让所有人都不知道他在哪里。

七哥和他房东的儿子共睡一张床。这是他有生以来第一次在正经八百的床上睡觉。油污的床单下垫着玉米秆和稻草。满屋里散发着一股植物的香味。屋后有三棵香果树。七哥仰躺着。两尺之外的空间不再有黑压压的床板和父母翻身而引起的吱嘎之声。三步开外没有他并排躺在地铺上的一排兄长起伏的鼾声和梦呓。空间很大，有老鼠从梁上"唰"地跑过。月光白惨惨地从屋瓦的缝里泄了下来。云遮云开，那光如在屋子里飘忽。七哥突然感到万分恐惧。房东的儿子睡在那一头，死寂一般毫无声响。这让七哥觉得他正躺在人类之外的另一个世界。他从未想到过的关于死的问题在那一晚却想了数次。七哥想是不是他已经死了而他本人还不知道。人们把他埋在这里并告诉他这是到农村去而实际上却是在阴间的一个什么地方。七哥一连许多天都这么想个不停。他还试图在男人中找到他的弟弟——我。他想他的弟弟很可能是在这群人里，只不过他们分别已久彼此认不出来了。七哥他很高兴自己知道很多别人悟不到的东西。他明白他周围的人都是先他而来的阴魂。这些阴魂也不知道自己死了。他们很自豪地认定自己在阳世而且活得很舒服。七哥想只要看他们走路那种飘来飘去的劲儿，就知道换了世界。

七哥不同村里任何一个人交往。不到非说话不可的时候他绝不开口。他像一条沉默的狗，主人叫舔哪儿就乖乖地去哪儿舔上几口。村里人开始都说七哥老实透了，后来又说七哥其实是阴险至极。不叫的狗最为厉害这是老幼皆知的古训。最后大家还是一致认为七哥是个怪物。七哥对那些纷纷繁繁的议论充耳不闻。七哥认定正常的死人是不说话的。

七哥到村里住了三个月后听说村里最近开始闹鬼了。七哥觉得好笑，我们自己不都是鬼吗？七哥对那些越说越惊心动魄的鬼的故事毫不理会。但他倒是希望自己能碰上那鬼。说不定那是小八子，七哥这么想。

房东的儿子每天吃饭时都带回鬼的故事。那鬼是极瘦的。喏，像他那样。他指了指七哥。走起路来像飘一样。鬼每天围着村口的银杏树飘三圈然后就进林子。进了林子鬼就变成了白的。从一棵树飘到另一棵树。每飘到一棵树下就发出一阵凄厉的叫声。那声音极古怪。从林子上空缓缓越过村子然后转一个弯又回到林子里。就这么一直到下半夜，鬼才化作一股烟气消散。

过几日房东儿子又说：鬼现在要在林子很深很深的地方尖叫。那里的野兽都吓跑了。猎民在那里连一只野鸡都打不到。

再几日，房东儿子又报道：村头老鱼头的女儿回娘家，上山时崴了脚，半夜才跛到家。她在林子边遇见了鬼。起先她没发现，是鬼先飘到她跟前的。她吓得使劲把鬼一推拔腿就跑。到家后她说鬼是滑溜溜的。

村里到处都是鬼影，奇怪的是鬼并没有干恶事。便有人商讨是不是把鬼抓来看看究竟是什么样的。这主意自然是青年人出的。七哥原本也想去看看鬼到底是怎么回事，但他那天实在太困便在天一擦黑时倒床睡下了。

那天夜里没有月亮。七八个年轻人都伏在林子里。房东的儿子也去了。他们个个都发着抖。抖得一边的灌木都不断发出簌簌的声音。子夜时分，鬼就围着树绕圈子了。果然极瘦，果然飘一般地走路。走入林子之后发现它果然是白色的。年轻人胆怯着不敢动手。终于其中一个干过猎人的小伙子抛了一根圈套，一下圈住了鬼。鬼凄厉地叫了。一连三声，又长又亮。全村人都听见了。它叫完之后，轰然倒下，不再声响。年轻人用绳子捆住了鬼。手摸上去，那鬼果然滑溜溜的。抬到村边亮处，才发现是一个活人。他均匀地呼吸着。沉睡一般。房东的儿子点了火，他失声叫了起来。人们都认出了，这是七哥。七哥浑身赤裸着。他身上的肌肤极白，他依然平稳地呼吸着，还很随意地翻了一个身。

有人照七哥屁股上狠踢了一脚。七哥"哎哟"一声，突然醒了。他莫名其妙地看着一圈又一圈围着他的男人和女人，眨了眨眼，低下头又发现自己一丝不挂。他低吼一句："你们要干什么？"那声音沉闷而有力，仿佛是从远天穿过无数山脊之后落在这儿的。于是有人问七哥你是不是天神派来的。七哥说不是，我一直在阴间里老老实实做真正的死人。七哥是按自己的思路回答的，却叫所有的人毛骨悚然。天亮了，人们惶惶惑惑地散去。房东的儿子找回七哥的衣裤，极恭敬和谦卑。

七哥好久不明白到底他那一晚出了什么事。"鬼"仍然每夜出来在林子里飘荡。

七哥是一九七六年突然被推荐上大学的。他去的那所学校叫"北京大学"。在此前，七哥几乎没听过这所学校的名字，更不知道北京大学是中国最了不起的学府。七哥走的是狗屎运。七哥的父亲是苦大仇深的码头工人，这使其他知青望尘莫及。再加上村里人一直吵闹着要将七哥送走，鬼气在他们的生活中已日见浓郁了，为此他们不能再忍受下去。北大不怕鬼，却极欣赏七哥苦大仇深的家史。父亲自七哥出生那天起就与他为敌，这会儿却不期然为他办了件好事。

七哥惆怅着走出那树林密绕的小山村。七哥觉得自己在那里已经活了一个世纪，眼下他又重新投胎回到人间了。七哥走上公路时，太阳已经当顶，光线明亮得让他感到一阵阵晕眩。一阵风过，路旁的树扬起轻松的呼呼声。鸟也叫得十分轻快。七哥喘了口气。他摸摸心口，觉得心跳动得比原先要响亮多了。

七哥要去北京，而且要堂堂正正坐火车去北京，而且火车要耀武扬威地从家门口一驰而过，这消息使得全家人都愤怒得想发疯。就凭癞狗一样的七哥，怎么能成为家里第一个坐火车远行的人呢？七哥到家那晚，父亲边饮酒边痛骂。七哥默默地爬到他的领地——床底下，忍着听所有的一切。

七哥走的那天下着大雨。七哥只有一双洗得发白的球鞋。他怕到了学校没有鞋穿所以光着脚上的路。父亲和母亲一早都上班了，他们连一句话都没说，仿佛眼中并没有七哥这么个人。大哥把七哥送到巷口，然后给了他一毛钱，说雨太大了你坐一段公共汽车吧。七哥没有坐车。他淋着雨穿过大街小巷。他的行李越来越重，衣服紧紧贴在身上。他的骨头凸了出来使得七哥很有立体感。七哥想得很清楚，棉絮打湿了是没什么关系的，夏季的太阳一个下午就能把它晒干。

七哥一走三年未归。家里人简直不知他的死活。没人打听他，他也未曾写信。直到三年后七哥神采奕奕地出现在家门口时，所有在家里见到他的人都大吃了一惊。

"怎么都发呆了？还不是和你们一样的一个脑袋上七个孔。"七哥说。

归来的七哥已经完全是另一副样子了。

第八章

三哥宽肩细腰上身呈倒三角形，是女人尤为欣赏的体形。三哥在夏日里脱去汗衫，光膀子摇着大蒲扇坐在路边歇凉时，所有路过的女人都忍不住心跳要将他多看几眼。三哥袒臂露胸，肌肉神气活现地凸起，将皮肤撑得饱满。邻居白礼泉那天看了美国电影《第一滴血》后回来吹嘘说："嗬，那个美国佬好块头，简直快赶上隔壁的小三子了。"弄得河南棚子好些人争相去看史泰龙的好块头。结果回来都说真不错，是快赶上小三子的块头了。但是三哥的相貌不及史泰龙，这也是公认的。三哥原先倒也长得像父亲年轻时一样英俊。但三哥脸上老是露一副凶相，渐渐地，便长出父亲所没有的横肉。那横肉便使三哥的模样不容易叫人接受。

父亲说，心里没有女人的男人才生长出这种霸王肉来。

三哥心里是没有女人的。三哥对女性持有一种敌视态度。三哥尽管已经过了三十五岁几乎奔四十了他却仍然没有结婚。他根本不想结婚。常常有女人去找他去向他献殷勤。三哥也不拒绝，在她们愿意的情况下三哥也留她们过夜。三哥怀着一股复仇的心理与她们厮混。三哥发泄的全是仇恨而没有爱。而女人们要的是三哥的身体倒并不在乎感情是怎样的色彩。三哥是在二哥死后招到航运公司的。二哥的死给了三哥生命中最沉重的一击。二哥是三哥在人间一睁开眼就朝夕相处的亲哥哥。他爱他甚于超过爱自己是因为三哥清楚记得他小时候莽莽撞撞干的许多坏事都被二哥勇敢地承担了。二哥为此遭过不少毒打但在他长大后从来没对三哥提过一句。三哥把这一切都牢记在心里。三哥正是这样一种人：谁要真心对他好，他也是肝脑涂地以心相报。而二哥除此外，还是与他一脉相承的兄长。二哥却被女人折磨死了。女人从那天起便像一把匕首插在三哥的心口上，使得三哥一见女人心口便痛得渗出血来。他常常愤怒地想女人怎能配得上男人的爱呢？男人竟然愚蠢到要去爱一个女人的地步了么？每当在街上他看见男人低三下四地拎一大堆包跟在一个趾高气扬的女人身后抑或在墙角和树下什么的地方看见男人一脸胆怯向女人讨好时他都恨不得冲上去将那些男女统统揍上一顿。这种事三哥不是没干过。一天晚上他送醉了酒的他的船长回家，返回时他抄近道走的是龟山上的小路。月光如水，山静如死。三哥打着饱嗝跌撞着乱窜，忽然他看见一棵树下的两个人影。他原本走过去视而不见的。不料人影中之一扑通一下跪到地上。他听见那是个男人的声音。那男人可怜巴巴地说："求求你答应我。没有你我活不下去。"另一个人影只是用鼻子"哼"了一声，这果然是个女人。三哥七孔都冒出怒火。他连犹豫都没有，大吼一声冲上去，朝那熊包一般的男人拳打脚踢。然后回过身将吓傻的女人胸口抓住，用全力横扫几巴掌。巴掌在女人脸颊上撞击得啪啪响。声音清脆悦耳。三哥的心这才舒坦了许多。如此他才丢下那对男女继续打着饱嗝下山了。

　　三哥在驳船上当水手。他的船长十分赏识他。三哥安心住在船上从不觉得水手是份丢人的职业。三哥身高力大干起活儿来从不耍滑。三哥还能陪船长喝酒。这是船长感到最兴奋的事。船长说三哥是他有生以来最默契的酒友。他们俩在一起能将两斤白酒喝得瓶底朝天。夏天的时候，船长常会冒出些疯狂念头。他叫驳船继续行驶而自己拉了三哥跳入长江一路游去。船长和三哥游泳的本事也不相上下。他俩胆大包天，在长江里宛如两条棕色的龙。船长对三哥说如果掉进漩涡就平摊开身体不要动，漩涡就会把你自动地甩出来。三哥故意激他，说是你又没进去过怎么倒向我传授经验？船长急了说你不信？这是老水手都清楚的。三哥说我没见过的都不信。船长突然指着一个漩涡说那我就叫你见一次。没等三哥阻止他便几下冲了进去。三哥大汗淋漓呆愣愣地踩着水不敢往前。漩涡转得比想象的要快，三哥看不清船长在什么地方。但是一会儿他听见了呼叫。是船长在他的侧面嘻嘻地招手。当三哥游过去后船长说险些丢了命。三哥说如何？船长说像是有许多手把你往江底拽。我已经觉得完了的时候一下子被放出来了。船长说平摊着不动也不行，得看什么时候动。三哥默然不语。忽而他见到一个漩涡立即对船长说了句看我的，便一头扎了进去。三哥在漩涡里身不由己。他被许多只巨手像掷球一样掷来掷去。他的肚皮上有另一种磁力将他往水底吸去。三哥不由失声叫了起来："救命呀。"他没有叫完又喝了好几口水。三哥瞬间想也好，进阴曹地府可能还能见到二哥哩。这一刻三哥被一只手轰地一下抛了出来。三哥傻瓜一样不明了方向。直到船长游到他跟前他才清醒。船长游过去扇了三哥几耳光，大声训斥道："小命也是可以开玩笑的？你死了，我还要受处分哩。"三哥的脸上火辣辣的但他感到很舒服。三哥说："我以漩涡报答漩涡。"

晚上抛锚后船长和三哥在甲板上饮酒。船长敬了三哥三杯酒，连声说一条好汉一条好汉一条好汉。

船长和三哥在甲板对酌时常叹说要有女人就好了。船长有老婆和两个小子，夜里也牵肠挂肚地想。三哥唯在这点上与船长不投。三哥说酒比女人好。最便宜的酒也比最漂亮的女人有味道。三哥说时常哑哑嘴连饮三杯。江上清风徐来，山间明月笼罩。取不尽用不竭。三哥说人生如此当心满意足。船长说你没有女人为你搭一个窝没有女人跟你心贴着心地掉眼泪你做人的滋味也算没尝着。三哥不语。

三哥想他宁愿没尝着做人的滋味。女人害死了他的二哥，他还能跟女人心贴着心么？三哥说这简直是开玩笑。当年二哥对杨朗好到什么地步几乎没人想得出来。二哥原本可以不下乡然而杨朗下乡二哥也就下了。他把板车交给了四哥。三哥为了二哥也一块儿下到杨朗的队里。二哥几乎把该杨朗干的活儿全部揽下了，连杨朦都插不上手。那时间杨朗绕着二哥又是说又是笑。两人在河边草滩上抱着打滚连三哥都不好意思多看几眼。二哥一分一分地存钱。他要买最漂亮的家具布置新房。他要把家弄得像杨朗过去的家一样舒适。三哥也为这个目的同二哥一起奋斗着。一次又一次招工，没有杨朗。二哥一次又一次放弃自己的机会。三哥也陪伴着。每年修水利。二哥一星期都要回村一次。几十里路连夜走哇，只是为了看一眼他心爱的人。每年如此每星期如此。到有一天杨朗终于拿到了表格。杨朗填了表到县里去了。她一去就是三天。回来告诉大家这次必走无疑。职业是护士。二哥几乎将全公社的知青都请来喝了酒。有人告诉他杨朗是用贞操换来的职业。二哥呆愣了，手上的酒瓶落在地上。杨朦转身而去。他揪住了他妹妹的头发。杨朗承认了。但她没说那男人是谁。三哥手上已经拿了刀。三哥准备杀人去的。杨朗说她既然把身子交给了那个男人就打算和那人结婚。二哥让杨朦松开了他的手。他忍受不了他心爱的人被她哥哥揪扯住头发。二哥一缕一缕替杨朗理顺发丝，颤着声说："我知道你是迫不得已。我不怪你。我不计较那些。但你不能同那人结婚。那是个禽兽。"杨朗说："你就死了心吧。我不可能嫁给你了。"二哥惊问为什么，杨朗说："我从来就没爱过你。我只是看你可怜才应付你一下。你千万不要当真。"二哥脸色煞白，他长啸一声冲出门去。三哥扔下刀追了出去。三哥把二哥拖到自己的屋里，他让半昏迷的二哥躺下了。他自己也躺在一边。三哥的怒火一蹿一蹿，他想去狠狠教训一顿杨朗，然而他寸步不敢离开二哥。他知道这给他的二哥是致命的一击。他知道二哥活不长了。三哥忧郁地想着迷迷糊糊睡了过去。他没料到他的二哥失去了爱情连一夜都不打算活。

杨朗终于走了而杨朦留了下来。他在二哥的坟前盖了个草棚。他说他将陪伴他的朋友直到他死。他替他的妹妹赎罪。三哥为此扔掉了那把准备杀死杨朗的刀子。这兄妹俩迥异的表现使三哥猜不透究竟是什么原因。三哥只能去设想：女人天生阴毒。

船长对三哥听说的一切不置可否。他只是对三哥说等你有一天碰上一个好女人时，你就知道男人跟女人比简直是臭虫一个。

可惜船长没能见到三哥碰到好女人的日子。船长对三哥说那一番话不久，驳船在青山岬水道翻了。一船人都沉到江底包括船长而唯独三哥逃了出来。

这是一九八五年的初春时节。三哥从此不敢上船，连游泳都不敢了。于是他辞了职。他像一个孤魂飘飘荡荡来无影去无踪。好多天好多天后，三哥申请了一个执照，添置了一套工具。每天坐在地下商场侧门，见人买了皮鞋便追着问："钉个掌怎么样？"

第九章

七哥成天里忙忙碌碌。又是开这个会又是起草那个文件又是接待先进典型又是帮助落后青年。每晚一头倒下床脑袋里混沌一片。他不知道自己究竟在干些什么事和干这些事的意义何在。他只知道如此这般卖命干了就能博得领导好印象。好印象的结果是提拔。而提拔的结果是有社会地位有权力。而有权力的结果是工资高加房子分到手福利优厚以及来自四方的尊敬。如此，一个人的命运才能得到最为彻底的改变。七哥觉得他活着的目的就是为了改变命运。他想象不出来如果不上大学他将是什么样子。

七哥到学校第一个晚上梦游时就被同寝室的同学抓到了。

七哥睡的是上铺。下床时他蹬倒了床边的方凳子。他的下铺立即醒来。他看见七哥一件件脱下背心短裤然后赤裸着往外走，心里甚是骇然。七哥出门后，他便叫醒全屋人一起悄然跟上。他们跟着七哥出了宿舍楼，七哥看见树就绕圈子。绕了几圈后便发出令人毛骨悚然的尖啸。几个同学由害怕到不解，继而终有人悟出，说恐怕是梦游。于是一起上前，几双手拼命摇撼七哥。七哥睁开眼猛眨几下，身体一惊颤。说你们干什么？一同学说：你梦游了，我们想叫你回去。七哥茫然四顾，再低头看自己一身，突然醒悟。他挣脱同学的手，疯狂地奔进房间，爬上床铺，一动不动。七哥想起曾经有过的关于鬼的故事。他想这么说来村子里白色的皮肤光滑的鬼就是他自己了。

七哥自小卑微惯了。入校后依然眉眼中露出怯生生之气，一副极委琐的样子。梦游的事成为全体同学的话柄，这使七哥愈加缩头缩脑自惭形秽。七哥每天三点一线。宿舍——教室——食堂。无人睬他他也懒睬旁人。如此相安无事几乎一年。

学校的生活自是清苦。而对于七哥却是好得不得了的日子。七哥削尖的脸由此而圆润起来。七哥毕竟是父亲的儿子。父亲所有儿子中没有一个不是身架均匀五官搭配极佳的好男儿。七哥委琐归委琐，但相貌在那儿搁着。班上有极风流俊雅的女生叹惜说七哥如果有三分洒脱也可称全系的美男子。而七哥却嗫嗫嚅嚅的完全与洒脱无缘。美男子的称号只得落在七哥的下铺身上。

七哥的下铺是从苏北一个乡下来的。苏北佬在公社读高中时很能写文章。曾写过好几篇公社书记的先进事迹报道。这些报道通过有线广播弄得全县人都知道了那书记的大名。出了名的书记便在苏北佬毕业一年后乐呵呵地将他推荐到了大学。临走前欢送会上又开了他的入党宣誓会。为此，苏北佬一到学校便成了班上党支部的宣传委员。苏北佬白白净净典型的江南小生模样，大眼小唇温文尔雅故而很得那些女生的喜爱。班上女生大多高干子弟或女干部。自己泼辣能干张牙舞爪成性却对温顺柔弱的男人有兴趣。这当然也是奇怪之至的事情。苏北佬被几个豪放过人的女孩子追得狗一样乱窜却不见他对其中某个产生兴趣。这劲头弄得女生泪眼涟涟男生醋意十足。

不料一日系里召集全系大会，在会上宣读了一封来信。信写得情真意切。写信人是一位女清洁工，说是她因患骨癌对生活感到绝望之时遇上了田水生。七哥想田水生不就是苏北佬？是田水生诚恳的谈话使她放弃了死的计划。这之后田水生常常去看望她鼓励她。陪她去长城饱览万里河山去香山欣赏深秋红叶，教会了她很多做人的真理。于是他们俩相爱了，爱得很深很深。但是近半年来，她的病情恶化得很厉害。癌细胞已遍布全身。水生却对她忠心耿耿百般照顾。为了使她享受到做人的幸福，水生已答应同她结婚。信中说："我即将告别这个世界走向死亡那遥远的甬道。在我踏上那甬道之前，我有责任将这个青年美好的灵魂展现出来。我渴望向全世界人宣布我的丈夫是一个了不起的人。"

来信引起的反响不啻有人在图书馆放了炸弹且准时爆响了。苏北佬一下子成了英雄。报社记者络绎不绝。每一篇报道都催人泪下。苏北佬出去讲用过好多次。据说每一次讲用效果皆佳。动人心弦的故事给命运套上了极艳丽的花环。苏北佬同清洁工结婚了。半年不到，她死了。而她给苏北佬带来的花环却依然栩栩如生大放异彩。

七哥却从苏北佬极诚挚的语言和极慷慨的激情之后看出那一丝丝古怪而诡谲的笑意。那笑意随着女人的离世而愈加明朗。一天早上起来苏北佬竟拿着小梳子对着小圆镜梳头发而嘴里却哼着一支极欢快的歌子。房间里同学都去早锻炼了。七哥刷牙回来听见这歌子不由直勾勾地盯着他。苏北佬放下镜子看见了七哥也看见了七哥直勾勾的目光。他尴尬地假咳两声逃也似的出了房门。那女清洁工死了才二十三天。这数字是七哥掐指算了好一会儿才算出的。

苏北佬知道七哥已勾去了他的真正的魂灵。苏北佬对七哥一下子亲善起来。七哥得了阑尾炎住院动了手术。这期间只有苏北佬天天来看望他。七哥从来没领教过时时被人记挂的感觉。面对苏北佬的殷勤和关心，七哥苍白的脸上不由自主浮出许多感激之情。苏北佬总是淡然一笑说没什么没什么。

七哥的伤口快合拢的那一天，七哥斜躺在病床上看书。那一堆书都是苏北佬带给七哥解闷的。七哥过去几乎没读过几本文学书籍，倒是这次住院开了一点眼界。窗外干风吹打着树枝啪啪地响。劈栅栏木条的人居然成为美国总统这一事使七哥激动不安，以致苏北佬进门来时七哥仍满额汗珠手指颤抖。

苏北佬坐在七哥床边，无言地也用那直勾勾的目光看着七哥。七哥感到他的魂灵也要被这目光勾走了。七哥突然说我理解了你。苏北佬说理解了就好。七哥说我应该怎么办？苏北佬说换一种活法。七哥说怎么活？苏北佬说干那些能够改变你的命运的事情，不要选择手段和方式。七哥说得下狠心是么？苏北佬说每天晚上去想你曾有过的一切痛苦，去想人们对你低微的地位而投出的蔑视的目光，去想你的子孙后代还将沿着你走过的路在社会的低层艰难跋涉。

七哥果然想了整整一夜。往事潮水一样涌来而又卷去。七哥惊恐地叫出了声。护士来时他正大汗淋漓地打着哆嗦。伤口又崩裂了。一丝一线地渗着血。护士说："做噩梦了？"七哥说："是，做噩梦了。"

一场噩梦已过。当太阳高升之时，七哥突然感到生命的原动力正在他周身集聚感到血液正欢快而流畅地奔涌感到骨骼为了他的青春正巴格巴格地作响，他感到由衷的解脱和由衷的轻松。

那一年，七哥二十岁。两年后他分回了武汉。他在汉口一所普通的中学教书。七哥明白这里绝不是他的久留之地。七哥对寂然地活着已经腻味了。七哥渴望着叱咤风云而这种机会只要去寻找和创造总归还是会出现的。

第十章

七哥现在最难见到面的是他的四哥。七哥对四哥无好感亦无恶感。四哥对七哥也是这般。

四哥是个哑巴。他在六个月时发高烧而父亲那天打码头负了伤母亲为父亲忙碌去了。高烧之后四哥虽然活了下来却丧失了听和说的能力。

四哥能吃能喝心情愉快地在这个家庭中生长。只有他从来没挨过父亲的拳脚。这使得四哥对父亲格外亲热。只有四哥在看见父亲下班后才会欣喜地迎上前用他混浊不清的话叫着"爸"……"爸"。四哥只会叫这一个字，他不会叫妈。为此母亲并不因为他的残疾而格外怜爱他。

四哥十四岁就出去干零工了。他先跟泥瓦匠打下手。后来二哥随杨朗下乡后把他名下的板车交给了四哥，四哥便当了装卸工。一直稳定地干到今天。

四哥的经历平凡而顺畅。四哥二十四岁便和一个盲女子结了婚。四哥有眼而她有灵敏的耳和灵巧的嘴。这是一个完整人的家庭。四哥分了间十六平方米的房子。这比父母住了一辈子的那间还要大一点。四哥便在这里和他的妻子生儿育女。四哥先生了一个女儿后来又生了一个儿子。四哥是赶在只许生一个的前面生的这个儿子。四哥的儿女漂亮如父聪明如母。这使得四哥每日咿咿哦哦地兴奋不已。四哥家里已添置了电视机和洗衣机。四嫂说电冰箱的钱也快攒齐了。

七哥到四哥家里去过一次。他看见四哥家的墙壁上贴满了各种奖状。那全是四嫂和侄儿侄女的。没有四哥一张。七哥问四嫂：为什么没有四哥的呢？四嫂说他又不会说甜言蜜语。人家选先进时他又不晓得是干什么。四哥四嫂留七哥吃了饭。四哥拿出一瓶洋河大曲。四哥在这点上同父亲一模一样。只是四哥酒后绝不打他的儿女。七哥想这大约是四哥从未挨过打的缘故吧。

能有几人像四哥这样平和安宁地过自给自足的日子呢？这是因为嘈杂繁乱的世界之声完全进入不了他的心境才使得他生活得这般和谐和安稳的么？

四哥又聋又哑呵。

第十一章

七哥在该恋爱的年龄里就自然而然地恋爱了。那女孩比七哥小两岁，长得眉清目秀的。连父亲都诧异万分，说小七子还真有能耐，把这样的姑娘都弄到了手。这是有七哥以来父亲夸奖他的第一句话。女孩教英语，外语学院毕业的。女孩的父亲是大学里的教授。儒雅之家使得女孩天生一股娴静悠然落落大方的风度。这气质使七哥大为倾倒。七哥同她恋爱了两年，便将自己也熏染得如教授之子般温文尔雅。七哥已经同他的女朋友一起商量买家具的事了。但因学校里一直没有房子，买家具和结婚的事就搁了下来。按照工龄和级别，七哥还得等上三年才能有一个小小的单间。这怨不了谁。学校里的老教师也不过如此，更何况小字辈。七哥几乎快没了耐心。

　　暑假里，七哥出了一趟差，到上海去观摩学习了二十天。回来时船逆流而行，时间极枯燥难熬。七哥认识了他的上铺，一个眼角已叠起鱼尾纹的女士。女士穿着很时髦谈吐不凡与七哥的女朋友比又有另外一番大家气派。三天的路程，七哥同她很聊得来。下船时，她给七哥留了地址和她家的电话号码。七哥看着她写下"水果湖"几个字就知道他遇上的不是一个普通人家的女性，及至她写下电话号码时，七哥心里猛然划过一道闪电。这电光刺得他的心有些隐隐作疼而疼过之后蓦地生出许多的兴奋。七哥含笑说去你那里玩儿欢迎吗？女士说大门永向有识之士敞开。

　　三天后，七哥给女士打了一个电话。她说她一直在等七哥电话。七哥的心陡地动了一动。于是七哥开始约她散步或吃饭她也约七哥看内部电影或看演出。

　　七哥已经知道了她的父亲是何许人物。她比七哥大八岁，是老三届的学生。她父亲倒霉时她下了乡。她为了赎罪拼命地干活。结果她得了病。她丧失了生育能力。那是一个暴风雨的日子，她不顾月经来临而坚持上大堤抢险。在堤坝有裂缝时她像男人一样跳进水里同大家手挽手地阻止了洪水的冲击。最后她昏倒在了浪里。人们将她拖出来后她住了一个月的医院。出院时医生告诉了她这个对于女人来说最不幸的消息。她当时二十二岁，还没想过找男朋友的事为此对生育问题更不介意。她只是淡淡地笑了笑。随着年龄的增长，这个问题才显得越来越严重。每次结识一个男朋友她都把这个情况诚实地告诉对方。大多人都叹口气终止了同她的交往。她过了三十五岁后，心灵上的创伤已经无法愈合。她想如果四十岁她还是这样孑然一身地生活那么她就到当年使她丧失她最宝贵东西的大堤上去自杀。就在她把这个问题一遍又一遍地考虑时，她认识了七哥。她愿意同七哥接触的初衷仅仅是像所有女人一样喜欢同外貌漂亮而又显得有知识的男人接触，喜欢同陌生的异性谈自己心里深处的东西。但她万没料到半个月后她遭到七哥猛烈的追求。她在告诉七哥她不能为他生育时七哥连惊异的表示都没有。一如既往地出现在她身边，陪她买东西喝咖啡走亲友，在人烟稀少的地方把手臂揽在她的腰上偶尔还微笑着在她额上留一个吻。在她的充满女性气息的房间里七哥总是拥抱着她使她气都喘不上来。这种充满热烈之情的拥抱使她感到迷醉而她的心底却痛苦不堪。在情绪稍稍平静时就有一个声音警钟似的呼叫这个男人感兴趣的不是你而是你的父亲。她想摆脱这个警钟而这声音却响得愈加频繁。

有一天她终于忍不住了。她问七哥："如果我父亲是像你父亲一样的人，你会这样追求我吗？"七哥淡淡一笑，说："何必问这么愚蠢的问题呢？"她说："我知道你的动机、你的野心。"七哥冷静地直视她几秒，然后说："如果你还是一个完整的女人你会接受我这样家庭这样地位的人的爱情吗？"她低下了头。

几天后，七哥把她带到了河南棚子，带到了我们的家。七哥掀开床板指着那潮湿幽暗的地方告诉她他曾在那儿睡到他下乡的前一日。七哥搬开新添的沙发用脚划出一块地盘说那是他的五个哥哥睡觉的地方。七哥说他的大哥因为没有地方住便成年累月上夜班。

屋里除了多出一架长沙发和小方桌上的一台黑白电视机外，一切都还是老样子。小屋的窗子因搭厨房而封死了，为此只剩得屋顶上嵌着的那片玻璃瓦。屋里全部的光线都是由那儿透入。墙壁还是当年的报纸糊的。泛黄的纸上还展示着昔日那些极有趣的文章。七哥说："你如果在这样的地方生活过一年，你就明白我所做的一切是多么重要。我选择你的确有百分之八十是因为你父亲的权力。而那百分之二十是为了你的诚实和善良。我需要通过你父亲这座桥梁来到达我的目的地。"七哥说："我还可以告诉你在我认识你之前我有过一个女朋友。她父亲是个大学教授。我同她的关系已经很深了。我在几乎快打结婚证时碰到了你。你和你父亲比她和她父亲对我来说重要得多。"七哥说在中国教授这玩意儿毫不值钱。"他对我就像这些过时的报纸一样毫无帮助。所以我很果断地同原先那个女友分了手。我是带着百倍的信心和勇气走向你的。我一定要得到。"七哥的话语言之凿凿掷地作金石声。她惊愕得使那张青春已逝的脸如被人扭了一般，歪斜得可怖。她跨了一步给了七哥一个响亮的耳光然后抽身逃去。

七哥淡淡地笑了笑没说什么。七哥怀着无限的自信等待她的回心转意。七哥知道她需要他比他需要她更为强烈。有人写了一部小说叫悲剧比没有剧好。七哥没看过那小说但他觉得那题目起得棒极了。有魔鬼比什么都没有要好。七哥想她最终会得出这么个结论的。

七哥的判断像诸葛亮一样准确无误。三天刚过，她红肿着眼泡来找七哥了。她没有别的男人可找。她只有七哥。况且七哥的确还不是个很差的角色。她对七哥说她是一时冲动，没能从七哥的角度去理解七哥。她请求七哥谅解。七哥一言未发，只是上前吻了吻她。她激动得热泪盈盈。七哥固然利用她达到自己的目的而她也一样地利用七哥去获得全新的生活。七哥当天就把她所渴望的给了她。那种生命最彻底的快感使她衰败下去的容颜又焕发出光彩。当她神采奕奕出现在她的朋友们的面前时，人们几乎没法将她同昔日的形象相比。这是七哥为她创造的青春。由此她对七哥更是死心塌地和严加看管。

其实七哥全然不是寻花问柳之辈。七哥全部的用心不在那上面。如果认识不到这一点那就实在小看了七哥。七哥觉得把情欲看得很重是低能动物的水平。七哥不属于这些。七哥的目的在于进入上层社会，做叱咤风云的人物做世界瞩目的人物做一呼百应的人物。七哥想将他的穷根全部斩断埋葬，让命运完整地翻一个身。七哥想拯救自己。他觉得他有责任使自己像别人一样过上极美好的日子。否则他会因为感到世界亏待了他而死后阴魂不散。

七哥调到了团省委，这是七哥提出的去处。七哥看过一张统计表，那上面记有解放以来历届团干离任后的情况。七哥记不得他们各自都干了些什么具体职业。但他唯一的印象是：从那扇门出来的人几乎全部升上了高处而且还在继续上升着。那些相当级别的职位一个挨一个排列着如一条冰凉的蛇从七哥心头爬过。七哥打了个寒噤然后欣喜若狂。七哥知道他已经找到了他的终南捷径。

七哥分到了很宽敞的房子。在他原先的学校拥有三十年教龄的老师也没资格住上七哥现在的这房子。七哥的房子布置得像宫殿。落地的双层窗帘，先锋的组合音响，遥控的彩色电视，还有松软宽大的席梦思。七哥结婚前夕，父亲和母亲相携着去过一次。父亲坚持说那床一定要睡坏骨头的，而母亲则生气地说那窗帘浪费了好几件褂子的衣料。

七哥的蜜月是在广州和深圳度过的。七哥住在深圳湾大酒店的那几夜几乎夜夜都失眠。他的全身如火灼一般难受而又如火灼一般兴奋。他在他的妻子睡着之后还忍不住一次次把脸埋进她的胸脯里。七哥对她感激涕零。七哥有一种预感，那就是她给他带来的幸运，很可能在某一个日子超出他的想象。

那一段日子七哥纵情享受恣意欢笑如入天堂之门，却有另一个女孩子把眼泪哭干了把嘴唇咬破了。她的老父老母只能咬牙切齿地痛骂几句"小人"之类无伤大雅的话然后陪着伤心欲绝的女儿长长地叹气——

第十二章

五哥辞职干个体户时并不知道六哥也辞职干个体户了。他俩碰面时是在轮船上。五哥进餐厅吃晚饭时看见了正在端菜的六哥，五哥惊叫了一声以致六哥手一滑菜盘掉在了地上。他俩相视片刻哈哈大笑了。五哥到南京去订购一批汗衫而六哥则去南通进货棉纱长袜。

五哥和六哥是一对双胞胎。他俩的心似乎是沟通的。五哥想到的东西六哥也能想到。五哥感冒六哥百分之百也要伤风流鼻涕。最奇特的是小学时一次语文考试，三个造句，他俩造得完全一样而实际上他俩的座位却隔得很远。五哥六哥自小是一对坏种。打架骂人偷盗玩女孩无恶不作。直到各自娶了老婆添了儿子才走上正轨，像模像样地过开了日子。

五哥第一次带女朋友到家里来时，父亲和母亲正在吵架。那是为了母亲买回来的酒是兑过水的，父亲一怒之下连酒壶都扔到了铁路上。恰巧一列火车开过，酒壶碾成了薄铁皮。于是母亲便横着嗓子同父亲吵开了。五哥的女朋友如同巡视大员般，毫不把父亲和母亲放在眼里，只傲慢地将屋子环视一遍，说："就这屁点破屋?"五哥未曾来得及答话，父亲却撇开母亲朝这边吼开了。父亲说："嫌老子屋破，这里还没你的地盘哩。"那女朋友也不示弱："这老家伙吃错了药，怎么见什么人就吼什么人?"说罢扬长而去。气得五哥跳起来对父亲乱叫了一通便又噔噔噔地去追赶那女朋友。父亲发了一会儿呆,摇摇头说:"日月颠倒了,颠倒了。"然后自己找了个空瓶,长吁短叹地打酒去了。

结果是,五哥的女朋友再也不肯来家了,五哥只好做了上门女婿。五哥的女朋友是汉正街的。六哥常陪五哥去那里,于是六哥也找了个汉正街的姑娘。六哥知趣,不敢带女朋友回家,主动对父亲说想要倒插门。父亲大手一挥:"去去去,少废话。你俩反正是一对。"六哥如获大赦,轻松地告别了这个家,住进了老婆屋里。五哥和六哥几乎同时(只差三天呀)各得一子。肥墩墩的,让岳父岳母们欢天喜地。五哥六哥当女婿比当儿子舒服多了。渐渐地不太记得河南棚子的老父老母。

汉正街自古便是商贾云集之处。以谦祥益商店为中心,上至武圣路下至集家嘴,沿街经商的个体户而今已经达两千多户。长街小摊,百货纷呈。五哥问清楚几乎有一千家已经成万元户,立即心慌意乱头脑混沌了。五哥是建筑队的泥瓦工,工资不算低。即使不低,细细想来辛辛苦苦一个月还不及个体户一天赚的钱多。五哥觉得自己活得窝囊,他得赚大钱过富日子才不枉做人一遭。五哥连同老婆商量一下的情绪都没有,当天便打了辞职报告。六哥只比五哥早一天。六哥的邻居仅从一百五十元的资金起家,不到一年已成了万元富户。这变化是六哥亲眼所见。六哥眼珠都快突出来了,他想了一夜,辞去了运输公司汽车修理工的职务。

五哥订购的汗衫原本就是积压货。五哥订了一万件却只销出了一千五。钱周转不了,五嫂夜夜指着五哥的鼻尖骂祖宗。五哥怕老婆,五哥在这一点上完全不像父亲。连日里五哥东奔西跑得下巴都尖了,汗衫还是积压着。

那天五嫂又砸杯子扔碗地骂祖宗了,五哥只好溜之乎也。五哥信步溜达到航空路。航空路到商场一带是"飞虎队"的地盘。"飞虎队"是市民给那些流动小贩的绰号。"飞虎队"的小贩们拉起生意来可以说是死皮赖脸。抬高价短斤两是他们的拿手好戏。圈套也做得像真的。五哥看见几个女子围着一个小贩高声议论羊毛衫的价格。五哥一眼看出他们都是一伙的。假卖假买地哄来一些真正的顾客。一个红衣女子的眉眼不断地向路人扫来扫去。她看到了五哥。她叫了声:"哎呀,这羊毛衫要是让这个男的穿上简直可以成为三镇第一美男子。"五哥笑了笑,走过去。问小贩："多少钱一件?"小贩说："看你穿着肯定合适,我心里高兴,就便宜点卖给你,二十六吧,别人我都是卖三十呢。"五哥用手捏了捏,深知毛线中腈纶多于羊毛,便又笑笑说："出厂价,十六块,这我清楚。"然后意味深长地丢下一声笑,甩手而去。他听见小贩和几个女子冲着他的背脊骂骂咧咧的声音。五哥从来都不是好惹的家伙。五哥在家以外的地盘上还从来没输过。这回自然也是。五哥心里暗笑一下,拐到一个稍清静的地方,然后放开嗓子爆喊一声:"工商局的人来了!"

这声喊宛如扔下一枚炸弹。五哥的眼前炸窝了。抢收衣服的,逃窜的,装作顾客若无其事地混杂入人群的,互相叮咛的,应有尽有丑态万千。一忽儿,"飞虎队"无踪无影,只丢些空纸盒在路上。五哥看得有趣。不由倚在墙根下捧腹大笑。待五哥笑得上气难接下气时,他的肩膀被一只手拍了一下。五哥回过头,认出了是红衣女子。五哥一笑,说:"怎么不跑?"红衣女子冷冷地说:"想看看你还有几手。"五哥说:"闹着玩玩,何必当真。"红衣女子:"闹着玩也得找地方看人。"五哥呵呵一笑:"你们拉客过后又骂人也没有看人看地方呀。"红衣女子打量了一下五哥,说:"你还像个人物呀。"五哥说:"当然。河南棚子的儿子汉正街的女婿,堂堂正正是个人物。"红衣女子说:"汉正街的?万元户?"五哥说:"万元户还得过两年。"红衣女子说:"这么说是同行了?何必拿一路人开心,不都是端这个饭碗的?"五哥说:"那我就道声对不起了。要不要去云鹤酒楼压惊?"红衣女子说:"哥们儿还痛快,去就去。"

五哥同红衣女子一道上了三楼,红衣女子拿起菜谱就点。心狠手辣地完全不顾及五哥腰里并没带几块钱。烧甲鱼炖海参炒虾米白斩鸡外带一碗三鲜汤和四瓶青岛啤酒。点得五哥暗叫苦也。

红衣女子问五哥生意做得如何。五哥灌几口啤酒长叹一声说正在倒霉。红衣女子问缘故。五哥便如实说了汗衫的滞销。红衣女子:"再不好销的东西,只要想好了办法,总是能赚到钱的。"五哥说:"有什么好点子?"红衣女子说:"就这么白给你出?"五哥说:"当然给好处。"红衣女子说:"怎么讲?"五哥伸出右手:"五十张。"红衣女子说:"半千还算钱?如果让你一件汗衫赚一块钱,那你得了多少?给我了多少?简直小气得不像男人。"五哥说:"未必给你一千?"红衣女子说:"说良心话,这我还不一定要呢。做生意眼光要放长远一点。"五哥默然不语。

见啤酒已尽，说："我再去要两罐啤酒来。"五哥在服务台拿了啤酒刚转身欲回饭桌，见红衣女子正背对服务台，不禁心头一转，将啤酒装进裤兜里，自言自语道："再去买两盘冷菜。"便悠悠然地下了楼。五哥下了楼便直奔一路汽车站，一口气坐到了六渡桥，打着饱嗝到朋友家推了一夜麻将，第二日凌晨才摇摇晃晃地回到了家。

五嫂开门第一件事便是送给了五哥几耳光。五哥不动气，慢慢说："跟你讲件滑稽事。"便添油加醋地将昨日白吃一顿的事细细讲述了一遍。五嫂不由得笑得倒在了床上。大骂女人的愚蠢和男人的狡猾。骂声中不禁为这男人是自己的丈夫而感到自豪起来。五哥这时则歪在沙发上呼呼地大睡开了。

一清早六哥大汗淋漓奔来时五哥还没起来。六哥将五哥打起，愤怒地叫道："今天无论如何帮兄弟一把。"五哥忙问什么事。六哥说："我一早刚把摊子摆出去，一个女的带了几个人，二话不说砸了我的摊子。他们人多，我又不敢对抗。临了，那女的丢下这件汗衫说一千块准备好，我到时来取。"五哥跳起来抓过汗衫细细查看。汗衫的胸前用圆珠笔勾勒了一个霍元甲打拳的形象。五哥心头豁然一亮，眉头舒展，连声叫："妙极了妙极了。"倒将六哥弄得莫名其妙。五哥方将昨日之事一五一十说了一遍，拍着胸脯对六哥说："你今天的损失我负责加倍赔你。绝不放空屁。"

五哥将他积压的近万件汗衫五千件印上了霍元甲三千件印上了陈真。电视连续剧刚放过不久，人们对这二人印象颇深。五哥拿出二十件送给玩武术的小伙子，不到三天，五哥的摊前购者如云。五哥暗暗又抬了三次价，汗衫依然畅销。五哥发了财，五嫂每日见五哥都眉开眼笑，又端茶又打扇还撒娇般地在五哥面前扭来扭去。五哥脑子里却抹不掉那红衣女子的模样。但是那女人却一直没有出现。

三个月后，五哥从广州回来，刚出汉口火车站，一个女人朝他嫣然一笑。蓦然他认出那是红衣女子，只不过红衣被一件橄榄绿的棒针衫所代替。五哥立即向她迎去。红衣女子说："怎么，还认识?"五哥说："恩人嘛，当然不敢忘。"红衣女子说："我家在这附近，要不要去坐坐?"五哥说："当然想，只要你瞧得起。"红衣女子笑道："你一表人才又聪明又能干，我巴结都来不及哩。"五哥说："我唯一佩服的女人就是你。"红衣女子眼一斜说："是吗?"五哥被那一眼望得心乱了。五哥觉得这女人同他老婆比简直像仙女同讨饭婆相比一样。五哥想要是能同这女人享受一场那么他也就宛若神仙了。五哥说："你家里……还有谁?"红衣女子说："就我一个。我丈夫到深圳去了。"五哥说："我刚从南边回。我提前了两天。我老婆还当我是后天到哩。"红衣女子笑了笑。五哥趁机把手放在了她的腰上。

五哥跟着她拐弯抹角。五哥满心欢喜。他几乎是怀着甜蜜的感情打量他身边这个女人的一切,眼睛眉毛嘴唇以及胸脯。五哥都有点按捺不住了。

五哥刚跟红衣女子走进家门,后脚便跟进几个彪形大汉。五哥觉出有些不对,忙堆起笑,说："上次你帮了大忙。我准备了两千块钱酬劳你。"红衣女子冷笑一声："我说一千就只要一千。钱我已经从你兄弟那儿取来了。不过事情还不那么简单。"五哥出汗了,说："还有什么,尽管说,尽管说。"红衣女子说："你姑奶奶不是随便让人耍的。冒充工商局的,是要第一次;在云鹤酒楼一拍屁股开溜是要第二次;今日一路不怀好意是要第三次。我明白告诉你,我今天只想叫人揍你一顿,叫你记清楚闹着玩玩得看人看地方。"

五哥无言以对。五哥自然也不会轻易讨饶。五哥毕竟是父亲的儿子。父亲说过做男人就是把刀架在脖子上也要硬着筋骨。五哥此刻便硬着了筋骨。五哥见几条大汉脱下了衣服,每人都露一件由他摊上卖出去的印有霍元甲的汗衫,不由得心一沉。突然,五哥说："朋友,我讲几句话。"红衣女子说："有屁快放。"五哥说："我们是一账还一账,所以今天这顿打我认了。打伤了我看病,打残了我躺床,打死了我不怪。不过这笔账了结后,我们井水不犯河水,不必死结冤家。生意兴旺靠朋友,互相拆台栽跟头。"红衣女子说："你还是条汉子。你放心。你死不了残不了。血还是要放一点的。拆台的事我不做,其他的人我不保证。"

红衣女子说罢出了门。五哥立即被拳脚包围了。很快五哥便人事不知地瘫倒在地。五哥醒的时候,天已黑了。屋里亮着灯。红衣女子正哗啦哗啦地滑动着编织机织毛衣。五哥艰难地站起来,一言不发,向门外走去。五哥快要跨出大门。忽飘来那女子软软的声音:"代我跟你兄弟道个歉。说那天我认错了人。"

五哥回家时叫了出租车。一家人见他血淋淋的模样都惊呼大叫。五哥没敢说也没脸皮说挨打之故，只说在汽车上同流氓争吵结果动起手来。五哥躺了整一星期。父亲闻知后，鼻子一嗤说五哥是笨蛋加癞皮狗一个。笨在居然能被人打到这种地步。癞在居然还大大方方地躺上七天。父亲委实感叹一代不如一代。

一切都恍如梦般。五哥伤好之后生意照常做了下去。五哥担心还会有人前来挑衅，结果，一连几个月都相安无事。五哥不由从心底服了那女子。他曾到处打听过红衣女子的下落。五哥想同她交个朋友。可惜五哥至今仍未打听到。

五哥现已是汉正街万元户之一了。六哥自然也不例外。汉正街的万元户说起来只千来户人家而其实远远不止。潜伏在地底下的万元户们至少也有几百。五哥和六哥这种人，发富之后学会的第一桩事便是赌钱。起先是麻将。后来嫌麻将太磨人也太费脑子，便掷骰子。有人读过金庸的小说《鹿鼎记》，知道那里面有个善赌的韦小宝。便在摇骰子时爆喊一声："韦小宝来啦！"五哥六哥均不知韦小宝为何物，但每次轮到他们掷时，也长长地吆喝："韦小宝哇！"

偶尔五哥回河南棚子看看父亲母亲时，见父亲端端地坐在小凳上与一帮老朽们以一毛两毛钱这样的数目打牌，脸红脖子粗地叫喊这个是臭牌那个是霉星，便也如父亲嗤他一样对父亲嗤一鼻子。五哥说他们现在下赌注根本不数钞票的张数。父亲不服便傲然问道那怎么算账？五哥说把钱摞起来用尺量厚薄。五哥说我下得最凶的一次赌注是十个厘米。父亲说十个厘米有多少？未必比一百块还多？五哥说压紧一点也就差不多一千块。父亲"呸"地朝五哥吐了一口浓痰，怒道："吹牛找你孙子去莫找你老子。"五哥大骂着父亲混蛋透顶而去。而同父亲一起的牌友们直到五哥走得没影儿了惊愕的面孔还没复原。

这回父亲怀疑五哥和六哥是不是他的儿子了。

第十三章

七哥瞧不起五哥和六哥到了极点。七哥常在肚子里用最恶毒最尖刻的话骂五哥和六哥。童年时代五哥和六哥给七哥的伤害令七哥永生难忘。但七哥在组织个体户们座谈时却每一次都以自豪的口吻提到他有两个哥哥都是个体户。七哥说他对他的这两个哥哥极其敬重，因为他们全靠自己的勤劳和智慧创造自己的生活。七哥鼓励个体户青年不要自卑要自信，要认识到自己这个职业的高尚和伟大。七哥还诙谐地说他们这些搞政治工作的人只能靠嘴皮吃饭，别的什么本事都没有。假如有一天我干腻了这一行就辞职去干个体户。七哥说起码可以到深圳广州跑几趟而这两处他还没去过哩。七哥的话让那些常往南边跑的个体户都笑了起来。个体户们都纷纷称赞七哥说这个人难得，便将七哥视为知音。而实际上他们都不知道七哥度蜜月在深圳住了二十天。

元旦时，七哥回了一趟家。恰恰五哥六哥也携子来家了。五哥六哥自小就没把七哥放在眼里，到现在依然是。他们完全不顾七哥是广大个体户的知音这一事实。五哥和六哥你一言我一语大声讥刺七哥费心思往上爬不如费心思赚点钱，然后故意把儿子的胖脸亲得"叭叭"响。那响声在七哥的心上像是锤子砸下一样，一锤一锤地让他痛苦。

父亲对七嫂极不满意。父亲想这女人大概有妖术。要不凭她那年龄和不能生儿子这罪该万死的毛病怎么能把七哥给勾引上呢？父亲想没有男人愿意讨一个不会生孩子的女人。而女人生不下孩子，父亲想，那还有什么用？父亲说不孝有三无后为大。父亲说现如今又不能讨小，看小七子你今后怎么办？父亲说不如把你那个休掉，再找个年轻漂亮的。七哥说瞎吵什么，你懂个屁。七哥一句话噎得父亲说不上来了。父亲在七哥面前显得很谦卑。父亲常想着七哥是省里头的人。

元旦刚过几天，父亲突然颠颠赶到武昌来找到七哥。父亲说大香和小香都要请七哥吃饭，叙叙姐弟之情。七哥听得大吃一惊，那惊愕的程度不亚于听说里根总统请他赴宴。片刻，七哥冷笑一声："黄鼠狼给鸡拜年，哪有好心。"父亲说："她们当不了黄鼠狼，你也不是鸡。"七哥说："我从来都只当没有姐姐的。"父亲说："你们都是我养的。都是从你妈一个人肚子里钻出来的，有没有姐姐由不得你。"七哥又是一声冷笑。七嫂说既然请，那就去吧。何况父亲又老远跑来了。七哥听七嫂的，便淡淡地回父亲说："请就请。有吃的何乐而不为？"

小香姐姐住在黄孝河边。小香姐姐当年嫁的那个黑胡子男人是个无业游民。小香姐姐跟他结婚三个半月后生了一个女孩。那黑胡子要的是男孩而小香姐姐却没有办到。小香姐姐在七哥面前可以为所欲为地打骂撕咬，却不能将她的丈夫奈何下去。没等女孩满两岁黑胡子假称回老家将小香卖到了河南。河南乡下的日子清苦，这使小香一次又一次地逃跑，终于三年后跑了回来。到家里怀里又抱着一个男孩。那天母亲几乎以为她是个讨饭的。直到小香姐姐凄苦地喊了声妈妈，母亲才认出这是她的小女儿。

小香姐姐一年不到又结了婚。没有男人小香姐姐是活不下去的。甚至只有一个男人她也依然觉得日子难熬。小香姐姐为这回的丈夫生了一个儿子。小香的丈夫是菜农，因为妻子生了一个女孩而一怒之下与之离婚。这回小香称了他的心愿，便万事百事由着小香姐姐。儿子已经有了，老婆的意义就不大了。逗儿子逗得高兴时，即使小香领了情人来家调情他也无所谓。他抱着儿子给小香做菜还殷勤地问客人味道如何。

小香姐姐有了一女二子。河南带回的那个连户口都没有。小香姐姐想起了七哥。

几乎同时，大香姐姐也在想七哥了。大香结婚甚早。大香有三个小老虎似的儿子。小的也都初中毕业了，而大的业已开始了待业。大香姐姐十八岁就结了婚。大香姐姐丈夫是木匠，木匠比大香大十岁。大香姐姐小日子过得十分富足。大香常常在休假之日坐在门口晒太阳，嗑着瓜子同一帮老娘们扯三拉四地聊天。星期天则提一点吃的或酒回河南棚子看望父母亲，大香姐姐住在三眼桥，这也是汉口下层人历来所居之地。

父亲告诉大香和小香，说是七哥答应去她们那里吃饭。大香说那就先去我那儿吧。小香说不不不，先去我那儿。大香说你那破地方，七弟怎么能踏得进脚。小香说你不要什么都想得到手，你的日子过得够好的了。大香说就是日子过得好了，才要多为子孙后代想。小香说我则是一心为七弟着想。大香说你心肠好，怎么小时候不为七弟想？小香说你比七弟大那么多却从不照顾他。大香姐姐和小香姐姐争吵得互相骂了祖宗，倒没想到她俩是同一个祖宗下的儿女。

父亲说吵个什么名堂，就在我这儿吧。你们俩一起做东，打点好酒来。老子陪小七子喝酒，你俩有什么屁就在饭桌上放。父亲的话令两个女儿皆大欢喜。

七哥那天进门时见到大香姐姐和小香姐姐的笑容几乎当场呕吐。火车依旧哐啷哐啷地从门前开过，震得房子微微颤动。小桌放在了屋中央。桌面上加了一层圆桌面。扩大了的桌面上已摆上了香肠卤牛肉花生米之类冷盘。酒是黄鹤楼牌的。父亲眯着眼边闻边咂着嘴唇。桌上倒了三杯酒。父亲把大哥也叫来了。七哥父亲大哥，三个男人坐在桌旁。而所有的女人——母亲大香小香——都在他们身边忙碌，谦卑地问七哥菜如何酒如何。七哥不知道到底为了什么事。他只觉得自己仿佛在一个陌生人家里做客。

父亲在三杯酒下肚后，舌头便又润滑了起来。父亲说："小七子你这辈子不能光你两口子过。"七哥说："您这是什么意思?"父亲说："得有儿子。要不你费老命奔的前途有谁能接着走下去?"大哥说："小七子，爸爸的话说得对。你的社会地位再高，你一死百事全了。还是得有儿子继承才是。"七哥没言语。他觉得父亲和大哥的话倒是不错。七哥想自己把自己的命运彻底地翻了个面，可又怎么样呢? 没有儿孙为自己的这番奋斗自豪。亦没有儿孙能享受到自己的成果。这岂不是有些枉然? 父亲说："小七子，你可以过继一个儿子。"小香姐姐立即说："我的老二，你晓得的，身体又结实，长相也不错，为了弟弟到老有依靠，我豁出去把他交给你了。"七哥吃了一惊："你儿子?"小香姐姐夹了一只鸡腿给七哥，说："是呀，那是个好小子。"大香姐姐说："小七子别听她的。那小子是她跟河南乡下农民养的，蠢头蠢脑。我那个老三，一表人才，年龄虽大了点，不过，过继给你也合适。"七哥又一惊："你说三毛?"大香姐姐说："是呀，三毛常说他最佩服的人就是他七舅哩。"小香姐姐说："三毛十五岁了怎么合适?"大香姐姐说："那也比杂种要好呀。"大香姐姐和小香姐姐又一顿好吵。七哥心烦意乱毫无吃兴。一桌酒菜便如毒药般让他汗毛耸起。七哥站起来，对父亲和大哥说："我不吃了。"父亲喝熄了大香和小香的战火对七哥说："再坐坐，你不陪你老子也陪陪你大哥。"大哥说："七弟要走就让他走。不过话还是得跟你说明白。你小时在家里受够了苦，这我清楚。吃得苦中苦方为人上人。现如今你出息了，再出息的人也得有子嗣。大香和小香的儿子是你的外甥。你们血缘亲近，你过继哪一个可以挑，但最好还是要过继有血缘关系的。否则，我们家不承认那个孙子。"七哥说："我得想想。"七哥一出家门，大香姐姐和小香姐姐的声音便在身后炸起。走了老远，还能听到她俩尖锐的叫喊。这一切使七哥恍若又回到了他过去的日子。七哥恐惧地加快了脚步，而心底里却一忽儿一个寒噤。七哥终于忍不住了，他扶着一棵树，勾下头将适才的饭菜呕吐一尽。他想将心底的恐惧和寒气一起呕出去。吐完，七哥望着灰蒙蒙的天空，想：家里过去又在什么时候承认过我这个儿子的呢？

三天后七哥回了一趟家。七哥告诉父亲：他已到孤儿院领了一个小男孩子，那孩子刚一岁。七哥说："不管你们承认不承认他是你们的孙子，但我得说，他是我的儿子！"七哥说完扬长而去。七哥的行为叫父亲目瞪口呆。父亲想骂人而终未骂出。父亲不敢骂七哥。父亲心里的七哥是政府的儿子而不是他的。

第十四章

河南棚子盖起了好些新房子。那些陈旧的板壁屋便如衣衫褴褛的童养媳夹杂在青枝绿叶般的新娘子之间。据说新火车站要修到建设大道的方向去，教堂般的汉口火车站从此结束它的使命。穿越城市的铁路要改为高质量的公路，公路两边的破旧房屋全部拆除，重新起盖高楼大厦。

邻居们都欢呼雀跃，纷纷盘算旧屋该折价多少，如何向政府讨价还价多分几套房子。只有父亲愁眉不展。父亲说没火车叫他是睡不着觉的。父亲说住楼房沾不到地气人要短寿。父亲说小八子怎么办？那几日父亲常坐在窗口下唠唠叨叨地说："我只有一个小八子还留在身边。"

我知道我再也不可能和父亲母亲一起了。二十多个幸福的岁月，我享受到了无比无比多而热烈的亲情之爱。那温暖的土层包裹着我弱小的身躯。开放在这热土之上的一串红火一般的艳丽。火车雄壮地隆隆而过，那播洒的光芒雪亮地照耀父亲的小屋。很难想象没有父亲这小屋会是什么样子。

父亲把我挖出的那天是个大晴天。太阳刺眼地照射着大地。父亲叫来了三哥。三哥将小木盒置入一个大纸盒里，然后用绳子捆绑好。三哥说："我把他埋到二哥旁边吧，有个伴儿。"三哥把纸盒架在自行车后，左脚一蹬，右脚飞越过纸盒踩上踏板。三哥的车铃丁零按响的时候，父亲和母亲，相拥着望着我们远去。他们像一对恩爱的老夫妻慈善着面孔望了很远很远，然后一起颓然地坐在门槛上。这一天我才发现，父亲和母亲已经非常苍老非常憔悴非常软弱了。

三哥将我埋在二哥身边，然后抚着二哥的墓碑，阴着面孔长舒了一口气。直到天黑三哥才缓缓地向山下走去。他的脚步是那么沉重和孤独，一声声敲打着地心仿佛告诉这山头所有的朋友，他累极了累极了。

星星出来了。灿烂的夜空没能化解这山头上的静谧，月光惨然地洒下它的光，普照着我们这个永远平和安宁的国土。

我想起七哥的话。七哥说生命如同树叶，所有的生长都是为了死亡。殊路却是同归。七哥说谁是好人谁是坏人直到死都是无法判清的。七哥说你把这个世界连同它本身都看透了之后你才会弄清你该有个什么样的活法。我将七哥的话品味了很久很久，但我仍然没有悟出他到底看透了什么到底作怎样的判断到底是选择生长还是死亡。我想七哥毕竟还幼稚且浅薄得像每一个活着的人。

而我和七哥不一样。我什么都不是。我只是冷静而恒久地去看山下那变幻无穷的最美丽的风景。

老旦是一棵树

杨争光

一

老旦坐在屋檐下，眼睛像两枚深邃的黑药丸。他在看雨。雨织成细密的薄网，从昏黄色的天空一股一股飘下来，落在院子里。雨不大，但时不时会吹破那张网，吹出些冰凉的水沫，淋在他的脸上，精湿的瘦脸便泛出那种明滑的水光。如果是过去，他就不会这么专注地看雨了。他会立刻把他捂在被窝里，抱着他的女人，或者骑在她身上，制造出一长串欢乐。下雨的时候，男人精气旺，女人阴气盛，他说。他不止一次给双沟村的男人们传授过他的经验。下雨的时候你抱着女人，你会以为你是在水里哩，你会以为你抱的是一条鱼，光丢丢的，信不信由你，你们不信我信，他说。当然，这都是十五年以前的事了。盖上房屋的时候，一片崭新的瓦从房顶上滑落下来，掉在了老旦女人的头上。尖利的瓦棱和女人乌黑的头发一起砸进了头盖骨，她一声没吭，流了一摊污血，死了。他成了鳏夫。

"啐——"大旦也吐了一口。他一直盯着那口唾沫，看着它飞出去，再下来，散开，被雨水淹没，然后，他扭过头，看着他爸。他和他爸吐在了同一个地方。这不是一件很容易的事情。他想看看他爸的反应。他爸侧着脸。他只能看见他爸的一只耳朵。他爸一动不动，严肃得像个将军。他感到自尊心受到了极大的伤害。他想让他爸说点什么。他一直想让他爸和他说点什么。

"我真想在犁铧上敲一下。"他突然说。

老旦好像没听见。大旦感到他的自尊心又遭到了一次伤害。

"当！"他真的敲了一下。犁铧发出一声短促的钝响。他爸被吓了一跳，头飞快地向他扭过来。这回，他到底看见了他爸的脸，他爸不说话，只是瞅着他。

"当！"又一声。

大旦迎着他爸的目光，一脸挑衅的神情。

"你能不能不敲？"老旦终于开口了。

"不能。"大旦说。

"要敲你提到街道敲去，甭让我听见，我不想听。"老旦说。

"我敲我的犁铧，你看你的雨，井水不犯河水。"

"敲吧敲吧。"老旦说，"爱敲你就敲。"

"敲就敲。"大旦说。他一下一下敲了起来，不紧也不慢而且摆出一副要不断地敲下去的架势。他仰着头，偶尔朝他爸斜睨一眼。

"当——当——当——当。"

老旦终于受不住了。

"你这是敲丧哩！"老旦说。

"不对，我敲犁铧哩！"大旦说。

"犁铧是让人敲的？难道犁铧是锣？你说。"

"狗是看门的，还是杀了吃肉的？你说。"

"你敲得人心里瞀乱。"

"我不敲我心里瞀乱。"

"娶不到媳妇能怪我？你和我较什么劲？"

"我没和你较劲，我敲犁铧。"

大旦感到他浑身的肉突然变热了。他站起身，把犁铧提在手里，用石头在上面飞快地砸了起来，犁铧立刻发出一阵急促的生铁声。

"当当当当……"

"你驴日的敲吧。"老旦也站起来，"看你能敲出个媳妇来。"他甩甩袖子，要走。

大旦急眼了，他想他敲犁铧就是给他爸听的，他爸一走，他一个人敲着一定很乏味。

"站住！"他朝他爸吼了一声。

老旦站住了。他看见大旦两眼发红，狼一样盯着他。

"我去白菜地。"老旦说，"你敲你的。"

老旦走了，再也没有回头。大旦看着他爸的背影，眼里像要渗出血来。他恨不能掐住他爸的脖子，把他扭回来。

"敲就敲——"他跳起来，撕扯着嗓子吼了一声。

生铁犁铧愤怒地响了起来。

老旦已走出村口了。他看见东边正在退云。他想雨一停，他的两亩白菜就会疯了一样往上长。他没想到他会碰上仇人赵镇，更想不到后来发生的一切，都与他和赵镇的那一次碰面有关。

二

他听见了一阵踩踏泥水的声音，然后就看见了赵镇。

天说晴就晴了。太阳像圆圆的红柿饼。远处是群山，近处是一片又一片秋庄稼。老旦像一只安静的老狗，看着他的两亩白菜，白菜长势很好，一棵挨着一棵，从湿软的泥土里拱出来，白生生一片，朝着高远的天空。阳光唤醒了它们在雨天里聚积的精力，不时发出那种舒筋展骨的梆梆声。老旦爱听这种声音。他是个种白菜的老手。他从不多种，一年只种两亩。他总能让它们卖出好价钱。

啪叽啪叽，有人踩踏着泥水走过来。雨刚停，路上还有积水。

是赵镇。他走到老旦跟前了，身后还有一位外乡女子。他是个人贩子。每一次出远门他都会领回来一个年轻女人。这次领回来的女子叫环环，她家在北山深处的一个旮旯里。赵镇在她的村子里住了几天，然后就进了她家的门。赵镇说："你跟我走，我给你找个男人，让你过好日子。"她就跟着赵镇来了。赵镇说："我们那里有吃有喝，就是缺女人。"她长得不漂亮，但年轻，不到二十岁的样子，脸上布

老旦是一棵树／杨争光　　213

满太阳长久烘烤过的那种颜色。出家门的时候，她把一块印花手帕塞进裤兜，有意让手帕的一个角从裤兜边上探出来，远看像一只鸟的花尾巴。她觉得这么好看。村上许多女人都这样，花尾巴在裤腿那里一颠一颠的。赵镇说："路上有人问，你就说我是你姨夫。"环环说："姨夫咱走吧。"他们走了两天两夜。走到一天一夜的时候下起了雨。环环说："姨夫咱还走吗？"赵镇说："走。"他们一路踩踏着泥水。湿泥粘在鞋底上，越粘越厚，他们不时地踢甩着。有时鞋和湿泥一起甩出去了，他们就叫一声，光着一只脚追过去。这样，他们的路程就会少一些单调。"村上有许多女人叫我姨夫哩。"赵镇也给环环说几句这样的话。

"白菜长得不错。"赵镇站在老旦的屁股后头，微笑着。

"走你的路，你管尿它长得错不错。"老旦说。

老旦从来也不掩饰他对赵镇的仇恨。"我看不惯他，我恨他。"老旦给人这么说。"为什么？""不为什么。难道世界上的每一件事情都要为个什么……？人为什么要吃？你说。肚子饿？肚子为什么要饿？你能说清楚？说不清嘛。"其实，他对赵镇的仇恨由来已久了。那是在他的女人被瓦棱砸死以后，他突然有些无所事事了。最难熬的是晚上，他躺在炕上胡思乱想。他突然想人一辈子应该有个仇人，不然活着还有个尿意思。他觉得这个想法很妙。他甚至有些激动，浑身的肉不停地发颤。以后的许多日子里，一躺在炕上，他就会想仇人，仇人，仇人，浑身的肉打着颤。他把双沟村的人一个一个从脑子里过了一遍，挑来挑去，便挑中了人贩子赵镇。就这么，赵镇成了他的仇人。他巴望赵镇能遇到些倒霉的事情，他甚至希望赵镇出远门的时候栽进车轱辘里，最好不要把他碾死，碾断一条腿就行，让他整天拖拉着走来走去。看着你的仇人拖拉着一条断腿在街上走来走去，你心里会是个什么滋味？可赵镇每一次都会好好地回到双沟村，他活得很滋润。赵镇遇到的事情都是好事情，而且，日子越过越富。每一次领回一个女人，他都会赚一笔钱。老旦怎么看也看不出赵镇会在哪一天倒运。老旦更恨他了。一个人没根没由地仇恨一个人，这听起来好像有些古怪。可老旦不觉得古怪。

"老旦，你能不能对我友好一点？"赵镇看着老旦的后脑勺，"这么多天没见，我好好问你话，你看你，让我走我的路。"

"我和你没说的。"老旦说。

老旦还想说几句恶毒的话，话还没出口，他听见了女人的声音。是环环。

"姨夫咱走。"环环说。

老旦扭过头来，用那两只药丸一样的眼睛把环环从头到脚审视了一遍，然后，把目光移在赵镇的脸上。

"你驴日的又领回来一个。"他说。

"她叫环环。"赵镇说。

"环环？这名字怪。"老旦说，不知为什么，他的语气缓和了许多。

"怎么样，给你家大旦？"赵镇说。

老旦的眼珠子直了。他没想到仇人赵镇的嘴里会吐出这么一句话来。他想起了大旦给他敲生铁犁铧的样子。他心里有些乱了。

"你驴日的奚落我。"他费了好大劲，终于说出了这么一句话。

"我不和你开玩笑。我不像你，把满世界的心都看成黑的。"赵镇说。

老旦从赵镇的脸上看不出真假。

"要不要？不要我就给别人说去了，村上的光棍一茬茬往上长哩。"赵镇说。

"姨夫咱走。"环环说。她有些不好意思。

"你再想想，就是这个人，你看过了，想要就去我家。"赵镇说。

啪叽啪叽啪叽，赵镇领着环环走了。

老旦怔怔地看着那两个人拐进了村子。他突然抡起拳头，在大腿上砸了一下。

"驴日的你，我为啥不要！"

他撒开腿朝村里跑，一路上摔了几跤，等跑回家的时候，已变成了泥人。他看见大旦靠着墙壁睡着了，生铁犁铧已被敲成了碎片，散乱在厅堂里。他没叫醒大旦。他踩着生铁碎片来回走了一阵，然后仰起脖子，朝着赵镇家的方向吼了一声：

"驴日的你，我为啥不要！"

大旦被他爸撕裂的嗓门吓醒了。他看见他爸一身泥水，满脸涨红，脖子上直直竖着两条筋，吼叫声早顺墙传了过去，嘴唇还不停地抖动着。他以为他爸在骂他。

"我睡着了，我又没惹你。"他给他爸这么说。

老旦说做饭。大旦说："做饭就做饭，没好吃的，热剩饭。"老旦说："剩饭就剩饭。"他们吃了一顿剩饭，然后就睡了。老旦没告诉赵镇领环环的事，他感到这事没个准头。第二天，他被一阵干脆的爆竹声吵醒了。

三

赵镇回来的那天晚上。他婆娘一高兴，便提前生产了。她在炕上栽来滚去，失眉吊眼地喊叫了半夜，挣出了一堆羊水和一个白白胖胖的儿子。赵镇一辈子什么都不缺，就缺个继承香火的人。他想过各种办法，求神告奶奶吃种种丸药汤药，闯过红，用过各种姿势，也有过一连十几天抱着婆娘不下炕的经历，结果都令他沮丧，婆娘的肚子怎么也鼓不起来。他恨不能从婆娘的肚子里掏出一块肉，捏成个儿子。有时候他会摸着婆娘的肚子，可怜兮兮地说："你给我生个儿子吧，我把你叫爷哩。"有时候，他会咬牙切齿地在婆娘的大腿上抓一把，让婆娘发出几声猫一样的叫声。他说："你甭叫唤，你给我生个儿子，我把你当我妈一样服侍。"有时候，他会把婆娘折腾成一摊软泥，他说："我就不相信我赵镇整不出一个儿子来。"他奋斗了几十年，他终于整出来了。他险些晕了过去。他激动得像一只公鸡。他实在想不出表达他心情的好办法，便把头抵在衣柜腿上大哭了一声。"爷呀，我的爷呀！"他哭着说。然后，他一蹦子跳到了院子里，大声野气地喊着灌黄酒去！有人跑了出去。买炮！放几串炮！又有人跑了出去。磨面，磨五斗面，我要给全村的人喝一顿胡辣汤！第二天一大早，人贩子赵镇亲自给婆娘热了第一碗黄酒。三长串爆竹一齐爆响，把他五十岁得子的消息传遍了双沟村。当天下午，胡辣汤也做好了。双沟村男女老幼一百多口人，挟着碗筷在赵镇家门口新支的铁锅前排起长队。爱吃不掏钱的饭，是双沟村人的脾气。不掏钱的饭吃起来香，他们都有这种感受。何况，能吃他的粥，是抬举他哩。一会儿，满街道就响起了那种喝汤的吸溜声。赵镇换上了一身崭新的衣服，戴一顶瓜皮帽，不时走出门，一脸得意的神色，像上了油彩。他抱着手给喝汤的人摇着：你们喝，我婆娘身子虚，我得照看。然后，再朝那扇大门里走进去。

赵镇家的那只狮子狗，把眼睛瞪得像豆角一样，朝满街喝粥的人吼着。有人说："你看那狗，不悦意了。"有人说："吼你娘的腿，主人施粥，你鼓什么闲劲。"

老旦和大旦一前一后领了一碗粥，跐蹴在一个土堆背后喝着。赵镇得子，老旦的心又疼了一次，但粥不得不喝，不喝白不喝，至少可以省去做一顿饭的麻烦。

"他得意成熊了！"老旦说。他已喝完了一碗，"你等着我，我再去舀一碗，我有话和你说。他驴日的应该蒸些馒头，胡辣汤泡馒头才好吃哩。"他说，他真的又舀了一碗。他感到他应该把那件事告诉大旦了。

"大旦，我把实话给你说了。赵镇又领回来一个女人。"他说。

大旦停止了吸溜，看他爸。

"他问我想不想给你要过来。"老旦说。

"你咋说？"大旦的心提了起来。

"我咋不想要？可他是我的仇人。"老旦说，"受仇人的恩惠，咱先人在坟里会睡不安稳。"

"他又没得罪咱先人。"大旦说。

"他得罪我了！"老旦说。

"我想要。"大旦说，"你压根就不想给我娶媳妇。"

"胡说。"

"哼！"

"你让我再想想，这是和仇人做事哩。"老旦说。

"他给我个媳妇，我给他磕头哩。"大旦说，"这有什么好想的？爱想你想去！"

大旦端着碗走了。在街道的拐角处，大旦把那只空碗高高地举起来，又狠狠地摔下去，叭一声，碎了。

老旦眨矇着眼，脖子直了半晌。

事情太重大了。几天工夫，老旦瘦了一圈。大旦无犁铧可敲，便靠着墙壁胡哼哼，累了，就把头埋在胳膊里睡觉。他说他不想做饭，他已做了十几年饭了，做够了，谁爱做谁做去。他说做饭是女人的事。老旦说："我是你爸，我不许你这么和我说话。"大旦说："我是你儿，我不许你坏了我的前程。"老旦说："你看你那死猪样，我真想踢你一脚。"大旦说："死猪不怕烫，还怕踢？踢吧，嘟哩格嘟哩格嘟哩格嘟。"

后来，老旦终于想通了。水从门前过，哪有不舀一勺之理？赵镇这几天高兴，说不定会少要几个钱哩。就这么，他想明白了。那天晚上，他迈着双沟村人很熟悉的那种步子，走到了赵镇家门口。

"哎！"他喊了一声，"把狗拴住！"

赵镇说，是老旦啊，进，进，这几天人来人往，狗拴着哩。老旦说："不进了不进了，那天你在我家白菜地头说的话还算不算数？"赵镇想了想说，咋不算数，算数。老旦说："我没钱给你，我只种了两亩白菜。"赵镇说："就那两亩白菜吧。"老旦一直背着手，不时地抖着。这会儿，他不抖了。他像不认识赵镇一样，上上下下瞅着赵镇的脸。他没想到赵镇高兴的时候还这么清醒。

"我以为你这几天心里高兴，会少给我要几个哩。"老旦说。

"看你说的，我指这活哩。"赵镇说。

"我的白菜不白种了？"老旦说。

"你换了个大姑娘。"赵镇说。

"噢，噢，白菜就白菜吧。过两天我接人。"老旦说。

"我婆娘坐月子，我想让环环照看两天。"赵镇说。

"一个萝卜让你八头切呀？"老旦说。

"接人也成。环环白天来我家照看月婆，晚上回你家睡觉，成不？"赵镇说。

"一接过去，就是我家的人，你得付点工钱吧？"老旦说。

"我少要些白菜，成吧？再不成就算屎了。"赵镇说。

"就按你说的办。驴日的你。"老旦说。

事情办成了，但老旦的肚子里好像吃了一只苍蝇，横竖不舒服。第二天一早，有人看见他背着手到村长家走了一趟。

四

村长马林正在给他家的鸡修盖一座房屋。他不抬眼，一听声音就知道是老旦。他听见老旦站在他的背后了。他掂量着一根木棍，想把它塞进墙上的窟窿眼里。他已塞了一排。马林塞了一根，又塞了一根，塞得一丝不苟。他想老旦很快就会给他说点什么。他想错了。老旦伸着脖子，眼珠子盯着墙上剩余的那几个窟窿，好像要等马林塞完以后才开口。马林有些诧异，然后就有些激愤：你驴熊爱等就等着，我塞完木棍，还要上草箔子，还要上泥，还要上瓦，你个驴熊。

老旦似乎很有耐心，脖子一直伸着。

他们开始了一场漫长的等待。后来，马林有些忍不住了。

"你驴熊没见过盖鸡窝的?"马林说。

"没见过，"老旦说，"实话说，我长这么大还没见过。"他说得很诚恳，他好像定了心要跟马林学一门盖鸡窝的手艺，"我长这么大还没见过像你这么盖鸡窝的。"

"那你就瞪圆眼珠子看吧。"马林说。

"我看这做什么? 我没事干看你盖鸡窝?"老旦说，"我死了女人就不养鸡了，你不知道? 我家要是有女人，我他妈的就盖鸡窝。可我不会有女人了。"他说。

"大旦总要娶女人的。"马林说。

"当然，那是一定的。他娶女人他盖鸡窝去。"老旦说。

"你个驴熊哎!"

马林把最后一根木棍塞进了最后一个窟窿里，然后拍拍手，转过身来，看着老旦的鼻子，"你找我有什么事?"他说。

"赵镇又领回来一个女人。"老旦说。

"就这事?"马林从地上端起一把泥壶，喝了一口茶水。

"你是村长，你得管管这事。"老旦说。

"我只管收粮交税。"马林说。

"赵镇是人贩子!"老旦说。

"我知道他是人贩子。可管了赵镇，咱村上的光棍怎么办？他只贩女人，赵镇好就好在他只贩女人。"马林说，他又吸了一口茶水。

"好事都让赵镇占了。他贩女人发了财，还得了个儿子。"老旦说。

"那你得问赵镇的婆娘去。她要生，谁也没办法。赵镇就不该有个种？"马林说，"这又不是墙上的窟窿，用木棍可以塞住。她要生嘛！"

"我就想让他没种。"老旦说，"好事都是他的，一个萝卜八头切。"

"有时候，一个萝卜就让一个人八头切了。"马林说。

"这么说，你下决心不管赵镇了？"老旦说。

"噢么。"马林说，"你能管你管去，我不管。"

"你不管你不管，这次领回来的女人要给大旦，我又不吃亏。"老旦说。

"你个驴熊！"马林说，"人家给你领女人，你还告人家的状，你个驴熊。"

老旦对马林笑了两下。他觉得这事确实有些好笑。

"嗬。嗬嗬。过两天我就给大旦成亲，到时候你来喝白菜汤，一定来，你忙，我走呀。"

老旦背着手，马林看见老旦的手指头在后腰背上得意地动弹着。

两天以后，环环和大旦见了一面。又过了两天，环环和大旦便成了大礼，成了老旦的儿子大旦的女人。按照约定，环环白天在赵镇家照顾坐月婆，晚上回老旦家睡觉。先一天，老旦从白菜地里挖了五十棵白菜。这也是事先的约定。老旦把那五十棵白菜做成汤，给村上的几家头面人物喝了一次。挖白菜的那天，老旦心里很难过，一句话，两亩白菜就成了赵镇的，他想不通。他流着泪给大旦说："这是咱父子两个一年的血汗。"

"噢么。"大旦说。

"你噢尿哩，白菜很容易就成了赵镇的，你还噢么。"老旦说。

"那你让我说什么？"大旦说。

"你走吧，你先走，我在这里坐坐，我知道你现在想的不是白菜。"老旦说。

大旦背着白菜背篓走了。大旦心想他爸说得对，他这会儿满脑子是环环的身子和大腿。

风一会儿就吹干了老旦的眼眶，他在白菜地里坐了半晌，太阳早已落山，地里的湿气上来，毛毛虫一样在他的屁股上爬来爬去。他想他不能再坐了，再坐下去湿气就会钻进他的肠子里。他希望他的两亩白菜明天就烂在地里，烂成一堆又一堆臭泥，发出粪尿一样的气味。他这么一想，便有了一些激动。他走到白菜地中间，掰开几片叶子，把手伸进去，抓住脆嫩的菜心在里边胡揉乱捏了一阵，然后再把叶子盖好。他一连揉捏了十几棵。

"你们烂了吧，看在我老旦的老脸上，烂了吧。"他对满地的白菜说。

他站在白菜们中间，像一只孤独的老狼。他的手指头上粘满了白菜的汁液。

五

喝白菜汤的人一走，院子里就空空荡荡了。几十个白瓷碗像从地里长出来的一样，圆圆的，朝天张着，每一个碗上都整齐地担着一双木筷子。刚才唏哩呼噜一片吃声，突然就剩下了几十个空碗。老旦愣愣地看着那些空碗，半晌没说一句话。他感到他家的院子像散场后的戏台。大旦的感受和他爸完全不同。他觉得那些空碗都是过时的东西，有一样更新鲜更实在的事情正等着他去做，戏还没开场哩。

"环环，咱回屋去，咱爸就这么爱想事情，让他想吧，咱进屋。"他说。

环环正要转身，老旦却开口了。

"你们回屋，这些空碗咋办？让我收拾？"

"我看你看它们哩。"大旦说。

"我看空碗？空碗有什么可看的？你错了！"老旦说。环环什么也没说，挽起袖子开始收拾那些粗瓷大碗。大旦愣了一会儿，也跟着一块收拾。粗瓷大碗的碰撞声立刻使老旦的家里有了活人气息。老旦没动，他看着他们收拾。他感到环环还算懂规矩。收拾完了，天也黑了，大旦和环环站在他爸老旦跟前，看他爸还有什么盼咐。

"有二十八个碗是借人家的。让我去还？"老旦说。

"明天还。"大旦说，"我还。"

"这就对了。"老旦说。

"环环你先回屋，我和大旦有话说。"

环环回屋了。大旦直挺挺站着。老旦好长时间没开口。

"说么。"大旦说。

"本来要说些话，很重要，不知怎么又忘了。你先去，想起来我叫你。"老旦说。

大旦真想扇他爸一个耳光。

"去，回屋去。"老旦说。

进屋的时候，环环已钻进被窝。被子一直拥到下巴颏跟前，眼睛乌溜溜地看着大旦。大旦感到他身上的骨头突然软了。他想他不能软，一软就什么事也干不成。这么一想，他感到他的骨头又硬了起来。他插上门，转过身来，迎着环环的目光看了一会儿。

"上来呀。"他好像听见了环环这么说了一声。其实环环什么也没说，环环只是眨了一下眼。环环的眼睫毛很长。

他走到炕前，把两只脚从鞋窝里退了出来。他的眼睛始终没离开环环的脸。可事后，他一点也想不起环环当时的脸是个什么样子。

一只带着土腥味的大脚伸到了环环的耳朵跟前。环环闭上眼睛，她听见一只同样大的脚跨过她的脸，落在了她的另一个耳朵跟前。然后，就听见布单下边的炕席发出一阵不堪重负的咯噜声。咯噜噜，咯噜。

"把灯吹了。"她说。环环的声音很轻。

后来，环环感到了一阵钻心的疼痛。她突然从炕上弹起来，跳下去，捂着肚子蹴在地上。大旦被弹到了炕墙根下，两只眼睛恐慌地看着她，嘴唇抖动着。

"环环，你怎么啦？我怎么你了？"大旦说。他不知道他该不该下去扶她，把她抱上炕来。

"我抱你上来。"大旦说。

环环又摇摇头，从地上站起来，钻进了被窝。大旦一动也不动。

"你来。"环环说。

大旦还是不动。他怕环环哄他。

咯儿咯儿，环环笑了两声。"来呀。"环环说。

大旦放心了。他想他这次得小心一些，不能让环环再把他从她的身子上弹下来。可一挨着环环身子，他就不由自己了。

　　"环环!"他叫着，"环环!"

　　大旦感到身子底下的这个女人变成了他身上的一块肉。他和她太亲了。他想给她说尽天下的好话，可他一句也想不出来，只一声一声地叫着，"环环，哦，环环。"他想把他化成水，渗到女人的身子里边去。他像在做一件可心而又费力的事，猴急又没办法。突然，他不动了。他的心里正拱动着一种悲酸的潮水。他把脸慢慢贴上环环的肚子。他趴在环环身上哭了起来，泪如泉涌。环环吓了一跳。

　　"环环，"他哭着说，"你让我没一点办法。"他说，"你比我妈还亲!"

　　环环又感动，又有些怜惜他。她用手指头在大旦多肉的脊背上摩挲着。她没有说话。第二天一早，环环按本地人的规矩，给她阿公爸老旦请了个安，倒了老旦的尿盆，又给老旦点了一锅旱烟。然后给老旦说:

　　"爸，我到姨夫家去呀!"

　　"姨夫? 哪儿蹦出个姨夫?"老旦说。

　　"赵镇让我叫他姨夫。"环环说。

　　"噢，噢。"老旦说，"以后甭提赵镇，他和我有仇哩。"

　　环环觉得阿公爸有些好笑，便咯儿咯儿笑了两声。她笑的时候，总是发出那种咯儿咯儿的声音。

　　"我不骗你，你甭笑。"老旦说。老旦也笑了两声。

　　那时候，老旦的心情还好，但一会儿就由晴转阴了。环环出门的时候，他看见了环环裤兜里露出来的那一截手帕。他突然感到这女人身上有一股妖气。到吃饭的时候，他的心情就更坏了。

　　"娶个女人，还要自己做饭，这算什么世界!"他说。

　　"环环说，赵镇婆娘一满月，她就回来。"大旦说。

　　"满月，满月，我一天也不想让她去。"老旦说。

　　"你事先和人家说好的你怪谁。"大旦说。

　　"你听着，你的媳妇可是用两亩白菜换来的。"老旦说，"裤兜吊着一截花尾巴，惹谁哩?"他说。他看见大旦没有吭声，有些急了，"你怎么不说话?"

　　"我说什么? 我没什么说的。"大旦说。

"你当然没说的，你娶了女人当然就没说的了。打到的媳妇揉到的面，我告诉你，你要治住她。"

"做什么治她？怎么治？你说的我不懂。"大旦说。老旦想了一阵，也实在想不出一个非常新鲜的办法。他使劲咽了一口唾沫，说：

"反正你得治住她。"

"白菜是赵镇给你要的。"大旦说。

"对，是赵镇，这我知道。我迟早要整倒他。我早就想整倒他了。我不会放过他的。"老旦说。

他没想到机会来得那么快。

事情出在环环身上。

六

当人贩子赵镇和老旦的儿媳妇环环通奸的消息在双沟村的巷子里门背后茅墙前饭桌上传得沸沸扬扬，老旦像判官一样审问环环的时候，连环环自己也说不清是赵镇勾引了她，还是她自己送上了赵镇的门。

她每天都去赵镇家，给赵镇的婆娘端饭送水，洗尿褯子。她不但熟悉了赵镇家的住屋、院子、厨房和盛油盐酱醋的坛坛罐罐，也熟悉了赵镇家的各种气味。她常常和赵镇婆娘拥在一个被窝里，说一些女人爱说的话题。赵镇的婆娘是个胖女人，生孩子以后又胖了许多，浑身散发着一种逼人的奶味。她奶水很多，肥大的奶子从衣襟里挤出来，嘟噜噜吊着。小孩吃不了，她就把奶水挤在碗里。环环不知道把这些奶水怎么办。赵镇婆娘说："你放着，让你姨夫晚上吃。"大人吃小孩的奶，这让环环感到新奇。

"奶水养人哩。"赵镇婆娘说。环环想不出赵镇喝奶水的样子。一个满脸茬茬胡子的男人和小孩一起吃他婆娘的奶，一定很怪吧？

那天，环环一进屋，就看见赵镇婆娘用一种怪异的目光看她。环环立刻想到了大旦和她在炕上的情景。其实，她一路上都想着昨夜的事。大旦的样子让她怎么也忘不了。赵镇婆娘怪异的目光看得她心跳。她觉得赵镇婆娘像看见了她和大旦的作态，脸立刻红了。孩子尿了一泡。她把布裆子提出去，搭在门口的竹竿上。进去的时候，赵镇的婆娘还在看她。她说姨你甭这么看我你看得我心里像兔子一样跳。赵镇婆娘仰起脖子笑出一串声音。环环上炕挨着赵镇婆娘坐下。赵镇婆娘还在笑。环环把头偎砸在赵镇婆娘的胳膊里，说，你笑你能笑破天。赵镇婆娘说不笑了不笑了，一笑奶疼。环环取过柜盖上的碗，说，挤，挤出来让姨夫吃。赵镇的婆娘一下一下持奶子，奶水像水枪一样有力地打在碗上，一会儿就挤出来半碗。环环听着奶水的声音，又想起了大旦的样子。她想大旦的样子很好玩。赵镇婆娘把两个奶子塞进衣襟里，说，松快多了。黏糊糊的奶味在屋子里弥漫着。赵镇婆娘拉拉被子，和环环并排靠墙坐好。

"我是过来人呢。"赵镇婆娘说。

这会儿，环环的心不跳了，脸也不红了。她甚至想问赵镇婆娘一点什么，一时不知该怎么开口。她一直把被头拉到脖子跟前，用牙齿咬着。

"好么?"赵镇婆娘看着环环的脸。

"什么好么?"环环装作不懂。

"大旦和你，好么?"赵镇婆娘说。

"他猴急。"环环一说，脸又热了。

赵镇婆娘又仰着脖子笑了。环环在赵镇婆娘的胳膊上打了一下。

"看你，人家给你说了，你又笑。"环环说。

"不笑了，不笑了，我和你说正经的。"赵镇婆娘说，"你说。"

"我给你说过了。"环环说。

"就一句? 就那么一句?"赵镇婆娘说。

环环眨瞢着眼，好像在想什么。

"后来?"环环说，"他趴在我身上哭了。"

"怪。这可是有些怪。"赵镇婆娘也眨瞢着眼。

"我吓了一跳。后来，我就可怜他。"环环说，"他的样子真让人可怜。"

"唔，"赵镇婆娘说，"唔。"

"男人和女人都这样?"环环说。

"都这样。"赵镇婆娘说。

"都猴急?"

"开始都猴急，后来就不了。"赵镇婆娘说。

"你和姨夫呢？"

"你姨夫？他可是个好把式哩。"赵镇婆娘说，很得意的口气。

"我们那里把做农活的能人叫好把式。"环环说。

"男人和女人的事也一样。"

"我不信。"

"这号事你姨夫给你说不成，要是能说，就让他给你说说。"

"姨你看你，又胡说了。"环环说。

没有人打扰她们，她们谈得很热和。赵镇婆娘要是知道她的话会在环环的心里产生什么影响，她就不会这么和环环说了。她怎么能知道环环的心思呢？人心都是肉长的，可人心不是同一块肉。

环环对人贩子赵镇产生了一种新的感觉。同样是那个人，但感觉不一样了。赵镇的身上，有一种说不清道不明的东西吸引着她。她觉得人太有意思了。当她一个人在偏院里洗刷尿裤子的时候，她就会想起赵镇。也会想起大旦。大旦好像有使不完的劲，泄不完的精力。大旦总是急，然后就趴在她身上哭。大旦说，我一辈子都会对你好，我都不知道该怎么对你好了，我没办法。大旦总这么说。赵镇和他婆娘在一起会是什么样子呢？她把四个人想在一起了，一会儿是她和大旦，一会儿是赵镇和他婆娘。偏院是养牲口和堆柴火的地方，那里很安静，环环一个人想着她感兴趣的事情。后来，就发生了她和赵镇通奸的事。

那天，环环又要去偏院洗尿裤子，赵镇婆娘说你看我这身衣服，像在奶缸里泡过一样，臊得难闻。环环说你脱下来我一块洗。赵镇正要出门，赵镇婆娘说把你的也脱下来让环环洗。赵镇说是该洗了，便脱下衣服。又说我帮环环抱过去，给她提几桶水，然后我去玉米地里转转，过些天该收秋了。赵镇没去玉米地，他给环环提了一桶水，倒在木盆里，然后又提了一桶，然后就蹴在环环跟前，看环环洗衣服。水很凉，环环的手在水里浸得红红的。赵镇在跟前蹴着。环环的心里有些乱，呼吸有些急促。赵镇看了一会儿，朝偏门走去。环环长出了一口气，又憋住了。她看见赵镇没出门，而是把门插上了。赵镇向她走回来。赵镇脸上的茬茬胡子排成一种笑的样子。赵镇把环环的手从水盆里拉出来，握在了他肥厚的手里。

"你和你姨说什么了?"赵镇问环环。

环环低下头。她的手在赵镇的手里一点点发热。

"你姨全给我说了。"赵镇说。

赵镇把环环抱起来,进了柴房,环环感到自己的身子很轻,像棉花一样。在软软的柴堆里,赵镇用一个大男人的温柔款待了环环。赵镇不用蛮力。他知道怎样做能让环环觉得他好。他说他和许多女人睡过,她们都叫他姨夫。

"都是你领来的女人?"

"都是。"赵镇说。

"我姨愿意?"

"傻蛋蛋,你姨怎么会愿意?"赵镇说。

环环不吭声了,一根一根摘着头发上的柴草。能听见他们出气的声音。院子里的阳光很鲜亮。

"孩子一满月,我就回大旦家。"环环说。

"不急,你多待些日子。我找老旦去说,他会愿意的。"赵镇说。

赵镇真找了一次老旦。他说他想让环环再帮一段时间工。老旦说你想得又美又臭,不成。赵镇说我不要你的两亩白菜了。老旦用药丸一样的眼睛审视了半晌,确信赵镇没耍鬼招,便答应了。

"这还说得过去。"老旦说。

赵镇一走,老旦立刻去了一趟白菜地。他好长时间不去那里了,他没想到它又会回到他的手里,而且很容易,太容易了。他背着手,站在地边上,心直往嗓子眼里跳。世界真奇妙,驴日的这世界!他突然想起了他揉捏过的那十几棵白菜。他跑进白菜地中间掰开叶子,一股臭气呛进了他的鼻子。它们果然烂了。

"驴日的这世界。"他说。

他很后悔,但他立刻就把这笔账记在了赵镇身上。他想他总有一天要整倒赵镇。这么一想,心里就舒服了一些。后来,白菜卖了好价钱,他就舒服了许多。

他是在卖完白菜以后,听到环环和赵镇通奸的消息的。那时候,环环帮工期满,已从赵镇家回来了。

"哈!"他叫了一声,他有些不信,"哈!"他又叫了一声。他信了。

"哈哈！"他叫了两声，两腮喷红，"驴日的，这世界！"他说。等了许多年，终于等来了机会，他不能让机会滑过去。他要让双沟村的人看着他怎么和仇人闹事情。他想，他得一步一步来。他想，应该先和大旦说说。

七

那天傍晚，环环像往常一样，依次点着了两个土炕里的柴火，用扇子猛扇了一阵，浑黄的浓烟立刻弥漫了整个屋子。老旦和大旦像老鼠一样从门洞里跳出来，站在院子里喘气，看浓烟从烟囱里一嘟噜一嘟噜往外冒。天有些阴，烟不往上走，游蛇一样在地上爬动着。一会儿，环环提着扇子，也从门洞里跳出来，和老旦大旦一起等着烟雾消退。他们互相看着，咳嗽了一阵。烟雾弥漫了院子，屋里的烟就少了，他们便走进去，点灯，然后吹灯，然后睡觉。

老旦没点灯。他想一个人躺在黑暗里。他要再想一想他和赵镇的事情。按老旦过去的脾气，他一时也憋不住，立刻会揪住环环问个明白。但这一次的事情太不平常，他必须好好想一想。他恨赵镇，恨了好多年，可一直不具体，这回具体了，他想事情一具体就好办了。一想到这个，心就不停地敲打他胸膛上的那块骨头，发出一阵快活的响声。他感到浑身的血像跑马一样在血管里乱窜。他翻过身想了一阵，翻过身又想了一阵，然后平躺着继续想。夜深人静，能听见大旦和环环在另一间屋里的响动。这种响动惊扰了他许多夜晚，他已很熟悉了。他知道他们在干什么。那种响动在他的心里引起过许多感受，可一句也不能说，也说不出口。大旦是他的儿子，环环是儿媳妇，他怎么说？所以，也仅仅只是感受。就连这感受也是一种罪过，最好没有感受，最好不听他们的响动。可偏偏在晚上，什么声音都会传得很远、很清楚。它要往我的耳朵里钻嘛，我总不能塞着耳朵睡觉，我总不能说睡就睡得人事不省。他总这么安慰自己。有时候他真想让大旦做点什么事情，可三更半夜能有什么事情可做？他想不出来，也就只能忍着，一直到那种响动渗进深深的夜里，他才能安稳地睡过去。现在，那种响动又从老地方传了过来，一切照旧。他甚至能听出，哪一声是大旦弄出来的，哪一声是环环。但现在，老旦已有充分的理由让他们终止那种响动。他想，他决不是和儿子过不去，他决不愿打扰他们。可事情总不能不说，这么大的事情，大旦还蒙在鼓里哩。他一边想着，一边从炕上摸下来，走出屋门。

大旦屋的门窗都关闭着，像一大一小一长一方两个黑框。响动声，就是从那两个黑框的缝隙之间流露出来的。

我实在不想惊扰他们，他想。

我不能这么站在屋外听，他想。

然后，他叫了一声：大旦！

响动声突然消失了。老旦立刻想到了两只受了惊吓的兔子。他想他们一定张着眼睛，听着屋外的动静。他咳嗽了两声。"是我，大旦。"他说，"你到我屋里来，我有事和你说。"

"明天说不成？"大旦的声音很虚。

"不成。"老旦说。

等听见了大旦穿衣服的声音，他才转回屋，点上油灯。大旦裹着一件棉袄，光着腿来了，一进门就往热被窝里塞，两只手压在屁股底下。

"还是热被窝好，冷死人了。有事你快说。"大旦说。他不停地抖着腿，时刻准备回自己屋里去。环环还在等着他。

"我快说不了。"老旦说。

"快说不了就慢说，总不会说到大天亮。"大旦说。

"说，你说，我听着哩。"大旦说。

"你听个屁。你媳妇和赵镇睡觉哩！"老旦说。

大旦身子一挺，脖子直了。一会儿，又软了，头真的成了一块生姜疙瘩，吊在胸腔上。

"你不知道这事吧？"老旦说。

"我知道。"大旦说。

老旦没想到大旦会说出这么一句，脖子也突然直了。不过，他没像大旦那样软下去。他一直梗着，朝大旦扑闪着眼睛。大旦知道他爸在瞪他。他没抬头。

"你知道？你说你知道？你知道咋不告诉我：你为什么不去问她？你个驴日下的，你看你个驴日下的，你没问她？"老旦说。

"哈!"老旦说。

"环环对我不坏。"大旦说。

"你媳妇和我仇人睡觉,你说她对你不坏。哈!"老旦说。

"环环不去赵镇家就行了。"大旦说。

"一碗水泼出去了,地湿了!"老旦说。

"太阳一晒就会干。"大旦说。

老旦的眼睛不闪了。他一时想不出合适的话来。

"我不想这事,不想就等于没有。"大旦说。

老旦还没有想出合适的话。

"就这事?说完了没?我走呀。"大旦说。

"你个驴日下的。"老旦说,"你不问我问。"

"你问去。"大旦说。

大旦把两条光腿从被窝里抽出来,两只光脚很熟练地塞进鞋里,走了。

"我当然要问!"老旦冲门外喊着,"我为什么不问!"

第二天吃完早饭,环环要收拾碗筷,老旦拦住了她。

"我有事问你。"老旦说。

大旦朝地上吐了一口,拂袖而去。老旦没理他。环环把身体的重心放在一条腿上,另一条腿伸出去,一只手的大拇指勾在裤兜边上,另一只手托着下巴颏,等老旦问话。

"赵镇勾引你了?"老旦一点弯子也不拐。

"我不知道。"环环说。

"你勾引他了?难道是你勾引他了?"老旦说。

"我不知道。"环环说得很诚恳。

"你把你的那截鸟尾巴塞进裤兜里去。"老旦说。

环环看着裤兜边露出的一角手帕,没动。

"塞进去。"老旦说。

环环很不情愿地把它塞进去。她看了老旦一眼,然后把头转向一边。

"就是你勾引他,你也不能这么说。是他勾引你!"老旦说,"我要让双沟村的人都知道这件事。"

"你不想让我活人,我就死。"环环说。

"这我不管，我这就去找村长马林，到时候你和他们说。"

"我是你家的媳妇，你不嫌丢人？"环环说。

"丢人？对，丢人。就因为丢人，我才要让人都知道这事，舍不了娃，就打不住狼，这话你没听说过？"

八

马林家的屋檐头树杈上挂满了玉米棒子。玉米颗粒饱满，像一排金黄的牙齿。冬天地里没活，鸡窝早已盖好，无事可干的时候，马林就把手抄在袖筒里，在院子里走来走去，仰头看那些玉米棒子。老旦从门外走进来，叫了一声村长。马林的眼睛还在那些金黄的玉米上。几只麻雀飞来飞去，急得喳喳叫，尾巴一翘一翘。它们嘴太小了，一粒玉米也啄不走。

"你看我这些玉米，越来越让人爱。"马林说。

"我没心思，我家有的是。"老旦说，"我儿媳妇让赵镇睡了。"

马林想笑，可马林作出的是一副惊异的表情。

"是么？"马林说。

"你甭装洋蒜，你早知道了。"老旦说。

"你看，我还真不知道这事。"马林说。

"这回你可得管。"老旦说。

"捉奸捉双，听来的话难辨真假，我怎么管？"马林说，"清官难断家务事。"

"你把村上理事的人叫齐，晚上去我家。"老旦说。

"环环愿意说？这号事她愿意说？"

"你是村长，她敢不说？"老旦说，"问什么她说什么。"

还有什么事能比调查一桩男女奸情更激动人心呢？没有。村长马林很快就找齐了几位理事的人，在晚饭之后来到了老旦家。上房厅里摆着一排小板凳，他们挨个儿坐上去，表情严肃。老旦说倒水。环环便给他们每人倒了一碗水。大旦想出门，马林说你不要走，听听没什么坏处。大旦蹲在墙角，把头埋在两个膝盖之间，像睡着了一样。马林说我看就让环环找个地方坐下说。环环说我不坐，我就站着，站着一样说。马林说那就站着说吧，老旦你坐下。老旦说我蹴着，我喜欢蹴。老旦把头扭向环环说，问你什么你说什么。环环说，噢。

他们问得很仔细。他们说环环不是我们爱管闲事，是你爸老旦让我们管，好事坏事都是双沟村的事，就是管不了听听也好。老旦说就是就是，我就是让你们听，听听就清楚了。马林说我们知道这号事说起来有些夯口的，说到底不是个光彩事。环环说没什么夯口的，问这号事的人比做这号事的还不要脸。马林他们怔了一下。马林说环环你这不是骂我们吧？环环说我没骂。马林说骂也好没骂也好，我们不和你计较，你比我们年轻，懂事太少，你们说是吧？其他人说就是就是。老旦说咱甭说废话，你们接着往下问。马林他们便接着往下问。环环开始讲那天洗衣服和尿褯子的事了。

"姨夫给我提了两桶水，水很凉，直往人的骨头里凉。我以为姨夫要出门，可他没有，他把偏门插上了。我的心咚咚地跳。"

"后来呢？后来？"

"后来，他走到我跟前，看我洗衣服。"

"那时候你心里咋想的？"

"我没咋想，我洗衣服，水很凉。"环环说。

"再说，往下说。"

"姨夫说你看你的手，红了。我说水太凉，姨夫就拉住了我的手。"

"你甭再姨夫姨夫的。"老旦说。

"甭打断她，让她讲。一打断就会讲乱。"马林说。

"他把我抱进了柴房。"环环说。

马林他们大张着眼睛和嘴，等环环讲下边发生的事。可环环不说了。

"说么。"马林说。

"后来，就发生了那事。"环环说。

"太轻巧了，说得太轻巧了。"马林说，"我听不出是谁勾引了谁，你们说是不是？"

"就是。"其他人说。

"他总要先做什么事吧？比如衣服，你的衣服，他总要，你看这话真难出口，他总要先解你的衣服吧？"马林说，"你的衣服是他解的吧？"

环环点点头。环环的眼里涌满了泪水。

老旦站了起来。

"怎么样，是赵镇勾引人吧？事情太明白了。环环，你接着说。"老旦很激动。

"他解了两个纽扣，剩下的是我解的。"环环说。

泪水突然夺眶而去。环环受不住那种熬煎了。

"你们太不要脸了，你们想听，我就都给你们说了。他脱了我的裤子。他弄了我。我愿意他弄我。这回你们满意了吧？呜哇——"环环放声大哭。她扭身跑进了屋子，咣一声关上门。

大旦像遭了蜂蜇，一蹦子跳起来，追了过去，摇着门扇。

"环环，你开门，环环。"大旦叫着。

谁也没想到环环会这样。他们感到有些尴尬，互相瞅着。他们正听得上心。他们咀嚼着环环的每一句话。环环的话使他们产生了许多联想，他们进入了角色。他们甚至感到和环环干那件事情的不是赵镇，而是他们自己。他们大张着眼窝，看着环环的脸，眼珠子一动不动……他们听得紧张而舒坦。他们谁也没想到环环会哭。他们一时不知道该怎么收场了。

"老旦，你看这事。"马林说。

"一口气好忍。"有人说了一句。

"说的是，一口气好忍。"马林觉得这话说得太是时候了。他站起来，在老旦肩膀上拍了几下，"什么气都是人忍的，你说是吧？那你就忍了吧。多一事不如少一事。"

其他人都从小板凳上站起来，超然而亲切地看着老旦。

"忍了吧。"他们说。

"老旦你在，我们走了。"马林说。

他们排成一队，从大门里走了出去。他们已忘记了尴尬，剩下的只是满足。以后的许多日子里，他们时不时会想起环环给他们讲述的一切。他们会禁不住笑几声。"驴日的赵镇。"他们还会这么骂一句，不带一点恶意。

走出大门，他们听见老旦带着哭腔喊了一声：我怎么能忍？驴日的你们。有人说村长你听，老旦骂我们哩。马林说噢么，让他骂去。他们分别隐进各自的家门，黑暗中响起一阵插门的声音。

九

村长马林他们不阴不阳的态度不但没使老旦气馁，反而激发了他久积在心底的一股热情。他好像突然年轻了二十岁。他感到他的头发和二十根指头都散发着精力。第二天一大早，他便开始了一项更为艰苦的努力。他挨家挨户向双沟村的人讲述人贩子赵镇勾引环环的经过。几乎每一户人家都怀着浓厚的兴趣听他讲述。他们对老旦给予了绝对的同情和关切。他们给他让座倒水，让他边喝边说。老旦从来没享受过这么高的待遇。他抱着开水碗，长长地吸一口滚烫的水，然后张开嘴，哈出一口气。

"他驴日的早就谋划好了。"他总是这么开头，"他让环环洗衣服，环环当然得洗，可他驴日的把门插上了。他捏环环的手，你想环环怎么能抵挡得住？他把环环抱到柴房里，柴房是什么地方？柴房和猪圈能差多少？"他说。

"抱到柴房不见得就能弄成事。"有人说。

"咋没弄成？没弄成，我老旦就不给你说了。"老旦说，"难怪他驴日的要多留环环一些日子。他找我说的时候，装得像个人一样，我想让环环再帮几天工，他这么说。"

"赵镇不是白送了你两亩白菜么？"有人说。

"是啊是啊，可那也叫白送？"老旦说。

每到饭时，老旦便准时回家，吃完饭，又换一户人家，开始另一轮讲述。十几天以后，双沟村的每一个人都能讲述环环和赵镇的故事了，新奇的感受逐渐消失，再听老旦的话，就像涮锅水一样乏味了。

"老旦，你能不能说点新鲜的？"有人说。

老旦怔了一下，眼睛扑闪了半晌。

"你这是什么意思？"他说。

"话说三遍比屎还臭。"他们说。

"我说过三遍了？难道我给你说过三遍了？"老旦说。他感到他们太不近情理。

"你说过十八遍了。"他们说。

老旦这才发现他们没给他让座，也没倒水。他受到了沉重的打击。他悻悻然走回家，在炕上躺了整整一个上午。他突然有了一种白日做梦的感觉。他感到他这十几天到处给人讲述的故事离他很遥远，也许根本就没发生过。饭做好了，环环站在屋外叫他吃饭。环环总是按时把饭做好。环环不恼也不怒，做饭，扫院，抱柴火烧炕，老旦所做的一切，好像与她无关。

"爸，饭好了，吃饭。"环环说。

吃饭的时候，老旦把环环从头到脚审视了一遍，他从环环身上看不出一点迹象，证明她和人贩子赵镇有过奸情。他有些慌乱了。他想他也许真是做梦。吃完饭，他急匆匆走进屋，关上屋门，在自己的脸上扇了一下。他放心了。"我怎么会做梦？做梦扇脸就不会疼。"他说，他感到身上的血又像马一样奔跑起来了。

他很快就发现双沟村人的兴趣已转移到了老鼠身上。那些天，双沟村家家户户都发现了老鼠，它们不分昼夜地啃啮挂在屋檐头树杈上的玉米棒子。马林召集全村开了一次会，一场逮老鼠的运动很快在双沟村开展起来。他们逮住老鼠后，并不把它们弄死，是用绳子拴住一条后腿，把它们赶到大街上展览。每天都有人逮住一只或两只老鼠。有时候，街道上会出现一排人，牵着十几只老鼠让大家观赏。老鼠们在太阳底下悠闲地跑来跑去。太阳光使老鼠们的眼睛显得贼亮。人们兴致勃勃地品评着老鼠的大小，尾巴的长短。然后，他们就提出来几把铁锨，追赶着把它们一个一个铲死，或者拍死。这时候，街道上就会响起一阵尖厉的鼠叫声。

大旦和环环也参加了，因为他们家也发现了老鼠。逮住了，就兴高采烈地到街上展览，逮不住，就去街上观赏。

人贩子赵镇让双沟村的人大吃了一惊。那天，他一个人牵着八只老鼠突然出现在街道上。他又去了一趟北山，领回来一个女人，正准备说给村上的一个光棍做媳妇。

"闪开闪开，我家的老鼠来了。"赵镇一脸风光，边走边说。八只老鼠一溜小跑，满街人发出一声声夸张的惊叫。

老旦是双沟村唯一拒绝参加逮老鼠运动的人。双沟村人的堕落使他寒心，他以为双沟村的人一见赵镇就会恶心。他想错了。他们根本没把赵镇和环环的奸情放在心上。老旦眼睁睁看着他十多天的努力，像一堆狗屎一样被风吹干了。赵镇牵着八只老鼠，轻而易举地赢得了双沟村人的一片惊叹。最让他受不了的是，赵镇经过他家门前的时候，好像给环环挤了一下眼。环环竟然没有脸红。环环好像笑了一下。那时候，老旦站在环环和大旦背后，正一眼一眼剜着仇人赵镇。他想他不能再耽搁了，他得行动。他从大旦和环环背后挤出来，跳到街道当中。

"阿呸！"他闭着眼，朝天上喷了一口唾沫星子。

"你们玩老鼠！"他对满街的人说。

"有你们这么做人的么？我白和你们说了十几天的话。有你们这么做人的么？"他说。

他满脸通红，来回走了几步，突然停下来，用一根手指头指着赵镇。

"你们为什么不给他脸上唾！"他说。人们哄一声笑了。他们觉得老旦和老鼠一样好玩。

"你们等着！他赵镇迟早要弄出人命！"他说。

人们笑得更响了。马林走过来，在老旦的额头上摸着。

"老旦，你怕是病了。"马林说。

老旦拨开马林的手，"哪个驴日下的才病呢！"他说。他鼓着全身的力气朝地上吐了一口。

几天以后，老旦和环环进行了一次严肃的谈话。

"环环，全村的人都知道你和赵镇的事了。"老旦说。

环环顺着眼。她刚洗完碗筷，用围裙擦着手。

"我给你说话哩。"老旦说。

"噢么。"环环说，"你挨家挨户说了十几天，他们还能不知道。"

"我说的都不是捏造吧？你说。"老旦说。

"你这么纠缠我你想做什么？"环环说，"他们早忘了这事。"

"他们忘了我可没忘。"老旦说。

"你没忘你就记着，让它在肚子里给你生儿子。"环环说。

"你应该上吊，给赵镇甩人命。"老旦说。

环环看了老旦一眼，她真想在那张老脸上抓一把。

"我不想死。"环环说。

"我说我要让双沟村的人都知道这事，你说我不让你活人你就死，现在他们都知道了。人说话应该算数。"老旦说。

"我不想死。"环环说。

"你哪怕假装上吊，吊个半死不成?"老旦说，"你一上吊，我就有话找赵镇说了。"

"你真不要脸，"环环说，"我没见过你这么不要脸的人。你逼急了我，我再找赵镇睡，睡给你看。"

"好哇!"老旦叫了一声，"你敢睡，我就敢捉。我正想捉你们一次哩。难怪赵镇给你挤眼的时候，你还给他笑。"

"你等着。"环环说。

"等着。"老旦说。

大旦一直没有吭声，他以为环环只是想气气老旦。他没想到环环会真做。

十

环环在村外土坡底下拦住了赵镇。赵镇婆娘拉肚子，赵镇去城里抓药回来，手里提着几副草药包包，刚走下坡就看见了环环。看样子，环环已等了多时。她坐在一块石头上。环环帮工期满以后，他们再没单独见过面。

"姨夫。"环环从石头上站起来，叫了赵镇一声。即使两个人在一起，她也叫他姨夫。

"是环环啊，你在这做什么? 这么冷的天。"赵镇说。

"我等你哩。"环环说。

"有事?"赵镇四下看了看，狗大的一个人影也没有，便在石头上坐下，"来，坐下说。"

环环挨着赵镇坐下。环环的心咚咚跳了起来，脸突然红了。赵镇看着她的脸。赵镇的气息扑在她的额头上，热热的。

"你说，环环。"赵镇说。

"你去北山的时候，老旦满村里胡说。"环环说。

"这我知道，说让他说去。他说那些话和放屁一样，不咋。"赵镇说。

"我姨没骂你？"环环说。

"骂我？没骂。你姨说老旦不是东西。"赵镇说。

赵镇没说实话。他从北山回来，一进家，婆娘就朝他的肚子蹬了一脚。他趴在炕边上想看看儿子，婆娘一伸脚正好蹬在他肚子上。婆娘说你到街上听去，满村人说你和环环睡觉的事哩！我真想用剪刀把你那东西割了，狗改不了吃屎你。赵镇说有气待会儿撒，我先看看儿子。赵镇拨开小棉被在儿子的嫩脸上亲一下。赵镇一亲儿子，婆娘的气就消了许多。婆娘说你看这娃越长越像你了。赵镇说多亏你。这下，婆娘不但消了气，还添了许多甜蜜。赵镇坐在炕边上说，你别信老旦的话，他是个什么人你还不知道？婆娘说环环也不是好货，你弄去，弄烂她我才解气。赵镇说好，好，弄烂她弄烂她，世上的女人都烂了你就成了宝贝。婆娘被逗笑了，说，你总是没个正经。这些话，赵镇怎么能给环环说？

"他让我上吊，给你甩人命。"环环说。

"他是谁？"赵镇明知故问。他感到他身子里正一点点发热。

"还能是谁。"环环白了赵镇一眼。

赵镇用眼睛搜寻了一阵，不远处有个草庵子。

"走，咱去草庵里说话。"赵镇说。他给环环挤弄着眼睛。

"我就想气气老旦。"环环说。环环的心又咚咚跳起来。

"走。这里眼宽，让人看见又该胡说。"赵镇说。

一进草庵，赵镇就扑倒了环环。这时，环环的心不再跳了。她的身体里涌动着一股从来没有过的激情。以前和赵镇在一起，她也许还有些羞耻，现在没有了。她甚至渴望赵镇对她的蹂躏。她觉得赵镇对她越狠，她对老旦的报复也就越狠。我让你再满村里说去。她在心里叫唤着。大旦，这不怪我，这怪你爸老旦，他想让我上吊。我气死你老旦，你为什么不来看！

草庵门口的光亮突然被什么堵住了。赵镇和环环吃了一惊。

是老旦。他手里提着一块半截砖头。

坏了。赵镇想。

环环往上翻着眼睛，看着老旦阴森森的模样，不知该怎么办。她想老旦手里的半截砖头很容易砸到她的脸上。

"哈!"老旦叫了一声。

环环出门的时候,他就注意她了。这些天,他一直注意环环。他想环环也许会找赵镇。他一直看着赵镇和环环进了草庵。他觉得时间差不多了,就朝草庵摸过去,顺手提了一块半截砖头。他把他们堵在了草庵里。

"你要干什么?"赵镇说。他趴在环环身上不敢动。他也怕老旦手里的砖头。

"我要让全村的人来看。"老旦说,"你们别动,谁动我就砸谁的头。"

"你叫人去吧,我们穿上衣服。"赵镇说。

"不要动,你动我就砸。穿上衣服就不好看了。"老旦说。

"总会有个过路的人看见我,我就让他叫村上的人来。"他说。

"你心太黑了老旦。"赵镇说。

环环捂着脸哭了。

"你还有脸哭啊,要哭等村上人都来了你再哭吧,哭个够。"老旦说。

赵镇蛤蟆一样突然一个前扑,从环环的头上跃过去,抱住了老旦的腿。老旦没想到赵镇会来这一手。手举起砖头朝赵镇砸下去。砖头砸在了赵镇的脊背上,赵镇哼了一声,但死不松手。

"环环,快,抱住他!"赵镇说。

环环翻起来,抱住了老旦。他们把老旦压倒了。老旦失眉吊眼喊了起来。

"来人啊,要出人命了!"

赵镇和环环轮换穿好衣服。然后,赵镇骑在老旦身上,捂住老旦的嘴。

"环环你快走。"赵镇说。

环环闪出草庵,一溜烟跑了。

老旦努力想咬赵镇的手指头,怎么也咬不到,喉咙里呜呜响着。

"你现在舒坦了吧?"赵镇说,"是你家儿媳妇送上门来的,水从门前过,哪有不舀一勺之理。这是你常说的话,是不?我今天把话说给你。你现在舒坦了吧?"

"呜呜。"老旦想把嘴从赵镇手里挣出来。

赵镇松开了老旦的嘴。

"我说的是古人的话，"老旦说，"你让我起来。"

赵镇放开了老旦，老旦爬起来，拍拍身上的土。

"你现在喊吧，叫村上的人吧。"赵镇说。

老旦"呀"地叫了一声，一头朝赵镇撞了过去。后来的事实证明他根本不是赵镇的对手。赵镇拳脚相加，在他的屁股上、大腿上、肩膀上一下一下砸着，踢着。他抱着头缩成一堆。他很后悔，他没能拿紧那半截砖头，他想砖现在要是在他手上该多好。赵镇的脚又抬了起来，这一次踢了老旦的尾骨上。一阵剧烈的疼痛迅速滑过脊背，一直疼到脖根。老旦呻吟了一声，栽倒了。醒过来以后，赵镇早已不见了踪影，被踢砸过的每一处都一揪一揪地疼。他想他确实被赵镇打了，而且打得不轻。赵镇打得很有章法，他不打人能看见的地方，专打身上有肉的地方。怒火在老旦的身子里燃烧起来，他很快就找到了一个简捷的办法。他先把手捂上脸，慢慢伸开五根手指头，然后一用力，从脸上抓了下去，那张瘦脸上立刻出现了五条鲜明的指印，逐渐由白变红，终于渗出了血珠。他并没有就此罢休。他把手又紧紧地攥起来，牙一咬，挥拳朝鼻子砸去。一股酸辣的眼泪从眼眶里挤出来，唰一声，鼻血如注。他胡乱一抹，那张脸就成了鬼脸。

"要出人命了！"

他叫喊了一声，从草庵里冲出去。

十一

老旦在炕上整整躺了三天。他拒绝洗脸。

"我疼。"他说。

每顿饭前，大旦都要给他爸端一盆热水，让他擦脸。老旦总是那句话："我疼。"

"饭我吃，但我不擦脸。"他说。

大旦很为难。老旦在草庵捉奸反遭一顿狠打的消息，很快在双沟村引起一阵骚动。人们又开始说赵镇和环环了，而且，旧事情翻出了新花样。老旦很满意。可大旦的心里却像钻进了毛毛虫，六神无主。被赵镇偷的是他媳妇，被赵镇打的是他亲爸，为男人为儿子都没了脸面，他不知道该怎么办。他揍了环环一顿，环环不哭也不闹，环环说大旦你打我不怨你。第二天起来，环环照样扫院做饭。她就是这么个女人。他想他总不能把环环捏死。

"爸，你擦擦脸，别人看了笑话。"大旦说。

"你嫌难看，是不是?"老旦说。

老旦的脸确实不好看，胡乱抹的鼻血已经干在了脸上，几条指印正在结痂，整个像做出来的一张假脸。

"我已打过环环了。"大旦说，"她像猫一样乖。"

"打她顶屎用。"老旦说。

"那就捏死她?"大旦说。

"我想捏死的是赵镇。你为什么不和他拼命?"老旦说。

"我打不过他。"大旦说。

"我明天就上街去，我让双沟村的人再看看我这张老脸。"老旦说。

"你这是逼我呢!"大旦说，"你想给我难看。"

"你难看什么? 赵镇又没打你，你的脸没烂，你难看什么。"老旦说。

大旦不敢想象他爸上街的情景。他爸再上街，他就没脸活了。

"你让我想想。"大旦说。

"你想你的，我上我的街。"老旦说，"明天一早我就去。"

大旦一夜没睡。

第二天一早，他把他爸堵在了屋子里。他满脸发绿。

前半夜他摸着环环的肚子，心里弥漫着一种哀伤的情绪。环环真像一只猫，卧在他的大腿跟前，时不时睁眼看他。后来，她便睡了。她睡着的时候也像一只猫，或许是一只猫精。大旦叹了一口气，然后便咬住牙关，开始想赵镇家的那只狗，那只狗凶恶地朝他瞪着眼，一声不吭，让他骨子里发冷。不叫的狗才咬人哩，他这么想。整个后半夜他都这么想。

"我给你杀了赵镇。"他说。

老旦把儿子审视了一遍。

"你把卖白菜的钱给我，我去买几条狗。"大旦说。

老旦有些糊涂了。

"赵镇家有狗，我先学着杀狗。"大旦说。

老旦明白了。他从木柜里翻出来一包银钱，甩给了大旦。

"再买一把杀猪刀。"老旦说。

大旦很容易买来了十几条狗。他在双沟村周围查看了一遍，最后看中了那座草庵。草庵原是看瓜用的，现在是冬天，没人去那里。大旦本不想用它，因为一见它就会产生联想，后来又想，有联想也好，更能加深对赵镇的仇恨，他能在那里偷环环打人，我也就能在那里杀狗。他把十几条狗拉进草庵，又磨了几斗玉米，把它们喂了几天，然后，磨快了那把杀猪刀，便开始了他的杀狗试验。他把十几条狗一只一只牵出来，用窝窝头招惹它们，让它们向他作出各种咬的姿势，然后，用那把杀猪刀插进狗的致命处。一只狗死于后扑，两只狗死于倒扑，三只狗死于前扑。他想他要去赵镇家，那只狗正面前扑的可能性最大，所以他在练习刺杀前扑的狗上，花的钱和工夫最大。他每天只刺杀一只。他想他不能让它们死得太容易。他要用尽它们的力气。每一只狗都是在做出各种扑咬的姿势之后死去的。有几只狗没伤着致命处，带着流血的伤口跑走了，一路上发出一声声痛苦的哀叫。大旦没追上它们，他为此很后悔。每天傍晚，他都会提着那把沾满狗血的刀子走回家去。

"事情弄大了。"双沟村的人说。

"真要出人命。"他们说。

老旦曾去草庵看过几次，他很振奋。

"大旦，这不只是学杀狗的技术，还练你的心肠呢！练你的胆气呢！"他说。

他感到赵镇的死期不远了。他恨不得赵镇就是那只挨刀的狗。

"大旦，到时候我跟你一起去。杀了赵镇，我立刻洗脸。"他说。

老旦怀着一种激动的心情熬着日子。他觉得时间过得太慢，他有些熬不住了。

"大旦动手吧，我熬不住了，再熬下去我会生病。"他说。

"狗还没杀完哩。"大旦说。

"为什么非要杀完？你就当赵镇是一只狗。"老旦说，"夜长梦多。"他说，"我看就把日子定在腊月初八，赵镇肯定在家。最好不要捅死他，捅他个残废。"

"也许就会捅死他。到时候人心急，刀子就没眼睛了。"大旦说。

"捅死他就便宜他了。捅死他说不定要抵命。"老旦说。

"要抵命你抵。"大旦说。

"我抵。"老旦说，"万一捅死他我就抵。"

腊月初八那天，双沟村的人在恐惧中喝完了腊八粥。赵镇果然回到村上。有人给他通风报信。

"大旦在草庵里杀狗哩。"那人说。

"噢么。"赵镇说。

"他一脸杀气。"那人说。

"噢么。"赵镇说。

"你出去躲躲吧。"那人说。

"躲了初一，躲不了十五，他要杀你，你没办法。"赵镇说。

"也是，你说的也是。"那人说。

喝粥的时候，赵镇想了一下刀子捅进他身体时的情景，他不知道刀子会捅进他的脖子还是肚子，也许是大腿。他感到他的牙齿有些凉飕飕的。他放下粥碗，进了村长马林家。马林喝得太饱，正抚摸着鼓胀的肚子。

"赵镇你来了。粥喝多了，肚子胀得难受。喝的时候只想多喝，喝胀了又难受，人真是个贱东西。"马林说，"你坐。"

赵镇说不坐了，有人说大旦要杀我你知道不？马林说我只知道大旦杀狗。我问过他，他说他心里难受，杀狗开心哩。赵镇说他真要杀我怎么办我让双沟村的光棍都娶上了媳妇没功劳也有苦劳吧？马林说清官难断家务事大旦又没说他要杀你这事就不好管。赵镇说大旦的媳妇也是我给领回来的。马林说人不讲良心你有什么办法？赵镇说你要不管以后就甭想让我再领女人回来我领回来也不给双沟村。马林说村里的光棍，差不多都有了女人剩下一两个没关系双沟村的香火断不了，再说你领女人你也没少要钱没少占便宜，你家盖大房的钱是哪里来的？赵镇说我听你说话和放屁一样。马林说我喝胀了还真想放个屁你走吧。

赵镇把马林的话给他婆娘转述了一遍，婆娘说马林算什么村长马林是屎蛋，然后愣眼瞅着窗户上的麻纸想了一阵，又说，大旦真杀了你，

剩我们娘母子怎么办？话音未落，眼泪水已淌过了胭脂骨。赵镇半晌没
话，突然抬起头说：大旦也是个屁蛋，弄不好先杀了他。他走出屋门，
在院里走了几圈，看着几年前盖的偏房上房，心生出一阵辛酸。人都知
道人贩子挣钱，人不知道人贩子的酸苦，更不知道人贩子要被人放血时
的酸苦。人里头没一个好东西，人不如一只狗。他这么想着，走到狗窝
跟前，蹲下去，对着那只狮子狗瞅了一阵。

狮子狗卧在一堆温热的细土里。细土散发出一股狗臊味，直往赵镇
的鼻眼里钻，一直钻进了他的心里。狮子狗也瞅着赵镇，然后站起来摇
摇身上的细土，走到赵镇跟前，用头在赵镇的膝盖上蹭着。赵镇把手埋
在狗脖子的长毛里抓着。他说狗啊有人要杀我，你怎么办？狗没答话。
狗当然不能说话。赵镇解开了拴狗的铁链子。

赵镇没有白爱他的那只狗。当大旦提着那把杀猪刀挤进赵镇家的黑
漆大门时，狮子狗一口就咬断了大旦的懒筋。它一声也没叫。

十二

刺杀赵镇的行动，是从午夜时分开始的。吃过晚饭，老旦把碗一
推，给大旦说，磨刀吧。大旦看了老旦一眼，便去提那把刀子。

"我看着你磨。"老旦说。

大旦把磨刀石放在上房厅里，老旦端来一碗水。环环在厨房一边
洗涮锅碗，一边往上房厅瞄着。老旦说："环环你弄你的事，弄完你
睡觉去。"

"磨吧。"老旦给大旦说。

大旦开始磨刀了。大旦一脸悲壮的神色。风一直刮着，干冽冽的。
后来，风小了一些，天上飘下来几片雪花。大旦打个冷颤。

老旦看了大旦一眼。

"下雪了。"大旦说。

"冬天当然要下雪。"老旦说。

"冷。"大旦说，"我有些冷。"

"你害怕了。"老旦说，"你看你，一把刀磨了多长时间，半夜了。"

"有一瓶酒就好了。"大旦说。

"现在到哪里弄酒去？喝水吧，热水也暖身子。"老旦说。

"那就喝水。"大旦说。

大旦一连喝了两碗开水。

"走吧。"老旦说。

"走。"大旦说。

他们打开门，一前一后朝赵镇家摸过去。雪不知什么时候停了。风依然刺骨，往他们的脖子里钻着。

赵镇家的门紧紧闭着。他们站了一会儿。大旦冷得牙齿打架。

"前边是个大坑，咱父子俩也得跳。"老旦说。

"要先杀了那只狗。"大旦说。

"这是你的事。"老旦说，"撬门，你先把门撬开。"

大旦把刀从门缝里塞进去，没找到门闩。大旦的心突然狂跳起来。

"门没插。"大旦说。

"那就进。"老旦说。

大旦往握刀的手使了使劲，轻轻推开门，跷进了一只脚，又跷进一只，用眼睛搜寻着那只狗，搜寻着赵镇睡觉的上房屋。院子里一片黑暗。上房屋的飞檐伸在空漾的夜色里。

就在这时候，赵镇家的那只狮子狗朝大旦扑了过去，一口咬住了大旦的脚后跟。咯噌一声，大旦知道他的懒筋被咬断了。他没感到疼。他只感到他身上汗毛也咯噌了一声，全竖了起来。没等那只狗咬第二口，他就把那把刀子捅进了它的脖子。狗突然松开嘴，侧身跑了几步，倒了下去，浑身打着抖，喉咙里发出一阵含混的呜呜声，一会儿，就不动了。大旦死死地盯着它。他怕它再爬起来。他想它如果再扑过来，他就只有让它咬了，因为他没从狗脖子里拔出那把刀子。

狮子狗没有爬起来，大旦的脚腕却疼痛难忍了。这时，他才感到他白杀十几条狗。那十几条狗，没有一条与赵镇的狮子狗扑咬的姿势相似，它们扑咬，是为了他手里的窝窝头，而赵镇的狮子狗扑咬就是为了咬他的懒筋。

老旦一进门，就看见了那只狮子狗。

"杀了?"老旦爬在大旦跟前，嗓子激动地颤着。

"它把我的腿毁了。"大旦说。

老旦伸手一摸，摸到一把热乎乎的东西，他知道是大旦的血，一阵揪心的悲哀从他的心底涌上来。他抱住大旦的肩膀放声哭了。

"我的儿啊，啊，啊。"

上房屋里的灯亮了。赵镇披着一件皮袄走出来，看看老旦和大旦，又看看他的那只狮子狗。他蹲在狗跟前，也摸到一把热乎乎的东西，也同样产生了一股揪心的悲哀。他在狗毛上抹着手上的血。

"狗啊！"他叫了一声，抱着一条狗腿哭了，"啊啊啊啊……"

赵镇一放悲声，老旦立刻抹去了老泪。

"你驴日下的还哭？你摸摸狗脖子。那里边有刀子哩。"老旦说，"本来是给你准备的。"

赵镇哭得更伤心了。大旦说回吧，我疼得身上冒汗。老旦说你忍着点，我背你回。他背着大旦，拉开赵镇家的大门，从门槛跷出去。赵镇止住了哭声："赔我的狗！"

老旦没有回头，他背着大旦在街道上走着。他听见赵镇的喊声从他的耳朵边擦过去，一直传到村街的另一头。声音比人走得快，他想。

大旦一连贴了二十七贴膏药，伤口终于长出了新肉，但被狗咬断的懒筋再也没长在一起。他成了瘸子。

在他养伤的一个多月中，环环精心地服侍他，给他洗伤口，换膏药。环环的手指头像棉花蛋儿。大旦说环环你的手绵乎乎的。环环说以前更绵哩大旦说噢噢，你偷男人我还觉得你好你看这事怪不？环环说不怪不怪，过去的事过去了，你甭提说。大旦说噢噢，日他妈不提说了。下炕的那天，大旦瘸着一条腿在院子里走了一圈，然后给环环说环环你看我以后就这样走路了你嫌弃就另找个人过日子去。环环说我不嫌弃我就跟你过。大旦说你甭再找赵镇。环环说你看刚还说过去的事不提说了。大旦说不提说不提说我真后悔。环环说怎么啦？大旦说我是个笨人跟我爸学种白菜都学不成。环环说没成也好，种白菜也不是什么好营生，你爸种了一辈子白菜也没种出个好日子来。大旦说那咋办，不种白菜咋办？环环说想想，咱好好想想也许能想出个好营生。

几天以后，一个外村人牵着一只母狗来找大旦。大旦正跛着脚在院子里转圈子。他把那人从头到脚看了一遍，又看着那只母狗，一脸迷惑的神情。

"这母狗发情寻儿子哩。"那人说。

"发情寻儿子，怎么寻到我家来了?"大旦说。他有些生气了。

"满世界找不到一只像样的公狗。"那人说。

"噢，噢，难道我家有公狗?"

他想把那人赶出去，"你这不是糟蹋人嘛。"他说。

"看你大旦说的话，"那人给大旦笑了一下，"像样的公狗都让你买走了。"

"噢，噢，"大旦想起来了，"有两只没杀，现在可能饿死了。"大旦说。

"咱去看看也许没死，没有公狗，咱方圆几个村子就会绝了狗种。咱看看去你就当行善积德哩。"那人说。

环环叫了一声，从厨房里跳出来，说，也许没死，给狗蒸的窝窝头要坏我觉得可惜就把它们倒在草庵里了那时候你的腿伤好了没几天。

"看去看去。"外村人说。

他们到草庵去了一趟。草庵周围摆满了狗尸。没杀的那两只狗在草庵里，一只死了，另一只还真活着，只是，成了只瘦狗，已没了睁眼的力气。

"你看，它没用了。"大旦说。

"也许你能把它喂起来，"外村人说，"总不能没有公狗。"

大旦想了一阵，说，"看你这人是个热心肠，我就试试，过些天你再来。"

"一定?"外村人有些不信。

"一定。"大旦说，"你放宽心。怕就怕它不争气。"大旦指着那只公狗。

那人一走，大旦就急急地跛回家。他说环环有了有了咱要来钱了。环环不明白，直勾勾看着大旦。大旦说真有一只公狗没死咱只要一门心思养活它。环环还是不明白。

"配一只狗两块钱。"大旦说。

环环噢了一声，到底明白了大旦的心思。

"咱得先养活它。"大旦说。

"那不是个难事。"环环说。

大旦拖着一条瘸腿挖了一个大炕，埋了草庵周围的十几条狗尸。环环每天给那只公狗煮玉米粥。没几天，那只公狗就站起来了。又过些日子，那只公狗就变成了一只真正的公狗，一见母狗，就火烧火燎地扑过去，看得大旦和母狗的主人心里直发热。大旦给那外村人说我给你少要一块钱你给人传传话就说我大旦要办配狗站谁家母狗发情尽管来。

就这么，大旦很快就把那座草庵变成了配狗站，生意很红火，配狗的人络绎不绝，有时候排着长队。大旦说你们甭排队我家的狗不是机器一天只能配一个，最多两个。

大旦用他的公狗挽救了许多母狗，也挣了不少钱。环环说大旦人都说你是个木头你怎么就灵醒了？大旦用手指头搓搓脖子上的污垢，说梆子也是木头，一敲怪响。环环说过去，你不灵醒是缺敲。大旦说就是就是，多亏那个配狗的人，他把我敲灵醒了。他驴熊迟来几天就玄乎了，咱的公狗就饿死了。

后来大旦才知道，双沟村方圆几十里的人对养狗突然产生热情和他有很大的关系。他杀赵镇被那只狮子狗挡住了刀子，许多人一提起就激动。他们说狗不但能看门还能救命。大旦说环环你听见了没有？环环说听见了。大旦说这世界真日他娘怪。环环说就是，我也觉得怪。

那时候，他们已正式从家里搬了出来，在草庵旁边盖了一间木屋。他们准备过两年就盖大房。那时候配狗的人依然很多。大旦的种狗已不是一只而是两只了。他从外地又买了一只。他给人吹嘘说是从内蒙古买回来的，是牧羊犬，不但跑得快，咬人也不惜力，能下狠口。

他对他爸老旦和赵镇已没了一点兴趣。

十三

赵镇很难过地葬了那只狮子狗。他感到狗死得太悲壮了。老旦没有说错，狗脖子里确实捅进了一把刀子，是一把杀猪刀。为了把它拔出来，他很费了些力气。狗血已经凝固，刀子捅进的地方像一个黑洞。狗眼紧紧闭着，嘴却咧开了一点，露出来几颗牙齿，能想见它临死前经历了一段多么难熬的时间。他抚平了狗嘴，又用布条包住了狗脖子上的刀口。狗的死态变得温和了。他把它抱进挖好的坑里，然后填上土。

几天后，他领着外村的一伙地痞二流子来到了老旦家。

"赔我的狗。"他说。

老旦扑闪着眼，把赵镇领来的人扫了一遍。

"它咬断了大旦的懒筋，我找谁赔？"老旦说，"大旦要残废了。"

那时候，环环正给躺在炕上的大旦贴膏药。他们没有出屋。

"上房。"赵镇说。

两个人很快就爬上了房顶。两个人扛来了两根木橼，靠在房檐头。

"赔还是不赔？"赵镇说。

"你敢？你们敢？"老旦冲着房上的两个人说。

"溜瓦。"赵镇说，"谁敢拦，就砸断谁的腿。"

"你们要打抢人！"老旦喊了一声。

"溜！"赵镇说。

房顶的人用脚把瓦蹬成一堆，另一个顺着木橼一个一个往下溜。老旦的眼睛黑了一会儿，又红了。他心里像猫爪子在挠，但没有一点办法。

"光天化日，你们打抢人！"他又喊了一声，然后跑了出去。

他一脚就踹开了村长马林家的门。

"赵镇溜我房上的瓦呢！"他说。

"他不会平白无故吧？"马林说。

"他让我赔他的狗。"老旦说。

"我就说嘛，平白无故他就不敢，他吃了豹子的胆？"马林说。

"他偷我家的女人，还要溜我房上的瓦。"老旦说。

"你家女人好好的，可他家的狗死了。"马林说，"两码事，这是两码事。"

"他偷我家的女人就不算了？"老旦说。

"你杀了人家的狗。"马林说。

"我忍不下这口气。"老旦说。

"忍不下气也不能杀人家的狗。"马林说，"你也气他嘛！也偷他的女人嘛！有本事就偷他家的女人，有本事就气死他，但你不能杀他，更不能杀人家的狗。"

等老旦再回家的时候，上房屋上的瓦已没了。赵镇吆来了一辆马车，把瓦全装走了。院子里一片狼藉。老旦蹲在屋檐下，他很想哭几声。他捂着脸，没哭出来，他想起了马林说的话。马林给他说的时候，他感到那话比屎还臭，现在想起来又有些道理。他想他无论如何也勾引不了赵镇的女人。但勾引不了他的女人，不一定就找不到气他的办法。

他很快就有了办法。他做了一件双沟村的人想过却从来也没做过的事情。一天晚上，有人看见老旦扛着一把镢头和一把铁锨出了村。他们有些狐疑，他们说老旦这么晚了你扛着这些玩货做什么去？老旦没理他们，他已不想和他们说话了。后来他们才知道，老旦正在挖赵镇家的祖坟。

老旦的心里涌动着一股战斗到底的激情，他不舍昼夜，在乱坟岗里挖着。那些天，赵镇又出门了。有人给赵镇婆娘说了这件事。赵镇婆娘说我不管那是赵镇先人的坟。等赵镇回到村上的时候，老旦挖坟已经结束，他刨出了几根骨头，他把它们用绳子穿起来，横挂在他家的门墙上。他手里还拿着一根。他用它拨弄着绳子上的那一串，挨个儿敲着。

"他敲着你先人的骨头玩哩。"有人给赵镇说。

赵镇的脸一阵红一阵白。过了一会儿，赵镇的脸松活了，他笑了一声。

"让他敲去。"赵镇说，"死了死了，一死就了，人死了要骨头做什么？他哪怕用那些骨头敲锣呢！"

赵镇的话很快就传到了老旦的耳朵里。那几天，老旦敲骨头敲得已有些厌烦，一听赵镇的话，心里便咯噔响了一声，再也不愿敲了。他揪断了绳子，把那几根骨头扔进了村外的土壤里。

"我治不了他。"他想，他沮丧了一会儿。

"我一定要治他。"他想，两枚黑药丸一样的眼里闪出狼的目光。

他很快又有了新的办法。

他心气平和地找了一次赵镇。

"我想站在你家的粪堆顶上。"老旦说。

赵镇很奇怪，他像看怪物一样看着老旦。赵镇婆娘愤怒地叫了起来。

"不成，你站在粪堆上我怎么屙屎尿尿。"

"成还是不成？"老旦盯着赵镇的脸。

"你不嫌臭？"赵镇说。

"我不嫌。我想我会长成一棵树。粪堆里都是养分。"

赵镇笑了。赵镇说成，你去试试，我可不管你的饭。老旦说我不吃也不喝。赵镇说没准你真会长成一棵树，我把你砍了，做箱子柜子。老旦说那得等多年以后，也许你已经死了。赵镇说那就让我儿子做。老旦说你儿子一打开柜子箱子闻到的全是我老旦的气味。

第二天，老旦就站在了赵镇家的粪堆顶上。双沟村的人像看景致一样，一拨一拨来到赵镇家的茅厕跟前看老旦。他们抱着孩子，领着孩子，或者让孩子骑在他们的脖子上，嘻嘻哈哈指手画脚，品评着老旦站立的姿势。老旦和他们已无话可说。他感到他的脚纹正在开裂，从里边长出许多根须一样的东西，一点一点往粪堆里扎进去，头发则往上伸展着，如果他是一棵树，它们就会分成树杈或者树枝条儿。

顾氏传人

范小青

一

他们家姓顾。

提起来大家都晓得，顾家。

顾衙弄里有座大宅，就是顾宅。大家都晓得顾宅的大。顾衙弄原先一定不是叫顾衙弄的，是因为有了顾宅才叫这个名字的，就一直叫到现今。

顾家是苏州城里的大家。从前顾家的人读书做官是传统的，而且顾家的人丁一直是很兴旺的，他们家里从前多有"父子会状""兄弟叔侄翰林"，所以顾家的人倘是做个州官，是很不稀奇的，话再说回来，倘是顾家的人做州官，必定是做得极好的，这家人家的才智血脉里传下来的，别人要想学也学不来，想要比也比不过的。后来有许多戏文里唱的历史故事，像"杨桂芳拦轿喊冤"什么的说起来都是顾家上代里判过的案子。

顾氏的家声后来到了顾允吉这里，就莫名其妙地溃败了。

顾允吉是父母的末拖儿子，也是唯一的儿子。并且顾家在这一代上，堂房各室偏巧均不得子，所以顾允吉就是顾家的最后一个男丁。

顾允吉的父亲顾尧臣，1895年生人，原本也是科举的科子，在顾家这样的家庭里，总是教子孙的精力放在这上面的，自幼时起即练小楷，做八股文，试帖诗，父以此教，兄以此勉，然后就由秀才而举人，而进士，而翰林，步步高升。当然那时也有另外的规矩，世代做官的人家，倘若子孙读书不成气候，难得高中，也可以买个官来做做，或者由上面封个官做。但顾家的规矩素来是笃学修行，不坠门风，从未有过捐官之举，所以教子弟进学，乃顾家之头等大事。顾尧臣从小，自是聪慧过人，读得进书。就因为读书读得太多，到六七岁就弄成个近视眼，看物事已是模模糊糊，就想去弄眼镜来戴，那时候的眼镜店里已不只有国货的水晶片眼镜卖，外国的玻璃片眼镜也已流进中国来，所以要弄一副眼镜是不难的。可是顾家门风甚严，家中男儿都不许戴眼镜的。因为，要走科举道路，预备以后是要见皇帝的。从前皇帝召见，或者什么人引见，是不许戴眼镜的，说是顾家上代里就有一个做大官的，近视眼，平时背着人偷戴眼镜，贪图惬意，后来就越戴越深，戴惯了便拿不下来。到皇帝召见，摘了眼镜进殿，看见皇上就跪拜，旁边太监皆掩口而笑，原来进的是一便殿，殿中置一穿衣镜屏风，正对皇帝龙座，他跪拜的竟是镜中的皇帝，皇帝嘴上虽没有说什么，心中自是不快活的，所以后来顾家就有了这个规矩。

顾尧臣眼睛看不清的苦恼，倒是不多久就没有了，因为到了后来，科举就停了。顾尧臣再提出来要买眼镜，家里也就不再反对。

顾尧臣的阿爹临终前，"心气不畅，多叹息"，其实也就是气死的。顾尧臣的父亲就想得开多，推翻皇帝，是因为皇帝的气数到了。所以到顾尧臣长大了，相中了绸缎庄钱老板的女儿钱宝珠，他就没有横加反对。要是放在从前，这种门不当户不对的婚姻，是要全族共诛的。

顾尧臣是在一次看戏时认识钱宝珠的。一日顾尧臣听说北边来了一个京戏班子。在阊门外的戏园子里摆台，就约了几个朋友去看。从前在苏州是重昆剧轻京戏的，苏州人是看不起京戏的。京戏草台班，下三烂的，昆剧就不一样，全是缙绅子弟白相的。官家就规定，京戏班子只许在城外唱。顾尧臣他们一班年轻的，倒没有什么偏见，在他听起来，昆剧有昆剧的调头，京戏有京戏的味道，各有特点。因为大家对京戏另眼相看，不光限在城外演唱，对京戏的剧目，官方也控制得十分严格。那一日顾尧臣他们几个人点了一出《卖绒花》，正要开演，官方就来了一个当差的，说《卖绒花》是淫戏，不许唱。顾尧臣不服，就前去评理，人家一看是顾公子，自然让三分，虽然京城里打倒了皇帝，不过在下面小地方，皇帝的官，特别是像顾家这样的人家，还是很有威风的，何况那个当差，原来还是顾家下人的子弟，看顾公子出来，就不再管闲事了。

戏就唱起来了，想看戏的人自然是感激顾公子，大家朝他看，向他致意。顾尧臣后来就看见有一个姑娘在朝他笑。

这个姑娘就是钱宝珠。钱宝珠的漂亮是没有话讲的，要不然顾尧臣这样的大家子弟，怎么会看中她呢。

绸缎庄在苏州讲起来是一种大商业，钱家的绸缎庄又是有相当规模的，在同行道里，钱家是出众的，但不过在顾家的门前，是抬不起头来的。所以顾尧臣能够同钱宝珠结成百年合好，说起来还要感谢维新革命呢。

以顾尧臣的才学加上钱宝珠的美貌，养出来的小人，自然是绝顶优秀的。

顾允吉的四个姐姐，芝兰、芸香、芬菲、蔓菁，内秀外慧，天生丽质。未及成年，名气就已经传开去了。书香门第的一帮青年，谈起来总归说顾家门里的四大才女，要想结秦晋之好，没有秦少游的才气，是很难得手的，另一帮不学无术的阔少，说起来就是顾家门里四大美人，老大清秀老二艳，老三活泼老四媚。等到女儿们有了自己的交际，顾家门上就越发川流不息了。

顾尧臣总算是个开明的人，可是回想从前顾宅森严壁垒，家风优良，弄到现在，阿猫阿狗都涌进来，着实不像腔。前思后想，就要怨钱宝珠肚皮不争气，倘是养个儿子，省却多少烦恼。顾尧臣因此总归不死心，还是想生一个儿子，一直到他五十岁，钱宝珠四十九岁，终于遂愿，得一贵子，取名允吉。允吉和他的大姐，相差二十五岁。

允吉生下来，就和他的姐姐不一样，皮肤粗糙，又黑，五官也算是端正的，眼也不斜，嘴也不歪，鼻也不塌，可是组成一起，放在他的面孔上，就很难看，也说不出是怎么样的难看，总归是叫人看了心里不舒畅。

顾尧臣因为上了点年纪，脾气也大了一点，看儿子这个脸面，心中甚是不快，他们顾家是相信相貌的。钱宝珠就是另一样想法，她癞痢头儿子自己的好，抱在手里看一张小面孔，越看越好看。

别人看顾尧臣不称心，就说，这是胎气，退了胎气，自会长好的。顾尧臣也相信这是胎气。后来小毛头一日一日长大，胎气早应该退了，他的面孔仍然是粗糙而且黑，而且说不出的难看，顾尧臣就晓得不是胎气了。

顾允吉开始也和别的小孩一样，半岁学说话，一岁学走路，也不见得比别人慢多少。可是到三五岁上，别的小孩便开始聪明伶俐起来，顾允吉就显出他的愚钝来，比如他对别人的称呼，不论是男是女，总是喊"小姐"，或者是"二小姐"，或者是"三小姐"。

人家看顾允吉这种样子，私下里就说，顾家恐怕是气数到了。顾允吉是个孽障，前世里欠了顾家的债，今世里来还报。顾家的上代里，把顾家的优秀占完了，及到顾允吉，便只有顽钝了。

后来就请算命先生算命，得了四个大字：大智若愚。

顾尧臣起先是很被这四个字鼓舞的，到后来他就晓得这四个字不过是骗骗人，骗骗自己，骗骗别人。

顾尧臣后来就是带着这一个美好的骗局走的。大家说，顾尧臣寿虽不长，五十多岁，但总算是去得是个时候，总算是得了个忠孝双全的。顾尧臣死后不到一年，顾宅就充公了。

顾宅应该说是在钱宝珠手里败掉了。不过钱宝珠毕竟和顾尧臣不是一种样子的人，若要换了顾尧臣，顾宅败了，必是要吐血伤肝的。钱宝珠从顾宅里出来，自然也伤心，但顶要紧的还是她和儿子的生计。

那时候顾家四位小姐，三位均已嫁人，四小姐也在顾尧臣死后不久跟着一个戏子跑走了，有大半年不通音讯，想起来也该成人妇了。

钱宝珠就带着顾允吉回了娘家。

钱宝珠的父亲是早几年就过世的，家业传到钱宝珠兄弟手里，因从小悠闲惯了，不会治家理业，又抽上了大烟，钱氏绸缎庄便败在他这里了。

到了评成分的时候，就评了一个小业主，也算是因祸得福。

比起来，钱宝珠屁股上的屎就臭得多了，顾尧臣一死，本来要兜在顾家子孙头上的污秽便全兜到了钱宝珠头上。

钱家兄弟是要清清白白，是要想摆脱这种干系的。阿姐带了外甥住回家来，自是不受欢迎，并且这个外甥痴愚至极，讨人嫌。

钱宝珠叫他喊舅舅和舅母，他朝他们看看，就喊×小姐，然后鼻涕就挂下来，拉得很长。舅母先就不开心了，看了就有点恶心，对钱宝珠说："姐姐你怎么不教教他揩鼻涕。"

钱宝珠叹口气："教也是教的，就是不会揩。"

大家说着顾允吉的愚笨，以为他是听不懂，后来就看见顾允吉跑到舅母身边，把鼻涕往她身上一揩，然后笑嘻嘻地叫一声："大小姐。"

舅母就尖叫起来，用抹布揩衣裳，并且不断地打恶心，钱宝珠就装装样子要打顾允吉，其实她是从来没有打过他的，他是晓得的。

舅舅就很生气，说："你这样不来事，这个小人要打的，打得乖的。"

后来顾允吉犯了错，舅舅就打他，这也是应该的。

在舅舅的屋里，顾允吉就觉得很闷，他是喜欢和小姐在一起的，现在他天天叫二小姐，三小姐，就没有人应答他。

钱宝珠就带他去看大小姐和二小姐。看大小姐和二小姐，顾允吉是很开心的，可是钱宝珠总是眼泪汪汪的，大小姐和二小姐，也总是眼泪汪汪的。

后来钱宝珠对顾允吉说："我带你去看三小姐吧。"

他们走到一幢很漂亮的小洋房门前，钱宝珠就站住不动了，顾允吉想喊"三小姐"，钱宝珠不让他喊出来。他们立在门口，对那幢小洋房看了半天，就回去了。

舅母阴阳怪气地说："这个三小姐，也是做得出的。"

顾允吉虽然痴笨，但从前在顾宅住的时候，他是不会恶死做的，现在他就学会了，好像是无师自通，他把舅母的新做的衣裳用剪刀剪一个口子。

舅母就把衣裳拿给舅舅看，说："哼哼，你看看，你的宝贝外甥。"

舅舅就拎住顾允吉的耳朵，把他的头往墙上撞，一边骂："讨债鬼。"

顾允吉就张着嘴哇哇地哭，还含糊不清地叫×小姐。

钱宝珠心里自然是气的，但嘴上也不好说什么。过了一些时候，钱宝珠也病逝了。

钱宝珠临终，只求兄弟一桩事，她指指允吉，对兄弟说："你把他，送到三小姐那里去罢。"看兄弟点点头，钱宝珠就闭眼了。

顾家三小姐芬菲，在女中读书，南下的部队就进城了。三小姐是很活泼的，女学生和部队联欢，总是有她的节目，她是很突出的。有一天就来了一个警卫员，说首长叫她去，她就去了。首长就问问她的情况，她就笑。首长是山东人，高大粗黑，说的全是山东侉子话，说"我"是"安"，三小姐就不停地笑，首长很喜欢她，他想起山东老家的媳妇，叹了口气。

后来三小姐就和首长结婚了。

别人就想，吉人自有天相，眼看着顾家要不来事，便有了保佑神，又有人想，恐怕三小姐的婚嫁，是顾家的一着棋罢。

部队后来又往别处开，首长自然是要带着部队走，三小姐自然是要跟着首长走。

充公顾宅的时候，三小姐不在苏州，她是不晓得的。

三小姐重新回苏州，晓得顾宅没有了，便和首长吵闹。首长这时已经从部队转到地方，做了地方的首长，管着一个城市的好多好多事情。

他和顾三小姐结婚以后，就很厌倦打仗了，所以后一次的开拔他是不情愿的，现在回想起来，幸亏他又去打了一仗。

三小姐闹，他就说："你到底是要你的封建家庭，还是要我们的革命家庭？"

三小姐要革命家庭。那时候解放了，大家的思想都是要革命的。

照三小姐的才能，做团的正书记也是可以的。首长说，你家庭出身不好，不要太惹眼了吧，就做个副的吧。三小姐就做了副的。他们的正书记，是一个纺织厂里出来的女工，十五岁就做了地下党的交通员，资格是很老的，是够做正书记的，可是文化不高，也不大会讲话，水平是比较低的，所以就更反衬出顾芬菲的能力来。

那一日顾芬菲开会，正在讲话，就有人对她说："顾书记，你弟弟来了。"

顾芬菲讲完话出去，就看见舅舅搂着她的弟弟站在走廊里。

舅舅看见她，生气地说："三小姐，你们家……"

顾芬菲面孔很红，打断他的话："什么三小姐。"

允吉看看姐姐，很开心，也叫了她一声："三小姐。"

顾芬菲皱皱眉头，对舅舅说："我叫你把他领到我屋里去，你怎么领到这里来，这里是机关。"

舅舅不满意地说："我还要问问你呢，你们家看门的，不让我们进去，说首长关照过的，不许外人进门的，现在嫡亲兄弟也是外人了……"

顾芬菲就没有再说话，母亲的死，她没有戴孝，心中总是很不安的，这个弟弟，她是要待好他的。她和蔼地对他笑笑，说："弟弟往后跟姐姐住，要听姐姐的话，要乖，啊。"

顾允吉就涎出口水，叫一声："三小姐。"

以后他就住在三小姐的家里了。

丈夫前妻的三个小孩，顾芬菲自己的两个小孩，加上顾允吉，家中就很混乱了。按辈分讲，顾允吉要比他们大一辈。可小孩子们是不客气的，总要欺侮这个舅舅。顾允吉是吃了不少哑巴苦的，他又说不出来，弄急了，也只是喊一声："三小姐。"他喊"三小姐"的时候，顾芬菲总是不在屋里的，她在屋里，小孩们是不会去捉弄顾允吉的。

他的山东姐夫自然是不喜欢他的，他也是没有什么讨人喜欢的地方。可是山东姐夫有时看到自己的儿女们欺侮自己的小舅子，他看不下去，也会把自己的儿女训斥一顿，这时候顾允吉就会出口水叫他一声："三小姐。"

他便哭笑不得。面孔上虽不给他好的颜色看，但心底里却是有点可怜他的。

顾允吉很快长到十六七岁，他的身体发育总算正常，身胚也不小，个子也不矮。只是仍旧粗糙黑丑，别人长胡子的部位，他也生出了一些黄茸茸的小毛。有一天早上，顾芬菲去叫他起来，就发现他光着屁股在被窝里，短裤扔在地上，见顾芬菲进来，他涎出口水，指着短裤，叫"三小姐"。

顾芬菲虽然是姐姐，因大他近二十岁，却是如母亲般照管他的，所以她把短裤拿来看看，上面有一摊斑迹。顾芬菲想可能是顾允吉遗精了。这一想她倒也有点激动起来，既然他能和正常人一样发育，他的痴呆或许还有希望治愈。大家都说人在发育的时候是能治好此病的，她复又带他去求医。她找的自然都是名医。但名医也无奈顾允吉的病。或者也许顾允吉根本不是什么病，他这种样子是胎子带出来的，是骨子心里的问题，当作毛病治是治不好的。

并且那一阵顾允吉就表现出有点疯狂的样子，总是不穿裤子。他的几个外甥女，从前也是欺侮过他的，这时都已长大成人，突然地看到他赤条条地在屋里乱走，吓得哭。顾芬菲没有办法，只好把他送到医院住一段时间。

顾允吉住院出来，就不再脱裤子了，不过痴呆状依旧。

别人看了总说，二十郎当岁，这样孵在屋里总不好，不如叫他出来弄点什么事情做做，顾芬菲不愿意，她宁愿白养着他。

可是后来她就不能再养着弟弟了。

因为顾三小姐的漂亮，能干出风头，又嫁个大官，她便是很遭人嫉妒的，所以运动一来，她和她的大官丈夫就首当其冲。

顾允吉等不见三小姐回来，也等不见山东姐夫回来，他先是在屋里喊"三小姐"，后来就出外去喊"三小姐"，另人看了作孽，就指点他说三小姐在什么地方，他就去看了，没看到三小姐，却看到了山东姐夫，他的胡子很长，面孔很瘦，他对顾允吉摇摇手，叫他走开。

顾允吉走了，他去拣了一包甘蔗头和一包香烟屁股，就给山东姐夫送去。山东姐夫看看他，就哭起来。

顾允吉涎出口水，叫他一声："三小姐。"

顾允吉的外甥却被赶出了那幢小楼，下乡的下乡，到边疆的到边疆，回老家的回老家，各自散了。顾允吉没有地方去，他又不晓得到什么地方去，他就在街上到处晃荡，他是饿不死的，因为他什么都可以吃，还抢人家的吃，大家就骂他"痴棺材"。

有时候他也晃到顾衙弄去，老邻居见了，就对他说："弟弟呀，你去寻你的姐姐呀。"

他就涎出口水，说："三小姐。"

邻居是晓得三小姐出事体的。除了三小姐，顾家另外几个女儿的情况也是很不好的，有人看着二小姐在街上走，披头散发，衣裳破支落索，两只眼睛直定定，老邻居也不认得的，二小姐从前是顶顶艳丽的。

顾衙弄居委会的老阿姨就领了顾允吉去寻娘舅，寻到门上，才晓得，娘舅一家人下放到苏北乡下去了。

顾允吉实在没有地方去，大街上墙角里困困，讨来吃，拣来吃，总不是人过的日脚呀，顾衙弄居委会里有一个粘纸盒子的纸板社，就叫顾允吉来做做手工，发几个钞票给他，又在那里帮他搭一张小铺，顾允吉从此就开始自力更生，自己过日脚了。

再过了十多年，顾家的嫡系，基本上就断线了。

顾家的旁系，却还是有后人的，并且还是比较厉害的角色，吃过苦头，大难不死，愈发老辣，到了一定的时机，就提出了顾宅的回归问题。

归还顾宅，其时已是势在必行，但有许多问题，比如什么时候归还，以什么方式归还，归还多少，归还给谁，等等，从政府部门来说，当然是拖一天好一天，少还一点是一点。现在顾宅里住着那么多人家，要叫他们搬出去，必定先要政府解决新房子的。因为是百废待兴，有好多好多事情要做，就谈不上什么计划了，只能是黄泥萝卜，揩一段吃一段。及到有人提出顾宅问题，就躲不过去了，不过提出归还顾宅的，不是顾家的直系，人家就有话说了，他们不属顾姓，没有继承权，顾宅的事便又搁置下来。

顾允吉已经是纸板社的老工人，经过他的手做起来的纸盒子，也可以说是不计其数了，有洋火盒，有药盒，有装玩具装糖果的盒子，他脑筋慢，手脚也慢，做得不快，但很认真，质量是很好的。虽然那种粗黑的丑样子是改不了，身上衣着什么倒是像模像样的了，不再有人叫他"痴棺材"。

突然说顾允吉可能要继承顾宅，居委会的老阿姨心里就有一种说不清的复杂的感想。

顾允吉终究是不能继承顾宅的。一则因为他是有毛病的人，二则是后来很快他的四个姐姐都有了消息，旁系里的人看到这样的情况，也就退了，就由顾家四位小姐来做讨还顾宅的艰巨工作了。

这一年，顾家大小姐芝兰已过花甲，并且体弱多病，那位门当户对、性情相投的姑爷先她而去，一儿一女长进学好，先后考进大学，又分到外边大城市工作去了。顾芝兰形影相吊，对讨还顾宅无甚兴趣，她也曾写信给儿女，说清此事，参与与否，由他们自主。这一对儿女，各自家境不错，也不想来得什么遗产，所以大小姐这系上，便是无人出面的。

二小姐芸香几十年来夹着尾巴做人，现在虽然晓得如今的世道和这几十年不大一样，但毕竟背着一个男人在台湾的包袱，胆战心惊惯了，只求过几日安逸日脚，对老家的房子，不敢奢求。

三小姐芬菲大难不死，却失掉了丈夫，她很坚强，那一天亲眼看见丈夫被斗死在台上，当晚还强迫自己吃了一大碗米饭，丈夫惨死，她很伤心，但她生性好动，守不住空房，后来几经折腾，又嫁了人，嫁的是省里一位干部，她丈夫的顶头上级。三小姐就搬到省城去住了，仍然有花园洋楼，她就是那个命。她也未必再会回来动顾宅的心思。可是她的几个儿女，都是如狼似虎的，他们憋了十多年，现在恨不得把顾宅生吞了。可是他们毕竟隔了一代，要生吞顾宅，轮不到他们占先。

所以，顾家四位小姐中，也只有四小姐顾蔓菁可以出面了。

在四姐妹中，四小姐的婚姻，说起来是最自由的，但也是最不幸的。结婚不多久，她就发现男人见好爱好的，四小姐和他作了两年的斗争，无望他改邪归正，便离了婚。她带着儿子又嫁了一个唱戏的，这恐怕也是悲剧因素。四小姐因为自己长得好，对男人就很吃卖相，可是长得好的男人，规规矩矩，从一而终的恐怕不多，四小姐就没有碰上。后来她又嫁第三个男人，还是以貌取人，人家问她怎么不会吸取教训，她想来想去也想不明白。第三个男人和她离异时，她已经四十多岁往五十上算了。照理讲起来，心中有气，人会见老。四小姐却是一点也不见老的。现在轮到她为顾家出头露面，走出去，往人前一立，风度气韵，绝对是顾家的传统。

这一天，顾允吉和平常一样，在纸板社专心致志地粘纸盒子，四小姐就走到他的面前来了。她心里有些激动，她有十几年没有看见弟弟了。

顾允吉抬头看看她，想了一会儿，他涎出口水，叫了一声："三小姐。"

四小姐的眼睛潮潮的。

别人就纠正他："不是三小姐，是四小姐。"

四小姐就哭起来了。顾允吉继续粘纸盒子，四小姐就问别人，他弟弟一天能粘多少个盒子，他们告诉她，他能粘一百个盒子，她又问粘一百个盒子给他多少钱，他们说给两块钱，并且说别人粘两百个是三块钱。

四小姐拉起顾允吉的手，眼泪汪汪地说："弟弟，跟我回去吧。"

顾允吉看看四小姐的手，四小姐的手很白很腴。他看看自己的手，又黑又粗，他就把手缩了回去。

后来顾允吉就跟着四小姐回家去住，四小姐供他吃穿，他就用不着再去粘纸盒子了。

再后来经过四小姐上下奔波，四方周旋，顾宅的问题终于得到解决，退还大小八间，大概有顾宅全部地盘的十分之一。

在顾允吉搬回顾宅住时，大小姐、二小姐、四小姐，还有三小姐的儿女，也都搬回来了。

别人看着顾家又有点兴旺的样子，想想这世界，日月轮回，阴差阳错，谁又晓得谁怎么样呢。

二

顾宅的墙门间很大。因为墙门多，有八扇，墙门间就大。

老汪跟着父亲从浙江湖州乡下到这里来的时候，才是一个十来岁的小毛头。他父亲就带着他住在顾宅的墙门间里，一住就住了四十多年，先是他的父亲去世，后是他的老婆去世，再后来他的儿子长大了，到别的地方去了，老汪就一个人住在墙门间里。

当初老汪的父亲所以要离乡背井，是因为那一阵日本人在他们那地方横行霸道，日脚很难过，听说苏州是块乐土，就奔乐土来了，其实苏州也未必是乐土。可是好多好多像老汪父亲一样的人都在苏州住下来，没有再回家去，就可以证明到苏州寻生活，求生存，还是对路的。

老汪的家乡，是以制湖笔出名的。名闻天下的湖笔，就是因为出在湖州才叫湖笔的。湖笔据说是始制于唐代，其制法是在清朝道光年间传入苏州的。从此以后，苏州人就非把自己制作的湖笔叫作苏州湖笔。湖笔原本的意思是湖州生产的笔，又加上苏州，就变成了苏州湖州的笔，从道理上讲也是不大通顺的。就好像大家晓得云烟是顶有名的，苏州人倘是也仿照云烟生产一种烟，叫作苏州云烟，人家是会笑话的，所以看起来，苏州人原来也是蛮喜欢炫耀的。

在三十年代末期，有许多像老汪父亲这样的祖传做湖笔的浙江人，迁到苏州定居，后来苏州的湖笔生产就兴旺起来了。

老汪那时候想，今后要走的路自然也是承袭祖业，以制笔为生了。

老汪就做湖笔工人，他学得早，二十来岁，就是一个很老练的师傅了。老汪做到六十岁，就退休了。他是不想退休的，因为不可以不退休，他只好退了。老汪的技术是很好的，可是退了休，他的技术就没有用场了。

老汪退休的时候，正是顾家后代里搬回顾宅住的那一阵，老汪热心肠，看着他们忙乱，就帮他们搬搬弄弄，收作整理，尤其是二小姐这一房里，只有二小姐和养女，两个女眷，吃重的活全是老汪相帮的，他反正闲着没有事做。

等到大家搬了家，安顿好，日脚就正常了，老汪也帮不上什么忙了。他天天拖一只半导体，坐在墙门口听书。

顾宅是很进深的，顾家的人搬回来住在最里边的房间里。他们向政府讨还的八间正好是一进屋，所以，这一方小天井就归了顾姓，和别的住家分档了，隔开了，倒也清清爽爽，免讨气。

几位小姐都是经过大风大雨的人，数十年一直是惊心动魄的，现在有了一方自己的安逸世界，可以不听外面的闲话，可以不看外面的混乱，正和他们的心意，平常日脚，小天井中的门是关紧的。大小姐和二小姐是不去上班的，就住在屋里，一点儿也不厌气的。

顾允吉就有点气闷胀了，他从前在纸板社做生活，是很放松的，大家拿他寻开心，大家笑，他也笑。顾允吉就想起要去看纸板社。

原来的那个地方已经没有人，也没有纸板社，房间空荡荡的，顾允吉看看，就立在那里"呜呜"地哭了两声。

老汪走过，看见顾允吉在落眼泪，想这个憨大也是念旧情的。他就告诉他纸板社关门了，不再粘纸盒子了，现在他们改行去做别样了。

"走吧，你跟我回去吧。"老汪对他说。

顾允吉也不大明白什么叫改行做别样，他就跟着老汪到墙门间里去坐。

老汪的墙门间里很乱，一个单身的老人，是不会收作房间的。

顾允吉十分拘谨地坐在老汪的床沿上，盯住老汪看。

老汪问他："你们大小姐在家吗?"

顾允吉就涎出口水说："大小姐。"

老汪再问："你们二小姐在家吗?"

顾允吉仍旧涎出口水,笑笑,说："二小姐。"

老汪无可奈何地笑笑,说："你这个人。"

串门的邻居到墙门间里来找老汪吹牛,看见顾允吉在,就对他说:"老汪蛮看中你们家二小姐的,你叫他一声二姐夫吧。"

顾允吉就涎着口水叫老汪一声:"二小姐。"

老汪的面孔很红,说:"你们不可以瞎说的,人家二小姐听见了,要动气的,人家是顾家里的,金枝玉叶的。"

别人就不以为然,鼻子里"嗤嗤"响,说:"什么金枝玉叶呀,一样变做干瘪老太婆了,配你老汪,她又不亏的。"

老汪就很认真地为二小姐辩护,说大户人家出来的,到底不一样的,老虽老了,风度还是一等的。

人家就不服,指着顾允吉说:"什么大户人家呀,你看看这个人喏,什么风度呀,什么腔调呀,你老汪是苦人家出身,一世人生做煞的,倘是重投人生,你同他换胎入世,你肯不肯呀。"

老汪心想我当然是不肯的,顾允吉的人生,算什么人生呀。

顾允吉晓得他们是议论他,他也不听,就在老汪的墙门间里东看西看,他看到几支做工很精致的毛笔,他很开心,就叫了一声:"二小姐。"

毛笔是老汪从前做的,留着作纪念的,老汪看顾允吉喜欢,就拿出一支,对他说:"喏,这支送给你。"

顾允吉拿了那支毛笔,就走了。

过了两天,老汪身体不适,正在睡觉,有人敲门,他爬起来开了门,看见顾允吉立在门口,后面还跟着一个五十来岁的男人,手里捏着老汪送给顾允吉的那支毛笔。

顾允吉看看老汪,就涎出口水,叫了一声,"二小姐。"

老汪的面孔很红。

后边的那个男人就自我介绍,说他姓张,是顾蔓菁的朋友。

老汪心想四小姐也真是个人物。

那个老张继续告诉老汪，他是在外贸上做事的，近一段时间，日本客商来订苏州湖笔，需求量很大，湖笔厂也来不及做，他在顾家看见顾允吉把这么好的湖笔在地上乱画。后来顾允吉就把他领到老汪这里来了。

他知道老汪是个老湖笔工人，他希望老汪不要把那一手技术白白地浪费掉，他说现在做湖笔是很走俏的，因为日本人喜欢。

老汪叹口气说，现在没有人要他的手艺了，他一个人是做不成湖笔的。

张老就提醒他，说居委会啦，街道啦，能办别的厂，就能办湖笔厂，湖笔厂的设备要求是顶简单顶好弄的，后来老张还说倘是需要投资，他可以承担一部分的。

老张带着顾允吉走了以后，老汪很激动。

顾家住的那方小天井里，有一口三眼井，三个井口，合一个井身。进水是很清的，可是大家都不用这井水，在井口上用一只铁网盖子盖住，前些年有一个人死在这口井里的，大家就犯忌。

顾家的人搬回来住，几位小姐自然也是不主张用这口井的，可是下一代的人不忌，就把铁网盖子掀在一边，就用这口井的水，当然是便利得多了。用了一阵，也没有犯什么忌，大家就定心了。

七月十五的夜里，月亮很圆，二小姐起来解手，看窗帘没有拉上，外面的亮照进屋来，她去拉窗帘，就看见弟弟立在天井里那口井边。

二小姐就出去叫他进屋睡觉，顾允吉摇摇头，手指着井里，神情很激动。

二小姐看看弟弟，又看看井，什么也没有。后来，她突然想到什么，连忙问弟弟，是不是看见一团很浓很浓的云雾从井里出来。

顾允吉点点头，涎着口水，叫了一声："二小姐。"

二小姐心里害怕，把弟弟哄进去，自己回到屋里，睡不着了。她小的时候是听宅子里的老人说过汲云井的，说是汲云井因云从井出而得名。这种云从井出的怪状，一百年才出现一次，必是在七月半的三更，谁撞见了，必致祸。

天亮以后，二小姐就到大小姐那里去说这件事，大小姐也害怕。顾家的四位小姐，对这个痴愚的弟弟是十分疼爱的。大小姐和二小姐商量下来，决定这一段日子里守住弟弟，不让他出去乱跑，并且要动员三小姐的一个儿子陪他一起睡。

三小姐的一个儿子说："陪他睡，我恶心。"

三小姐的另一个儿子说："服侍他，你们给几块钱一天。"

后来大小姐想起来，说："我记得从前说的汲云井见云，要外出才能避祸，不是关在屋里的。"

二小姐想想，也记起了这种说法。四小姐虽是不如两个姐姐那样迷信得深，但从小也是受的那种教育，必是有影响的。大小姐说要让弟弟出去避一避，她就说，老汪要出去，要到乡下去收羊毛。

老汪怎么肯带顾允吉到乡下去呢，他这次是要回浙江老家的，他有好多年没有回去了，别人见他带一个痴子回去，会笑话他的。

大小姐和四小姐就对二小姐说："你去，你去求老汪，他必定是会答应的。"

二小姐不想去，她说："其实，其实，让老汪带弟弟也不大好。"

大小姐说："好的，老汪热心肠，做事也是有头脑的。"

四小姐说："老汪会对弟弟好的，老汪因为……"她没有再说，二小姐已经有点尴尬了。

二小姐就去求老汪。

老汪就答应了。

后来老汪就带着顾允吉到乡下去了，顾允吉很开心，他和老汪很合得来，他很服老汪。

几位小姐总算是松了一口气，夜里睡得也安稳，天井里是安静的。

过了几天，顾允吉跟着老汪回来了，一进门，他兴头十足对大家说："我回来了。"

顾允吉从来是不讲话的，顶多只喊一声某小姐。

几位小姐惊疑得不得了，围上去看他。

顾允吉把她们拨开，说："我要结婚了。"

小辈里都笑，几位小姐却是着急，大小姐和二小姐就到墙门间去看老汪。

不到半年时间，东吴湖笔社就很有点名气了，也很有点实惠了。

大家说，倒看不出老汪啊，看他样子蛮老实的，倒是别有一套功夫的。

总是把老实的人当作是没能力的人，其实是不对的。老汪就是一个很老实的人，老汪也是很有能力的。

老汪白手起家办一个湖笔社，现在不光还清了当初的借贷，又盈利多少多少，是四位数，还是五位数，还是六位数，都有很多说法，问老汪，老汪就笑，就老老实实地告诉一个数字，别人总是不相信的。

老汪对顾家二小姐一直是有情有意的，从前人家说他想二小姐的心思，他是很自惭形秽的，现在他不一样了。但老汪不是那种骨头很轻的人，不会有了几个钱，就财大气粗的，他见了二小姐，仍然是很难为情，很不好意思的。

倒是二小姐对老汪比以前好，她有空闲就给老汪去烧烧洗洗，把墙门间弄弄干净，邻居里就有点看轻二小姐的为人。其实二小姐是因为老汪待她弟弟好。她是很感激老汪的。

大小姐有一日就问二小姐说："芸香，你同老汪，怎么样呢？"

二小姐摇摇头。

大小姐和二小姐一时都没有说话，她们大概在想海峡对面的那个人，他去了四十年，没有人晓得他的死活。

后来大小姐就对二小姐说："老汪人也蛮好的。"

二小姐说："老汪文化很低，他说吃中饭总是说吃点心，嘻嘻。"二小姐一边说，一边抿着嘴笑。

大小姐也笑笑，她说："现在不大讲究了，从前是很讲究的，说维桢那时为了对我们的上句，苦读了三年吟诗作对……"

维桢是大小姐的丈夫，两位小姐现在很容易就想起从前的事情来，从前的事情就像在眼门前的，很近很近。

她们就把老汪忘记了。

二小姐忘记老汪的时候，老汪正在出风头呢。有日本客人来参观湖笔社，老汪面孔上是很光彩的。

顾允吉是每天都要到老汪那里去的，他看见日本人拿照相机帮老汪拍照，灯光一亮一闪，他很兴奋，在边上转了半天，就奔回家去。

大小姐和二小姐看他气急吼吼地回来，不晓得有什么事，顾允吉涎着口水。喊了一声"二小姐"，就拉住二小姐的手，要她出去。

二小姐就跟着顾允吉到老汪那里，老汪看见二小姐来，就更开心，话就更多，翻译也懒得再翻给日本人听，就只有老汪一个人讲。

后来日本客人就走了，老汪领着二小姐看湖笔社，告诉二小姐，现在收羊毛很难收了，要到苏北去收羊毛，苏州乡下现在养羊也很少了，因为没有地方吃草，苏北乡下羊比较多，苏北人是习惯吃连皮羊的，所以到那里去收购羊毛比较好收。老汪又说兔毛也能做湖笔，但是兔毛太脆，容易断，所以兔毛笔是不值钱的。老汪说黄鼠狼的毛做湖笔是顶好的，可是现在黄鼠狼很少，就很珍贵，老汪还说做湖笔现在也不大容易的，笔杆也涨价了，浙江的山里人把竹子砍下来在石灰坑里浸泡，让它们变成纸金，省力并且还有效益。他们不高兴把粗大的竹子做成细小的精致的笔杆，他们嫌那样劳动代价太高，赚钱太费力，并且老汪还说羊毛也是越来越贵，现在美国人来抢羊毛，日本人也来抢羊毛，羊毛的价钱就上去了，跟着台湾人也来了。

老汪说到台湾人，二小姐心里就很难过，但是面孔上是看不出的，所以老汪是不晓得的。

二小姐不喜欢听老汪讲羊毛兔毛做毛笔，不过二小姐为人是很和善的，她不会去打断老汪的话，她很懂礼。

所以老汪就一直讲下去，还把那些毛拿出来给二小姐看。二小姐闻到有一股臊气味，她没有说什么。

二小姐很想回去，就对顾允吉说："弟弟，走吧，老汪很忙的。"

老汪连忙说："不忙不忙，我现在是不忙的，刚开始那一腔是很忙的。"

这时候居民里专门帮人家洗衣裳洗被子的包阿姨帮老汪送两条干净被夹里来，看见二小姐在，包阿姨就说："喔哟，二小姐难得，平常不大看见二小姐出来跑人家的，还是老汪面子大呀。"

二小姐的面孔就红了。

包阿姨就笑，又说："老汪老来福呀，运道不错呀。"

老汪是喜欢听这种话的，二小姐是不喜欢听这种话的。她听了以后，不光面孔红眼，泪也要落下来了。老汪看见了，就对包阿姨说："你不要瞎讲啊，都是一把年纪的人了，不可以瞎说的。"

包阿姨就白老汪一眼，说："喔哟，老汪已经会帮腔啦，肉痛了，都是一把年纪的人嘛，装什么腔呀？"

二小姐真是气煞了。

后来包阿姨走了，老汪对二小姐说："你不要动气，你不要睬她，她这种人，没有知识的，没有水平的，粗鲁煞的，你晓得她为啥眼皮薄？"

二小姐不晓得。

老汪笑了一笑："她呀，面皮比城墙还要厚，她自己跑到我门上来寻过我的，她说是看中我的。"

二小姐听了老汪的话，面孔又红了，心里还有一种异样的感觉。

这时候顾允吉就走过来对他们笑，涎着口水，叫一声："二小姐"，之后他又说一句："我要结婚。"

二小姐要带他回去，他不肯，老汪说："你让他在这里吧，他不闯祸，还帮我拣羊毛，这种乱糟糟的毛，他会弄的。"

二小姐就一个人回去了，她没有再到大小姐屋里去。

到夜里，大小姐就到二小姐这边来，大小姐告诉二小姐，她白日里睡觉时做了一个梦，见了父亲，父亲和她说了好多好多话，但她醒来的时候都忘记了。

二小姐叹了一口气。

大小姐看看她，就说："看我们弟弟的样子，脑筋像是比从前清爽得多了。"

二小姐点点头，后来又摇摇头，说："总归是不灵的。"

大小姐也叹口气，说："不灵是不灵，不过倘是试一试，也是好的呀。"

二小姐说："这种事怎么可以试一试呀。"

大小姐说："不过我从前听大人说，有种痴毛病，阴阳一合，就会好的，再说起来，弟弟这一阵对这种事好像是明白了一点的。"

顾允吉那次跟老汪到乡下去，不知为啥回来以后就晓得要结婚。大小姐和二小姐都问过老汪，老汪也弄不明白，想来想去说顾允吉大概在乡下看见了什么。他们那地方的人家，过日脚是很随便的，做夫妻里的事也是很随便的。他说他以为顾允吉可能是看见了什么，有点开窍了。

大小姐和二小姐又去把四小姐叫来一起商量，四小姐就反对，说他们是要去害人家女人的，可是大小姐眼泪汪汪说顾家没有后人传血脉，父亲死不瞑目的，四小姐就不说话了。

后来他们又把三小姐从省城叫回来，叫三小姐发表，三小姐说："弟弟既然自己有这个愿望，我们就帮他寻一个，反正现在都要自愿的，不好强迫的。"

三小姐很忙，她帮两个姐姐拿了主意，就回省城去了，具体事情由大小姐和二小姐去办。

大小姐和二小姐心里都明白，顾家虽然从前有一点名堂，现在也还有一点房产，有一点家底，但是弟弟想要讨一个城里姑娘是不可能的，找一个乡下姑娘，想办法把户口弄上来，倒是有可能的。

大小姐和二小姐就又想到老汪了。

二小姐求老汪的事，总是叫老汪为难的，不为难的事二小姐也不会去找老汪。

老汪相帮二小姐，总是心甘情愿的，可是二小姐要老汪帮顾允吉讨一个女人，老汪就很犯难了。

老汪抽着烟，又是咳嗽，看见二小姐难过的样子，他心里也难过。

"你们乡下，"二小姐小心翼翼地说，"老汪，你们乡下有没有小姑娘……"

二小姐和老汪说话，大小姐守在旁边是不大插嘴的。这时候她也说："不一定是小姑娘，二婚头也好的。"

老汪叹口气。

大小姐又说："想办法把户口弄上来，你说呢？老汪。"

二小姐说："我还有几件金器。"

老汪摇摇头说："人家不稀奇的，现在我们乡下那里，不稀奇的。"

大小姐就很着急，二小姐的眼圈儿红了，有眼泪水在眼眶里。

老汪心里很感动，二小姐对弟弟的真心，老汪看了很感动，老汪后来就丢下湖笔社的工作，专门儿回乡下老家去帮顾允吉物色对象。

二小姐把老汪送到码头上，眼泪汪汪地对老汪说："你走好，老汪。"

船就开走了。

二小姐回顾宅的时候，看见顾允吉坐在三眼井的井圈上哭，见了她，就涎着口水，叫一声"二小姐"。

本来围住顾允吉的外孙们，见二小姐来，就散了，二小姐晓得又是他们在欺侮舅公，就说他们几句，小孩子们就从窗户里探出头来唱山歌，挖苦嘲笑顾允吉。

其实小孩子们是不懂这些的，必是他们的父母教的。二小姐就不去理睬他们。

顾允吉确实喜欢和他们纠缠，他又说："我要结婚。"

小孩子们便一齐地拍手大笑，朝顾允吉吐唾沫，扮鬼脸，并且说憨大倘是结婚，他们就要搅得憨大结不成婚。

顾允吉就呜呜地哭了。二小姐劝他，他也不听，只是往井下边看。

二小姐很生气，对几个外孙说："你们这种小人，怎么这样没有家教。"

这时候三小姐的大儿媳妇王莉和四小姐的女儿三三就从自己的屋里走出来了，他们看看二小姐，又看看顾允吉，相互做了眼色。

王莉说："小孩子的话，说起来是不大好相信的，但不过憨大结婚，真是出了世也没有听说过的。"

王莉一边说就一边走近顾允吉，问他："你晓得什么叫结婚啊。"

顾允吉往后一缩，涎出口水，叫一声："二小姐。"

王莉和三三一齐笑起来，小孩子们便也笑。

三三对二小姐说："二阿姨，你和大阿姨不晓得，人家外面全在笑我们顾家里，说你和大阿姨老糊涂了。"

二小姐气得抖抖索索，话也讲不出来。

王莉说："哎呀，二阿姨和大阿姨的心思我们也是晓得的，传宗接代是不是呀，其实么，这种小人，也是顾家的血肉么，我再说回来，一个憨大，就算会结婚生儿子，会有什么好货生出来呀，不要再养个小憨大出来，现世报，叫别人笑煞啊。"

这桩事确实是二小姐和大小姐顶担心的，二小姐被说中心思，很伤心。

三三靠近二小姐，笑眯眯地说："二阿姨，说你有黄货给憨大讨女人，真的呀。"

二小姐不说话，去拉顾允吉，要他进屋里去，顾允吉不肯，二小姐就一个人进屋去了，她听见他们一帮人在天井里笑。

二小姐坐在屋里生气，听见屋梁上老鼠追来追去，她轰它们，也轰不走，老屋里的老鼠，比人凶，比人老资格，那几年顾家里的人被赶出老屋，老鼠却是赶不出去的。

阿凤下班回来，把一包老鼠药拌在饭碗里，二小姐在一边看她拌。

阿凤突然回头问她："妈妈，你怎么不去打听台湾的消息。"

二小姐一吓，说："什么台湾消息。"

阿凤说："现在人家屋里有台湾关系的，全去联系了，联系上的，就额骨头了，人家台湾人回来转一圈，什么都有了。"

二小姐说："我们不想。"

阿凤说："你不想，我想么，你不去联系，我要去联系的。"

二小姐说："阿凤，不要去翻什么花头了，现在日脚也蛮好过了，你缺什么，你开口好了，我总归会让你称心的，我就你这样一个女儿，心思总归用在你身上的。"

阿凤说："你的心思在憨大身上，大家全晓得的，你的黄货不肯给我，要给他的。"

老鼠在梁上打架，打得屋梁震动起来，阿凤拿一根竹竿去打老鼠，老鼠跑掉了，阿凤说："是不是，你喜欢憨大。"

二小姐看看她："我不是已经给你两只戒指了么。"

阿凤也朝她看看："两只线戒。"

二小姐说："你们是好好的人，可以自己做出来了，你舅舅不来事，我不给他，他怎么办，他不会去做出来的。"

阿凤说："你也不是自己做出来的，为啥要叫我们自己去做出来，现在外面就是要吃爷娘的，我们为啥不可以吃爷娘。"

母女两个总归是讲不清一个道理的，二小姐只好说："我再给你一副耳环，要等老汪回来。"

大小姐和二小姐等老汪等得很是心焦，其实老汪去的时间并不是很长的，后来老汪回来了。老汪回来，也没有进自己的家门，就来看二小姐。

老汪很激动。

二小姐和大小姐就很紧张，二小姐给老汪拿烟，沏茶，老汪就先喝茶、抽烟，然后老汪就把好消息说出来了。

现在在老汪他们乡下，讨一个女人是很费钱的，造几楼几底的房子先就要几万，所以有些经济上搭不大够的，有些困难的。所以，后来就常常有人把四川和其他什么地方的女人弄来卖给他们做女人，三千块，五千块就买一个。慢慢地，老汪他们家乡就和四川那些地方攀上了亲。四川女人也是很会当道的，自己来了，小日子自然比山里好，就要想到把姐姐妹妹们也弄来。所以老汪回去看，就看见有几个尚未攀亲的四川女人，老汪就去探他们的口风，四个人当中有两个人是情愿的。

老汪先是看中稍微稳当一点的一个，可另一个就缠住老汪，就要跟老汪上苏州，老汪看看这一个比另一个漂亮，又活泼讨人喜欢，他就有点动心了，他想二小姐他们肯定也是喜欢漂亮的，老汪一时就不好做主，就带了两个人的照片先回来了。

大小姐和二小姐听老汪说，又看了照片，老汪又介绍了两个女人，老汪介绍的时候，就偏向了长得漂亮的这一个。大小姐和二小姐也认为这一个好，后来就定下来了。

老汪说："我先写封信，叫她就出来，好吧。"

二小姐看看老汪，眼泪汪汪地说："老汪，你真好。"

老汪等大小姐走开了，就抓住二小姐的手说："二小姐，你也好。"

二小姐心里一跳，她很想把手抽出来，可是老汪把她的手拉得很紧。后来大小姐又进来了，老汪就放开了二小姐的手。

第二天，二小姐看着老汪把那封信丢在路口的邮筒里，她心里好像落下了一块大石头，轻松得多了。这么多年了，她一直被束缚着的，什么事也不好做的，现在她终于做成了一件事。

三

对顾宅的历史考证工作，已经做了一段时间了，开始只是查找资料，做书面文章，等这上面的头绪整理得差不多了，他们就开始实地考察。

顾宅很大，先是看房子，一落一落，一进一进，一间一间地考据，然后是过道，然后是看天井，最后就考证到顾宅的井。

顾宅里原先总共有水井十二口，后来废了三口，又后来封了两口，现在还继续用的，有七口。

水井本来是没有什么稀奇的，在地上挖个洞，三尺五尺就可以见水，就成水井了。这地方水高，好挖井，大家就挖了很多的井。不过也有另外的说法，说井都是在水位很低，干旱的时候挖出来的，总是因为遇旱了，临时抱佛脚，人就这样过日脚的么。

一般的水井是没有什么稀奇的，可是汲云井就很稀奇，说汲云井下面有异物，要不然，怎么会有云从井里出来呢。

顾宅从前在太平军战役的时候，是被太平军打过馆子，做过行营的。宅里很粗很粗的木桩上，留着许多石砍的痕迹。并且说这汲云井里，有顾家上代避难时丢下去的金银财宝，也有说是杀了人抛进井里的，还有说是顾宅的女眷遭了太平军的欺侮，投井的，各式的说法都有，反正从前大家都晓得汲云井是有点名堂在里边的。

考古的人就是要考证这许多说法中哪一种是正确的，是符合事实的。

这个事情就很难办，现在顾家后代里年纪最大的大小姐和二小姐都说不出什么名堂来，别人就更加弄不明白了。

人家就要把汲云井的水抽干了看一看它的真面目。

大小姐和二小姐说，隔几日吧，这几日家中要办事情。

考古的事情反正也是不着急的，人家就同意了，说过一阵再来打扰。

大小姐二小姐她们就给顾允吉办婚事。

那个四川女人从乡下上来之后，老汪就带着她到顾家来，一一拜见了大小姐，二小姐，四小姐。这个女人也是很乖巧的，很讨二小姐的喜欢，老汪自然也是很喜欢的。

后来就要开后门去办结婚证，就要准备办喜酒，都是老汪一个人奔前奔后相帮的，大小姐二小姐她们一则是上了年纪，二来她们本来也是不大会操办这些的，所以就让老汪去忙了。

别人看老汪奔来奔去，就对他说："老汪啊，看你真是起劲，巴结得来。"

老汪说："我是相帮相帮的，他们顾家里没有男人撑场面，几个老小姐弄不来的。"

人家就说："怎么没有男人，顾允吉不是男人啊。"

老汪笑了："哎呀，你们又不是不晓得，他是脑筋里有毛病的人呀。"

人家看看老汪，反问他："脑筋里有毛病的人，还要讨女人啊。"

老汪张张嘴，没有说出什么来。

人家又说："老汪你这个人，把人家小姑娘骗来嫁一个憨大，你罪过欤。"

老汪想不落，过了一会才说："人家小姑娘晓得顾允吉有毛病的，我同她讲清楚，她自愿的，怎么好讲骗呀。"

别人就取笑他："老汪哎，等你做了顾家的上门女婿，还要起劲呢。"

听这样的话，老汪心里总归甜滋滋的。

顾允吉这几日像是很懂道理的，每天也不出去瞎荡了，只是到二小姐屋里看一看四川女人在不在，若是在，他就笑嘻嘻地喊一声"二小姐"，就退出去。只有一次四川女人躲在里边换衣裳，他没有看见她，就哭了起来，四川女人走出来，他就不哭了。

二小姐就对四川女人说："你看，其实他是很好弄的，他不是武痴，他的良心是很善的，他只是比别人笨一点。"

四川女人点点头，看看顾允吉，朝他笑笑，顾允吉开心了，就要去拉她的手，二小姐说："弟弟，你不要急，再过几天，你们结婚。"

顾允吉就走开了。

后来就办了喜酒，大家吃过喜酒，四川女人就搬到顾允吉房间里去了。

那一天夜里，二小姐开始一直睡不着，后来听见顾允吉房里很安静，不像要出洋相惹人笑的样子，二小姐就睡着了。

顾家办过喜事，人家就来抽井水了。可是这汲云井里的水，却是抽来抽去抽不干，抽了三天水，还是那样子。

地底下的东西，地面上的人看不见，也就搞不大清，谁晓得呢，那些阴沟洞大概和水井都是一个脉络的，所以抽出来的水灌进阴沟洞又回到井里去了。

井底下的古没有考出来，进水却弄浑了，井底的烂泥都翻了起来，好长时间沉下去，这井水就不大好用了。

不过好在现在都接了自来水，自来水比井水更加便利一些。

老汪住的墙门间就要拆了，要恢复成原来的样子。

原来的样子，应该是有墙门而没有墙门间的，所以老汪就不能再在这里住了。

照规矩政府动员拆迁，是要根据有一还一的政策，另外分配房子的，老汪就分到一个小套的新公房，面积和顾宅的墙门间差不多，但是条件要好得多了，有厨房间，还有卫生间，大家眼热老汪，说老汪有福。老汪却拖拖拉拉不肯搬，人家都晓得为什么，二小姐心里自然也明白，可二小姐总是不开口。老汪就每天到这边来坐一坐，有时候二小姐在休息，他就坐在客堂间，或者立在天井里，抽两根烟，就走。

大小姐和四小姐看见老汪，心里就有点不过意，顾家小字辈里的人见了老汪，心里就有另外的想法。

老汪出去以后，大小姐和四小姐就到二小姐屋里去，二小姐其实没有睡，她只是想躲一躲老汪，大概除了老汪不晓得，别人都是晓得的。

二小姐见大小姐和四小姐进来，就为难地说："你们看，他这样。"

四小姐就说："人家老汪是真心诚意的，老汪人也蛮好的。"

大小姐点点头。

二小姐不说话。

四小姐又说："也不好太搭架子了。"

二小姐不开心，把面孔扭过去。

大小姐说："芸香的心思我晓得的，看不中老汪的，嫌避老汪粗俗一点，文化也嫌低一点。"

四小姐"哼"一声，说："我们二姐夫倒是不粗俗的，倒是知书达理的，可惜一走就走得没有影子了。"

大小姐看见二小姐眼圈红了，连忙说："这也不可以怪他的，他也是没有办法才走的，那时他是要带芸香走的，芸香自己不肯走的。"

四小姐不服气，说："那时候走是没有办法，现在人家去台湾的，都回来寻亲人了，他为啥连封信也没有来。"

大小姐说："也不晓得……"才说几个字，看看二小姐的面孔，就不说了。

二小姐呆顿顿地坐在那里。

四小姐看看她，又说："要是看不中老汪，就早点跟人家讲清爽，这样不清不爽，吊人家胃口，弄得人家不定心，不好的，索性去去讲清爽，叫人家死了心。"

大小姐连忙说："也不作兴的，人家老汪帮了我们多少忙，弟弟的事，全靠老汪相帮呀，事情办好了，就不要人家来了，不可以的，不作兴的。"

二小姐朝大小姐和四小姐看看，就哭起来了。

大小姐和四小姐拿她也没有办法。

老汪回到墙门间，动员拆迁的人又在等他，老汪心里不舒畅，对人家摆面孔，说："烦煞人了。"

人家说："你嫌我烦，我还说你猪头三呢，配给你新公房你不要，你要什么。"

老汪晓得自己没有道理的，只不好响了。

人家却不肯放过他，叫他定日脚搬走，说再不搬就要罚了，不识相要吃辣乎酱。

老汪烦不过，说："明天搬，明天搬，好了吧。"

人家不相信他，又缠了他半天，才走了。

老汪刚刚出了一口气，那个人却又追回来了，对他说："老汪你的心思大家晓得，其实老汪你真是拎不清，人家顾家门里的小姐，都是讲究文雅的，像你这样盯急急，人家不欢喜的，你索性走远点，人家反而会牵记你，你信不信。"

这番话很见效果，老汪想了大半夜，第二天一早就跑到顾家去，告诉大小姐他要搬了，大小姐连忙去喊了二小姐出来，二小姐听了，果真有点不舍得的样子。

老汪房里东西不多，搬搬弄弄半天就搬完了，到下午，老汪正在收作新房间，大小姐就陪了二小姐到新公房来看老汪。

老汪很开心，一开心就更加紧张，他给她们倒了茶，就坐在一边看着二小姐，却是说不出什么来。

二小姐低了头，好像在等老汪说什么。

大小姐坐了一会，看老汪不开口，就说："老汪哎，我们和你，轧得像自己人了，对不对，有什么话你讲好了。"

老汪说："没有什么，没有什么，没有什么讲的。"

大小姐也不好再说什么了。

后来两位小姐就告辞，老汪就急起来，说："二小姐，你什么时候再来。"

二小姐不响。

大小姐说："要来的，总归要来望望你的，老汪你相帮我们的事，我们不会忘记的。"

老汪送她们出去，心里就很懊悔，到晚上，二小姐的养女阿凤来了，老汪就很奇怪，从前小凤看见他，都是冷言冷语，冷眉冷眼的。

阿凤进来笑眯眯地对老汪说："老汪哎，你为啥不开口呀。"

老汪叹了口气。

阿凤又说："其实么，我姆妈是怕难为情呀，你男人家不开口，她怎么会先开口呀。"

说得老汪面孔红了，现在的小青年，真是老吃老做的，不过他想想这句话是有道理的，他也笑起来，说："我怎么开口呀，我这个人，嘴巴笨煞的，我不会的。"

阿凤笑了，她说："其实她的心是很软的呀。"

老汪听了很开心。

后来阿凤又说："到时候你倘是搬过去住，你这套房子不要随便出手啊，调给我，我要的。"

老汪点点头："那是自然的，自然要给你的。"

阿凤开开心心地走了，老汪也开开心心地睡了。

老汪的人缘看起来是很好的，顾宅的小辈里也愿意来撮合他和二小姐的好事呢。

可惜老汪和二小姐总是没有缘分。

有一天顾宅里突然来了一个台湾客人，说是二小姐男人杨兆麟的朋友，从台湾过来，兆麟托他带了一封信给二小姐，信中还夹了两张照片，一张是兆麟一个人照的，另一张是兆麟在台湾的一家人照的，有老婆和三个孩子，两男一女。兆麟的台湾老婆看上去很年轻，虽然没有二小姐年轻时漂亮，但是蛮有风度的，拿现在一个人老珠黄的二小姐和她比，是不好比的了。

二小姐一看这两张照片，就晕了过去，过一会醒过来，就不停地流眼泪。

兆麟的那个朋友说，兆麟过一阵也要回来了，听了这个话，二小姐又哭。

等二小姐哭得差不多了，兆麟的朋友也要回台湾去了，二小姐也请他带了信和照片给兆麟。

事情过去以后，四小姐和二小姐说："好了，现在那边的情况也晓得了，人家早就另娶了，你和老汪的事可以定了。"

二小姐说："他下半年可能要回来的。"

四小姐说："你以为他回来了就不走了呀。"

可是二小姐却始终没有松口。

顾家因为得了二小姐男人的信息，很乱了一阵，一时里对顾允吉和他的四川女人的事也就不大上心了，等到后来一切又恢复了原来的样子，大家就发现四川女人已经不是原来的样子了。

四川女人怀孕了。

大家数数日脚，心中就有数。

大小姐和二小姐也晓得蹊跷，她们倒不是非要憨大弟弟娶个处女，但倘是四川女人生下别人的小孩，冒充顾家的后代，那是要被人笑话的，祖宗也要动气的。

照理夫妻间的事，别人是不大好过问的，但大小姐和二小姐忍不住还要找了四川女人来问。

她们自然不好把话问得太明白，但四川女人是很聪明的，自然晓得她们的意思。她就觉得很委屈，说："反正我是说不清的，我说了你们也不会相信的，反正我晓得现在是可以验血的，可以查出来是谁的小孩。"

二小姐听她这么说，就不好再去怀疑她了。

到了日脚，四川女人就生养了。她身体健壮，是顺产，没怎么听她叫痛，就生下一个儿子，四川女人很开心，她很喜欢自己的儿子。顾家的人，也是开心的，但总是有一点说不出的味道，外面的人当然是要说闲话的，没有人相信这个小孩是顾允吉的，因为小孩还很小，也看不出像谁，所以大家就乱猜。

顾允吉自己也蛮喜欢这个小孩，看看他，就朝他笑，叫一声"×

小姐"。

二小姐背地里问过顾允吉，顾允吉只是朝她笑，叫她一声"二小姐"。二小姐也问不出什么来，只是心里不舒畅，她本来是很和善的人，可是见了四川女人，态度就和善不起来，四川女人也不计较她的态度，因为她是有话在先的，她曾经叫她们去验血的。二小姐她们心里也想去验血，验了血就晓得了。但是她们是不会去的。所以四川女人抱了儿子在顾家里里外外前前后后走来走去，很神气。

大小姐二小姐她们心里总是不安逸，就想起来可以到老汪那边去打听打听，老汪是介绍人，老汪应该是有责任的。

去找老汪自然是二小姐的事，可二小姐不肯去，四小姐说："你不去，谁去，我们同老汪，又没有什么。"

二小姐说："我同老汪，有什么?"

大小姐说："不是你同老汪有什么，老汪对我们顾家不错，他搬走以后，长远不来去，过去望望他也是应该的，老汪同你最谈得来，我们去，就没有什么话讲了。"

二小姐晓得躲不过去，就挑了一个日子到老汪家去。

老汪的新家，在新公房的四层楼上。二小姐爬上四楼，喘着气，就去敲老汪的门，心里"扑扑"地跳。

老汪来开门，看见二小姐立在门口，面孔煞白，嘴唇发紫，呼哧呼哧喘气，老汪吓了一跳，连忙去搀住她，说："哎呀，二小姐，你怎么啦。"

二小姐，朝他笑笑，说："我来望望你，爬四层楼，吃力了。"

老汪笑起来，连忙让二小姐进屋，叫她坐下，又去冲了一杯甜奶粉，二小姐喝了一口，就觉得心里好过多了，她又对老汪笑笑。

老汪立在二小姐面前，还是那种样子，有点难为情，又点恭敬二小姐，又有点怕二小姐，二小姐看老汪这样，也很难为情，一时就说不出什么话来，两个人面对面，都很尴尬。

二小姐后来就听见卫生间里放水的声音，接着卫生间的门就开了，二小姐看见包阿姨一边索裤带一边走出来，包阿姨一看见二小姐，又看看老汪，看看两个人的样子，就说："啊呀呀，你们两个人，像小青年谈恋爱。"

说得二小姐面孔通通红，老汪又偷偷地朝二小姐看。

包阿姨又说："二小姐，长远不见了，这一阵日脚蛮好吧，听说你们家憨大生了儿子，大家稀奇煞了，真是滑稽事，憨大怎么……"

老汪连忙打岔，叫二小姐吃奶粉，二小姐听了包阿姨的话，才想起来问了一句："包阿姨，你也到老汪这里来望望。"

包阿姨朝老汪丢了一个眼风，声音娇滴滴地说："喔哟，二小姐，你消息不灵通么，我同老汪，做一家人家了，老来伴呀，你还不晓得，噢，对了，喜糖还没有派给你呢。"包阿姨就去拿几包糖，给二小姐。二小姐拿也不好，不拿也不好，她的面孔更加红了。

包阿姨看看二小姐，哈哈笑，说："二小姐，你已一把年纪了，怎么像小姑娘一样，面皮薄得来，一碰难为情，一碰不好意思，来来来，看看我们的新房间。"

包阿姨拖二小姐到房间里，虽然没有什么好料作的家什，但弄得整洁干净，十分清爽相，同从前老汪一个人住墙门间时，是不好比了，二小姐看了，心里又有点酸溜溜的。

包阿姨向二小姐炫耀了一番，回头看老汪，老汪就朝她笑，包阿姨也笑了。

老汪看二小姐不吃奶粉，就对包阿姨说："二小姐大概不喜欢甜的，你去泡杯茶吧。"

包阿姨泡了茶端了出来，老汪正在问二小姐有没有什么事，二小姐说没有什么事，只是过来望望，老汪就没有说话了。

后来就有人敲门，开门一看，是包阿姨的儿子建平。建平进来，朝二小姐看看，也不招呼，对老汪也不看一眼，就对包阿姨说："喂，什么时候调……"

包阿姨朝二小姐瞟了一眼，就把儿子推到里房，房间的隔音不灵，里房的声音外面也能听见。

二小姐听见包阿姨哭脸哭调地说："你不要再讲了，反正老汪答应了。"

二小姐对老汪说："你们有事，我走了。"

老汪也不好再留她，就说："你走，我送送你。"

老汪就送二小姐到楼梯，一路关照她小心，到了楼下，老汪又问：

"二小姐，你有什么事情，你讲好了，我总归会尽力相帮的。"

二小姐犹豫了一会，终究还是摇了摇头。

老汪送出她一段，就回去了。

二小姐回到家里，大小姐和四小姐就过来问。

二小姐有点急，说："我是不肯去的，你们偏要我去，人家老汪……"

四小姐说："老汪怎么样？"

二小姐就不开口了，被问急了，才说："老汪结婚了，是包阿姨。"

大小姐和四小姐互相丢了个眼风，四小姐说："老汪结婚归老汪结婚，你是看不上老汪的，老汪也只配和包阿姨凑凑，你有没有问弟弟的事？"

二小姐说："人家结婚了，我怎么好问？"

大小姐和四小姐就不好再追下去了。二小姐不响，别人就更加不好问顾允吉生儿子的事，就只好这样糊里糊涂地摆在那里。

过了一段时间，二小姐就觉得身上没有力气，躺倒了，就没有再爬起来。

后来二小姐就过世了，也没有什么大毛病。二小姐临终，面孔看上去很安逸，看不出有什么掉不落的事情，但是大家想，二小姐肯定有事情掉不落，她的眼睛不肯闭，是大小姐帮她合上的。

厚土（节选）

李 锐

锄 禾

裤裆里真热！

裤裆不是裤裆，是地，窝在东山凹里，涧河在这儿一拐就拐出个裤裆来。现在，全村老少都憋在这儿锄玉茭。没风，没云，只有红楞楞的火盆当头悬着。还有汗，顺着脊梁沟一直流到屁股上。人受罪，可地是好地。老以前，裤裆是邸家的聚宝盆，邸家的祖坟就在山根下安着，有碑，有字；土改的时候，按户头分了十三股；后来又合在一起归了社——裤裆还是裤裆，地还是好地。

锄玉茭讲究锄到堆儿圆，土堆足了，玉茭的根才能坐住，根深苗壮才有好收成。老以前，锄玉茭邸家给吃压饸饹，山药蛋熬粉条子，管够。现在没有饸饹，也没有粉条子，只有队长豹子样的吼骂。工夫长了，骨头里总还有些没有榨干的汗水要找个去处，男人们退上几步，侧侧身，解开腰带，一股焦黄的水泛着白沫，在两腿之间唰唰地射进土里。听见响声，婆姨们不用回避，只要不抬头。锄板在坚实的土块上碰出些闷重的响声，汗珠落下来，在黄土上洇出个小小的圆印儿，接着，又被锄板翻起来的新土盖住。烈日下的男男女女们错落成一道长长的散兵线，每人一垄，一垄两行，各自管着各自的营生绝不会有错。没人说话，裤裆里只有十几片锄板和土地的碰撞声。好闷热。

冷丁，黑胡子老汉直起腰来，抹抹嘴角上结成痂的白沫。看见的人知道，老汉是要唱。果然，老树皮一样的脖子上，青筋鼓了起来：

> 上朝来王选我贤良方正，
> 又封我大理院位列九卿，
> 当殿上领旨意王命甚重，
> 理民事还要我垂询下情。

唱到半腰忽就打住，攥住拳心啐了一口，嘴里涩涩的，只有几个唾星挣扎到了手上。有人在背后鼓舞着：

"好戏文！再唱么！"

老人并不理会，管自弯下腰去，把众人和裤裆重又抛进闷热与沉寂中。

"我说，咱毛主席现在是住的金銮殿吧？"

学生娃抬起头，眉梢上挂着的汗珠滑进了眼眶，左眼被蜇得火辣辣的。是黑胡子老汉在问。

"不住。金銮殿现在是博物馆，谁都能进。"

"不住金銮殿，打了天下为了甚？"

"为推翻三座大山。"

"三座山？……"

老汉疑惑地环视着眼前连绵的群山，又看看那正揉眼睛的北京城里来的后生，不问了。吩咐道：

"不用揉，挤住眼窝停一阵儿就不疼了。"

散兵线上，有人放下锄板向山根的隐蔽处走去，一前一后，是两个女人，前边红布衫，后边蓝布衫，眼看走到地边了，队长吼骂起来：

"活计苦重了就都耍开奸猾了！咋，没有饸饹吃就他娘不锄地啦？把你脸皮子薄的，把你那屁股值钱的，等着吧，队里给你在裤裆里盖茅房！"

红布衫摇摇摆摆隐没在山根下了。蓝布衫却捂着脸退了回来。沉闷的玉茭地里漾起一阵开心的笑声来——狗日的，真会骂。

"我说，你们在北京天天都能见着他吧？"

学生娃又抬起头来，眉梢上的汗珠又滑进了眼眶，这一次是右眼。他记着刚才的吩咐，没有揉，闭起眼睛，白炽的阳光消失了，眼前一片混沌的暗红色。

"谁？"

"毛主席呗。"

火辣辣的疼痛还没有过去，学生娃依旧闭着眼：

"根本见不着。"

"鬼说吧，他就能不上供销社买盒烟抽啦？这娃……"

待到睁开眼，黑胡子老汉已经掉转过身子，扔过一个怒冲冲的背影。学生娃有些为难，他确实搞不清楚毛主席抽烟的来路。

山根底下，红布衫悠悠地晃了出来，看看走得近了，队长骂道：

"你个日的还知道出来？我还说扎个轿子抬你去哩，你那屁股底绑上尿盉子多省事，老邸家少奶奶也不能比你会享福！"

一面骂着，锄杆一摆，把红布衫垄里的玉茭带上了一行。锃亮的锄板在黄土里鱼儿戏水般地翻飞着，草根在锋利的锄刃下咯咯地斩断开来，没说的，果然是锄到堆儿圆——队长如今是全村的人尖儿。

听到吼骂红布衫不恼，拢拢头发笑起来，笑又不出声，只把嘴角抿着，待走到人多处，昂脸回敬道：

"早晚叫你驴下的烂了嘴！"

众人又笑起来。队长为人凶悍，外号叫豹子。如今在全村能这么解气地骂队长的人只有她。不过队长骂惯了，听的人也听惯了，若隔了三五日听不见反倒闷气。听到回敬，队长不动气，锄板反倒挥舞得更快了。盯着红布衫入了垄，他便竖起锄杆来，等着红布衫挪到近处，队长朝她侧过身子解开了腰带，又定双腿响响地干咳一声。红布衫不知有诈，猛抬头，冷不丁地看见黑乎乎的一团在眼前一闪，忙不迭地低下头去，口中千祖宗万祖宗地咒起来。队长不发话，只管涎着脸嘿嘿地笑。

一只红嘴鸦飞进炎热中来，漆黑的翅膀一闪一闪，失魂落魄地"呀"出一声。

"我说，听过《封神演义》的书没？"

鉴于刚才的经验，学生娃不敢回答是，也不敢回答不是，口中只"唔唔"了几下。

"那里头有个妲妃，女人当朝坏天下。咋毛主席也叫他婆姨当了朝呢？忙得顾不上？"（四人帮时期）

学生娃有些慌乱："您不能这么说，这可是政治问题。"

"尿！千年的朝政一个理，他咋就叫婆姨当了朝？没听过《封神演义》？"

学生娃把嘴和眼都朝着黄土低下去。

那只刚刚飞过的红嘴鸦忽然丧失了信心，复又折返来，几经盘旋，愤然朝那当头的火盆撞去，接着，又绝望地"呀"出一声。

骂着，笑着，锄着，锄一行的女人赶上了锄三行的男人——就等的是这一会儿。男人头也不回，面朝黄土朝身后甩过一句话：

"假门三道的，你看的回数还少。"

即刻，又招来一阵活驴野狗的咒骂，骂得男人心里熨熨帖帖的。骂够了，也笑够了，队长停下锄头正色道：

"哎，刚才下地来，我在河滩里看了你家的洋白菜苗，蔫蔫的，怕是不行了。"

"真个？"

"不信拉倒。"

红布衫摔下锄把咒道："那死鬼，一天就知道在窑上挣那两个卖命钱，家里的事啥也是帮不上手！"

"淡话。那票子叫他白挣？"

红布衫不待多言，转身便走。队长在后边招呼：

"哎哎哎，慌的要咋？"

"哎你娘的脚！到秋后吃不上菜，队里给一斤给一两？"

看着红布衫隐没在地垴下边，队长又一阵笑，随即转回身把手一抢：

"抽一袋！"

接着又吩咐道："年轻些儿的，都给我上东山根给马号薅青草去，不计多少，去就给一分工。老汉们就政治学习吧，半分工。学生娃，你还是给咱们'天天读'。"

说着从衣兜里抽出个皱皱巴巴的报纸卷来，在掌心里拍了拍：

"旧的，将就着用吧。前日邮差送来的新的叫屋里的给剪了鞋样子啦，女人家屎也不懂！正合适，这张旧的上边有毛主席专给你们学生娃开的那条语录，呐，好好念，一分工！我给咱到河滩地看看山药该锄了么。"

学生娃从队长手里接过那个旧纸筒筒，弄不大明白为什么新报纸总是被剪了鞋样子或是糊了墙；也弄不大明白，既是专门"开"给学生娃的语录，为什么总要由他这学生娃念给众人听。可是有那一分工管着，他还是要念：

知识青年……

"算屎了吧，你也歇歇嘴。"

看见队长走下地塄了，黑胡子老汉终止了地头上的"天天读"，把那只粗大的黄铜烟嘴杵进干瘪的嘴唇里，又呜呜噜噜地骂着：

"狗日的，拿圣旨管人哩！"

地头上只有这一棵红果树，树老了，叶子稀稀的，身下的阴凉也是稀稀的。一只黄铜嘴烟袋在三个老汉嘴里转了三圈。小肚子胀鼓鼓的，那些没榨干的汗水聚起来在找出路，学生娃眯着眼睛站起来，走到下风处拍拍屁股，荡起一阵黄尘，朝地塄下边走过去。

"我说，你别去。"

学生娃没听见，眨眼在地塄边消失了踪影。有只蝉在红果树上聒噪，头顶的火盆更旺实了。树底下蜷缩的老汉们活像是卧地的羊群。

学生娃在地塄下边回过头，不行，东山根上薅草的人历历在目，男女可辨，索性掉转头朝河滩的茅柳丛走过去。走到近前才要方便，猛听见有人声，且那声音有些个异样：

"你个牲口，家里不够还跑到野天荒地来……招呼叫人看见。"

"看见也是白搭，他谁敢掐我的花儿？"

"活祖宗……"

"活着哩……"

又是一阵叫人心跳的响动，密丛丛的茅柳晃动起来……没风，没云，只有红楞楞的火盆当头悬着；还有汗，顺着脊梁沟一直流到屁股上。学生娃直发傻，耳边如雷一般轰鸣着蝉声。

柳丛的那一侧大约是有了缓解：

"你个日的不要光图了个人痛快！"

"放屁心吧，既当家就管事。今冬天队里的救济粮、救济款要闹不回来，我再不登你的门！"

太阳穴在一下一下地跳，小肚子也在一下一下地跳，越聚越多的水们依旧在拼命找出路。学生娃匆匆逃了回来。红果树稀疏的阴影下"羊群"们依旧倦倦地卧着。学生娃慌乱得难以措辞：

"大爷！大爷！我……"

黑胡子老汉猛一侧身，又甩过一个怒冲冲的背影，老树皮一样的脖子上骤然又暴起了青筋：

> 我公爹今晨寿诞期，
>
> 文武百官俱临莅。
>
> 数不清香车宝马到府第，
>
> 听不尽笙箫笛管闹晨曦……

"好戏文！"

身旁又有人鼓舞。

红楞楞的火盆下晃着一个人和一个疑惑的黑影，肚子里的水们愤怒地冲向出路，学生娃慌不择路地朝东山根跑过去。薅草的人们正纷纷返回来。不知怎的，就跑到了老邸家的祖坟跟前，半人高的石碑掩在茅草里，阴森森的。

猛地，背后传来队长豹子一样的吼骂声：

"狗日的们，一分工的便宜就占不完啦？动弹喽，快动弹！"

学生娃慌张地解开扣子，仄身在石碑前，一边又扭头朝背后慌慌地打量着，热辣辣的水喷涌而出，被焦黄的液体打湿了的墓碑上显出一行字迹来：

大清乾隆陆拾岁次己卯柒月吉日立

阳光下深深的刻痕，仿佛是刚刚凿出来的。

没风，没云，红楞楞的火盆一眨眼就把字迹烤没了。

古老峪

他睡不着。一连三天了都睡不着。

从酸菜缸里溢出来的那股刺鼻的酸臭味儿，一缕一缕地朝鼻孔里钻。头顶前，离炕沿三尺远，横担着一根被鸡屎染花了的树棍，树棍上鸡们照着祖先的模样在睡觉，蜷缩着身子，羽毛蓬松起来，尖尖的嘴插在羽翼中，也许是有悠远古老的梦闯了进来，它们时不时呻吟似的叽叽咕咕地发着梦呓。灶坑边那只小猪睡得太深沉，常常就舒服得哼出声来，窗户纸上有个小洞，冷气一阵阵地拂过鼻尖和额头。身边的汉子浑重地打着呼噜，炕皮儿有点微微的颤。凭着直感，他知道，隔着汉子，在炕的那一端，她也没有睡，不知是怕，还是在等。他还知道，再过一会儿，汉子就会爬起来，拎过炕头上那个奇大无比的砂盔，响响地尿上一阵。然后就摸索着套上衣服，披上羊皮袄，提着马灯去给牲口们添草，随着窑门咣当一声响，漆黑的土窑洞里，烤人的土炕上，就只留下他和她。而且，他知道本地的习俗；按照这习俗，土炕的那一端，污黑的被子里裹着的是一个一丝不挂的身子。一想到这儿，他就羞愧难容，可是，一连三天了，他总是想到这儿……

三天前，工作队长分派任务的时候拍拍他的肩膀：

"小李，古老峪除了土改的时候去过工作队，这二十多年没人去，你去。给他们念念文件就回来，三天。对啦，临走前选个先进个人报上来。"

他打好背包，收拾了洗漱用具，而后翻遍大队部的土窑，只找到一本掉了书皮的《新华字典》，空荡荡的心里不由得一阵怅然，呆呆地立了一刻，也只好把《新华字典》装进怅然中一起带上路。

黑暗中，炕的那一端传来一阵轻微的响声，她在翻身，这响声是那赤裸的身子和粗劣的布们摩擦出来的。他也翻了一下身，把脸和身子正对着窗户，把后背朝着黑暗中的那一端、冷风迎面吹拂到脸上。他抗拒着羞愧，抗拒着引起羞愧的强烈的想象。他是工作队员，他到这里来的任务是宣读文件，鼓励农民"改天换地""大干快上"的，可现在在胸膛里倒海翻江一般奔涌着的，都是些与此极不相称的东西。远处，响起拖拖沓沓的脚步声，这下好了，借助于外力他终于从迷乱中挣扎出来，仿佛解脱了似的一阵轻松。接着，门又一响，涌进一股逼人的寒气。接着，汉子又摸索到炕上来，熄了马灯，只一会儿，炕皮儿就又微微地在打颤。再过一会儿，三尺开外横担的树棍上，那只白羽红冠的雄鸡便勾举着脖颈洪亮地唱起来。唱一遍；然后，再唱一遍；再然后，还唱一遍。窗纸上就蒙上一层灰白的光影。熬到这个时辰，他才昏昏沉沉地睡去。等到睁开眼时天已大亮。炕上空荡荡的，主人们的被子已叠好靠在炕脚。

一连三天，天天如此。

热水就在灶火上温着，是她烧的。灶口上一枝尚未烧尽的柴兀自支撑着，还在冒出些断断续续的火苗来。掀开锅盖，等白腾腾的水汽飘过后，结了一点水碱的锅底上露出四个又大又白的鸡蛋来。这是她特意煮的。他有点惊讶，前两天是两个可今天却翻了一倍。舀出水洗了脸，漱了口，再把鸡蛋取出来仔细地剥去皮，玉石般晶莹的蛋白颤巍巍的，咬一口，很香。每天这特殊的待遇叫他很惶恐，可是又必须得吃，不吃就会招致许多的埋怨和推让，那埋怨和推让就更叫他惶恐。他有点舍不得一下子就把它们吃完，一小口、一小口地咬，似乎是在品味着一个什么故事。今天就该走了，可他却隐隐地觉出来她不大愿意，她好像有些个不舍，要不，为什么又多煮了两个鸡蛋呢？三天来他还隐隐觉得这土窑里的父女俩之间一直有种紧绷绷的气氛，似乎有件什么事情因为他的到来而暂时中止了。这事情显然是主人不愿叫外人知晓的。

洗了脸，吃了鸡蛋，他靠在自己的被垛上，随手又打开了那本没有书皮的《新华字典》一行一行地看下去：涟，水面被风吹起的波纹。莲，多年生草本植物，生浅水中，叶子大而圆叫荷叶，花有粉红、白色两种……鲢，鲢鱼，头小鳞细，腹部色白，体侧扁，肉可以吃。奁：女子梳妆用的镜匣。妆奁：嫁妆，陪嫁，陪送，旧时女子出嫁从母家带去的衣服用具……

窗外不远处，传来连枷打在豆秧上的闷响。来到古老峪的第一个早上，他到场院上去过，因为记着"同吃、同住、同劳动"的纪律，手中的连枷挥打得分外卖力。可只干了一会儿，身子刚刚发热，当队长的汉子就派下来另外的活：

"老李，你跟上咱女子把这边打完的豆秧抱一捆送到马号去，再带上些回去生火吧，招呼炕凉。"

周围的人们都很谦恭地围望着。放下连枷他才发现，身后站着一个空了手的男人，正把两只粗大的手举到嘴前嗞嗞地哈着，厚厚的嘴唇里喷出长长的一条白汽。他猛然就觉得很不好意思起来，对自己刚才那一阵热情而奔放的劳动尤其愧悔。因为他停了手，周围的人们也都停了手，很木讷又很谦恭地在等什么。内中一位老人呵呵地笑道：

"老李真是能行呢，劲大，呵呵劲大！"

众人也都附和着，都说"劲大"，可又都分明还是在等。他一下子明白过来：大家在等着他离开。脸一下子涨红了，本来还想再干一会儿的决心顿时飘得空荡荡的。得了父命的女儿搂起一大抱豆秧来，在一旁轻声地催促：

"老李，咱走！"

他赶忙抱起豆秧遮住脸。刚刚走出不远，他就听见背后的场院上一阵阵的笑骂和连枷爽利的敲打声。有只豆荚扎到了脸上，很疼。

回到土窑里，当炕头上的灶火呼呼地蹿起来的时候，她微笑着问他。

"能住惯不？"

"能。"

她抿嘴忍住笑："能住惯昨夜里那是咋啦？"

他脸又红了，答不上来。

猛地，她将一只手掌反转来堵到嘴上，两腮间升起一片桃红。

来到古老峪的第一天夜里，他跟着队长回到家里，队长指着土炕说：

"就在我这儿歇吧。"

他不由一愣，因为灶台前忽闪着的火光里分明站着十八九岁的她。看他发愣，队长又解释：

"全村就这六户人，到处都是老婆孩子一大堆，就我这还能挤下。"

他不好再说什么，只好"挤"下来了。"同吃、同住"是对工作队员最基本的要求。但到了晚上该脱衣睡觉时，他还是有些不自然，油灯在炕头上的灯座里幽幽地晃着，晃得心里总有些忐忑。可是队长却率先坐在被窝里，先脱了棉衣，露出污垢遍布的坚实的身子，接着，褪下棉裤又露出半截厚墩墩的屁股，而后从被窝里抽出棉裤来，一面又安抚：

"老李，咱们先睡。"

他只好硬起头皮也脱，但却小心地留下了秋衣秋裤。等着他钻进被窝，队长伸出蒲扇般的大手朝灯座上那幽幽的火苗一扇，灭了，又吩咐：

"你也睡！"

语气中分明带了些愤懑。黑暗中，炕的那一端服从着，传过来一阵窸窸窣窣的脱衣声，他直觉得羞愧难当，就从那一刻睡不着了。可是熬到半夜里，尿却把他从被窝里逼了出来，听见响动，汉子问道：

"老李，炕凉？"

"不。上厕所。"

"给。"

随着一声钝响，那只大砂盔被递了过来。他慌忙推让着：

"不用，不用！我出去，我出去！"

"出去看受了风。不怕啥，黑灯瞎火的谁也看不见。"

他还是满心羞愧地跑了出去，那一刻，总是觉得黑暗处闪着一双眼睛。她问的就是这件事，笑的也是这件事，可率直的眼睛里黑亮亮的看不出半丝的杂念来。他喜欢这双眼睛。

三天来，每天晚上他给大家念文件的时候，就是这双黑亮亮的眼睛从头到尾，目不转睛地盯在他脸上。有一次，文件念到一半，有一个字的发音忘记了，他随手打开字典查阅了一下，又接着读下去。第二天，她惊异地指着那残破的书满怀敬意地问道：

"这书咋恁有用，啥字都有？"

"差不多。"

"这字咋写？"

她敲敲灶火上扣着的鏊子。他查出来指点给她看：

"这不，鏊，一种铁制的烙饼的器具，平面圆形。"

"呀——呀！"

她五体投地地赞叹着，粗糙的手拿过字典。离得很近，空身穿的对襟棉袄的扣袢之间，一条白白的肌肤忽隐忽现。他忽然建议道：

"你给当咱们古老峪的先进吧！"

"我不。"

"为什么？"

"我才不先进哩。"

"我看这三天就数你听得认真。"

"听啥。"

"念文件呀。"

她抿嘴笑了："我啥也听不懂，我是看你念得好看。"

他不由得升起一阵悲哀来。

她把字典还过去："你们公家人都好看，看这手细的，像是戏上的人。"

悲哀中又揉进些难言的惭愧，他急忙别过脸去。

"爱巧就嫁给你们公家人了，在煤窑上。"

"爱巧是谁?"

"住东头，在公社念过一年完小，去年结的婚。"

为了从窘状之中挣出来，他改了话题："两三天都没听见你和你爸爸说话，跟他生气啦?"

她低下头去，再不说了，灶口上的火光一闪一闪的。

场院上连枷还在响，单调，枯燥，他放下也是同样单调枯燥的字典，从书包取出那份已经复写好的总结材料来。封面上写着：古老峪"农村三大革命运动"总结。已经想好了，自己拿一份，这一份留给队长。

兀自支撑在灶口上的那枝柴终于烧断了，一阵塌折的微响之后，落进灶坑中的残柴又冒起一股火，把锅底剩下的一点水烧得呻吟起来。

场院上连枷的声音停了，过了一会儿传过渐近的脚步和人声。愈走近那人声似乎愈急切：

"人家哪不好? 你凭啥不应承?"

"他坏，他撕拽我，还摸我!"

"撕拽就咋啦? 摸就咋啦? 还不是早晚的事? 你往后还得躺到炕上给人家生儿哩!"

"他是牲口!"

"你才是牲口! 你不嫁能守我一辈子? 你知道村里都说啥? 都说我留着你是自己用哩，牲口，你不把我逼得见了你妈就不算完?"

争吵突然停顿了。她一定哭了，他想。

可是等到父女俩走进土窑的时候，两个人的脸上都是那么平静，平静得叫人感到木然。父亲放下手中掐着的一蓬豆秧，周身拍打着，脸上又堆出往日的笑容问：

"老李，等得肚饥了吧？"

他忐忑不安地应着，心里生出来许多的愧疚，本想问问父女俩吵些什么，可看见主人脸上那做出来的笑容，就又把话吞了下去——那笑脸分明是一张厚厚的盾牌。他忽然就感到自己在这土窑里的多余和无用。

冬天是两顿饭，本来吃完前晌饭他就该走了，可不知为什么就耽搁了下来，只觉得还想做些什么，可又什么也没有做，一直等到日压西山的时分，他才背上行李走出了窑洞。走的时候她不在，不知去了哪。队长说了几句炕不热，饭食不好的客套，尔后又把那份总结还给他：

"老李，这营生还是你留着吧，搞运动啥的都是公家的事情，咱留下这没啥用。"

他笑笑，接了过来。

沿着那条斜长的土路他登上沟顶，一道坦平的土垣豁然在眼前舒展开来。暮色中，冬日荒寂的土垣上没有一丝声响，满目皆是一种闷钝的空旷。西坠的太阳被云层裹住，正在烧出一派金红来。忽然，他看见她了，路口上放了一副水桶，扁担横放在两只水桶上，她正坐在担子上静静地等。他急走到近前去。

"你走呀？"

"嗯。"

"不来了吧？"

"嗯。"

"你走晚了，得赶夜道。"

"不怕。有手电。"

"我回呀。"

说着，她把水桶担了起来。

"你还是当了先进吧！"

他几乎是抢着在说。

"我不。"

"当吧，这次当了先进能到县里开三天会！"

"真个？"

"嗯。"

"你也去?"

"嗯。"他说谎了,特别想说。

"我当! 我还没去过县上哩。"

她挪挪扁担,满足地微笑起来,"我回呀。"

随着步子,扁担钩在水桶的梁撑上发出吱吱的尖响。

辉煌的夕阳从烧毁了的云海中掉了出来,刹那间,干旱贫瘠的土垣被它幻化成一派壮丽的辉煌,黑幽幽的窑洞,残缺的围栅,破烂的窗棂上挂着的满是尘土的辣椒串,场院上的谷草垛,道路上星散的牲畜的粪便,院子里啄食的邋遢的鸡群,石槽前奔忙的肮脏的小猪,家门前怀抱婴儿的衣衫褴褛的妇人,垣头上凄凉地举着枯瘦的手臂的荒棘,顿时都被染上一层灿烂的金光,一切都面目全非,一切都熠熠生辉,一切都在这一刻派生出无限的生机来,显得有如童话般的富丽堂皇……

在这幻化的辉煌之中走着她,水正从桶里溢出来,于是在均匀的颤动中,流光溢彩般地,有火焰沿着桶壁燃烧起来。

仿佛被这火灼痛了眼睛,他急忙转过了脸。

合　坟

院门前,一只被磨细了的枣木纺锤,在一双苍老的手上灵巧地旋转着,浅黄色的麻一缕一缕地加进旋转中来,仿佛不会终了似的,把丝丝缕缕的岁月也拧在一起,缠绕在那只枣红色的纺锤上。下午的阳光被漫山遍野的黄土揉碎了,而后,又慈祥地铺展开来。你忽然就觉得,下沉的太阳不是坠向西山,而是落进了她那双昏花的老眼。

不远处,老伴带了几个人正在刨开那座坟。锨和镢不断地碰撞在砖石上,于是,就有些金属的脆响冷冷地也揉碎到这一派夕阳的慈祥里来。老伴以前是村里的老支书,现在早已不是了,可那坟里的事情一直是他的心病。

那坟在那里孤零零地站了整整十四个春秋了。那坟里的北京姑娘早已变了黄土。

"恓惶的女子要是不死，现在腿底下娃娃怕也有一堆了……"

一丝女人对女人的怜惜随着麻缕紧紧绕在了纺锤上——今天是那姑娘的喜日子，今天她要配干丧。乡亲们犹豫再三，商议再三，到底还是众人凑钱寻了一个"男人"，而后又众人做主给这孤单了十四年的姑娘捏合了一个家请来先生看过，这两人属相对，生辰八字也对。

坟边上放了两只描红画绿的干丧盒子，因为是放尸骨用的，所以都不大，每只盒子上都系了一根红带。两只被彩绘过的棺盒，一只里装了那个付钱买来的男人的尸骨，另一只空着，等一会儿人们把坟刨开了，就把那十四年前的姑娘取出来，放进去，然后就合坟。再然后，村里一户出一个人头，到村长家的窑里吃荞麦面饸饹，浇羊肉炖胡萝卜块的哨子。

这一份开销由村里出。这姑娘孤单得叫人心疼，爹妈远在千里以外的北京，一块来的同学们早就头也不回地走得一个也不剩，只有她留下走不成了。在阳世活着的时候她一个人孤零零走了，到了阴间捏合下了这门婚事，总得给她做够，给她尽到排场。

锨和镢碰到砖和水泥砌就的坟包上，偶或有些火星迸射进干燥的空气中来。有人忧心地想起了今年的收成：

"再不下些雨，今年的秋就旱塌了……"

明摆着的旱情，明摆着的结论，没有人回话，只有些零乱的叮当声。

"要是照着那年的样儿下一场，啥也不用愁。"

有人停下手来："不是恁大的雨，玉香也就死不了。"

众人都停下来，心头都升起些往事。

"你说那年的雨是不是那条黑蛇发的？"

老支书正色道："又是迷信！"

"迷信倒是不敢迷信，就是那条黑蛇太日怪。"

老支书再一次正色道："迷信！"

对话的人不服气："不迷信学堂里的娃娃们这几天是咋啦？一病一大片，连老师都捎带上。我早就不愿意用玉香的陈列室做学堂，守着个孤鬼尽是晦气。"

"不用陈列室做教室，谁给咱村盖学堂？"

"少修些大寨田啥也有了……不是跟上你修大寨田，玉香还不一定就能死哩！"

这话太噎人。

老支书骤然愣了一刻，把正抽着的烟卷从嘴角上取下来，一丝口水在烟蒂上亮闪闪地拉断了，突然，涨头涨脸地咳嗽起来。老支书虽然早已经不是支书了，只是人们和他自己都忘不了，他曾经做过支书。

有人出来圆场："话不能这么说，死活都是命定的，谁能管住谁？那一回，要不是那条黑蛇，玉香也死不了。那黑蛇就是怪，偏偏绳甩过去了，它给爬上来了……"

这个话题重复了十四年，在场的人都没有兴趣再把那事情重复一遍，叮叮当当的金属声复又冷冷地响起来。

那一年，老支书领着全村民众，和北京来的学生娃娃们苦干一冬一春，在村前修出平平整整三块大寨田，为此还得了县里发的红旗。没想到，夏季的头一场山水就冲走两块大寨田。第二次发山洪的时候，学生娃娃们从老支书家里拿出那面红旗来插在地头上，要抗洪保田。疯牛一样的山洪眨眼冲塌了地堰，学生娃娃们照着电影上演的样子，手拉手跳下水去。老支书跪在雨地里磕破了额头，求娃娃们上来。把别人都拉上岸来的时候，新塌的地堰将玉香裹进水里去。男人们拎着麻绳追出几十丈远，玉香在浪头上时隐时现地乱挥着手臂，终于还是抓住了那条抛过去的麻绳。正当人们合力朝岸上拉绳的时候，猛然看见一条胳膊粗细的黑蛇，一头紧盘在玉香的腰间，一头正沿着麻绳风驰电掣般爬过来，长长的蛇芯子在高举着的蛇头上左右乱弹，水淋淋的身子寒光闪闪，眨眼间展开丈把来长。正在拉绳的人们发一声惨叫，全都抛下了绳子，又粗又长的麻绳带着黑蛇在水面上击出一道水花，转眼被吞没在浪谷之间。一直到三十里外的转弯处，山水才把玉香送上岸来。追上去的几个男人说山水会给人脱衣服，玉香赤条条的没一丝遮盖；说从没有见过那么白嫩的身子；说玉香的腰间被那黑蛇生生地缠出一道乌青的伤痕来。

后来，玉香就上了报纸。后来，县委书记来开过千人大会。后来，就盖了那排事迹陈列室。后来，就有了那座坟，和坟前那块碑。碑的正面刻着：知青楷模，吕梁英烈。碑的反面刻着：陈玉香，女，一九五三年五月五日生于北京铁路工人家庭，一九六八年毕业于北京第三十七中学，一九六九年一月赴吕梁山区岔上公社土腰大队神峪村插队落户，一九七二年八月十七日为保卫大寨田，在与洪水搏斗中英勇牺牲。

报纸登过就不再登了，大会开过也不再开了。立在村口的那座孤坟却叫乡亲们心里十分忐忑：

"正村口留一个孤鬼，怕村里要不干净呢。"

可是碍着玉香的同学们，更碍着县党委会的决定，那坟还是立在村口了。报纸上和石碑上都没提那条黑蛇，只有乡亲们忘不了那摄人心魄的一幕，总是认定这砖和水泥砌就的坟墓里，聚集了些说不清道不白的哀愁。荏苒便是十四年。（本文写于八六年）玉香的同学们走了，不来了；县委书记也换了不知多少任；谁也不再记得这个姑娘，只是有些个青草慢慢地从砖石的缝隙中长出来。

除去了砖石，铁锨在松软的黄土里自由了许多。渐渐地，一伙人都没在了坑底，只有银亮的锨头一闪一闪地扬出些湿润的黄色来。随着一脚蹬空，一只锨深深地落进了空洞里，尽管是预料好的，可人们的心头还是止不住一震：

"到了？"

"到了。"

"慢些，不敢碰坏她。"

"知道。"

老支书把预备好的酒瓶递下去：

"都喝一口，招呼在坑里阴着。"

会喝的，不会喝的，都吞下一口，浓烈的酒气从墓坑里荡出来。

木头不好，棺材已经朽了，用手揭去腐烂的棺板，那具完整的尸骨白森森地露了出来。墓坑内的气氛再一次紧绷绷地凝冻起来。这一幕也是早就预料的，可大家还是定定地在这副白骨前怔住了。内中有人曾见过十四年前附着在这尸骨外面的白嫩的身子，大家也都还记得，曾被这白骨支撑着的那个有说有笑的姑娘。洪水最后吞没了她的时候，两只长长的辫子还又漂上水来，辫子上红毛线扎的头绳还又在眼前闪了一下。可现在，躺在黄土里的那副骨头白森森的，一股尚可分辨的腐味，正从墓底的泥土和白骨中阴冷地渗透出来。

老支书把干丧盒子递下去：

"快，先把玉香挪进来，先挪头。"

人们七手八脚地蹲下去，接着，是一阵骨头和木头空洞洞的碰撞声。这骨头和这声音，又引出些古老而又平静的话题来：

"都一样，活到头都是这么一场……做了真龙天子他也就是这个样。"

"黄泉路上没老少，恓惶的，为啥挣死挣活非要从北京跑到咱这老山里来死呢？"

"北京的黄土不埋人？"

"到底不一样。你死的时候保险没人给你开大会。"

"我不用开大会。有个孝子举幡，请来一班响器就行。"

老支书正色道："又是封建。"

有人揶揄着："是了，你不封建。等你死了学公家人的样儿，用火烧，用文火慢慢烧。到时候我吆上大车送你去。"

一阵笑声从墓坑里轰隆隆地爆发出来，冷不丁，又刀切一般地止住。老支书涨头涨脸地咳起来，有两颗老泪从血红的眼眶里颠出来。忽然有人喊：

"呀，快看，这营生还在哩！"

四五个黑色的头扎成一堆，十来只眼睛大大地睁着，把一块红色的塑料皮紧紧围在中间：

"是玉香的东西！"

"是玉香平日用的那本《毛主席语录》。"

"呀呀，还在哩，书烂了，皮皮还是好好的。"

"呀呀……"

"嘿呀……"

一股说不清是惊讶，是赞叹，还是恐惧的情绪，在墓坑的回壁之间涌来荡去。往日的岁月被活生生地挖出来的时候竟叫人这样毛骨悚然。有人疑疑惑惑地发问：

"这营生咋办？也给玉香挪进去？"

猛地，老支书爆发起来，对着坑底的人们一阵狂喊：

"为啥不挪？咋，玉香的东西，不给玉香给你？你狗日还惦记着发财哩？挪！一根头发也是她的，挪！"

墓坑里的人被镇住，莴莴的再不敢回话，只有些粗重的喘息声显得很响，很重。

大约是听到了吵喊声，院门前的那只纺锤停下来，苍老的手在眼眉上搭个遮阴的凉棚：

"老东西，今天也是你发威的日子？"

挖开的坟又合起来。原来包坟用的砖石没有再用。黄土堆就的新坟朴素地立着，在漫天遍野的黄土和慈祥的夕阳里显得宁静，平和，仿佛真的再无一丝哀怨。

老支书把村里买的最后一包烟撕开来，数了数，正好，每个人还能摊两支，他一份一份地发出去；又晃晃酒瓶，还有个底子；于是，一伙人坐在坟前的土地上，就着烟喝起来。酒过一巡，每个人心里又都升起暖意来。有人用烟卷戳点着问道：

"这碑咋办？"

"啥咋办？"

"碑呀。以前这坟底埋的玉香一个人，这碑也是给她一个人的。现在是两个人，那男人也有名有姓，说到哪去也是一家之主呀！"

是个难题。

一伙人闷住头，有许多烟在头顶冒出来，一团一团的。透过烟雾有人在看老支书。老人吞下一口酒，热辣辣地一直烧到心底：

"不用啦，他就委屈些吧。这碑是玉香用命换来的，别人记不记扯淡，咱村的人总得记住！"

没有人回话，又有许多烟一团一团地冒出来。老支书站起身，拍打着屁股上的尘土：

"回吧，吃饸饹。"

看见坟前的人散了场，那只旋转的纺锤再一次停下来。她扯过一根麻丝放进嘴里，缓缓地用口水抿着，心中慢慢思量着那件老伴交代过的事情。沉下去的夕阳，使她眼前这寂寥的山野又空旷了许多，沉静的思绪从嘴角的麻丝里慢慢扯出来，融在黄昏的灰暗之中。

吃过饸饹，两个老人守着那只旋转的纺锤熬到半夜，而后纺锤停下来：

"去吧？"

"去。"

她把准备好的一只荆篮递过去：

"都有了，烟、酒、馍、菜，还有香，你看看。"

"行了。"

"去了告给玉香，后生是属蛇的，生辰八字都般配。咱们阳世的人都是血肉亲，顶不住他们阴间的人，他们是骨头亲，骨头亲才是正经亲哩！"

"又是迷信！"

"不迷信，你躲到三更半夜是干啥？"

"我跟你们不一样！"

"啥不一样？反正我知道玉香恓惶哩，在咱窑里还住过二年，不是亲生闺女也差不多……"

女人的眼泪总是比话要流得快些。

男人不耐烦女人的眼泪，转身走了。

没有星星，也没有月亮，很黑。

那只枣红色的纺锤又在油灯底下旋转起来，一缕一缕的麻又款款地加进去。蓦地，一阵剧烈的咳嗽声从坟那边传过来，她揪心地转过头去。"吭——吭"的声音在阴冷的黑夜深处骤然而起，仿佛一株朽空了的老树从树洞里发出来的，像哭，又像是笑。

村中的土窑里，又有人被惊醒了，僵直的身子深深地掩埋在黑暗中，怅然支起耳朵来。

假　婚

他从一开始就觉得这事情怕是有假。当做保人的队长笑嘻嘻地把这个女人，和那个三四岁的小女孩领到院子里来的时候，他猜定女人保准是叫队长"过了一水"。可是心一横，他还是把这女人和孩子接下了。老婆死了二十年两个闺女都已出嫁。他这条熬了二十年的光棍实在是干渴坏了！男女双方在那张保书上按了指头印，队长从炕背面撅下一条苇劈儿，把从牙缝里剔出来的葱花鸡蛋又抿回酒气冲冲的嘴里去：

"行啦，又捏合成一个人家啦！你是光棍一条穷得娶不起。你是死了男人又遭了年景出来讨吃，只求有口饭吃。穷碰穷，碰对了。走遍天下也是男人睡女人，女人生娃，一块过吧！公社那张结婚证好说，等闲下了，你求个人给家里写封信，起回一张证明来补上它。"

把队长送出院门外的时候，队长又凑在耳朵边补充着：

"错不了，是陕西榆林贺家梁的人。我找小学校刘老师查过地图，地图上明明标着哩，她跑不出地图去。今黑夜好好解解渴吧，可不敢太狠了，往后日子长哩。嘿嘿，那货浑身肉肉的，保你错不了……"

那火气猛然撞上来：

"狗日的，保险过了一水！"

可这股火只一闪，便过去了。不管怎么说，人家给你领来个不用花钱的婆姨。更何况，就是没有队长这一水，自己也绝不是头一水——你还想做梦娶个黄花姑娘？想到这，连他自己也取笑起那股无名的火气来：嘿嘿，癞蛤蟆想吃天鹅肉！

返回屋里，他把米面油盐指给女人。又教她生了一回火，然后挑起水桶一气把缸灌满，放下水担又拿起斧子来到柴垛前。二十年来，他一直是将就担水，凑合劈柴，嫁了闺女以后连油盐吃到嘴里也尝不出些滋味来。今天不一样，今天浑身上下猛然涨满了力气。刚才，和队长一起喝得猛了些，酒们在腔腔里热烘烘地烧着，烧得人有些微微地晕眩。斧头在院子里山摇地动地挥舞起来，随着咚咚的响声，洁白的木屑在锋利的斧刃下边飞进出来，下雪一般在身前身后铺了白花花一片。正劈着，女人出来抱柴，在身旁伏下身去的时候，他蓦然瞥见那厚墩墩的胸脯一阵撩人的乱颤，仿佛揣了只肥鹅在那灰黯黯的衣裳下边，他抿嘴在心里笑起来：

"好这两只肥奶，能托一对金刚在上边！"

其实，这女人他昨天已经见过。昨天听说村里来了个讨吃的女人在队长家留宿，他去扫过一眼，那时候还不知道这女人打算寻个人家。可是现在看和昨天看不一样。昨天是看人家的，今天是看自己的。这么想着，他那双定定的眼睛里流露出些占有的放肆来：看前身，看后身，看头上，看腿下……女人分明感到了这目光的灼烫，默默地接受着，并不停下手里的活计，偶尔低低地抬起眼睛和他轻轻一碰，随即又顺从地垂下眼皮去。男人的直觉让他感到了这默许之中的沉着，和这沉着之中的认定了命运的冷静。可是，他觉得她不该这么冷静，他觉得这冷静碰着了他腔腔里那股热烘烘的力量，她这么冷静太不像个女人了。可他又实在想象不出眼前这女人应当是个什么样子才合他这男人的心意：永辈子没有见过面的三个人，一眨眼捏成一家子，就是唱戏也还得拉个过门呢。可这不是戏，眼前这个女人早就经见过了男女中间的那些事情，经见了不止十回八回，连孩子都已经三四岁了。一个穷光棍你还想什么？浣们还在腔膛里烧着，而且又有一股别的力量翻涌着加进来。他紧紧握定手中的斧子，凭着男人的骨气狠狠地压抑着那股在身体里冲动起来的力量。他不能倒了架子，尤其不能在这讨吃女人的面前倒了做男人的架子。看着女人稳稳地在屋门后边隐去的背影，他的眼睛里又现出那一对肥硕的奶子来，那个"能托一对金刚"的怪念头叫他再一次地笑起来：

"你狗日还想挑肥拣瘦？——解了肚饥就是好饭！"

吃完饭，点着灯，炕席上、墙壁上忽长忽短地晃着三个陌生的人影。不到半个后晌的时间，这女人已经把屋里抹得干干净净的。灶里还有些残柴在燃烧，女人半倚着墙站在灶口前，昏暗的灯影，一张脸在灶口的火光中明暗飘忽地显出来。他沉浸在这显得有几分陌生的温软之中，被岁月磨难得早已变得粗糙了的身体，和变得同样粗糙了的心，在这幽幽的灯影和飘忽的火光中受到一种难言的感动。可这感动也叫他陌生。

该问的该说的，都问了也都说了。搜肠刮肚又想出来的不多的几句话也说了。所剩下的似乎只是那一刻，和那件事了。那些所有被他有意无意拿来支撑"架子"的东西，像深秋的叶子一样轻而易举地落下去，赤裸裸地把树的身体露了出来。

女人在等。火光中忽明忽暗的脸上，分明持着那股认定了的冷静。

只有孩子超然在这对男女之外，手里拿着他那只用麂子的蹄腿制成的烟袋，翻来覆去地把玩，时不时地从嘴里冒出一两句稚嫩的外乡口音。

他心里猛升起一股焦躁和愤懑，他不满意女人脸上那股执着的冷静，随手从头上取下污黑的毛巾来命令着：

"给，洗洗！"

女人微笑着走过来伸手去拿，他顺势抓住女人的膀头，一把将她扭转到自己跟前。

"妈，枪！"

女孩指着斜挂在墙上的那支长长的火枪，操着外乡口音喊起来。

女人并不挣，只是低下眼睛：

“等她睡了吧。”

“不等！西屋空着！”

他发起火来，而且不知为什么又想起来这女人昨晚曾被队长“过了一水”——吃“过水面”也叫老子等?！

女人不再应声，默默地为孩子拉过一个枕头抱她躺下，又把一块不知何年何月藏在衣兜里的，化得黏糊糊的糖球塞进孩子嘴里。

没点灯。他像是带了一件猎物，把女人领到炕上。一团漆黑之中，那股在腔膛里憋涨了二十年的洪水，野蛮而又疯狂地倾泻出来。两个生命在那混沌难分的黑暗中纷乱地搅成一体，分不清你和我，分不清男和女，分不清什么是别人什么是自己……

一只偷食的老鼠从房顶失足掉下来，吱吱地尖叫着，仓皇逃窜之中撞在一个滚烫而柔软的肉体上，它猜不出这是什么，尖细的爪子在炕席上留下一串魂飞胆散的碎响。

第一天，他们是这样。

第二天，他们是这样。

第三天，他们还是这样。

他觉出自己在发疯，可他又没有力量制止从自己身体中狂涌而出的这股疯狂。而且，只要一想到这女人在属于自己的前一夜，曾被别的男人“过了一水”，那股疯狂就十倍地膨胀起来，膨胀得比自己那个血肉组成的躯体不知要巨大多少倍，像一个毛首毛身的怪物，气喘吁吁地和自己对峙而立。

可是，这股狂潮终于一点一点地在女人温软而又宽容的胸脯上平静下来。等野性平静下来，他那股男人的自尊和自信又在身体里复苏了。这一天，吃过早饭，他等那女人收拾停当之后，从怀里掏出十块钱来：

“给。”

女人愣愣地不接。

“嫌少？再给十块!”

女人还是愣着。

“你不用哄我。你有家，你有男人，他没死。你还有娃娃，他们在家等着你哩!”

“没……没……”女人惶恐地摆着头。

"哄你的鬼吧！"他发起火来，"你在我这儿住上三个月、五个月，住上一年半年，瞅个空儿一走，还不是撂下我一个人？我图啥？图个白白养活你娘俩一场？走，要走就快走！我五尺高的男人不能叫人当大头耍！"

有泪从那个女人的脸上淌下来。

不知怎的，他竟从这泪水里得到了一些快意。这么多天了，他一直觉得窝囊，觉得自己没有降住这个冷静的女人。自己总是着着急急地盼着天黑，天一黑，又总是猴急着那件事情。现在好了，捅破了这一层窗户纸，这女人分明是攥在手心里了。女人抽抽搭搭地哭着：

"他大哥……"

"行，叫开大哥了。"他在心里冷冷地笑起来，"你到底是撑不住了呀！有本事做这种事情，就得有本事撑到底。"可他并不把这话说出来，只是蹲在炕头上稳稳地笑着，满有把握地等着。

"他大哥，家里遭了年景，实在活不过去了……我对不住你。你要是不愿意留，我们就走……你那被子我昨天才拆洗了，还没给你缝好哩，等一阵阵缝好了，我就走……"

猛然有一股泪水呛上来，他死命地忍着。那条被子还是三年前二闺女出嫁时给他拆洗过的。这几天，这个女人屋里屋外没命地干，村里人都说他走时运，半道上拾来个财神神。说实话，他自己的心里也时时地翻涌起这念头来，想把这女人和孩子拴住。他甚至想过要和这女人一起回贺家梁把证明拿回来。女人是个好女人，可假的也到底是假的。他气这女人作假作得这么真，作假作得让他动了心。

可男人的心肠到底还是叫女人的眼泪泡软了：

"要留你就留，想走你就走，我又不管你……"

女人直通通地当屋给他跪下：

"他大哥，我和娃他爸都忘不了你……"

一股火气又撞上来，他暴跳着：

"你回去告给你男人，我的枪子儿够不着他，要是能够着，我头一个枪毙的就是他！他是个活畜牲！"

"他大哥，他也是可怜人……我不留，给你做了被子，明天我们就走……"

那个三四岁的孩子不知道大人中间出了什么事情，只管抱住妈妈又哭又喊。

他心里想到了也许会闹这么一场，可闹了这一场又叫他十分的不自在——这算是演了一出啥戏？可是一想到印在保书上的那两个指印，一想到这个本该是自己老婆的女人，却原来又是别人的老婆，心里的那股邪火便一阵阵地撞到脑门上。

"夫妻"一场这么快就走到了尽头。

这一晚，吃过饭，又到了上灯的时分，他们默默无言地僵持着。孩子已经滚在炕角里睡着了。

女人在等他。

他抽着烟，心在发狠。他不能放过这一夜，不能眼睁睁地放过这个最后的机会。过了这一晚，他不知道自己又要干渴多少年……他对着灯头用那只麂子蹄腿制成的烟袋过着烟瘾，一锅又一锅地抽，而后又一锅又一锅地把烟灰磕在炕沿上。这个并无什么希望的希望破灭了，这个本来就是假事的假事结束了。可是它却在这个熬了二十年的光棍汉的心里引出无限的烦恼来。越是烦恼便越是焦躁和愤懑，他不知道该把这满腔的焦躁和愤懑发向何处，只知道那个明天就要走的女人在等他。猛地，他把那只精巧的烟袋摔到了锅台上，回身命令着：

"睡吧！"

女人解开扣子，灰黯黯的衣服后边露出那两只肥硕的奶子来。突然，一念头烫了一下，他质问道：

"队长那狗日的动过你没？"

女人尴尬地低下头去，把敞开的怀又掩起来。

"说！动过没?！"

女人迟疑了一阵，艰难地点点头。

"狗日的，叫我吃他的过水面哩！我日他的祖宗！"

男人胸腔里的那股狂潮又劈头盖脸地压下来，他朝女人扑了上去，肆虐着，疯狂着，发泄着，仿佛大半生的苦难皆因为这件事而变得更苦了，仿佛此生此世挣不脱的那张网全因为这个女人而勒得更紧了。在野蛮的痉挛和喘息之中，他把那说不清道不出的烦恼和苦闷，撕不断扯不开的灵魂和肉体搅成了碎块，搅成一股血肉模糊的污流朝着女人倾泻下去。

女人无声地承受着，温软而宽容的胸脯在那狂潮的冲击下，仍旧温软而宽容着。

如豆的油灯幽幽地燃着，艰难地在坚硬的黑暗中支撑起一抹似有若无的光明。

当那狂潮终于平息下来的时候，男人粗拉拉的手掌无意中在女人的脸上抹下些温热的泪水来。

人之度

储福金

　　周方益睁开眼睛好一忽，才记起自己睡在哪儿。这些年中，他经常外出，每到一处过夜后，醒来都有这种感觉。这怪他的睡眠习惯，睡得迟、失眠，总有无数迷迷茫茫的梦，有的梦还连成片，如荒诞故事一般地展开，醒来一时间便不知身置何处了。

　　乡政府的这座办公楼和现今常见的办公楼没什么两样：长方形；三层水泥结构；一层楼一条走廊，一圈水泥栏杆；楼前是一个院子。院子前面，是几排旧平房，又围着一个院子。平房是早先的乡镇办公地，那样式也是旧时常见的。

　　周方益是昨天下午到乡里来的。县机关抽调一批科股级以上的干部下乡镇帮助工作。周方益自愿报名参加，又主动要求到县边远的曲溪乡来。十三年前，他从这儿招工进县城，作为知青，他在曲溪乡农村生活了整整八个年头。

　　乡政府已知道他要来。晚上，在街面个体承包的饭店摆了一桌酒席欢迎他。乡长和书记没在乡，由副书记陈志义牵头，相陪的还有一个副乡长、一个副乡级调研员。周方益下来任乡长助理的职务，也是副乡级的级别。

　　挂着"凤来"题匾的小间，正够摆一桌酒席的地方，装饰和布置都和城里饭店的雅座一般，四壁拼贴着护墙板，刷着绛色的油漆，在带彩的宫灯式的吊灯光下，映得影影绰绰的。像是中学生年龄的女招待，低着眉含着点拘谨地端来酒菜。酒席摆得丰盛，白酒红酒、可乐饮料，配着红虾银鱼、白鸡卤鸭等六碟冷盘，虽然乡长和书记没在，有副书记陈志义作陪，周方益清楚，这接风仪式是高规格的了。

"欢迎你回来，你没把曲溪忘了啊！"

陈志义给周方益斟上一盅酒；自己也满上，举起杯来，致欢迎词，声音很爽很亮。

在曲溪乡，有不知道乡长、书记是何人的，却没有不知道副书记陈志义的。乡长、书记常有更换，陈志义在乡里当干部已近二十年。原来分管组织人事，近些年又分管工业公司，不论分管哪方面，都很闻名。当初周方益在乡村插队时，对革委会副主任陈志义的大名，就十分熟悉了。

如今的周方益也已是县里的知名人士了。他是省作家协会会员、省民间文艺家协会会员、省散文协会会员、省影视评论协会会员、市文联会员、市文协会员等等，那头衔可以排上一大串。从曲溪走出去的青年作家，介绍文章都是这么说。

"你是衣锦荣归。"酒席上，那个已忘了他姓什么的副乡长说。

"是啊。"陪席的几个人附和着。

周方益垂眼摇着头，每逢受恭维的场合，他都有一点窘迫感，掩饰地默默抿了一口酒。

隔壁的雅座小间传出的劝酒声、说笑声，显得气氛很热烈。那儿摆着一桌同样的酒席，由另一个副乡长和工业公司经理、乡纸绳厂厂长为市造纸厂的科长等人饯行。乡纸绳厂的大部分原料来自市造纸厂。酒席开始后，陈志义过去敬过酒，到酒席快结束时，他又拉了周方益一起过去。

"作家来敬酒了，是省里也有名的作家啊！从曲溪走出去的，又回来当乡长……"

陈志义向市里来的客人介绍着。

席上的人习惯地站起身迎着敬酒。乡里的干部都带着笑，周方益有点窘迫地垂眼举着杯。市里的客人已都被酒熏得脸红红的，他们热情地寒暄着，大声地问着周方益的姓名，细问他发表的作品，说是一定要找来拜读。

"没什么，几篇小说，几篇……"

周方益一下子觉得他想不出有什么作品可以向这些人介绍，心中突然生出一种茫然的失败感。多少年中,他梦想回到曲溪时,不说衣锦荣归,也是怀有胜利感的。现在他并没有深切的胜利感,而失败感却攫住了他。

这种茫然的失败感并非起始于曲溪,这些年中几乎一直追逐着他。

周方益不会喝酒,这一次他喝了好几盅,被酒灌得头脑发重地回到自己的宿舍中去。

周方益的宿舍在乡政府办公楼的三楼上,几个乡领导的房间都在二楼。格局一样,一人一间,隔成两半,前半间搁办公桌办公,后半间摆床做宿舍。乡领导的家都不在镇上,有的是从外乡调来,有的家在农村。在曲溪当了近二十年干部的陈志义新近在县城买了房子,在那里安了家。

从居室的北窗看出去,正是一片满是花色的田野,时令阴历三月初,桃花未褪红,油菜花黄得灿烂,整块整块紫葺的红花草。花之上,成群的蜂蝶嘤嘤嗡嗡地缭绕着。

乡村的土道上,走动着不少挑箩挑篮的。周方益下楼来,小院里还是静静的,出乡政府门一看,街上满是人。他才想起来,曲溪乡今天是"集"。

曲溪乡逢六是集。每月三集:初六、十六、廿六。这是小集,另有大集场,每年三月初一次。曲溪乡搭三县边界,远近十里都有人来赶集,三县各有方言,集上十分热闹,天色尚早,街面上多的是占位摆摊的小贩。

周方益在集上买了一碗小馄饨当早点吃了,便背着手漫无目的地往前逛去。逛了大半条街,没见一个可以唤起点记忆的面孔,所有注意到他的眼神也都是陌生的,早年他在曲溪本是一个不善交往的知青,仅五里外的一个小村的人认识他。

昨日到曲溪时,周方益就发现,镇上的一条长街,已经大改面目:街面整个地拓宽了,铺上了水泥路面;街上的商店多了不少,招牌和铺面都注重了装饰,也有店铺门口悬挂播放着流行音乐和录音机喇叭的。一如近年来常见的乡村镇街的模式。

周方益漫步走着,带点记忆地仔细地看着眼前的一切,有的商店依稀还在旧位置上。早年镇的东头有一段巷子般的石板街,那是老街,木牖砖檐，铺面用木板插闩的，地面的石板也因年久，显出高低不平，雨天里，脚下不小心会踩出乌乌的积水来。那一段真正的老街，已经完全不见影踪了。旧日带有屈辱的寄生般的知青身份的周方益，每次走在街面上，对面前的一切景，总觉有一层异乡客居的隔膜。而今，他对往昔的一切景，却怀着一种故地重返的追忆，心中涌起沉沉浮浮的沧桑感。

一个卖辣椒的摊子前，两个买卖人正抓着秤杆在计较着。周方益擦身走过时，买菜女人的口音突然引起了他的注意。

"……努努，多少？你说八两，秤花上七两刚到，差一两秤呢。"

周方益停下脚步，女人大半个侧面落在他的眼中，他已想到女人是谁了。

那个卖菜的人说："就算七两吧，就算七两吧，就依你七两。自家田里种的，还不好说话嘛。"

买菜的女人说："是七两，真是七两。"

周方益看着他们付钱收钱。明显是卖菜的人扣了秤，查实了，却显出委屈退让的大方的口气，而买菜的女人却像是赚了一点似的，赔着说好话。

周方益转过身来，跟着女人走了几步，女人知觉了，回头用眼角瞟瞟他，眼中是和善的嗔怪的神情。周方益有点窘迫地笑了。他轻叫了一声："夏圆圆。"

女人旋过身子，盯着他看，过一会儿用手点着他：

"真是你么？真是你么？努努，头又大了脸又大了，真是发福了。"

周方益知道自己胖了，原也是一种接受的概念，在家里，妻子说他像头猪了，他也弄不清妻子的话是嘲讽还是玩笑。现在由夏圆圆说出来，他才真正意识到他已有中年人的肥胖了。

在周方益眼中，夏圆圆也变了，那件有点显短的蓝色春秋衫，那一头短发，那常见的乡村人黑红的肤色，衬出她越发是农村妇女的模样了。这也许是他一时的感觉。夏圆圆的形象似乎又没变，依然是那张圆脸，额上眼角还未刻上中年妇女的深皱纹，见人时自然微微地笑，笑时右嘴角下的一颗黑痣像是爬向腮上，依然给人平和的暖意。

也许周方益那时是乡村人看乡村人，现在却是城里人看乡下人。他还是觉得她和留在想象中的夏圆圆有了变化，已经使他很难生出应该有的那种亲近来。

"我买菜时，你就看着我了，怎么早不打招呼？"

"你在和人家斤斤计较的，叫你怕你不好意思。"

周方益显着故意打趣的。和夏圆圆说话，他感到难得的自由自在。

"我有什么不好意思的？是他看错秤花的。"

"什么看错秤花。他是存心扣秤，现在扣秤是平常事，不扣秤倒奇怪了。蔬菜都块把钱一斤，一两就是毛把钱。"

"现在农村毛把钱也不稀罕了。种田人起早摸黑，种菜起菜，再挑菜上街，真扣把两秤，并不算什么。"

周方益真真切切地感受到夏圆圆了。多少年了，她还是那么个说话口气，似乎什么事也不往心里去。

"努，听说你要回乡里来当头下了。前些时听陈书记提到的。要没记着这个话，看见你，也未必想到是你呢。"

"我真变得那么老吗？"

"老就老呗，人总要老的。……你知道不知道，我在乡食堂做饭，这些菜就是为食堂买的。以后你就吃我烧的饭菜吧。大概不会比你女人烧得好。不过，乡下的米，大锅的饭，总是香的。"

"香不香不要紧，只要把我养瘦了就行。"

"努努，到底出去了几年，会说俏皮话了。"

这一点，周方益自己也觉着了。其实在以往，不论开会还是其他场合，不论说话还是写文章，他是最不擅长幽默的，就是幽默的话，也被他说得认真了。

这时，街上有人招呼夏圆圆，夏圆圆答着声。周方益就慢行一步，扭身去看街边的摊子，随后自顾自踱步前去。朦胧听到夏圆圆应着话，似乎有人和她说笑，问他是谁。

遇上了夏圆圆，说上了一番话。周方益的心好像向上悬着了一点，那一点似乎是兴奋，又似乎是悔疚。回审自己的话和举动，又并没有不当之处。周方益每次和人打交道，过后都会有这种感觉。这种感觉绵绵地缠住他，就如蛛丝那般细细柔柔。

集场一过，乡政府大院里一下子热闹起来，出出进进的都是村里的和乡属各企业的干部，也有一眼看上去就知道是普通的农民，他们大着嗓门说话。有乡里的干事出来拦着，他们站停了，梗着脖子，身子似乎还在往前闯。有时没对上几句话，大嗓门又响着，找你没用，找书记，找乡长，找有实权的头儿。

乡里干事的声音也会高上去，就像是在吵嚷。声音实在大了，旁边会出现其他人的声音。便会有一方声音低下来。

开始，周方益会走出门，撑着三楼水泥栏杆朝下看看，他发现二楼乡领导的办公室都没动静，不知他们是听习惯了，还是养成了领导的冷静。周方益不由得担心下面院里有眼光注意到他，于是，他也就进房间去。

要是他下楼，人家听说他是乡领导，找上了他，他什么也摸不着头脑，又能说什么。

回房伏案，他又觉得自己因小小的地位而麻木。

平常的时候，他在房间觉得闷气，下楼来走动走动。乡机关的干事们见了他，便停下手来，很尊敬地招呼他，应答他的话。他感到不自在，赶忙就走开了。走进哪个乡领导办公室，那里也总在谈话，见到他，乡领导便向人介绍：作家、新来的乡长助理。来人立刻站起来，睁着眼看他，那眼光使他窘迫。他找个凳坐下来说：你们谈，你们谈。他们顿了顿，继续谈起来，似乎忘了他，又似乎因注意他在而没有先前谈得畅快。他也就站起来，他们看他，他的手不自然地抬抬：你们谈，我……走走。便不回头地走出门去。

出了门，他觉得心中舒坦了些，又觉得惶惶然然地失落了什么。

周方益第一次参加乡机关常务会议时，书记曾问他，是协助管工业？还是协助管农业？周方益怕具体工作应付不了，说：我各项工作都先熟悉熟悉吧。陈志义说：我知道，作家是要创作的，我们提供方便，让他自由些。于是周方益就超脱了，这一超脱不要紧，他便一点工作也插入不了。有时他为这里的自由空气而高兴，有时他觉得他是在这里浮着，似乎只有妨碍着别人。

只有食堂里的一日三餐是实在的。前头的一个小院旁边的三间平房，打通了。一边是灶，一边搁了几张方桌，几张长条凳，乡里的干部在那儿吃饭，从村里来有事的干部也在那儿临时用餐。午饭时人多，早晚饭时往往只有家不在曲溪的乡长、书记和周方益。有时就周方益一个人，他知道他们是陪客去了。陪客也几乎是乡领导的一项必需的工作。饭桌前的工作能力表现为"酒瓶"和"水平"，酒瓶是指会喝酒，会劝酒；水平是指天说地，谈奇逗趣，反正要让客人喝得尽兴，吃得愉快。周方益有时撞着了，也陪过一两回，他感到那也是累事，单几小时陪着笑，脸上的肌肉也难受。而他是绝没有"酒瓶"和"水平"的，只有安静地在食堂吃饭。

这样，周方益见夏圆圆的时间多了。午饭他都迟去，避开用餐高峰。晚饭往往去得早，菜没炒好，周方益便拿一张报纸靠墙坐着，看夏圆圆烧灶炒锅，忙前忙后的。

有时，她单为他烧一大碗面条，他在吃，她坐一边陪着他。

"你家里也会……你在这儿很忙的。"

"不忙，没什么忙。十来人的饭，不要多长时间。家里也就两个人的饭菜。比在田里轻松多了。努，现在种田人也不太忙，分田到户、双季稻的硬指标没有了，一季秧，种了收了，也就放闲，打牌、叉麻将。"

周方益吃完了，夏圆圆要拿他的碗去洗，所有乡里的头儿都是吃了就丢碗走的，周方益却执意自己洗。

有一次，周方益和乡长一边吃饭一边说话，乡长介绍着村里包塘的事，难得地说得有兴趣。乡长吃完饭丢了碗，周方益也吃完了，要去洗碗。乡长说："你让夏圆圆洗，食堂里烧烧洗洗，是她的工作。"

周方益脸红红的，还是自己洗了。洗好了出门来，乡长不知去了哪儿。他们的话题还刚开了个头。

想着乡长也许有事去忙，又想着乡长也许不怎么高兴。周方益不想让别人洗碗，并不是要显出自己的谦虚，而是免得心不安。但乡长又会怎么想呢？

以后乡头儿一起吃饭，他吃完了也丢下碗来，单独吃饭时，他总洗了碗再走。

夏圆圆都由着他。

来曲溪后，他从没问过夏圆圆家中的情况。他早知道，她的丈夫是个跛子。他在食堂门口见过她的丈夫一次。他黑黑瘦瘦的，显得比夏圆圆老多了，站停时，一条腿直着一条腿踮着，手臂显得很长。

他大概是来找夏圆圆的。夏圆圆没在。有熟悉的人过来，捉弄似的拍拍他撅起着的半个臀部，他也只是笑笑。

那笑只能理解为最底层的弱者表露的讨好人的意味。周方益朝他的笑看了一眼，只一眼，他那张笑着的脸却给了他很深刻的印象：他的嘴显得很大，嘴角似乎是往下弯的，薄薄的没有肌肉的脸皮堆着皱纹连同额眼刻着的皱纹都曲着弯着，周方益实在不能以为那是笑，所能想到的一个不恰当的词，那就是悲哀。

"是找老婆？还是找连襟的？……"拍他臀部的人说到连襟时，露着明显是粗野玩笑的神情。"……外国连襟。"

周方益原以为他还真的另有什么连襟在乡里。回味一想，跛子的连襟，也就是夏圆圆姐姐的丈夫。夏圆圆根本没有什么姐妹在曲溪，周方益立刻敏感地悟到了那粗野玩笑后面的意思。

从过去的情况来看，夏圆圆不是那种守身如玉的女人，嫁了这么个跛子，从开玩笑人的神情来推断，一切都是有可能的。周方益不免生出些悲哀来，看着跛子，同时想到"外国连襟"的词，周方益的心里也多少有点发热。

周方益插队到曲溪时，还不满十八岁。那一年，他家是运交"华盖"。父亲受审查，母亲生病，他中学毕业，面临上山下乡一片红。

父亲当年参加过新四军，在新四军乡政府跑跑腿，没干上一个月，新四军北撤了。乡长问他去么？他说去，部队开拔十多里，祖母追了去，说祖父要死了，把他拉了回来。周方益小时候，家中遇上经济困难，父亲就会感叹，说当年要是北撤了，解放后他便是什么什么干部了。因为他总是这么说，周围的邻居也都知道了这一回事，大运动来，街道上就以逃兵审查他。母亲原来身体就不好，这一来病加重了。

周方益原是要分去东北或者内蒙古的。正巧母亲的一个乡下堂妹来南城看病，父亲帮着联系医院，并提供吃住。堂姨图报回乡出力，于是周方益投亲插队到了曲溪。没想到，下乡刚两个月，堂姨死了。他在村上举目无亲，租一间旧祠堂屋住，一年的工分钱，刚够他交房租。

周方益和夏圆圆认识，是在一次知青会议上。公社通知知青学习什么文件，其实整个文件没几句话，但那时的知青，只要听说有新文件传达，不管多少路，都赶着去听，以期待听到一点上调希望的迹象。

那次学完文件，知青们有些反常，好像对公社知青办的一个干部的话有反感，就和他展开了辩论。那些血气方刚的知青都当过红卫兵，又是国家分配的集体户，真是天不怕地不怕，说得一窝蜂，说得知青办干部无法招架。

会场里，只有周方益和夏圆圆在后面一声不响地坐着。夏圆圆右手撑着脸靠在墙上，样子像是想睡觉。周方益不由看她两眼，又看她时，她也望着他，问他：你是不是投亲插队的？周方益说，是。他问她：你插队在哪个村？夏圆圆说：王塘。他们你问一句我答一句地聊了一会儿。从一开口，他们就知道对方也是南城下放的，问下去，发现还是同一个区里出来的。

这当口，陈志义进了会场。那时的陈志义也只有二十多岁，很严肃的神情，一开口就说我是贫下中农的干部，是知识青年接受贫下中农再教育呢？还是相反呢？接下去，陈志义便谈到了贫下中农的反映，谈到了知青的行为，不指名地举了几个实例，间夹着上纲上线的批判。

场上的知青似乎对这位年轻的农村干部有些"怵"意。陈志义说话时，会场安静下来了。

夏圆圆笑了一笑，旁边的周方益轻问她笑什么。夏圆圆说："努，他说大道理的样子……"周方益垂着眼，没敢再答口。就是轻声说话，他也怕陈志义会注意到。

会后，周方益和夏圆圆同行回村。

王塘村靠公社不远，周方益到公社来，要路过王塘村。

插队知青在外面，是自来熟，走在一起更觉得亲近。周方益没有姐妹，和夏圆圆在一起，感觉上也不同村里的姑娘。叙起来，夏圆圆比周方益高三届，周方益在初一遇上"文革"，夏圆圆则是高一，实际上夏圆圆比周方益大两岁。

那时，高中年级的知青比初中年级的知青，感觉上要大好多，走在夏圆圆身边，周方益觉着她是个大姐似的。到王塘村边路口，夏圆圆邀他到她的家去，吃了午饭再走，平时很拘谨的周方益竟也就跟她去了。

夏圆圆的老家就在曲溪，祖上遗下一间屋。夏圆圆父亲去南城做工，屋子留给了侄子，夏圆圆下乡，要回了房子，简单地修理了一下。

夏圆圆堂兄的房子和夏圆圆的房子合一道山墙。夏圆圆一边开门一边和堂嫂说着话，门开了，小堂侄先就钻进了屋里。

相比起来，周方益住的村后单独的祠堂屋，就显得孤零零的了。

　　在夏圆圆那里，周方益玩了一个下午。他把自己家里的事一股脑儿都对夏圆圆说了。夏圆圆一边做着事一边默默地倾听着。周方益也没想到，他会对一个认识不久的女子说上这么多。

　　以后，去公社集镇时，周方益总会在夏圆圆那儿停一停，两人用南城话聊聊天，去第三次时，他说话中，称了她一声夏姐。这一称呼看似随便，周方益在家准备了好半天，说出口来还有点心跳。夏圆圆似乎毫不在意地应了话，很自然地接受了。

　　这么过了一年多，周方益突然出了事。他回南城时，和几个好友在一起痛痛快快地议论了当时的社会，其中一个朋友没分场合地把话传开了，被当作现行反革命抓了起来。于是"瓜蔓抄"，周方益被公社隔离审查，关在北集一个旧窑屋里，关了两个月，又批斗了一次，放出来时，他几乎是万念俱灰。

　　他被带回村，在劳动中改造思想。那些日子，他独自在祠堂里出进，见了人便微微低着头，不说话，也不搭理人，闲来便坐在祠堂前面的河边，默默地望着映着树影草影的绿绿的水，他想过死，有几次他都下了决心。

　　那是个黄梅天。麦早收了，秧也莳了。下了两天的雨，中午天刚晴，天气闷得很。队长还没叫出工。周方益正在祠堂屋里吃午饭。在剩粥里下几个米粉团子，搭着自腌的咸菜。

　　突然夏圆圆进门来，穿着她常穿的那套旧劳动布工作服。

　　周方益手握着筷，扭头一声不响地看着她。

　　夏圆圆也看着他。慢慢地，嘴角的那颗黑痣就爬到腮上去。

　　"做什么？认不得我了？"

　　从旧窑屋出来，周方益几乎断绝了和所有人的来往。村上人路过祠堂屋，他也不出来和人家搭话。

　　看到夏圆圆的一瞬间，他感到心中有一股热热的往脸上涌。几片咸菜还在嘴里，他慢慢嚼着，知觉着一点咸味。

　　"你吃过了吗?"他问。

　　"你还有什么吃的?"她说。

　　"我去烧。"

夏圆圆看看锅里，叫住了要去挖米的周方益："团子好，我喜欢吃团子。"

夏圆圆坐下来吃团子。和周方益说着团子粉是糯米还是粳米，粗轧还是细轧，村上有没有轧米机，说的依然都是细琐的事。周方益问一句应一句，那种旧日在一起的气氛又回来了。

"你气色不错，比以前胖了。"夏圆圆说。

周方益原先体质比较差，经常会有些小毛小病，脸色也总是黄黄的。奇怪的是进了旧窑屋后，他的饭量好起来，一段时间内竟没有生过一点病。

"现在是饱食终日，无所用心。"周方益叹了一声。

夏圆圆看着他笑笑："先前我就知道你聪明，还没想到你那么出众。就听参加乡里干部会的队长回来说，批判稿上念的你做的什么诗，下面没几个人听得懂的。"

说话间，天色就阴下来。黄梅天，变得快。旧祠堂里阴阴暗暗的，嗅着一股有点霉湿的泥土气息。

出工的哨子却响了起来，周方益条件反射地看了一眼搭在凳上的脏外衣。

"你别去了，今天我还想吃你一顿好饭呢。"

周方益所在的队是个一般的穷队，每个工的工分值总在两三毛钱，实足劳动力平均每天一个工，而半劳力的周方益，做一天也就一毛钱左右。靠着工分钱生活的劳动力，不敢耽误一分一厘工，也不愿有人来争这点工。这笔账周方益也清楚，有时候掉了一个有机玻璃纽扣，他都悲哀地想到：我一天的劳力是白费了。但是，作为在劳动中改造思想的他，总觉得队里的人的眼睛都盯着他。

夏圆圆站在灶台边，在锅里洗着碗，那姿势那神态都带着一种故城的旧味，她的话使他的心有点松动，挣脱着一种自我的束缚。

雨没多久下下来了。雨点很大，劈劈啪啪地打在旧屋檐上，很快连成了一片，一股凉风带着雨丝从窗台上溅进来，夏圆圆去关了窗。旧祠堂屋梁很高，屋里越发显得潮气逼人。

那个下午过得很快。周方益把家中寄来的干货都拿了出来。他们一起做了一顿当时认为很丰盛的饭菜，一边烧一边议论着菜的做法。周方益硬说咸板鸭应该多煮才烂，最后那肉咬也咬不动。饭菜上桌，他们还喝了一些烧菜用的黄酒，嚼着烧缩的咸鸭肉，随便说着话。

"还是你烧的菜好吃，真好吃。"

"烧饭烧菜，我也只有女人都有的本事。你只读到初中，却有那么丰富的思想。"

"想法越多越痛苦，想法越多越倒霉，我恨我有那么多思想。"

"聪明的人总要吃苦受磨难的，有才终究会有用的。"

"别人也许有用，我现在只能在农村一辈子了。"

"你不会的。相信我，你不会的。我有时突然会想到什么，以后就发生什么。努，那次我无缘无故想到我妈妈会不好，很快就收到她死了的电报。另外，有好几件事都这样。现在我想着，你将来一定会有用的，我想这不会错的。"

说着神秘意味的夏圆圆，语调一如平常，实实在在的。

周方益突然就流下泪来。他的心原本脆弱，奇怪的是，关着的那两个月和折磨身心的批斗会，他想要自己流泪，也没流出来。

雨是越下越大，不时响着雷声。说不清怎么地，周方益就靠在了夏圆圆的怀里，那怀里柔柔绵绵，温温软软的。

以后的那一刻是自然的。生平没有接触过女性身体、连女性手臂也没抚摸过的周方益，在夏圆圆裸露的身体前战栗和忙乱。他几乎忘记了她是什么人。在他的印象中，雨声淹没了所有的声音，天暗得没有一点光色。其实许多时间，他是闭着眼睛的，只感受着无法叙述的肉体燃烧般的触觉。

那一刻，他投注了他的欲渴、他的悲伤、他的苦痛、他的绝望，以及他一切生的焦灼。她有如平静的大地，默默吸入他多少有点狂暴的激情。

以后他就在她的身边睡着了，自进旧屋以来，他头一次没有失眠，头一次睡得十分安逸，那梦境似乎也变得稀薄和平缓。到他醒来时，已是第二天的清晨。她已不在他的身边，他的身体有点疲乏，一种舒畅的疲乏，昨天的一切似乎是梦，又清晰地存在于记忆中。他起身吃了锅里烧好的早饭，出工的哨声响了，他提着锄头到田里去。雷雨后的清晨，田野中仿佛蒙着一层极淡的烟色，一种人生的苍茫感又袭入他的心中来，之间已没有那种绝望的麻木。他在小河边蹲下身去，捧水洗自己的脸，热泪又涌出来，和着手掌上的水，又流到河里去。他在那儿洗了好一会儿。那泪，并不完全是生的痛楚。

自从有过雷雨的一夜，周方益多少觉得死去的心活过来了一点。慢慢地，他开始和村里人有了交谈，也不拒绝别人进他的家门。这样，他就发现，村里人的眼光并非含有监督的意味，当初他刚插队时，他们看他挑着担歪歪扭扭的样子，眼光是带有嘲笑和可怜的，现在没人再轻视他。正如夏圆圆说的，他在他们的意识中，是个有才的人，有才的落难人。古装的地方戏中落难的才子都是有一天会金榜题名的，这里的人又都是受这种地方文化熏陶的。他们和他说话的口气不免显露出一点敬重来。周方益发现先前自己的心态都是自我的束缚。自然还有许多不愉快的压力存在，也看不到什么希望所在。但他已不再绝望，起码再没有轻生的想法。

队里买了一头小牛。队长分配给周方益放。放牛每天的工分不高，但一天不缺。周方益作为一个成人，能领回自己的口粮，基本上自立了，于是他每天放牧在青草地。小牛老实的时候，他把牛绳绕在它的角上，捧一本书看。

有一次，他放牛一直放到王塘村。把牛扣在桑树田边，割一小堆草给它去嚼。他便去看夏圆圆。那天以后，夏圆圆再没来过旧祠堂屋。

初见夏圆圆，周方益还有点不知所措。天气已热，夏圆圆只穿了一套内衣，在门口晒草，周方益偶尔瞥一眼她裸露在衣裤外的肌肤，想着那是和自己的肌肤相亲相近过的，便不禁有点心热。在周方益童年接受的有关异性的教育中，男性和女性同样有童贞，女性的童贞简直是生命，而男性的童贞也是人生的大关。母亲曾经摔伤过脚，父亲用周方益的尿焐热了泡母亲的脚。父亲说，尿必须是没破过身的童男的。父亲爱讲故事，故事中的女主人公都是贞烈的，而男主人公都仿佛是柳下惠，大武功师练的都是童子功。在周方益的意识中，与女人同床几乎是一种禁忌，要不是受了隔离和批斗的打击，他是不可能和夏圆圆有那么一夜的。

夏圆圆却毫不在意似的，和过去一样，笑着和他招呼，一边铺草，一边和他谈着琐琐碎碎的事，问着他小牛的情况。铺完草，他随她进屋，她的小堂倌也钻了进来，在夏圆圆身边转来转去，夏圆圆偶尔笑着轻拍他一下。坐在桌边的周方益望着夏圆圆，心中不时地浮着一种感觉，一种想和她再度亲近的欲望。一路上他一直想象着相见时那情人间所有的柔情蜜意。可是眼前的夏圆圆只是单独地和他说着话，和小堂侄打闹着，似乎全忘了他们曾经有过的。只有一回，他大概朝她望出神了，她微微斜眼朝他笑了一笑。她似乎恢复成那个比他大两岁的夏姐。

周方益起身告辞了，说不放心牛，牛还没有吃饱。夏圆圆和以往一样，送他到村口，看他解了牛绳。周方益轻轻问她：什么时候去我那儿玩？夏圆圆说：有空就去。周方益就牵牛走了，觉得多少天中酝酿和勃动的情欲一下子消退了，浮起了一种失落与失望感。

多少年以后，周方益回审这段往事，他对夏圆圆很难有什么情欲上的记忆，留下的只是一种感觉，一种柔柔绵绵、温温软软，消褪他激情和苦闷的感觉。这感觉后来和他的妻子在一起时再没有过，童贞的观念使他对妻子有一点负疚的心理。和妻子同床，一开始他就显得多了一层经验，由他引导着她，他总是去感觉妻子是否有着快感。

"你怎么这么懂？是书上看的么？"妻子问过他。

"有人教我的。"周方益回答。

"你们男人真无耻，说这许多事。我们女人在一起，从不谈这些。"

周方益有时会想，倘若没有过那件事。也许他会带着新奇和妻子一起摸索着走那黑暗的道路，那么，他们之间也许会多出一份融洽来。不再是一边倒的倾向。如今，她把这一切都托付给了他，甚至把兴趣也托给了他。于是他总觉得担了一层负担，成为一种服务，总不尽兴。

然而，他也忘不了，夏圆圆毕竟是用自己的身体，给了他生活的勇气，他才能够走下去，走到目前的这一步。到曲溪来之前，他就想着，他应该找到夏圆圆，应该向她表示那感激之情，但是，见到夏圆圆之后，他觉得这一想法实是多余。

周方益到曲溪，马上快三个月了。初下乡时的新鲜感已经过去。他下乡来，是想摆脱多少年的县城的单一生活，他在县城的小文化圈子里生活得太久，从办公室到家里，从家里到办公室，他又不善结交，以至于他的心态都已陈旧了。他想沉下去，强迫自己走进一个新的格局，接触人和了解人。他下乡了，回到了曲溪，结果是他所接触的只是乡机关的人，下面农村上的人也是把他当作乡机关的人。

乡政府的头儿确实很忙，工农商学兵，几乎都管到，管得很具体。更多的精力是在企业上，说是经济发展问题，其实也就是赚钱。他们办公室的灯往往亮到深夜，所谓的工作主要是谈话。乡里的干部，企业的干部，村上的干部，碰上了，似乎是漫无边际地大谈一通，最好的气氛是拿两瓶酒，从饭店要几盘熟食来，在办公室里摆下，你一杯，我一杯喝得满脸红红的，有些事便在喝酒时谈妥了。周方益有时遇上了，也被拉着坐下来喝，开头有些拘谨，喝开了，他们也就会拍着他的肩头说话，似乎是很交心的话。渐渐地，周方益发现，乡村里的工作很难和私人的事分开来。谈一切工作都要谈到人事，谈到关系。

　　有时，周方益不免想到，现在他也成了他们一般的人，吹吹拍拍，喝喝聊聊。只是比他们多了一点厌腻的思想而已。有时他又觉得他是浮在他们之中，无法真正地贴近他们。时间久了，他敏感到，他在他们眼里已是可有可无的人物。

　　只有陈志义依然看重着他，每次见到他，都停下手中的事，很认真地听他说话，也很认真地回答他的问题。

　　"还是你好，有作品可以流传后世，不像我，整天忙在事务堆里。"陈志义说得实在。

　　"不不，作品有什么用，社会发展根本在经济，乡经济又是最基本的一环。而在曲溪乡，你的担子是最重的。"

　　周方益的话中带有惯常的恭维，他对自己说他的话是真诚的。

　　陈志义笑笑，陈志义的笑很有气度。

　　周方益陪陈志义接待过一个用轿车从城里接来钓鱼的客人。那个个头矮小，说话时头一歪一歪的客人，钓了鱼，喝了酒，看着一包包东西放进后车盖，准备上车时，似乎随便地说：今天饭桌上的甲鱼真大、真肥。陈志义跟着笑笑说：甲鱼是曲溪的特产嘛，随而拍拍身边厂长的肩：去弄些甲鱼来，拣大的啰。厂长上车开去了。陈志义就和客人谈着甲鱼的烧法和吃法，谈着甲鱼的阴补和灵效，谈得十分高兴。

　　周方益明白，曲溪乡的甲鱼并不多。今天桌上的甲鱼是高价从邻乡集上买来的。可是，陈志义那微笑的气度，似乎甲鱼是随时可提的。

　　送走了客人，回乡政府时，周方益不由问："这样大的开销，小厂还能有多少利润？"

"乡镇企业就是这样赚一元钱送了九毛，到底还有一毛钱留在了乡里，就是一分钱不赚，养活了一批劳动力，也是好的。最重要的是能够办下去。"

陈志义依然带着笑，对周方益分析着。

这一切，对周方益的生活似乎隔了一层，他也想不出如何在作品中表现它们。他想得更多的是有怎样的情节可以入他的作品，这已成了他的习惯，他经常构思得很苦。

天慢慢地热起来，每天早晨，周方益都到乡野里去走一圈，那是他心情最好的时候。那天，他起得早，转的路长一些，转到了镇南的田埂上，看到了夏圆圆跛腿的丈夫。跛子正担着两桶水，一跛一跛地挑到菜地上，用长勺一勺一勺地给菜浇水。

这些日子，他也想着和夏圆圆叙叙的，但到了食堂，看着那些凳面磨得发亮的旧长条凳；看着那被烟熏黑了的半壁灶壁；看着夏圆圆坐在灶间，把一根根旧树枝放膝盖上掰断，歪着头用火叉把树枝叉进火中去；看着火苗蹿出来，卷着一股青烟；看着夏圆圆站起身，用围裙掸着身上的灰；看着她随手抓着抹布擦着锅台。周方益实在想不出叙什么了。

"你吃得太少了。"夏圆圆说他。

"天热了，我就吃得少。从小就是这样。"

"天还没热呢……以前看你饭量不小的。"

"那是在乡下……"

周方益应了半句话，发觉自己是说错了。现在他也在乡下。那时候，有一个带荤腥的菜，甚至蔬菜里多放一点油，他就吃得很开心。

看到浇菜水的夏圆圆的丈夫，周方益突然想要和他聊聊。他从田埂上转过去，走近时，跛子抬头看了他一眼，便大嘴咧开，嘴角连同满脸皱纹都曲着弯着，显示那形同悲惨的笑。似乎他认识他。一时间周方益垂下眼有点惶恐。虽然他和夏圆圆的交情是在他们结婚之前，但对着跛子丈夫，他多少有点不自然。

"浇菜水啊？"周方益招呼他。多年的社会交往，他已有了掩饰尴尬的经验。

"嗯哪。"跛子应着。把木勺斜撑在田里，略略支着身子。

周方益尽量不去看他的脸。

几畦菜田，种着大包菜和细青菜，水亮亮的很有生气。

"菜长得不错。"

"嗯哪。"

周方益一时没话，过一会儿说："我和夏圆圆……都是南城知青。我上调在县里。"

"我认得你，周乡长。"

这里的人对副乡长和乡长助理一概称乡长，周方益开始有点不自然，听多了，也就不在意了。

周方益扭过脸，去看那边的村子。

相比周方益插队的小村，这个村子大多了，环抱在一片绿树和竹林间，镇边人家大都起了两层水泥新楼房，原先常见的青砖青瓦平房就显得矮了。

周方益又想着去看看夏圆圆的家，他暗暗地看了看表，算着夏圆圆正在食堂烧早饭。他不希望让她看到他和跛子一起进家门。

夏圆圆家就靠在村头上，两间平房，一个篱笆小院，院里散着一群鸡，很悠闲地啄着盆里的糠食，一只白猫懒洋洋地伏在鸡窝上面，用眼望着进院的跛子和周方益。开门时，在门后的三只兔子蹦跳着跑开了。屋子里的摆设就如多少年前夏圆圆的小屋，干净而并不怎么整齐。几乎没有什么现代化的东西，墙上贴着一些年画，是周方益看来很俗但农家常见的画。卧室里几件刷着红漆的木家具，镜橱木柜什么的，都是旧式样，墙空处，照样是印刷的农民画，画面是鸡兔猪之类的。

在江南农家中，这也是一般水平下的条件了。当年插队的知青，几乎都回到了他们出生的城市，农村生活仿佛是一场旧梦。夏圆圆却像被城市所遗弃的孤儿，而已经融化在农村的天地中了。

周方益脑中浮起了一个构思，人物在城市和农村的流动中，显示着人生沧桑……

跛子端来一张凳子，不知地不平还是凳腿跛，周方益坐上去时，身子晃了一下，感觉要倒下似的惊了一惊，意识也就清醒了，省悟到刚才的构思依然是俗。

"凳子是夏圆圆自己钉的。"跛子咧着大嘴，嘴角和脸上的皱纹被神经牵着向下曲着弯着，显着他特异的笑。

周方益有点坐不住，就起身告辞了。

乡大院里常停着一辆皇冠轿车。按规定，乡机关是不许购买这类轿车的。这车的登记单位是乡环保器械厂。周方益去看过这家工厂，是那种常见的乡镇厂模样，地方很大，横着几间厂房，空地的杂草上堆着锈锈斑斑的铁架，厂房里很简单的几件机器，工人散散乱乱地坐着。这是曲溪乡办企业中赚利润最多的一家工厂，因为它注明是照顾残疾人为主的福利工厂，不必交税。

乡办企业只要有钱，买什么车不受限制，怎么用当然也不受限制。周方益有时也坐这辆车回县城去，那往往是乡里头儿去县里办事，顺带他的。

那是个星期五，周方益打听到陈志义要去县里办事，向他招呼一声，便和他同行。

车开在有点高低不平的县乡公路上，这里是小丘陵地带，染了红色的黏质的土，车轮下没有飞扬的尘土。

近一段时间，陈志义一直在忙着新建麻纺厂，跑县里跑市里，还去了广州一次，就是回乡里，食堂里也不见他的人影，周方益难得见他一面。

坐车同行，这是周方益选准的说话机会，车过水坝桥，他便把话头慢慢绕到夏圆圆身上。

"……她丈夫是个残废，能不能安排他到环保机械厂去。"周方益尽量用随便的口气。

"是夏圆圆让你找我的？"陈志义眼望着车窗外，声音有点冷淡。

和乡里头儿相处几个月，周方益已经了解了，一旦到许诺的时候，他们的口气都程序化地变淡了。

"不……你知道的，夏圆圆和我一样是南城知青，那天看她丈夫一跛一跛地在田里做……"周方益解释着，接着又说一句："我想着，找你就行，你是分管企业的。"

"企业进人，要乡长、书记点头……再研究研究吧。"

周方益有点尴尬，想找什么话来冲淡气氛表示这个要求本也是自己随意说的，一时却想不出话。这时陈志义岔开了话题，问起创作的稿费来，周方益就详详细细啰啰嗦嗦地说了一大通。

车到环城新村，陈志义下车，关照着司机送周方益回家，周方益却跟着下了车。说要进去认认陈志义的家门。陈志义迟疑了一下，便和周方益上楼去。

"你可以告诉夏圆圆，我会让跛子进厂的。"上楼梯时，陈志义回转身对周方益说。

应诺来得有点突然，周方益还没清醒过来，已进了陈志义的家。这是一套四居室的新公房，周方益听说过，这里住的人家，都是向房屋开发公司买的房，内部有门路，也需交付两万元以上的钱。

虽然周方益多次听人介绍过，现在农村干部先富了起来。陈志义的家还是让他的眼亮了一亮。地上铺着拼花地板，蜡打得锃亮；墙上贴着印花墙布，连天花板也粘上了带图案的墙纸；各个房间都被家具和家电设备挤满了，看得出布置和装饰还显得粗糙，完全是乡级建筑队的手艺。

陈志义的女人很瘦很长，也许看惯了家里来人，淡淡地抬一下眼，又低着眉自顾自地织毛线。

"真漂亮。"周方益赞着。

"一般化，一般化。"陈志义的回答说不清是客气还是并不在意。

他们突然感到没有话说。周方益略坐一坐，就走了。

下楼的时候，周方益猛地有一种喘不过气来的感觉。"这些等同他劳动的价值么？"

同时，周方益也清楚，他提出这个问题，并非出于社会责任而只是对自己的一种安慰。

对陈志义他并不反感。毕竟他开口求他，他就应了。周方益的心中不由生出一点在权力圈中的满足来。

周方益搭早班车去了曲溪，吃午饭时，夏圆圆过来问他："明天就是星期天了，你还来做什么？"

"是被老婆赶出来的吧。"坐在对桌的乡长哈哈笑着。乡长喜欢在食堂拿每个吃饭的人打趣，被说的人只是跟着笑。周方益初来时，乡长的话头从没指向他，随着对他的熟悉，偶尔他也成了被打趣的对象。

"还没向你请假，星期六不在班，我这个助理不就失职了嘛。"

周方益故意凑上去，明显也是应笑。官场上的打趣逗笑，也是表示人事关系的融洽。周方益不免想到：这正是自己心理上的一种双性。

"助理助理，不助也不理。我对你是自由放任，你想怎么就怎么。"乡长依然说着笑。

"这几天我想安安静静地在曲溪搞一点创作。"周方益解释着，又抬头问夏圆圆，"星期天食堂不开饭吧？"

"星期天食堂是不开饭的。不过你在这儿，夏圆圆应该来烧饭，算是加班吧。家里有什么好吃的，也可端来招待我们作家。"乡长后面对夏圆圆的话，含有指示的意味。

周方益到乡里来，本抱着为曲溪做点事的想法。来以后，他发现他根本不能做什么事。如果说，可以做点文字工作，那些通讯报道和总结报告之类的东西，乃是他厌恶的。剩下来却只有他麻烦和取用曲溪的地方。乡里经常有些福利，诸如鱼啊，茶叶啊，烟酒啊之类的物品分给他。使他觉得他要求到曲溪来，就像故意到这儿来索取什么的。

他当着乡长而问夏圆圆星期天食堂烧不烧饭，是想找机会告诉她，让她跛子丈夫进厂的好事。乡长却当作加班任务交给夏圆圆，在周方益心理上，又添了一层自己找麻烦的感觉。

我是乡长助理，为我烧饭也应该。

偏偏星期六来，又是为曲溪的什么工作呢？

继续操练

李晓

一

"这么说，你就隐居在这个洞里？"

四眼在我身旁坐下，倨傲地打量着这间办公室，俩眼珠架在眼镜上方，像一只什么怪鸟。

我说是啊。他满脸通红，看来刚喝过酒，可能还嚼下两打蒜头。一开口，一股热腾腾的气直冲我脸而来，熏得我想喷饭。我忙点上支烟。

"都干些什么？"

热气又扑了上来。我摇摇头，往后一仰，喷出一口烟去，看那烟和热气纠成一团，好不热闹。

"什么也不干，黄鱼？"

"还没操练到这种水平，"我说，"竖起耳朵，到处转转，打听打听女明星的成功秘诀恋爱经过什么的，然后涂几页稿纸。四版记者嘛，还能干什么！"

他不顾浓浓烟雾凑过来。"只对女演员感兴趣？对教授呢？对蜚声四海的教授剽窃学生的研究成果，你们有没有胃口？"

我心里一动，可装着毫不在意。"嘿，四眼，我们这里是一本正经的报社，不来那些道听途说的丑闻。"

"怎么是道听途说呢，"他恼了，脸涨得更红，一对鸟眼直瞪着我，"坐在阁下面前的正是那个不幸的蒙难者，他受到惨无人道的迫害，却无处申冤。天哪，你瞎了狗眼枉为天……"

四眼是我的大学同学。有人说，我们俩都是华大中文系的尖子，想来那些家伙在整体上把我们七七级三班看成个橄榄核。不过我和四眼的感情确实不错，在一间寝室相安无事了四年，充分证明"物以类聚"只是句毫无根据的谎言。毕业的时候，不知是计算机短路，还是哪个开后门的弄巧成拙，我被分配到最为抢手的报社，四眼雄心未已，报考研究生，一发中的，被理论教研组的王教授收在门下。那以后我们见面少了，听说他现在红得发紫。

"得得得得得，别唱了，你又不攻戏剧史，"我打断他的兴头，"人都说那王教授把你当成了宠儿，准备为你和他宝贝女儿拉皮条什么的，怎么翁婿阋于墙啦?"

"宠倒是真宠，可惜宠过了头，把我的也当成他的了。"四眼气势汹汹地扫视一周，像要在这小办公室里寻仇似的。"我花了半年时间搞出一篇论文，你知道我写什么?《红楼梦》第六十三回怡红夜宴的座次排列，这是中国古典文学研究的哥德巴赫猜想哪! 桃子被我摘下来了，可花了多大劲儿，一百六十个不眠之夜，字字看来都是血!"他话锋一转，"论文的内容我就不说了，反正说了黄鱼你也不懂。"

我笑了，四眼还没忘记我跟《红楼梦》的缘分。这部书可说是我四年大学的总结，入学第二天我去图书馆借下，到毕业前一夜才还。倒不是我没时间看，我常看，几乎每晚上都翻一页，特别是期中期末考试前夕，当我神经绷得乱跳时，它简直就成了我对付失眠的良药了。

"我把论文呈给王老头看，心想有老头推荐，准能在权威杂志上打头条。等文章发表时，你猜怎样?"

"老头的大名排在你前头。"

"他的名字在前头不错，可我的名字连屁股后都没有! 你明白吗!"

他大吼一声，把满口热气喷在我脸上。我摇晃一下，屏住呼吸，拍拍他的肩："明白了，老家伙独吞，连骨头都不吐。行，看我们同窗四年的交情，我要起草一篇檄文，让骆宾王的讨武曌比起来像卡西欧电子琴广告。放心吧，四眼老兄，咱们和他缠上了，非报这一箭之仇不可。"

二

部主任老马正闭目养神，听我说了四眼的事，沉思一会儿，抿了口茶，喉咙里响起阵嗞嗞的声音。我知道事情要坏，他准提那些陈年烂谷子老账，要不想个脱身之计，这大半天就算送给他了。

"四十年前，我在西南联大念书，当时教我新闻学的是美国新闻理论权威麦克林教授。他可是真正的权威。开学第一课，麦教授问我：'什么是新闻？'我茫然，不知从何说起。麦教授一笑说：'Very 简单，狗咬人不是新闻，人咬狗就是新闻。'你听听多精辟，多简洁，多深刻。可惜汝生也晚。"他翻出眼白，显然至今仍对麦教授的风范惊叹不已。抓住这时机，我打了个喷嚏，这一招我练了不少日子，能一连来五个。遗憾的是，只一个就让马头哑了。

"真对不起。"我手忙脚乱，抓起桌上的揩布想给他擦脸，被他一把推开。"出去！还待在这里干什么？"他怒目圆睁，"去写一篇报道。懂吗，学生抄教授不是新闻。记住，这回可别让对面的抢在你前头，要再出上个月那种事，你趁早打报告辞职回家卖瓜子去吧。"

马头说的对面，是指街对面的那家日报社。我们两家是市里仅有的大报，因此也就成了誓不两立的竞争对手。据说两家主编每天睁开眼来第一件事，就是研究对手的报纸，要是哪条消息对方没登而我们登了，发稿记者到月底准跑不掉一份好稿奖，要是我们该登没登而对手登了，那就该有谁倒霉，至少被上头提半年耳朵。其实这样的事也不常发生，头儿们打仗，小的们可没打算送死，能得好稿奖固然不错，但反过来就不是味道了，谁能保证不失手呢。想通了这层道理，我们这些跑消息的都和对面的同行签下和约，互通有无，荣辱与共。可怜主编主任们还不知道已成孤家寡人，兀自一个劲地擂战鼓。

和我跑同一条线的对手，是个刚出校门的小姑娘。从生意上说，我跟她言和并不上算，出得多，进得少，不过我还打着个小算盘，小姑娘长得甚合孤意，我正在她身上下功夫呢，舍得花本钱。上个月里，有个姓温的中提琴手自海外学成归来,在市里开独奏音乐会,这是分内的差,非去不可。小姑娘的座位跟我只隔着两三个人,一进剧场,我便勾起食指打个问号,问有什么内幕消息,她摇摇手说没有。大幕拉开,姓温的自报一番家门,拿起吃饭家伙。说来这小子确实有点才气,我从来没想到还有人能把音乐这东西操练得那么难听,邻居家办婚事,请来两个木匠日夜开工。相比之下,锯木头的声音都像是天籁。一曲未了,前后左右的人都低眉合目,仿佛喝过白日鼠白胜的药酒,一个个倒也。我坚持了一会儿,也昏昏地睡去。醒来时只见大伙都欣喜若狂,拼命鼓掌,那温兄在台上频频挥手致意,颇有些得胜回朝的味道。

要是将来能有个一男半女,我绝不让他继承父业。记者这一行,真不是人干的,受了一晚上的罪,别人回家睡安稳觉,你还得去报社搜索枯肠,吹捧那些心里想摔地上吐口痰再踢一脚的货色。每逢这种时候,我就开始怀疑系里分我来是不是存心捉弄我。有一回四眼来报社,我向他诉苦。"你从来没吃过药吗?"他说,"我可是天天吃。眼一闭,头一伸,咕嘟一口就下去了。好吧,传你个秘诀,教诗词的老师不是常提诗眼吗?做文章也有个眼,导语正文结论,再不失时机地插几句四字成语,以示文笔老辣,绝对没错。"他给我一本万宝全书,几百条如珠妙语,分别按形容音响、画面、文辞等等归类,说这是他从小学五年级起呕心沥血收集的,我想他是吹牛,多半偷了别人的二手货。可不管怎么说,这破本子算救了我的命,靠着它我才蒙过了马头,让他觉得我肚子里还有些正经学问。每次用它,我都怀着一种极虔诚的感情,洗掉指甲缝里的污垢,按照四眼的使用说明,闭目点去。"你信手点,无论请出什么来,我都保你合用。不信你试试,能形容天边闷雷的,准能形容一百条牯牛发情乱叫。要是你准头太差,点错了分类,效果也许更好,内行看了会说你是高手,懂通感什么的。"他真还有些研究,你看,我给温兄点的是回肠荡气和余音绕梁。形容男低音、百灵鸟、琵琶、卖冰棒的吆喝、洒水车喇叭,哪怕放屁,这两句都合适。

第二天到办公室,看到玻璃板下压着马头的纸条,要我一到立刻去见他,后面拖着三个惊叹号。我抓过张对面的日报,才知被小姑娘坑了。不知她从哪里得来的灵感,竟说那温兄是晚唐温庭筠的三十九世孙,无怪其琴韵如此婉约委致云云。这样重要的消息居然不告诉我!正想着退路，马头打上门来，那眼神就像要吃了我似的。尽管我装出副最可怜巴巴的谦卑样，他还是把我弄去拆了一个月的群众来信。那一个月里，我想过的复仇手段，足以出一本基督山恩仇记新编，恐怕大仲马看了也得齿寒。

我们一鸡两吃怎么样，四眼老兄，你救你的赵，我围我的魏？我朝想象中的四眼眨眨眼，便向车站走去。

三

我在华大的南京路上荡过来荡过去，脚骨酸得像刚跑完一万米越野。从报社到这里，得换两部车，整整八十分钟的站桩功。一个足有二百斤的胖女人，把我的大腿当成靠背椅，心安理得地坐了五站。我没吭声，并非想着杀人，心地反倒善良起来，而是我屁股下也有把"沙发"，原想等那人叫唤，再把胖女人哄走，可他一直不开口。于是我跟"沙发"较起劲来，看尔忍耐到几时。一较五站路，便宜了胖太太。到华大，我们一块儿下车，再看那"沙发"，却是个精精瘦瘦的小个子中年人，满脸电车轨道，一副中度营养不良的样子，真没想到他耐力这么好，邓禄普投胎？进了校门，"沙发"往办公楼那边去，我直奔南京路。这南京路不过是条林荫道，只是地处要冲，为系办公室到教学楼的必经之地，各色人等都从这里粉墨登场。来来往往的人中，我看到好些中文系的老少，可都不是我要找的。胖女人的体重这时在我大腿小腿直到脚底板上完完全全显示出来了，想坐下歇歇，又找不到地方。校当局禁止在花前柳下置板凳。怕学生读了西厢红楼，在这儿风花雪月起来。

戴着校徽的大学生们，三三两两从我身边擦过，男的像刚会打鸣的小公鸡，女的像刚能下蛋的小母鸡，连眼角都不向我扫一下，多半以为我是谁找来修剪冬青树的临时工。一看这些狗男女，我心里就有气，妈妈的，想当初你爷爷在这里打天下时，你们还不知躲在哪个幼儿园里呢。难道那块小白牌真有那么大魔力，让人挂上就想翘屁股摇尾巴？我可没这方面的体会。刚进校时，我有次戴着校徽去食堂买饭，排在后面的两只小母鸡指着我脊梁唧唧喳喳，"看前面那个满脸胡须皱纹的老头，天哪，他还是个学生呢。"我回过头，向她们做了个斗鸡眼，亮出一口板牙，吓得小母鸡不敢吭声，可我的胃口也败了。四眼在一边火上浇油，"都到而立之年了，还学什么老天真。"我一怒之下，把小白牌丢进套鞋里。后来在校图书馆劳动，和那班一二十岁的职工混得挺熟。学校给他们的都是红校徽。他们不好意思戴，说人一看就知是冒牌货，都恳求我们给换个白的，也过过当小母鸡的瘾。我和四眼成全了他们，从此便挂起红牌招摇过市，让那些刚出幼儿园的懂礼貌的乖孩子冲咱们叫老师好，让近视眼老师以为课堂里有监听的同事，紧张得两手直抖，把嗓门提高了八度十六度。

等的人还没露面。我想这世界上大概没什么比等人更糟蹋人的了。记得外国作品课上讲过一出戏，《等待戈多》，四眼对之佩服得五体投地。那天我睡得正香，被他叫绝叫醒。"是不是地震了？咱们跳窗？"我问。"把心放口袋里，黄鱼，我在看《等待戈多》。""戈多是谁？""一个永远等不来的人。""谁等戈多？""一群不知戈多是谁的人。""那有什么好？""睡你的大觉去吧，"他说，"跟你说不清楚，你根本不懂。"好像他是戈多的小舅子似的。第二天我从四眼的臭袜子中间把那书找出来看了一遍，按说如果真有谁懂的话，那该是我。这几年来，我越来越觉得自己进中文系是误入歧途，每天听老师摇头晃脑地操练汉赋唐诗宋词元曲创造社太阳社的文艺主张，看左右前后的老头老太太小公鸡小母鸡摇头晃脑地发出会心的微笑，而自己却莫名其妙，那种滋味，换个神经脆弱些的小子早就自杀了。虽说我牺牲了自己成天陪别人上课，可所有的考试妈妈的又全对准了我。那一阵，我真感到自己是华大最不幸的人了。就那样，我以为这戏狗屁，己所不欲勿施于人嘛。四眼喜欢，可他生活里没一点能沾戈多的边，他的目的明确极了。一年级，当王教授的课还能吸引老家伙们提早二十分钟去抢座位时，他就哼着鼻子对我说，"有什么了不起，给我几年时间，你看我把他宰了。"那豪气，我还以为是阿基米德说给我一个支点，列宁说给我一支布尔什维克的队伍呢。他计划是门门课得优，毕业后当两年研究生，再出国两年混个洋博士，然后回来发起总攻。迄今为止，他每一步都踏在拍子上。这样的人，他说他欣赏戈多！我不客气地劝他别那么缺德，不能抢走了旁人的出头机会，再去夺旁人的自娱方法。四眼大笑说："这回你总算有那么点 feeling了。"什么话呢，还没出国就满嘴洋味。

我的戈多来了。远远的，太阳底下有一团东西闪亮，走近看，一个苍蝇停不住脚的油头，一副金丝边眼镜。我有点担心，两年没见，不知他的脾性变了没有。

"侯老师，你记得我吗？我是你的学生哪，我姓李，七七级三班的。你给我们上过一年的古代作品，还记得吗？"

"记得记得，小倪同学，很久没见了，你好。"他客气地躬了躬腰，我放心了，还是那个教书匠。

"毕业两年了吧，分配在哪儿工作？"

"市报社。"

"啊报社，很好很好。"他有些心不定，连连用皮鞋后跟刨泥地。我能理解。要跟一个几乎完全陌生的拦路者作亲切交谈，即使对他这么个好脾气来说，也不是件容易的事。有一会儿他使劲拧起眉毛，大概想和我说说班上其他同学，可很明显一时里找不到他们的名字，于是他换了个话题，说："近来在读些什么书？"

"《飞狐外传》。"我随口回答。

"啊非，非什么？"

"飞——嗯，是晚明金庸草堂的笔记小说，新近影印的。"

"啊，听说过，很好很好，"他又躬了躬腰，我陪他向系办公楼走，"很好。没想到，你现在还那么用功，小余同学。"

"小李，"我也躬了躬腰，"原先我是攻现代文学的，现在想来，还是应该趁年轻的时候，多钻一些扎实的学问。"

"是啊，是应该这样，"他由衷地表示赞赏，"你还没忘了母校和老师，很难得。古人曰'青青子衿，悠悠我心'，这很好，小黎同学。"

"木子李，"我知道他想用诗经来压我的晚明笔记，决定姑且让他一让，"一方面前来拜望老师，另一方面报社也要我来做些调查，学校的一位教授剽窃了学生的论文。"

"有这样的事？"他站住了，摘下气度不凡的金丝边眼镜，"是哪个系的？"

我看了看前后左右，压低嗓门说："就是我们系的。"

"真的?!"他也向前后左右望了一阵，用几乎听不见的声音说，"老李，能不能告诉我他是谁？"

我让侯兄叫了我三声老李，才满足了他的好奇心。说完我拔腿便走，把他丢在原地，激动得满面放光，浑身打战。要是我算得不错，我的调查可以到此为止了，从今天起，所有我想见的人，都会自己跑来找我的。

四

"要是你敏感些，要是除开你那身臭皮囊，对外界的事更关心些，要是你老娘怀你的时候多吃点鸡蛋和维生素，让你的破脑袋发育得饱满些，你也许会明白学校是怎么回事。"在接到研究生录取通知书那天，四眼对我说了这番慷慨激昂的话，"你看窗外那些小鸡，抖着一身羽毛，飞到东飞到西，神气活现，自以为学校是他们的。他们完全错了。在学校眼里，学生永远是来去匆匆的过客，只有教师，明确地说，只有主流派的教师才是真正的主人。因为，他们就是学校。"

"也许他们就是宇宙，就是联合国，那又怎么样？"

"燕雀安知鸿鹄之志。从踏进学校那天，我就下定决心，要成为他们中的一员。我曾对着中文系办公楼暗暗发誓，我要杀进去，扎下根。我们的目的一定要达到。我们的目的一定能够达到。我所以迟迟未动手，只为对中文系荣宁两府的实力，还没能做出一个清醒的判断。在刘老教授和柳老教授之间，我必须做一选择，选择谁呢？"

"警惕某些别有用心的人挑动群众斗群众！"

"荣宁二府源远流长。两位老掌门都是著作等身的权威，在学术界的声望地位不相上下。第一线的实力人物中，刘老的门生王、李教授分长理论和现代文学二组，柳老的门生张、赵教授分长古典文学和语言二组，形成割据之势。观其第三第四代，也各有一批后起之秀，旗鼓相当，即使进行足球比赛，恐也难卜胜负。是刘，还是柳，这是一个问题。"

"那位太太结实的肉体……"

"经过细致的分析推测，我发现一个不容忽视的信息。刘派弟子运用了崭新的比较文学研究方法，已经打入柳派传统的古典文学领域。此外，刘老早年就读于爱丁堡大学，这对实现鄙人自我设计的第三乐章也是有力之保证。因此，我毅然决定投身王老麾下。我相信，这是我一生中最重要的抉择，而且必将对华大中文系的前景产生极其深远的影响。"

四眼左手搁在窗台上，右手在空中胡乱比画。看那模样，他大概以为自己是美国总统候选人，正对着芸芸众生发表演说呢。他就有这种本领，一旦打定主意要唱，你即便在他耳边念妙法莲花经也无济于事。我煞了他三次风景，没挡住他，只能由着他牛皮哄哄。不过他哄哄里还有些真货色，系里那两派的勾心斗角，连我这从不踏教师家门的人都感觉到了。你这边扬李抑杜，他那儿非扬杜抑李不可，刘字号的下层弟子，如果对赵教授道声天气好，就可能被判决有叛变之嫌，反过来也一样。听说有过一个助教，因向对方的女研究生求爱，结果被自己人视为异己，被对手视作间谍。其实，跟定旗帜一往直前倒也简单，只要铁了心，有耐心，又能确保比别人活得长，总有一天能爬到教授，苦了的还是那些与两边都不沾亲的外来户，系里大大小小的实惠，全被两老的门生、门生的门生、门生门生的门生占了，留给他们的只剩个自甘寂寞，还老被人怀疑成有夺权企图的野心家。像教我们古代作品的侯老师，在古典文学组向张教授靠拢了二十年，到如今仍是出朱非正色。话说回来，听双方将士在课堂上拿千百年前的文人骚客打现代战争，倒比干巴巴地背书有趣得多。

"我说完了，谢谢大家。"四眼微微一躬颇有风度。

"总统先生，能否请你就拜在老王门下一事发表些感想?"

"他完了。不知他是否意识到这点，从我考取的那一刻起，他就完了。请记住这个日子。今天，华大文学理论界的王时代已告结束，一个崭新的时代即将开始。"他看着光光墙壁，嘴边露出残忍的微笑。

寝室里只有我们两个。分配结束后，同学都作鸟兽散，本市的回市里的家，外地的回外地的家，还没走的也打起了铺盖卷，上街去进行最后一次扫荡。挂了四年的蚊帐一朝除下，寝室顿成了荒山秃岭，透出一股悲凉味。四眼的演说与这气氛倒也合拍，只是显得不像美国总统，而有些像风萧萧兮易水寒的壮士，不知那会唱小曲的荆轲口才如何。

那天上午，重感情的好孩子们端着从箱底挖出的纪念册，一间间寝室找人留言。册子第一页，多半还有几行歪歪扭扭的字，"好好学习天天向上某某题于小学六年级毕业时"。我穷于应对，四年里攒下的那些格言和貌似格言的陈词滥调一掏干净，最后把"螳螂捕蝉黄雀在后"之类的屁话都操练上了，也没管它是不是吉利。我临走的时候，四眼心血来潮，提议我们两个老家伙相互留条偈语。找了半天，寝室没张干净纸，我说不妨学"借东风"，写在手上也罢。于是两人各把左手伸到对方鼻子底下，右手执笔，在脸前的掌心里写起来。那姿势大约很怪，两个过路的小母鸡在窗外觑见，嘴张得老大合不拢，准以为这就叫同性恋什么的。写完再看，我和四眼都一笑，我给他留的是"趁火打劫，见好就收"，他给我的是"混字当头，立在其中"。

五

不出所料，从华大回来的第二天，我那间小办公室就门庭若市了，除了两老和四大组长以外，系里那些教过没教过认识不认识的老师都在我这里报了到。毕竟是知识分子，温文尔雅，亲顾草庐不说，还都不让我执弟子礼，非称兄道弟不可。在报社同仁心目中，我的地位大大提高了，马头悄悄把我拉进厕所，承认自己过去门缝里看人，没想到我在母校还是高才生，说得我差点想跟他来个大拥抱。

老实说，在华大四年，一千五百天，凑在一起都没有那么多教师和我面对面地操练过。他们有的要火上浇油，有的要釜底抽薪，人人都说拜托了。我真有些受宠若惊，不知如何是好。总算《红楼梦》里唯一读完的那章节给了我些灵感，我睁大眼，张大嘴，想象自己就是那大观园里的刘姥姥，口中只说三个字，嗯噢啊，以不变应万变，居然也让所有的人都尽兴而归。唯一遗憾的是，多半老师都没弄清得意门生姓甚名谁，有叫小倪的，有叫老俞的，看来不推广普通话的确不行。

第二天，又有人来找黎同志。我打开门，不由得一乐："嘿，你不就是那个'沙发'吗？"

"对不起？"他惊恐万分，脸上的电车轨道像是搬错了岔，都绞到一块儿去了。"你说我是什么？"

我忙安慰他："没什么没什么，我是说我们见过。不是吗？在电车里。"

没想到"沙发"也是咱们系的教师，照顾夫妻两地分居，从北大调过来的。那时我已经毕业了，所以没见到。我请他进屋坐下。可怜的外来户，在挤车来的时候，不知他是否又被人当成了沙发。

"我从这里路过。久仰大名，如雷贯耳，故来拜访。"他有些拘谨地说，"太好了，原来我们是故旧。在电车上见过？那电车可真挤，是吧？"嗯，我睁大眼，开始进入角色。"这几天，系里大家都在传颂你的名字，真是平地一声春雷起，打破了万马齐喑的气氛。"噢？"你不知道？真的不知道？哎呀，中文系现在就像元春省亲前的贾府，乱得不亦乐乎。刘柳两派之间大打出手，刘派内部相互指责，大有把庐山炸平之势。"啊！"真的，我一点都不夸张，空气紧张极了。王教授托病躲在家中，已经几天没来上班。身为教授，理论组长，竟然剽窃自己学生的论文，无耻至极，无耻矣。连他师弟李教授都表示匪夷所思。"啊！"你还不知道吧，要是你来得再晚些，那王，可能已经坐到系主任的位置上了。"噢？"都内定了。这次系主任改选，柳派明摆着没份，候选人就这边的两位。听说王李虽同出一门，却也各不相让，只能请刘老钦定。刘老也不好说话呀，最后还是天地君亲师，长幼有序，选了王。"嗯。"现在王是不成了，非让贤给李教授不可。柳派那边原来闷声吃瘪，可眼下这里也出了一件丑闻，一比一，换球了，他们也要扬眉吐气啰。看来鹿死谁手尚不可预料。"噢？"怎么，你连那件丑事都没听说？啧啧啧，你总知道柳老的外甥，就是张教授的女婿，也就是赵教授的学生吧？他在咱们语言组。上个月，他从学校图书馆偷了一部《广韵》。"噢？"他把书塞进书包便走，没想到图书馆从西德进口了一套防盗装置，书里插有磁片，一到门口警铃就响。"啊！"门卫知道他的身份，存心给留着台阶，说话挺客气，'老师，你是不是忘了还书哪？'他断然否认。人家门卫又说，'你瞧老师，警铃都响了，这种科学东西，不像人，不会无中生有。你打开包看一下，要有，还回去不就得了。'他也真是，反倒提出抗议，说是污辱人格。"啊！！"门卫急了，把他带进办公室，一开包，他可就哑然失色啰。听说柳老气得吐血，从此一蹶不振。"啊！！！"这人太迂，你说是不是？现在又不是'窃书不为偷'的时代了，怎么能不相信科学呢，咱们中国人吃这个亏还没吃够吗！"

不知那防盗装置是几时进口的，反正我们读书时还没有。那会儿四眼想搞篇奇文投稿，去图书馆借谁知道什么版本的《红楼梦》。磨了半天，人家只答应让他当堂看。回到寝室，他发了通狠，说虽无时迁之能，但存蒋干之心。我便给他出了个计：两人一块儿去，他借书，我带个大包，然后他假装低血糖脑血栓什么的晕倒在地，趁别人慌忙抢救，我把书盗走。"这是一个完整的作战方案，参谋长，就这么决定了吧。"他愣了一会儿，问失手的话后果如何。"还用说，轻则大过重则开除。"于是他豁然开朗，"咱不做那破学问了。天下本无事，庸人自扰之。"后来王教授搬家，四眼硬拉我去新居粉刷墙壁，王老头为表鼓励，借了他一套那种本子。打开一看，盖着图书馆的红印，原来也是校产。

　　天黑了，"沙发"要走。我客气一句，留他吃晚饭，他谢绝，爱人孩子都在家等着呢。"很高兴认识你，真的很高兴。和你交谈一阵，觉得心情舒畅多了。"

　　"别客气，"我送他到门口，"没本的生意，想舒畅尽管来找我。顺便请教一下，刘柳二老是怎么成了对乌眼鸡的？"

　　"据说事出五十年前，当时他们对《尚书·盘庚》里的一个'之'字的释义起了分歧。刘老训是，柳老训适，先是人前人后地争辩，后又在书上报上论驳，一发而不可收。其实两老都没对，按目前公认的解释，那字是文言虚词，没有实义。"

　　"就那么点小事？"

　　"沙发"眉头一皱，电车轨又岔了道："说大不大，可说小也不小，比这更小的事都曾引起过战争。说到底，人类的历史不就是从夏娃听信蛇的挑唆，偷吃伊甸园的禁果开始的吗？你看那个'之'字，一点三曲，多像条蛇啊。"

　　"沙发"前脚走，四眼后脚就到，我想他们是商量好了要把我饿死。可是他那模样也够惨的，衣冠不整，眼睛里布满血丝，看来有些天没吃上好饭菜了。

　　我慢吞吞点起烟："不好办哪，事情有些麻烦。"

　　"怎么能麻烦呢，"四眼火了，"你这个混蛋，不和我商量就把消息张扬出去，弄得全校都知道我吃里爬外，把自己的导师卖了。现在你再不替我肃清流毒，让我怎么做人！"

"我没想到侯兄的嘴那么快。"我无精打采地说。

"姓侯的是中文系第一喇叭，远近闻名，谁不知道。你没想到？可你想到我这几天在学校是怎么过的吗？整天溜到东，溜到西，像躲动员插队落户似的，再这么下去，我还不如到少林寺出家呢。不行，无论如何你得给我把文章发出去，不好办也得办。"

"学校有人来报社反映，说事实有出入，是你同意把文章让老王署名的，你们师生两个是周瑜打黄盖，一个愿打，一个愿挨。"

"妈妈的，从哪儿钻出这么个诸葛亮！"四眼瞪起鸟眼，"怎么是周瑜打黄盖，明明鸠山请李玉和嘛。他说是请你赴宴，可你不去行吗！"

"老兄，你当然有你的道理，但问题不在这儿。马头说了，你和我们报社的关系应该像被告和辩护律师那样。你惹了事，我们替你出头，哪怕你杀过成百人上千人，咱也管不着，可是你得把底毫无保留地亮给我们，然后由我们去吹胡子瞪眼赌咒发誓，说你活脱是观世音转世，连杀鸡都不敢看，怎么可能把个大活人给宰了呢。懂吗？这叫互相信任，有信任才能合伙做生意。可你，刚上桌就留了一手，也太不上路了。为这事，马头臭骂了我一顿。"

四眼目瞪口呆，坐那儿像尊佛像。我把笑咽进肚子里，挤出一副苦脸。说真的，我还没看到他这么狼狈过，大学四年，他给人的印象永远是所向披靡，一帆风顺。我说人真是有运气，运上来想躲都躲不过。老四眼顺得简直有点邪门。比如说逃课，明明是他拉我，可后来倒霉的准是我不是他。我倒不是怪他老兄，那些课非逃不可，让三十岁的老家伙拍着巴掌听"排排坐吃果果"，凡智商不是零蛋的没一个受得了。事情怪就怪在这儿，哪怕全班有一半人不在课堂上，老师抽查点名总拿我试刀。于是辅导员回头就到，"你干吗去啦？怎么不上课哪？"我当然不能拉四眼挡箭，"我外婆的妈病了。""哦，你外婆有几个妈哪？去年不已经请过几天假，给她老人家送了终吗？"好家伙，记性那么好，干吗不去考博士研究生，胸无大志。后面的话就带着骨头了，"当然啰，缺课的也不是你一个，不过你也得分析分析哪，有的同学缺课归缺课，可考试却门门全优啊。你呢——"这不明明借着四眼打我嘛。实事求是，四眼功课的确不错，问题是他的态度不对头，我始终认为，对有些事情，人应该是不愿为而为之，比如排队买小菜、过马路走横道线等等，考试也是其中之一，"临事而惧"，孔夫子都这么说嘛。可四眼一见考试，就兴奋得直搓手，脸上冒出色眯眯的表情，好像桌上放的不是考卷，而是一盘炒虾仁什么的，这能说正常吗？我好心好意，劝他去医务室检查一下神经，反换来白眼。

看来老夫子的话也不可尽信。董仲舒曰："天亦有所分予，予之齿者去其角，傅其翼者两其足。"西人则有上帝造物公平之说。按理四眼在功名上得意，情场应当失意才是。狗屁，他一处得意，处处得意，走到哪里，都有一群小母鸡围着搔首弄姿。我自命相貌不俗，蚕眉蛹鼻，面如淡金，放在水浒时代，怎么也是条撂不落地的汉子。可惜人心不古，几年来居然就没一只小母鸡正眼看我。咽不下这口气，有一回我躲进帐子，窃听老四眼和小母鸡谈话，想偷师学艺，结果顿开茅塞。就是那一套，一群不知戈多是谁的人，一个永远等不来的人，feeling，再不就堆起惆怅的表情，望着窗外，轻轻吟咏，"记得那美好的瞬间，你出现在我的面前——"原来他把戈多操练来操练去，就为了点化情意哪。我恶从心头起，当场掀开帐子，果真就出现在他的面前。一时痛快，后果可想而知。我被赶出门外，而小母鸡看四眼的目光中多了一股柔情，我那风流潇洒的郎君，怎生消受得这市井匹夫的欺辱。呜呼，人们对母鸡无话可说。

"不管怎么说，黄鱼，你得帮帮忙，"四眼总算回过气来，"下星期我要作论文答辩，如果报上没声响，他们定以为我虚晃一枪，其实没人撑腰，准照着死里打我。你总不能忘了，在学校的时候，我帮过你多少次吧？"

我叹了口气，"放心，我不会忘的。"说实话，四眼可真没少帮我，我记不清准确次数，反正，要是没有他，也许我现在还趴在华大的课桌后面呢。每逢考试，我一筹莫展，四眼便让小母鸡把老师请到我们寝室来，连哄带骗地灌迷汤，等老师走时，考题可就全留下了。四眼再做出答案，让我分享成果，凭良心，他可从来没打过埋伏。此外，所有选修课的考查论文也都是四眼替我写的，他有满满一抽屉被刊物退回的文稿，我只需捞一把挑挑就行。他也不小气，"物尽其用"，得个优给那些势利眼编辑瞧瞧。可问题在于，每次帮忙前他都做足了戏。首先他要叫我苦苦哀求，而自己却翻起鸟眼看天花板，好像是古希腊的哲学家在思考电冰箱是什么玩意儿。等我话说尽了，他便开始唱，从我的智商、敏感、臭皮囊、破脑袋唱到我妈的鸡蛋和维生素。想怎么唱就怎么唱，我还不能争辩，不然他会再晾我一钟头，把我晾成肉干。唱完了，他才提条件，比如要我和他一块儿去给王老头粉刷墙壁，或是下次小母鸡来寝室我得自觉站到南京路去喝西北风等等。总之，每次等他答应帮忙时，我都差不多想操家伙问他要吃馄饨还是板刀面了。

我知道，四眼是真心想帮我，因为他和我一样，在这班上没别的朋友。可他每帮我一次，就毁了我一次，让我觉得自己是不耻于人类的狗屎堆。如果他知道这一点，我敢说，准和我一样大伤脑筋。

六

热闹过一阵，山门又冷落下来。我把檄文完成了，锁进抽屉里，没呈送马头，总觉得静得太早，群牛乱吼之后，该有声天边闷雷才是。果然，华大打来电话，中文系新当选的系主任李教授想和我聊聊，派来辆崭新的丰田接我。我想这可能就是我毕生事业的最高峰了，便用指甲刀在车座套上划了道口子，以表到此一游之意。

"你就是小李同学吧？"他还是那副样子，花白头发，挺直的腰杆，看上去绝不像已过六十。在他面前你会感到一种无形的压力，因为他随时都在显示自己是精神上的强者，可以宽容你的幼稚，也可以训斥你的无知，一切只凭他高兴。

"你是哪一届的？——等等，让我想想。嗯，七七级三班？"

"是的。"我敢肯定他翻过学生花名册之类的东西，幸亏我的档案不在学校里了。

"那么我还是你的老师呢，我教过你们班一年。"

"无论教过没教过，您都是我的老师，"我学着四眼的口气说，"不过我的确选修过您的课，'《创业史》与荷马史诗之比较'。"

"是啊。你们这批学生给我留下的印象很深，我还记得你交的考查论文呢，写得很有新意，很有见解，我曾想过推荐给学报发表。"

"您过奖，"我操练起天真无邪的笑容，"您是让我补考了，说要依着您的本意，连补考都不想给我及格。"

他不动声色："有这样的事？我怎么不记得了。不可能吧，我……"

别忙，我暗自说，想就这么溜了，没那么容易："您说执教几十年，从没见过一个学生像我这样蠢。您真看得起我，说华大要是出吉尼斯纪录大全的话，我可以算上一名了。"这门课，连四眼的字纸篓都没帮上我的忙，尽管四眼老兄也喜欢搞些稀奇古怪的题目，去打报纸杂志的冷门，但"《创业史》与荷马史诗之比较"，显然超出了他的想象力。"您还说，如果知道是谁把我收进华大的，一定给他配副三千度的近视眼镜。让您那么生气，为此，这些年来我于心一直大大的不安。"我模仿电影里的日本鬼子，向他深深一鞠躬。

"我真是那么说的?"他总算有点尴尬了，一个劲地理纹丝不乱的头发，"我真的是那么说？这可太、太有点夸大其辞了。"

我感到一种近于痛苦的快感，想笑又笑不出来，好像肚子里装的是硫酸，把横膈膜腐蚀得稀里哗啦。

李老头长叹一声，似乎在感慨往事如烟："我们都做过不当之事，对不对？也许以后还会做，可以自慰的是，我们做的一切都是为了工作，为了学问，为了中文系的荣誉。我听说你们报社要写一篇报道，批评系里的某一教授。这事我也知道了，我很震惊，很愤怒，很惭愧，我已经在全系大会上说了，对这种事绝不姑息，不管他是谁，哪怕我的兄长也不行。对于报社，我们深表感谢，无论怎么批评，都是为了我们系的工作嘛。然而，既然是为了工作，我们则不妨斟酌仔细，如何批评效果最好？采用什么方式？选择什么时机？你说是不是!"

太是了，我心想。谁都要选择时机，四眼也要。过了这时机，对他便于事无补了。

"难哪，中文系的情况你不是不知道，老实说，在这种时刻谁愿意出来当这个主任！可怎么办呢？百废待举，工作总得有人做。所以我希望你们能给我一定的时间，让我打开局面。请注意！不是为我，是为了工作。我想，你也不会眼看中文系丢人现眼吧，你是我系的学生哪，你的论文——啊，啊，啊。"他在我打出喷嚏前把话岔开了，"你们马主任是西南联大的吧，和新闻系朱教授同过学，我已经请老朱把这个意思跟马主任谈了。"

糟糕，四眼老兄，他们结成了神圣同盟。

果然，回到报社，马头便来找我。

"小李，出于各方面的考虑，华大那事就不要再搞了。"

"不可惜吗，那可是人咬狗啊？"

"人咬狗又怎么样，"他颇不以为然，"从古至今，不都是人吃狗肉吗！"

我估计着华大在哪个方向，然后朝东北挥挥手。拜拜，老四眼，达达尼昂救不了你了，你得上断头台。我们都做过不当之事，对不对，你也做过。可以自慰的是，世上没有常胜将军，即便拿破仑不也有他的滑铁卢？安心地去吧，也许由于你成了殉道者，那些小母鸡会更崇拜你。说到底，你还是比我强。

七

四眼论文答辩那天，我早早赶到华大。答辩地点在教学楼的阶梯教室，门口拥着一大群人，想必都是为四眼舍身炸碉堡的事迹所感召，前来瞻仰英姿的，然而被两名身强力壮的青年教师拦在门外。我有李教授特许，才得以入内。

靠前的观众席都客满了，只得在最高处找个空位坐下。前后左右，都有些面熟陌生，看来无一不是学问中人，男的正襟危坐，面带肃杀之气，女士们口嚼话梅，不时交头接耳几句，掩饰不住内心的兴奋。讲台上放一张桌，桌后坐着主考，除四眼的指导老师王教授尚无颜见人外，系里的实力人物全到了场，侯兄和"沙发"战战兢兢地挤在桌两头，可见阵容之强大。我有些替四眼担心，今天他要做到从容就义，恐怕不太容易。

四眼进来，坐进讲台下为他准备的专座。坐定前，他向观众席看看，我以为他要找啦啦队，忙起身向他招手，可他没看见，或是看见了不加理睬。他神情泰然，旁若无人，这个亮相赢得在场女士们一声轻轻而拖长的"哦"，要是许我报道，我非给用上回肠荡气和余音绕梁两句。不过四眼这招可没骗过我，我太熟悉他了，一见那对鸟眼眨动的频率超过了三次每秒，就知道他血压准破二百大关。当然，不由他不慌，就算出我一千块钱，现在我也不愿意跟他交换位置。四眼以前对我说过，答辩只是个形式，其目的就是要使被考的顺利过关，请来的主考谁也不会找考生的麻烦。道理显而易见，打狗还得看主人呢，跟学生过不去不就是想在指导老师脸上抹黑吗？如果有哪方宣了战，好吧，来而不往非礼也，以后你自己的学生答辩，可别怪别人不客气。这有点像美苏两国限制核军备谈判，你要卡我的巡航导弹，我就否决你的逆火式轰炸机。主考们都是学问人，"幼吾幼以及人之幼"的圣训还懂，于是票一段京剧武打，"兀那贼子，端的可恶，呀呀呸，受你爷爷一刀！"看上去拳拳到肉，其实相隔甚远。老四眼怕是得不到这方便了，他现在是个没爹没娘的孤儿，比孤儿更惨。自己老师那边已经把他视作仇敌，可在仇敌那边他还是仇敌，谁都知道揍他不会坏了两家的默契，乐得通过他揭露对手的腐败无能。他真是个千年难逢的好靶子，练拳脚的准备在他身上练拳脚，显聪明的准备在他身上显聪明，出闷气的又要在他身上出闷气，还有喜欢热闹的，看白戏的，想哭想笑、想领略一种哀艳凄绝情调的，大家都来了，把这教室挤成个古罗马的斗兽场。我盘算，要公开拍卖的话，这门票不出五块大洋不到手。

一声惊堂木，答辩开始，主攻手是张教授和赵教授。看来四眼虽已背叛师门，可李教授倒还念着叔侄情分，不愿亲手了结他。头几个回合，四眼操练得不错，防守严密，还抽空回记冷拳，逼得教授倒退几步。观众席里，有人暗暗赞叹，有人公开咬牙，我则深深佩服起四眼来。大家都知道他要死，非死不可，主考知道，观众知道，我知道，他自己也知道，这场较量还没开始就已经结束了。要换了我，绝对溜之大吉，跑片未到，让他们白高兴一场。可他却来了，尽管脚骨颤得像吉他弦，仍然挺出没有肌肉的胸膛。就冲着他这般勇气，我得为他喝声彩。

渐渐地，四眼招架不住了。再坚固的工事，也难经轮番的地毯式轰炸呀。他反应开始迟钝，说话吞吞吐吐，语无伦次，奇怪的是，回答前还老望着李教授。我简直弄不懂，难道在这时刻他还指望李老头拉一把，他老娘到底吃过维生素吗！果然，李老头视若无睹，只顾理自己的头发，而靠边的侯兄和"沙发"却先后加入战阵，羞羞答答向四眼身上招呼起来。四眼左推右挡，无法抵抗，他垮了，完全垮了。场上一片欢腾，男士们哈哈大笑，女士们露出鄙夷之色，原来也是个草包，那么不经打。我不忍再看下去，这哪还是比赛啊，明明是屠杀。

主考们数到十，把惊堂木敲定。全场肃静。四眼站起，不向任何人看，走出门去。在他前面，人群唰地向两边分开，让出条道来，那景象好似摩西过红海。我想冲到他身边，但路被塞住了，大家都往前拥，争着看他的死相。我心里有点难过，他不该受到这般对待，毕竟是别人偷了他的论文，而不是他偷别人的。无论如何，他不该受到这样的对待，尽管他确实傲慢无礼，尽管他确实可恶可恨……

夜空劈起一道闪电，黑暗中的物体浮凸出轮廓，我突然明白了两件事。第一是我恨四眼，原来我一直在恨他。就像老烟枪把尼古丁一口口吞进肚，在肺叶里沉积成黑点一样，这些年来，我把对他的恨一滴滴积在心头，凝聚出一颗能醉倒大象的药丸。也许正因为如此，我才把消息捅给了侯喇叭。是的，我恨他，当班上所有人都以为黄鱼和四眼是焦孟不离的好朋友时，我却默默地、悠悠地、回肠荡气地恨着他。

第二件事，是我不再恨他了。我决心要爱他，爱他的小聪明，爱他的勇气，爱他的牛皮哄哄，也爱他的鸟眼和口臭，也许我本来就爱他。我不能让他就这么倒下，我得拔刀相助，哪怕自己两肋插刀。

我顺着南京路，去寝室找四眼，边走边考虑能做些什么。文章一定得发，不见报没法给老四眼平反。但马头那里是绝对通不过了，怎么办呢？也许……可以在对面动动脑筋？对，我高兴起来，让小姑娘替我去发。当然，不能说这是被马头枪毙了的，得设个圈套叫她钻，让她以为是我组织的重头稿，无意中漏了风，这样，她会不假思索，拼命抢前。等这报道见了日报，不仅四眼有救，我或许也能得件礼物。如果稿子受好评，我们主编准会内火上升，然后我击鼓喊冤，让马头挨四十军棍；如果稿子得罪了得罪不起的人，就活该小姑娘倒霉，罚她去坐冷凳，拆半年群众来信，让她知道背信弃义的人没有好下场。这主意真妙，是不是，四眼老兄？有时候破脑袋倒也是个金不换呢。

路旁有人抱着棵梧桐树，我走上去。

"嘿，四眼，你在这儿干什么？这是树，不是人哪。"

"滚开，臭黄鱼。我丢了脸，你心里高兴了吧！"

"我高兴什么，我正要去宿舍找你呢。"

"你还要干什么？想落井下石？要不是你和该死的李教授，我怎么会落到今天这地步！"他朝我啐了口唾沫，但中气不足，落在自己门襟上。

"这事跟李老儿有什么关系？"

"怎么没关系！"他拖着哭腔说，"王老头对我多好，他要当系主任。得发些有分量的文章服人，叫我把怡红夜宴让他，他保证给我出国名额。这叫君子协定。要不是李老儿把我灌醉，套出底细，又趁我不省人事，唆使我跟老王翻脸，说他一定给我撑腰，再怎么我也不会去找你这个混蛋。唉，你们姓李的，真把我害苦啰。"

"原来是这样。放心吧，咱们跟他缠上了。走，先回寝室商量商量。"我去拉他的手臂。他想打我。但胳膊软绵绵的，没有三两力气。

"别碰我，臭黄鱼。我操你的妈。"

"好吧好吧，我们操他的妈。"我扶他走，他像条水蛇似的扭来扭去，迈起卓别林的步子。我说，"别动，你看前面谁来了。这班从没挨过爹娘打骂的小母鸡，个个心像煤球，根本不理解男人也有哭哭啼啼的时候，咱可不能在她们面前认栽。嘿，挺起腰，让她们看看，我们是正宗男子汉，头顶开砖，背枕钉板，走起路来两卵蛋碰得叮当响。"

我知道我打中痛点了。他的膝盖里像是插进条铁棒，一下挺得直直。他趴在我肩上，呵呵地大笑傻笑，装着全无所谓的样子。只是等小母鸡走过，立刻又软瘫下来，把我当成了那棵梧桐树。

我看到了那间曾栖身四年的寝室。我们离开后，四眼仍然留在那里，没挪地方。从这点看，他老兄倒还有点恋旧。我忍不住想笑，那时，来找四眼的小母鸡都把这屋叫成狗窝。这话今天真应验了。被咬伤的小狗，拖着后腿，夹起尾巴，逃进自己的窝，一夜呜呜地哀鸣，舔着创口，第二天，又从那窝里探出头去，翻起嘴唇，亮出雪白的尖牙。

进门时，有个念头不知怎么钻进我脑袋。要是将来能有些小权，我一定要在这门上安块铭牌，铜的铁的大理石的三夹板的都行，上面写：四眼与黄鱼，曾操练于此，并于此再度携手，继续操练。

万家诉讼

陈源斌

第一节

太阳好起来了，何碧秋拿牙锹剁挑在麦田里的塘泥，剁完最后一墒了，她听说丈夫被打，将手上拾掇拾掇，回家看过伤势，转来找村长。

村长家在村东头。也不过两进排厢，一个院子。屋瓦是小瓦，屋墙是青砖实砌，院墙也是青砖实砌。门槛是用青石做的。院子里一口水井，上面一棚落光叶子的葡萄架。对面一地盆花都是枯枝干儿，拴着一条狗。何碧秋绕过那狗，看见村长坐堂屋里呷酒。她说："你打了他，现在旁证也有了，医生诊断也有了，是个什么说法呢？"村长一哼："说法？"何碧秋说："你打他，踢他胸口，倒罢了。你还踢他下身，这是要人命，不该有个说法？"村长慢慢举杯，何碧秋说："那你就别怪我了。"

村长问："你怎么我？"何碧秋说："请政府讲理。"村长笑道："我打他又不为私。我是村长，政府不帮我，下次听谁吆喝这村的事？"何碧秋说："只怕如意算盘。"村长说："好。到乡里的路你认得吧：过了摆渡口，再走一二十里，就是了。也辛苦你了。"何碧秋见他张狂，便不再啰嗦，回头收拾动身。

走了一里多路，到摆渡口了。望见岸边等渡的人已跳在船上。船工弯腰解桩上的缆绳，听见声音，虚抓绳头，等着。等何碧秋上船，说："站稳咧。"收了绳子，换竹篙将船缓缓撑进一片白水里去。

过渡的这几个人或站或坐，都袖着手，东西放在舱里。这些人七嘴八舌让船工说，船工笑道："你们是想东北方向的路快修好了，不坐我的船了吧？"又说："不过是土公路，大半截又在人家地盘，一个弯儿绕十万八千里，仍不如走渡口节省。"这些人议论道："我们王桥村，亘古就属安徽，只因造了这座水库，把路都隔断了，反被江苏抱在怀里。出个门，比登天还难，还不如划归江苏省呢。"说了一阵，船工目光落见何碧秋，问："这位面生呀？"有认得的便替她说："她就是万家的。"船工明白了："怪不得你脸上有事，是你要告王长柱吧？老话讲居家莫讼，怎就到了这一步？"

何碧秋说："村长管一村人，就像一大家子，当家的管下人，打，骂，都可以的。可他要人的命，就不合体统了。这又罢了，我登门问，他连个说法都没有。"船工听着点头："这是他王长柱不对了。"

说话间，船身摇晃起来。船已近库汊中央，脸上觉有东西蹭擦。在岸上是很平静的，到这儿有风了。那风贴水而起，逐渐大起来，风也变冷了，刺得面皮绷紧。风搅得库水涌动，浪花乱翻开来。船工说："有水便生风，有风便有浪，过了这段深涧，会平静的。"把竹篙收好，拽出双桨来摇。风扯出了响声，脚下舱板不停颠荡。人嘴里的词儿倏地少了，只有零星几句，声腔不很匀足。憋一口气，慢慢散出去，把一颗心徐徐放落。桨急船紧，风势果然过了，却早近这边岸来。船渐行渐稳，船工收了桨，再换篙撑起来。

这些人扯起原先的话头。船工道："我说，在娘家青枝绿叶，嫁人后面黄肌瘦。不提它倒也罢了，一提它泪水直流。"猜了一阵，猜不准。看何碧秋脸上心事，疑想是她。船工说："哎。"将手举起。众人看他手中的竹篙，水淋淋的，不觉恍然，又有些不解瘾。这时船已傍岸，说笑几句，跳下船，各自赶路。

乡里不是原先模样了。多了一条细沙路，路边挨排栽着树，边上尽是住户，放足眼光才从这头望到那头。住户的房子三层两层一层高矮不等。何碧秋从一座大门口看见一幢六层楼，以为是乡政府，进门问了，却是乡办工厂。转弯抹角，到一个僻静旮旯儿，才找准了。见乡政府比早先添加了两排平房。她进一个门，说几句，有人把她领到西头一间，说："这是李公安员，你不妨跟他细说。"

李公安员小四十年纪，眉眼平常，辨认不准忠厚奸猾。见他正捧着一只凹腰茶杯看报，此时转头迎过来说："王长柱？他是托你捎信让我去喝酒吧？你回去说，他要不改酒桌上的蛮气，我再也不去。"何碧秋说："我是来告他的。"李公安员诧异道："哦？"看过旁证，看过医生诊断，皱眉说："怎么是区医院证明？还是外省的？"何碧秋说："我们王桥，往本省的路都被水隔住，只好去江苏呀。"

把前前后后说了一遍，李公安员听罢，收好旁证和诊断书，看看手表，说："食堂开饭了，你在这吃吧。"何碧秋说："不客气。"李公安员说："不是我请客。我可以帮你买饭菜票，食堂里碗筷现成，能借用的。"何碧秋说："不了。我一路过来，看见不少饭店。"李公安员说："饭店里的饭菜，斩人呢。"何碧秋说："我问过两家面食摊，一碗面条五毛六毛，贵也贵不到哪里去。"李公安员便站起身来："我下午有个会。明天我去处理这件事，你在家等着别走。"

第二天傍中午，何碧秋见李公安员一路向这边问过来，迎上去问候道："累您了。您是走来的？"李公安员说："骑自行车。"何碧秋问："从新土路绕过来的？"李公安员说："那太远了。我车技好，这一路田埂都敢骑。只是过了摆渡，来你们村全是上坡，我推到半腰，觉得不划算，又返回去，车子交请船工代看，一来二去，刚走到这里。"何碧秋惊讶道："你还没见过村长？"李公安员说："我到你家看看，这就去。"

进屋看过伤势，转向村长家来。狗跳闹得凶，村长赶来喝住，连喊："坐！坐！"一扭头看见何碧秋，不喊了，脸沉下来。李公安员自去坐了，让村长与何碧秋坐，两人都不坐。李公安员在板凳上说："旁证、医院证明我都看了，我还看了伤势。这件事，是你办错了。"村长发毛说："我错了？我是为自己吗？上面布置成片栽油菜，各户都通了，就他家不通。百十亩油菜夹他家一块小麦，看着像头上的疤痢。验收组下来，还没进村，看见这种场景，把分扣了，打个不及格，还限期改进。我要他补栽油菜，说了一遍，两遍，三遍，不听！用嘴不行了，不用脚用甚？"李公安员笑说："其实你仍然用嘴好。"村长说："是该用嘴，我恨不得拿牙咬他！"李公安员敛色道："无论怎么说，你打人，还打伤了，这就是你的错了。"村长瞅他道："这句话是你个人还是代表乡里说的？"李公安员不答，转脸对何碧秋说："这样，你暂先回避一下，别走远了。"

在外面等了一会儿，李公安员出来跟她商量："医药费由村里报销，另给些调养费和误工补贴，这部分由他私人和村里各出一半，怎样？"何碧秋说："这一来，人不把我看扁了？我并不是要钱，只要他有个说法。"李公安员又协商说："他人一向蛮气，又是村长，面子是第一要紧的呀。"何碧秋问："那没说法了？"李公安员想了一想，解释说："医药费、调养费和误工补贴由村里和他私人拿，就证明事情的你对他错，岂不正是个说法吗？"何碧秋细想在理，应下来。

回到屋里，李公安员说："事情就这样。不算处理，叫调解、搭桥，都行。你们依我呢，我照老例在村里吃饭；不依呢，我饿肚子走回去。"在村里吃罢饭，李公安员来跟何碧秋打声招呼，又劝说几句，回乡里去了。

这边丈夫在床上问："刚刚两次进屋的，是谁？"何碧秋说："乡里的李公安员。我告下村长了。"丈夫急道："你拧过他？"何碧秋说："李公安员敲定我对他错了。"又把医药费、调养费和误工补贴的事说了，"下午他付了钱，岂不正是个说法？"

到后晌，何碧秋转了去，狗在院子里吼叫，村长喝它，声腔里有些味道。何碧秋说："发票带来了，收条也打了。"村长问："总数多少？"对了数字，村长掏出一叠崭新票面，用指头捻开，数一遍，再数一遍。何碧秋想等他先递过票子，再还回去说"算了，事情也就这样了"，没容她这话出口，却见村长随手一扬，将票子撒落到地上。

何碧秋呆问道："这是干吗？"村长拿腔道："给你钱呀？"何碧秋说："你打了他，不给个说法，又来污糟我！"村长说："我是为你好，其中有个道理的。"

村长顿了顿，缓缓道："我仍是村长，仍管着这块地皮上的三长两短，仍不免要憋住气作践你万家。地上的票子一共三十张，你捡一张低一次头，算总共朝我低头认错三十下，一切恩怨都免了。"

这般说完，又催促她弯腰捡票子。何碧秋气愤道："上午怎么说的?"村长反问:"我上午说了吗?"何碧秋说:"并没听你一句驳词!"村长笑道:"你当我软了?李公安员过库爬埂来一趟不容易,我是给他面子。再说,这钱也不是公私各半,都是村上的。"

何碧秋怔了怔,踩着地上的票子就往回走。回家坐在床边说了,丈夫说:"我说拧不过他。"何碧秋说:"你怎不早说?"丈夫说:"我不晓得。"何碧秋啐道:"你现在晓得了呀?"丈夫叹气:"都撕破脸了。"何碧秋愣了半晌:"这个理不扳平,今后没法活。"丈夫愁道:"告不倒他,怎办?"何碧秋咬牙道:"我带足盘缠,就住在那里!"两口子在床上翻了一夜。

第二节

睡到天亮起床,梳洗了,踩着一地银霜,过渡口来到乡里。李公安员门锁着,向别人打听,说上县开会,三两天不定回来。何碧秋站了一会儿,慢慢想到前天见面,李公安员漏说到曾和村长同过酒桌,直疑心两人头天做好了圈套,诱她去钻。左想右想,只有上县里告这一条路可走了。

从乡里搭上进城班车,下了车,满地的人。地上的霜已化尽了,出了冬日里少见的暖阳。车站几间旧房子看着眼生。旅客都不在站里避风,在站前空地上挤成一团。空地由一遭栅栏围着,各有一宽一窄的缺口,让人和车进出。她站住让胀胀的脑子松动了,慢慢辨认准东南西北,这才挤出栅栏,沿街往城里去。

街不像七八年前见过的街了,多少食摊儿吆喝:卖馄饨的,卖水饺的,卖阳春面的,卖红烧杂碎的,卖熏烧兔头的,卖卤猪尾巴的……将路面挤得瘪窄。何碧秋向一位面善的摊主打听,这人勒细了嗓子笑道:"吃哦?"听清她问,一抹笑去,指一个地方,只见男的女的大剌剌地进去,便跟着也朝门里走,却被旁门里一位上岁数的人叫住:"进去要登记的,带证件了吗?"验过身份证,让何碧秋说了开头,插道:"你找错地方了。这是法院,公安局在街里呢。"何碧秋问:"怎么走?"答说:"笔直往前,右拐弯,再左拐弯,再右拐弯,大门里有一幢楼。你去一楼左手第三间，把诉状交给屋里的人，就是了。"何碧秋不解道："什么诉状？"上岁数的人解释说："就是控告别人的状纸呀？"何碧秋慌说："哎呀，我怎的没带！"这人安慰道："你不用着急，可以补一个嘛。"

一路过去都是买卖，锅碗瓢盆勺，油盐酱醋茶，身上头上脚上手上床上和脸面上的，吃的用的花的，述说不尽。拐弯走尽这条街，再左拐，却是一街毛线生意，满眼里鲜亮：杏红、桃红、肉红、土红、水红……铁锈红；柳叶绿、檀枝绿、墨绿……玉石绿。各种各样的黄，各种各样的蓝，各种各样的颜色。心思跟它并不搭界，眼却早花了。脱身拐过街角，差点撞到一个写字摊上。这字摊设在避风朝阳处，摊主戴副眼镜，留了胡须，一脸老气，正跟一个中年男子讨价还价："若是家常书信、感谢信、表扬信、申请救济、请调报告，都能通融的。只是这代写检讨，一厘也不能减。"中年男子道："不该这个价呀？"摊主说："你骑车撞了人，还逃跑，被捉拿住，这张纸上不使出手段，怎么过关？你还不乖乖付钱！"中年男子拿着检讨书走了。

何碧秋看在眼里，询问一声，摊主答道："可以！"铺开纸笔，这边讲完，他那边已写好了。

拿着诉状到公安局楼下，找到左手第三间，进门去，见屋里两个人穿着制服，捧着凹腰茶杯说话。何碧秋递过诉状，其中一个人接住看了，眉头直皱，递给另一个，看了也皱眉道："这上面尽堆砌华而不实的词藻，又扣了许多吓人的大帽子，主要事实经过，却陈述不清，是不管用的。"问："你在街头字摊上写的吧？花了多少钱？"何碧秋说："要四十，实付三十五。"两人相视一眼："这阵子太忙，一放又乱了。真该挤些时间，把街头治安秩序好好整治整治！"

其中一个对何碧秋说："你写诉状，应该找律师事务所呀。"何碧秋问："它是干什么的？"这人说："就是帮人打官司的地方。代写诉状、代理诉讼、辩护或上诉、申诉。原告，被告，刑事，民事，经济，行政，各方面，都可以的。"何碧秋问："是公家的吧？"另一个插说："我们政法口下属五个部门；公、检、法、司、民，司就是司法局，律师事务所又是司法局下属的一个部门。"何碧秋听罢，再请两人详细说了走法。

找到地方，见是一幢平房，大小五间屋。东西顶头两间门分别开在内走廊里，中间一副双扇式大门，门旁挂了三块招牌，一律白底黑字，字数多多少少，字迹也肥瘦不等。看这里气势，绝难比刚见过的法院、公安局楼房。看了一阵，问西顶头门里一个女的，这个女的把头埋在纸上也不抬，随手朝中间指指。何碧秋进屋去，见中门内三间没隔山墙，通做一厢大屋，放有几张办公桌，几只椅子，坐着几个人。问了一声，让她跟坐里墙角的一个人说话。

这人约莫三十小几，头上早添了些白发，捧住凹腰茶杯近前让座。何碧秋坐了，问："怎么称呼您呢？"这人说："我姓吴，叫小吴，叫吴律师，都行。"何碧秋叫"吴律师"，说了一遍。

吴律师问："要不要聘请代理人？"何碧秋不懂道："什么意思呢？"吴律师说："就是当你的全权代表，一道出席各种场面，帮你说话，依法维护你的正当利益。"何碧秋问："要付钱吧？"吴律师脑门皱皱道："当然。"又说，"收费不归我们自己，上交国家。价目也是固定的。"拿出表格来看。何碧秋请他详说，吴律师说："上面几项都是不变的。这一项，是指师受聘后，外出调查、取证等等的车旅食宿一应费用，也由聘请人负担。"何碧秋问："大约数目呢？"吴律师道："说不准。得看具体情况，实报实销。"何碧秋低头默想一回，算不准这里头的深浅，便问："不请做代理人，单写一张诉状，行吗？"吴律师说："当然可以。"

问了价目，便宜得惊人，这才认定被摊主骗了。按住懊悔，从头说事情，吴律师写好了，读一遍，加减几个字，誊写到一种格式纸上。何碧秋开过发票，银货两讫，赶到公安局来，早已下班了。

中午在食摊上吃一碗椒面，辣出一头汗。坐着等汗干了，太阳已挪过头顶了。顺街打问旅社，选定街角一家门面小些的，问一夜价钱，管登记的老头把头探出窗口："开发票哦？"何碧秋问："开与不开，怎么说？"老头笑道："开票每铺一晚六块，实付四块，回去报销后，有两块进你腰包。不开票，一晚三块。"何碧秋惊讶道："你是私人还是公家的？"老头说："国家保护个体经营呀！"见她发愣，又说："我店面虽小，被褥换得很勤，你看看再说嘛。"强邀着看了一遍，见地下和床上果然爽净。又碍店主热情，便付钱住定这里了。

那店主放下心来拉呱道："大嫂你进城，有要紧事吧？"何碧秋说："告状。"店主听罢问："伤着要害没？"何碧秋说："幸好没有，离也不远，好大一块紫血淤肿。"店主说："也就罢了，不至于闹到公安局呀？"何碧秋说："眼下将就也行，倒是想着日后呢。不把这个理扳平，我一家日后没法活。"店主同情道："说的也是。"

巴到上班，到这边来，两个穿制服的前脚后脚到了。看了诉状、旁证和诊断书，惊讶道："怎么是外省的区医院证明？"何碧秋回答了。两个人拿出簿本来，问几句，记到上面，让捺指印。捺过指印，两个人说："你先回去，我们会处理的。不过，这几天有几桩急案需办，你稍稍耐心等候。"何碧秋应声出来。

出得楼门，仰脸被西斜阳光一刺，憋不住鼻孔窜痒，就打了个喷嚏。忽听有人叫，却是李公安员，问："你上县了？王长柱付你钱了吧？"见她不吭声，惊讶道："他竟敢不付？"何碧秋说："我没说他不付，是说他怎么个付法。"李公安员听罢，评判道："这个王长柱，真不晓事！"又检讨，"也怪我，当初应该三人抵面，手接手清账，就没有这些话了。"何碧秋说："现在扯破脸，结下子孙仇了。"李公安员说："这个人哪，香的不吃吃辣的。"何碧秋听他口音向着自己，解释道："我去乡里没找到您，才来县城，刚刚写了诉状递了。"李公安员正色道："这是你的权利嘛。"说着，听见那边人叫。

何碧秋瞅见是刚刚收她诉状中的一个人，这人拿着茶杯去洗涮间到了残叶，返回站在内廊问李公安员："有个妇女刚走，是你地皮上的事呀。"李公安员说："我也约略了解些。什么时候派人下去呀？"这人说："局里哪里挤得出人手？"李公安员说："其中一个当事人，就是那个村长，我有些熟悉，单对单说话抹不开面子，你们至少要派个把人吧？"到这里，何碧秋想到听人家墙根不妥，赶紧退到大门口。

过会儿李公安员出来说："好了，过几天你来乡里一趟。"何碧秋问："是几天呢你说个准数。"李公安员说了，两人分手。

到了这天，李公安员办急案不在，由别人转交了一份县公安局的处罚裁定。何碧秋听上面的文字，仍是承担医药费、调养费和误工补贴三项，数字跟上回不相上下，心想："转了一圈儿，岂不绕回来了？"见她愣着，这人告诉她李公安员说过，如果对裁决不服，可以提请上面复议。何碧秋听了，不再多说，回家将两头放足架子催了一半膘的猪，拉到江苏地面集上卖成钱，当作进城的花费。

何碧秋上城仍住这家旅店。去市公安局申请了复议回来，店主老头在窗口安慰她道："反正这码事了，你别太急了，下午空闲，去逛公园散散闷气也好。"何碧秋问："说这七八年来，西南城墙下三五里水塘，都修做了风景，又造了一座祠墓，棺材是金丝楠木的。公园猜想决不是先前模样吧？"店主点头道："只恨天不助雅兴，风飕飕的。"何碧秋说："我们一年三百六十五日，不在乎这个。"

到祠墓一问门票，三块五，忍痛付了。进门一座寻常大殿，寻常几样石人石马。转过殿去，一块石龟驮着一扇石碑，这又是见过的。却见龟嘴下放一只大石香炉，围许多人热闹。近前看时，炉内没有香灰，是半槽清水。这些人正向水里投放硬币，多数沉了，水底明晃晃的一堆。竟有几枚浮在水上。原来殿角把这里风遮挡了，那冷好了一些。有一上岁数穿斋服的坐在阳暖处，守张桌子兑换硬币。围看的人老少不等，夹杂一伙青年，穿得花簇锦绣。欢声闹动的也是这伙青年，每投一枚，总先问一个心愿，有调工资的，有分房的，有娶到好女子的，有当官提级的，说的一并是寻常话。何碧秋呆望一回，自去换了五毛角子，握在手里，心里祷告了官司输赢，挤进人群去丢。一连五枚都沉了。

边上一个看客焦急，要拿硬币替她投，这五枚全都浮住。何碧秋一颗心也悬飘住，愣着瞎想。忽听耳边一阵轰闹，是一个花簇青年问今晚麻将桌上的收成，才明白不过是场儿戏。收了心事，来看祠墓。

那祠墓其实是在坡腰上挖一个洞，边顶衬了方石，三五十步深浅，只拐一个弯，那口棺材阻在眼前。看它不比见过的大许多，漆也是见过的莘荠色，不值得花三块五买这个看。

转来公园，门口依稀亲切。走过小石拱桥，见左边先前一大片暖花房，改作了游艺场。风从右边空旷池塘上泼撒过来，逼人一身冰水。两个值班姑娘缩在售票亭内不出头。有一拨游客，看是两对夫妻，带的两个孩子闹着乘"旋风"，家长去买票，那边不卖，双方对起嘴来。听其中一个游客协商道："我们在外地，来一趟不容易。"值班姑娘道："天又冷，又不逢星期日，你等足二十个人，才能售票开机。"两个孩子更闹了，游客便说："我买二十张票，总可以了吧？"每张票六块，付了钱，姑娘把头缩在衣领里，出来开机。买票的游客便过来说："这位大嫂不用买了，乘便坐一坐，也是人情。"又道，"不用你付钱的。"何碧秋被强邀了过去，见这"旋风"是庭院大小块铁盘，斜戗在地下，盘上设有飞机形状座位。选了一处，屁股刚刚落座，那盘已转动了。

却不提防它转动不合规矩。如叫驴毛了，又如牡牛红了眼睛，再如母猪婆遭兽叼去奶猪，上下左右前后窜跳，窜跳的又不依这上下左右前后次序，只顾乱。她想这岂不是活受罪吗？想着，人已把持不住，见天和地都被颠动。那天歪倾着倒插下来，又刺斜着复向上去，地便脚跟脚随天翻覆。天和地也搅混了，一会儿粘住，一会儿撕开。她也顾不得天地的闹腾了，自己肚里打起架来，肠子、胃、心肺、肝脾，挪来移去，都跑错了，找不到原位。连身子也不去管它了，脑壳里一股浆儿搅转旋动，拌成了一团乱汤儿——正眩晕间，铁盘猛地住了，剩下五脏六腑脑浆和天地依然旋转个不停。

竭力将魂收拢，看见两对夫妻站在地上，两个孩子早爬上一座高台，要坐空中踩车。一个穿干部服的男子过去望见，嚷叫孩子下来，又问家长："你们该买票呀？"游客说："是天冷人少，说等足二十个人才卖呢。"这男子道："谁说的？"到窗口前训斥一顿。

值班姑娘无奈卖了票，冲着走远的那男子背影啐道："你成天坐办公室，倒轻松。哪天说好了，撂给你一个人干！"去高台上开了机。这踩车两个座位，一个大人领一个孩子。踩动车子在空中一根铁轨上走，看着悬乎。何碧秋自去别处转悠了。

回来对店主说："一回花钱，看了空；一回没花钱，看个昏。"话题转到官司上，店主说："这件事，在你天大地大，在人却芝麻绿豆。都因这一辈年轻人，不讲传统了，偷的，抢的，骗的，为一个钱字都干得出来。为赌一口气，杀人像割灯草。公安局人手又紧，哪忙得过来？从这上面想，前次为你下裁决，真还不错呢。"何碧秋问："依这话没用了？"店主道："也不能这样讲。"何碧秋一肚子冷气冰凉去睡了。

第三节

清早起来，店主说："昨晚我有话没讲，今早就讲了吧：前次裁定书是县公安局名义，其实是下边承办人办的，局长不过听个汇报，盖上大印了事。你申请市公安局复议，还是这回事。承办人见过的多了，你这事算什么呢？照例批个维持原裁决。依我看，你直接找市公安局长，他听汇报时心里有数，或许有救。"何碧秋说："那好，我这就去一趟。"店主说："你又不懂。局长室你不一定进得去。即使进去，许多人不断来汇报工作打岔，他静不下心听你说，只会公事公办。"

何碧秋晓得有话，等他讲。店主道："你不妨打个马虎眼，问清他住处，中午或晚上等他下班，到他家里说。"见她不语，声明道，"我可不为拉生意，你多住一宿三块钱，发不了大财的。"何碧秋说："您多心了。我是在想，人人都打这个主意，市公安局长家岂不被踏平了门槛，吃睡不得安宁？"店主笑道："正是人人都像你这般想，所以并没多少人真登他的门！"

何碧秋转来市公安局传达室问："这位老同志，请问严励民在吗？"传达员瞅瞅她："你找严局长？"何碧秋说："我从大老远乡下来，他这会儿上班忙，我在家里等着吧。我有七八年没来了，不知他家搬没搬？"传达员说："你不知道呢，严局长今天不在局里。他夜里被罪犯用刀刺伤了，这会儿怕还在医院呢。"何碧秋惊讶道："是吗？"

老传达员说："昨晚局里开党组会，开到十二点，严局长到家一点过了，电视也没了，人也困了，准备洗漱上床。倒完洗脚水，从客厅过时，听见门锁吱吱嘎嘎响，晓得有人撬门。严局长过去把门猛一拉，那家伙吓一跳，倒也狠着咧，顺手把匕首捅过来。严局长闪过了，将匕首打落。那家伙一看苗头不对，转身就跑。严局长虎跳着将他捉住。过廊里还有两个同伙，握着匕首刺过来，一把匕首被躲了，另一把匕首戳着了，本指望把人戳倒逃跑，严局长却忍住疼痛，手上捉牢那家伙不放。到这地步，过廊里各户都出来了人，把一个同伙堵住活捉，另一个跳窗闪了腿，也被活捉了。"

何碧秋听了暗想道："世上百样行当都难，当市公安局长凶险更大呢。这三个想必先前结有恩怨，半夜来寻仇的。也碰巧晚上开会，若平常，这三个撬门进了屋，人睡着了，一家人性命怕是不保了。"不免问了伤势，传达员说并无碍大事，何碧秋说："我先去家里看看吧。"

依他指点，乘上六路车，坐两站再换三路，过四站下来，往前走块把田远近，朝左拐进一条窄街，走过一所小学，一排连幢楼房，右首空旷出来，却是一口老大的水塘，塘水灰笃笃的，不很清爽，塘边栽了乌菜、蚕豆苗，用树枝胡乱插成了篱笆。到这里，也走出五六块田地面了。向右拐一个上坡，进一个敞开的大门，里面老大一块地盘，地势不甚平整。那高地上有些乱，树木高高矮矮，里面夹杂着横横竖竖的民房。下边一片空地砌成八排灰楼，想是在这群楼里。打问了一下，人向高坡指指，说住在上面的红楼里。爬上高坡，由杂树和民房中间穿过去，找着这幢红楼，见它东西方向横着，十来间房屋长短。高只有两层，尖屋顶，楼身灰扑扑的，不很鲜亮。在楼下站了一会儿，把来路熟记了。

回到旅店，店主已听说了，说："原以为蓄意报复，一提审，三个人都是西北口音。这三个家伙运气也倒煞了，在边陲犯了事，一路流窜过来，到这个城市，落脚不足半个钟点。他们本意是想隐蔽点，找个不起眼的人家，先弄点零花，喘过气来再动大手脚，却不想头遭撞在市公安局长手里。"何碧秋忙问："三个人不晓得是公安局宿舍？"店主道："他一路几千里，撞到这块，三个蒙眼虫虫，晓得个东南西北？再说那也不是公安局宿舍，是各个单位杂居的大院。"何碧秋问："严局长怎么不住本单位宿舍呢？"店主道："这个人，廉洁上有些名气，他住的是他爱人单位的宿舍。"何碧秋说："怪不得，我看也不信是他这种人住的地方。"

请帮拿主意，店主说："这就不好讲了。人又不在家里，住医院了，好歹是个病人，你空手去谈事情，不妥。不空着手吧，道理上又说不过。"经他这么一点，何碧秋倒有了主意。嘴上七扯八拉，把话题引到别的地方。

挨过下午，何碧秋看了几个菜场，转到市中心这一处来。这个菜场是用一条旧街改做的，从头至尾，足足三五里远近。此时不是一天里买和卖的潮头，仍见货物压倒了街面。鸡鹅鸭鸟，猪牛羊狗，各种干货水货山货海货，挤酸了眼睛。亏它排列得极有次序：蔬菜是蔬菜的地盘，活禽是活禽的地盘，豆腐千张是豆腐千张的地盘。稀罕的是一类不合节令的时鲜瓜果：黄瓜、茄子、瓠子、韭菜，竟有西瓜、香瓜，说都是当地暖房里出产的。看这光景，怕是天上的仙蟠桃，也能仔细找寻得到。最稀罕的是一类买卖人等：爷们娘们倒也罢了，有几个年岁二八二九细皮嫩肉女子，脸模儿像白面捏一般匀称周正，却穿了油渍麻花的衣裳，站在红白摊前，提刀卖肉，把一副嗓门勒细了又吆喝。看着走着，一些时辰也过去了，脚下放紧到菜场的这头，见晚市鱼果然上摊了。

何碧秋看准一筐出水青鲲，讨还了价钱，图它"事事如意"谐音，选了四条十多斤重的，用一只蛇皮袋装了，上车转车，到得大杂院内高坡上那幢红楼前。转了两圈，找不着楼道。这时天光在西边收拢住，地下的冻也紧了，脚踩着"咔咔"直响。向一个背书包的中学生打问，由偏僻处的小门爬上两段楼阶，面前是一扇独门，敲两下没听回音，却是虚掩的，推门进去，是一个廊道。廊道约略两墒田宽，块把田长。外墙开着许多窗户，靠里是一家家住户的门。数到中间这户举手敲门，一个上岁数的大娘把门开了，看样子这位大娘一人在家。

见那大娘说话声音呛人，像吵架一般，脸上却笑眯眯的。何碧秋便试探着把鱼送了，大娘这边收下。说了几句，大娘倾耳听着。何碧秋又叮嘱道："我是西北乡水库那边王桥村的，我们村长叫王长柱，我叫何碧秋，我丈夫叫万善庆。您说给严局长听，他就晓得了。"说毕，归来店里，住了一宿，回家等候消息。

下来一两个月，丈夫腿间紫血淤肿消尽，能下床走动了。这段日子的间隙，何碧秋兼带忙着地里和家里的事。上回两头猪卖的钱，进城剩有些许，用它另买了四只秧子猪，养在圈里，用玉米掺老糠放尽架子，等开春阳暖细料催膘。地里又铺了一遍塘泥，垩一交圈肥和三袋磷粉。把这些活儿做完。六九交尽，到七九末尾了，春节也早过了。

丈夫来地里帮些活，稍稍出点力，就觉着累。何碧秋问他："到底哪儿硌着呢？"丈夫说："不硌哪儿，只是胸口闷。"何碧秋说："一口气憋在心里，岂有不闷的道理？"话转到官司上，何碧秋说："这许多日子，该有消息了。怕是我没进城去问。"丈夫说："怎么进城呢？三九头下了场大雪，三九尾又是一场雪，头雪连着尾雪，地里的庄稼活没了，人却被它锁住。摆渡口封冰了，从新修土路走，不把人累死？"何碧秋说："从公讲，我交了复议的申请；从私讲，我登门送过鱼。他严局长也该给个信嘛。"丈夫叹道："人活着，就是多事有事。村长也不过让我们毁了麦子，补栽上油菜。若不跟他拗，没这出戏的。"何碧秋瞅他道："你倒说这个理！"

丈夫说："大面积种油种麦，不是他当村长的，是上面布置的。他选定这块地方，因它是出进村的路口，一村的面子。细想，大伙都想通种油了，只咱一家种麦，是像他说的一块疤痢。再说上次上面来验收扣了分，也不是扣他村长个人的，是扣王桥村的。从这里想，咱略也有些理亏。"

何碧秋讥他道："你吃了忘心果了。早些年，上面让种三季稻，他也选定这地方做面子，老辈劝也不听。早稻三百二，中稻三百二，晚稻瘪多实少，实的也就一百来斤。种一稻一麦或一稻一油呢，轻巧巧一千过头。'三三念九，不如二五得十'。他懂得这个算数，却硬着干！"

丈夫辩道："那是早十多年前的事了。这些年田分到户种，讲空的百姓不听，上面说话不都实在了？说村长呢，当年他不跟着干行吗？"何碧秋反问道："怎么不行？他当时是民兵营长，末等角色，硬出头干了，把别人踹倒，自己爬了上去。况且眼下不是十多年前了，容他动手打人，往人要害处踢？"

对嘴之间，听人隔着油菜地朝这边喊："万善庆，村长让你去他家呢。"应了一声，那人走了。何碧秋说："还是我去。"丈夫说："依我说，你见好就收罢。"何碧秋道："告也告了，复议也申请了。"丈夫说："杀人不过头落地。哪怕不正规给个说法，他若服些软，也了事吧。"

何碧秋点头应允，顶着一天灰云回到村里，到村长家，绕过那狗，听见堂屋里呼么喝六，想是上边来了客，探头却见都是村里的熟脸色。村长看见她，起身迎到门边，"来了？"何碧秋道："来了。"

村长笑道："你看见了，我这里放着四桌赌呢。"何碧秋说："与我有相干？"村长收了笑道："你常进政法口门槛呀？告到乡里，又告到县公安局，再告到市公安局，你牌子硬着呢，对眼前的违法事，怎么不去举报？"

说话声惊动了屋里，有站着看闲的不看桌上牌了，转来门口看对嘴。何碧秋道："你喊我来，是又污糟我呀？你怕我不敢！"村长说："我还有话呢。"她也不听了，把一口气提在胸口，拔腿往村边走。

走了一阵，天上的云色越发积得厚重，风缓了一些。何碧秋被话一激，加上这般急走，身上出了些汗。来到摆渡口，眺见库水中央被风推出道道波花，找船不见，却搁在岸上。转来敲门，船工正在屋里对着一盆炭火取暖，对她说："库中央化是化开了，岸边还有三五丈宽的冰，早上破开，夜里它又冻住，船板吃不消的。"出来指给她看，到门口打一个寒噤，就倚在门边指说："你看看，天上积的不都是雪团？脚跟脚要落了。恐怕等这场雪过，才开始渡呢。"何碧秋说一遍，船工劝道："他故意惹你呢，你到乡里举报了人来，他早收摊了。再说他并不一定真的是赌——别生这个气，回家歇歇更好。"

回家听丈夫说："你去哪儿了？我从地里回来，村长也来了。"何碧秋问："来干什么？"丈夫说："他说你话没听完就走了，市公安局复议决定下了，维持县里的裁决。"

听罢愣了，看看盖了红印的复议决定书，闷坐了一会儿，说："他是村长，却也是这桩官司的被告，好歹不该由他的手转交。我得进城问这个理！"丈夫阻拦道："怎么就走？摆渡口不通。"何碧秋问："我从新土路走！"丈夫说："绕十万八千里？你再看看这天！"门外果然有雪花飘来飘去。

何碧秋出了村子，雪泼泼洒洒起来。沿新修土路走进江苏地面，那雪越发大了，一片接一片落成棉花朵儿了，慢慢地那棉花朵儿粉了碎了，人像走进了机麦面的厂房，纷纷扬扬，睁眼上下都是个白。此时已打过春，春雪赛如跑马，因此那雪只在空中和眼前飞，一触地面，眨眼就踪影儿不见。新修路面已被千百只脚踩过，踩硬了，被雪水一润，走着一粘一滑。何碧秋绊腿走着，恨老天爷也这般逼迫人，直想跟它赌一个高低。揣着这种念头，走进了雪的深处。

何碧秋好歹挣扎进城，见天黑尽了，便去老地方住下。次日雪小了些许，换了衣服，转来市公安局，老传达员指指说："严局长在办公室，这会儿怕正有空闲呢。"进门见一中年男子桌前坐着，何碧秋对他说："您是严局长吧？我是西北乡水库那边王桥村的，我们村长叫王长柱，我叫何碧秋，我丈夫叫万善庆。"说了一遍，又惊讶道："您还不晓得？"

严局长边为她泡茶边解释道："我们几个局长各有分工，具体管的王局长恰好不在，我让承办人接待你吧。"何碧秋赶紧说："我专程来找您呢。我去过您家，就是您被小偷刺伤的那回。您住医院了，家里有一位大娘。"严局长说："哦，不错，是前些时来过的一位北方亲戚。她老人家耳朵不好，说话像吵架似的，你没被吓着吧？"

听他这话，何碧秋疑心那天说的，大娘都没听清。看光景严局长也不晓得送鱼的事，这么一来，几十块钱扔进水里了。她不好明说，也不哀怨，只说："我告的是村长，你们却把复议决定由他转交我，不合情理吧？"严局长说："是吗？"出门走进另一间屋子。

何碧秋拿眼看屋里摆设，也就简单几样：身边靠墙是一张沙发，头顶墙上贴了白纸黑字。屋中央一架烤火炉子，装有白铁皮管儿拐出窗外去。炉前是一张桌子，足有见过的四张大。一把转椅。后面是一只竹编篓，里面有些许揉皱的纸团。桌上一小块石板，插着两支笔，边上两瓶墨水。铁网盒里一叠字纸。一只茶杯跟李公安员几个人用的一样，也是凹腰的。看到这里，严局长进来说："你稍等会儿，我让人问了。"

待会儿有人进来汇报："电话打过了，是乡里李公安员接的。他说本想亲自送达的，恰好出了盗牛案子要破，便请文书了。文书走到水库边，摆渡口不通，只好回头，准备从新修土路上绕过去。回到乡里，却碰到王桥村的村长。文书是新调来的，不了解情况，更不知道村长是当事人被告，就托他转交了。"何碧秋接口道："这样，也不怪你们。"

严局长问她："你对复议决定，有什么看法呢？"何碧秋问："我是百姓，他是村长。我告到乡李公安员处，又告到县公安局，再告到市公安局，都是一种评判，我不服怎样？"严局长解释道："我们工作难保没错，权限是有制约的。你不服，可以向法院起诉，这是你的权利。"何碧秋问："怎么起诉呢？"严局长说："你这种情况，应该找个律师。"何碧秋听这口气，猜想他原不知情，现在晓得办颠倒了，却不好自纠自错，也许是绕个弯子把理扳平。

心里有了底，乘机说："我人不熟，您能帮我认识一个吗？"严局长写张纸条交给她："你去司法局，找这个人。"

这个人却是上回见过的吴律师。吴律师赞道："这个法刚颁布，你学了就敢做了，可敬可嘉呀。"何碧秋听糊涂了，照实说："您说的法，我并不晓得。我只想问问官司能不能打赢。"吴律师道："我对案情了解不够，不好说。"问这回请代理人不？何碧秋问："收费还像上次讲的？"吴律师皱眉道："当然。"何碧秋说："算了，仍请您代写张诉状吧。"

去法院递了诉状，转来街前，天上雪又细小些，变做雨了。

第四节

回到旅店，含糊应答店主几句，睡了一宿，起来换上昨日泥衣裤，踩着一地雨水，回家。

三九过后，地气逐渐腾漫上来，日子一天比一天暖了。地里的麦子往上拔起身子，周遭的油菜尽数开花，像一汪黄灿灿的库水，围住麦田这块孤岛。畜牲也焦躁得很，四只秧子猪忽地由两拃长蹿到五拃六拃，总倚在食槽前哼哼唧唧。丈夫显得好了些，只因官司未见分晓，一口气憋着，心口还闷。等法院送达开庭传票。何碧秋进城来，旅店费却大涨了。店主因是熟客，又怜她这桩遭遇，只加了她每宿五毛钱。

店主说道："国家年前颁布了个行政诉讼法，就是民告官的法。本以为是面子账，不承想动了真格的。说有个乡下妇女抢了风气之先，把市公安局给告了，大名鼎鼎的严局长还得出庭当被告应诉呢。"何碧秋不信道："她怕是吃多了荤油，把心窍糊住了。这一告，能有个好？"店主说："这件事，一座城，城郊四乡八村，上上下下都轰动了，要来争看稀奇。说宾馆里住了好几位记者，等做报道呢。"何碧秋道："看乡下人笑话呀？"店主道："这你又不懂了。眼下文化还不很发达，国家颁布新法令，下面不免心揣疑团；国家又诚恳想百姓理解，往往先选一两件注目的案子，隆重地办一下。百姓看在眼里心里，揣知了深浅，就领会这个法了。"何碧秋说："照这话，乡下女人赢定了？"店主道："若她输了，这个民告官的法也就砸了，今后还有谁碰它？"

何碧秋打一个比方道："世上一团乱麻。若百姓不对，政府在理，也得违心判政府错吗？"店主说："当然依理判决。不过，这是头一回，不比寻常。都猜测这个乡下妇女是预选好的典型，她必定站住理，而事情又不很大，判个民赢官输，于政府面子上无大碍，反倒显出它的宽容大度。"何碧秋觉着新鲜，听了一会儿，洗漱了上床。

第二天出了大好太阳，拿眼看到的都是清爽鲜亮。头几天落过春雨，地面将干还湿。空气润润的，又暖暖的，吸在胸里，有些滋补人。满街的人如坐赌桌旁熬过七昼夜困乏极了又放倒身子睡足了七昼夜，方才尽兴醒来，脚下锵锵的，嘴里喊的都是响亮。街上食的摊儿、用的摊儿、伺候人的摊儿，摊主七吆八喝，像杂鸟闹林。整座城市像刚刚洗了透澡，又剪理了头发，面容神采崭新。

何碧秋拿着开庭传票来到法院，见楼下院子里站着一地的人，各人脸上都摆有事情，嘴上乱说。过去听了几句，瞅见店主在另一人群里插嘴岔舌，上前问道："您来了，店面谁看呢？"店主说："我昨天讲的那个官司呀，场面千载难逢，顾得上店面？"何碧秋不觉心疑道："法院一天要开庭审几桩官司呢？"店主说："多少不等。有时好几天闲着，有时一天开好几个庭，有时一个庭开好几天。不过今天上午，只开这一个庭。"何碧秋待要开口，店主摇手边走边说："我托熟人在里面留了空位，待会儿门口堵塞，挤不进去了。"

耳边听见有人在叫，却是上次见过的其中一位法警。法警说："我们到处找你，却站在这里。"何碧秋道："说是九点整开庭，还有十多分钟呢。"法警道："那是指正式开始审理。当事人至少提前十分钟到位。"何碧秋听了，脸上急出来。法警看了道："你要上厕所吧？二楼楼梯口靠左就是，你也别急，我在下边等着你。"

解了手，洗干净了，随法警进一扇小门，穿过一间放了桌椅的空房子，打开另一扇门，一望便知是法庭大厅了。

扑面一片森森的人的气息压迫而来，何碧秋被它逼住眼光，低头随法警走过一段地板，下了五六级台阶，走几步，到一个半圆形桌柜前，就在跟前的椅子上坐下，法警转去一边了。听有喧哗声按着捺着散布开来，何碧秋慢慢将心静住。见这座法庭犹如一段坡地，主台面上高出一层，自己坐的地方略矮些。人声响动处是旁听席，成一段斜坡形状，近处低，远处高，许多长椅连横放着，坐满了人。过道和大门的人也站满了，猜想不准是院子里的许多人刚刚进来，还是里面的人早就来了，把剩余的人挤在门外。如此乱想，忽听头顶屋上有东西"吱——"一阵糙响，老大房子陡地静下来，几十几百个人都把气屏住，似要听一根绣花针徐徐落地。

坐主台面正中穿制服的法官咳嗽一声，开口说："我们今天开庭审理，何碧秋诉市公安局复议决定一案。"说到此处，不说了，改说法庭组成人员。先报自己名字，他便是这个庭的审判长。再报旁边两位没穿制服作陪审的，再报外两边两位穿制服的，又报边上一个穿制服当书记员记录的。下边说到原告，叫了名字，何碧秋起身应答坐下。接着叫被告名字，对面一座桌柜前坐着的几个人中，有一个起身应答。

何碧秋抬起眼来看时，阳光由窗户射得庭内明亮，对面站着的，却是市公安局的严局长。正自疑讶，听审判长说："现在宣读诉状，因原告当事人识字不多，由法庭代为宣读。"书记员刚读罢开头，何碧秋听了，急口叫道："不是这么回事！"只这一句，听众席上的嘈杂之声泼撒开来。审判长拍拍案木，顿时静住。审判长道："原告当事人何碧秋，你有什么话，不要紧，慢慢说吧。"

何碧秋说："你们弄错了，我告的根本不是市公安局严局长，告的是我们王桥村村长王长柱……"约略说了。审判长说："对的，这是一回事。"何碧秋道："怎么一回事？他在城里，我在乡下水库那边，八竿子也搭不到一块，他跟我丈夫今生今世从没照过面呢，我凭什么告他？"审判长说了几句，何碧秋焦躁道："我理不清其中弯曲，我只要打我丈夫的村长王长柱，坐到对面当被告。"听众席上又哄嗡起来，乱了一阵，被告席上严局长要求发言，这乱跟着停了。

严局长说了，审判长听罢，跟身边穿制服和不穿制服的嘀咕几句，将他的说法采纳了。清了嗓子宣布："现在暂时休庭。"一齐起身退到台后的门里去。法警也过来为何碧秋引路，听众席上有人问："上午还开不开庭呀？"穿制服的书记员从门里出来回答："休庭半小时左右，足够了。"

何碧秋进门见审判长等都在椅上坐着，严局长几个也坐着。让她坐，她坐了。法警为她泡了茶，看别人各自凹腰茶杯里都有茶水。审判长道："何碧秋同志，我们事先估计不足，工作没做好，向你道歉。"

何碧秋责怪道："这我又不懂了，我告到乡李公安员处，告到县、市公安县，他们虽有偏差，也讲出个理。你们倒好，让我告市公安局长，岂不是将砖头在火里烧红了，哄我去抓吗？"

审判长听罢，辩说不清，急了，又笑了。严局长几个也笑了。何碧秋奇怪道："别人让我告你，牵连你上法庭当被告人，你不生气，反而笑？"几个中的一个插言道："被告人这个词，说着难听，其实是个称呼。特别是民事和行政，被告人不一定就做了错事。"严局长接着话头说："村长打了你丈夫，按其行为该由公安部门处理。县公安局做了处惩裁决，你觉得偏了，请市局复议。市局复议了，你仍觉得偏，来法院起诉，这是你的正当权利。你代表你一方，我代表市公安局，你我两个此刻是平等的，谁对谁错，都听法庭判决。"说毕，让何碧秋喝茶。

何碧秋喝几口茶道："照这讲，法庭若判你错呢?"严局长道："就依法庭的，对王长柱重新处罚。"在座的人都点头认定。又说几句，将茶水喝完，谈妥了。

去楼上解了手，何碧秋随这拨人各归原位。听众席上扑面气息比先前柔软了些，不再逼迫人了。庭铃又响，乱声静住，审判长把嗓子清了，重说各色人等的名字，说完了，先由书记员代读了诉状，听他吐字也还清楚，纸上所列详情，也还实在。下边由被告答辩。严局长领头先说，身边几个各自说了，无非是说当初县公安局的裁决，是按哪条哪款，后来市局的复议决定，又是按哪条哪款。听口气倒还随和。旁边椅子上的听众不知是进到事情里面了，还是懂得约束了，有好几处忍不住嗓痒，自己憋住，实在憋不住，不过放开窄道由它排泄少许，若听法庭上有人开口了，便复又噤声。

当下两边都把话说完了。审判长又搭个桥，让双方对嘴，对了一会儿，词儿说尽了。审判长捉住火候宣布："上午开庭就到这里。下午四点整，复审。"听了这话，听众四散走了。审判长由台上过来对何碧秋说："你进城很不方便，好在双方看法虽然不同，但对事实的认定，并无歧异，证据也是齐的。我们合议庭中午加个班，争取下午当庭作出判决。"何碧秋谢一声，和他分手。

顺道在街摊上吃了饭，回到店里，店主早等在窗口，赞啧一番，说到下午的判决，店主道："照上午所说，打人情节没有分歧，县和市公安局的处理，也是有依据的。"何碧秋灰心道："你说我输了?"店主道："你绝对赢。还是昨晚的道理，国家诚心要百姓领会这个民告官的法，必要选几桩活例子，让人亲眼实见入肉入髓，才有应验。按这个理，必定要把官司判给你。"何碧秋心里踏实了些，店主又道："你且放宽心，快把城里该逛的地方，细逛了罢。"

何碧秋稍歇出城，走到废城墙下一带水塘边来。七八年前见过的杂树林修整过了，补栽了各种眼生眼熟的树，高的矮的，团的蓬的，猜想春夏耀眼红绿。有一种树没落叶子，叶色也不是绿色，是冷下来的猪血一般的紫。走出老远回头，又疑是一树月季。那树丛里掖许多石雕的禽兽形状不同，都是见过的：张牙舞爪的狮子，翘甩鼻头的大象，狂跑的鸵鸟，眯觉的狗熊。有两样不能放一起的兽放一起了：一匹恶虎将一匹马扑倒在地，嘴啃进好深一块肉，叫人不敢多看。看水边造了好些亭子和石桥，亭子一层两层三层四层不等，砌在路口和桥边。石桥有拱着的，有曲着的，担在水上。都没多少稀罕处。见塘里的水已不如七八年前清净了。

忽听有人声闹动。转过弯去，见坡岸凹了进去，约有半块麦场大小地盘，铺着大大小小的石块。地上站了一些穿红着绿的人。春阳斜射下来，被凹地聚起了热，近前暖融融的。这些人就站在石块上脱衣服，男女夹杂，不见有个躲的避的。那男的把上下都扒光了，单剩裆间一张薄皮。女的有只穿遮胸连裆服的，也有戴着护奶罩子和遮着短衩的。上述脱好了的，原地跑两圈，把脚捰一捰，吸口气，"扑通"跳进冷水里去，看水面上散布着多少颗湿头。远眺对面的亭栏上，有男有女一个接一个爬在上面，反身朝水里跳。只觉得那塘水的冰凉，激到自己身上了，身上也就迸出了鸡皮疙瘩。

看到这里，不由得身子往后退退，站到坡上的树林里。树林里也站了些人。这拨人跟凹地上的那拨并不相干，一并穿得整齐，有的毛衣厚袄，有的棉布冬衣，有的鸭毛鹅毛夹克，把手插在裤袋或袖口里，只管睁眼朝下看，见岸边水里动荡的几个女的，正在二八二九好年岁。这几个女子脱剩贴身的，要么是红，要么是黄，要么是绿，要么是紫。水中有几个尽了兴，爬上岸来，却不急着穿衣服，站着让水自己滴落。风由一个突坡处荡过来，将皮肉上吹出寒噤，人便用干毛巾略揩揩，来捡衣服。何碧秋身边这拨看客此时盯定一个穿红色衣的小女子身上。那女子不去寻隐蔽处，就站空地上在大众目光里脱换。见她将刚揩身子的干毛巾往腰间一围，借它的遮挡，躬腰把下身湿衣脱了，顺势套上长裤，嘴里还跟面前几个赤膊男子不停搭磋。再看她把一件罩衫由头颈套好，探手解脱上身的湿衣，几次没脱下，猜想是其中一个纽扣紧了，又猜想是背带打了死结。往下她动作大了一些，之间见有白白的奶一闪，见坡上的看客眼光一亮，她本人倒坦然地不停口舌。岸上这几个穿好衣服，坡上的看客把目光转了，移去水面上看红黄绿紫。

看到这里，一颗春阳渐渐西下去，何碧秋忙向一个看客问了钟点，转身赶回法院开庭。

到了四点整，庭铃响过，审判长说话，说的也都是上午各方说过的话，说完了，起身清清嗓子，开始宣判。

审判长道："本案经本法庭依法开庭审理，并经合议庭慎重讨论，特判决如下：市公安局对县公安局对西北乡王桥村村长王长柱殴打本村村民万善庆一案裁定的复议决定，正确无误，本庭无异议。"

听他说罢，何碧秋晓得是自己输了，呆在那里。耳听听众席上的腔调，有一些向着她，这些人都散退走了。见审判长和严局长几个人走过来，和缓着口气说话，说的还是她如果对判决不服，仍可以向中级法院上诉。听见这句，何碧秋好了一些，坐在那里说："上诉，当然上诉！"

上诉后等了两月，天气递升着暖，一日不比一日了。柳条浅绿又深绿了，整个地面上都绿了，油菜花儿落尽结了荚儿，麦子在地里站起了身子。四只秧子猪各蹿成一张弓，再粗填几天，能细喂催膘了。

这日何碧秋去地里垄拔节肥，两墒没到头，有人捎信说上面来了人。何碧秋问："让我去村长家？"捎信人说："不是，是去村公所。来了三个人，先见村长进去过，不一会儿出来了，脸上多了些汗，像刚被人讨了债似的。"何碧秋拾掇好手上，往这边来。

远远望见空地上一辆小车，白色的底漆，腰上粗细两道蓝杠，顶上一盏红灯。一望便知是专抓犯人的警车。看见车内没人，反身朝那边走，听见屋里人在说话，话题与她有关，脚下放慢了来听。

听一个陌生口音道："这个女村民告到乡里、县里、市里，又起诉到县法院，上诉到我们中院，原以为她是个蛮缠角儿，现在下来开座谈会和个别调查，却没想到对她反映这样好。"另一个口音老些的道："照打人情节和伤势看，前面的处罚，是有依据的。可这何碧秋既不是个蛮缠角儿，头脑又没毛病，她为什么一告再告，抓住不放呢？是不是另有缘故？"听又一个人道："你们来一趟也不易，不妨仔细听听她本人的，看怎么说。"

听着这话耳熟，一想，是乡里的李公安员。此时已阻在门前，不好后退，何碧秋特地脚下踏得重了些。屋里听见了脚步声，不说了。只见李公安员伴两个穿制服的坐着。李公安员介绍道："这两位是中级法院负责你上诉案的，朱审判，杨审判。"三个人面前凹腰杯子里都有茶水，李公安员要代为泡茶，何碧秋抢过自己泡了，为他三个添了水，坐下来，说了几句。口音老些的是朱审判，另一个年轻人是杨审判。两人要她把事情从头至尾详细说一遍。

何碧秋理个头绪说："秋后割过稻耕好地，村长选定村前一大片地集中种油，事情是这里惹起的。照实情说，集中种油是上面布置的，晓得是好事情。村长选的地方因是进出的路口，来人好看，不单他当村长的光荣，一村的面子，大伙儿都答应了。只是我家夹在中间的三亩三分地，头年种过一季油，依理得换茬。村长又大咧咧地一讲了事，话没细说到家，我家就种了麦。麦苗出土了，麦叶长到两分宽了，都没话。上面来验收扣了分，村长火了，就有话了。答应他明年笃定种油，不依，让午时三刻毁了麦子，补栽上油菜。庄稼人能忍心下得了手毁青苗？三言两语来去，村长就动了手，把他打了。"

朱杨二审判把话记到本子上，说："打的过程呢，你说一说。"何碧秋说："他当村长的管一村人，譬如一大家子，当家长的管下人，打，骂，都是可以的。可他呢？踢他胸口倒罢了，又踢他下身，几乎擦着要害了，不是逼人命嘛！"说到这里，姓朱的审判插问道："卷宗里只提到你丈夫下身被踢伤，诊断也是这样写的，没提到踢胸口呀？"何碧秋道："在场人三睹六见，还有假？只因他一脚不很重，不碍着什么，就没让医生诊断，也没多提。"姓朱的审判道："你说你丈夫稍稍干活，就累得胸闷？"何碧秋道："做男人的被人打了，还了得？这场官司告到乡里、县里、市里，再告到法院，又上诉给你们，至今扳不平这个理，他一口气憋在肚里，岂有不累闷的？"

两个审判听了，对望了一眼，说了几句话，又问她："你丈夫在家吗？"何碧秋道："追麦肥呢。"两个便道："走，我们去看看他。"

在太阳底下走出村来，仰看天空干干净净，一片云彩丝儿也没有。一地的都是庄稼，放眼望不清尽头。田埂上的草长到这会儿，脚踩着锵锵的。何碧秋领三人来到地里，见丈夫趁这工夫又耩了两墒肥，正撑着歇息。到了跟前，介绍了，问答几句，让脱上衣看了，用手按了捺了，两个审判说："到医院拍个透视片子吧。"何碧秋道："也好，您两位稍等到傍晚走，我们赶去江苏地面一趟，来得及的。"李公安员说："那是区医院。上次因为情况特殊，将诊断算数了。按规定是县以上医院证明，才具法律效力。"

何碧秋为难道："地里有点忙了，这儿又不比别处，进趟城不容易呀。"两个审判想了想道："让他乘我们的车一道进城吧。"

何碧秋待要应了，转头看见散布在地里干活的人，都朝这边张望，心里多了一忧，说出来道："承你们情。俗话说十里无真信，何况我们被水库隔断的王桥？都晓得警车是专抓犯人的，他若同乘了走，难保没人嚼出多少舌头来！"三个人不好说了。何碧秋又道："还是我们自己由摆渡口进城，再找你们领去透视拍片吧。"三人听了说："也好。"开车由新修土路上走了。进城拍过透视片子，住下，店主过来问候。何碧秋说："看他一脚并不重，没想到真把一根肋骨踢断了。医生说自然愈合得不太整齐，因此胸口累闷。"店主问："开诊断了？"何碧秋道："开了，叫轻伤害。比先前的轻微伤害，少了一个字。"店主点头道："三年前我亲戚打过一桩伤害案官司，因此这方面我倒在行——现在性质两样了。"何碧秋问："哪儿不同呢？"

店主道："轻微伤害、轻伤害、重伤害，各有讲究。头一个不过吃些皮肉苦。中间和后边的都是伤筋动骨，程度又不相同，比方说，打断三根四根肋骨，手腕脚腕被打骨折，能接续愈合的，是轻伤害。把股骨弄断腿残废了，或伤了肝胆心肺脾，或弄瞎了一只两只眼睛，或弄残弄缺了一只两只耳朵，都是重伤害。"

何碧秋不解道："手脚骨折再接续好，会影响做事的。可耳朵本是个无用的摆设，弄残弄缺不碍着什么，怎么反而是重伤害？"店主道："毁人容貌了呀！"何碧秋再问道："三个处罚有轻重吧？"店主道："头一个不过罚些款。后一个最重要判无期徒刑。国家对你丈夫受的这个轻伤害，处罚余地大些：轻则治安拘留，重的要坐年把牢狱。"何碧秋便道："依你说，我这回官司赢了？"店主道："不好说的。我上次都说错了一回呀！"

忽然看见店主握只凹腰杯子喝茶，何碧秋惊讶道："您也用这个呀？"店主奇怪道："它有什么呢？"何碧秋说："我一路打这桩官司，乡李公安员，县公安局承办人，市里严局长，开庭的审判长几个，管上诉的两位审判，都用凹腰杯子，疑心它跟制服一样，是政法口专用的呢。"店主忍不住笑道："哪里，它本是装秋梨膏的，人一年总要咳上几回，吃完药，看它顺眼，就用来喝茶，慢慢在城里流行了。有一班青年，本没生病，用公费医疗开了，将里面的秋梨膏倒掉，只取这个杯子。我这一只，是熟人多余送的。"何碧秋恍然笑了，丈夫也笑了。店主笑道："你这位当家的，话少呀。"

何碧秋道："他呀，葫芦晚了季节，没长出嘴来。"

店主说："你当家的这根肋骨，依医生说法，重接不重接都行。这话要慎重听。若不重接，放在城里工作人身上，成天喝茶看报纸，是可以的。可乡下地里有活，说不定累积成大病；若重接吧，大小也是个手术，剖膛开肚一样风险。"何碧秋说："正愁的是。"

店主便道："我有个熟识的退休老中医，治胸肋是数世单传，几副方子，药到病也去了。只不知你家地里活儿能不能脱身?"

何碧秋说："家里请亲戚代照看的。地里的活儿呢，眼下温吞季节，说有，连日夹夜也做不完。没说有呢，丢下不管也不碍大事。"店主说："那好，你夫妇在我这住下，先吃两副方子，再带一副方子回家去吃，管保见效。"何碧秋说："只是法院让在家等上诉结果，要不要打声招呼?"店主说："他们事多人少，半个月内难保忙到你的案子，不用的。"何碧秋把头点点，店主又道："我也不是为揽生意，住宿费又刚涨过，我们不是一日两日了，仍按每铺三块五一宿收吧。"

第五节

一住半个月，那退休老中医真的极好手段，不但将断肋挪正了原位，胸口积闷也排解干净了。夫妻两边谢过了，收拾回家。在乡里下了车，取路向摆渡口而来。沿途见两边田里秧青水白，心里焦急，脚下这一二十里路，不知不觉间走完了。到了摆渡口，这边岸边没一个过渡的人，收住脚等。站了一会儿，丈夫照老样子闷声不吭，何碧秋早习惯了，不去管他。再站了一会儿，风从库水上悠悠地荡过来，吹透衣缝，激得皮肉有了松紧，这眼中的目光，一时便长长短短起来。

却见面前一库春水陡地涨过，下边一条岸埂被淹没了，水逼到上一条埂来，地皮浸湿透了。那水不比冬夏，碧透纯清得令人眼馋。上边这条埂头被无数只脚踩踏过的草梗，得着这些滋补，悄悄撑起了身子，又绽开新鲜茎干和嫩头。头顶一颗太阳像刚被这一库碧水泡过洗过，将一盘蓝空照得干净透亮。地上有地气云云雾雾漫起，远处近处的庄子、树木、庄稼、坡洼沟坎遮得糊糊涂涂，看不清之间的人、狗、牛和家养牲畜在走在跑在站。目光不觉软了酸了，收回来，向两边扫看。见左边一片天大白浪，被一截黑铁似的库坝阻住，那浪翻来翻去翻不出多少花样。有鸟在天上要么成群结队，要么单溜，再落到水面上歇住，猜测不准是湖鸥还是野鸭。将目光由这片白水上拢过来，那水越向右走越窄，到眼前便是三二里宽的库汊。库汊折向右边去，七绕八绕，把头埋进一道又一道坡坎里去了……看到此处，才眺见对岸也无人待渡，船工不见影儿，一只渡船冷清清地漂靠在岸边。心里明白，必得要喊了。

喊声也像目光一样，长长短短，传递到对岸去。先是女的喊了一阵，再是男的喊了一阵，才把对岸喊应了。遥见船工拿篙将空船撑出，再换桨摇过库汊中央，却懒得再换篙，只用两柄桨，咿咿呀呀摇近前来。

到岸边停下，船工老脸似乎与往日有些不同。听他说："消闲三五日了，想今天必定上床仰觉，不想到底摆渡了你两位。"何碧秋不解道："人呢？"船工道："自西北方向土路修好，由村里出去的，宁愿骑自行车绕着走。没来得及买车的，也只搭乘顺路拖拉机。"何碧秋问："难道外边没来村里的？"船工道："谁来这块僻地？上面来人呢，有大车小车送。这不，早上来过两拨人。一辆面包，是来验收庄稼的。另有一辆小车，都从那边绕行的。"又道："我和这只船，怕是穿旧的衣裳，要收收叠叠，被人搁放进箱子里了。"

见他对摆渡如此恋恋不舍，又如此伤感，何碧秋也随了同样心情，胸口多了些许惆怅。便找出些话来打岔，顺口问道："另一辆小车，又来办什么事呢？"船工道："不清楚。"再瞅瞅认出她了："真忘了你是告状的万家，这是你当家的？那桩案子还没了？"何碧秋说："怕是早着呢。"等船靠岸，又说了两句，双方分手。

到了家里，帮看家的亲戚说："上午来警车，把村长铐走了。"何碧秋不信道："怎么可能呢，你弄错了吧？"看家的亲戚道："我在圈里喂猪食，起先也不知情。后听村里人沸沸扬扬传，才跑去看。这时村长刚巧从门里出来，身边跟着两个穿制服的。本以为他是应酬上面公事。他的双手原是缩在袖口里的，不料走着脚下一绊，双手一甩一扬，太阳光由他两腕上反照过来，把人眼睛刺花了，才晓得他戴了手铐。"

何碧秋这才吃惊信了，问："上面人来过咱家？"亲戚道："没有。"想了一回，仍旧惊疑道："我上告他，不过想扳平个理，并没要送他去坐牢呀？"

因没料到有这个结果，往下不好说，也无话可说了。忙着弄饭吃，吃在嘴里一点不香。吃完了，看家的亲戚想起一件事来："地里的麦子起了黑花，别人说得了黑穗病呢。"

当时赶来地里看了。地里的光景跟在家时自然两样，周围油菜早收割过，栽下中秧了。这老大一片秧苗也都返青了，反衬得这块麦田乌油油绿。麦子长势已及腰眼，麦身上的黑花眼见着多了。在埂边和田中间各折下穗头，揉去芒壳，吹出蓄浆半干的颗粒来，在手里掂了两掂，估算病情，还能抢救出六七八收成。

忙活了一阵，何碧秋怕丈夫累着，催促他回去歇，丈夫只是不依。正僵持间，见一群人远远地由秧田埂上走过来，到跟前停下了。其中一个指着道："这片麦子，岂不是活教材？真该召集全体乡村干部，来开个现场会呢。"听他话音，知是上面来验收庄稼的。又认出这人是早年来讲过免耕法的乡农技员，何碧秋上前问他："种这块麦子时，我也免耕了，也条播了，也清墒了，怎么它还得病呢？"

乡农技员指指四周，答道："油菜茬口比小麦早许多，栽了秧，四面水浸润过来。俗话说寸麦不怕尺水，尺麦却怕寸水，若没有上述措施，你的损失怕还要大。"又奇怪道："这些集中种油种麦的好处，我在全乡村干会上，讲过不止一次两次，你们村长回来没说？"

何碧秋道："他呀，先是大咧咧地让人全都种油菜，后又逼我把麦子毁了，补栽菜苗。他早讲这些理，会生出那许多事来？"听她这么说，一群人杂叹道："这位村长呀！"略站站，向别处去了。

这边何碧秋劝不转丈夫，便把手上拾掇拾掇，一道回家。

当　铺

季宇

一

　　朱老板下了洋车，朝停在东关当门前的那辆黑色小汽车打量了一下，心里就想：来了大主顾了。

　　车夫正候在边上等着收车钱。朱老板在口袋里摸索了一会儿，摸出了几枚零子，又在手里掂了掂，这才一枚一枚地数到车夫的手里。

　　"朱老板，车钱是一毛。"车夫小声提醒道。

　　"啥?"朱老板皱起了眉头。

　　"啥?"他说，"这点儿路要一毛? 日他二的真是黑了心。"

　　车夫是一个憨厚的年轻人，朱老板的话竟让他红起脸来。但他仍然小声说："四里多路哩，再少也得一毛吧?"声音怯怯的，好像失了什么理似的。朱老板却完全是一副理直气壮的样子。

　　"就这么多了，就这么多了!"他不耐烦地挥挥手，"要剥人啦! 日他二的真是黑了心!"车夫望着他的背影，只好小声骂一句："二的!"也无可奈何。

　　朱老板是五湖地界有名的人物，名华堂，字民泰，长得干瘦干瘦，下巴颏儿尖尖的，耷拉着眼皮，几乎成年累月地阴着面孔，极少开笑脸。遇到高兴的事他也只是轻轻地干咳几声，极其吝啬地宣泄着内心的喜悦。朱老板的悭吝和苛刻是出了名的，且头脑也极顽固。民国许多年了，他的脑袋后边仍留着一条枯巴巴的小辫子。前清遗老、乡愚下流固无论矣，像朱老板这种商界和典当业中的头面人物亦豚尾后垂，却极其罕见。直到前几年，世风所趋，不得已他才勉强剃去了辫子。朱老板并非对大清朝皇帝有什么留恋，他这样做完全是受一种顽固的习惯和惰性所支配。

朱家早年是皖东有名的大财主，拥有田产数千亩，佃户分布于交界的三县几十个村庄。辛亥年大变故发生后，由于军阀混战，战乱连年，加上年成不好，十年九荒，靠田产吃租的日子一年不如一年，朱华堂便变卖了大部分田产，进城开起了当铺。"要想富，开当铺。"这是当时流行的一句话。当铺在清代时便和盐商一样，由政府发给龙票，并受到官方的保护，向有"官当"之称；加之一本万利，赢利丰厚，又无风无险。因此，清末民初的王公贵族、大官僚、大商人、大地主、大军阀等纷纷投资于当铺，典当业出现了空前繁荣。朱华堂开当铺没多久，因为架本（资金）雄厚，善经营，心狠手辣，悭吝苛刻，很快就成了引人注目的人物。当时中国最负盛名的当铺号称"四顺、八恒、八家、三裕"。"四顺"指的是天津的大顺、元顺、恒顺、和顺四家大当铺，行内称"四大顺"。与"四大顺"齐名的是北京的"八大恒"，即八家带"恒"字的当铺。"四顺、八恒"都是清代内务府大臣明善家族经营的。此外，天津还有"八大家"，如长源杨家、杨柳青石家、七士城刘家等。这些大当铺大多集中于京津一带，但在南方却有"三裕"可与之相提并论。这"三裕"是：上海的裕昌、南京的裕德，还有一"裕"便是朱华堂的裕和。在江淮鲁豫之间，裕和朱家几乎是无人与之匹敌的。

裕和当坐落在五湖的中心大街上。中心大街是五湖城最繁华的街道之一。一进街口老远就可以望见一所高大坚固、古色古香的建筑，铁门钢窗，威风凛凛，四周的围墙高达数丈，在整条大街上鹤立鸡群，十分突出。这就是大名鼎鼎的裕和当铺了。当铺迎门的影壁上，挂着一块"裕国便民"的牌子。铺堂内还悬着一块金字黑底的牌匾，上书"昭灵锡祜"，每个字铜盆大小，据说是出自前清某位翰林之手。门外还挂着象征着威严的绿柄红头军棍和告示牌，气派浩然，令人敬畏。据说袁世凯执政时期，城里曾发生过一场兵变，许多商行和当铺都遭了劫难，裕和当却凭着坚固的建筑躲过了这场灾难。

裕和当除了坐落在中心大街上的总号外，还有四家同样规模不小的分号，分设于东关、西关、南门、北门。其中，东关当是四家分号中最大的一家。朱老板隔三岔五便要去四个分号巡视一番。当时，汽车虽还不太多，但在上层人物中已不算什么新鲜的东西，当地人称之为"龟壳车"，军政显要、达官贵妇自不必说，商界里像华丰纱厂、民生船运公司、东兴钱庄的老板，出门办事也都是屁股冒烟儿。稍次些的，也都有自己包租的洋车。但朱老板在肚里拨拉过算盘子儿，买汽车简直是大逆不道，即便包车也"日他二的"不上算。不用车的时候，车和车夫都闲在那里，岂不是太浪费了？他花的每一分钱都必须是实打实的，用他的话说，叫"满锅贴饼子"。因此，朱老板每次巡视或外出，总是临时叫车，而且每次付钱总是百般克扣，这在他几乎成了一种乐趣。每次少给几个钱，都使他兴奋好一阵子。城里的洋车夫都怕他叫车，又不敢不应差。在生意不好的时候，许多车夫都得靠当铺吃饭。冬季里，有的车夫甚至每天早起把棉衣送进当馆，押点钱买米，晚上赚了钱再赎回来穿，过着"早当晚赎"的日子。朱老板岂是他们敢得罪的？

朱华堂付了车钱，转身向东关当走去。他的猜测没有错。东关当这一天果然来了一位大主顾。

二

东关当的掌柜叫田七。他是朱老板从老家带出来的人。田家过去一直是朱家的佃户。朱老板进城开当铺后，田七自幼便在当铺里干活，从学徒一步步混到分号掌柜的地位。他为人实诚，办事得力，当行的业务熟，内心有主张，一向受到朱老板的器重。

裕和的分号与其他当铺的分号，在名称上有一点儿不同。大凡分号，号牌上一般都写明某某当某某分号的字样，裕和当的分号却不注明。如东关分号，铺名就直接叫"东关当"，另外三个分号亦如此，给人以独立当铺的印象，初到乍来的人往往也想不到彼此是一家的。这又是朱老板精明过人的地方。当铺的分号多，固然能显示其实力，给人以信赖感，但也有弊端。

开当铺的人都有个原则，那就是尽量压低当价。这是当铺赚钱的来源。当价，又叫当本，当铺对当品估价，有个不成文的规矩，即打对折计算。一百元的东西当价就是五十，这叫"当半"。要想多赚钱，特别是在拍"死当"时多获利，当铺在估价时并不如实地按"当半"开价，而是千方百计地压低当价。当价越低，赚头越大，油水越多。这是常识。但当价压得过低，就不怕当户不情愿？当铺对此并没有太多的顾虑。因为谁不到了走投无路的地步肯上当铺呢？当铺的全部奥妙就在于乘危打劫。遇到当价谈不拢时，当铺有时也会做些让步，那都是极有限的。如果还谈不拢，那就走人吧。不过在当品上却要做些手脚。比如，叠衣服时两只袖子一反一正；珠宝之类用金刚石轻磨一下；古书古画之类用长指甲做个暗记。如此种种，不一而足。这样当户再到别的当铺，那家也就心里有数，开出的当价也就大致相同。当行之间虽有竞争，但在赚钱这一目的上都是相同的。当户几家一跑，往往也就死了心，只好认宰。不过，这样做肥水有时就要外流。这是朱老板极不甘心的。况且，当铺对一般当品估价都有固定的标准，相差不会太大，但遇上"巧当"和"黑当"情况就不同了。所谓"巧当"，是指那些价格昂贵的当品，即便按"当半"估价，利润也是极可观的。至于"黑当"是指那些来路不太明白的当品。这些当品有时价值连城，估价时出入也很大，有时会有上千上万的出入。朱老板当然不肯失掉这样的机会。城里虽然还有好几家当铺，但都是小庙小菩萨，大凡"巧当""黑当"是不会冲他们去的。要找大菩萨，五湖城内只有裕和当，包括四大分号。不标明分号的道理也就在这里：总号谈不拢，你还可能去分号；这家分号谈不拢，你还可能去那家分号。转来转去，你都跑不出裕和的掌心。朱老板的这一招，不可谓不精明。

东关当这天来的大主顾是在开门后没多久到达的。此人三十来岁，戴礼帽，着长衫，脸皮白净，鼻梁上架着一副金丝眼镜，脚下穿着一双簇新的英国皮鞋。车到东关当门前，便嘀嘀嘀地揿响了喇叭。显然是个有来历的人。

果然，那人进了当铺后，朝门柜上斜了一眼，问："当家的在吗？"

便在铺堂上的太师椅中一坐，跷起了二郎腿。

"老板，您有啥贵干？"伙计在门柜后边探出身子招呼道。"老板"是当地对人的一种尊称，如同现今见人喊师傅一样。

"请当家的出来说话。"那人理也不理，嚓地点着了香烟。

伙计不敢怠慢，忙去后边喊出了田七。

田七来到后说："老板有啥吩咐？尽管说。"

那人撩了撩眼皮，没说话。田七便明白了。田七说："屋里请！"把他让进铺堂边的一间小房里。这时候，那人才慢吞吞地开口了。那人说："我想请你看件东西。"

说着，他从随身的大手提包中取出了一件物品。这件物品包裹在一块布片中。布片尚未展开，田七心里便扑通跳了一下。

包裹物品的布片是一块绣有团龙花纹的黄缎子。田七一眼便看出这是宫中才有的东西。但他表面上不动声色，看着那人仔细地展开包布。包裹布里是一个烧制得非常精致的珐琅盒子。打开盒子，田七一下子张大了嘴巴。

盒内卧着一只硕大的玉乌龟！

一时间，田七满眼生辉，眼底一阵阵刺痛，好一会儿才从起初的震惊中恢复了常态。他仔细地看了看那只玉乌龟，心里又是一阵阵惊叹。这只玉乌龟的身体是用一块极其罕见的巨大的碧玉雕刻而成，雕工之精细自不必说，通体还镶嵌着黄豆大的珍珠，足有数百粒之多。龟头由一块蓝盈盈的印度绿宝石制作而成，更是稀世珍宝。乌龟的底部有一行类似波斯文的小字。田七想，这准是内廷的贡品。

他又看了看珐琅盒内的垫布，更是激动得浑身发抖。这种布的花纹组织很特别，由X形和V形纵横编织而成，人称"经畦纹"，是一种典型的"汉式组织"。但从编制的精细来看，又显然不是汉纺。田七凭经验断定，这是一种仿汉织品，其年代再晚也不会晚于宋代。田七虽说念书不多，但在当铺里滚了大半辈子，经手的文物也有成千上万，对古董的鉴别已达相当的火候。他知道，眼前这个东西是个无价之宝。

他抬起头看了看那人，那人也正在看他。田七说："你想当？"那人说："那要看什么价。"田七说："你说个数吧。"那人说："你是行家，你开价。"

田七笑了笑，朝门外喊："看茶！"又递上烟，亲自上前为那人点了火。

田七心里在想：这家伙是个什么来路呢？听口音是北方人。京津一带大当铺云集，为啥舍北而南，舍近求远呢？当时，一些前清王族的后裔以及富家子弟有时候花天酒地，入不敷出，常常背着家里将一些宝物偷出来典当。但京津一带消息灵通，很快就会传播出去，有时还会成为小报的新闻，闹得沸沸扬扬，所以不少人便宁愿多跑些路，图个安生。这家伙是不是这一路的呢？要么是"黑当"，这种可能也不能排除。田七暗自琢磨着，一时也没个准头。那人有些不耐烦了。田七笑着说："老板要银票还是要现钞？"

"我要大洋！"

"好，"田七说，"我们可以付大洋。不过——"

那人等着下文。田七却说："抽烟，你抽烟！"点上火后，田七才说，"不过，规矩你是懂的，一般上千的东西，当铺都不付现洋。但你放心，我们可以付现洋。"田七的意思是说，我们付现洋，价格上你就得让着点。

那人说："这我懂。"

"好，懂就好。"田七又说，"这东西看起来像是个好东西，不过——"

那人看着田七。田七却说："喝茶！你喝茶！"自己端起杯子，呷了一口，然后慢慢地把杯子放到桌上，他接着说，"不过，这东西中看不中用，要是搁住了就很难走得动，压钱不说，反倒是个累赘。"

那人有些不耐烦了："你能不能痛快点？"

"好！老板是个痛快人，咱也不给你来虚的。"田七略略沉吟了一下，伸出了五个手指。

"多少？"

"五千！"

"捉大头啊！"那人从椅子上蹦起来。"捉大头啊！"他叫道。

田七笑着说："老板不信，可以出去再访访，这个价可是撑天了。"

"得！"那人气呼呼地收拾东西要走。田七却伸手按住盒子。田七说："老板不妨报个价。""起码也得上万！"

田七哈哈笑起来，一边笑一边动手替那人收拾起包裹。田七说：

"既然如此，小号也不敢强留，老板您另寻他处吧。"

就在这时候，朱老板来到了东关当。

朱老板说："能让我瞧瞧东西吗？"

那人见朱老板其貌不扬，衣着又很旧，不摸底细，就有些不大情愿。田七说："这是我们大当家。"那人便说："你们也太黑了！放血也不能这么个放法！"

朱老板阴着脸，并不搭话。田七在一边展开包裹，打开盒子。一刹那间，朱老板的眼睛里便直直地放出光来。他把那只玉乌龟小心地捧在手里，嗓子里不停地干咳起来，仿佛受了什么突然的刺激，咳得那位主顾直皱眉头。田七当然明白这意味着什么。

"日他二的！"朱老板的声音都有些哆嗦了。由于意外的惊喜，他几乎控制不住自己的情绪了。他非常清楚眼前这个东西的价值。这只玉乌龟即便拍"死当"也能拍到两三万元，至于其本身究竟值多少钱，他根本无法估量。"日他二的！日他二的！"他不住声地咕哝着。稍稍镇定了一下，朱老板把目光移向了那位当户。尽管刨根问底是开当铺的大忌，但他还是眼珠转了转，说："老板像是远道而来。"

那人回答正是。并声称外出做生意遇到了麻烦，手头急需资金周转，把家传的珍宝拿出来质典，也是出于无奈，云云。朱老板知道是编出来的，也不戳穿。

朱老板又说："都是场面上混的人，老板想必知道，当行的规矩，当期十八个月。但这种压钱的东西，当期就要再谈一谈……"

那人似乎对当期并不关心，没等朱老板的话讲完，就插上来说："你们那个价根本不弹筋，也太黑了嘛！"

朱老板心里这时候已经多少有点数了。此人八成是来押"死当"的。大凡临时抵押，一般就近入当，以后赎起来方便；二是对当期不会等闲视之。当期长一些，将来赎回的可能性就大一些。但此人既不就近入当，对当期也无所谓，所以朱老板断定此人很大可能是来押"死当"的。果真如此，那就更有利可图。"日他二的！"朱老板又频频地干咳起来。

他小声对田七说："你放了多少价？"

"一挝。"田七回答。这是当铺的术语，"一挝"指的是五。

朱老板说："加个'道子'。"想了想，又补充道，"'眼镜'也行。"

当铺的术语中，"道子"指一，"眼镜"指二。这段话的意思是：可以再加一千，两千也可以考虑。

田七明白了。田七对那人说："我们大当家的放话了，老板大老远地来，也是我们的缘分，我们放个口，再加一千。"

"得！"那人一翻眼。"得！"他说，"想捉我的大头啊？那可没门！"说着起身就要走，毫无再商量的余地。田七只好替他收拾起东西。朱老板坐在一旁冷眼相观，一直未说话。直到那人走到门口了，他才站起身来又一次圆盘。

"日他二的！"他说，"再加一千！"

"得！"那人拉开门。

"得！"他说，"你们也他妈的太黑了！"

门外响起了汽车声。朱老板立即吩咐田七给总号和各分号挂电话，交代各号掌柜此人如果去了，当价不准超过五千。他清楚，在五湖城内能吃下这只玉王八的只有裕和当，何况要的是现大洋？别家当铺是没有这个财力的。他相信，那人还会再回来。

朱老板耐心等待着。

几个小时后，东关当的门前再次响起了汽车喇叭声。"日他二的！"朱老板又一次大咳起来。

三

朱老板乐颠颠地回到家中。朱府的院子紧挨着裕和当铺，进出的大门开在另一条大街上，和当铺相通有一个后门。朱老板穿过当铺，从这个后门进入了家中。

玉乌龟的事使他心花怒放。当那位当户重新回头来到东关当时，他心里的一块石头也落了地。虽说一切都未出他的意料和掌握，但事情毕竟有意外；万一那人改变了主意，或者一气之下离开了五湖？……这种担心现在看来，显然是多余的了。这人急等着钱用！朱老板心里更有底了。原先谈妥的七千元钱当价，他也不再认账了。

"啥？"他说，"七千元？"

"这不是你刚才说的吗?"

"不!"朱老板的态度已变得十分傲慢,他说,"刚才是刚才,现在是现在。"

"那你说多少?"

"六千五。"

那人急眼了。他越急,朱老板越沉着,完全是一副满不在乎的神情。最后,田七出面圆盘,双方让一让,以六千八成交。但付款时,朱老板只给了六千五百块光洋。他解释说,店里眼下只有这么多光洋,剩下的三百元能不能付纸钞。那人极不情愿,但也不想为这点钱再去扯皮,只好接受朱老板的建议。他当然不知道这是朱老板的惯用伎俩,而且屡试不爽。任何一位顾客都不会为这点细枝末节而推翻整桩交易,这是普遍的心理。朱老板不放过任何一个讨便宜的机会,他是精通顾客心理的天才。

"日他二的!"朱老板一路上都陶醉在自己的智慧和胜利中,直到进了院子,才发现家里有些异样。

厨房里飘出了阵阵鱼肉的香味,他下意识地咽了一口唾沫,忽然想起今天并非吃肉的日子。这是怎么回事?他快步向厨房走去。

朱华堂尽管家财万贯,但却吝啬得不可思议,平日生活也俭朴得不近人情。他规定家里一个月才准吃一次肉,每回吃肉又总是吩咐厨房里多加豆腐、萝卜、大白菜之类。家里人受不了,常背着他吃小灶,却苦了店里的一班伙计,个个牢骚满腹敢怒不敢言。他也极少做新衣服,铺房里挂了"死当"的旧衣物,他便拣出一两件,有滋有味地穿着。他曾试图动员老婆和姨太太也如法炮制,却遭到了殊死的抵制而未能得逞。有一次姨太太说:"你就不怕穿上死人的衣服晦气?""啥?"他说。这是他的口头禅,不论说什么话,开口总是先来一个"啥",仿佛是一个引子,一个开场白。

"啥?"朱老板说,"我可是让人用洋胰子洗过哩!"

朱家平日洗衣服是不准用洋胰子的,只能用碱粉,因为碱粉便宜得多。在朱老板看来,他让人用了洋胰子,有了如此"破费",还在乎什么死人不死人的?姨太太只好摇头,由他去了。民国开风气以后,牙粉逐渐在世面上时兴起来。价格也并不贵,一毛多钱就可以买一盒。朱华堂却舍不得这点花销，仍按老法子用盐水漱口，并逼迫家里人和店里的伙计们效法。"日他二的，"他说，"还不一屌样！"店里有位"浮住"。所谓浮住，是店里的一种叫法，指的是入号第一年的生手。地位连学徒也不及，尚处在接受考验的阶段。这阶段除了打杂活外，得空了也跟着学珠算，认当字，有时还练练写当票，行内称作抹黑。第一年干得好了，便可"转正"为正式学徒。因此在这期间，浮住们都努力表现，格外小心。但这位浮住入号前，曾在新式学堂里读过几年书。读过几年书便不大安分，有点爱赶"新潮"。有一次背地里偷偷用牙粉漱口，让朱老板碰上了。朱老板的脸便拉得老长。朱老板说："日他二的，烧得你！"以后就左看不是鼻子右看不是眼。一到正月，便找保人卷了他的铺盖。店里再也无人敢用牙粉了。而用盐水漱口的直接效果，便是把牙齿刷得青绿青绿的。五湖城当时有个顺口溜："黄牙穷，白牙富；绿绿牙，裕和铺。"裕和当铺的人，牙齿一个个都四季如春。

朱老板就是这么一个吝啬到每一个毛孔每一个细胞的人。在经营方针上，他也向来采取独来独往的"不结盟"政策。他很少参加商会和当业公会的活动，让他当会长他也推三阻四。商界和质典同业中互相借贷的事时有发生，但朱老板从不向别人借，也不借给别人。他时时算计着别人，又时时警惕别人觊觎他的财产。和他打交道的人几乎没人能占到他的便宜。

朱老板走到厨房门口时，吴妈正好端着茶盘迎面走出来。"老爷回来啦？"吴妈笑吟吟地说。

"家里谁来了？"

吴妈说："少爷回来啦，正在太太屋里说话哩。"

"啥？"朱老板一下子愣住了……

四

朱家的少爷叫朱辉正，是朱老板的独苗儿子。但无论长相，还是性格，朱辉正和其父朱华堂都截然不同。朱辉正身材高大，相貌堂堂，穿戴衣着更是入时考究，一副风流倜傥的公子哥模样；而朱老板却是一个干干瘪瘪的瘦老头，穿得又破旧，就像一根晒枯了藤的老丝瓜。还在儿子很小的时候，朱老板就一心要把儿子培养成一个像自己这样克勤克俭、持家守业的人，裕和当的家业将来要靠他去继承和发展。朱老板在儿子身上寄托了一个梦想。他教儿子念《名贤集》《朱子治家格言》，诸如"一粥一饭当思来之不易，半丝半缕恒念物力维艰"；"自奉必须俭约，宴客切勿流连"；"饮食约而精，园蔬逾珍馐"；等等，都是必须熟记且要能够背诵的。在生活上，朱老板更是奉行"教子要有义方"的古训，决不对儿子施以半点溺爱。家里吃肉的规矩也不因儿子有半点破例。有时没有肉，儿子不想吃饭，朱老板就说："饿他三顿，我看他还想吃不想吃！"在儿子的印象中，这几乎成了一句经典性的名言。朱老板吃完饭后还有一个习惯，就是舔饭碗。据说这是朱家的传统，朱老板是从父亲那儿继承下来的。他当然很希望能够代代相传。他鼓励儿子说："这叫粒粒皆辛苦。"儿子开始觉得好玩，吃完饭后就把碗底舔得溜光，能照见人影儿。朱老板这时候就高兴地说："日他二的，好小子，比爹强啊！"但舔过几回，儿子失去了兴趣，不再舔了。朱老板就骂："日他二的，败家子！"硬逼着去舔，儿子便会哭歪歪地不大情愿。有一次，朱老板竟发现儿子把吃剩下的半个馒头扔到院子里。"日他二的，要败家啦！"他心疼得浑身发抖。

朱老板对儿子吼："日他二的，捡起来！"

儿子犟着头，不动。

"捡起来！"朱老板冲了过去。

儿子很勉强地走到馒头跟前，又停住不动了。"捡！"朱老板厉声催促道。儿子这才弯腰捡起了馒头。

"吃！日他二的吃下去！"连吼了几声，儿子都不动，朱老板愤怒地拧住他的耳朵，"吃！看你敢不吃！"

儿子忍住痛，他翻起白眼，很仇恨地看着父亲，突然一扬脑袋，挣脱开来。"不！"儿子反抗了，"不！"儿子说。

朱老板一巴掌打下去，儿子的小脸上立刻腾起几个鲜红的指印。哇的一声，儿子哭了。"不！就不！"他喊道。

朱老板更火了，抡起巴掌拼命打。太太和仆佣们闻讯赶来劝阻，儿子一赌气便趁这个机会把馒头扔上了屋顶。

"反了！反了！"朱老板顿足捶胸。

他让人把馒头弄下来。田七便去搬来了梯子，田七当时还是裕和当的小学徒。他爬上房把那个馒头拿下来，馒头这时早已是黑糊糊的了，但朱老板还是立逼着儿子吃下去。朱老板说："日他二的，看你敢不吃！"儿子说："不，就不！"一个满院子跑，一个跟在后边撵，太太哭喊着劝阻，一口一个老爷地叫，院子里乱作一团。田七这时候拦住了朱老板。

田七说："老爷，让我来吃吧。"

还没等朱老板有所反应，田七已三口两口吞下了那半个脏馒头。看着这一幕，朱老板身子一软，差点站立不住。太太急忙上前扶住他，她看见他的眼里泛着混浊的液体，嘴里喃喃地说着什么，仔细听才听清楚了，他在说："要败家了，要败家了……"

五

在朱华堂的眼里，儿子朱辉正自幼就是一个叛逆者、一个孽障，父亲的生活法则始终与他格格不入。他爱吃爱喝爱花钱爱摆阔气，上学时就在外边花天酒地。他属于另一种生活，而这种生活正是朱老板痛恨的、难以容忍的。

上中学时，朱辉正学会了赌博。母亲背着父亲给他的钱已难以维持，他开始偷东西。放学后他常到当铺里转悠，和这个说说话，和那个聊聊天。不久秋季对点时，当铺里发现短了不少当品，大多是值钱的东西，于是上上下下开始紧张起来。每年春、秋两季，当铺里都要进行一次对点，春季对点简称"春点"；秋季对点简称"秋点"，这是当行多年沿袭下来的老规矩。所谓对点，就是按当票查对货架。对点结束后，便要放假一天。这一天当铺里要会餐，每个伙计也都会得到一份红包，作为犒赏，钱数不等，就连学徒也有份。大家会过餐后就各自外出听戏或洗澡。当铺里的制度是极苛刻的，平时一般不许外出，有事出去必须得到老板同意，而且必须于天黑前赶回来，不许在外吃晚饭，更不许在外过夜。店里的伙计，上至掌柜、下至学徒，一律住号，不准带家眷，家眷也不准进号探望。五年才有一次探亲假，回家前也不准自己打行李，要有专人检查，防止裹带当铺里的衣物。有人说，进了当铺就如同丛牢，这话一点儿不假。正因为如此，店里的伙计们都格外盼望一年两次的对点，这是他们一年里难得的两次放假时间。

但是，裕和当的那次秋点却成了一次灾难。

放假、会餐、红包、听戏或洗澡，自然是统统取消了。当铺的大门紧闭，人心惶惶。朱老板带着人挨个盘查，伙计们的住处被翻了个底朝天，每个人的行李、包袱都像过筛子似的抖落了一遍，即便是铺里的老人也不放过。最后，朱老板还招来了警察，把所有的人都集中到一间大房子里，剥光了衣服搜了一遍身。结果依然是一无所获。

嫌疑最大的是田七。田七当时只有十八岁，但到裕和当已有近十年了，他九岁做学徒，勤勉过人，沉稳扎实，一步步熬上来，那时候已成了管号房（即库房）的。当铺里少了东西，管号房的自然是首当其冲，难逃其责。然而，朱老板一再逼问，田七只是说他不知道他没有偷他是冤枉的。

朱老板决定动家法了。裕和当的家法有两种：一种叫"热棒槌"，一种叫"画鱼肚"。热棒槌，是用棒槌打手心，打得手心发红发烫发肿才罢休，这是对付犯了小错的；画鱼肚则是扒了衣服，用皮带抽肚皮。肚皮上的肉最嫩，是个薄弱环节，皮带蘸了水，抽在上面便留下了一道道血痕，伤好后便会留下鱼鳞似的斑痕，是谓画鱼肚。田七被带到院子里，双手双腿绑在一棵大树上，扒去上衣画鱼肚。那天夜里惨叫声不绝于耳，从院子里一阵阵传过来，当铺里的人个个提心吊胆，一夜没睡好，最后还是没能弄出个所以然来。田七仍然坚持说他不知道他没有偷他是冤枉的。

朱老板抓不到把柄。田七自春点以来从未外出过一次，这是确凿无疑的事实，即便是他偷的，赃物难道会不翼而飞？再说田七的表现一贯忠诚老实，如果他知道别人偷的也不会不说。朱老板一筹莫展。丢了东西使他心疼不已，本想让田七卷铺盖滚蛋，又念及他入号多年，从未犯过大错，最后还是把他留了下来。不过，号房的事不让他再干了。

田七在床上躺了几天，伤势渐渐好转，便挣扎着起身了。起床后第一件事便是去找朱家的少爷朱辉正。朱辉正正在屋里玩蟋蟀，昨天他刚花了五十块大洋买了一只"黑头哑槌"，这只蟋蟀原是瘸腿刘五的，一个夏季百战百胜，虽然时令已进了秋季，依然雄风不减。朱少爷玩得正高兴，田七走了进来。

田七说："你出来，我有话要说！"

朱少爷待理不理地说："有话就讲吧。"

田七说："我要你出来！"

朱辉正一愣。田七还从来没有这样和他说过话。望着田七的那副模样，他心里一阵子发虚，盖上蟋蟀罐，便跟了出去。走到院子的僻静处，田七站住了。田七说："东西是你偷的！""胡说！"朱少爷惊慌地叫起来。

田七说："你当我不知道？"

朱少爷还想抵赖，田七突然笑起来。田七嘿嘿地笑着，那笑带着一丝冷冷的阴风，朱辉正有些害怕了。

田七比朱少爷大两岁，因自幼进朱家做学徒，便常和朱少爷在一起玩，朱辉正是个什么德行，他是完全清楚的。那天对点发现短了东西，他立即想到了朱少爷，这事除了他不可能再有别人。他后悔当初朱少爷来号房玩时没能引起警惕，现在一切都晚了。但是，这种事是不能说出去的，更不能对朱老板说，他很清楚，只有自己背黑锅，忍受皮肉之苦。

田七扒开了上衣，画鱼肚留下的伤痕纵横交错，有的已结痂，像一条条紫色的小蛇痛苦地蜷曲着、盘绕着。田七把牙齿咬得咯咯响。他咬着牙说："你明白吗？这是我为你付出的代价！"朱少爷颤抖着说："你要我怎么办？"他又说，"我可以给你钱。"

田七说："我只要你答应一个条件。"

"什么条件？"

田七沉默了一会儿。

田七说："从今往后，你不准进当铺一步！"他捏紧拳头补充道，"不准进一步！就是这个条件，你明白了吗？"

朱辉正不敢再进当铺了。于是便在家里偷起来，于是仆佣中间又发生了一场危机。有一位女佣还因为受牵连被太太赶了出去。

第二年春季，有一天，福昌当的老板登门求见。福昌当是城内的一家小当铺，一向是很巴结裕和当的。福昌当的老板姓丁，是个眨巴眼。见到朱老板，他就眨巴着眼说："有件东西想请朱老板过目。"朱老板说："什么东西？"他说是一对手镯。朱老板说拿出来看看吧，他就把手镯拿了出来。朱老板看到手镯，脸上顿时变了色，这正是自己太太的东西。他说："这东西哪来的？"

丁老板解释说，这是朱家少爷昨天拿去敝号典当的。他说，他认识这是朱太太的东西。他又说，少爷年幼无知，不知朱老板和太太是否知道这件事。他还进一步讨好说，对这种事小号岂敢马虎？所以特地赶来璧还。

朱老板的脸越拉越长，这时他已完全明白这是怎么回事了。"日他二的，这个孽障！"他在心里骂道，表面上却故作不以为然状。

他问丁老板："当票是多少钱的？"

"哎呀呀，都是自己人，还什么钱不钱的。"丁老板飞快地眨着眼，从口袋里掏出那张手镯当票的底单。票上写着当价一百元。

朱老板通知账台上照票付款。"对了，"付完款他才好像突然想起来了，"当息还没算嘛。"当行计息的规矩是"算月不算日，过五不过六"。即，当息是按月计算的，当品只要入了当，哪怕是半天或一个小时，当息也按一个月计算；"过五不过六"是指三十五天内按一个月计息，但到三十六天就得按两个月计算。按照规矩，朱老板除了照票面付款外，还得付一个月的当息。

丁老板说："哎呀呀，算了算了。"

朱老板平白无故蚀了一百元钱，本已心痛如绞，当息便存心想赖掉。虽然一个月的当息数字并不大，但在他能扳回一点是一点，这也是他心理平衡的需要。而且，正因为数字不大，料想对方也不会认真计较。果然，现在丁老板这样说了，他也就半推半就地装起糊涂。送走丁老板，朱老板心里的火气如同油库失火一般直往上蹿。如今一切都明白了，当铺里的贼、家里的贼，不是别人，正是自己的儿子。"日他二的，这个孽障！"他一路上大骂不休，呼啸着回到家里要找儿子算账。但朱少爷早已闻讯躲了出去。朱老板暴跳如雷，有气无处撒，抓起桌上的一只茶杯，举到半空中。姨太太吓得一声尖叫，闭上了眼睛，随后是扑通一声响，不像是茶杯破碎的声音。她睁开眼一看，茶杯还好端端地摆在桌上，但桌旁的一只木椅子却让朱老板踢翻了，倒在地上……

朱少爷悄悄地回到家里，已经是大半夜了。尽管他轻手轻脚的，还是没能逃过朱老板的耳朵。儿子是个灾星，他不仅使他破了财，还使朱家斯文扫地。这种痛苦如煎如熬，朱老板根本无法入睡。他嚯的一声，从床上跳起来，鞋都没穿便闯进了儿子的房间。太太猛然间惊醒，知道不好，连忙跟过来，但已经晚了。儿子一声尖厉的惨叫，昏倒在床上。

他的右臂被打断了。朱老板操起一根铁锨把劈头打下去，朱少爷用右臂一挡，于是咔嚓一声，右臂便被打断了。朱太太哭喊着，又是掐人中，又是泼凉水，儿子苏醒后便开始荡气回肠地清嘶鬼叫。他一个劲地喊痛，直喊得翻江倒海惊天动地，整个朱府像着了魔似的被搞得不得安宁。等不到天亮，朱太太就差田七去请大夫。直到大夫赶来替他上了夹板，打了镇静剂，朱辉正才渐渐安静下来。

这一晚朱老板被折腾得心力交瘁。大夫走后，他便坐在客厅里长吁短叹。请大夫又破费了一笔钱，这使他更感到窝囊和沮丧。田七送大夫回来，见朱老板还坐在客厅里，便端了一杯茶送上来。田七说："老爷要注意身子啊，还是早点去歇着吧。"

朱老板突然心里发酸，他把田七叫到面前。他说："你是哪一年来我们家的？"

田七说："九岁那年。"

"快十年啦。"朱老板眼睛里慢慢地涌出了泪花，他叹了一口气，又说，"少爷要有你一半，我也就知足了。"

田七说："老爷别生气，少爷还年轻……"

朱老板摆摆手，不让他再说下去。

"田七啊，"他说，"秋点的事让你吃委屈了。"停了停，仿佛鼓足了勇气，问，"当时你知道是少爷干的吗？"

田七摇摇头。

"你要说真话。"

田七这才点点头。

朱老板很感动。他说："明天你就回号房去。"这之后没几年，田七就成了东关当的掌柜。这是后话。

六

朱辉正的胳膊被打断后，便不再理睬父亲了，甚至连叫爹也变得很难得了。朱老板和他说话，他也总是犟着脖子，用一种很阴险的目光斜视着父亲，常常弄得朱老板心里直发毛。"日他二的，这个孽障！"朱老板心里想，儿子说不定什么时候会杀了自己。自从打伤了儿子，他好像觉得欠了儿子什么似的，许多事情也都睁一只眼闭一只眼，他对儿子已经完全灰心了。他对自己说：随他去吧，就当自己没有这个儿子。

朱辉正的日子过得更快活更放肆了。学校也不去了，书也不念了，成天在大街上东游西逛。没有钱的时候，他就去找朱太太。他说："二。"当地人称母亲叫二，据说天一地二，乾一坤二，父为乾，母为坤，天为一，地为二，此称呼由此而来，但称父并不称一，仍叫爹，不知什么原因。朱少爷说："二，钱用光啦。"

朱太太便压低嗓门叫道："小祖宗啊，你咋能这样使钱？不是刚刚才给过你吗？叫你爹知道不得了呀！"

朱少爷不耐烦地说："二，你到底给不给？"朱太太当然不敢不给。如果不给，谁知道这位"小祖宗"又会干出什么事来。她拿了钱千叮咛万嘱咐：千万别再敞着手花了，二的钱也不多了。有时说着说着，还会难过地抹起眼泪。朱辉正则笑嘻嘻地说："钱是身外之物，走了还会再来，值得淌眼水吗？"

有一段时间，朱辉正迷上了麻将牌，常去城东聚丰估衣铺胡太太家里玩牌。胡太太是一位四十多岁的半老徐娘，长得很白很丰满。打牌的时候，朱辉正便把腿架到胡太太那极其丰润极其肥沃的大腿上。胡太太并不在意，有时她也会在朱少爷的腿上拧一把。胡太太说："去去去，大热天的也不怕长痱子！"朱少爷便哈哈笑起来。他装作很天真的样子说："胡太太，你的腿真是好凉的哟。"

有一回胡太太进里屋上马桶，朱少爷便悄悄跟了进去。胡太太坐在马桶上站也不是坐也不是。"去去去，小鬼头！"她笑着说。朱少爷不走。朱少爷说："你上你的，我又不碍你。"胡太太说："你不怕难闻？"

朱少爷说:"你身上好香的。"胡太太说:"你到底想做什么?"朱少爷便龇着牙笑起来,那笑很淫荡很无耻。胡太太有些慌乱了。当时朱少爷才十六七岁,在她眼里他还完全是个孩子。

朱少爷说:"门我已经锁上了。"

"不行,不行。"胡太太方寸大乱,不知如何是好。

朱少爷这时候已经过去把她从马桶上拉起来紧紧地抱住了。"就一回!"朱少爷说,"就一回!"他说得很坚决、很果断,不容抗拒。

这以后朱少爷便常来常往,终于有一天事情发生了。聚丰估衣铺的胡老板发现了这件丑事,便去裕和当大吵大闹,事情最后闹到商会会长、华丰纱厂的经理靳雨峰那里。于是靳雨峰出面调停。靳雨峰说,事情既然已经发生了,闹下去对双方无益,为了本城商界的团结和名誉,是不是由朱老板赔偿损失费五百元?但朱老板坚决不干,五百元不是小数字。聚丰的胡老板看事情成了僵局,一度让人传话,表示愿作进一步让步,四百元也行,但这是最低的数字了。并威胁说,如果裕和当不认这笔钱,那就等着瞧吧!朱老板回话说:事情是他儿子干下的,与他无关。胡老板要如何处置他儿子,他可以不管。但想从他这里拿钱,一个子也别想!

事情彻底成了僵局。但朱老板没想到的是,胡老板请来了瘸腿刘五。瘸腿刘五是城里有名的鳅打混。当年用五十元钱卖给朱少爷一只"黑头哑槌"蟋蟀的人就是他。瘸腿刘五不仅是个赌棍,还是个流氓、酒鬼。

几天后,瘸腿刘五大摇大摆地进了裕和当。他满嘴酒气,支棱着红眼睛。裕和当的伙计赶紧招呼说:"老五啊,有贵干?"

老五说:"二的尻,没事我撑的!"

伙计说:"有事尽管说。"

老五又骂了一句"二的尻",然后说有件玩意儿要当。

伙计说:"啥玩意儿?"

老五便把左手放在门柜上,老五说:"二的尻,给我瞧好了!"右手拔出刀子,用力一斩。——啪的一声,左手的小拇指便被齐齐地斩了下来,鲜血四溅,溅得伙计一脸都是,在场的人无不大惊失色。瘸腿刘五却一脸的若无其事,他用嘴嗫住流血的伤口,然后用刀挑起那截血糊淋拉的断指往伙计面前一扔，那截断指居然像活了似的，很优美地勃动起来。伙计们都吓傻了。老五说：

"二的尻！给个价吧！"

伙计们说，老五啊都是自己人有话好说这是何必呢？老五却一口一个"二的尻"。老五说，今天就是要当这根手指不当也得当这根手指他是当定了不给当休想让他离开这里。说着，还把刀子插在了门柜上，一副泼到底的样子。围观的人纷纷聚过来，立时围了里三层外三层，生意根本没法做下去了。

朱老板吩咐赶紧关门。朱老板说：老五啊，你想干什么？老五说：当手指。朱老板说：有话你就明讲。老五却不接话。老五说：二的尻，不当也行，你把这截手指给我按上去弄成原样。朱老板明白，他这是存心来找碴了。但像瘸子刘五这种人软硬不吃，轻易是不能得罪的。朱老板正在没有主意的时候，田七把他拉到里边去了。

田七说："这事八成和聚丰那档子事有关。"

朱老板猛然醒悟。朱老板说："那该咋办？"

这是明知故问。田七望着朱老板不说话，朱老板便一屁股跌坐在椅子上。"日他二的，这个孽障！这个灾星！"他恶狠狠地骂道。他舍不得这笔钱，但看样子不出这笔钱事情无法了结。瘸子刘五在外面越闹越凶，朱老板别无选择。终于，他开口了。他有气无力地对田七说："你去聚丰跑一趟吧。"

田七从柜上支了钱，去聚丰找胡老板。胡老板说："真是属狗尿的，不打不松箍啊。"

朱老板破了财又丢了面子，气得浑身直哆嗦，用手一摸头发，头发竟掉下一大把。抓着那把头发，他又是好一阵心痛。

当天晚上，朱少爷回家的时候，刚进门就让田七带人将他捆翻在地。朱少爷说："二的田七，你敢捆我！"田七说："少爷可别怪我，这是老爷的吩咐，我也没法子。"众人七手八脚把朱少爷抬进当铺，然后绑在立柱上，剥去上衣。这样做是为了避免惊动朱太太。

少爷大喊大叫，朱老板说："堵上嘴！"田七找了块破布塞进少爷的嘴里。朱少爷睁大眼睛，摇着脑袋，却出不了声了。

朱老板脱去大褂亲自动家法，四百元钱化作一股巨大的能量和愤怒，皮带以牙还牙地挥舞着，如同疾风暴雨，在朱少爷的肚皮上雷霆万钧地呼啸。直到少爷昏死过去，朱老板还不肯住手，他已经完全忘掉这个被打的人就是他的儿子，他只知道就是这个人使他一下子丢掉四百元钱，还使他在众人面前丢尽了脸面。他要报复。他要发泄。抽！抽！……朱老板简直疯狂得失去了理智。

田七上前抱住了朱老板。田七说："不能再打了，再打要死人啦！"

朱老板放下皮带，看着昏死的儿子，突然失声痛哭起来。"日他二的！这个孽障！这个灾星！"他一边哭一边骂。

朱少爷从昏死中醒过来，已经是大半夜了，看见朱太太正守在床边抹眼泪，他便吃力地嚅动起嘴巴。朱太太以为他想要什么，便把耳朵贴上去。朱辉正用一种几乎听不见的声音说："这个……老杂毛……我要杀……杀死他……"朱太太一听这话，便更加伤心地哭起来。

七

经过这次家法，朱少爷似乎一下子老实了不少，出去游逛的时间也明显地减少了。时令这时已进入春季，太阳暖烘烘地照着朱家大院。朱辉正无事的时候便坐在院子里和姨太太说闲话，消磨时光。每年春季这时候，朱太太都要回乡下老家住一段时间，朱老板忙着当铺里的事，院子里很安静。朱少爷和姨太太说着各种各样的事情，有时候还在一起玩翻翻棋，这是一种用铜板进行的极简单的游戏。

朱老板的姨太太是个很年轻的女人，她叫阿芳，原先是朱家的丫头。朱太太在生养了朱少爷后，又怀过一次孩子，但半道上却流掉了，从此再也不怀孕了。朱老板一心想再有个一男半女，便思谋着要接姨太太，这事也和朱太太说过。但接姨太太要花钱，朱老板又觉得需要好好盘算一下。他想尽可能地少花点儿钱。这事便拖了下来。有一次，朱太太出去访客了，阿芳在家洗澡，被朱老板撞上了。阿芳那一天不知为什么没有闩门，阿芳平时洗澡总是闩门的，但那一天却没有闩。朱老板进去后，阿芳就尖声地叫起来，忙不迭地用毛巾遮挡。朱老板起先一愣，随后便像发现了一件有利可图的当品。朱老板惊喜地说："你站好，你站好。"围着阿芳转了一圈，又在关键部位用手捏了捏。"日他二的！"朱老板很满意。更满意的是他不用再花一分钱了。

于是，阿芳成了朱老板的姨太太。

阿芳成了姨太太，却并不幸福。除了要继续履行丫头的职责外，主要是性生活比较成问题。倒不是朱老板年纪大了，体力不支，而是朱老板十分注重实效。他的信条是满锅贴饼子。和女人睡觉也是如此。在他看来，干那事就是为了生孩子，不能生孩子就是浪费。所以每月同房他都算好了日子，过了日子任凭阿芳百般挑逗他都不接茬儿。"一精十血"，朱老板算过账，这种事无论如何划不来。伙计们背后都说："要说抠朱老板是真抠，都抠到裤裆里了。"

不知什么时候，阿芳开始和朱少爷勾搭上了，这事瞒不过伙计们和用人们的眼睛，但谁也不敢和朱老板、朱太太说。朱太太从乡下回来后，对少爷和阿芳的关系也有些敏感。朱太太对阿芳说："少爷也是老大不小的人了，你做长辈的该懂些礼数，别让人说闲话。"阿芳听了这话，便有些心慌。阿芳说："别人都说了些啥？"朱太太说："倒也没说啥，我只是这么给你说说。"阿芳说："太太放心，阿芳虽不识字，但礼数还是懂得的。"朱太太说："那就好。"朱太太又对朱老板嘀咕："少爷也不小了，还是赶早给他说媳妇吧，也好收收他的野性。"朱老板也觉得是这个理儿，但他提出要找个有钱的人家，因为有钱的人家嫁妆才能给得多。他强调说，这一点至关重要，托媒时就得讲清楚。朱太太懂得朱老板的心思，啥时他都不能吃亏，能多占一点是一点。朱太太说："就依你的办。"

但城里有钱的人家都不愿把女儿许给朱家。朱辉正的名声太坏，和胡太太的那件丑事闹得满城风雨，把女儿许给这样的花花公子谁也不放心。再加上朱老板的吝啬又是出了名的，女儿上这样的人家不是明摆着找火坑跳吗？

没钱的人家倒有人愿意，但朱老板又坚决不干。"啥？"他说，"想讨我的便宜？"朱老板说，"日他二的，那可没门！"

事情进展得不顺利，朱太太着急，朱老板却不急。朱老板说："急个屁！"他有他的生意经，刚刚开市就慌着定盘子，岂不太蠢？他说："活儿得慢慢做。"他哪里知道，糟糕的事情早就发生了。

秋天的一个夜晚，朱老板在床上让尿憋醒了。那天是裕和当吃肉的日子。每回吃肉朱老板总是交代厨房多加盐，这样做的目的是为了让伙计们能少吃一些。烧肉的时候，朱老板正好从外边回来，便去厨房里转了转。他对吴妈说："放盐了吗？"吴妈说："放啦。"朱老板说："多放点。"吴妈说："够咸的了。"朱老板还不放心，掀开锅盖又加了一匙盐。结果那天的肉咸得难以入口。晚饭后，朱老板一茶缸一茶缸地喝水，半夜里便让尿折腾得死去活来。

朱老板披着衣服起来上茅房。院子里月光如水，满天的星星。快到中秋十五了，空气中充满了凉意。朱老板抖抖索索地撒完尿，打着寒战正要回屋，忽然听到了一阵奇怪的声音。声音是阿芳屋里传出来的。朱老板顿时警觉起来。他蹑手蹑脚地摸到阿芳的窗外。夜静极了。没有风，也没有其他声音，屋里那激越的呻吟和喘息听起来竟如同雷鸣一般滚滚而来。朱老板熟悉这种声音，他感到肺像热气球似的膨胀起来。

他推了推阿芳的门，门在里边闩上了。朱老板随手摸了一把铁锨。"阿芳！"他喊了一声，里边居然没有听见。惊心动魄的响声依然忘我地响彻云霄。朱老板抢起铁锨猛地砍在门上，屋里的声音骤然停住了。

"开门！"朱老板暴躁地喊。

阿芳却不答话。朱老板抢起铁锨又朝门上砍了两下，屋里才传出阿芳那掉了魂的声音。阿芳说："来……来……了……"

阿芳打开门，朱老板像头被激怒的公牛直冲进去，屋里的后窗打开着，显然刚有人从这里跳出去。朱老板扑到窗前，看见有个人影正朝前院当铺那边跑。刹那间，一个可怕的念头闪了一下。他想到了少爷！

朱老板连忙掉头，冲向少爷的房间。房间的门虚掩着，屋里没人，被窝里也是冰凉的。一股甜腥的热浪猛然顶到嗓子眼，朱老板哇地吐了一口鲜血。"日他二的，这个孽障！这只猪！"他拎起铁锨就向当铺追去。

朱辉正慌乱之中跑进前院，但当铺四周全是高大的围墙，大门又紧闭着，根本没法逃脱，于是他又踅转身从花园里逃向后院。朱老板追到当铺，朱辉正已跑进了后院，当铺里值更的伙计听到响动，便打开门探出头来。

伙计问："朱老板，出啥事了？"

朱老板像野狼一样奓着毛，气喘咻咻的也不搭话，一把从伙计手中夺过枪来。自从民国初年城里发生过一场兵变后，各大商号和当铺夜晚值更都配备了枪支。朱老板拿过枪，朝着后花园里的黑影猛地扣动扳机。

枪没响。

又扣！

还是不响。

伙计提醒说："没拉扳机。"朱老板这才醒悟过来，气急败坏地把子弹推上膛。这时黑影已爬上后院墙头。朱老板再次端起枪扣动扳机。——啪！这回枪响了。黑影一下从墙上摔下来。但没一会儿，又拼命地攀上墙头。

伙计在一边喊："没打中！没打中！"

朱老板试图再拉扳机，可手突然发软，怎么也拉不动了。伙计说："让我来！"接过枪去哗啦一声把子弹推上膛。

朱老板这时拼出最后一点儿力气，扯着嗓门喊："别……别……打……"话没说完，又吐了一口鲜血。

……

这件事发生后，儿子再也不敢回家了，五湖城内也没了他的踪影。

朱辉正跑走了。

朱家的少爷一走就是十年。

八

朱老板没想到儿子又回来了。十年来，他无时不在诅咒儿子，又无时不在试图忘掉儿子。自从儿子跑走后，他就一直希望儿子已经死了。这种想法多年来始终在他的潜意识里盘踞着。尽管有时他也暗自神伤，但他还是希望这一切都是真实的。儿子死了，过去的一切也就不存在了。朱老板要忘掉过去，而忘掉过去首先要忘掉的就是那个"日他二的"孽障儿子！

对朱老板来说，儿子留给他的创伤是无法修复和弥补的。他永远不可能原谅儿子，他在儿子身上仅有的一点儿残存的寄托和亲情也因此彻底毁灭了。儿子现在是一个耻辱、一个敌人、一顶绿帽子、一种无法容忍的灾难……无限的悔恨和痛楚几乎使他完全崩溃了。他大病了一场。病好后第一件事就是卖掉阿芳。当着阿芳的面，他十分残忍地和艳红楼的老鸨进行了一场长时间的讨价还价。阿芳哭得死去活来，跪在地上拼命地磕头求饶，淋漓的鲜血把朱老板床前的那块踏脚板漆成黑糊糊的一片，就连朱太太也动了恻隐之心。朱太太说："还是别卖窑子了，另找个人家发落吧。"朱老板却恶狠狠地咬着牙齿。"啥？"他说，"啥！"那副样子像是要把人吃下去。朱太太吓得不敢求情了。当天晚上，阿芳跳井寻死被伙计们拦住了。望着披头散发、哭得快不成人形的阿芳，朱老板丝毫不为所动。朱老板让人捆住了阿芳的手脚，绝望的阿芳拼命挣扎，号啕不止，凄厉的哭喊如刀剜心，不绝于耳。伙计们都受不了了，他们说：要不要堵住她的嘴巴？朱老板却不准。朱老板说："日他二的，让她喊！"就在这残忍的折磨中，朱老板寻找着报复的快感。

儿子一直没回来，朱老板默默地、冷静而狰狞地等待着。各种残酷的想法就在这种等待中疯狂而反复地施展着。他想到过种种恶毒的念头，最后想到了砒霜。他想，至少得给儿子留一具全尸。但日子一天天过去，他的勇气也一天天减少。突然之间他感到疲惫至极，坐卧不宁，寝食难安。夜里各种噩梦常常搅得他情绪恶劣到了极点。那段日子里，朱老板变得焦躁不安。与其说是他要惩罚儿子，不如说是惩罚自己。如果那时候儿子突然回来了，他也许会变得手足无措的。在朱老板的内心深处始终存在着一种深刻的矛盾和恐惧。

就这样，一年过去了，两年过去了……直到有一天，朱老板确信儿子不会再回来了，他才感到了一种解脱。他想，这样也许是最好的解决……

然而，没想到的是，儿子又回来了！

朱老板愣在那里，足有好几分钟。沉睡的耻辱和仇恨慢慢地涌上来，一波又一波地咬着他的伤口，玉乌龟带来的喜悦也早被这突如其来的消息冲得无影无踪。他突然喊住了吴妈。"叫他滚！"朱老板陡然抬高了嗓门。

吴妈吓得一哆嗦，一时间未明白是叫谁滚。朱老板跺着脚，喊起来：

"叫他滚！叫那孽障给我滚！"

朱太太闻声从屋里走出来。她眼圈红红的，显然刚才已经哭了一场。见到朱老板，她刚想开口说话，朱老板厉声喝道："住口！日他二的，你给我住口！"朱太太张了张嘴，再也说不出话来了。她用手绢按住眼睛，又一次很伤心地抽泣起来。

就在这时候，朱家的少爷朱辉正出现在了朱老板的面前。猛然见到儿子，朱老板不禁愣了一下。十年未见，朱辉正已不是原先印象中的那个人了。他身着一套笔挺的白西装，浆得坚挺的衬衣领下悬着一条紫红色的领带；头发烫得油光水亮，薄薄的嘴唇上留着一撮修剪得很整齐的中山胡。他的手上套着白手套，一根做工精致的金属文明杖极优雅地握在手中。在院子里的阳光照耀下，那根手杖亮晶晶地闪着光。完全是一副很贵族很绅士的派头。

父子俩默默地交换着目光。朱辉正平静地站在父亲面前，脸上挂着一种难以捉摸的微笑。朱老板心里想，儿子没有变。他依然是那么漂亮、那么无耻。朱老板心里的火气又一次升腾起来。

"朱老板。"朱辉正首先开口了。朱太太抹着眼泪，小声说："辉正，叫声爹。"

"我不是他爹！我也没这个儿子！"朱老板怒气冲冲地打断朱太太的话。朱太太又伤心地抹起眼泪。

朱辉正没有马上对这句话做出反应，他很沉着很长久地注视着父亲，在他的注视下父亲的目光终于回避了。朱辉正笑了起来。他笑得很愉快。这愉快使他相信了自己的力量。现在感到害怕的不再是自己，而是自己的父亲了。"很好，"朱辉正说，"你是不是我的父亲，我是不是你的儿子，这已经成为过去了，我这次回来也不是为了这件事。我对这种事不感兴趣。不过，十年了，我也该回来了。也许你想忘掉我，可我却忘不了你。"朱辉正说着慢慢解开了衣领，颈根处露出了一条细长的紫红伤疤，伤疤的合口处愤怒地咬在一起，泛着暗淡的光泽，就像一张被打歪的正在抽搐的嘴巴。朱辉正说："瞧瞧，你的枪法真不错，可惜歪了一点儿。"

朱老板气得说不出话来，他后悔至极，当初怎么没让伙计打死这个孽障？他用哆嗦的手指着门外："滚！现在就滚！今后你要再敢跨进这里一步，当心我敲断你的腿……"

朱辉正依然不紧不慢地笑着。他极耐心地品尝着父亲的恼怒。手中的文明杖轻松地在地上画着圈，这是一种很潇洒很布尔乔亚似的动作。朱辉正从心眼里瞧不起父亲。他觉得父亲的时代已经过去了。他心里充满了对父亲的蔑视。

"很好，"朱辉正又一次开口了，他说，"你不叫我走，我也会走的，而且今后你想请我来——请你记住这一点，我也不会再来的。不过，我想我们是会打交道的，这是我的名片……"朱辉正掏出名片递过去。"滚！"朱老板扭过脸去，朱太太犹豫了一下，还是伸手把名片接了过来。

"谢谢！"朱辉正转身朝门外走去。"哦，对了，"刚走了几步，他又转过身来，对朱老板拱拱手说，"我差点忘了告诉你，你的六千八百元，敝号已经收到了，朱某深表感谢。不过，那只乌龟你可得保存好啊，你当然知道它的价值，到时我们是要赎回去的。——就算是一份见面礼吧！"朱辉正突然放肆地大笑起来。

朱老板一时让他说蒙了，他怔怔地看着儿子的背影，看着儿子走出朱家的大门，大门外的街边上停着一辆黑色的小汽车，这汽车朱老板看着眼熟。当儿子走到汽车旁边时，车内钻出一个戴着金丝眼镜的人，他很殷勤地替朱辉正打开了车门。这不正是那个到东关当去当玉乌龟的人吗？朱老板的心猛然抽了一下：他被儿子耍弄了！这种恶作剧的用心显然是太恶毒了！但他有苦说不出。朱老板精明了一辈子，这一回却上了儿子的圈套。朱辉正让他用六千八百元当下了自己的嘲讽和羞辱。一只乌龟，一个王八，还有什么比这更绝妙更残酷的诅咒！

朱老板摇晃着身子，站立不住了，朱太太赶紧上前扶住他。"日他……"朱老板刚想张口骂人，一股泛着胃臭的甜腥突然涌上来，他感到一阵虚脱。一时间，竟连骂人的力气也使不出来了。

九

儿子的报复接二连三地跟着来了。

半年前，田七曾向朱老板报告，东大街那里冒出了一家名叫"永义"的当铺，朱老板当时并没有在意，他让田七去摸摸底。田七回来说，永义的伙计口风极紧，没有打听出个所以然来，只知道老板也姓朱，至于叫朱什么，田七也不清楚。有一次巡视分号时，朱老板顺道去看了一次。从门面上看，永义当的规模并不大，朱老板就更不放在心上了。但他怎么也没有想到的是，永义当的董事长竟是出走十年的朱家少爷朱辉正。更令朱老板惊讶不已的是，不知何时，朱辉正还成了五湖当业公会的会长。这一切，朱老板都是从儿子留下的名片上获悉的。当业公会是五湖商界"五大会"之一，与商会、船业公会、米业公会以及钱业公会相提并论。当业公会成立较晚，大约在民国十年前后。公会成立之初，当界同人一致要推举朱华堂出来主持。无论从当铺的规模和实力而言，裕和当的朱老板都是当之无愧的。但朱老板对这种社会性的活动兴趣不大，他关心的是如何赚钱、如何赚更多的钱。由于朱老板不愿意干，会长的头衔便落到别人的头上。但历届会长都不敢怠慢朱华堂，朱华堂也从没有把公会放在眼里。当业公会的会议和活动，他也是爱参加不参加。在他眼里，当业公会完全是一个可有可无的东西。尽管如此，朱辉正当上了当业公会会长这件事，还是引起了他的警惕。玉乌龟的事给了朱老板一个沉重的打击和教训。他明白了一个现实：儿子已经长大了，已经不再是当年那个被他用锹把撵得到处乱跑的花花公子了。十年了，儿子是怎样过来的，朱老板并不完全清楚。外间对此有种种传闻，比较可靠的一种说法是：朱辉正当年跑到北京，投靠了一个老同学，由于这位老同学的引荐，朱辉正得以结识了某部长，成了部长家中的红人。部长病死后，朱辉正娶了比他大十岁的部长遗孀，并继承了分在部长遗孀名下的全部财产。关于朱辉正和部长遗孀结婚的事情，据说是有据可查的，当时京津的报纸都登载过他们结婚的消息。但具体情况究竟如何，便不得而知了。朱老板问过朱太太，儿子是不是和她说过一点儿什么，朱太太说没有。"哪来得及说啊！"提起这件事，朱太太又难过起来。朱老板对太太的伤感厌恶至极。她哪里懂得眼下发生的事意味着什么。她想修复和找回失去的亲情，早已是不可能的事了。朱辉正突然归来，他的所作所为，当然不仅仅是为了气气朱老板，如果是这样，他大可不必去开当铺，去谋求什么会长的职务，他显然有更深远的打算。朱老板下意识地感到了一种潜在的威胁。这种威胁由于玉乌龟的事变得更加具体、更加清晰。儿子是无耻和残忍的。在朱老板的心目中，一个对手的无耻水平越高就越可怕。而朱辉正恰恰具备了这种特点。他的报复性是那么强烈、那么不择手段。"日他二的！"只要想起来朱老板就要大骂不止。他对田七和各分号的掌柜交代说："这个孽障来者不善呀，你们都要给我当心点儿！"

漫长的夏季平静地过去了。天渐渐地凉了，秋天随着飘落的黄叶不知不觉地来到了。一个雨后的上午，朱老板巡视各分号回来，看见社会局的王局长正在客厅里等着自己。

社会局的王局长是一个长得白净脸皮、油头粉面、发育不太健全的小个子男人，说话慢吞吞的，带着一股娘娘腔。但在五湖的商界和当界，王局长却算得上是一个威风八面的人物。社会局掌管商税、当税的核发和缴纳。按理，这本应是财政局的事，可市长景世宦上台后，"锐意新政"，便把税纳划给了社会局。划分的理由据说很充分，甲乙丙丁的好几条，但最主要的一条，市长却没有说，即社会局的王局长就是他的小舅子。这样一来，社会局便成了一个肥得流油的衙门。仅逢年过节，各商号和各当铺派人送给王局长的"年节"就相当可观。这种年节，大多是银票，也有现钞，装在一只信封里。送得多了，王局长也不当回事，接过来后便随手塞在椅垫子下。王局长的椅垫子是特制的，很大，很松软，再多再厚的"年节"放进去也不会硌屁股。送"年节"的走了，局长太太便会把这些信封收起来，并逐一登记。唯有裕和当没人给王局长送过"年节"。王局长派人去暗示田七，田七便去找朱老板。朱老板倒还爽快，朱老板说，既然别家都送了，咱也表示表示吧。这年的年关头上，朱老板便让田七跑了一趟局长府。王局长见裕和当来人了，心里挺高兴。他想朱老板乃五湖当界巨子，"年节"自然薄不了。接信封时用手捏了捏，果然有一定的厚度。王局长笑着说，让朱老板破费啦。随手把信封塞进了屁股下的椅垫里。直到田七走后，局长太太才发现信封里只装了十元钱，全是一元的新票子。太太说："还年节哩，倒像是给儿子的压岁钱！"王局长也气坏了，竟也娘娘腔地豪放了一句："他二的屄！"当即让人把钱退了回去，他带话说，本局长一向为官清廉，洁身自好，不屑于此类拉拉扯扯之事，请朱老板自尊自重，云云。没想到朱老板收到退款连声赞叹："钦佩！钦佩！"并做出一副五体投地的崇拜状。自此之后，连"压岁钱"似的表示也不再有了，王局长一直怀恨在心。

两人见面后便很热情地寒暄起来。朱老板连连拱手："哎呀呀，不知局长大人驾到，失敬！失敬！"王局长也满面春风地笑着，很斯文很娘娘腔地向朱老板问候。彼此友谊了一番，谈话便进入了正题。王局长说，他是无事不登三宝殿，此次来主要是为了当税革新之事。他告诉朱老板，当税如今又有了新的章程。他特别提醒朱老板注意，新的章程将从阳历的今年1月1日开始生效。也就是说，过去几个月的当税也将按新的章程补收。

朱老板一直冷静而警惕地听着，脸不知什么时候已经拉得很长了。"啥？"他突然忍不住了，打断了王局长的话说，"这日他二的新章程，是谁他二的订的？"

"朱老板，我王某有话在先，这可不是我们社会局的主张。"王局长解释说，脸上阴阴地飘着一丝笑，"新章程乃当业公会诸同人磋商而订，经过市长签准，我王某不过是照章执行而已。"

"啥？当业公会？"朱老板根本不信这一套，他说，"当业公会算他二的啥玩意儿，竟订出这等缺德的章程！"

"朱老板，你不要不相信嘛，我这里可是有公文为证。"娘娘腔的王局长这会儿变得更加娘娘腔了。他很得意地从公文包里抽出几张纸片摆在朱老板的面前。

这是一份当业公会给市长景世宙的呈文，呈文用的是当业公会的公笺：浅黄色毛边纸，竖行红格，毛笔正楷书写。题目是：五湖当业同人呈市长详陈当税革新各办法文。正文开头写道：

为呈请事：窃唯当税自民初核定以来，数十年不变，多有弊端，非改不足以图当业之兴盛，非革新不足以达利国便民之目的。本城当界同人为响应市长之新政，特草拟当税核纳新章程若干条如左：

朱老板来不及仔细看，急急翻到后面，首先跳入眼帘的是市长的批示。指示云：

> 呈悉。所呈之新章程甚好，转社会局核准后，即日生效。
> 此批。

下面是"景世宦"三个龙飞凤舞的大字。

朱老板再往上看，这才看清了呈报人的落款，竟是：五湖当业公会会长朱辉正！朱老板的心扑通一跳，头皮一阵阵地发凉……

当税自民初取消龙票，核定税制以后，经过袁世凯、黎元洪、徐世昌、冯国璋、段祺瑞以及张作霖，都没有变过。民初税制规定，由当铺年终一次性缴纳，税额以架本多少分为甲、乙、丙三等，各等之间相差只有一二十元钱。但这份新章程，却将税纳的年缴改为月缴，并以营业额的多少划分五等。一千元以上营业额的为头等，三百元以下的为末等，头等和末等的税额竟要相差数百元。而在五湖城里能划上头等的，除了裕和当，别无第二家。明摆着的，这份新章程是专门针对裕和当的。

看着朱老板目瞪口呆的样子，王局长心里盈满了喜悦。他说："朱老板，刚才我的话还没说完呢。新章程中还有一个条款，就是对五千元以上的贵重当品将征收特别税——"说到这里，王局长快乐地舔了舔嘴唇，他得意地看着朱老板，摇晃着脑袋说，"听说贵号几个月前收了一件玉乌龟，价值六千八百……"

"日他二的！这个孽障！"朱老板突然破口大骂起来。提到玉乌龟，他一下子全明白了，所有这一切都是儿子搞的鬼。只有知道裕和当底细的人，只有朱辉正，才能搞出这样的新章程。他是要治我残废啊！朱老板痛心疾首，破口大骂。

"你、你……咋骂人……"

"日他二的，老子就骂你！"朱老板突然把火气全部倾泻到面前这个小男人身上，他愤怒而失态地跳起来，"日他二的，你们合伙欺侮老子！老子和你们拼了！……"

接下去的几天，朱老板是在更加痛苦的煎熬中度过的。社会局在警察的护卫下登门强行索税。一笔数目可观的税款就这样无缘无故地扔到水里去了。朱老板像被人割了一块肉。儿子的报复又一次出其不意地打在了朱老板最疼痛的地方。然而，事情并没有就此结束……

十

萧索的寒风吹过街巷。几场秋雨之后，五湖落下了一场薄薄的早雪。

腊月初一这一天，各当铺纷纷打出年终减息的招牌。裕和当按照惯例还请来了吹鼓手，在门口吹吹打打。上午十点，总号和各分号一齐点燃长鞭，噼噼啪啪，颇为热闹。

腊月是当行的旺月。每年这个月，都是各当铺最繁忙最兴盛的时候。因为年关快到了，当户们都将纷纷入当、赎当，或者上利钱转期，当行的营业额和所收的利钱在这个月里也将大幅度地上升。一年一度的年终减息，正是刺激和吸引当户的一种手段。今年裕和当和各分号打出的减息标准比以往都更慷慨、更不顾"血本"，增加三厘，所减高达八厘。然而令人奇怪的是，却出现了意外的萧条。几天下来，除了赎当的以外，总号和各分号竟都出现了程度不同的"臭市"。细心回顾一下，这种情况并非始于今日。只是在旺月里出现这种状况，实在是太意外太罕见了，这不能不引起朱老板的注意。

"日他二的，难道出鬼了？"他对田七说，"你去给我访访。"

田七也觉得这事蹊跷，便袖住手在城里转悠开了。转着，转着，便发现了问题。田七回来说，天晓得咋回事，现在满城里一下子冒出贼多的小押当，简直比狗都多，总共有七八十家，连城乡结合的边区以及乡下也都被控制了。"二的，"田七说，"生意全叫他们给兜揽了。""啥？"朱老板吃惊地瞪圆了眼睛，他不敢相信，会有这种情况，他说，"日他二的，哪来那么多小押当！"

田七说："我也挺纳闷，这事是有点怪。"他锁着眉头补充道，"难道会有啥后台？"

这句话很明显是在提醒朱老板。但朱老板沉默着，没有马上回答。冬日的阳光照在那张紧缩而发皱的脸上，田七注意到朱老板的目光中闪过了一丝不易觉察的慌乱。

小押当五湖过去是有过几家的，但大多数是临时性的，时聚时散，不成气候。这是一种代当式的经营。代当，也叫转当，因为它一般是由少数人合伙组织起来的小本经营，所以俗称小押当。其经营方式主要靠兜揽当户，尤其是兜揽偏远地区和乡间的当户，然后再将兜揽到的当品转入大当铺，从中收取一个月的利钱。因此，一般小押当都要背靠某个大当铺才能够维持和生存。五湖城内突然之间出现如此多的小押当，当然不可能是无缘无故的，背后肯定有某个甚至多个大当铺做后台。

"这可能是谁呢?"朱老板沉默地看着田七，终于开口了。他的脸色沉重而忧郁，田七知道他已经有了某种预感，只是不希望这个预感由他自己说出来。他不希望自己的预感是真实的。"会是谁呢?"田七附和着，轻轻地摇着头。两个人面对面地坐着，心里想着同一件事情。田七从一开始就敏感地想到了朱家的少爷朱辉正。他自幼进裕和当，对朱家的一切可以说了如指掌，朱辉正回来后所发生的种种事情，他也一本清账。这种事，除了朱辉正别人是干不出来的，在五湖即使有人想干也没有这个能耐。但在没有确凿证据之前，这个想法是不能说出来的。他知道朱老板不希望听到这样的结果。田七说："再给我几天时间。二的，这事我非弄清不可!"

几天后，预感得到了证实。果然这一切都是朱辉正在背后一手操纵的。田七找到了原来和裕和当有联系的一家小押当。这家小押当的老板起先吞吞吐吐，什么都不肯说。但在田七给了他五块光洋，并许诺决不把他的话走漏出去之后，他才告诉田七，城里的小押当大多是瘸子刘五弄起来的。刘五还让人给他发过话，所有的当品都不准转给裕和当，否则的话别怪他刘五"二的尻"的不认人。瘸子刘五就是当年去裕和当当断指的家伙，如今已是五湖城内臭名昭著的青皮帮的舵主。这一帮的人一律剃成光头，在外闹事时只要摘下帽子露出青光发亮的脑袋，说一声："瞧瞧大爷是干啥的!"对方无不魂飞魄散。那家小押当的老板一再解释说，不是他无情无义要背叛裕和当，而是实在得罪不起青皮帮，请田七和朱老板理解他的难处，多多包涵。他还向田七透露，朱辉正的永义当是用减息一分的代价向他们收购转当的。这比裕和当年终的减息八厘，还要高出两厘。

"二的，永义当这哪里是在做生意?"田七恨恨地说，"他们是存心要给我们难看!"

朱老板苦着脸，一言不发。他没有像以往那样暴跳如雷，"日他二的"骂人，这使田七十分意外。也许因为早有了思想准备，也许是因为无计可施，精疲力竭了。在暗淡的灯光下，他瘦小的身影很萎缩地投映在墙上，如同一只离了水的老麻虾，失去了蹦跶的力量。田七突然感到很难过。他在为朱老板难过，他心里涌起的这种感情很奇特，这是一种儿子对父亲的感情。田七很小的时候，父亲就去世了。父亲在他心目中的印象完全是模糊不清的，但在这一刻，他对朱老板的这种感情却是真实的、强烈的。他很想对朱老板表白一下这种感情，后来还是什么也没有说。他默默地坐着，陪着朱老板坐了很久……

小押当的兴起，给了裕和当沉重的打击，东关、西关、南门、北门四个分号几乎到了无人上门的地步，只有裕和总号靠着多年的老牌号和信誉，尚能够勉强维持。这年的正月，朱老板解雇了第一批伙计。一些多年的老伙计在朱老板和朱太太面前涕泪交流，长跪不起，朱家大院笼罩在一片凄凄惨惨之中。朱老板无法承受和应付，只好躲进屋里，不再出来见人，朱太太除了抹眼泪，说不出一句话来。只有田七在一旁劝着众人，让大家还是离去吧，朱老板也是没办法，谁叫咱裕和走背字哩。他保证，如果裕和还有兴旺的一天，朱老板会想到他们，把他们重新召回来的。伙计们陆续散去了，但留在人们心中的阴影却长久地弥漫着。裕和当在五湖多雪的正月里前所未有地显出了它的萎缩、冷清和破败。

开春后，又传来了一个惊人的消息：永义当买下了紧挨着裕和总号的一家布店和百货店，准备拆除后在这块地皮上盖永义当大楼。据说，大楼盖成后，将是五湖城内唯一的三层大楼，永义当也将成为国内东南半壁首屈一指的大当铺。朱辉正几乎倾其所有，市长景世宦和青皮帮舵主瘸子刘五也都投入了资金。朱辉正许诺，三年后他将加倍偿还这批资金，以酬报市长和舵主的鼎力相助。他相信，一切都在他的筹划和掌握之中，他的目的只有一个，那就是彻底挤垮裕和当。他用昂贵的代价买下布店和百货店，原因也正在这里。

永义当大楼在拆除后的布店和百货店的地基上迅速地矗立起来了。

当它建成后，原先在这条五湖主要大街上显得鹤立鸡群的裕和当，便一下子渺小而丑陋起来。永义当大楼像一个巨人似的，俯视着、嘲笑着脚下的侏儒，仿佛只要抬一抬脚，便可把它踩得粉身碎骨。

大楼开业那一天，永义当门前车水马龙，高朋满座。五湖政界要人和商界巨头纷纷前往祝贺。鼓乐、鞭炮以及欢笑，经久不息，持续到次日黎明。永义当大楼的开业，成了五湖当年的盛事之一。

朱老板闭门不出。他连迈出门的勇气都没有了。田七也觉得，他们是真正地败下阵来了。朱辉正把整个社会都变成了裕和的敌人。白道、黑道，凡是能利用的力量，他都利用了。而孤家寡人的朱老板，面对如此强大的对手，他的失败几乎是不可避免的。田七悲观地想，裕和已经完全失去了和永义抗衡的力量。

在朱太太的指使下，田七背着朱老板去见过一次朱辉正。他试图用亲情来感化朱家的少爷，让他给裕和、给自己的父亲留下一线生路，但他的努力却遭到了朱辉正无情的嘲讽。

"我就知道你们会来求我的，"朱辉正在那间宽大豪华的西式客厅里来回地踱着步，松软的地毯在他脚下发出柔和的声响，"我想知道，是你田七自己来的，还是朱华堂让你来的？"田七不知该怎样回答。他含混地点点头，朱辉正微笑地看着田七，他的神态显得优雅而宁静。"其实，这对我来说都是一样的，即使朱华堂亲自来，跪在我面前，我也不会改变主意的。"朱辉正说话的时候，从桌上的翡翠烟盒中取出一支粗大的雪茄，叼在嘴上，"你是不是认为我这样过于残忍了？"

田七没有回答，只是紧张而急促地咽了口唾沫。朱辉正徐徐地吐了一口烟，白色的烟雾在田七的眼前袅袅地飘升着。朱辉正品尝着雪茄，也品尝着自己的快乐。

"你问我为什么要这样做，答案很简单——我恨他。"在说"恨"的时候，朱辉正的表情依然是温柔的、安详的，充满了诗情画意。

"我太了解朱华堂了。"他对田七说，"你说的父子之情对我毫无意义。朱华堂除了爱钱、爱他的当铺，他从来就没有爱过任何东西，包括我这个儿子，我恨他。我从小就恨他。我说过有一天会杀死他。但这样太便宜他了。他不是爱钱，爱当铺吗？我要让他失去的，就是这些东西。我会让他死的，但我要看着他在痛苦中一点一点地死去。"

朱辉正淡淡地说着，仿佛不是在谈论自己的父亲，而是在谈一件与自己无关的事情。他的冷酷和残忍的确是超常的、令人恐惧的，田七感到不寒而栗。这是一个十足的魔鬼！他在心里骂道。

朱辉正快活地笑起来。他的笑是冷静而傲慢的。他接着对田七说，你对裕和忠心耿耿了一辈子，我很钦佩，但裕和现在已经没有出路了，这是明摆的事情。他提议田七和他一起干，里应外合，搞垮裕和。"你得为自己留一条后路啊！"他很知己地说，并表示，只要田七答应他的条件，事成之后，永义的经理将虚席以待。

田七被说得心惊肉跳，不敢再听下去了。他真害怕在这巨大的诱惑面前失去良心。从永义出来后，田七独自站在夜凉如水的长街上，任秋风吹拂着。他狠狠打了自己两个耳光，拼命抗拒着那个正在膨胀起来的可耻的念头，朱辉正可以背叛父亲，但他却不能背叛朱老板，直到这一刻，田七才发现自己竟然对裕和当、对朱老板还有如此强烈的割舍不下的情感。发现这一点，连他自己也觉得奇怪。

回到家里，朱家的院子里正乱作一团。朱太太哭着告诉田七，朱老板小解时，突然栽倒在茅房里，人事不省。田七急急地奔进屋里，朱老板尚在昏迷之中，大夫们正在抢救。田七在床边站了一会儿，走进院子。在漆黑的夜色中，悲凉阵阵地向他袭来，就在这个时刻，田七在心里发下誓，他将和朱老板一起坚守下去，即使天塌下来，也决不做任何对不起裕和、对不起朱老板的事。

抢救一直持续到深夜。大夫们临走时，对双眼哭得红肿的朱太太和田七说，朱老板的生命不会有问题，但他的右半身已经偏瘫，今后他不可能再起床了。大夫们说："他的命可真大！"

十一

朱老板中风后，裕和的局面便由田七勉强支撑着，但颓败之势已无可挽回，四个分号陆续关闭了，裕和总号也半死不活的，苟延残喘。

这一天，朱老板把田七叫进屋里。他让田七把他扶起来，靠在床边。一场大病后，朱老板仿佛只剩下一把骨头，中风使他的嘴巴也歪了，说话的时候半张脸都在抽搐着，显得十分吃力。朱老板吃力地说："田七，你到我家这些年，我朱华堂待你薄不薄？"

田七说："不薄。老板对我恩重如山。"

朱老板骂了一句"日他二的"，又说："我如今成了这副模样，已经不中用了，裕和今后只有靠你了。"

说这话时，他的声音是那样凄楚，目光中的乞求也是田七从未见过的。他不敢再看朱老板的眼睛。

"我懂。"田七点头。

沉默了一会儿，两人的脸上不知不觉地挂满了泪水。

"我知道你有难处，"朱老板又开口了，"现在我要给你名义——"他看着田七，心里充满了无限的伤感，他说，"我要收你为儿子，你愿意吗？"

"嗯。"田七点头。他的嗓音哽咽着，说不出话来。他知道只要一张口说话，准会控制不住地大哭起来。"嗯。"他咬住嘴唇，使劲地点头。

几天后，选了一个好日子，田七便正式拜了朱家的祖宗，改名为朱七。

"爹。"朱七给朱老板磕了头。

"二。"朱七又给朱太太磕了头。

朱老板靠在躺椅上，抽搐着半张脸，说："你起来吧，从今以后你就是朱家的子孙了，裕和也交给你了。"他长叹了一口气，又说，"我相信你。我要你把裕和维持下去，不是为了我，而是为了你自己。裕和不能垮，起码在我死之前不能让它垮……"

他说不下去了。

朱七认真地听着朱老板的话，一言不发。

朱老板喘了几口气，知道朱七有话想说。"有话你就讲吧。"他吃力地抬了抬左臂。

朱七沉默着，像在思考这话该不该说。

"爹，"他小心翼翼地开口了，"我有权从柜上支钱吗？"他把"钱"字说得很重，不动声色地察看着朱老板的表情。钱是朱老板的命根子，在这个问题上他必须小心谨慎，但又不得不提出来。他无法回避。

朱老板沉重地喘息着。他的小眼睛里发出锐利的闪光，死死地盯着朱七，想从对方的脸色中看出他的用意。但朱七的脸上毫无表情。

"我相信你。"他说。

朱七又说："我有权支配裕和所有的一切吗？"

长时间的沉默之后，朱老板又点了点头。

"我相信你。"他说。

"那好，"朱七胸有成竹地说，"现在我可以回答你了，我决不会让裕和垮掉！"他又说，"裕和也决不会垮掉！"

朱七开始四处活动了。他频繁地从柜上支钱，频繁地在城里最豪华的状元楼饭庄宴请宾客。赴宴的有警察局的、报界的……其中还有一位是东亚保险公司驻五湖的代表。东亚公司是英国人办的一家跨国公司，该公司在东南亚一带信誉卓著。20世纪30年代初，保险公司在中国还是一个新鲜玩意儿，虽然京津沪一带业务已经有所开展，但在五湖一时还难以被商界接受，该公司的代表正为打不开局面一筹莫展。朱七的友好姿态，很快和他一拍即合，两人成了密友。东亚的代表频繁地出入裕和，被朱七奉为上宾。

朱七的举动引起了种种猜疑。朱太太对朱老板说，朱七究竟要干啥呀？这么花钱哪里吃得消！朱老板被她说得心烦意乱。他骂道日他二的，你就不能少说两句！朱老板比朱太太更心疼钱，但他知道现在已经无能为力。他相信朱七不是那种吃里爬外的人。眼看着开销一天天增加，有一次他忍不住把朱七叫了过来，但当朱七到了面前时，他又什么也没说，什么也没问。朱七坦然的神色说明，他这样做是有目的的。朱老板意识到，一件重大的事情正在悄悄酝酿之中。

朱七继续进行着自己的活动。那些日子里，裕和当很少见到他的人影。他早出晚归，沉默寡言地想着心思，脸色庄严而凝重。有一天夜里，他突然造访了五湖城防司令部。城防司令部设在东门清华寺，司令叫马魁风。马魁风原是段祺瑞手下的一名师长，国民党当政后，马师改番号为国民革命军新编独立第七师，马魁风以师长兼任城防司令。马司令和景市长一向不和，五湖城内众所周知。马司令在段执政和张大帅时代，一直兼着市长职务。市长掌管着全城的财政税收，这是马魁风的财源所在。后来南京政府免去了马魁风的市长兼职，以景世宦取而代之。马司令的气一直不顺。有一次竟然派兵包围了市府，闹得南京政府大发雷霆……朱七到了城防司令部，找到马司令的副官田芝贵。田副官是田七的一个远房族叔。田七在东关当做掌柜时，为了防范新七师的人马骚扰滋事，曾和这位族叔有过来往。田副官见田七这么晚来访，又是一副很神秘的样子，知道有事，便把他让进房里。田七对族叔说，他现在已改名叫朱七了，朱老板收他做了儿子，并把裕和全权交给他了。"不过，裕和的日子眼下不太好过，"他说，"还望族叔能鼎力相助。"田副官说，好说好说。朱七便把一只信封推到田副官面前，田副官抽出里边的银票看了看，便喜笑颜开起来。接着，朱七又把一只提包交给田副官。"这是送给马司令的。"他说。

提包沉甸甸的。朱七用拇指和食指圈了一个圈儿，田副官便明白了。

"好说，好说。"他咧着嘴哈哈笑起来。

立冬那一天，五湖来了一场寒流。西北风带着刺儿，满街地肆虐着，天气陡然变得干冷干冷的。严寒的冬季伴随着这场寒流骤然而至了。

半夜时分，五湖中心大街突然起火了。大火是从裕和当首先烧起来的，借着风势直扑西边的永义当大楼。木质结构的大楼顿时在半空里冲起耀眼而夺目的光华，映红了五湖的夜晚。灼人的火球和烈焰热浪滚滚，气势不凡地飞腾着、闪烁着；巨大的轰鸣声迎风呼啸，渲染起一阵阵摄人心魄的瑰丽。整个五湖城都在这突发的大火中惊惧地嘈杂和颤抖……

市长景世宦在睡梦中让电话铃声吵醒了。朱辉正的声音在话机里变得惊慌失措、语无伦次。他向市长大声求援。"快派救火队！快派救火队！……"朱辉正冲着话筒声嘶力竭地狂喊乱叫。但救火车刚开到街口便被新七师的部队拦住了，市民们有的自愿赶来救火，也无法通过新七师的防线。整个大街完全被城防司令的部队封锁了。田副官全副武装地骑在马上，代表城防司令马魁风发布戒严命令。他宣布，鉴于目前的混乱，为保证安全和秩序，新七师奉命执行任务。如有抗拒不从者，格杀勿论。

荷枪实弹的士兵形成了一道无法逾越的障碍，人们只好眼睁睁地看着大火无情地燃烧下去。市长闻讯紧急派员交涉，但等到部队允许救火队进入时，五湖城的黎明已经来到了。在朦胧的晨光中，中心大街已经面目全非，成了一片废墟⋯⋯

　　大火完成了一场阴谋。

　　裕和当和永义当一齐消失了⋯⋯

尾声

　　当天的《五湖日报》以头条位置报道了这场大火。报道说："据初步查访，大火系永义当所引起，并由此殃及裕和当及周围商号，起火原因尚在进一步查访之中。"云云。后来有人指出，报道与事实不符。因为当夜刮的是西北风，而裕和在永义的西边，大火岂能逆风而上？有目击者证实，火是从裕和而不是从永义首先烧起的，但报馆对此说法置之不理。警察局在调查时竟也附和报馆之说，把起火的责任完全归咎于永义方面。

　　就在那天的报纸上，人们还在显著的位置上看到了裕和当的一份安民告示，题为《裕和当为火灾事敬告当户文》，内容如下：

　　　　窃唯昨夜大火蔓延之故，裕和老号不幸毁于一旦，损失殊为惨重。唯庆幸者，乃敝号投火险之保于前，而遭火灾之劫于后。现与东亚保险公司接洽，一俟火灾查访结束，该公司将按所投之保险，偿付敝号全部之损失。且按民国七年当铺火灾赔偿之条款，对非责任意外之灾，将按当价七成偿还当户之损失。偿还日期待确定后另行通告，裕和当将于明日迁往原东关当旧址。恳望各当户少安毋躁，同超苦海，共纳福林。特示。此告。

　　署名为裕和当经理朱七。

　　几天后，《五湖日报》又刊登了一则消息。题目是：《董事长逃债无门，朱辉正自杀身亡》。摘要如下：

　　　　今日凌晨，有渔民在五湖江中发现一无名男尸，年约三十有余……据警方验证，乃前永义当董事长朱辉正。……据悉，永义当毁于火灾之后，索赔者相逼日甚，哭闹者有之，打骂者有之，寻死觅活者亦有之……朱辉正因破产无力偿还，故走此绝途。呜呼！悲哉！

但五湖城里关于朱辉正的死私下里传闻却很多。人们都说，朱辉正是被人打死后投入江中的。至于是谁打死的，说法不一。有人认为是市长或刘五派人干的，因为朱辉正使他们的大笔投资化为了泡影；也有人说，是一些当户的报复行动；更多的人则相信，此事和那场大火一样，都和朱七有关。

这是一个令人困惑的难解之谜。

尾声之尾声

一场大火挽救了裕和当。几年后，裕和当再度兴盛起来，中心大街上被烧毁的总号也重新翻盖一新，四个分号陆续开张营业。不久，朱七还当选为五湖当业公会的会长。抗战爆发后，裕和更是经过了一个畸形的繁荣时期。在朱七的主持下，裕和的分号一度发展到六家。即使在国民党崩溃的前夜，由于金融混乱，纸币惊人地贬值，许多当铺无力支撑，纷纷倒闭，裕和仍然维持了下去。

朱老板活到八十多岁。他是在解放前一年去世的。他的死非常突然，事先没有一点儿兆头。第二天用人送早饭时才发现他已经死在床上了。他的两眼瞪得溜圆，直直地望着天花板，嘴巴痛楚地扭向一边。殓尸的说，朱老板死前可能想说什么，但没能说出来。他是被一口痰憋死的，死得一定很痛苦。整容的时候，殓尸者用手合上朱老板的眼睛，但手一松，眼睛又睁开了，一连三次，最后才算是合上了。人们都说，朱老板死不瞑目，大概还有什么心事未了。五湖的解放是在 1949 年 7 月。在这之前，朱七携全家逃往了台湾。解放后，裕和总号的房子成了法院的所在地。1964 年，法院在原地基上翻盖大楼时，建筑工人在地下挖出五坛银圆和金条。坛口用火漆封了口，坛内每包银圆和金条的封纸上都有"朱华堂印"的封章。这件事成了轰动五湖的新闻。人们由此又想起了裕和的种种往事。据一些原来裕和的老伙计推测，这笔钱无疑是朱老板在中风前埋下的，并且很显然他始终没有把这笔钱告诉朱七。至于为什么，自然又引起了种种猜测。

敬告作者

　　为了保护有关作者的合法权益，我社曾多方联系本套书所涉及作者的版权事宜。但遗憾的是，由于种种原因，仍未能与少数作者取得联系。现谨对尚未取得联系的作者深表歉意，并请有关作者或著作权人见书后，尽快致函作家出版社，以便及时奉寄样书和稿酬。

　　通讯单位：作家出版社

　　通讯地址：北京市朝阳区农展馆南里10号

　　邮政编码：100125

　　联系电话（传真）：010-65925260

图书在版编目（CIP）数据

新写实小说 / 陈晓明主编． -- 北京：作家出版社，
2018.12
（改革开放40年文学丛书）
ISBN 978-7-5212-0315-8

Ⅰ．①新… Ⅱ．①陈… Ⅲ．①小说集 – 中国 – 当代
Ⅳ．①I247

中国版本图书馆CIP数据核字（2018）第296085号

新写实小说

主　　编：陈晓明
统　　筹：兴　安　崔庆蕾
责任编辑：杨兵兵
装帧设计：意匠文化·丁奔亮
出版发行：作家出版社有限公司
社　　址：北京农展馆南里10号　　邮　　编：100125
电话传真：86-10-65067186（发行中心及邮购部）
　　　　　86-10-65004079（总编室）
E-mail:zuojia@zuojia.net.cn
http://www.zuojiachubanshe.com
印　　刷：三河市兴博印务有限公司
成品尺寸：152×230
字　　数：397千
印　　张：26.75
版　　次：2018年12月第1版
印　　次：2018年12月第1次印刷
ISBN 978-7-5212-0315-8
定　　价：1200.00元（全20册）